本书系国家社科基金重大项目"全明诗话新编"（项目编号：13&ZD115）的阶段性成果。

中国近世文学批评研究丛书

陈广宏 主编

明代文话研究

龚宗杰 著

中华书局

图书在版编目(CIP)数据

明代文话研究/龚宗杰著. —北京:中华书局,2019.12
(中国近世文学批评研究丛书)
ISBN 978-7-101-14276-1

Ⅰ.明…　Ⅱ.龚…　Ⅲ.中国文学–古典文学研究–明代
Ⅳ.I206.48

中国版本图书馆 CIP 数据核字(2019)第 267825 号

书　　名	明代文话研究
著　　者	龚宗杰
丛 书 名	中国近世文学批评研究丛书
责任编辑	郭时羽　宋丽军
出版发行	中华书局
	(北京市丰台区太平桥西里 38 号　100073)
	http://www.zhbc.com.cn
	E-mail:zhbc@zhbc.com.cn
印　　刷	北京瑞古冠中印刷厂
版　　次	2019 年 12 月北京第 1 版
	2019 年 12 月北京第 1 次印刷
规　　格	开本/880×1230 毫米　1/32
	印张 13¾　插页 2　字数 330 千字
印　　数	1-2000 册
国际书号	ISBN 978-7-101-14276-1
定　　价	56.00 元

中国近世文学批评研究丛书

总 序

陈广宏

　　本丛书是中国近世文学批评研究的专辑，主要关涉"近世文学"与"文学批评"这两个关键词——它们都是近现代人文学科建立以来产生的概念。我们知道，中国文学史有关上古、中世（或中古）、近世（或近古）的历史分期法，是通过明治时代日本的中介影响，借鉴了欧洲历史的分期标准，在清末民初以来的文学史著作中大行其道。同样，随着西学东渐，"文学批评"作为西方文学论的一个重要概念，逐步与以"文史"或"诗文评"为主体的我国传统文论对接，并发展为一门相对独立的学科。

　　问题是，在一个多世纪后的今天，我们以这两个概念为核心，希冀达成什么样的学术愿景呢？

　　就前者而言，意味着我们坚持一种"长时段"的历史观。在上个世纪末，先师章培恒先生就已经以一种中国文学古今演变的整体观，倡言大力推进文学史的宏观研究。近年来，全球化大潮中的学术生态瑰丽多姿，而如美国 Jo Guldi 与 David Armitage 合著《历史学宣言》(2014 年 10 月由剑桥大学出版社出版)，呼吁历史学重回年鉴学派布罗代尔(Fernand Braudel)所倡"长时段"(longue-durée)研究，仍代表了一种新趋势，其所针对，正是日益严重的碎片化的研究方式。

　　近世是离我们最近的古代，要实现文学史现代与传统的对接，近世文学至为关键。在它身上，我们可以发现和评估古代文学中具有现代价值的传统。而从另一端来看，中古至近世，文学文化语境发生了巨变，包括：城市经济的增长对农业社会的侵蚀，引起社会形态与结构的变化；社会闲暇消费的产生，引起人们生活方式的变化；地域性、集团性与市场化等倾向，引起文学生产、传播机制的变化等。至于文学自身，无论是文体、文类及其语言表现形态，还是审美理想、价值观念，亦皆发生了显著的变化。对此，亟需有一系统的考察与阐释。

七十年前，岛田虔次在其所著《中国近代思维的挫折》"序"中，已将"近世学"与"古代学"对举，认为与这个"古代学"具有同等地位的关于近世的"近世学"，也是必须存在的。这之后，一代一代学者对"作为思想的中国近世"的发掘与阐释日渐进展，思想史研究显然走在了文学史研究的前面。另一方面，我们也都看到，其实近年来学界在中古文学研究方面颇有声势。故而，我们似乎有太多理由，呼吁加强对"作为文学的中国近世"的关注。

要重建中国近世文学的图景，一个很重要的步骤，就是所谓还原研究，那意味着遵循阐释历史的法则，力求按照古人所处时代的价值观念、话语体系去考量其作品。那么，在这种情形下，传统"文史"或"诗文评"乃至诗文选本等所代表的批评话语、评价标准及其整个知识体系，就是我们最为直接的依恃，在某种意义上成为我们重建工作的"捷径"。这种还原研究要求我们从文献批判入手，立足文本，要求我们先将文学视作语言构造与修辞的表现效应，这种回归语文学的研究路径，或亦与传统文学批评更相契合。

我们正面临一个学术重建的时代，作为文学史研究的一种再出发，我们在尝试中国文学建构多样可能性的同时，仍以探寻更加合乎其自身演变实际的表述方式为目标。这即是本丛书的宗旨所在。

2018 年 2 月 21 日

目　录

绪　论

　　文话是研究中国古代文章之学的重要资源，但在当前的文学批评建设序列中，相比于诗话、词话，文话的整理和研究都相对滞后，不仅文献调查、汇辑的基础薄弱，而且大多数作品尚未进入批评史研究的视野而得到其应有的评价。至 20 世纪末、21世纪初，这种沉寂的研究局面才逐渐被打破。在以《历代文话》为代表的文献整理工作的带动之下，相关研究逐步开展，并于学界产生颇具规模的学术影响。这种研究形势也为断代文话的系统整理和研究提供了良好契机。

　　有明一代，文章批评蔚成风气，文献材料颇为丰富。文章学研究资料的几种类型，如独立成书或成卷之文话、文章总集、论文书等各类批评文献，数量庞大，形态多样，堪称明代文章学与文学批评研究之富矿。其中明代文话，作为区别于文章总集和论文书的独立样式，拥有独特的文本形态和理论品格，且数量可观，具备相当分量的研究价值。就尚处于起步阶段的明文话研究而言，进行穷尽性的文献搜集工作，是充分阐释明文话之特征与价值，并推动这项研究深入发展的前提。

第一节　文献搜辑：文话的范围
界定及总目调查

　　在考察明代文话著作之前，有必要对文话的概念和范围略作辨析。与同属于"话"体批评样式的诗话、词话一样,"文话"这一术语最初被用以命名专类文献也始于宋人。北宋王铚在作于宣和四年(1122)的《〈四六话〉序》中,自记著有《文话》一书:"铚类次先子所谓诗赋法度与前辈话言,附家集之末,又以铚所闻于交游间四六话事实,私自记焉。其《诗话》、《文话》、《赋话》各别见云。"①王铚以后,直到明代才出现了两种冠以"文话"之名的著作,即闵文振《兰庄文话》、李云《文话》,可惜二书皆已亡佚,前者据《千顷堂书目》卷三十二"文史类"、《明史·艺文志》"文史类"著录,均作"一卷",后者则为《绛云楼书目》卷三"文说类"所录。由此已可略见,由宋至明,"文话"之名似乎并未得到文人的广泛接受。清人在反思这种情形时,即指出"夫古今诗话多矣,文话则未之闻"②,李元度《〈古文话〉序》更有详论曰:

> 自梁钟嵘、唐司空图作《诗品》,繇宋迄今,撰诗话者几于汗牛充栋矣。宋王铚有《四六话》,近世毛西河有《词话》,梁茝邻有《楹联话》、《制艺话》、《试律话》,而文话独无闻焉。文莫盛于汉,汉之文浑浑灏灏,初无格律可言。逮建安、黄初,体裁渐备,于是论文之说出,《典论》其首也。嗣是晋挚虞有《文章流别》,梁刘勰有《文心雕龙》,任昉有《文章缘起》,宋陈骙有《文则》,王正德有《余师录》,李涂有《文章精义》。然自《雕龙》外,卷帙无多,其说亦未备。《明史·艺文志》有闵文振《兰庄文话》,《绛云楼书目》有李云《文话》,则皆轶不传。而日本国人所撰《拙堂文话》、《渔村文话》,反流传于中国。圣清文治昌明,登三咸五,求诸著述家,转无"文话"之目,非艺林中一阙典欤?元度侍养山居,取古今论文

---

① 王铚《四六话》卷首自序,王水照《历代文话》,复旦大学出版社2007年版,第1册,第6页。
② 叶元垲《睿吾楼文话》卷首陈用光序,《历代文话》第6册,第5357页。

语,博观而类录之,凡十门:曰宗经,曰考史,曰征子,曰衡集,曰辨体,曰问涂,曰辑评,曰纠谬,曰摭谈。综为《古文话》六十有四卷。①

李元度指出自两宋以降,诗话作品层出不穷,而清人亦有词话、楹联话、制艺话等品类,而独无文话,认为这是"艺林中一阙典"。此说当接引自《拙堂文话》作者斋藤正谦所谓的"文而无话,岂非缺典乎"②,而《古文话》的编纂也受到日本人所撰文话"反流传"之影响。《古文话》一书今未见,但据序文所称,此书"取古今论文语,博观而类录之"的编纂方式,实与王正德《余师录》取录"前辈论文章"者异曲同工,而所列"宗经"、"考史"、"征子"、"辨体"等门类,又与陈骙《文则》考录经书子史者相类。然而李氏所述似并未将《文则》、《余师录》、《文章精义》诸书视为文话。由此可见李元度以及斋藤正谦、陈用光等人对文评、文论一类著述是否属文话的断定,更多的是基于该书是否以"文话"命名这种简单直接的评判,而不是出于内容和体式的考虑。

清人对这种"阙典"情势的反省,多以诗话作为参照。但实际从内容上来说,李氏《古文话》所列"辨体"、"辑评"、"纠谬"诸目,已有别于传统诗话的内容特征,或仅"摭谈"一门接近诗话"资闲谈"的功能。与《古文话》差不多同时期的晚清几种以"文话"为名的著作,同样呈现出异于诗话"体兼说部"的文体特征。如阮元曾命学海堂诸生编纂《四书文话》,作于道光四年(1824)的《〈四书文话〉序》称:

> 唐宋诗话多,文话少,而明以来四书文话更少。非无话也,无纂之者也。余令学海堂诸生周以清、侯康、胡调德纂

---

① 李元度《天岳山馆文钞》卷二十六,《续修四库全书》第1549册,上海古籍出版社2003年版,第407页。
② 斋藤正谦《拙堂文话》卷首自序,《历代文话》第10册,第9831页。

之。诸生议分二十四门编之：一原始，二功令，三格式，四法律，五体裁，六命题，七程文，八稿本，九选本，十墨卷，十一社稿，十二元灯，十三名誉，十四考核，十五师承，十六风气，十七兴废，十八流弊，十九起衰，二十假借，二十一咎毁，二十二谈薮，二十三轶事，二十四五经。文虽未甚精详，然已积卷帙矣。录成二部，一部存粤东学海堂，一携归江南。①

可见《四书文话》之体系亦颇为庞杂，以指导时文写作为其主要编纂宗旨。叶元垲编成于道光九年（1829）的《睿吾楼文话》称"为古文作法起见，前辈短说，统行全录，长篇只节录其要语"②；张星鉴辑《仰萧楼文话》亦言明"余好读古人文集，见其论文之旨，有与敝意合者，录其词句以为吾论文之证据"③；孙万春撰《缙山书院文话》，"每课发卷，必不惮条分而缕析之"④，旨在阐析八股文作法。可知清人以"文话"命名的著作，就其内容来说，实与文论、文法并无严格的界分，且时文也成为涵括在内的言说对象。

从另一方面来说，或许有人会指出清人对文话性质、边界的判断，一定程度上与"话"体批评之体制及文学批评之观念至明清获得的较大发展不无关联，正如诗话发展至明清，其内涵较之诞生伊始已实现了大幅扩容。那么我们再来看最早以"文话"为名的王铚《文话》，是书今已亡佚，在明初尚有传本，唐之淳曾仿其体例，于洪武十三年（1380）编成《文断》一书，卷首《凡例》曰：

> 是书之编，大概依仿《文话》及《文章精义》、《修辞鉴

① 阮元《擘经室续集》卷三，《丛书集成初编》，商务印书馆 1935 年版，第 2210 册，第 130 页。
② 叶元垲《睿吾楼文话》卷首《凡例》，《历代文话》第 6 册，第 5364 页。
③ 张星鉴《仰萧楼文话》自跋，清咸丰十一年（1861）稿本，第 16a 页。
④ 孙万春《缙山书院文话》小引，《历代文话》第 6 册，第 5870 页。

衡》、《金石例》、《文筌》、《文则》等书。但《文话》太繁，《精义》无次，《鉴衡》详于诗法，《金石例》详于金石之文，《文则》、《文筌》本为作文而设，似难尽采。今门类视《文话》为简，《鉴衡》、《精义》各归其类，《文则》、《文筌》间取之。此三书当与是编并观，不可以此废彼。①

《文断》共分十五目，即总论作文法、杂评诸家文、评诸经、评诸子、评诸史、评唐文人文、评韩文、评柳文、评韩柳文、评宋文人文、评欧文、评曾文、评王文、评三苏文、评韩柳欧曾苏王六家文。可见其内容，概言之是以文法、文评为主。根据唐之淳在上引《凡例》中所称依仿《文话》之门类可知，王铚《文话》也应包括作文法及历代文评等内容而为《文断》所因袭。

　　而另一部已亡佚之《兰庄文话》，汪时跃《举业卮言》所引条目曰：

　　闵兰庄曰：古人好文字中，有思虑所不能及、见识所不能到而议论所不能发者。如夏云之峰，尖圆秀峭，曲直森耸，神采迥别，非巧画所能拟；如秋月之华，五彩绚烂，百色具备，晶英流动，非明目所能辨。盖其资禀之粹、积学之深、析义之精、见道之卓，万物皆具乎心，充然自得。所谓胸襟如太虚，轻清之气旋转乎外，而山川之流峙、草木之生长、禽兽虫鱼之飞走游跃，各有至妙，莫觉其所以然之故也。文之有妙处，何以异此？然非可以易言也。故山谷云："古人文章，规模间架、声响节奏皆可学，惟妙处不可学。"岂惟妙哉？入于神矣。②

此处所述，是在强调古人文章的至妙之处，不易为后人察觉、言

---

① 唐之淳《文断》卷首《凡例》，陈广宏、龚宗杰编校《稀见明人文话二十种》，上海古籍出版社 2016 年版，上册，第 31 页。
② 汪时跃《举业要语》，《稀见明人文话二十种》，第 392—393 页。

说乃至效仿。可知闵氏所撰文话,同样近于文论、文评。从以上材料我们大致可以断定,文话这一体裁自它诞生之初,就展现出不同于狭义诗话的内容取向和风格特征,而与文论、文评、文法等传统文章学文献大体上并无二致,并且历宋元以至明清都保持着相对稳定的内涵和外延。至于古人不太接受"文话"这一名称,更倾向于使用"论文"、"文说"、"文式"来命名,很大程度上是与文话言说、论评的对象——文章,在宋代以后被赋予了较高的文体地位以及广泛的文学和政治功能密切相关。正如林纾《春觉斋论文》所言:"论文之言,犹诗话也。顾诗话采撷诸家名句,可以杂入交际诙谐;若古文,非庄论莫可。"[①]因此,从研究的角度来说,我们对文话标准的认识,似不必沿袭清人拘泥于用"文话"作为著作称名的观点,而可参考传统文学批评文献中"诗话"、"词话"等专用术语,并借鉴王水照先生《历代文话》之编纂体例,将独立成书或独立成卷的文章批评文献统称为"文话"。

明确"文话"的定义标准和范围,有助于我们开展明文话的搜检工作,进而在全面搜辑、甄别的基础上,整理出较为完整的目录,展示明文话的基本面貌。有关文话文献的调查和整理,自20世纪末就开始得到学界的关注。在海外汉学的视域下,日本学者撰写的《拙堂文话》、《渔村文话》被译介到中国,选入1994年出版的《日本学者中国文章学论著选》。同年,中国台湾学者王更生先生发表了《开拓中国古代文学理论的新局——从整理"文话"谈起》,对文话的性质与价值作了初步的揭示,自此之后,台湾涌现了一批以文话作为选题的硕士、博士学位论文。其中李四珍《明清文话叙录》对明清两代文话从作者生平、版本源流以及文章学批评等几个方面作了探讨[②],此文对具体文话作品

---

① 林纾《春觉斋论文》,《历代文话》第 7 册,第 6329 页。
② 李四珍《明清文话叙录》,台湾文化大学硕士学位论文,1982 年。

的考察，分选文之属、评点之属、论文之属、四六之属四类，收录明代 15 种、清代 37 种，限于当时的文献检索及查阅条件，所搜集的篇目相对有限。2007 年，王水照先生主编《历代文话》的出版是文话研究在文献整理方面的重要成果，是书收录文话 143 种，其中明代 31 种。此后余祖坤先生编《历代文话续编》出版（凤凰出版社 2013 年版），收录清代、民国文话 27 种，不涉及明代。综合上述有关文话书目调查与文献整理的成果来看，当前对明文话目录的掌握，基本不出《历代文话》所收之范围。而《历代文话》作为一种通代文献丛书，其收录情况自然难以反映断代文话之全貌。因此，明文话的目录整理，需要我们从基础性的工作入手。一是以明清以来的各公私藏书目、方志著录以及丛书等作为搜检范围，调查独立成书之文话；二是在此基础之上，将调查范围拓展至以集部别集、总集类，子部杂家、类书、小说类为主的明人文献，来搜寻单独成卷的明文话。

以上两项工作的开展，不仅有助于我们尽力搜寻现存独立成书与独立成卷之文话著述，也为明文话佚目的搜辑提供众多线索。对单独成卷的明文话之搜检方面，子部文献如：张元谕《篷底浮谈》十五卷，杂谈道、理、经、史等计九门类，卷五专谈文，兼论诗、赋，凡十五则；郝敬《艺圃伧谈》四卷，卷一为“古诗”，卷二为“辞赋”、“乐府”，卷三为“唐体诗”，此三卷皆谈诗，卷四为“杂文”、“闲燕语”，则主要谈文。另外如王圻编纂之类书《稗史汇编》，其卷九十七至卷一百十三为“文史门”，卷一百十四至卷一百二十为“诗话门”。“文史门”共十七卷，视其内容可分经、史、子、文评、考释、辨讹及书法、金石等类。其中卷九十九“文章类”汇集文论、文法之语，卷一百至卷一百三则为文体论。郭良翰辑类书《问奇类林》三十五卷，卷十六至十八为“文学”门，其中卷十六“文学上”、卷十七“文学中”多评古今文人、文章，亦兼及诗、赋。此二卷搜罗广泛，兼采古今，如“文学中”即收录王世贞

《文章九命》。卷十八"文学下"则专论诗歌。别集类文献,如王衡《学艺初言》,附于明万历四十四年刊《缑山先生集》卷二十一;屠隆《鸿苞文论》,《澹生堂藏书目》卷十四"诗文评·文式文评"著录,当明人自《由拳集》卷二十三"杂著"辑出单行,《由拳集》存明万历八年(1580)冯梦祯刊本,《历代文话》即已据此整理,题作《由拳集·文论》。

至于佚目的搜辑,我们在翻检了大量明清以来的公私书目及方志之后,已获得近40种已佚的明文话。如祁承爍《澹生堂藏书目》卷十四"诗文评·文式文评"著录有宗周《宗氏文训》、胡来朝《小技臆谈》等书①。其中宗周《宗氏文训》一书,据其子宗臣所撰《刻文训叙》曰:

> 当是时,最爱读司马迁、庄周所为文词,往往发之篇章,空疏莽荡。家君大患之,于是作《文训》。《文训》成,日讽夕维,渐悟浮华,转窥精奥矣。癸、丙相继罢归,家君太息曰:"嗟乎!毋论汝苦,即余安所用训哉?"明年丁未,家君已五上春官,竟不第,愈益厌怒其文,遂谒选,分符东土而去。臣以己、庚两岁薄售有司,役役风尘,时检旧笥,得《文训》而读焉,辄独立裴回,喟然长叹。夫家君仅以文博一令,即臣又复不大售于有司,何言文哉?顾独有感于家君之教子者深也。抱病南还,夏子辈从游,日以文请,不得已则以《文训》授之,既而请梓以公其传。②

可知宗周《宗氏文训》当于嘉靖癸卯(二十二年,1543)前已撰成,为习文授学之本。另外如黄虞稷《千顷堂书目》卷三十二"文史类"著录有宁献王《臞仙文谱》八卷、宁靖王奠培《文章大模式》、

---

① 祁承爍《澹生堂藏书目》卷十四,《明代书目题跋丛刊》,书目文献出版社1993年版,上册,第1061页。
② 宗臣《宗子相集》,《明代论著丛刊》,台湾伟文图书出版社有限公司1976年版,上册,第537—538页。

王行《适意宜资》、瞿佑《游艺录》、温景明《艺学渊源》、闵文振《兰庄文话》、张大猷《文章源委》、汪思敬《学文广见》等已亡佚之文话①。

方志所著录者，如李居义有《文则》、《文断》二书，乾隆《绍兴府志》卷七十八"经籍志·诗文评类"著录。林应龙《文说》，雍正《浙江通志》卷二百五十二"经籍十二·集部五·诗文评"著录。霍韬《西汉笔评》，宣统《海南府志》卷十一"艺文略·集部·诗文评类"著录。陈建《滥竽录》，光绪《广州府志》卷九十六"艺文略七·集部四·诗文评类"著录，并有按语曰："《东莞乡贤录》云：'建论文谓九善九弊，因作《滥竽录》以为式。'"②

除了书目、方志等文献著录外，翻检明人文集亦可获得相关线索。如周瑛《翠渠摘稿》卷一有《文诀类编序》，略曰：

> 予少习文艺，苦不得其门路。尝博采诸家论说而类编之，以自轨范。客有见之者，曰："文犹兵也，吾试与子言之。左右定位，奇正异用，法也。或左左，或右右，或正正，或奇奇，机也。机出无穷，势无定在，若不乘其机而惟法是拘，吾将见子为人所擒矣。"予曰："乘其机而不拘于法，上也；守其法而求合于机，次也。上焉者，兵之神；次焉者，兵之精。神兵无敌于天下，精兵天下未易与为敌。予素怯，安敢废法以论兵。"客笑而去。书此冠于篇首。③

可知《文诀类编》为周瑛辑录诸家所论文章作法而成。明末另有王耕玄《文诀》一书，据张溥《王耕玄文诀序》所载："时文之说密矣，复以法苦之，不几申、商乎？虽然，苟无法焉，文益不治，是重困也。耕玄心恻焉，乃设数则以教人，曰：'如是焉，斯可矣。'予

① 黄虞稷《千顷堂书目》卷三十二，上海古籍出版社 2001 年版，第 777 页。
② 光绪《广州府志》卷九十六，《中国地方志集成》广州府县志辑第 2 册，上海书店出版社 2003 年版，第 609 页。
③ 周瑛《翠渠摘稿》卷一，《景印文渊阁四库全书》第 1254 册，第 722 页。

不敏,读焉心动,亦曰:'如是焉,斯可矣。'于是耕玄遂梓以行也。"①据此知该著为指导时文作法之书。

在具体的文献搜辑工作中,结合明代文章学及其文献的特点,仍有以下两个方面需要略作说明。第一,对论时文著作的甄选问题。明清以八股取士,时文兴盛,这是促成明清两代成为文话发展繁荣期的原因之一,前文已提及,阮元《四书文话》、孙万春《缙山书院文话》即为论时文之专著。就明代而言,随着科举考试日趋程式化和规范化,专为应试服务的考试用书应运而生,总的来看可以概括为以下几类:第一类是作为范文的时文选本,如陈仁锡辑《皇明乡会试二三场程文选》等;第二类是带批点、注释等形式的时文评点,如朱之藩编撰《刘太史汇选古今举业注释评林》等;第三类是探讨时文文法的著作,如李叔元辑《新镌诸家前后场元部肄业精诀》、陈龙正撰《举业素语》等。其中第三类因涉及时文写作技法的探讨和总结,实际上是带有文章学性质的时文论著,应作考察后酌收。首先,明人论时文的著作多与古文论密切相关,较难割裂。在"以古文为时文"、"以古文说时文"的风尚中,明代论时文的著作,往往借助古文文论进行阐释。譬如汪时跃辑《举业要语》,采录唐顺之、王世贞等名家论文语,虽为制艺而作,其内容却不为举业所限。其次,这类著作中不乏自成体系、论述精当的佳构。如武之望《举业卮言》,分为内外二篇,内篇分神、情、气、骨、质、品、才、识、理、意、词、格、机、势、调、法、趣、致、景、采,外篇分读书、看书、涵养、造诣、法古、师范、铨次、释篇、释股、要语,颇成体系。而袁黄《游艺塾文规》、《游艺塾续文规》则足可视为具有总结性意义的明代时文研究巨著。上述研讨时文作法的著作应纳入明文话范围,而它如时文

---

① 张溥《七录斋诗文合集·近稿》卷四,《续修四库全书》第 1387 册,第 340 页。

选本、时文评点均不阑入。

第二,对文章选本评点、总集序题的辑录问题。王水照先生在《历代文话》序言中将文论著作分为四类:"一是颇见系统性与原则性之理论专著。……二是具有说部性质、随笔式的著作。……三为'辑'而不述之资料汇编式著作。……四为有评有点之文章选集。"①在编选过程中亦曾辑录重要文章选集的评语。如删去宋楼昉《崇古文诀》选文,抽录评语而成《崇古文诀评文》一卷,又删宋谢枋得《文章轨范》选文,辑录卷前小序和评语而成《文章轨范评文》一卷。对于文章选集的处理,仍须结合明代文章学的特点稍作讨论。作为体制不同的文学批评形式,文话在范围界定时尚须与评点相区分。章学诚说:"评点之书,其源亦始钟氏《诗品》、刘氏《文心》。然彼则有评无点,且自出心裁,发挥道妙,又且离诗与文,而别自为书,信哉其能成一家言矣。自学者因陋就简,即古人之诗文而漫为点识批评,庶几便于揣摩诵习。"②"离诗与文,而别自为书"是诗话、文话等文学批评形式的特征;而评点则须与选文结合,附有旁注、批语,其主要特色是运用圈点。从文章学研究的角度来说,文话与评点各有侧重,不可混淆。再来看文章总集序题的辑录。序题,或称小序、序说、题辞,指文章总集在卷首、各体或各篇选文前所附的序文或题解,用以概述选文之大意及文体之体制、流变。对于这一类总集序题的辑录整理,以今人于北山、罗根泽二先生分别整理的《文章辨体序说》、《文体明辨序说》为代表。总集的序题不同于评点,序题多置于目录、卷首或选文之前,主要功能在于对总集编次中各类文体的阐说,对于所选文章依附性很小。更为重要的是,明人已认识到序题的文学批评价值,并将序题从总集中提

---

① 　王水照《历代文话》序,第 1 册,第 2—3 页。
② 　章学诚《校雠通义》卷一,《丛书集成初编》第 71 册,第 6 页。

取出来,而成为体制独立的文学批评样式。如明程敏政曾将吴讷《文章辨体》序题收入其所编《明文衡》卷五十六"杂著",题《文章辨体序题》。明唐顺之《荆川稗编》卷七十五亦录《文章辨体序题》。明司马泰《三续百川学海》卷十六曾收吴讷《文字辨体题辞》一书,或为《文章辨体题辞》之误,盖亦收序题成编。又如崔铣辑《文苑春秋》四卷,录自汉高帝《入关告谕》迄明太祖《谕中原檄》凡一百篇,仿《毛诗小序》,篇首缀以数言,阐说内容大概。又有《文苑春秋叙录》一卷,为各篇小序汇编之别本单行。除此之外,尚有黄佐《六艺流别》、徐师曾《文体明辨》等。明末清初贺复征在《文章辨体》的基础上加以增补而成《文章辨体汇选》一书,因其成于清代,故视为清代著述而暂不作考察。

综上所述,明文话的范围基本可确定为:以论古文的著述为主,兼收时文论著,酌收骈文论著;至于文章总集类著述,如吴讷《文章辨体》、崔铣《文苑春秋》之类,考虑到明人已有将其中题辞、凡例等辑录成编,以作为独立的文论著作,后人有循其例者,凡此亦酌予采纳。据此初步清理出明文话的基本目录,现存约90种,已佚者近40种,大致构成我们了解明代文话概貌以及研究明代文话与文章学的文献基础。

第二节　价值重估:对文话三重
形态的研究考量

与宋、元、清文话相比,明文话的数量居中,但与这数目相匹配的研究成果却寥寥无几,明文话之基本概貌、理论品格也未能得到揭示。想要改变当前明文话研究的被动局面,在已全面调查、搜辑总目的基础上,还须从这些著作的文本出发,以更为主动的姿态去寻求符合明文话自身特征的研究问题和方法,尝试去理解它们所寄寓的明人对文章写作与批评的不同要求。涵盖了文评、文论及文式多种类型的文话，由宋至明也愈发体现出其作为文章学载体的重要作用。当前有关文章学定义、内涵和特征的讨论，可谓众说纷纭。就学术发展来说，此类针对基本性质的研讨自然有助于不断调试和深化我们对文章学的理解。但作为一个动态发展的概念，对文章学在一定断限内的衡量，观察视角又须实现由一般到特殊的转换。这种转换，强调的是在一个相对完整的理论体系中对其历史性的追问，落实到具体研究，则体现为对作者及作品之历史语境和批评指涉的尽量还原。因此，立足于文话的文本形态，结合明代文章学所面临的包括思想、文化、制度等近世社会的多重因素，或许是尝试建立一套明文话研究体系的有效思路。

文话长期受到冷遇，从古人"夫古今诗话多矣，文话则未之闻"的自我反省，到20世纪以来文学批评领域中的乏人问津，较之研究相对成熟的诗话、词话研究，文话自然是相当落寞。对于这一状况产生的原因，已有学者作了多方面的揭示，概括地说，一是"文"与"话"的内在矛盾，二是20世纪初古文传统的断裂。前者从体制形态的角度解释了文话著述为何不以"话"命名的原因①，而这也在一定程度上削弱了它类似诗话、词话那样统一且鲜明的标识度；后者则是借学术史的梳理，探析近百年来文话研究以及文章学学科建设所承受的"负面作用"②。以上两点，其实也契合我们重估文话价值并推进深层次研究的具体思路，即如何在深入文话文本，紧扣其本体特征的同时，又不脱离所处的历史语境。

---

① 参见蔡德龙《文话的辨体与溯源》，《文学评论丛刊》第12卷第2期。
② 王水照、朱刚《三个遮蔽：中国古代文章学遭遇"五四"》，《文学评论》2010年第4期。

返观"五四"以来中国文学批评的建设，虽然我们一直强调文话的普遍缺席，但也应了解，文话从建设之初就已经进入前辈学人的视野，只是在当时文学观念中，文话多是不足称道的文献材料。在出版于1927年，象征着批评史学科创立的《中国文学批评史》中，陈钟凡提到：

> 中国历代虽无此类专门学者，然古人对于文艺，欣赏之余，未尝不各标所见，加以量裁：如曹丕《典论·论文》、陆机《文赋》、挚虞《文章流别论》、李充《翰林论》，皆其嚆矢也。惜曹、陆之作，并属短篇，挚、李之书，均归散佚；惟刘勰《文心雕龙》、钟嵘《诗品》独存，二者皆论文之专著也。此外若《宋书·谢灵运传论》、《北史·文苑传叙》、《唐书·文苑传叙》等编，又属断代为书，未遑博综今古。此后论文之书，如历代诗话、词话，及诸家曲话，率零星破碎，概无统系可寻。①

陈钟凡认为《文心雕龙》、《诗品》之后的论文之书，多零散而无体系。因而此书虽提及陈骙《文则》、陈绎曾《文筌》、王构《修辞鉴衡》等宋元文话，但仅仅停留于简单的介绍，并未作出深入阐论。郑振铎在同一年发表的《研究中国文学的新途径》一文，也认为中国古代"诗文评"或"文史"类的著作，虽有《文心雕龙》、《诗品》之开端畅流，但也只是"昙花一现"。他说：

> 所谓"文史"类的著作，发达得原不算不早。陆机的《文赋》，开研究之端，刘勰的《文心雕龙》与钟嵘的《诗品》继之而大畅其流。然而这不过是昙花一现。虽然后来诗话文话之作，代有其人，何文焕的《历代诗话》载梁至明之作凡二十七种，丁氏的《续历代诗话》，所载又二十八种，《清诗话》所载，又四十四种。然这些将近百种的诗话，大都不过是随笔

---

① 陈钟凡《中国文学批评史》，上海中华书局1927年版，第9页。

> 漫谈的鉴赏话而已,说不上研究,更不必说是有一篇二篇坚实的大著作。①

此后,郑氏又罗列出《四库全书总目》所标举的五个"诗文评"的品类,即"究文体之源流而评其工拙"者、"第作者之甲乙而溯厥师承"者、"备承法律"者、"旁采故实"者、"体兼说部"者,并对这五类诗文评作了如下评价:

> 除了第一、第二两类著作以外,其余的都不过是琐碎的记载与文法的讨论而已(像第一第二两类的著作却仅有草创的《文心雕龙》与《诗品》二种)。间有单篇论文,叙述古文或骈文之源流,叙述某某诗派,某某文社之沿革,或讨论二个文学问题的,或讨论什么文章之得失的。然却是太简单了,不成为著作。②

郑振铎于文末在对比中西图书分类法的基础之上,提出了一套中国文学整理的分类大纲。在"批评文学"一类中,将以《文心雕龙》为范例的"一般批评"与以《四六丛谈》、《论文集要》为代表的"文话"分立,可视为其上述观念的实践规划。郑氏所谓的"大著作"与陈钟凡强调的"统系",在对诗文评著作的理论价值评估上并无二致。此后方孝岳《中国文学批评史》同样以"规模"二字作了陈说:

> 研究文学批评学的人,往往只理会那些诗话、文话,而忽略了那些重要的总集了。其实有许多诗话、文话,都是前人随便当作闲谈而写的,至于严立个人批评的规模,往往都在选录诗文的时候,才锱铢称量出来。③

此类以理论的系统性、著作的完整性来评判文论作品的标

---

① 郑振铎《研究中国文学的新途径》,《中国文学论集》,开明书店1934年版,第6页。
② 郑振铎《研究中国文学的新途径》,《中国文学论集》,第7页。
③ 方孝岳《中国文学批评》导言,世界书局1934年版,第7—8页。

准,大抵皆因"五四"以来的学者多在西学思潮之浸染中,以西方的文学理论为参照来衡量中国文学批评史之建构。在这一观念的影响下,《文心雕龙》研究迎来热潮并逐渐发展为显学。相反,大量所谓"零星破碎"的文话作品在中西话语体系的巨大落差之中湮没无闻。直到20世纪末,中国台湾学者王更生宣言"龙学"的"黄昏"①,指出中国古代文论须以整理文话为契机来构建新的格局,以及本世纪初《历代文话》出版的开山导路,才使文话的系统整理与研究渐入正轨。

总的来说,从郑振铎"批评文学"整理的提倡,到当今学人对文话文献整理和汇纂的实践,虽然观念和侧重点不同,但他们的出发点是一致的,即以文学批评构建为目标来展开批评史料的采掘,进而带动学界同仁的共同参与。《历代文话》出版以来,文话与文章学研究即已吸引了许多学者的目光,相关领域也取得了一批值得关注的成果。文献整理方面,如《历代文话续编》(凤凰出版社,2013年)即在《历代文话》之后进一步汇编清代至民国之文话著作,《稀见明人文话二十种》(上海古籍出版社,2016年)则选取二十种稀见罕传之明人文话,进一步完备明文话的文话调查与整理。具体研究,如有慈波《文话发展史略》(复旦大学,2007年)、吴伯雄《〈古文辞通义〉研究》(复旦大学,2009年)等博士学位论文在宏观及个案方面予以关注,另外像侯体健《资料汇编式文话的文献价值与理论意义——以〈文章一贯〉与〈文通〉为中心》(《复旦学报》[社会科学版]2009年第2期)、卞东波《日本汉籍视域下的文话研究》(载《中国古代文章学的衍化与异形——中国古代文章学二集》,复旦大学出版社,2014年)等文章则以不同视角对文话研究做了积极的拓展。以上研究虽非尽

---

① 王更生《开拓中国古代文学理论的新局:从整理"文话"谈起》,《文艺理论研究》1994年第1期。

属于明文话之列,但所取得的成果昭示我们,做好文献调查、考订的基础工作,对于进一步认识明文话的基本概貌、特定品质及其作为批评文献如何在古代文章学研究领域中发挥作用,是具有奠基意义的。以文献形态进入文章学及文学批评的建设序列,是文话价值应被认识的第一个层面。

对文话价值重估的第二个、也是更为迫切的层面,是回归文本形态的考察,强调文话的本体研究。在文献足够丰富的近世,仍以过去的眼光看待这些材料,重复前人的判断,对于我们理解明文话的特征和价值是毫无意义的。因为在批评风尚渐盛、书籍流通便利的明代,作为文学批评之一种,文话的文本流动性和生长空间也相应地得以扩展,其体制同样呈现出多元化的特征,已非以往批评史写作所注重的系统著作所能涵盖。

单就明文话的文本生成及其特征而言,一方面,结构松散的随笔体,或曰狭义层面的文话仍较为习见。这类著作往往以随意的书写方式,保留了话体批评的结构特征。如宋禧《文章绪论》、冯时可《谈艺录》皆属此类。另外像王鏊《震泽长语·文章》、何良俊《四友斋丛说·论文》、张元谕《篷底浮谈·谈文》、张仲次《澜堂夕话》等则命名上即已采用了近于"说部"的"语"、"说"、"谈"、"话"。值得留意的是,狭义的诗话与文话虽然形式相仿,但在内容之"及事"与"及辞"的取舍中,文话则是以偏向后者的论评文章和讲说格法为主,带有鲜明的实践性和功用性。

另一方面,汇编体文话在明代取得显著的发展,其编刊亦显示出批评文献的近世性特征。事实上,以往对此类利用现有材料加以汇编的作品是不太重视的,这当然与它们自身所具备的内容重复蹈袭、形式琐碎繁冗等特性有关。四库馆臣对这类为数不多收入《四库全书总目》的明人文话予以很低的评价:如指出徐骏《诗文轨范》"其书杂采古人论文之语,率皆习见。所载诏、诰、表、奏诸式,尤未免近俗"①,黄洪宪《玉堂日钞》"钞撮宋陈骙《文则》、李耆卿《文章精义》,明何良俊《论文》、王世贞《艺苑卮言》、吴讷《文章辨体》五家之言,共为一书","实则骙等之书具在,无庸此之复陈也"②,朱荃宰《文通》"取古今文章流别及诗文格律,一一为之条析","然大抵撦拾百家,矜示奥博,未能一一融贯也"③,唐之淳《文断》"皆采掇前人论文之语,抄录而成",此书虽足资考证,"然舛误冗杂,亦复不少","则其由贩鬻而来,不尽见本书可知矣"④。馆臣的说法,抓住了明代文话传抄蹈袭,以及因此导致的原创性低下等多为后人所诟病的文本特性。事实上,此类采用"辑而不述"形式的文话著作,在宋代即已出现,如张镃的《仕学规范·作文》、王正德的《余师录》,但其编纂体例及编排手法直到明代才渐趋完善。作为现存明代最早的汇编体文话,在洪武十三年(1380)成书的唐之淳《文断》,即已依经史子集四部和唐宋诸家之文评进行分类编次。到了明代中后期,又出现了如高琦《文章一贯》、刘元珍《从先文诀》等依据文章作法之基本程式进行汇编的著作,编排思路更为明晰。随着编纂体例的完善,体系完整也逐渐成为明代汇编式文话的特点。

对此类汇编体文话的价值评估,除了文献辑佚和校勘之外,至少还可以从以下两个文学层面进行考量。首先,从文本生成的角度来说,宋元以来大量文章学文献的积累,为明文话文本的编排和组合提供了多种可能,上文提到的唐之淳《文断》在凡例中提到该书的编纂仿自《文话》、《文章精义》、《修辞鉴衡》、《金石例》、《文筌》、《文则》等书。其中提到的《文则》、《文章精义》皆为

---

① 永瑢等《四库全书总目》卷一百九十七,中华书局 1965 年版,下册,第 1799 页。
② 永瑢等《四库全书总目》卷一百九十七,下册,第 1802 页。
③ 永瑢等《四库全书总目》卷一百九十七,下册,第 1803—1804 页。
④ 永瑢等《四库全书总目》卷一百九十七,下册,第 1804 页。

后世援引蹈袭最为频繁的著作，如万历间王弘诲《文字谈苑》四卷，卷一论古文部分即据《文则》裁割重编而成，徐枿于万历二十三年(1595)编成的《重校刻艺林古今文法碎玉集》二卷，"古文法"部分同样据《文则》辑成。综合考察这一文本重组的过程，解读文本之"重复"所体现的文章观念和诉求，比一味指斥它们缺失原创性更富意义。其次，明代后期随着明人论著的逐渐积累，并在科举制度及商业出版的推动下，明人选本朝文人论文语加以汇编的方式，便逐步取代了前期依赖宋元资料进行类编的模式，诸如袁黄《游艺塾续文规》、汪时跃《举业要语》、汤宾尹《读书谱》、刘元珍《从先文诀》等，均辑录茅坤、唐顺之等明代文家之论说，亦体现了明代文章之学因适应社会文化之发展而不断调试的局面。促成上述两点的动因之一，则是"刻本时代"所带来的近世社会、学术、教育等诸多领域的变革。

　　由此引发的第三个层面的思考，是明文话的文化形态考察。自宋元至明清，不同历史时期的文化投射，干预着批评文献的写作、传播与被阅读，作为一种反馈，后人又可以从中窥探到包括政治、经济和思想在内的时代印记。以此为出发点来探讨明文话的研究价值，实则超越了理论品格高下之分的标准，那么无论是理论精深的著作，还是识见浅显的文本，皆可以等量齐观。比如庄元臣《行文须知》、张溥《初学文式》、杜浚《杜氏文谱》等文法、文式、文格一类的作品，长期被视为蒙学读物而鲜有人问津，但从现存明文话中此类著作所占较高的比重来看，正是这些为初学作文者而设的文法类书籍，通过不断适应多层次的文化需求，逐步完成古代文章学在近世社会面向中下层的、通俗化的普及和延伸。又如汪正宗《作论秘诀心法》、徐枿《古今文法碎玉集》、汪应鼎《流翠山房辑选八大家论文要诀》等出自低功名阶级文人之手的作品，看似随意抄掇、粗制滥造，却恰好反映了在文权逐渐分化的近世社会，通过中下阶层文人的共同参与，最基础的文章学法脉与知识系谱得以逐步形成与延续。

以上三重形态的价值评估,是一个循序渐进的过程。对仍处于起步阶段的文话研究来说,从文献与文本角度对明文话作更多的探讨,自然显得尤为重要。而以此为前提,将研究视野稍扩展至外部而与社会文化相结合进行考察,同样是接下来需要开展的工作。总的来说,当前的文话研究,在文献搜集、考订的条件足以胜过"五四"以来批评文学建设时期的同时,相对应的文学观念和评价标准,也应在不断地反思与重估旧有的格局中得到改善。一旦突破了原来的批评体系,我们讨论的基本立场,便不再局限于前人所划定的方寸之地,而可以返归到明人所处的近世社会与明文话的历史语境,这样一种态度,是我们尝试对诸多以往不受重视的著述予以较为公允及合理评估的前提。

第三节 视角切换:明代文章学
建构的多元思路

近年来,明清诗文领域已受到学界广泛的关注,其中明清文学批评与文学理论的研究已取得显著的成果①。自 20 世纪末以来,有关明代文学批评、文学思想及文学思潮的探讨可谓盛况空前,成绩斐然。但其所铸成的理论"大厦",往往会使后来者带着先入为主的观念,将一些研究附着于当前已建立起来的批评框架之中,这自然不利于明代文学批评的持续发展。作为一支新晋的势力,明文话研究也不可避免地会面临类似的难题,如何为明代文章学、文学批评提供新的活力,而非简单的文献补益与知识叠加,是值得进一步思考的问题。以下三个方面的视角转

---

① 参见周明初《走出冷落的明清诗文研究:近十年来明清诗文研究述评》,《文学遗产》2011 年第 6 期。

换,或许可视为通过文话研究来推动近世文章学多层次建构的努力方向。

一是从士人文章学到通俗文章学。尽管学界对近世社会的文化与文学之转型已有了一个基本的认知,但不可否认的是,传统诗文批评的关注重点仍集中于士人尤其是精英阶层的理论主张层面。从明代前后七子、唐宋派、竟陵派的各派论争,到清代桐城一脉的发展演变,主流文派的思想脉络及士大夫精英的文学观念,大致构成了明清近世文章学之主线。伴随着近世社会政治和思想文化的革新与更迭,这一主线又从其自身体系中延展出新的生长空间。其中最值得关注的,或即文章学的下行渗透。

我们以"士人文章学"来指称由士大夫精英所倡导的、理论层次较高的文章学主张,那么与其相对应的,则是平民化或是通俗化了的文章学。从一定意义上来说,以论文书为代表的单篇文论更多地体现了文人精深的理论书写,相比之下,形式自由、出版便利的文话著作则是通俗文章学的天然载体。尽管明文话中同样存在着如宋濂《文原》、王世贞《文评》、屠隆《鸿苞文论》之类理论品格相对较高的著作,但不容小觑的是大量以知识普及和写作指导为主要内容的通俗读本,正是它们反映了明代通俗文章学的基本面貌。一方面,一批进士出身的士大夫凭借着话语权的掌控,通过文话的刊行来规范和引领着以士子为主要阅读群体的文章习作。承宋元文法而来的曾鼎《文式》,为艺林所传诵的袁黄《谈文录》、《举业彀率》、《心鹄》三种,传授作文"九字诀"的董其昌《论文宗旨》,搜集诸家论文真诀的汤宾尹《读书谱》等可视为此类作品的代表。另一方面,作为对文坛风向自下而上的回应,以举人、诸生为主体的底层文人以及书商、书坊主,共同参与到了授学读本的编撰、整理与出版,如辑《举业要语》的举人汪时跃,编《作论秘诀心法》的生员汪正宗以及续补《举业厄言》的"职业编辑"陆舳之等。正是这些来自不同阶层力量的加入,使得近世文章学发展在明代呈现出由基础到高阶并存的立体格局。在教育制度和科举制度的规约下,伴随着阅读对象的调整,面向底层文人与市民阶层的通俗文章学,其内容更加具体和细致,更倾向于知识的普及和规范的建立。这一点可以拿近世诗学的通俗化进程作为互参,宇文所安在《通俗诗学:南宋和元》中说得明白:"通俗诗学作品把传统诗学的某些最基本的假定揭示出来,这弥补了它们微妙与细致不足的缺欠;它们直白地说出了大批评家只是精明地点到为止的内容。"①稍作引申,也可以理解所谓"大批评家"的理论主张与一般化的知识、法则的对应互补关系。这里也需要说明,提出研究视角在士人文章学与通俗文章学之间的切换,并非意在以后者取代前者,是强调二者的动态平衡,尝试调整以往单一的研究局面。

二是从理论型文章学到实践型文章学。对通俗文章学的观照,又牵涉到另一个值得关注的话题,即文章学批评与写作的双核。前文提到"五四"以来批评史写作低估文话价值的问题,其中尚可以补充说明的是,自清人以下,从四库馆臣到近代以来的学人,对诗文评中的格法类作品都评价较低,对于明文话中的文法、文式类著作,也多视其为蒙学读物和制举用书而不屑研究。前者从理论品格的高度来加以否定,后者以古文与时文的优劣判别来进行批判,二者所持的价值评判标准则是一致的,即均视技法论为文章学之末流。不管这一观念是显性的还是隐性的,所带来的结果是文章学研究框架中理论阐释与法度解析的失衡。换句话说,以往我们所重视是以理论为主、批评型的文章学,而对以实践为目的、建设型的文章学缺乏相应的关注。

---

① 宇文所安《中国文论:英译与评论》,王柏华、陶庆梅译,上海社会科学院出版社2003年版,第467页。

　　对于明人而言,文章法度之所以重要,在于唐宋时代逐渐建立起来的规范化的文章法则,成为他们创作实践中无法回避的实际问题。对此,清人已作了不少反思,如姚范指出:"字句章法,文之浅者也,然神气体势,皆阶之而见。古今文字高下,莫不由此。"①一方面,正如唐顺之在《董中峰侍郎文集序》中强调"唐与近代之文,不能无法,而能毫厘不失乎法,以有法为法,故其为法也,严而不可犯"②,士大夫精英阶层在尝试模拟甚至意欲比肩前代文章时,总结与反思前人作文法度是重要的取法途径。另一方面,我们更应该认识到,对初学作文者和应举士子来说,较之抽象的"精神命脉",具体化的"绳墨布置"是更具可操作性和易于接受的。由此也可以理解,为何南宋以降关注文章形式和技法的文话、评点作品不断涌现,为何明人尤重"辨体"并通过具体分类来厘清不同文体的形制特征和写作准则。可以说,宋元时期"以法为文"的文章学传统建立以来③,文法谱系的发展演变成为近世文章学的重要一脉。明人如何在这一谱系中实现传承与新变,那些聚焦于文章技巧的文法和文格类著作有待作深入、全面的考察。这方面,相对成熟的诗学研究已作出了诸多值得借鉴的尝试,以张健《元代诗法校考》(北京大学出版社2001年版)、张伯伟《全唐五代诗格汇考》(江苏古籍出版社2002年版)为代表的文献辑考工作,以及学界理论研究的相应展开,使得格法研究成为过去十年诗学领域中较为活跃的板块之一。与近世诗学面临宗尚与师法的问题相似,近世文章学同样面对着历经上古及中世社会逐步建立起来古文传统。所不同的是,作为近世社会与文化形态的一部分,明代文章学尚需对科举制

---

①　姚范《援鹑堂笔记》卷四十四,《续修四库全书》第1149册,第111页。
②　唐顺之《重刊荆川先生文集》卷十,《四部丛刊》影印明万历刊本,第35b页。
③　有关宋元文章学"以法为文"的成就和特点,参见祝尚书《宋元文章学》,中华书局2013年版,第418—422页。

度与时文写作作出积极的回应。正、嘉之后，诸如庄元臣《论学须知》、王弘诲《文字谈苑》等文话的相继问世，也显示出明人借助文话的刊行，意欲援古文之法干预时文创作的努力。正是上述文章学所面临的实际状况，决定了取资于古文以及向时文输出的文法论，成为明代文章学实践的关注重点。基于这些考虑，提出将重视法度论、偏重实践型的文章学纳入考察视野，意在尽量消除以所谓印象式批评为代表的感性认知所带来的视野局限，因为结合文章批评、强调创作实践，是古代文章学区别于古代文论的重要特征。

　　三是从文章的经典化到批评的经典化。与明人阐说法度、论评文章相匹配的，是他们编选各类文章选本来作为示范。南宋以来文章评点、文话的不断涌现与广泛传播，在很大程度上推动了近世散文经典化的进程，"唐宋八大家"即为其中典型①。如果将视角稍作位移，也可以发现，如果说文章选本、评点本的流行使得古文大家及其文章的声价日增的话，作为批评话语传播的介质，文话的传刻则更多地促成了批评经典在明代的形成。两者的异曲同工之处在于：就明人系统整理和利用前代文献的层面来说，选录前人论文之语的汇编体文话，以类似"文话选本"的姿态在明代大行其道，其功能恰恰是将一些经典论说筛选和过滤了出来；从更深层次的文化意义上来看，无论是文章范本还是文法、文评，在科举教育的意识形态导向中均具有极为广泛的接受度，而所谓的经典与权威正是从这种普及化的过程中被逐步树立起来的。何良俊的如下观点直观地反映出明人作文取法

---

① 关于"唐宋八大家"自南宋至明的逐步形成，高津孝《论唐宋八大家的成立》一文已作阐发，指出从吕祖谦《皇朝文鉴》到茅坤《唐宋八大家文钞》，诸多文章选本以其制举用书的角色担当，使八大家成为"中国社会自身所析出的散文作家的典型"。载高津孝《科举与诗艺：宋代文学与士人社会》，上海古籍出版社 2013 年版。

于经典文论的状况：

> 古今之论文者，有魏文帝《典论》、陆机《文赋》、挚虞《文章流别论》、任昉《文章缘起》、刘勰《文心雕龙》、柳子厚《与崔立之论文书》，近代则有徐昌谷《谈艺录》诸篇，作文之法，盖无不备矣。苟有志于文章者，能于此求之，欲使体备质文，辞兼丽则，则去古人不远矣。①

此处有关"作文之法"的强调，显示出明人对这些经典文论的定性判断，即对"有志于文章者"来说，它们无疑是可以参考的文章指南。

从明文话来考察文章批评经典化的发生过程，仍可以唐宋八大家的例子来加以说明。唐宋以来，论文书的撰写逐渐成为文人表达文章学理论的主要方式之一，古文大家的论说更是成为后世学子的治学根柢和作文门径。前引柳宗元《与崔立之论文书》即为一例，又如明人孙鑛《与吕甥孙天成书牍》说到：

> 举业无他秘术，但在多作。作之多，诸妙自出。又不可太着意，又不可太率易，要持其中乃可耳。柳子厚《答韦中立书》中数语尽之矣。②

从宋代张镃《仕学规范·作文》、王正德《余师录》，到元代王构《修辞鉴衡》，再到明代诸如《文断》、《文章辨体·总论作文法》、《文体明辨·文章纲领》、《举业卮言》等，八大家论文书的片段不断地出现在文话作品中。重复和高频率实际上包含着一种历史选择的意味，正反映出明人对那些言说一再强调，甚至奉为圭臬的态度。清人对此也有相同的认识，梁章钜《制义丛话》引胡爱斋、程海沧语曰：

---

① 何良俊《四友斋丛说》卷二十三，《续修四库全书》第 1125 册，第 674 页。
② 孙鑛《月峰先生居业次编》卷三，《四库禁毁书丛刊》集部第 126 册，第 226 页。

唐以前，无专以文为教者。至韩昌黎《答李翊书》，柳柳州《答韦中立书》，老泉《上田枢密书》《上欧阳内翰书》，苏颖滨《上韩太尉书》，乃定文章指南。……操觚之士，苟好学深思，心知其意，制义之金针不即在是哉？①

　　除了八大家文论外，从明文话的编纂中，我们还可以看到宋元时期的文章学文献在明人阅读群体中的评价和地位。比如朱熹之论文语，作为理学家文论的代表，多为明人援引而获得了较为普遍的价值认同，余祐于嘉靖三年（1524）编成的《朱文公游艺至论》即为典型。又如宋元文话中《文则》《文说》两种文法著作在明代不断传刻并文本衍生，先后被改编入徐骏《诗文轨范·文范》、曾鼎《文式》、佚名《诗文要式》、杜浚《杜氏文谱》等明文话。总之，宋代以后文章学的一部分内容是围绕承接已有的批评文献而展开的，在大倡复古之风的明代，这一倾向显得尤为明显。通过文话的编纂，明人在这方面作了一系列遴选和汇辑工作，这是值得关注的一个话题。

　　以上三点，可视为文章学及其研究向纵深拓展的尝试。就学术生态而言，文章学所面临的，既包括明代文学发展的特定背景，也包括近世文学演进的总体脉络，这是上述第一和第三点将要处理的工作。而驱动文章学运转的关捩，则是第二点提到的创作实践。文学批评与文学创作相脱离，可以说是白话文取代文言文所带来的负面效应，也是古文传统遭"五四"斩断的直接后果。对古代文人来说，文章写作是他们日常生活乃至生命历程中必须直面的严肃问题。关于这一点，作为一种与创作实践尤为密切的批评样式，古代文话或许将带给我们更多的学术思考。

---

① 梁章钜《制义丛话》卷二，上海书店出版社2001年版，第34页。

第四节　途径探索：作为研究
方法的"近世性"

中国文学史的分期是学界长期关注的话题，其中以上古、中世、近世为框架的分期方法，最早借鉴自日本学者有关日本史、中国史的研究，并参照了欧洲的历史分期法。相比于以朝代为断限的断代分期法，以上古、中世、近世三期来划分中国文学史的方法，更贴近文学自身发展演变的阶段性特征。近年来如章培恒、骆玉明两位先生主编的《中国文学史新著》，袁行霈先生主编的《中国文学史》，均采用了这一分期法来划分"现代"以前的中国文学史。其中，作为中国文学史上的"近世"，学界对其上限时间的断定，包括上述两本文学史专著在内，尚存有不同的见解，但落实到具体的划分标准及其对"近世文学"有关民间化、通俗化等特征则已能达成一定的共识。

此种有关元明清文学的"近世性"，以文学权力的分化和下移为主线，主要体现为：一是在市民意识和文化需求不断增长的情况下，文学表现形式和内容的世俗化；二是随着社会、经济尤其是作为文化媒介的出版业的发展，文学生产、传播和消费机制的商业化和多元化。作为近世文学的一个分支，明代文章学在演进过程中，为适应世俗化社会的普遍需求，无论是其话语权向更广大识字阶层的延伸，抑或是其学术内涵向通俗和实践文章学的扩容，均表现出近世文学的特征。而作为文章学重要文本载体的文话，因其主要流行于明清两代，某种意义上可视为近世之"产物"，同样展示出契合上述近世性的特质：无论是文话撰述和阅读主体阶层的下移，还是文话内容侧重文章写作技法的实践导向，甚或是文话之汇编所展现的商业化运作的特点。此种近世性对于我们开展明文话研究同样具有重要的方法论意义。文学史观念中的近世,同时也是历史学、社会学的分期,因而呈现出上述领域互相联动的复杂关系,这与我们强调明文话的历史语境与文化形态是相一致的。另外,就文学史书写而言,新兴的文学样式(小说、戏曲)已被视为近世研究的主要对象,而传统诗文领域则缺乏分量相当的观照,那么,在一定程度上与科举制度相伴,肇始于宋元、盛行于明清的文话,被放置于近世这一标尺下加以衡量,无论是对文话研究本身,还是对明清诗文研究的拓展,或都是一条行之有效且富有意义的考察途径。

唐宋古文运动的开展、儒学传统的恢复以及科举制度的逐渐完备,构成了近世社会及其思想、学术的整体生态。北宋以后,文以载道的文学功用与政治职能得到普遍认同,与之相匹配的,是在科举制度层面从宋元时期以诗赋和经义多次递变,到明代罢诗赋而用经义、策论的定型,文章的地位在由虚向实的学风转向中被逐渐巩固。正是在这种文章学的背景之下,借助日益发展的雕版印刷和书籍市场,以及在此基础上不断深化的资源共享与商业交流,文话发展到明代,随着作者、读者群体的扩大以及商业化运作的加入,愈发呈现出世俗化的特征。

基于以上思考,从文话研究的角度来说,作为方法的近世性至少可包括以下两个层面。一是以书籍为中心,围绕编撰者、阅读者与出版者(主要是书坊)共同形成的文化场,来考察文话生产与流通的过程。从目前已知的数据来看,嘉靖以后出版的作品数量占据了明文话总数的四分之三,这与明代中后期印刷出版业的日益发达密切相关。在这一文化资本的运作中,书坊作为文话生产与流通的枢纽,无疑起到了重要的作用。一方面,出于射利的考虑,书坊的着眼点是满足图书阅读者之需以扩大市场占有率,由此则可以观测到明中叶以后逐渐崛起的中下阶层,对获取文章学写作法则与知识的巨大需求,显著的例子即编撰者和书坊为引导阅读,往往会在题名中注明作者、批评者及其身份地位等"副文本"以凸显书籍的权威和质量①,如《新锲诸名家前后场肄业精诀》、《汤睡庵太史论定一见能文》、《新刻张太史手授初学文式》。这些"名家"、"太史"的身份标注以及"肄业精诀"、"一见能文"的命名策略,均显示出文话生产一端对广大受众消费需求的回应。另一方面,部分书坊主同时以编撰者的身份参与到文话的制作环节,借助已累积的文献资源,通过文本的复制、筛选、重组和拼合等加工手段来产出作品。如万历间衢州书坊主舒用中就曾辑录前贤文论汇为《雅林指玄》一书,民国《衢县志》卷十五"艺文志下·集部·诗文评选"著录曰:

> 前有万历甲申了凡袁表序,后有浙衢少轩舒用中跋,略谓余近购归茅太史所著论文诸篇,如董贾与国朝名公未载已。自班马以至唐宋,其间根柢理道,有切于论文者,悉取而录之,名曰《指玄》。篇篇大雅,字字玄邃,似又为艺林之绳尺矣。集成乃鸠工梓之云云。按:用中前志未见,书为明刊本,刻工甚精,亦近时罕见物也。②

借此可直观地看到书籍市场的扩展为文话的衍生提供了更大空间。通过书坊的编辑运作,已有的旧材料又再生为新作品以满足不同时代读者的需求,这使得汇纂式文话在明代大量刊行。

除了书坊主外,编撰者和读者也是这一文化场的重要组成。从上引舒用中的文论购入和《指玄》产出也可以看到,后二者往往形成身份的转换或统一,进而构建起一个互动的、对话式的交

---

① "副文本"的概念由法国叙事学家热拉尔·热奈特(Gérard Genette)提出,在《副文本:阐释的门槛》(*Paratexts: Thresholds of Interpretation.* Translated by Jane E. Lewin. Cambridge: Cambridge University Press: 1997)一书中,热奈特详细阐释了书籍文本以外的诸如题名、作者、序跋、凡例、插图等元素如何引导和影响阅读。

② 民国《衢县志》卷十五,《中国地方志集成》浙江府县志辑第 56 册,上海书店出版社 1993 年版,第 73 页。

流圈。仅就明文话编撰者的身份区分来说,进士出身的士大夫文人仍占大半。作为推动明代文章学进程的主力,士大夫精英以及他们高阶的理论主张自然是研究者首先关注的对象。但以近世社会文人的生存需要和功名追求而言,在科举制度的主导下,浸淫于最基础和广泛的文章学知识体系,至少是他们必须经历的人生阶段。由此产生的一部分与高阶相对的普及类文话,仍不失为我们考察这些文人生命情志的一块内容。比如明初唐之淳早年的拟古情结与《文断》的编纂,又如周瑛《文诀类编序》也说到:"予少习文艺,苦不得其门路。尝博采诸家论说而类编之,以自轨范。"①到了晚明,随着私人出版业的兴盛,原先较为封闭的"以自轨范"开始转变面向大众的、更为活跃的出版活动。像汤宾尹、董其昌等文人均是在入仕后,以刊布文话的方式来树立典范或标示文法,扩大他们在民众尤其是士子中的影响和号召力。譬如董其昌《九字诀》,自刊行以来,影响甚大,其相关文本为万历间诸如《游艺塾续文规》、《举业要语》、《新刻官板举业卮言》、《从先文诀》等探析时文作法的专书所收录。相对应的,像汪正宗、徐耒、汪应鼎、张次仲、杜浚、左培等低功名文人,又纷纷完成由阅读者(因他们本身就是文章教习或科考参与者)向文话编撰者的转换,通过知识的传输和经验的表达,来占据文化场的一席之地。

作为方法的近世性的第二个层面,是以文章学的理论与实际为探析目标,结合教育制度、科举制度以及由二者所联结的士大夫官僚、习文士子和书坊主等不同阶层,尝试打通上层与底层、古文与时文的界线,考察它们如何通过文话产生内在联系,不仅是展现士大夫的文风引领和理论辐射,而且是揭示下层文化势力的崛起及其造成的反向影响。若以粗线条的形式对明代

---

① 　周瑛《翠渠摘稿》卷一,《景印文渊阁四库全书》第 1254 册,第 722 页。

文章学之演进加以勾勒,可以看到它大致是沿着两大路径并行展开的:一是在古文领域,以接续自秦汉而历唐宋的文统为重任,其间各类追摹、师法均可视为这一体系建设下的不断调试;二是在时文领域,于制度规定的范围内尝试完成对文体内部空间的极致追求,正、嘉之后的"以古文为时文"的提出以及各式新说的注入①,则可以看作是这一内部空间饱和之后的自我破解和对外接纳,此过程实与近世社会思想、文化之变革息息相关。从历时的视角来看,考察包括文话在内的批评文献,可以了解到明代前期的文章学建设主要是在古文方面,如从宋濂《文原》、宋禧《文章绪论》、苏伯衡《述文法》等馆阁文人撰写的授学读本中,均可看出明初文章教育的直接途径是承续元代延祐复科所塑造的雅正文风,推崇古作。但到了明中叶以后,随着一批时文巨擘的集体活跃以及出版业的推波助澜,时文论评开始成为一种颇为流行的批评风尚,进而铸就了晚明别开生面的学术格局。落实到文话的研究,其中值得关注的大致包括以下几点:一是在宏观层面,探析明代的文章学如何借助科举制度的内在驱动,逐渐完成其体系内部的新陈代谢——大致以万历中为界,明人自主的批评话语开始取代宋元旧说占据主导地位;二是继续深入有关古文与时文关系的研讨,分析明人如何以更具开放性的文章学观念,来弥补时文封闭体系内"自我造血"功能的欠缺②,如董其昌《九字诀》对禅宗思想的吸收已显现出晚明思潮对文法体系的渗透;三是结合出版史,考察时文大家有关文章技法的言论

---

① 清人方苞概括明时文之演进,指出正、嘉作者"融液经史",隆、万间"兼讲机法,务为灵变",启、祯诸家"穷思毕精,务为奇特"。(《钦定四书文》凡例,《景印文渊阁四库全书》第 1451 册,第 3 页)
② 这一欠缺集中体现为"恪遵传注"的日趋繁琐与自我封闭,万历间传统四书评注的滞销为其突出表现,相关论述可参见周启荣《为功名写作:晚明的科举考试、出版印刷与思想变迁》,《当代西方汉学研究集萃·思想文化史卷》,上海古籍出版社 2012 年版。

如何成为公共资源和文化资本的过程,如《举业要语》选录历科进士三十五家之论文语,《新刻官板举业卮言》卷二专收隆庆、万历历科会元,题作"会元衣钵",《流翠山房辑选八大家论文要诀》则选录赵南星、袁黄、董其昌、吴默、赵之翰、汤宾尹、黄汝亨、王衡八家,这些汇辑时文方家论文语的汇编类文话也将纳入研究的范围。

最后需要说明的是,近世性是一个包容度很强的概念,因其本身即包含着史学、哲学、社会学等诸多因素,故而在方法论层面上也有其开放性。文话研究自然需要立足于文学本位,以文献考订与理论阐释为根基,但同时也应尝试从更丰富多元的视角如出版史、制度、权力、教育等来探讨。以近年来盛行的新文化史理论为代表,海外汉学界运用这些新途径对于明清文学已有了丰富的研究成果,也引起了国内学界的一定关注。在此,提出作为方法的近世性,一方面希望通过近世文学的整理观照,破除文话研究在传统批评史叙述中面临的困境,使其不至于遭到切割;另一方面,也自觉文话研究无法回避甚至需要重视科举、教育、出版等近世社会的复杂元素,故希望在中西学术积极对话的背景下,通过文话研究的探索实践,尝试推动近世文章学向多层次、立体格局的方向。

第一章　明文话的话语体系及其演变

　　"文话"之名虽始于宋代,但早在汉代,专门评论及研究文章的论著如刘勰《文心雕龙》即已问世。《四库全书总目》"诗文评类"小序说:"文章莫盛于两汉,浑浑灏灏,文法成立,无格律之可拘。建安、黄初,体裁渐备,故论文之说出焉,《典论》其首也。其勒为一书,传于今者,则断自刘勰、钟嵘。"[①]清人将文章批评之观念上溯至魏晋时期的同时,也有认为文话之源始于《文心雕龙》,梁章钜《制义丛话》卷首《例言》指出:"文之有话,始于刘舍人之《文心雕龙》,诗之有话,始于钟记室之《诗品》,降而宋王铚之《四六话》,近人毛奇龄之《词话》、孙梅之《赋话》,层见迭出,惟制艺独无话。非无话也,无好事者为之荟萃以成书也。"[②]至隋唐,又出现了一批探讨文章作法的专著,如倪宥《文章龟鉴》、孙郃《文格》、王瑜《文旨》、王正范《文章龟鉴》、冯鉴《修文要诀》、僧神郁《四六格》,但多散佚不存[③]。至宋代,以陈骙《文则》为代表的古文论著开始出现,其背景是唐人始倡导的古文之学经由宋人承续发展,在由六朝以来文笔之辨向唐宋以后诗文之分的转型中,随着古文文体地位的逐步确立,一套围绕古文为核心的文章学统系开始构型,文章学论著的体制特征和批评话语也在这

---

①　永瑢等《四库全书总目》卷一百九十五,下册,第 1779 页。
②　梁章钜《制义丛话》卷首《例言》,上海书店出版社 2001 年版,第 7 页。
③　参见张伯伟《全唐五代诗格汇考》附录四《全唐五代诗文赋格存目考》,凤凰出版社 2002 年版,第 574—576 页。

一过程中得以初步形成,这构成了中世文学演进过程中重要的脉络。

继之而起的近世文学,与中世文学的显著界分,是文学权力的下移和通俗文学的兴起。这种文权由上层统治阶级通向社会不同阶层的位移和分化,同样对中世以来已经过长时段发展的文章学产生不小的冲击和影响。文话作为在近世尤其是在明清两代取得蓬勃发展的文章学著作,无论是其批评话语抑或是言说方式,均在中世已初步形成的固有框架中呈现出不同程度的调整和变动。再从文话文本生成的角度来说,明人文话的书写,尽管不同的著作有其各自所侧重的言说指向,但大体上又围绕着某些特定话题进行展开,显示出有律可循而非杂乱无章的现象。而这些受到明人广泛关注的公共话题,通过文人的写作、流通、传播以及再写作的过程,成为具有学术生命力的话语体系,进而构成了明文话文本生成的大致架构。

第一节　文章学话语的主体架构
及其在明代的发展

唐宋时期由韩愈、柳宗元为代表的士大夫阶层所倡导的"古文运动",围绕他们所言说并创作的"古文",推动与这一文体建设相关的文章政治功能和文人道德修养等层面的变革,最终建立起古文之学的体系,可以说是中世文学之一大转型。自宋代以后,古文正式取代骈文占据文坛的主导地位,与之相匹配的文章审美观念与批评标准也发生转变,并且形成了一系列相对稳定的批评话语形态,为文章学在元明清近世的发展演进构设了基本的运行框架。有明一代文话之撰述也正是在以此框架为主线的语境中建构其话语体系。

一　道、气、文：古文运动与文章学三元关系之原型建构

在中国古代文人的文学观念里，文章尤其是唐宋以来的古文，因具备较强的政治、学术功用，向来被视为最高级别的文类。文章学的发展也与古代礼乐制度、政治制度以及社会文化保持着密切的联系。吉川幸次郎《中国文章论》开篇即指出：

> 在中国人的意识里，做文章——即把想用语言表现出来的东西用文字写下来——是人间诸生活中最重要的事情。如果这样说有些过分的话，也可以说是最重要的事情的一件。由此而来的结果，文章作为人格的直接象征，在中国人的生活中，至少在已往的生活中，占有着极其重要的位置。①

唐宋以来，文章用以承载儒家伦理道德的观念逐渐形成，这种道、器二元关系中，作为体道之人的"人格"诉求也特别提出来，由此构成了北宋以后以义理、学养和辞章三元关系为基础的文章学体系。

返观中世文学的"古文运动"，韩、柳诸公所提出的"古文"概念，虽然直接针对的可以说是六朝以来的骈俪文风，但其内核则超越骈文和古文的文体之别，落实在对体现文章价值和社会功能的"道"的强调及阐说之上。如韩愈《答陈生书》中所谓的"愈之志在古道，又甚好其言辞"②，柳宗元《答韦中立论师道书》亦云"始吾幼且少，为文章以辞为工，及长，乃知文者以明道"③。

---

① 吉川幸次郎《中国文章论》，王水照、吴鸿春《日本学者中国文章学论著选》，上海古籍出版社 1994 年版，第 259 页。
② 马茂元《韩昌黎文集校注》卷三，上海古籍出版社 1986 年版，第 176 页。
③ 柳宗元《柳河东集》卷三十四，上海人民出版社 1974 年版，下册，第 542 页。

关于"古文"与"古道"之关系,经宋人柳开、石介、欧阳修等人的阐发,至周敦颐提出"文以载道"的文论观念,"载道"说便成为后世学者关注的重要命题。与重视文章的政教功用相适应,唐宋诸家将他们所体认的"道"定位为儒学语境下的道德伦理规范。基于这种载道的诉求,文章创作主体即体道之人的"学养"亦被着重提出,并被要求体现于载道之具的文章中,以作为联结形而上的"道"与形而下的"文"的中间介质。如韩愈《答李翊书》云:"(气)不可以不养也,行之乎仁义之途,游之乎诗书之源,无迷其途,无绝其源,终吾身而已矣。气,水也;言,浮物也。水大而物之浮者大小毕浮,气之与言犹是也,气盛则言之短长与声之高下者皆宜。"① 柳宗元亦云:

> 吾每为文章,未尝敢以轻心掉之,惧其剽而不留也;未尝敢以怠心易之,惧其弛而不严也;未尝敢以昏气出之,惧其昧没而杂也;未尝敢以矜气作之,惧其偃蹇而骄也。抑之欲其奥,扬之欲其明,疏之欲其通,廉之欲其节,激而发之欲其清,固而存之欲其重。此吾所以羽翼夫道也。②

韩、柳在此提出的"气",自唐宋以来广为文论家所称引,实已成为文人学养的集中体现,甚至是某种指称③。由于创作主体所禀赋的"气"对作为文辞的"言"起着重要作用,因此"养气"也被视为"羽翼夫道"的具体途径。

韩、柳以下,"古文运动"在宋代继之而起,且同样与儒学的发展保持着密切的联系。从宋人的诸多文论中,可以看到,宋代古文理论的展开也大致延续着上述道、气、文三元范畴为主体的

---

① 马茂元《韩昌黎文集校注》卷三,第 170—171 页。
② 柳宗元《柳河东集》卷三十四,下册,第 543 页。
③ 有关"气"的自然、人文等属性,及其作为传统文学理论的重要范畴在唐宋以后多被用于文学批评的讨论,可参见汪涌豪《范畴论》,复旦大学出版社1999 年版,第 453—463 页。

基本框架。最典型的例子如吴子良《荆溪林下偶谈》云：

> 为文大概有三：主之以理，张之以气，束之以法。①

显然是从文章写作的角度，将气以及分别属于道、文范畴中的理、法视为一个连贯统一的话语形态。宋代有关文、道关系论的展开，一方面如柳开、孙复、王禹偁、石介所论，是沿着韩、柳开辟的路途向前推进，至欧阳修提出"道胜者文不难而自至也"②，"师经必先求其意，意得则心定，心定则道纯，道纯则充于中者实，中充实则发为文者辉光"③，已将文与道的关系描述得颇为全面，且同时在学养层面强调了自"师经"以至"中充实"的创作主体之精神修养。另一方面，则是传统儒学体系内部理学的发展，进而引发理学与文章学的分离，以及所谓"道学家"与"古文家"在文、道关系论上的异趣与殊途，同时也开启了此后弥"合周程、欧苏之裂"的学术命题④。在文、气和道、气的关系论方面，可留意者如苏辙在《上枢密韩太尉书》指出"文者气之所形"，"气可养而致"⑤，借助孟子"养吾浩然之气"一言重申了养气的重要性，并且以孟子和司马迁之例阐说了养气的具体途径。理学家王柏则明确提出"正气"的概念，其《发遣三昧序》曰：

> 文章有正气，所谓载道而记事也。古人为学，本以躬行讲论，义理融会贯通，文章从胸中流出，自然典实光明。是之谓"正气"。⑥

在《题碧霞山人王公文集后》一文中，王柏又指出："气亦道也"，"学者要当以知道为先，养气为助。道苟明矣，而气不充，不过失

---

① 吴子良《荆溪林下偶谈》卷二，《历代文话》第 1 册，第 558 页。
② 欧阳修《答吴充秀才书》，《欧阳修全集》卷四十七，中华书局 2001 年版，第二册，第 664 页。
③ 欧阳修《答祖择之书》，《欧阳修全集》卷六十九，第三册，第 1010 页。
④ 刘埙《隐居通议》卷二，《景印文渊阁四库全书》第 866 册，第 34 页。
⑤ 苏辙《栾城集》卷二十二，上海古籍出版社 1987 年版，第 477 页。
⑥ 王柏《鲁斋集》卷四，《景印文渊阁四库全书》第 1186 册，第 63 页。

之弱耳;道苟不明,气虽壮,亦邪气而已,虚气而已,否则客气而已。不可谓载道之文也。"①这是站在理学家"文以载道"的立场来讨论"知道""养气"与文章的联系,而其中所提倡的"躬行讲论",与同时期宋儒提倡的一系列修养方法,均可视为理学家在学养视野下对传统文气论的补益。

元人主张文、道合一,修复宋代以来"周程、欧苏之裂",推动理学与文章学的融通。戴表元在《紫阳方使君文集序》中提出"统绪"之说:"窃独怪夫古之通儒硕人,凡以著述表见于世者,莫不皆有统绪,若曾、孟、周、邵、程、张之于道,屈、贾、司马、班、扬、韩、柳、欧阳、苏之于文。"②集中代表了元代文人文道合一、文统与道统并重的观念。郝经《原古录序》亦直言"道即文""文即道","道非文不著,文非道不生"③。正因这种理学与文章学的融合,元代多数文章家也兼通理学,合宋人所谓"知道者"与"能文者"于一身,如宋濂在《元史·儒学传序》中所指出的:"元兴百年,上自朝廷内外名宦之臣,下及山林布衣之士,以通经能文显著当世者,彬彬焉众矣。"④元代的儒学之士,追求一种宋濂所谓的"以经艺颛门者"和"以文章名家者"之统合,因而凡习为文章者,多以理学为学养根基,重视个人涵养。

正是在这种学术风气中,元人论文多涉及文气论和文人修养论。这在元代文话中也有所表现,如陈绎曾的《文说》《文笙》和《古文矜式》。陈氏论文同样主张言道、宗经、明理,这在《文笙》自序中交代得很清楚:

---

① 王柏《鲁斋集》卷十一,《景印文渊阁四库全书》第1186册,第172页。
② 戴表元《剡源戴先生文集》卷十一,《四部丛刊》影印明万历刊本,第4a—4b页。
③ 郝经《郝文忠公陵川文集》卷二十九,《北京图书馆古籍珍本丛刊》,书目文献出版社1988年版,第91册,第727页。
④ 宋濂等《元史》卷一百八十九,中华书局1976年版,第14册,第4313页。

夫筌，所以得鱼器也，得鱼则筌忘矣。文将以见道也，岂其以笔札而害道哉！且余闻之，《诗》者情之实也，《书》者事之实也，《礼》有结文之实，《乐》有音乐之实，《春秋》有褒贬，《易》有天人，莫不因其实而著之笔札。所以六经之文不可及者，其实理致精故耳。人之好于文者求之此，则鱼不可胜食，何以筌为！①

陈绎曾在这里阐说了其撰写此书并命名为"文筌"的缘由，"文将以见道"的说法自然与唐宋古文家的观点并无二致。同时，他也强调"文"为"理之致精者也"，"彼精于事理之文，假笔札以著之耳；非若后世置事理于精神之表，而唯求笔札之华者也"②，其中的华、实之辨以及对汉魏以来"以笔札为文"的指摘，也颇有承续韩、柳"古文运动"精神的意味。在《古文矜式》中，陈绎曾又称："文者，言之精也。天下精妙之言，非识见高者能之乎？"③通过"文"将致精的理与言统一了起来，而这种对致精的追求，又须文人通过提高自己的识见来实现。可见陈绎曾的文章学思想同样是置于致精之理、精妙之言与有识见之人三者贯联的框架中。

在理与气的关系层面，陈氏提出了一系列"养"的方法，如《文章欧冶》"古文谱一"系统地阐释了"养气法"，归纳为"澄神"、"养气"、"立本"、"清识"、"定志"。《古文矜式》亦设有"培养"一目，分为"养心"、"养力"、"养气"，并指出文章与人品之关联说：

文章与人品同。自古大圣大贤，非有英雄气量者不能到也。英雄之气，担负天地；英雄之量，包含古今。担负天

---

① 陈绎曾《文章欧冶》卷首自序，《历代文话》第 2 册，第 1226—1227 页。《文筌》曾为明初朱权重刻并更名为《文章欧冶》，参见杜泽逊《明宁献王朱权刻本〈文章欧冶〉及其他》，《文献》2006 年第 3 期。
② 陈绎曾《文章欧冶》卷首自序，《历代文话》第 2 册，第 1226 页。
③ 陈绎曾《古文矜式》，《历代文话》第 2 册，第 1291 页。

地之至重,包含古今而有余,气量如立,天下之道德成,天下之事业无不可,况区区古文而有不高者乎? 欲气量高,何法而可? 曰:熟读《孟子》,以昌吾气;细看《尧典》,以恢吾量;参以《史记》诸纪、世家、列传,以博其趣。①

以古之圣贤和经典作为人品和文章的极致代表,来强调担负天地之气和包含古今之量对文章写作的重要性。另外如《文说》首列"养气法",也指出"切不可作气,气不能养而作之,则昏而不可用,所出之言,皆浮辞客气,非文也"②,与韩愈《答李翊书》中有关气与言关系的描述颇有相通之处。

具体到"言",陈绎曾则用大量篇幅探讨了实践文章学的内容,即《文章欧冶》"古文谱"之识题法、式、制、体、格、律等,《文说》之抱题、明体、分间、立意、用事、造语、下字诸法。陈绎曾有关文人学养的探讨,引入诸如养心、养力、清识、定志等概念,大大扩充了传统文气论的内容,其中如澄神、读书等问题,在后来的明人文话中也多有所涉及。在陈氏之前,尚未见有文章学专著如此集中、细致地讨论文人学养以及文章作法等重要问题,而《文筌》等书的出现,除了与前述兼重理学与文章学的元代文学风气不无关系之外,也和科举之学在元代延祐实现其制度的恢复后开始勃兴密切相关,四库馆臣即指出《文说》"乃因延祐复行科举,为程试之式而作"③,陈氏在《文说》中也说"今世为学,不可不随宜者,科举之文是也"④。从这个角度来看,道、气、文这一文章学的基本构型,也已渗透入科举制度的框架中而获得新的发展空间,这种渗透在明代中后期"以古文为时文"的潮流中尤为明显。

---

① 陈绎曾《古文矜式》,《历代文话》第 2 册,第 1291 页。
② 陈绎曾《文说》,《历代文话》第 2 册,第 1339 页。
③ 永瑢等《四库全书总目》卷一百九十六,下册,第 1791 页。
④ 陈绎曾《文说》,《历代文话》第 2 册,第 1347 页。

唐宋"古文运动"的开展，以及士大夫阶层的构成由汉魏以来的门阀制度向隋唐以后的科举制度的转变，对中国文章学的体系产生了重大影响。基于文章体现社会政治功能和文人注重学识修养的诉求，唐宋时期的士大夫精英围绕古文以及相关学术和政治形态的建设，最终调试出一套以道、气、文三元范畴为主体的文章学构型。此后随着社会与文学的发展，尽管各个时期的文章学有各自的新变和调整，但这个主体框架始终保持着基本稳定的状态①。至清代，桐城派所主张的义理、考证、文章，包括章学诚所谓的义理、博学、文章三者合一②，可以说仍是以上述框架作为原型加以塑造而成。

二　"文"的视野：文道论与文气论在明代前中期的流衍

上文简单梳理了"古文运动"以来道、气、文三元关系的演进历程，其中文、道二元虽然了历经了较为复杂、曲折的离合轨迹，但最终又在既重理学又倡古文的元人那里渐趋统一。随着延祐科举制度的恢复，程朱理学被推尊至主导地位，进一步推动了元代中后期文风向平和、雅正的方向发展③。另一方面，理学的持续兴盛，也促进了文章学内部学养层面在"养气"基础上的扩张，即如陈绎曾所提出的"尽心曰专精，考索曰博习，摘要曰旁通，涉

---

① 有关唐宋以来道学、理学及心学等围绕"气"为中心的发展脉络，可参见小野泽精一等《气的思想：中国自然观与人的观念的发展》，上海人民出版社2007年版。
② 章学诚《文史通义·原道下》："义理不可空言也，博学以实之，文章以达之，三者合一。"（叶瑛《文史通义校注》卷二，中华书局1985年版，上册，第140页）
③ 有关元代科举制度的恢复与平和、雅正文风的形成，可参见余来明《元代科举与文学》，武汉大学出版社2013年版，第182—209页。

猎曰泛览,遴选曰钩玄"①,强调通过研习经史子集及百家诸书的这种"实用工夫"②,来培养修业习文的学养基底。

元明之际,文人对文、道关系的阐释亦大致循此方向而来,并致力于进一步巩固道、气、文三者的紧密关系。如宋濂论文即主张"明道之谓文,立教之为文,可以辅俗化民之谓文"(《文说赠王生黼》)③,而在《文原》中,宋濂又系统地阐说了他所持的文章观,同样是以道、气、文三元作为理路:

> 大抵为文者,欲其辞达而道明耳。吾道既明,何问其余哉?虽然,道未易明也,必能知言养气,始为得之。④

宋濂论文主张"明道",《文原》上篇曰:"吾之所谓文者,天生之,地载之,圣人宣之,本建则其末治,体著则其用章,斯所谓秉阴阳之大化,正三纲而齐六纪也。"⑤其立论着力于文章体现社会政教功用上,至于如何明道,宋濂又主张"宗经":"余既作《文原》上下篇,言虽大而非夸,惟智者然后能择焉。去古远矣,世之论文者有二:曰载道,曰纪事。纪事之文,当本之司马迁、班固;而载道之文,舍六籍,吾将焉从?"⑥除了明道和宗经之外,宋濂同样将"养气"作为作文明道的重要环节,《文原》下篇即集中讨论"养气":

> 为文必在养气。气与天地同,苟能充之,则可配三灵,管摄万汇;不然,则一介之小夫尔。君子所以攻内不攻外,图大不图小也。力可以举鼎,人之所难也,而乌获能之,君子不贵之者,以其局乎小也。智可以搏虎,人之所以难也,

---

① 陈绎曾《文章欧冶》,《历代文话》第 2 册,第 1235 页。
② 陈绎曾《文章欧冶》,《历代文话》第 2 册,第 1235 页。
③ 宋濂《宋学士文集》卷六十六,《四部丛刊》影印明正德刊本,第 5a 页。
④ 宋濂《文原》,《历代文话》第 2 册,第 1530 页。
⑤ 宋濂《文原》,《历代文话》第 2 册,第 1528 页。
⑥ 宋濂《文原》,《历代文话》第 2 册,第 1530 页。

而冯妇能之，君子不贵之者，以其骛乎外也。气得其养，无
所不周，无所不极也。揽而为文，无所不参也，无所不包
也。……人能养气，则情深而文明，气盛而化神，当与天地
同功也。①

不难看出，其中论调与前引陈绎曾所谓养"担负天地"与"包含古
今"气量的说法颇为相近。至于"文"的层面，宋濂则主张师法孟
子、韩愈和欧阳修三人的文章："六籍之外，当以孟子为宗，韩子
次之，欧阳子又次之，此则国之通衢，无榛荆之塞，无蛇虎之祸，
可以直趋圣贤之大道。"②宋濂此文实为文章选本《宋太史校选
文章正原》书前序文，清钞本《文原》于末尾又云："今选孟、韩、欧
之文为一编，命二三子所学，日进于道，聊相与一言之。"③后又
附《文章正原》目录，其中选孟子文三十篇、韩愈文三十五篇、欧
阳修文五十四篇，可视为宋濂肯定孟、韩、欧三子，尤其是韩愈、
欧阳修二家文章"直趋圣贤大道"价值的体现。

　　同为黄溍门生的王祎，在《文训》中也主张文以载道，又以六
经为根基："本之《诗》以求其恒，本之《易》以求其变，本之《书》以
求其质，本之《春秋》以求其断，本之《乐》以求其通，本之《礼》以
求其辨。夫如是，则六经之文为我之文，而吾之文一本于道矣。
故曰：经者，载道之文，文之至者也。"④论辨文道关系的同时，王
祎也将"才"、"气"等学养因素定嵌入文本于道的价值序列之中：

是故文有大体，文有要理。执其理，则可以折衷乎群
言；据其体，则可以剸裁乎众制。然必用之以才，主之以气。
才以为之先驱，气以为之内卫。推而致之，一本于道，无杂
而无蔽。惟能有是，则统宗会元，出神入天，惟其意之所欲

---

①　宋濂《文原》，《历代文话》第 2 册，第 1528—1529 页。
②　宋濂《文原》，《历代文话》第 2 册，第 1530 页。
③　宋濂《文原》，南京图书馆藏清钞本，第 3b 页。原未标页码。
④　王祎《文训》，《稀见明人文话二十种》上册，第 17 页。

言而言之,靡不如其意,斯其为文之至乎?①
王祎把"才"和"气"分别视为文章的"先驱"和"内卫",似有分辨
才、气二者微妙关系之意。骋之以才,守之以气,相对来说,才须
驰骋彰显于外,而气则涵泳积养于内。在明清文人的文学观里,
"才"也被视为创作主体所禀赋的品质而成为讨论为学、为文的
重要范畴。如魏禧在《论世堂文集叙》探讨气与载道之文的关系
时,同样指出:"气之静也,必资于理,理不实则气馁;其动也,挟
才以行,才不大则气狭隘。然而才与理者,气之所凭,而不可以
言气。才于气为尤近,能知乎才与气者之为异者,则知文矣。"②
魏禧所分析的"动"、"静"之辨与王祎所谓"先驱"、"内卫"之喻也
有相通之处。

　　另一位浙东文人唐之淳,也秉持着崇儒重道的标准作为考
量文章的价值观,这集中体现在他于洪武十三年(1380)完成编
纂的《文断》中。《文断》一书主要采辑宋儒论说与宋元文论而
成,唐之淳在《凡例》中交代了该书的编纂细节,特别指出:

　　　　是书之编,虽为作文而设,然文以理为主,今特于宋文
　　人类中首陈周、程、张、朱明理之言,以示作文者有所归
　　宿云。③

具体到文章层面,则体现为对韩、欧等唐宋诸家古文传统的重
视。《文断》在收录唐宋文评时,将八大家之文评单独列类,以示
与其他唐宋文人之区分:"是书之编,凡言唐人文、宋人文者,专
指唐宋诸杂家,韩、柳、欧、曾、王、苏六先生不与焉。犹言唐诗而
李、杜二家不列也。"④据《文断》所收的具体条目,这里所谓的
"六先生"、"六家",其实是八家,已合三苏为一家,或与其师朱右

①　王祎《文训》,《稀见明人文话二十种》上册,第13页。
②　魏禧《魏叔子文集》卷八,中华书局2003年版,上册,第396页。
③　唐之淳《文断》卷首《凡例》,《稀见明人文话二十种》上册,第32页。
④　唐之淳《文断》卷首《凡例》,《稀见明人文话二十种》上册,第32页。

曾编选唐宋八家大家文集,且同样合三苏而名以"六先生"不无关系。应该说,在明初崇儒重道、推行经术的文治背景中,文道合一依然是此时期明人文话写作的主要内容,而像《文原》《文断》均在阐析文道关系的基础上,将韩、欧等唐宋诸家标榜为文章明道宗经之典范,也与明初唐宋文统之建构合轨。

至弘治、正德间,文章复古运动兴起,文风渐变,明初建立起来的唐宋文统遭到挑战。除了力倡"文必秦汉"的前七子,吴中文人对于"文"的认知同样值得关注。摒排唐宋文统、力斥八家之文的祝允明,在他专论文章的《祝子罪知录》卷八中,对上引宋濂《文原》及唐之淳《文断》均予以了激烈的批判:

> 所称近人选辑之缪者,如吕祖谦、真德秀、楼钥、谢枋得、李涂之属,悉是由其取舍主意,词必本枯钝,理须涉道学,不知大通之义,千情一律而已。论文如宋诸杂小说中亦皆然。迩日如唐之淳《文断》、宋景濂《文原》之类弥甚。[1]

祝氏对宋人诸文章选集以及《文原》、《文断》的批驳,其立论根基是对宋以来形成的一系列文章话语形态的排斥。在该卷中,祝允明就文道关系以及文统论,提出了破、立两方面的论述,所立者为文章"根本乎五经,平览乎十代(秦、汉、魏、晋、宋、齐、梁、陈、隋、唐)"[2],也即开篇所谓"文极乎六经而底乎唐,学文者应自唐而求至乎经"[3];所破者为唐宋诸家,曰"今称文,韩、柳、欧、苏四大家,又益曾巩、王安石作六家者,甚谬误人"[4]。祝允明进一步指出所谓误人的理由,是宋人所提出"文起八代之衰"的历史命题,"斥六代之绮靡"造成了文章表现功能的长期缺失。祝氏在该卷中积极经营的一个为六朝文章辩护的立场也由此彰显

---

① 祝允明《祝子罪知录》卷八,《四库全书存目丛书》子部第83册,第732页。
② 祝允明《祝子罪知录》卷八,《四库全书存目丛书》子部第83册,第725页。
③ 祝允明《祝子罪知录》卷八,《四库全书存目丛书》子部第83册,第722页。
④ 祝允明《祝子罪知录》卷八,《四库全书存目丛书》子部第83册,第727页。

出来：

> 自有文字以来，上昉六籍，下薄五代（此五代谓晋、宋、
> 齐、梁、陈），大抵一貌，少有优劣高卑尔。直自韩而后，乃一
> 变之，遂至于今，改形易度，虽其所斥韩前未变之作，亦自古
> 昔相承，渐偏而靡，非若后之顿别而悬殊也。且就其说而究
> 之，其所以病之者，谓其比偶也，谓其绮丽也，谓其缛积也，
> 谓其故实也，谓其奥涩也，谓其迂顿也，谓其艳冶也。噫！
> 斯见也，亦可知其迷昧伦类也已。凡是目者，若不善也，然
> 而文之本体所具者也。如据而反之，若反对以散，反丽以
> 朴，积以疏，实以虚，奥以浅，顿以经，艳以素，若善也，然以
> 文之本体所具也。由其为不善者，以偏重而过，偏重而过而
> 堕于不善。假令从其所反，偏重而过，则又宁能以独尽善
> 乎？夫文之为物，本末偕建，华质双形，并苞而不遗，并用而
> 不悖，踞中以揽边，握要以延博。时质而质，时华而华；理欲
> 其质，词欲其华；骨欲其质，貌欲其华。是岂余之私哉？①

祝氏针对唐宋以来对六朝文章绮的指斥，指出六经与六朝文章
"大体一貌"，并强调所谓比偶、绮丽、缛积、艳冶等特质实际上是
"文"这一本体所具备的，试图从根本上动摇宋人"文起八代之
衰"的论说，进而从竭力维护六朝文章上升到对"文"本体属性
（尤其是文学性）的揭示上来，同时尝试通过调和"华"、"质"两个
要素来赋予文章文学表现功能的合理性，扩展了以往"文"仅用
以载道或明道的单一属性。

祝允明对六朝文章的崇尚，当与其时吴中文人为文多讲究
辞藻的风气密切相关。另一个重要因素，则是《文选》在明中叶
以来的渐趋流行。也正是在这种形势下，嘉靖间王文禄撰《文

---

① 祝允明《祝子罪知录》卷八，《四库全书存目丛书》子部第 83 册，第 727—
728 页。

脉》,视《昭明文选》为"文统",并在提升"文"的地位基础上提出"因文见道",展示出与祝允明颇为相近的论文趣尚,尤值得留意。

王文禄(1503—约1591),字世廉,海盐(今属浙江)人。嘉靖十年(1531)举人。喜读书,曾辑《百陵学山》百种一百二十卷,所撰《文脉》即曾收入于此。另著有《廉矩》、《竹下寱言》、《诗的》等。在文、道关系论上,王文禄虽主张文道合一,如他关于诗、文之辨中指出"文显于目也,气为主;诗咏于口也,声为主。文必体势之庄严,诗必音调之流转。是故文以载道,诗以陶性情,道在中矣"①,但他对"文"的认知并不局限文、道关系的单一标准上,而是向着经以外的子、史、集进行拓展:

> 是故六经,文原也,子、史、集,文支也。是以析理丕六经,骋奇淆诸子,纪事括诸史,摛辞瞻诸集。《昭明文选》,文统也,恢张经、子、史也。选文不法《文选》,岂文乎? 五季历元,文运极否,我明出而夷攘夏整,泰交否休,储积渟涵,笃生多士,是宜我明之文越宋驾唐,超秦轶汉,作配三代矣。皇陵碑文体用六朝,气雄两汉,文华也,实见六朝后不足法也。夫六朝之文,风骨虽怯,组织甚劳,研覃心精,累积岁月,非若后代率意疾书,顷刻盈幅,皆俚语也。夫惟俚语为文也,见文奇者,讥曰艰深绮靡之文,见文俗者,夸曰明体适用之文,无怪文日卑也。……今变复古,必选历代之文定其格。夫《文选》尚矣,莫及焉。②

在此,王文禄明确是以"文"作为其论述的中心,将经视为其本原,而子、史、集则为分支,四者各自对应了文章的不同功能,即"析理丕六经,骋奇淆诸子,纪事括诸史,摛辞瞻诸集"。文章明

① 王文禄《文脉》卷一,《历代文话》第 2 册,第 1693 页。
② 王文禄《文脉》卷一,《历代文话》第 2 册,第 1692 页。

道以外的纪事、表现等功能也被凸显出来。由此可见,至少到了明中叶,明人对"文"的认知已经不再拘泥于明初宋濂所谓"明道"、"立教"的单向维度。在上述涵括四部的开放体系中,王文禄对集部的重视,使得他格外重视历代文章选集。而在诸集中,尤重《文选》,视为文章正统和轨范,所谓"六朝后不足法",这与他肯定六朝文章的观念相同。王文禄指出六朝之文风骨虽弱,但胜在"组织",与前述祝允明所持的态度相近。王氏亦有"华"、"实"之辨曰:

> 古之文也简而质,明心也,诚也;今之文也繁而虚,昧心也,伪也。明心也,学至而言,言必据己;昧心也,好胜而言,言必欺人,匪心得也。试观之草木,华而后实,实结而后华零。文譬华,道譬实,使未华而望实,未实而去华,鳌矣。羲画孔述非文哉?无文则道曷见也?是以因文见道,道成而文自忘。今未见道而先舍文,文非文,道非道。故曰:考实则无道,抽华则无文。①

从中可以看出,在王文禄的观念里,文、道二元并非割裂的关系,而是基于对道的诉求,反过来强调文的重要性。在这样一种"因文见道"的逆向逻辑中,文及其"华"的本质特征便突显了出来。此外,更值得留意的是王文禄对"心"的讨论,所谓"明心也,学至而言",显示出他对个人心性涵养的强调,将"养心"视为文人为学、为文的重要环节。为此,王文禄指出:

> 为文须有文心,始可与言文,盖识见高明,不染利欲。若庄周、屈平及李太白,超然尘外,百代无继之。匪文难,文心难也。心或夹杂,本失矣,词华曷生哉?且为文如蚕口抽丝作茧,一闻响则口停,而丝肠断矣。使乱乃心,文

---

① 王文禄《文脉》卷三,《历代文话》第 2 册,第 1710 页。

焉得妙？①

这是说要做得好文章，除识见高明外，亦须清除私欲，保持纯净专注的心体状态，显示出王文禄的文人学养论接受阳明心学的痕迹。王氏自己也陈说："自一一向宗朱子而斥陆子，阳明起而扶陆子。一向宗韩欧而斥六朝，五岳出而尚六朝。扶陆子，则若杨慈湖、张无垢、王著作、李乐庵，凡用心于静功者皆显矣。尚六朝，则若王、杨、卢、骆、沈、宋、张道济、李太白，凡用心于华词者皆显矣。"②"用心于华词"一句实可看出王文禄的文论理路与思想根源。四库馆臣为《文脉》所撰提要中也指出"其述理学则推象山、慈湖，论文体则推六朝《文选》"③。

总的来看，在经历了从明初至中叶较长时段的发展后，明代前期以来在崇儒重道、专尚经术的学术环境中文人对文章以明道为其第一要义的认知，以及因此导致的文章纪事、表现功能被严重压缩的格局，至此已伴随着人们对文章本质尤其是其文学性、艺术性的审视而呈现出调整的趋势。前述宋濂《文原》虽也谈到文章有载道、纪事二端，即所谓"纪事之文，当本之司马迁、班固；而载道之文，舍六籍，吾将焉从？虽然，六籍者，本与根也；迁、固者，枝与叶也"，但他进一步表示"此固近代唐子西之论，而余之所见，则有异于是也"④，认为六经以外，当本之孟、韩、欧，而非迁、固。王祎《文训》虽也说"吾闻之，文有二，有纪事之文，有载道之文"，但他却指出"史者，纪事之文，于道则未也"⑤。而至嘉靖间，如上引王文禄《文脉》所论，即可看出此际明人所撰文话开始展示出对文章艺术表现的重视。另如嘉靖五年（1526）进

---

① 王文禄《文脉》卷一，《历代文话》第 2 册，第 1694 页。
② 王文禄《文脉》卷一，《历代文话》第 2 册，第 1696 页。
③ 永瑢等《四库全书总目》卷一百九十七，下册，第 1801 页。
④ 宋濂《文原》，《历代文话》第 2 册，第 1530 页。
⑤ 王祎《文训》，《稀见明人文话二十种》上册，第 16 页。

士高琦所编纂的《文章一贯》,在文、道关系论上虽然也持道"托文以相示"的主张,但他更关注的是在"文"的层面,强调"文律",指出立意、充气以及整饰篇章字句是文章"达用"的前提:

> 文之律渊乎,其寡谐哉! 意不立则罔,气不充则萎,篇章字句不整则清。吾于是立起端以肇之,叙事以揄之,议论以广之,引用以实之,譬喻以起之,含蓄以深之,形容以彰之,过接以维之,缴结以完之。九法举而后文体具,体具而后用达,执一贯万,嗣有作者,其弗渝哉![①]

《文章一贯》卷上即分"立意"、"气象"、"篇法"、"章法"、"句法"、"字法"六目,概述文章之体势,卷下则分"起端"、"叙事"、"议论"、"引用"、"譬喻"、"含蓄"、"形容"、"过接"、"缴绪"九目,分说文章作法。就文话的发展史来看,《文章一贯》可以说是自元代陈绎曾《文筌》之后,首部以文章写作内部规律作为其文本架构的文章学专著。前贤曾称许此书云:"唐宋以降诸作,学者每盛道宋陈骙之《文则》,元陈绎曾之《文筌》;然《文则》多比较字句而略大体,《文筌》虽究大体,而于全帙未能十分组织。求其条贯义类,首尾有章,如今日教本体裁,秩然不紊者,亘唐宋元明四代,未有善于此书者也。"[②]当然,若以明代文章学的发展史作为更具体的衡量标准,《文章一贯》则可视为"文"从明初以来被主要用以明道的政教职能,至明中叶开始向着更贴近文章本身的纯粹文学功能转变的缩影,也成为中晚明更多关注文章技艺、法度的文话著作之滥觞。

三 "实诣之功":中下层视角与话语体系在晚明的转变

如上文所述,我们已可看到,约自嘉靖间,以《文脉》、《文章

---

① 高琦《文章一贯》卷首程默序,《历代文话》第 2 册,第 2150 页。
② 张煦《校读〈文章一贯〉后记》,《清华学报》1930 年第 1 期,第 279 页。

一贯》为代表的明文话,所关注的文章学话题已显示出新变的迹象。这些转变因素,在嘉靖以后,尤其到了万历年间,越发为文话作者所看重,同时随着科举制度的平稳运行以及雕版印刷的普遍运用,文话的阅读群体及其需求进一步扩大,以上诸多因素最终促成文话写作在晚明呈现出崭新的格局。

在进入晚明文话的话语形态考察之前,不得不提"唐宋派"在正、嘉之际的崛起与活跃及其所带来的影响。有关归、唐、王、茅四子的文论主张与文章学思想,稍作梳理,可从如下三个层次来作考察。其一就文、道关系论而言,唐宋派基本上是站在与宋儒一道的理学立场,主张文道合一,如归有光《文章指南》"通用则"即强调"文章以理为主,理得而辞顺,文章自然出群拔萃","文章不足关世教,虽工无益也"①,在文气论层面上,归有光也认为"为文必在养气,气充于中而文溢于外,盖有不期然而然者"②,显示出对明初以来宋濂等人所持"为文者,欲其辞达而道明耳"、"为文必在养气"等文论主张的某种契合。

其二便是"以古文为时文"风气的开创以及对嘉、万间的时文理论格局产生的持续影响,方苞评钱福《春秋无义战　一章》即指出"唐荆川代兴以后,天下始不称王、钱"③。而归、唐所追求的"以韩、欧之气,达程、朱之理"④,也成为万历间时文论著关注的主要话题,如《新刻官板举业卮言》卷二所收万历诸会元所论,孙鑛指出举子业"记诵宜精":"大都举子业,门路宜正不宜杂,思致宜沉不宜浮,记诵宜精不宜多,结构宜雅不宜俗。先选

---

① 归有光《文章指南》卷一,《四库全书存目丛书》集部第 315 册,第 631 页。
② 归有光《文章指南》卷一,《四库全书存目丛书》集部第 315 册,第 633 页。
③ 方苞《钦定四书文·化治四书文》卷六,《景印文渊阁四库全书》第 1451 册,第 68 页。
④ 方苞《钦定四书文·正嘉四书文》卷二,《景印文渊阁四库全书》第 1451 册,第 88 页。

经书程墨二百余首,分作二册。次选论十余首,表三十余首,都作一册。次选乡会程策五十余首,墨卷参之,作一册。又选先秦两汉百余首,韩、柳、欧、苏参之,分作二册。"①强调习举子业,除选读经书及乡会程墨外,又须选读先秦两汉文章,并参之以唐宋古文。李廷机也指出近来作时文,须"缘饰以古文词":

> 近来举业,固微与旧调不同,然不过就题发挥,务令精透,而间稍缘饰以古文词,毋入于稚庸浅薄而已。彼以怪僻为奇,以叫号为豪,以佶屈聱牙为古,何论时文,即古文亦岂若是?丈轨辙甚正,更不用过求,第时时拈弄,使文机圆熟。而尝观子、史诸书以佐之,盖古人极善发挥,善模写,善张皇,有章法,有句法,诚得其风味法度,启口容声,自然不同矣。②

认为时文写作应坚守举业正轨,并在此基础上加古文辞之风味法度以润色。

其三便是唐宋派尤其是唐顺之文学思想与阳明心学的关系,循此则可梳理晚明文话中心学因素的渗入。有关阳明心学与晚明文话的关系将在后文作详细讨论,此不赘述。

我们仍然以上述道、气、文以及三者分别对应的文章学范畴为考量标准,晚明文话的话语体系之转变,首先是在文道论层面体现为文道关系的某种俗世化。随着晚明教育及科举制度的负担加重以及"新学"对程朱理学的挑战③,这项被用来贯彻官方崇儒重道思想的举措,其作为文治的工具性也被部分消解,在这

---

① 武之望、陆翀之《新刻官板举业厄言》卷二,《稀见明人文话二十种》上册,第489页。
② 武之望、陆翀之《新刻官板举业厄言》卷二,《稀见明人文话二十种》上册,第492页。
③ 有关晚明阳时文领域明心学和庄、禅思想对朱注权威的动摇,可参见吴承学、李光摩《八股四题》,《文学评论》2004年第2期,第30—32页。

个进程中,原本已在明初获得体制上实施的由士大夫精英所倡
导的政治理想和学术主张①,至此再度面临制度上(至少在科举
层面)的困境。由这种制度困境联系到文道关系的俗世化,表现
在:一是对"道"认知渐趋形式化,就时文而言,这种形式化主要
体现在"道"载于题,由此也助涨了晚明士子不习经书,专营于认
题、记诵的风气,这也就是顾炎武在《与友人论门人书》中所谓的
"今之为禄利者,其无藉于经术也审矣。穷年所习,不过应试之
文,而问本经,犹茫然不知为何语"②。二是"文"的经验化和知
识化。围绕文章本身的经验与知识体系的扩张,主要体现在面
向习文士子的,以文章写作技法为主要探讨对象的实践文章学
得到进一步发展,如庄元臣《论学须知》专论"立主意"、"章法"、
"句法"和"字法"之"文家四要诀",王弘海《文字谈苑》则"萃古今
诸作家所论文字之法"③,旨在教授士子为文之法。另一方面这
一体系的向外扩张,即在古文与时文关系层面,两种话语形态开
始局部重合,而这些交集部分也成为晚明文话重点关注的领域。
其中举业的盛行,尤其是嘉靖、万历以来,探讨时文体式技法的
文话应运而生,成为晚明文章学体系中一支颇具规模的生力军。
科举考试作为构成中国士人社会的核心制度,运行至明中叶后
在凝聚精英以及生产文化方面的作用日显,通过科举选拔机制
而晋身仕途的士人也被这种制度赋予了文章话语权,这在时文
写作领域尤显突出。明代时文理论与批评自嘉靖、万历以后呈
现出诸家并起与众法兼备的局面,也即清人在反思明人制义时

---

① 相关论述可参见陈广宏《"古文辞"沿革的文化形态考察——以明嘉靖前
唐宋文传统的建构及解构为中心》,《文学遗产》2012 年第 4 期,第 101—
106 页。
② 顾炎武《顾亭林诗文集·亭林文集》卷三,中华书局 1983 年版,第 47 页。
③ 王弘海《新刻文字谈苑》卷首自序,《稀见明人文话二十种》上册,第
349 页。

指出隆、万两朝"能文之士相继而出,各自名家,其体无不具而其法无不备"①。对此,武之望《重订举业卮言》卷下"师范"曾有一段描述:

> 人见名公文字,足以楷模一世,而不知其一生得力处,各有秘密诀,非浪作也。先辈如茅鹿门、沈虹台诸先生俱有论文要诀,后来袁了凡《举业彀率》、正续《文规》更著其详。近日董玄宰《华严九字诀》、焦漪园《文家十九种》、王缑山《学艺初言》、葛屺瞻《文体八议》、顾仲恭《时义三十戒》,凿凿名言,各极要渺之致,而其余诸名家亦时有一二精微之论,总之缕指虽繁,要约则一,皆举业家标准也。学者能虚心抽绎,极力钻研,未有不恍然悟、油然得者矣。②

武之望在这里提到的几种文话,如王衡《学艺初言》、董其昌《九字诀》、袁黄《游艺塾文规》及《游艺塾续文规》均为晚明颇为流行的时文论著。这些所谓时文作法"秘密诀"的创作和编纂,体现了晚明中下层士子习文需求的进一步扩大。

正是在这一知识供求的背景下,基于商业出版在教育和科举考试中的普遍应用,晚明文话大量吸收作文指南、程式法则等内容,以便初学,愈发体现出通俗化的特征。如李叔元《新锲诸名家前后场六部肄业精诀》,是书卷一元部列举自破题、承题至小束、大结的八股程式,卷二亨部详列长题式、搭截题式、首尾相应题式等十八种各题样式,卷三利部则有"分类摘题偶联",摘录天文、地理、花木、鸟兽、人伦等各题可用的对属之语以资临文,卷四贞部则列举论、诏、诰、表、判、策等诸体作法要诀。其中"分类摘题偶联"本属于初学发蒙类的读物,类似的内容也见于署许

---

① 戴名世《戴名世集》卷四,中华书局 1986 年版,第 106 页。
② 武之望《重订举业卮言》卷下,明万历二十七年(1599)刻本,第 20a—20b 页。

獬著《新刻许会元课儿四书贯珠达观》首卷,题作"新锲类集课儿贯珠文章活套句法"①。《一见能文》卷二也专收此类对属摘语,所谓"近日冯惕庵、苏紫溪辈,专炼句炼字,故精采烁烁射人,今分类摘其粹字粹句,为都人士式"②,并总题为"初学字句文式",也是作为一种文章的字句范本,以供士子仿习。明末题张溥纂辑、杨廷枢参校的《新刻张太史手授初学文式》亦在卷首言明:"取士首以八股经生家父教子承,不啻家尸户祝矣。然求蒙之初,入门宜正,爰采先正论文要诀,汇成一篇,以为学文者式。"③从这些所谓的"为都人士式"、"为学文者式"的内容中,我们可以看到,通俗浅近的文章启蒙读物同样作为文话的重要内容在晚明颇为流行,反映出在教育、科举和出版业互动关系下,文章学为适应世俗化社会的普遍要求,在不断调试其自身的品格中所展现出来的近世文学趋向。

其次是在文人学养论层面,晚明文话对学养与文章关系也作过颇多论述,特别是在读书、增识等武之望所说的"实诣之功"④方面着墨甚多。如庄元臣《文诀》重"学力",认为从行文之遣词造句中可以显现出一个人学力功底:"善用字者,一字可以当一句。不善用字者,一句不能当一字。此学力厚薄之验也。"⑤针对时人作文"徒以事词相夸"之弊病,庄元臣于"养气"外,另提出"积识":

自昔论为文者,其功曰"积"、曰"养"。"积"者,非徒积

---

① 许獬《新刻许会元课儿四书贯珠达观》首卷,明末书林叶天熹刻本,第1a 页。
② 汤宾尹《汤睡庵太史论定一见能文》卷二,《稀见明人文话二十种》下册,第909 页。
③ 张溥《新刻张太史手授初学文式》,《稀见明人文话二十种》下册,第1365 页。
④ 武之望《重订举业卮言》卷下,第5a 页。
⑤ 庄元臣《文诀》,《历代文话》第 3 册,第 2286 页。

其事与词而已,贵于积其识。"养"者,非徒养其精与神而已,贵于养其气。静观天下之义理,而精思旁达,日有新得,所谓积其识也。心得既富,机格通晓,勿轻输泄,亦勿轻以语人,使其渟注饱满,浸淫浃洽,无少滞碍,勃勃然蒸于胸腹,而冲于咽喉,若不可以已者,然后展纸濡笔而出之,则滔滔汩汩,自有一泻千里之势,所谓养其气也。①

从这段论述中可以看出,庄元臣提出的"积识"和"养气",亦侧重于文人的学识与心得。另如万历会元吴默有关"识"与"文"的关系论,多为晚明汇编类文话的编者所称引,武之望撰、陆翀之辑的《新刻官板举业卮言》卷二即收录吴默所论,题为"看书要论一章"、"作文要论七章"。吴氏指出"识之于文也,一纲举而万目张之道"②,并强调"文字增一分见,不如增一分识。识愈高,则文愈澹;识愈卑,则伎俩愈多"③,至于如何"增识",吴默主张从看书中来:

> 惟平日善看书,则识进,识进则临时迅手拈来,头头是道。整容敛襟而谈亦可,嬉怒笑骂而谈亦可,雄猛如巨鹿一战亦可,闲暇如围棋赌墅亦可,简峻如片言折狱亦可,一滚而出如万斛之泉亦可,循规蹈矩亦可,忽入九天、忽潜九地亦可。横行直撞,不离这个,区区左顾右盼,无所用之。故夫无修辞之扰,无敷衍补缀之劳,省除一切烦苦,而归诸至易至简者,无如识。④

吴默在此反复陈说文章风格特征的多样性,意在强调作文虽是

---

① 庄元臣《文诀》,《历代文话》第 3 册,第 2283 页。
② 武之望、陆翀之《新刻官板举业卮言》卷二,《稀见明人文话二十种》上册,第 486 页。
③ 武之望、陆翀之《新刻官板举业卮言》卷二,《稀见明人文话二十种》上册,第 486 页。
④ 武之望、陆翀之《新刻官板举业卮言》卷二,《稀见明人文话二十种》上册,第 486 页。

目的,但作为手段的看书和增识同样重要,也即吴氏所谓"学者多以看书作文分为二项,故二者胥失之。不知二者虽有操觚不操觚之辩,总之去皮见肉,去肉见骨,去骨见髓,要以得解而止,非有二也"[①]。吴默将文章与看书分别喻为皮肉和骨髓,与庄元臣视文章字句为作者学力之验的观点颇为近似,二者对于看书、增识等文章学习基本功的强调,直接针对的可以说是浮泛于中晚明习文和应举士子中浮躁、空疏的学风。晚明汇编类文话也多引薛应旂斥责"文魔笔妖"的论调,如刘元珍辑《从先文诀·内篇》"贵识"摘引曰:"近来士子,既不识圣贤理趣,又不识修词法度,惟在时文中寻几个新鲜字与奇崛句,装点驾饰,以涂人耳目。识者视之。如见肺肝,徒增厌恶。甚有不顾本题而指李呼张、苍黄惑众,不守绳墨而呼神骂鬼、逞奇卖俏者,皆文魔笔妖也。"[②]于此可见其时文话多论增识的意义所指。

　　综上所述,无论是从文道关系在某种程度上的渐趋平庸,还是在文人学养层面对"实诣之功"的注重,我们都可以看到,诸多晚明文话所提供的文章学视角的转移,可以说是由文人精英和文章经典转向普遍意义上的文章学经验与知识。换句话说,单从文道关系论而言,从唐宋以来的"文以载道"到明中叶的"因文见道",已可看出"文"的地位在这种价值序列中的微妙变化。这种变化至晚明被逐渐扩大,表现为人们更注重对文章之文学性要素的探索。这构成了明代文话多元的话语体系,也促成明代文章学的多维面向。

———————

①　武之望、陆翀之《新刻官板举业卮言》卷二,《稀见明人文话二十种》上册,第 484 页。
②　刘元珍《从先文诀·内篇》,《稀见明人文话二十种》下册,第 1286 页。

第二节 "文"之内律：体制、
格式与技法

在古代文章学体系的构成中，除了义理、学养和辞章三者所铸成的主体架构之外，也不能忽视围绕"文"而展开论述的其他重要命题。关于文章学之内涵，当今学界众说纷纭。王水照先生编《历代文话》，在序言曾提出文道论、文气论外，另有文境论、文体论、文术论、品评论及文运论诸端①。祝尚书先生在总结宋元文章学的成果时，认为文章学涵括修养论、文章认题立意论、结构论、行文论、修辞论、造语下字论、用事引证论、风格论和活法论等九项②。中国台湾学者仇小屏《吕祖谦〈古文关键〉文章论研究》一文则以文本分析为衡量标准，指出：涉及文本分析的学科领域包含意象学、词汇学、修辞学、文法学、章法学、主题学、文体学、风格学，可称之为文章学的"内律"；而文本分析之外的学科领域领域，包括文道论、文气论、品评论、文境论、文运论，称之为"外律"③。几位学者对古代文章学持不同的理解，自然基于他们不同的研究立场与学术考虑，但也说明古代文章学的体系具备一定弹性和包容度。明文话的话语体系，虽也涉及文章学的诸多命题，但更应从其所处的具体语境出发，对其重点和特性作出有针对的阐释。为便于论述，笔者在此借鉴仇小屏先生依据文本分析的内、外二分法，将明文话有关"文"这一层面的话语形态分为文本之内与文本之外：前者主要有文章之体裁、格式和法度，更多地指向文章的写作实践；后者则有文章之世变、

---

① 参见王水照《历代文话》序，第1册，第5页。
② 参见祝尚书《宋元文章学》绪论，中华书局2013年版，第6页。
③ 参见仇小屏《吕祖谦〈古文关键〉文章论研究》，台北万卷楼图书股份有限公司2010年版，第160页。

人品与文运，更倾向于文章批评。

一　"文本于经"与"渊源经史"：体制论与辨体观的演进

在文本之内的几个层面中，体制是可以说是首要的因素。明人对文章体制风格及其源流正变的探讨尤为重视且相当细密，吴讷《文章辨体·凡例》即指出："文辞以体制为先。"①徐师曾《文体明辨·文章纲领》引明初陈洪谟曰：

> 文莫先于辨体，体正而后意以经之，气以贯之，辞以饰之。体者，文之干也；意者，文之帅也；气者，文之翼也；辞者，文之华也。②

在意、气、辞三者之外引入了"体"的概念，且把"辨体"置于首要地位。文体辨析的著作以吴讷《文章辨体》、徐师曾《文体明辨》等文章总集为代表。吴讷编《文章辨体》五十五卷，列五十九类文体，每类各著"序题"，阐述各体之体制、源流。此后徐师曾、贺复征踵武吴氏，分别作《文体明辨》、《文章辨体汇选》，收罗更为宏富。如徐师曾编《文体明辨》八十四卷，包括《文章纲领》一卷，诗文六十一卷，《目录》六卷，《附录》十四卷，《附录目录》二卷，自序谓："大抵以同郡常熟吴文恪公讷所纂《文章辨体》为主而损益之。《辨体》为类五十，今《明辨》百有一；《辨体》外集为类五，今《明辨》附录二十六。"③扩吴书五十五类为一百二十七类，更为详赡。

明人的辨体观念，以选文作为范例而寄寓于文章总集的编

---

① 吴讷《文章辨体》卷首《凡例》，《四库全书存目丛书》集部第 291 册，第 6 页。
② 徐师曾《文体明辨·文章纲领》，《历代文话》第 2 册，第 2048 页。
③ 徐师曾《文体明辨》卷首自序，《历代文话》第 2 册，第 2045 页。

纂之外,如以文话为考察视角,则另有两个特征值得关注。第一是内容上吸收和承续前人论说。如唐之淳《文断》论制、诏、诰、表、露布、檄、箴、铭、记等文体,每一条首列潘昂霄《金石例》的相关条目,后列前人论说,阐说各类文体的风格特征和写作要求。如"论记法"条:

> 《例》云:"记者,纪事之文也。""凡作文字,先要知格律,次要立意,次要语瞻。""记序以简重严整为主而忌堆叠窒塞,以清新华润为工而忌浮靡纤丽。"
>
> 《文心雕龙》云:"思瞻者善敷,才核者善删。善删者字去而意留,善敷者辞殊而义显。字删而意阙,则短乏而非核;辞敷而言重,则芜秽而非瞻。""综学在博,取事贵约。"
>
> 朱文公云:"记文须考欧、曾遗法,料简刮摩,使清明峻洁之中,自有雍容俯仰之态。"①

这种征引前人论说来解说文体体式的方式,也为后来吴讷《文章辨体》、徐师曾《文体明辨》、谭浚《言文》、朱荃宰《文通》等明代文体学论著相沿袭。

第二是主张"文本于经",并以此作为文体分类与文体溯源的纲领。"文本于经"的文章观由来已久,四库馆臣指出"文本于经之论,千古不易,特为明理致用而言。至刘勰作《文心雕龙》,始以各体分配诸经,指为源流所自"②,刘勰《文心雕龙·宗经》论述各类文体和五经渊源③,自此以后,古人论文多溯源于六经、诸子。李涂《文章精义》云:"《易》、《诗》、《书》、《仪礼》、《春

---

① 唐之淳《文断》,《稀见明人文话二十种》上册,第 47 页。
② 永瑢等《四库全书总目》卷一百九十二,下册,第 1746 页。
③ 刘勰《文心雕龙·宗经》:"论、说、辞、序,则《易》统其首;诏、策、章、奏,则《书》发其源;赋、颂、歌、赞,则《诗》立为本;铭、诔、箴、祝,则《礼》总其端;纪、传、铭、檄,则《春秋》为根。"(王利器《文心雕龙校证》,上海古籍出版社1980年版,第 12 页。)

秋》、《论语》、《大学》、《中庸》、《孟子》,皆圣贤明道经世之书,虽非为作文设,而千万世文章从是出焉。"①王鏊称:"世谓六经无文法,不知万古义理、万古文字,皆从经出也。"②明人将"文本于经"的观念落实到具体的文体分类,则有黄佐《六艺流别》将一百五十多类文体统系于《诗》、《书》、《礼》、《乐》、《春秋》、《易》六经之下,谭浚《言文》将近一百二种文体归之于《易》、《书》、《诗》、《礼》、《春秋》五经之下。这种文体分类观,与主张明道、宗经的文学观在元明时期的盛行相关。元人郝经即主张古今文章,皆出自经,所谓"道非文不著,文非道不生,自有天地,即有斯文,所以为道之用而经因以立也"③,曾编《原古录》,将历代文章归入《易》、《诗》、《书》、《春秋》四部,《原古录序》曰:

> 以其皆本于经,故各附于经:如原、序、论、评、辨、说、解、问、对、难、读、言、语、命,十有四类,皆义理之文,《易》之余也,故为《易》部;国书、诏、敕、册文(哀册、谥册、告南郊、昊天、上帝、封禅)、制、制策、令、教下、记、檄、书、疏、表、封事、奏、奏议、笺、启、状、奏记、弹章、露布、牒,二十有三类,皆辞命之文,《书》之余也,故为《书》部;骚、赋、诗、联句、乐府(乐章)、歌、行、吟、谣、篇引、词、曲、长句、杂言、律诗(绝句),十有五类,皆篇什之文,《诗》之余也,故为《诗》部;碑、铭、符命、颂、箴、赞、记、纪、传、志录、墓表、墓铭、墓碣、墓志(坟版、墓版、权厝志、志文、圹铭、殡志、归祔志、迁祔志、盖石文、墓碑记、坟记、葬志)、诔、述、行状、哀辞、杂文、杂著,

---

① 李涂《文章精义》,《历代文话》第 2 册,第 1161 页。按:李涂,《历代文话》及《四库全书存目丛书》本《祝子罪知录》所录作"李淦",今据袁茹《〈文章精义〉作者、编者补考》(《安徽师范大学学报》2014 年第 3 期)作"李涂"。
② 王鏊《震泽长语·文章》,《历代文话》第 2 册,第 1644 页。
③ 郝经《郝文忠公陵川文集》卷二十九,《北京图书馆古籍珍本丛刊》第 91 册,第 727 页。

二十类,皆纪事之文,《春秋》之余也,故为《春秋》部。凡四部,七十有二类,若干篇,若干卷。部为统论,类为序论,目为断论。①

郝经在这里解释了七十二类文体的分类依据,并对分别依附四部的文体从内容上作了区分。此后明人黄佐则将文体统系扩大至六经,其《六艺流别》即以"文本六经"的编选理念,将古代文体统系于六经之下。

黄佐(1490—1566),字才伯,学者称泰泉先生,香山(今广东中山)人。正德十五年(1520)进士,选庶吉士,授编修。出为江西佥事,后掌南京翰林院,擢南京国子祭酒。其学以程朱为宗,渊博精深,著述宏富,除《六艺流别》外,另有《泰泉集》、《泰泉乡礼》、《乐典》等。传见《明史》卷二百八十七。黄佐自序云:"昔晋挚虞尝著《文章流别》,其亡已久。故予搜罗散逸以为此编,统诸六艺。"②其子黄在素所撰序亦称:"晋挚虞尝著《文章流别》,当时称之,然考诸类书,惟琐屑文词而不统诸经,宜其弗传也。"③可见黄佐《六艺流别》之编纂当受挚虞《文章流别》的影响,有矫正其"琐屑文词而不统诸经"之弊。而以文章统系于六经的编纂理念,或许曾受到李东阳的启发。黄佐在其《翰林记》卷十九"文体三变"条中,肯定了李东阳在《春雨堂稿序》中对诗文之辨的阐释:

> 东阳之论文精矣,其言曰:"诗与文各有体,而每病于不能相通。夫文,言之成章,而诗又其成声者也。文章之为用,贵于纪述铺叙,发挥而藻饰,操纵开阖,惟所欲为,而必有一定之准。若诗歌咏叹,流通动荡之用,则存乎声,而高

---

① 郝经《郝文忠公陵川文集》卷二十九,《北京图书馆古籍珍本丛刊》第 91 册,第 728—729 页。
② 黄佐《六艺流别》卷首自序,明刻清印本,第 3b 页。
③ 黄佐《六艺流别》卷首黄在素序,第 6b 页。

下长短之节，亦截乎其不可乱。虽律之与度，未始不通，而规其制，则判而不合。及乎考得失，施劝戒，用于天下，则各有所宜而不可偏废。古之六经，《易》、《书》、《春秋》、《礼》、《乐》，皆文也。惟风、雅、颂则谓之《诗》，今其为体固在也。"学者可以知所从事矣。[1]

李东阳认为诗文虽有区别，但就功能而言，各有所宜，不可偏废，并将各体诗文追源于《诗》、《易》、《书》、《春秋》、《礼》、《乐》六经。由于要将众多文体统系六经之下，黄佐则更进了一步，认为六经各有所长。他概括说："其学大矣，而各有所长。《诗》道志，故长于质；《书》著功，故长于事；《礼》制节，故长于文；《乐》咏德，故长于风；《春秋》司是非，故长于治；《易》本天地，故长于数。"[2]《六艺流别》正是依据此六经来构建其谱系，兹据书前目录，录出如下：

《诗》艺：逸诗、谣、歌。谣之流，其别有四：讴、诵、谚、语。歌之流，其别有四：咏、吟、怨、叹。诗之流不杂于文者，其别有五：四言、五言、六言、七言、杂言。诗之流其杂近于文而又与诗丽者，其别有五：骚、赋、词、颂、赞。诗之声偶流为近体者，其别有三：律诗、排律体、绝句。

《书》艺：逸书、典、谟。典之流，其别有二：命、诰。谟之流，其别有二：训、誓。命、训之出于典者，其流又别而为六：制、诏、问、答、令、律。命之流又别而为四：册、敕、诫、教。诰之流又别而为六：谕、赐书、书、告、判、遗命。训、誓之出于谟者，其流又别而为十一：议、疏、状、表、笺、启、上书、封事、弹劾、启事、奏记。训之流又别而为十：对、策、谏、规、讽、喻、发、势、设论、连珠。誓之流又别而为八：盟、

---

① 黄佐《翰林记》卷十九，《景印文渊阁四库全书》第 596 册，第 1073 页。
② 黄佐《六艺流别》卷首自序，第 1a 页。

檄、移、露布、让、责、券、约。

《礼》艺：逸礼、仪、义。礼之仪、义，其流别而为十六：辞、文、箴、铭、祝、诅、祷、祭、哀、吊、诔、挽、碣、碑、志、墓表。

《乐》艺：逸乐、乐均、乐义。乐之均、义，其流别而为十二：唱、调、曲、引、行、篇、乐章、琴歌、瑟歌、畅、操、舞篇。

《春秋》艺：纪、志、年表、世家、列传、行状、谱牒、符命、叙事、论赞。叙事之流，其别有六：叙、记、述、录、题辞、杂志。论赞之流，其别有六：论、说、辩、解、对问、考评。

《易》艺：兆、繇、例、数、占、象、图、原、传、言、注。①

嘉靖、万历间，谭浚撰《言文》，也将诸文体归之于五经。谭浚，字允原，号勺泉，南丰（今属江西）人。隐居著述，世无所知，唯新城邓元锡相与友善。元锡（1529—1593），字汝极，号潜谷，南城（今属江西）人，嘉靖三十四年（1555）举人。谭浚有《言文》、《说诗》各三卷，收入《谭氏集》，邓元锡《谭氏集序》曰："有书而后，典、谟、训、诰，《彖》、《象》、《文言》，安平仪曲，戡乱誓命，因书而成文，《易》、《书》、《礼》、经之《春秋》坊焉。世所行碑、表、传、记、叙、论若杂著，其裔也，而原本于四经，辑《言文》。有文而后，咨嗟咏叹，永言之而成声。有声而刚柔、轻重、徐疾、小大，有自然之节族以成音。音成而比于中和理解，《诗》、《乐》兴焉，降而骚赋，又降而古、近体，其裔也，而原本于六诗，辑《说诗》。"②指出文原本于《易》、《书》、《礼》、《春秋》四经，诗赋原本于"六诗"，是谭浚辑《言文》、《说诗》的大体思路。不过谭浚《言文》在类分文体时是系之于《易》、《书》、《诗》、《礼》、《春秋》五经之下的，《言文》卷上"原流"曰："夫文者，经天地，纬阴阳，究人神，端纪纲，正名分，洞性情，弘德业。今知古，古知今，言惟文，道惟教，体有

---

① 据黄佐《六艺流别》卷首《目录》，第 1a—6a 页。
② 谭浚《谭氏集》卷首邓元锡序，明万历刻本，第 4a—4b 页。

用,用无穷。言上古之文,《三坟》、《五典》也。《三坟》已亡,《五典》惟二。迄今之作,其原于经。《易》言阴阳,知性命,斯无拘泥。《书》记绍元,著事功,斯无警刻。《诗》教淳良,出词气,斯远暴慢。《礼》用节文,动容貌,斯立威仪。《春秋》断事,正名分,斯决是非。实文之宗也。"①其本于五经的文体谱系如下:

故论、说、序、词,宗于《易》。辨、议、评、断、判,论之流也。说、难、言、语、问、对,说之流也。原、引、题、跋,序之流也。繇、集、略、篇、章,词之流也。

诰、命、表、誓,宗于《书》。诏、制、策、令,诰之流也。训、教、戒、敕、示、喻、规、让,命之流也。章、奏、议、驳、劾、谏、弹事、封事,表之流也。檄、移、露布,誓之流也。

赞、颂、赋、歌,宗于《诗》。铭、箴、碑、碣,赞之流也。诵、封禅、《美新》、《典引》,颂之流也。七词、客词、连珠、四六,赋之流也。谐、讔、谜、谚,歌之流也。

书、仪、祝、谥,宗于《礼》。劄、札、启、简(牍牒)、笺、刺,书之流也。制、律、法、敕、关津、过所,仪之流也。祈、饲、祷、会、盟、诅,祝之流也。号、诔、吊、祭、哀、志,谥之流也。

史、传、符、记,宗于《春秋》。记、志、编、录,史之流也。纬、疏、注、解、释、通、义,传之流也。玺书、契、券、约、状、列,符之流也。谱、簿、图、籍、案,记之流也。②

相比于郝经和黄佐的文体分类,谭浚《言文》虽设有"宗于《诗》"的诸文体,但排除了诗类,以文类为主,兼及黄佐《六艺流别》中《诗》艺下所谓"流其杂近于文而又与诗丽者"的赞、颂、赋、歌;而将"诗之流不杂于文者"和"诗之声偶流为近体者"的五言、七言、

---

① 谭浚《言文》卷上,明万历刻《谭氏集》本,第 1a—1b 页。
② 谭浚《言文》卷上,明万历刻《谭氏集》本,第 1b—2a 页。

杂事、拟古、律诗、绝句等诗体置于《说诗》①。

从郝经的文统于四部，到黄佐的统于六艺、谭浚的宗于五经，三种文体谱系所宗之经典以及文体类目虽有差异，但他们将文体之源上溯至经典的分类观以及明道、宗经的文章观是一致的，即如谭浚所言"言文者必宗乎道，言道者必宗乎圣"②。这种"文本于经"的文体分类观，在中晚明开始出现调整的迹象。

如前所述，伴随着明中叶以来文道关系的逐渐松动，这种崇儒重道、专尚经术的文章观自嘉靖后也呈现出变动的态势，变化之一便是文章的纪事功能也被逐渐认识和强调，一改明初宋濂、王袆等人重"载道之文"而轻"纪事之文"的局面。反映在文章的分类观，如王世贞《艺苑卮言》曾指出"天地间无非史而已"，将纪、志、碑、碣等一系列文体系于"史之正文"、"史之变文"、"史之用"、"史之华"：

> 天地间无非史而已。三皇之世若泯若没，五帝之世若存若亡。噫，史其可以已耶？六经，史之言理者也。曰编年，曰本纪，曰志，曰表，曰书，曰世家，曰列传，史之正文也。曰叙，曰记，曰碑，曰碣，曰铭，曰述，史之变文也。曰训，曰诰，曰命，曰册，曰诏，曰令，曰教，曰札，曰上书，曰封事，曰疏，曰表，曰启，曰笺，曰弹事，曰奏记，曰檄文，曰露布，曰移，曰驳，曰喻，曰尺牍，史之用也。曰论，曰辨，曰说，曰解，曰难，曰议，史之实也。曰赞，曰颂，曰箴，曰哀，曰诔，曰悲，史之华也。③

在王世贞看来，六经是"史之言理者"，而其所谓史之正变、华实者，是与主于言理的六经有所差别的。换句话说，六经无法统摄

---

① 据谭浚《说诗》卷首《目录》，明万历刻《谭氏集》本，第 1b 页。
② 谭浚《言文》卷首自序，明万历刻《谭氏集》本，第 3a 页。
③ 王世贞《弇州山人四部稿》卷一百四十四，明万历五年（1577）刻本，第16a 页。

所有文体,便对传统"文本于经"的文体观念形成了挑战。

万历末年朱荃宰编撰《文通》,主张"渊源经史",将文体谱系之源流由经扩大到经史,对"文本于经"的基本分类观有所修正。朱荃宰(?—1643),字咸一,号白石山人,黄冈人。崇祯十二年(1639)乡试中式,任武康知县,卒于官。著有《周易内外图说》、《礼记会通》、《毛诗类考》、《文通》、《诗通》、《乐通》、《词通》、《曲通》等。传见乾隆《黄州府志》卷十一。朱荃宰在《文通》卷三中所列"渊源经史"之条目,摘录了上引王世贞的这段文字①,可见其文体学观念之所自。其自叙亦云:

> 后之人亦知拟之而后言,议之而后动,不知作者之所拟议非言也,后人之所拟议者言也。作者拟议之则变化也,后人拟议之则体格也。言愈拟愈下,而六籍始为方圆矣,流而为滥觞也,不知六籍为何物,而诸体始为金科玉律矣。浸假而为优孟之衣冠矣,浸假而为沐猴之衣冠矣,有识者惧浸假为轮为马也。于是《典论》、《文赋》、《雕龙》、《流别》,《缘起》之属,灌灌于前,渔仲志之,端临考之。部别牒分,则有海虞、吴江;博文反说,则有新都、弇山、澹园、云杜。或征《七略》而为书,或操寸管而说法,亦慕密矣。言史者自子玄昉矣,柳灿为之《晰微》,文裕为之《会要》,端简则不言史而史法具在也。……汇而言之:陈思品第,止及建安;士衡九变,通而无贬。吁嗟彦升,不成权舆。《雕龙》来跻驼之讥,《流别》竭掘摭之力。伯鲁广文恪之书,号称"明辨",自述费年,而皆不本之经史。吴详于文而略于诗,徐又遗曲。或饮水而忘其源,或拱木而弃其桴。嗟乎!六经其冠冕乎?曲调舄履乎?何衰然称其体邪?子玄洵晰于史矣!其文则刘

勰也，而藻绘弗如；其识则王充也，而轻许太过。①

朱荃宰在序文中强调六经为诸体之滥觞的同时，也特别拈出论述史籍源流的刘知幾《史通》，重视史体，《文通》等一系列书名也仿自《史通》。正是基于这个立场，朱荃宰批评吴讷的《文体明辨》"广文恪之书，号称'明辨'，自述费年，而皆不本之经史"。《文通》之编撰便是依"本之经史"这一理念进行展开：卷一主论"经"，列"明道"、"本经"、"经学兴废"、"经解"等目，卷二、卷三则论"史"，列"史法"、"史系"、"史家流别"、"评史"、"史官建置"、"经史渊源"等目，以为此后数卷"本之经史"的文体论张本。卷四至卷十九即列以下诸文体：

卷四：典、谟、册、玺书、诏、制、诰、训、誓、命、麻、敕、令；

卷五：封禅、檄、露布、赦文、告、谕、御札、批答、符、律、策问；

卷六：铁券文、国书、玉牒、告身、谕祭文、哀册、明文、教；

卷七：贡、范、象、彖、历、本纪、世家、列传、补注、表历、书志、书事、注；

卷八：表、笺、颂、章、上章、启、奏、题、奏记、封事、上疏、荐、揭贴、弹事；

卷九：策、论、经义、议、驳、牒、公移、判、笏记、劝进；

卷十：序、小序、自序、题跋、书记、书、上书、对问、喻难、说难、释诲；

卷十一：符命、典引、七、连珠、评、解、原、辩、说、字说、书说、译；

---

① 朱荃宰《文通》卷首自序，《四库全书存目丛书》集部第418册，第334—335页。

卷十二：史赞、赞、传、记、题名、铭、箴、规、诫、谥议；

卷十三：尺牍、移书、白事、述、略、刺、谒；

卷十四：图、谶、诅、盟、祝文、祈文、嘏；

卷十五：谱、录、旨、势、法、谐隐、篇、纪事；

卷十六：断、约、过所、莂、契券、零丁、杂著；

卷十七：碑、碣、哀颂、上谥议、悲文、遗文、行状；

卷十八：诔、祭文、吊文、哀词、墓表、墓碑文、墓志铭、神道碑；

卷十九：口宣、宣答、贴子词、表本、致辞、右语、致语、青词、上梁文、道场榜、法场疏、募缘疏。①

以上共计一百五十八体，另外于某些文体下有又次级分类，如"表历"分为年表、人表，"书志"分为天文、五行、艺文、人形、方言、都邑、氏族、方物、符瑞、释老，"注"分为起居注、仪注，"杂著"分为籍、簿、方、术、占、式、疏、关、签、列、辞、谚等。朱氏于《文通》外，另有《诗通》《乐通》《词通》《曲通》，因此《文通》所列诸文体仅为文类，排除了诗赋。其中特别收录了诸如本纪、世家、列传、补注、表历、史赞、赞等史书体裁文体，是其"本之经史"文章观的分类实践。此后，明清之际贺复徵编《文章辨体汇选》，也刻意不收诗赋，并收录史书文体，二书文体分类的异曲同工，与明人的诗文观与文史观的发展密切相关。

从文体类目上来说，《文通》所列文体数显然多于上举黄佐《六艺流别》、谭浚《言文》等书，其文体分类可谓相当细密，也不免琐屑，四库馆臣即批评该书"大抵捃拾百家，矜示奥博，未能一一融贯也"②。但也应认识到，朱荃宰主张"渊源经史"，指出《文

① 据《文通》卷首《目录》，《四库全书存目丛书》集部第 418 册，第 337—343 页。
② 永瑢等《四库全书总目》卷一百九十七，下册，第 1804 页。

体明辨》"不本之经史"的缺陷,在古代文体学史上有其特殊意义。"文本于经"的文体观经由明人施之于具体的分类实践,其弊端也开始显现,正如四库馆臣在为黄佐《六艺流别》所撰提要所指出的:"然文本于经之论,千古不易,特为明理致用而言。至刘勰作《文心雕龙》,始以各体分配诸经,指为源流所自,其说已涉于臆创。佐更推而衍之,剖析名目,殊无所据,固难免于附会牵合也。"①

二 "文章体则"与"举业体则":古文与时文格式的形成

除"体制"外,古代文章学话语体系中以写作实践为导向的另两个重要概念是"格式"与"法度"。潘肖昂《金石例》"论作文法度"便曾指出:

> 学力既到,体制亦不可不知。如记、赞、铭、颂、序、跋,各有其体。不知其体,则喻人无容,虽有实行,识者几何人哉?体制既熟,一篇之中,起头结尾,缴换曲折,转折反覆,照应关锁,纲目血脉,其妙不可以言尽。②

所谓"起头结尾,缴换曲折,转折反覆,照应关锁,纲目血脉"便是格式和技法所关注的。本来,在古人的文学观念中,"格"与"法"虽是两个不同的称名,但没有明确的定义和内涵,二者之间也缺少严格的区分边界,往往混为一谈。相对来说,"法"的概念更为宽泛,如郝经《答友人论文法书》曾详论文法云:

> 骚人作而辞赋盛,故西汉始论文,时则有扬雄之文。东汉复论文,时则有蔡邕之书。建安以来,诗文益盛,语三国

---

① 永瑢等《四库全书总目》卷一百九十二,下册,第 1746 页。
② 潘肖昂《金石例》卷九,《历代文话》第 2 册,第 1452—1453 页。

则有魏文帝、陈思王之论,语晋、宋则有陆机、沈约之作,折衷南北七代,则有文中子之说。至李唐,则韩、柳氏为规矩大匠,如韩之《答李翊》、《上于襄阳》、《答尉迟生》、《与冯宿》,柳之《与杨京兆》、《答韦中立》、《报陈秀才》、《答韦珩》、《复杜温夫》及《与友人》等作,加之以李翱之《答王载言》、《寄从弟正辞》,皇甫湜之《答李生》、《复答李生》,下逮欧、王、苏、黄之论议,则穷原极委,无所不至其极,无法复可说,百世有余师矣。①

认为汉唐以下至欧、王、苏、黄之诸多论文书,论述文法已趋详备。何良俊亦说陆机《文赋》、刘勰《文心雕龙》及至柳宗元《与崔立之论文书》、徐祯卿《谈艺录》诸篇,"作文之法,盖无不备矣"②。似表明文人眼中的"文法",作为一种无严格边界的非文体形态,更多的是一种内容指向,而非体制和风格的限定。文格则是宽泛意义的文法的机体之一,这种从属关系在诗法中亦然③。具体来说,文法更多地表现为抽象的理论形态,如上引郝经所指唐宋诸家议论,以及吴讷《文体明辨》卷首《诸儒总论作文法》所收诸家论说,多以简洁、概括的方式来谈论文章的写作要求和审美标准;而文格,倾向于演示技术层面的法式和规范,更为具体且带有可操作性,如陈骙《文则》、陈绎曾《文筌》之类,以关注文章的体段结构以及提供系统的写作指导与文章范例为主。

古代文格一类的著作,最早当出现在唐代,如孙郃《文格》二

---

① 郝经《郝文忠公陵川文集》卷二十三,《北京图书馆古籍珍本丛刊》第 91 册,第 679 页。
② 何良俊《四友斋丛说》卷二十三,《续修四库全书》第 1125 册,第 674 页。
③ 张健《元代诗法校考》前言指出"诗法的范围较诗格为宽",并揭示曰:"就具体的法则而言,诗格与诗法可以相通,而就有系统的理论而言,则可以称为诗法,而不能谓之诗格。"(北京大学出版社 2001 年版,第 2 页)

卷、冯鉴《修文要诀》二卷等。《衢本郡斋读书志》卷二十"文说类"著录《修文要诀》曰："杂论为文体式,评其误谬,以训初学云。"①宋代出现的文格著作,如方颐孙《太学新编黼藻文章百段锦》二卷,设遣文格、造句格、议论格、状情格、用事格、比方格、援引格等十七格,每格之下缀以文章或片段以为范例。方颐孙自序称"童子之学文,必先示以蹊径"②,明弘治刻本卷首苏葵序亦指出该书"或录古人之全篇,或截取其奇妙一二节,究其意而定其格,提其纲而示其奥"③。元人陈绎曾《文谱》(《文章欧冶》)也指出"悉书童习之要,命曰《文筌》焉"④,《古文谱四》解说文章"体段"云:

> 起:贵明切,如人之有眉目。
>
> 承:贵疏通,如人之有咽喉。
>
> 铺:贵详悉,如人之有心胸。
>
> 叙:贵转折,如人之有腹脏。
>
> 过:贵重实,如人之有腰脊。
>
> 结:贵紧快,如人之有手足。
>
> 右六节,大小诸文体中皆用之。然或用其二,或用其三四,不可,以至于五、六、七。可随宜增减,有则用之,无则已之,若强布摆,即入时文境界矣。其间起结二字,则必不可无者也。起结二法,在作文家最为难事,须将韩、柳二家诸体文字,摘出起结,观其变化手段,当自得之,非可言

---

① 晁公武《衢本郡斋读书志》卷二十,《宛委别藏》本,江苏古籍出版社 1988 年版,第 55 册,第 721 页。
② 方颐孙《太学新编黼藻文章百段锦》自序,《四库全书存目丛书》集部第 416 册,第 57 页。
③ 方颐孙《太学新编黼藻文章百段锦》卷首苏葵序,《四库全书存目丛书》集部第 416 册,第 2 页。
④ 陈绎曾《文章欧冶》卷首自序,《历代文话》第 2 册,第 1226 页。

传也。①

陈绎曾将古文"体段"分作起、承、铺、叙、过、结六层,适用于大小诸文体,并指出须注意"有则用之,无则已之"的原则,作起结二段,当以韩、柳文章作为范例。由此可见,文格自唐宋发展以来,虽然未被赋予明晰的义界,但古人对这类著作的内容和形式特征有相对稳定的认知,即所论往往涉及文章结构体式,援引文章的篇章词句多为范本,用以指导初学作文。

明代前期文话中有关文章格式的叙述,多承袭自宋元旧说。如曾鼎《文式》卷上:抱题、明体、分间、立意诸法即摘录自陈绎曾《文说》,取谕法摘引自陈骙《文则》。徐骏《诗文轨范》同样采摭前人成说加以汇编,《四库全书总目》称其"杂采古人论文之语,率皆习见"②。《诗文轨范·文范》设文章源流、古文体制、文章缘起、学文体式、评文、文说、文则、骈俪变格、散文句格等目③,其中文说、文则二目即辑录自陈绎曾《文说》陈骙《文则》。至嘉靖间,才出现了两部具有原创性质的文格专著,分别是专论"文章体则"的归有光《文章指南》和阐析"举业体则"的项乔《举业详说》。此后,有关文格的论调便在嘉、万间盛行开来。

首先讨论归有光的《文章指南》,四库馆臣认为此书"盖乡塾教授之本,殊不类有光之所为"④,已指出该书习文授学读本的性质。至于所疑非归氏所作,今人已有所辨析⑤。归有光自嘉靖十九年(1540)中举人后八上春闱不第,其间谈道授学,《文章指南》一书当编成于此际。其七世孙归朝煦从中辑出六十六条

① 陈绎曾《文章欧冶》,《历代文话》第 2 册,第 1243 页。
② 永瑢等《四库全书总目》卷一百九十七,下册,第 1799 页。
③ 徐骏《诗文轨范》卷一,《四库全书存目丛书》集部第 416 册,第 116—157 页。
④ 永瑢等《四库全书总目》卷一百九十二,下册,第 1751 页。
⑤ 可参见杨峰《归有光主要撰著述略》,《中国文学研究(辑刊)》2007 年第 2 期,《归震川先生论文章体则》解题,《历代文话》第 2 册,第 1716 页。

导语成《归震川先生论文章体则》一卷,附刻于《震川大全集》末。归有光在《文章指南》中所作的六十六条"文章体则"基本是按照文章写作的一般规律而编排,层次分明:卷一"仁集"十二则,首五则"通用义理则"、"通用养气则"、"通用才识则"、"关世教则"、"占地步则",《归震川先生论文章体则》合并入"通用则",以阐发文章义理、作者学养及文章功用作为总纲;其后七则"立论正大则"、"用意奇巧则"、"造文平淡则"、"造语苍劲则"、"叙事典赡则"、"词气委婉则"、"神思飘逸则",以立论、用意、造文、造语、叙事等作为作文的总体要求。卷二"义集"九则重在讲说文章行文展开与修辞手法,如"譬喻则"、"引证则"、"将无作有则"、"化用经传则"、"引事论证则"、"抑扬则"等。卷三"礼集"十四则阐述文章的结构章法,如"前后相应则"、"总提分应则"、"逐事条陈则"、"文势层叠则"、"文势如贯珠则"、"文势如走珠则"、"文势如击蛇则"、"文势如破竹则"等。卷四"智集"十三则,讲授句法与字法,如"下句截上句则"、"字少意多则"、"字繁不厌则"等。卷五"信集"十八则专论文章缴结,如"立意贯说则"、"缴应前语则"、"叠用缴语则"等。以上五卷构成了从文章立意构思、行文安排、结构布置到造句下字的一系列格式,来实现所谓的"要总于前而大纲以举,类分于后而细目以张"①。每一格均附有例证范文,如"引证则":

> 凡议论或引证经传,或引证古人,此文章常格,须要用得精当。如《左传》所载《子产与范宣子论重币书》,论令德、令名,两引诗以证之,苏明允《谏论》论谏法有五,历引古人以证之,此皆可法者也。余可类推。
>
> 左氏《子产告范宣子轻币》传。

---

① 归有光《文章指南》卷首詹仰庇序,《四库全书存目丛书》集部第315册,第624页。

苏洵《谏论》上、下二篇。①

《文章指南》共选录文章一百十八篇,以韩、柳、欧、苏等唐宋诸家作品为主,兼及先秦、秦汉和宋濂、王祎、方孝孺、王守仁等明人文章。此书虽以古文为范本阐说文章格式,但实际用途是指导举业。茅坤《文诀五条训缙儿辈》举"认题"、"布势"、"调格"、"炼词"、"凝神",其所论也主张以古文为时文:

> 格者,譬则风骨也。吾为举业,往往以古调行今文。汝辈不能知,恐亦不能遽学。个中风味,须于六经及先秦、两汉书疏与韩、苏诸大家之文,涵濡磅礴于胸中,将吾所为文打得一片凑泊处,则格自高古典雅。即如不能高古,至于典雅二字,决不可少。如不能透入此关,却须手王守溪、唐荆川、伦白山、张龙湖、汪青湖辈诸大家文,一一咀嚼之,久久当有得。切不可如近日少年所为,轧扎荆棘,诙谐浮薄,与一切繁芜掇拾之言,而自以为文也。②

这里茅坤明确提出"以古调行今文",并强调"须于六经及先秦、两汉书疏与韩、苏诸大家之文涵濡磅礴于胸中",其余"认题"、"布势"、"炼词"、"凝神"四种说法也与《文章指南》"用意奇巧则"、"文势层叠则"、"词气委婉则"、"神思飘逸则"相近,皆从古文理论中提炼吸收为文准则,来指导时文写作。

归有光《文章指南》及茅坤《文诀五条训缙儿辈》等一类总结古文体式规范来供习举业者学习模拟的论著,在嘉靖年间开始出现并形成影响的背景,是后人所谓的明人时文发展至嘉靖间进入"以古文为时文"的阶段。与此同时,八股文的体式自成化、弘治以来趋于成熟,形成规范,正如后来戴名世所说"今之论经义者有二家,曰铺叙,曰凌驾。铺叙者,循题位置,自首至尾,不

---

① 归有光《文章指南》卷二,《四库全书存目丛书》集部第 315 册,第 676 页。
② 茅坤《玉芝山房稿》卷十六,《四库全书存目丛书》集部第 106 册,第 136 页。

敢有一言之倒置，以为此成化、弘治诸家之法也"①，明人也开始在时文体系内部总结出一系列从破至结、从认题到行文的章法准则，较为系统的代表作便是项乔的《举业详说》。

项乔（1493—1552），字迁之，号瓯东，又号九曲山人，永嘉（今属温州）人。嘉靖八年（1529）进士，授南京工部主事，守抚州。后补河间知府，升湖广按察副使，官至广东左参知政事。曾从张璁、张激学，与唐顺之、罗洪先交。有《瓯东文录》、《私录》、《政录》等。传见万历《温州府志》卷十一、《两浙名贤录》卷四。《举业详说》一书，《温州经籍志》卷三十三"诗文评类"著录，原单行，今附刊于《瓯东私录》卷三，项乔所撰自序则收入《瓯东私录》卷二。《举业详说序》云：

> 国家每取士，必三试之，而以初试经义为要。予曩守渤海，尝概论举业以示诸生，于经义犹略也。去岁转官适楚，公余课焕、蔚诸儿，乃复论经义之则，凡数十条，而选取程文以证之。自觉有禅于初学良切，不独吾儿所当知也，因捐俸附锓于旧论之后，总名为《举业详说》云。嗣是，苦心之士见之，不当视为鱼兔之筌蹄耶？虽然，文者所以言乎心者也。祖宗以举业试士，正谓有德者必有言耳，岂料末流之弊。乃至有言者或多未必有德也哉！此则学举业者之罪，非立法之弊也。予故首以根本为言，而后始详为之说，盖欲学者笃其实，而艺者书之，斯达不离道，而民不失望焉耳。苟无心得之学，徒为欺世之文，以窃取科第，恣行私臆，则是编也，譬之盗者犹导之路而辟之门也，又岂但吾儿所当戒哉！又岂但吾儿所当戒哉！②

此序文交代了项乔编写《举业详说》的原委。邹守益《题举业详

---

① 戴名世《戴名世集》卷四，第 93 页。
② 项乔《项乔集》卷二，上海社会科学院出版社 2006 年版，上册，第 106 页。

说》云："吾友瓯东项子迁之，刻《举业论》于渤海，拳拳以求放心为根本，而举诸子忘己逐物、贪外虚内为眩瞑之药。甚矣，瓯东子之志似甘泉也！比执臬事于楚，复以体则加详说焉。茶陵守曾才汉氏欲广其传，走伻以土山中，因述所传，以质诸项子，且与举业有志于圣学者共趣避之。"①项乔《杂著》外篇："予刻《举业赘论》于渤海。"②项乔于嘉靖二十一年（1542）守河间，二十二年（1543）升湖广副使，可知项氏曾于嘉靖二十一年撰成《举业赘论》，二十二年升湖广副使后在《赘论》的基础上又论经义体则数十条，并配以程文详加阐说而成《举业详说》，于嘉靖二十三年由茶陵州守曾才汉刻印。

如上引序文所言，项乔认为近来举子业存在"有言者或未必有德"的末流之弊，因此格外强调"根本"。《举业详说》首论"举业根本"，共八条，以劝士子存心养性为主。次论"举业体则"，共七十七条，阐析时文体式及作法。项乔所论"举业体则"部分，前十条主要阐发义理发挥、读书认题等制举要义，此后数十条详说时文"体则"，强调"合格"。如论头场"题目浩瀚，岂篇篇做得、篇篇记得？多记固能损心，多做亦能损气。窗下惟当讲求题意及段落轻重所在，当场精意七破及难题、首尾二题，至于行文长短，随一时兴趣所到，不必拘定格子"③，论二、三场文字"虽亦各有体则，然犹可以随人才思驰逞。惟头场规矩做定，针线织成，虽有才思，随意驰逞不得。故论其体概，虽稚子亦能成篇；求其精纯，必欲股股句句不可易置、不可增减，虽老师亦未易合格也"④。后又据经义之体制依次论说破题则、承题则、起讲则、大讲则、缴题则、结题则六段体则，并且多援引程文句字加以阐发，

---

① 邹守益《邹守益集》卷十八，凤凰出版社 2007 年版，下册，第 878 页。
② 项乔《项乔集》卷八，上海社会科学院出版社 2006 年版，下册，第 564 页。
③ 项乔《瓯东私录》卷三，明嘉靖三十年（1551）刻本，第 12b 页。
④ 项乔《瓯东私录》卷三，明嘉靖三十年（1551）刻本，第 13a 页。

所谓"义则俱选取历科程文为据,正以规矩在此,虽有作者,不能脱胎而换骨也",比如破题则云:

> 破题,具一篇之意,最要包含遍覆。破意为高,破句、破字为下。如破《知及之　全章》云:"圣人以全德望天下,故详致其责备之意焉。"此破意者也。如《正颜色斯近信》,破云:"端于面而协于诚,君子所重之道也。"此破字而最可笑者也。破题所用,自有见成字眼,如"惟"字对"故"字,"既"字对"又"字,"欲有"字对"必先"字;"详"字、"历"字、"申"字、"推"字、"引"字、"释"字、"拟"字、"喻"字、"著"字、"明"字、"表"字、"指"字、"因言"字,俱要相题下笔。本题字面,别有字面可代,则代之。若本题原有字面不可代者,只须用本等字面,若硬寻一个别字来代他,反扭捏碍人眼目矣。①

项乔在这里所论的从破题至结题等六段体则,涉及八股文文本叙述结构的基本格式,也是万历以来明人阐说时文理论的基本模板。如赵南星指出:"作文之始,起处、承处、转处、合处,要历历分明,久之手高心妙,出于常情之外,浑然无迹,则至矣。"②万历五年(1577),袁黄撰《举业彀率》,自称"备论炼格之法"③,曰:

> 炼格之法,初学不可不知。格炼则规模自别,便能出人头地矣。文有俗格,宜炼之而雅;腐格,宜炼之而新;板格,宜炼之而活。宜整齐,宜阔大。你看从来魁元,并无不炼格者,试举一二言之。如隆庆戊辰《由诲女知之乎　节》,此题论寻常做法,必提起首句,中二句对末句,先二小比,次一大比,此一定之常格也。④

---

① 项乔《瓯东私录》卷三,明嘉靖三十年(1551)刻本,第14b—15a页。
② 刘元珍《从先文诀·外篇》,《稀见明人文话二十种》下册,第1311页。
③ 袁黄《游艺塾续文规》卷四,《续修四库全书》第1718册,第212页。
④ 袁黄《举业彀率》,《稀见明人文话二十种》上册,第157页。

此后依次论破题、承题、起讲、提法、小股、大股、过文、缴、小结、大结，多援引程文为证，如论"破题"亦云："前辈谓：'破意为上，破句次之，破字为下。'故破题之法，贵浑融得意，如镜中花、水中月，可玩而不可捉，视之分明，而测之益远，乃为妙境。"①

与袁黄所言"一定之常格"相近，武之望则强调文之格局裁制，不可移易："文字格局，各像其胸襟，胸不同襟，则格不同局。大凡有一样提掇，必有一样应接，有一样铺叙，必有一样收拾，裁制天成，不可移易。如辛未会试《生财有大道 一节》，邓定宇于中四句不用提掇，故四比分做，黄葵阳用提掇，故二比合做。邓既于中间做四比，则末句不得不做二大比，若更作四比，则澜散矣。黄既于中间做二比，则末句不得不做小四比，若复作二比，则窘束矣。此裁制自然之局，不可得而移易也。"②这些论断都意在强调时文写作也须遵循一定格式。

在六段体则后，项乔开始讲解各类"题则"，凡三十四类：短题则、长题则、参差题则、两扇体则、两扇连珠则、两扇反对则、三扇题则（四扇至九扇附）、下赞上题则和上生下题则、二头一脚和四头一脚下纽上则、三头一脚下纽上则、九头一脚题则、上断下题则、一头两脚则、制度题则、一头两脚或五脚则、苦淡题则、叙事题断讲则、原上文题则、叠语题则、首尾叠语题则、反语题则、急语题则、急语呼应题则、相因递文题则、一步进一步题则、下释上题则、自相发明题则、上轻下重上重下轻题则、以有意命题则、接受题则、援引题则、譬喻题则、引事论事题则、上虚下实题则。项乔所谓的"题则"是针对不同八股题型而采取不同的章法布局及写作方法。如论"一步进一步题则"："如《知及之 全章》、《可与共学 全章》，是一步进一步题也。凡遇此题，须融会全旨作

---

① 袁黄《举业彀率》，《稀见明人文话二十种》上册，第 165 页。
② 武之望《重订举业卮言》卷上，第 29b 页。

起讲,且进一步即略过一步,不可重沓讲。"①

　　类似这样的题则,因其规定了针对各题样式所应采用的写作模式,便于士子学习模仿来掌握规律,"认题"、"炼格"也成为了万历间时文理论体系中重要的批评话语。罗洪先门人杜伟曾论作文之法,有"认理"、"定宗"、"立格"、"修词"、"悟机"五端。其论"立格"认为"为文之有格式也,犹作室之有间架也"②,并指出"文格不可以数计":

> 格之难其凡有六:一曰滚格,二曰连珠格,三中纽格,四曰两活扇格,五曰两扇遥对格,六曰影喻格。其余则不可胜计矣,有上生下格,有下承上格,有下明上格,有下原上格,有下赞上格,有上开下合格,有上合下开格,有上重下轻格,有上轻下重格,有上呼下应格,有轻引重释格,有重本轻证格,有重证轻喻格,有重主轻宾格,有一头两脚格,有两头一脚格,有一头两腹一脚格,有一头一项三腹一脚格,有头虚脚实格,有三扇先奇格,有三扇先偶格,此皆格之易者,推类以尽其余可也。③

杜伟罗列的诸格,与项乔所论多有重合,但他提出六个难格,则颇有见解。武之望曾称"杜静台备论诸格,而又撮其难者六格","推原引喻,可谓深切明著矣"④,并进一步指出:"初学欲穷变化,须从单题下手,盖单题有提,有反,有小讲,有大讲,有缴,有束,而其中操纵阖辟、抑扬起伏与错综顿挫之法、挑剔转折之势,无不毕具。能尽单题之变,其余则举而措之耳。"⑤从杜伟和武之望论"格"的难易变化中,可看出八股文格的理论至万历已有

---

① 项乔《瓯东私录》卷三,明嘉靖三十年(1551)刻本,第30a 页。
② 袁黄《游艺塾续文规》卷二,《续修四库全书》,第 1718 册,第 185 页。
③ 袁黄《游艺塾续文规》卷二,《续修四库全书》,第 1718 册,第 186 页。
④ 武之望《重订举业卮言》卷上,第 28a—28b 页。
⑤ 武之望《重订举业卮言》卷上,第 28b 页。

发展。至明末,《汤睡庵太史论定一见能文》(后文或简称为《一见能文》)卷三"各题入门文式",主张"文取其一肖而止,题极之万变乃全"①,罗列"题式"多达七十三类,可以说将嘉、万以来逐渐形成的时文格式发挥到了极致。

不过必须指出,晚明文章家总结出一系列格式,虽便于习文士子模仿学习,但这些固定格套一经刊刻传布、争相模拟,也会使文章写作陷入僵板的局面。刘元珍于万历四十二年(1614)编成的《从先文诀》中即认为"袁了凡《举业彀率》,今日已为板局"②,袁黄编《游艺塾续文规》,对万历三十一年(1603)癸卯科乡试及三十二年(1604)甲辰科会试墨卷进行评析的同时,也指出他在近二十年前撰写的《举业彀率》及其中所论炼格之法至今日又成为"文章一障",曰:

> 丁丑岁予著《举业彀率》,备论炼格之法,传之四方,颇于时艺有益。至近日则又成文章一障矣。盖文字依题结构,千篇一律,诚为可厌。然近来士子每遇题目,辄掀翻体制,纵横颠倒,有宜轻而反重,有宜后而反先,有宜详而反略,有宜串而反平,错乱不经,令人可厌。一遇考试,炼者多而不炼者少,则不炼者反新而炼者反俗矣,此势之所必然,而弊之所当革也。今欲反之,不复炼,而都依三五十年前旧体,又恐无以动人,须随题酌理,会意成文,不随众人而俱炼之,亦不徇旧格而不炼。拿定题中血脉,自吐一段风光,必于大同之中有不同焉,使其文如鹤立鸡群,如象游兔径,不俟夸张而观者怃然失色,方为上乘。③

随着人们对文章格式的深入探究和持续模拟,文章之体段结构

---

① 汤宾尹《汤睡庵太史论定一见能文》卷三,《稀见明人文话二十种》下册,第1051页。
② 刘元珍《从先文诀·外篇》,《稀见明人文话二十种》下册,第1311页。
③ 袁黄《游艺塾续文规》卷四,《续修四库全书》第1718册,第212页。

千篇一律,在时文写作中,出自炼格者的文章反而显得庸俗不化。因此袁黄在这里主张"不随众人而俱炼之,亦不徇旧格而不炼",须于俗中取新,同中求异,这便涉及"活法"的写作理论。

三 "法在文中"与"以法为文":法度观与技法论的扩张

上文论及文章格式,自归有光、项乔分别以古文和时文作为范本详加阐说以来,至隆、万间杜伟、袁黄、武之望等时文家的探研发挥,造就了清人戴名世所说的"其体无不具而其法无不备"的局面①。在此期间,文格的制约与局限性也日益凸显,文章写作如何从"定格"向"活法",日渐成为时人关注的文章学话题。《从先文诀》"布势"引王纳谏之语说:"认题以题为主,题有定法。书画所谓'朋'字当侧,'上'字当扁,点画必重,引带必轻,执之欲紧者也。布势以我为主,我无定法。书法所谓一字之体,定于初下笔,就一字中,又有多变,如此起者,当如此应,运之欲活者也。"②认为作文认题有一定之规则遵循,而行文布局则无定法。武之望也强调:"文字初时布置虽有定格,至于中间离方遁圆,生无化有,全要活法。如弈棋然,每一局各有一格,然其中离合进退与攻击应援,又自有变动而不拘、联属而无间者。此局中之妙机也,不可不知。"③武氏的"活法"理论集中体现在他所撰《举业卮言》一书中。不过,"法"的概念及其相关理论,在明人文章学论著中得到全面诠释并非一步到位,同样经历了曲折的发展过程。

---

① 戴名世《戴名世集》卷四,第106页。
② 刘元珍《从先文诀·内篇》,《稀见明人文话二十种》下册,第1309页。
③ 武之望《重订举业卮言》卷上,第28a页。

　　返观唐宋以降文人有关文章技法的论述,其中有两个层面值得留意。其一是认为法在文中,主张从经典文本中提取和学习文法,如吴子良云"今人但知六经载义理,不知其文章皆有法度"①,"《孟子》七篇,不特推言义理,广大而精微,其文法极可观。如齐人乞墦一段尤妙,唐人杂说之类,盖仿于此"②,现存首部论文法修辞的文话——陈骙《文则》也是从六经、诸子之文中提炼文法进行阐发,所谓"且《诗》、《书》、二《礼》、《易》、《春秋》所载,丘明、高、赤所传,老、庄、孟、荀之徒所著,皆学者所朝夕讽诵之文也;徒讽诵而弗考,犹终日饮食而不知味。余窃有考焉,随而录之,遂盈简牍"③。其二便是法在文外,摆脱对取法文本的依赖,总结一系列适用于文章写作的基本法则,如吕祖谦《古文关键·看古文要法》在对韩、柳、欧、苏诸家文章剖析外,也揭示出"结前生后、曲折斡旋、转换有力、反覆操纵"等行文要法④,陈绎曾撰《文说》自述因"陈文靖公问为文之法",于是"以所闻于先人者对曰'一养气,二抱题,三明体,四分间,五立意,六用事,七造语,八下字'"⑤。以文见法与以法作文,这两个层面实际上隐含了古人对文章技法的不同认知,元初文人郝经在《答友人论文法书》中对此作了理学立场的阐释:

　　　　古之为文也,理明义熟,辞以达志尔。若源泉奋地而出,悠然而行,奔注曲折,自成态度,汇于江而注之于海,不期于工而自工,无意于法而皆自为法。故古之为文,法在文成之后,辞由理出,文自辞生,法以文著,相因而成也,非与求法而作之也。后世之为文也则不然,先求法度,然后措辞

①　吴子良《荆溪林下偶谈》卷四,《历代文话》第 1 册,第 587 页。
②　吴子良《荆溪林下偶谈》卷四,《历代文话》第 1 册,第 588 页。
③　陈骙《文则》卷首自序,《历代文话》第 1 册,第 135 页。
④　吕祖谦《古文关键》卷首《看古文要法》,《历代文话》第 1 册,第 237 页。
⑤　陈绎曾《文说》,《历代文话》第 2 册,第 1338 页。

以求理。若抱杼轴求人之丝枲而织之，经营比次，络绎接续，以求端绪。未措一辞，铃制天阙于胸中，惟恐其不工而无法。故后之为文，法在文成之前，以理从辞，以辞从文，以文从法，一资于人而无我，是以愈工而愈下，愈有法而愈无法，只为近世之文，弗逮于古矣。夫理，文之本也；法，文之末也。有理则有法矣，未有无理而有法者也。六经，理之极、文之至、法之备也。①

郝经在这篇论文书中指出古之为文"理明义熟"，因而"不期于工而自工，无意于法而皆自为法"，实际与宋儒"道至则文自工"的论说如出一辙。郝经主张"法以文著"，认为古人作文主于明理，理明则文辞得以施展，文法也得以彰显；而后人作文则本末倒置，先求法度，因此无法追摹古人。在这种重道轻文的文章观中，郝经认为六经"法之备也"，并由六经下溯至唐宋诸家，曰："始皆法在文中，文在理中，圣人制作裁成，然后为大法，使天下万世知理之所在而用之也。自孔、孟氏没，理浸废，文浸彰，法浸多。于是左氏释经而有传注之法，庄、荀著书而有辩论之法，屈、宋尚辞而有骚、赋之法，马迁作史而有序事之法，自贾谊、董仲舒、刘向、扬雄、班固，至韩、柳、欧、苏氏，作为文章而有文章之法。皆以理为辞，而文法自具，篇篇有法，句句有法，字字有法，所以为百世之师也。"②郝经指出"有理则有法"，可以说是文法在"文本于经"这个话语形态下的一种表述，但他此后也将寓法之文扩大至先秦诸子及汉、唐、宋诸家，扩张了为文的师法谱系。

明代前中期文人对"法"的关注，延续着以郝经"法在文中"为代表的理学家文章观，压缩了文章技艺层面的文学性空间。

---

① 郝经《郝文忠公陵川文集》卷二十三，《北京图书馆古籍珍本丛刊》第91册，第679页。
② 郝经《郝文忠公陵川文集》卷二十三，《北京图书馆古籍珍本丛刊》第91册，第679—680页。

这种压缩,在明人文话的论述中体现为三个方面。其一是在重道轻文的话语形态下视"技法"为文章之末技,如宋濂《文原》主张"大抵为文者,欲其辞达而道明耳,吾道既明,何问其余哉"①。其二便是在为文师古的层面强调"法在文中",如《文式》引明初苏伯衡《述文法》曰:"欲作文字,且未可下笔,先取古人文章,熟读详味,再三讽咏,使心有所感触,思有所发动,方可运意。却又着题目,与古人何篇相似,以为体式,依仿而作间架、措辞。如此日久,自然驯熟。七擒七纵,皆可如意,不拘于准绳,而亦不越于规矩矣。"②王鏊也指出:"世谓六经无文法,不知万古义理、万古文字,皆从经出也。……其它文多从《孟子》,遂为后世文章家冠。"③其三是在总结前人文章学成果方面,视唐宋诸家有关为文的感性认知和经验论说为文法,如唐之淳编《文断》自言"为作文而设"④,首列"总论作文法"多取唐宋诸家论文之语,试举例如下:

> 李德裕云:"文章要如千兵万马,风恬雨霁,寂无人声。"
>
> 欧阳文忠公云:"学者要多读书,多持论,多著述。"
>
> 又云:"做多,看多,商量多。"
>
> 苏文定公云:"班固诸序,可为作文法式。"
>
> 东坡云:"意尽而止者,天下之至言也。然言止而意不止,尤为极至,如《礼记》、《左氏传》可见。"
>
> 又云:"读《庄子》令人意思宽大敢作。读《左传》使人入法度,不敢容易。此二书不可偏废。"
>
> 邹道卿云:"写真在精神,叙事在气象。"(《韩信传》"将军乃肯临臣"之类。)

---

① 宋濂《文原》,《历代文话》第2册,第1530页。
② 曾鼎《文式》卷下,《历代文话》第2册,第1578页。
③ 王鏊《震泽长语·文章》,《历代文话》第2册,第1644页。
④ 唐之淳《文断》卷首《凡例》,《稀见明人文话二十种》上册,第32页。

又云："为文须先求是,然后求奇。"

朱文公云："前辈作文者,古人有名文字,皆模拟作一篇,故后有所作时,左右逢源。"①

从中可见,在唐宋诸家的论述中,具体的文章技法并不多见,更多的是对文章写作的感性认知和经验表达,祝尚书先生在总结宋元文章学的特征时即指出欧、苏等人对在回答他人所问"为文之法"时,往往只用"熟读"等字眼,多是一种停留在经验层面的描述而非文法理论的系统阐说②。此后吴讷编《文章辨体》,卷首列《诸儒总论作文法》四十二则,同样多取宋儒论说,其中有二十五则也见收于唐之淳《文断》,在体现此时期编者对明前文法以宋儒论说为主体的认知的同时,也表明成体系的文章技法理论在此前是较为匮乏的。

至明中叶,文章的技艺和规则逐渐为人所重视,"法"的地位在文章学体系中也稍有提升,这其中李、何及王、唐诸子基于文学本位对文章的诠释起到了重要的恢张作用。如李梦阳反对"文主理已矣,何必法也"③的论调,在与何景明有关文法的论辩中先后拈出"思"、"意"、"义"、"格"、"调"、"才"、"辞"、"气"、"色"、"味"、"香"等文章法度相关的概念④,以及"大抵前疏者后必密,半阔者半必细,一实者必一虚,叠景者意必二"等古人的为文法则,并申说"此予之所谓法,圆规而方矩者也"⑤,较之明初诸家论文多注重文章的政教功用已有了明显的转变⑥。此后另辟途径的唐宋派,虽提出了不同于前七子的文学主张,但在强调

---

① 唐之淳《文断》,《稀见明人文话二十种》上册,第35—36页。
② 参见祝尚书《宋元文章学》,第419页。
③ 李梦阳《空同先生集》卷六十一,明嘉靖刊本,第12b页。
④ 李梦阳《空同先生集》卷六十一,第8a页。
⑤ 李梦阳《空同先生集》卷六十一,第9b页。
⑥ 有关前七子对"法"的认识及其意义,可参见郑利华《前后七子研究》,上海古籍出版社2015年版,第176—189页。

文章法度的重要性方面，则与李、何等人的态度并无二致。如茅坤编《唐宋八大家文钞》，取八家之文，"而稍为批评之，以为操觚者之券"①，本身即有编集以示士子作文法之意，而其中所录评语，如茅坤所言"通篇极论正意，只收一句作结，是一体"，"通篇以客形主，相为发明"等②，以及唐顺之"开辟圆转，真如走盘之珠，此天地间有数文字。通篇一直说下，而前后照应在其中"等论调③，也确已涉及诸如一句作结、以客形主、前后照应等行文之法。当然从认知文法的角度来说，无论是崇尚秦汉文章的前七子，还是以唐宋文章为宗并以此反推秦汉文法的唐宋派，仍然是立足于"法在文中"的观念，所不同的是他们也兼重"以法为文"，强调从前人文章中所体认的文法对今人文章写作的指导意义。

　　嘉靖、万历以后，这种"以法为文"的观念日益张大，"法"甚至成为文章写作的必要手段，一套围绕文章写作的文法体系也自此开始建构。武之望在所撰《举业卮言》中即明确指出："文之有法也，犹器之有规矩准绳也。离娄虽明，公输子虽巧，然而舍规矩则不能为方圆，外准绳则不能为平直，何者？ 无法则无所恃以用其明巧也。为文而不以法，是制器而不以规矩准绳也，即有聪明心思，无所用之矣。"④武氏以制器具必须借助规矩准绳为喻，强调为文必须以法，凸显出法的必要性。关于"法"，他进一步阐说：

　　　　夫法者，何也？ 犹驭马者之有御辔，用兵者之有部勒，所以整齐约束而纳之范围者也。驭马无辔，必有奔逸之患；用兵无部勒，必有溃乱之虞；行文无法度，必有泛滥之病。

① 茅坤《唐宋八大家文钞》卷首自序，《历代文话》第2册，第1783页。
② 茅坤《唐宋八大家文钞》，《历代文话》第2册，第1812页。
③ 茅坤《唐宋八大家文钞》，《历代文话》第2册，第1804页。
④ 武之望《重订举业卮言》卷上，第36a—36b页。

故纵横者,势也;驰骋者,步也;而所以制其势而不使之荡,闲其步而不使之轶者,法也。反覆者,意也;变化者,格也;而所以约其意而不使之溢,裁其格而不使之踰者,法也。是法者,尺尺寸寸,高者不得有所增,卑者不得有所减者也。①武氏又以驭马、用兵为喻,指出"法"具备调配、整顿和约束"势"、"步"、"意"、"格"等为文要素的作用,为其所谓的"为文必以法"寻求合理性的支撑,并以此为基础建构起涵括上述诸要素在内的文法体系。文翔凤《举业厄言序》称之为"文章之诀",并重申"不可以无法":

> 钟繇求蔡氏《笔诀》不获,至呕血殒绝而再苏,竟不难挥金锥于其冢而劫收之,肆其书抗伯英而凌逸少。其所获蔡诀,虽弗知其所作何语,然观颜鲁公之屋漏痕,与怀上人之古钗脚,"夏云多奇峰"也,信不可以无法。书之须法,则得与斯文者滋须甚。愚虽二十年于精义之场,终不得冠一籍,例不应作王、唐以上语,无征殆弗信,姑以其所修古文词者方之,隔篱看花,聊谬以代哲匠之译乎?大复谓"法亡于韩",彼见谢叠山之辈品藻其文者,至字其句以二、以五、以七、以十也,而以为有心参差之焉,陋之,遂意其所谓法者如是焉已矣,宜其目之亡也。其称"法亡",是未尝不自有法筏,何至舍之以于岸。斯品者之陋,老韩实未尝字参差之而为句,抑神圣工巧之等,区以别乎?将谢之所谓法者,信字句之短长焉矣。空同法法矣,然仅斤斤于前阔后密、把持针线之辨,亦何独尊休文重头合脚之论为谈的?至方诸字之临摹者,以为昔之同于笔者毕在,是将无固其云云者,不可谓非法也,然非其至者,即少陵之所欲细者,太白之所从容于法度中圣焉者也。元美以太白为炼气,少陵为炼意,炼气

---

① 武之望《重订举业厄言》卷上,第36b—37a页。

者归其宗于自然,炼意者归其宗于独至。然两公亦讵偏据
意与气以孤行邪? 坡老诲人作文,则以为词之得意而串合,
如利之串合人于市也。又云"行乎其所不得不行,止乎其所
不得不止",道气之自然,颖滨至推引孟子养"浩然之气"。
太史公则谓其颇有奇气,亦以为如孟子之充乎其中而不自
知,不区区于执笔学为之,其所谓气,盖又进一头于文章
之外。①

文翔凤以书法为参照,指明为文"不可以无法"。至于何为"法",
他梳理并评骘何景明、李梦阳和王世贞等前贤的文法观,指出何
氏称"古文之法亡于韩"而视"字句参差"为法,李氏则执泥于"前
阔后密、把持针线",二人所表述的虽也是文法,但并非以李、杜
文章为样板的"至法"。而王世贞虽言明李白"炼气",杜甫"炼
意",但在文翔凤看来,视"炼气"、"炼意"为文章之法又略显狭
隘。在作出以上反思之后,文翔凤由"气"、"意"联系到"神",指
出"文章之诀"以"神"为宗,气得之以运,意得之以洽,"所谓独至
之杜即自然之李,而意气双炼者,于正宗既提耳矣。然后推而畅
其支于情、骨、词、格、机、势、趣、致之诸态"②,由此系统的"文章
之诀"才得以完备。这也正是武之望在《举业卮言》中所建构的
一套由"神"、"情"、"气"所统摄并包涵"骨"、"质"、"品"、"才"、
"识"、"理"、"意"、"词"、"格"、"机"、"势"、"调"、"法"、"趣"、
"致"、"景"、"采"诸多概念的文章写作理论。而其中如格、调、
才、辞、气等概念,在上文李梦阳有关法度的阐说中已有论及,从
这个层面来看,武氏《举业卮言》卷上以上述诸概念列为二十目
并相加解说,卷下又配以"读书"、"看书"、"涵养"、"造诣"、"法
古"、"师范"、"铨次"、"释篇"、"释股"、"要语"十章阐明具体读书

---

① 武之望《重订举业卮言》卷首文翔凤序,第 2a—4a 页。
② 武之望《重订举业卮言》卷首文翔凤序,第 6a—6b 页。

作文法,似恰好将李、何等人有关文章法度的经验转换为具体的知识和技法,即如文翔凤所谓"大复之所临冲而搗、空同之所墨守而画,毕具矣"①,作为一种更具有指导意义的文法论著,便于传布和接受②。

在武之望系统阐说其"文章之诀"的同时,晚明如沈位、王衡、董其昌等人也对文章写作的基本法则作出了多方面的剖析。这些文章学论著与此前的文章作法论,最大不同就是在分析古文与时文的同时,也尝试总结出一系列文章写作的理论和技法,注重"以法为文",能够切实地满足习文者的需求。如王衡《学艺初言》对"法"的论述:"文章之法,总不离于人情。情生于题,情之用在势,要不出于鹿门所谓'认题'、'布势'数条,顾泾阳、袁了凡更详言之,可不具论,论其大者。认题以题为主,题有定法,书法所谓'朋'字当侧,'止'字当扁,点画必重,引带必轻,执之欲紧者也。布势以我为主,我无定法,书法所谓一字之体定于初下笔,就一字中又有多变,如此起者,当如此应,运之欲活者也。其外尔我相形之法,总属认题;开阖相生之法,总属布势。得题得势者,如西方圣人,不假幻师外道,但守其耳轮目廓,而六通之用自神。"③同样借助书法理论来讨论认题、布势以及尔我相形、开阖相生之法。董其昌《九字诀》总结出"宾"、"转"、"反"、"斡"、"代"、"翻"、"脱"、"擒"、"离"等作文九法,所谓"准华严字母,一

---

① 武之望《重订举业卮言》卷首文翔凤序,第 6b 页。
② 《举业卮言》一书在晚明及清代均有影响,清人李元春曾重刊并收入《清照堂丛书》,题曰:"临潼武叔卿《举业卮言》,王罕皆引载数条于八集中,而吾乡多未见全书。得此观其论制义之法,无不精者,急登之以公同好。"(武之望《举业卮言》卷首李元春序,道光十五年朝邑刘氏刊《清照堂丛书》本,第 1a 页)
③ 王衡《缑山先生集》卷二十一,《四库全书存目丛书》集部第 179 册,第187 页。

字为一势,稍证从前窗稿及程式、墨卷,意在并与以匠巧云"①,以授行文之巧要,在晚明颇具影响。崇祯间刊《汤睡庵太史论定一见能文》则继之加以发挥,扩展出"盼"、"绾"、"结"、"拖"、"贴"、"振"、流"等行文口诀。李腾芳也撰有《文字法三十五则》,首论立意、格、句、字法,此后罗列"抢"、"款"、"贴"、"拌"、"突"等具体手法,足见时人对于技法总结的不断推进。

第三节　"文"之外律:世变、 人品与文运

　　伴随着历史与社会的不断发展,古人在探讨文学内部的文本构成方式的同时,也开始重视探寻文学发展演进的外部语境。尤其是文章,作为承担着重要的政治、学术功能的高级文类,自唐宋以来即被视为学问经世、明体达用的重要载体,与社会实际的联系也极为密切。明人之前,文章已自秦汉而历唐宋,获得了长时段的发展,在这样一种宏大的历史背景中,涉及文章与时代发展变化的诸如"文随世变"、"文章与时高下"等也成为明人不断检讨的命题。而这种检讨,说到底,仍须落实到对具体文人和文章的评骘和体认,明代盛行的复古、拟古以及秦汉文、唐宋文之争等文学现象,实际上可以说是在上述两个层面所构成的价值评判体系中展开。另一方面,明人对前代及本朝文家和文章的研讨,其出发点则是基于现实意义的文章创作,以及立足于文章的政治或文学价值理想之实现。因此有关文章遇合与文人命运,尤其是晚明以文章安身立命的文人出路问题,也日渐成为明人面对的文章学之实际境况。本节主要以上述三个层面为思

---

① 董其昌《董思白论文宗旨》,清康熙二十年(1681)吴郡圣业堂书坊刻本,第1a页。

路,针对明文话中"文"在语言文字组织形式之外的话语形态作
出讨论。

一 "以时而降"与"能自为代":文章学历史观的发展

文学与时代、现实的关系是中国古代文论中重要的命题,
《文心雕龙》曰:"文变染乎世情,废兴系乎时序。"①自刘勰论述
文学随世而变以来,后世论文者多从这个角度来探讨诗文的发
展演变。如唐刘禹锡《唐故尚书礼部员外郎柳君集纪》提出"文
章与时高下"命题:"八音与政通,而文章与时高下。三代之文至
战国而病,涉秦、汉复起。汉之文至列国而病,唐兴复起。"②强
调文学发展与朝代盛衰的关系。明人如后七子成员谢榛在《四
溟诗话》中也曾论《诗经》"直写性情,靡不高古,虽其逸诗,汉人
尚不可及",进而指出今之学者"不知文随世变,且有六朝、唐、宋
影子,有意于古,而终非古也"③。胡应麟论及"世变"的问题,主
张代不如前,表现为对诗歌发展所谓"诗之体以代变"、"诗之格
以代降"的认识④。

明人文话中明确提出文章"以时而降"的是何良俊的《四友
斋丛说·文》。何氏撰《四友斋丛说》三十八卷,卷二十三专论
文,自言"余偶有所见,随笔记之,知不足以尽文章之变也,得一
卷"⑤,其中在考量古今文章之变时,他指出:

世变江河,盖不但文章以时而降,至于人品语言,以今

---

① 王利器《文心雕龙校证》,第 273—274 页。
② 瞿蜕园《刘禹锡集笺证》卷十九,上海古籍出版社 1989 年版,上册,第
513 页。
③ 谢榛《四溟诗话》卷一,人民文学出版社 1961 年版,第 3 页。
④ 胡应麟《诗薮》内编卷一,中华书局 1958 年版,第 1 页。
⑤ 何良俊《四友斋丛说》卷二十三,《续修四库全书》第 1125 册,第 674。

较古，奚啻天壤？且如《李斯传》中载赵高与李斯辩难诸语，即典籍中亦岂多见？夫以始皇之雄杰盖世，李斯佐之以削平六国，去封建而郡县天下，欲愚黔首以绝天下之口，故焚弃典籍，一切以吏为师，巡游观采，几遍天下，一时莫敢与之异议。虽皆霸者之事，本无足采，然不可不谓之奇矣。赵高以一宦竖，而言辞辩难与斯角胜，斯亦似为之少屈。今载在《李斯传》中，不知与《史记》增多少光采。后世非但史才不及古人，及欲以此等语言载之史传中，亦何可复得耶？①

何良俊认为文章的发展总体上呈现出"代降"的趋势，后代不如前代，并以《史记·李斯传》中李斯与赵高有关"沙丘之谋"的论辩为例，阐明后世对语言文字的运用也不及古人，持论带有厚古薄今的色彩。他指出"古人文字自好，非后人所及"②，又强调"信乎文章因世代高下"，且称赞东汉女诗人徐淑的《答夫秦嘉书》和《又报秦嘉书》微婉深切、怨而不伤，由此慨叹"知汉世有此等妇人，使今世文士，亦何能及此耶"③。何氏以"以时而降"的观念来考察"文章之变"，认为庄周、屈原是古人两种文风的最高典范："春秋以后，文章之妙，至庄周、屈原，可谓无以加矣。盖庄之汪洋自恣，屈之缠绵凄婉，庄是《道德》之别传，屈乃《风》、《雅》之流亚，然各极其至。……盖古人自有卓然之见，开口便是立言。"④唐人则如柳子厚《贞符》、韩昌黎《进学解》等"犹是文章之遗"，且"此后不复见"。宋人苏轼、黄庭坚可称"并驾"，欧阳修"迥在宋时诸公之上，便可与韩昌黎并驾"，而南宋文章"尖新浅陋，无一足观者"。至于本朝文章，何良俊称：

① 何良俊《四友斋丛说》卷二十三，《续修四库全书》第 1125 册，第 674—675 页。
② 何良俊《四友斋丛说》卷二十三，《续修四库全书》第 1125 册，第 675 页。
③ 何良俊《四友斋丛说》卷二十三，《续修四库全书》第 1125 册，第 675 页。
④ 何良俊《四友斋丛说》卷二十三，《续修四库全书》第 1125 册，第 674 页。

今人作文,动辄便言《史》、《汉》,夫《史》、《汉》何可以易言哉!昔人谓韩昌黎力变唐之文,而其文犹夫唐也;欧阳公力变宋之文,而其文犹夫宋也。岂至我明,而便能直追《史》、《汉》耶?盖我朝相沿宋元之习,国初之文,不无失于卑浅,故康、李二公出,极力欲振起之。二公天才既高,加发以西北雄俊之气,当时文体为之一变。然不过为我朝文人之雄耳,且无论韩昌黎,只如欧阳公《丰乐亭记》,中间何等慷慨,何等转换,何等含蓄,何等顿挫!今二公集中,要如此一篇尚不可得,何论《史》、《汉》哉?①

何良俊一方面肯定前七子李梦阳、康海等辈以"雄俊之气"力振明初相沿宋元的卑弱文风,如他也曾说"我朝文章,在弘治、正德间,可谓极盛,李空同、何大复、康浒西、边华泉、徐昌谷,一时共相推毂,倡复古道"②;另一方面,也认为康、李二公"不过为我朝文人之雄",尚不及韩、欧,而韩、欧又不逮《史》、《汉》,因此又如何能"直追《史》、《汉》"。由此可见,何良俊断言李、何诸子"倡复古道"却不能企及秦汉文章的立足点之一,便是他主张的文章"以时而降"的退化论。

在文章世变论上,与何良俊持论颇为相类的是与后七子同时代的冯时可。时可(1551—1619或1620),字元成,一字元敏,号敏卿、文所、天池山人,华亭(今上海松江)人。隆庆五年(1571)进士,任兵部主事,官至湖广布政使参政。以文名,有《易说》、《诗臆》、《左氏讨》、《冯元成选集》等,另撰有《谈艺录》、《雨航杂录》等文话。传见《明史》卷二百九"冯恩传"附、何三畏《云间志略》卷二十《冯宪使文所公传》。

冯时可认为文章之高下与一个时代所展现的气魄之雄弱有

---

① 何良俊《四友斋丛说》卷二十三,《续修四库全书》第 1125 册,第 679 页。
② 何良俊《四友斋丛说》卷二十六,《续修四库全书》第 1125 册,第 699 页。

关，并极力称道秦汉文章。在《谈艺录》中，他指出："汉时气旁魄而习淳古，故其文章为盛。上者诏令，深粹博厚，直并成周；下者书疏，雄高浑灏，远轶秦楚。"①关于汉、唐、宋三代文章，又以兵为喻来言说三者之高下曰："汉文雄而士亦雄，宋文弱而兵亦弱，唐文在盛衰之间，其国势亦在强弱之际。"②又指出"宋儒之于文也，嗜易而乐浅"，"所以去古愈远而不能经天下"③。在《雨航杂录》中，冯时可也谈到："西汉简质而醇，东京新艳而薄，时之变也。班固赡郁而有体，左史之亚哉。此外寥寥矣。"④由此可见，冯时可的文章评判价值序列，仍是由秦汉至唐宋的"以时而降"，在他批判时人作文"求惊人而不求服人，求媚世而不求维世"，进而指出"彼其名以高古为门户，实以骈俪为筐篚，故虽祖秦祢汉，终不能仲柳伯韩"⑤，也可得到印证。

冯时可的诗文观，介于后七子和公安派之间，文宗秦汉，诗称李杜，尤其推崇司马迁之文与杜甫之诗，认为"皆深浑高厚，其叙世隆污胜复、人惨舒悲喜之变，如口画指扮，咸其神化橐龠之也"⑥。在评价唐宋八大家时，他指出："八大家非不能为秦汉者，盖得其精神而自运于筌蹄糟粕之表。譬制衣者之程于巧匠也，用其刀尺裁剪之法，而称身长短与时变迁，故不同而同。今之学秦汉者，剽词摹字，譬之探囊胠箧，盗窃夫人之零锦剩绮，纫

① 冯时可《冯元成选集》卷六十七，《四库禁毁书丛刊补编》集部第63册，第683—684页。

② 冯时可《冯元成选集》卷六十七，《四库禁毁书丛刊补编》集部第63册，第686页。

③ 冯时可《冯元成选集》卷六十七，《四库禁毁书丛刊补编》集部第63册，第685页。

④ 冯时可《雨航杂录》卷上，《丛书集成初编》第2935册，第4页。

⑤ 冯时可《冯元成选集》卷六十七，《四库禁毁书丛刊补编》集部第63册，第682页。

⑥ 冯时可《冯元成选集》卷六十七，《四库禁毁书丛刊补编》集部第63册，第686页。

缀而衣被之,以为我服也,虽强项于流辈,能不靦颜于主人哉?"①其中又对时人追摹秦汉文章却只注重模拟和雕饰的习气颇多指摘,这又与何良俊所说的"古人文章皆有意见,不如后人专事蹈袭模仿"②,以及指出李、何"诸公之以文名家者,其制作非不华美,譬之以文木为棂,雕刻精工,施以采翠,非不可爱,然中实无珠,世但喜其棂耳"③,较为接近。

在诗文创作中,何良俊与冯时可虽都视古作为典范,但不主张流于形式层面的模拟、剽窃,而是都把师法前人的精髓归结到"性情"。如何良俊论今人作诗师法盛唐,指出:"其要则在于本之性情而已。不本之性情,则其所谓托兴、引喻与直陈其事者,又将安从生哉? 今世人皆称'盛唐风骨',然所谓'风骨'者,正是物也。学者苟以是求之,则可以得古人之用心,而其作亦庶几乎必传;若舍此而但求工于言句之间,吾见愈工而愈远矣。"④认为盛唐风骨的实质即是"性情"。又曰:"今人但模仿古人词句,饾饤成篇,血脉不相接续,复不辨有首尾。读之终篇,不知其安身立命,在于何处。纵学得句句似曹、刘,终是未善。"⑤冯时可也认为:"文章之业:上者经天纬地以抒其性灵,古圣贤之述作是也;下者嘲风弄月以畅其情性,三谢、四杰之构撰是也。若不古不今,不情不性,饾饤割裂,媚灶谀墓,以逐好博金,陋亦甚矣。乃动以千秋自命,如此千秋,曾不如生前一杯酒。"⑥二人持论颇为相近,均带有浓厚的尊情重性的色彩。

---

① 冯时可《冯元成选集》卷六十七,《四库禁毁书丛刊补编》集部第63册,第684页。
② 何良俊《四友斋丛说》卷二十三,《续修四库全书》第1125册,第675页。
③ 何良俊《四友斋丛说》卷二十三,《续修四库全书》第1125册,第681页。
④ 何良俊《四友斋丛说》卷二十四,《续修四库全书》第1125册,第682页。
⑤ 何良俊《四友斋丛说》卷二十四,《续修四库全书》第1125册,第682页。
⑥ 冯时可《冯元成选集》卷六十七,《四库禁毁书丛刊补编》集部第63册,第683页。

　　万历间，由三袁为主将的公安派，主张"独抒性灵"，力反模拟，大力恢张了这种尊情重性的文学精神。如袁宏道《叙小修序》认为"诗文至近代而卑极矣"，原因在于"文则必欲准于秦、汉，诗则必欲准于盛唐，剿袭模拟，影响步趋，见人有一语不相肖者，则共指以为野狐外道"①，继而阐发其有关文学发展与时代推移的关系论曰：

　　　　曾不知文准秦、汉矣，秦、汉人曷尝字字学六经欤？诗准盛唐矣，盛唐人曷尝字字学汉、魏欤？秦、汉而学六经，岂复有秦、汉之文？盛唐而学汉、魏，岂复有盛唐之诗？唯夫代有升降，而法不相沿，各极其变，各穷其趣，所以可贵，原不可以优劣论也。②

袁宏道认为虽"代有升降"，但自秦汉至唐宋各代之诗文发展各有其时代特征，不可以高下优劣论之，这样也就消解了复古派所标榜并师法的文章典范。

　　与三袁同时代的汤宾尹也排斥复古摹拟的文风，认为自周秦以至唐宋"帝自为统，人自为氏"，并立足于"明诗明文"的本朝文学立场提出了"能自为代"的论说。汤宾尹《徐见可鸠兹集序》曰：

　　　　吾尝以此论书论文，法无外者。世人每见人书，不省美恶，辄问某帖某帖；见人诗文，谬相推拟，曰若也周秦，若也汉魏六朝，若唐若宋。於乎！秦周之与唐宋，其代既已往矣，帝自为统，人自为氏，则胡不曰若明诗明文，而反借于异代？又胡不曰若谁之子，而取既朽之骨相辱哉？……已得其记序诸文所为《鸠兹集》者，尽读之，鸣所欲鸣，神化自有，始叹服，以为真不可及。而盛推可见者，或拟以为唐宋，或

---

① 钱伯城《袁宏道集笺校》卷四，上海古籍出版社 1981 年版，上册，第 188 页。
② 钱伯城《袁宏道集笺校》卷四，上册，第 188 页。

拟以为周秦。见可起袂谢曰:"吾为吾耳,安能古人?"谓见可多逊,不知其志深意远,哂然不屑也。后千百年以来,能自为代者,唐唯退之,宋唯子瞻,其余斤斤仿古而失之者多矣。①

从中可以见出,汤宾尹持论近于公安派,因而亦有学者视其为公安派成员。汤宾尹的时文论说也同样表现出这种"不借人舌",反对拟古的主张。武之望撰、陆翀之辑《新刻官板举业卮言》卷二引汤氏《论文五章》曰:"吾异夫今之为文者,己则无匈,而借人舌也,借于舌则卑。吾直以舌代圣,而反下借诸子则益卑,又廛唾之余也。何今之矫然自命豪者,不羞人余也?"②

汤宾尹主张的"能自为代"一说,此后也为晚明文人王守谦在其所撰文话《古今文评》中援以为论。守谦(1562 前一?),字道光,号凤竹,灵璧(今属安徽)人。以岁贡授和州训导,升清河教谕。崇祯十四年(1641),流寇攻城,守谦年逾八十,犹率子孙登城瞭守,并随笔纪事。著有《小隐窝爽言》、《唤世编》等。传见乾隆《灵璧县志》卷三。《古今文评》原见收于王氏《小隐窝爽言》,评述历代文人文章,起自先秦,迄于明代,对汤宾尹及其文章评价颇高,认为"汤宣城自辟一天地","故其《睡庵集》中,不傍古人一句,而古气逼人,至睹一种快心之论,不觉跃然起舞,真奇才也"③。论及文章与世变的关系,王氏指出"文章之气格,因乎世代,不能不异者也":

> 无涯世界,何地不产奇人,湮没无称者,可胜道哉? 合而观之,文章之气格,因乎世代,不能不异者也;文章之精粹,本乎性灵,不能不同者也。如以气格,无论六经,无可着

---

① 汤宾尹《睡庵稿》卷一,《四库禁毁书丛刊》集部第 63 册,第 23 页。
② 武之望、陆翀之《新刻官板举业卮言》卷二,《稀见明人文话二十种》上册,第 495 页。
③ 王守谦《古今文评》,《历代文话》第 3 册,第 3125 页。

手,即千载之后,有能为盲史、为腐令、为庄叟、坡仙者乎?假令今人文字,果有必不可磨灭之精光,即起盲史、腐令、庄叟、坡仙,而有不心服我者乎?益信气格不足以绳文,而恃有性灵在也。倘曰吾必为周秦、必为两汉,而鄙魏晋宋唐于不齿,是何异以冠裳珮玉之时,而欲同木业之世乎?愚以为有出世之见解,自有绝世之议论,议论欲新而不欲腐,欲创而不欲剿,欲确而不欲浮。有此议论而词华称之,即不必问其孰为雄浑,孰为圆丽。总之以名言垂世,即睡庵所谓"能自为代"者也,奈何今人自白雪楼以后,则人人言秦汉矣。不知国初之文,骨稚而气靡,患人不读秦汉以前之书;近日之文,神悍而意佻,患人或薄秦汉以后之文。①

王守谦在此对"人人言秦汉"的指摘,其意在揭露七子派之弊端,所谓"拾得几个《左传》、《史记》字面,曰我能为周汉、为西京也,纵摹拟毕肖,已为优孟之衣冠,况犹然邯郸之步、里妇之颦乎"②,即是对时人拟古文风的极力批判。在王守谦看来,文章创作当有"绝世之议论",并做到"欲新而不欲腐,欲创而不欲剿,欲确而不欲浮",然后通过语言文字加以修饰,自然可以名言垂世,也就做到了汤宾尹所谓的"能自为代",而不必斤斤仿古,亦步亦趋。

二　"文如其人"与"质之生文"：人品与文品的关系论

明人论文在强调文章与世代相结合之外,也重视人与文、为人与立言的统一,这其中自然关涉到"文如其人"这样一个古老的命题。自扬雄《法言·问神》提出"言,心声也;书,心画也。声

---

① 王守谦《古今文评》,《历代文话》第 3 册,第 3127 页。
② 王守谦《古今文评》,《历代文话》第 3 册,第 3127 页。

画形，君子小人见矣"①，刘勰《文心雕龙·体性》申说"夫情动而言形，理发而文见，盖沿隐以至显，因内而符外者也"②，至苏轼《答张文潜县丞书》讲述其弟苏辙之文"实胜仆，而世俗不知"，进而指出"其为人深不愿人知之，其文如其为人，故汪洋澹泊，有一唱三叹之声，而其秀杰之气，终不可没"③，"文如其人"就成为中国古代文论中重要的命题，历代相沿。此后如陈绎曾即明确指出"文章与人品同"，其论文人气量与文章骨骼曰："自古大圣大贤，非有英雄气量者不能到也。英雄之气，担负天地；英雄之量，包含古今。担负天地之至重，包含古今而有余，气量如立，天下之道德成，天下之事业无不可，况区区古文而有不高者乎？"④陈氏所论，是站在文人学养论的角度来强调文章创作与文人气格的统一，也代表了"文如其人"这个话语形态的主要指向，即是在儒家思想传统中，如前文讲到韩愈、柳宗元以来强调文人道德修养作为文章创作的重要环节。不过，这一命题也存在着人与文二者不相符的情况，如萧纲《诫当阳公大心书》所谓"立身之道，与文章异，立身先须谨重，文章且须放荡"⑤，元好问《论诗十三首》所云"心画心声总失真，文章宁复见为人"⑥，指的正是这种人与文相背离的情况，可见二者在古人心目中确是辩证关系，不可一概而论，钱钟书《谈艺录》四八"文如其人"便指出"以文观人，自古为难"⑦。

明人文话中有关文品与文品的论说，多持赞同"文如其人"

---

① 汪荣宝《法言义疏》，中华书局 1987 年版，第 160 页。
② 王利器《文心雕龙校证》，第 191 页。
③ 苏轼《苏轼文集》卷四十九，中华书局 1986 年版，第 4 册，第 1427 页。
④ 陈绎曾《古文矜式》，《历代文话》第 2 册，第 1291 页。
⑤ 萧纲《梁简文帝集》卷一，清光绪五年(1875)彭懋谦信述堂刊《汉魏六朝百三家集》本，第 63a 页。
⑥ 郭绍虞《元好问论诗三十首小笺》，人民文学出版社 1978 年版，第 62 页。
⑦ 钱钟书《谈艺录》，生活·读书·新知三联书店 2001 年版，下册，第 498 页。

的态度,延续着如陈绎曾"文章与人品同"的观点,认为观览一个人的文章可以了解其为人。冯时可《谈艺录》即云:"为文士者,不妄晋人,不务悦人,不事驰骋,不工雕琢,不厚夸诩,不专附和,乃为有养。故观其文,可以知其人。"①也是在学养的层面,在"观其文,可以知其人"的前提下,从正面阐说为人与为文的统一。他在评价宋人文章时,更是直接援用"文如其人"和"人如其文"的说法:

> 六经无浮字,秦汉无浮句,唐以下靡靡尔。其词烨然,其义索然,譬则秋杨之华哉! 去治象远矣。九奏无细响,三江无浅源,以谓文岂率尔哉! 永叔侃然而文温穆,子固介然而文典则,苏长公达而文道畅,次公恬而文澄蓄,介甫矫厉而文简劲。文如其人哉,人如其文哉!②

冯时可从文人个性与文章风格相关联的角度对宋人进行了评析,如指出欧阳修性格侃然因而文章展现出温和之貌,苏轼个性旷达因而文章带有遒畅之致。在讨论汉代帝王之气格涵养与诏令、制词等公文的风格面貌时,冯时可也持此标准曰:"汉高光明磊落,绝无婵婳气习,故其中诏令朴略弘远,亦如大度乃公,虽良、平为猷,陆、孙授简,然皆帝之指挥也。文帝粹养,而制词与三代同风,武帝雄才,而诗辞与秦楚争劲,华实相符哉。"③所论是将品评前人文章中强调个人的性格、道德、学养与文章的风格面貌、审美品级挂钩。

由于"文如其人"观念中的"人品"范畴,与儒家思想注重伦

---

① 冯时可《冯元成选集》卷六十七,《四库禁毁书丛刊补编》集部第 63 册,第 681 页。
② 冯时可《冯元成选集》卷六十七,《四库禁毁书丛刊补编》集部第 63 册,第 685—686 页。
③ 冯时可《冯元成选集》卷六十七,《四库禁毁书丛刊补编》集部第 63 册,第 684 页。

理规范和道德修养的要求多有重合,因此观文知人的评价标准也往往被嵌入科举取士及时文论评的话语形态中,正如陈龙正《举业素语》所言"衡文如知人","经义之设,非取文藻,正欲观人"①,明人文话有关时文写作与评价的论述,多强调"衡文"与"观人"的统一。陈氏《举业素语》进一步阐说观文章可以知人之"品识"曰:

> 盖谓是穷理修身之实学,为士子时有真得,为主司时必有真鉴。凡文之不剿剽仿,自得于心者,吾以心迎之;若非心得,我亦读其文而知其心之不存。则文之有心无心,莫非心也。经生日日搦管,其出手已成习心。然习心之外,实无本心。试观悻悻好胜之人,强言道气,而客气终存,其余鄙陋者强言高明,浮游者强言收敛,佞谀者强言直方,意味不亲,首尾不贯,自命文人之雄,不知已披肺肠而授人矣。此文章可以辨品识,灼灼无疑。②

陈龙正(1585—1645),字惕龙,号几亭,嘉善(今属浙江)人。崇祯七年(1634)进士,授中书舍人,十五年(1642),思宗下罪己诏,龙正呈生财、垦荒诸疏,被以"伪学"诋之,辞官归。著有《朱子经说》、《政书》、《几亭集》、《几亭再集》等。传见《明史》卷二百五十八。《举业素语》见收于《檇李遗书》本《几亭外书》,专为子弟习文授业而编,"时因课子,拈数语于壁上"③,以传场屋得隽之法。在陈氏看来,正因为举业是"穷理修身之实学",因此士子习制举须有"真得",当"自得于心",来获得主司的"真鉴"。而这种"心"又须依靠平日发愤用功加以锻炼成为"习心":"若能发愤之人,其功夫须即日振作。浮游涉猎,曰不为无益,岂知本领未通,毫

---

① 陈龙正《举业素语》,《历代文话》第 3 册,第 2585 页。
② 陈龙正《举业素语》,《历代文话》第 3 册,第 2585 页。
③ 陈龙正《举业素语》,《历代文话》第 3 册,第 2563 页。

无用处。若能发愤之人，其心志须即日精专。延缓、浮游，二十前尚是习，二十后便成性，成性则难挽矣。”[①]而那些好胜、鄙陋、浮游、佞谀之人，所作的文章也会表现出“意味不亲，首尾不贯”的弊病，不得入彀。

关于“文如其人”与科举取士，袁黄也指出“国家以经文取士，而又试之表、判以观其词，试之论、策以观其识”[②]，其论述为人与为文也认为二者相互关联，并将这种观念纳入实际的文章写作中，要求文人增长“识见”，整顿“心胸”来提升文章品级。《游艺塾续文规》论文章与人品关系曰：

> 文字欲人讥弹，有不善者，应时改定，如陈思之于丁廙可也。尝谓文字与人品相同，往日所作之文，从今阅之，觉病痛百出，羞赧不可当，则今日之识见长矣。不然，新知不进，旧作犹工，日新之谓何？人品亦然，日知非则日有进，若不痛自省察，何由见过而内自讼者也？[③]

在袁黄看来，正因为文章能够反映一个人的识见，因此文字日工实际上是一个人识见日新、人品日进的外在体现。袁黄曾记述王阳明与云谷和尚“见其文而知其人”和“见其人而知其文”的“奇事”曰：“阳明先生阅徐爱之文，知其早发而啬于寿，在山东场中阅穆孔晖文，知其为有名之豪杰，若烛照数计，无纤毫爽。昔年云谷和尚凡遇朋友，一接音容便能悬断其文之得失，某也清，某也畅，某也雄壮，某也跼促，一一契合。阳明见其文而知其人，云谷见其人而知其文，皆奇特事。”[④]袁黄由王阳明、云谷二人观文与观人之事引发出“文由心生”的论说曰：

> 人之文字，靡不由心生。有大格局者，必有大胸襟；有

① 陈龙正《举业素语》，《历代文话》第3册，第2563页。
② 袁黄《游艺塾续文规》卷四，《续修四库全书》，第1718册，第211页。
③ 袁黄《游艺塾续文规》卷四，《续修四库全书》，第1718册，第207页。
④ 袁黄《游艺塾续文规》卷四，《续修四库全书》，第1718册，第211页。

大议论者,必有大识见。富贵膏粱之子,其文多磊落阔大,或疏爽通达,而不能幽深含蓄;贫贱困穷之士,其文多钩深入微,钻研琐碎,而无轩昂显达之气。文字断续者多不寿,气歉而不克者多不寿,词有余而神不足者多不寿。浑厚者必贵,温雅者必贵,正大者必贵。条达而气易尽者,贵而不久;意深而词踬者,多主偃蹇。放肆而不检者、怒号而气不平者,浮靡艳丽、专务外饰而无实意者,皆非佳士。如某人之文,《浴乎沂　三句》是其最得意之作,然终有放肆轻狂之态,可以惊四筵而不可以惊独坐者也。某人文字非不佳,终有怒号之气,某人终有靡丽之习,不待观其行事而已逆知其人品之必不端矣。读杜道升之文,自然知其为切实近理之士;读沈幼真之文,自然知其为深厚平正之儒;读姚禹门之文,自然觉其有流丽和雅之风;读邓定宇之文,自然觉其有清静无为之趣。是故善作文者,先正其心;善窜文者,先改其习。冯开之一向以狂自负,到会试时收敛简默,恂恂款款,大变其平生之习,而后其文亦变而雅驯。今之人终日咎其文之不善,而不思整顿其心胸,文亦何由而善哉?①

袁黄认为"文由心生",有大格局和大议论的文章,必定出自胸襟广阔、识见不凡的文士之手,即所谓的"佳士"与"佳文"当是一致的,而从有"怒号之气"、"靡丽之习"的文字,也可以"逆知"其人品不佳。又举出嘉靖、隆万间时文名家杜伟、沈懋孝、姚弘谟和邓以赞,标举为"佳士"和"佳文"的典范,如评价杜伟"切实近理"、沈懋孝"深厚平正",这些品质从观览他们的文章中自然可知。由此袁黄提出与陈龙正所论颇为相近的"正其心"、"改其习"的主张。

武之望在《举业卮言》中反复强调"本色",并基于本色说将

---

① 袁黄《游艺塾续文规》卷四,《续修四库全书》第1718册,第211—212页。

人与文章联系在一起，认为"观其文，可以知其人"，他说："文章虽小技，亦精神心术之所寄也。故观其文，可以知其人，即贵贱寿夭，皆可悬断。盖作者吐露本色，则观者直烛底里。若镜之鉴物，好丑无有能逃者也。"①同时指出"文章关乎世运，其于人也，可以观心术而卜事业"②，并赞同袁黄"正其心"、"改其习"之说，并提出他的"文质之辨"曰："质所以基文，而学所以变质，故袁了凡谓：'善作文者，先正其心；善窜文者，先改其习。'此正表澄源之道也，奈何轻薄子反借口文士不羁之说，以肆其猖狂妄诞之习，不知士先器识而后文艺，器识不足，即卢、骆、王、杨尚不得为佳士，况其下乎？"③袁黄所谓的"质"，是指人的禀赋和资质，强调"培质"是"培文"的基础：

> 质者，所受于天之资，是聪明才辨之所自生也。质之生文，犹素之受采，其元元本本，根柢之极致乎？故质者，本也；文者，末也。质者，实也；文者，华也。末而根之于本，华而茂之以实，斯不野不史，彬彬然质有其文。若质不足而文徒工焉，则繁文耳、靡文耳，所谓务华而绝根者也。故善绘者先敦素，善文者先培质，培质所以培文之基也。今之搞文者纷纷矣，而不知其所以文，往往轻佻其性，猥薄其习，而巧利其辞，其于质也灭矣。即有文，亦所谓夸人之诞文、鄙人之淫文、纤人之碎文、浅人之捷文、诡人之虚文，而非道德性命之文也。文章关乎世运，其于人也，可以观心术而卜事业，乌可无实之虚文为哉？命文之士，不可不深探其本也。④

从武之望的论述中可以看出，他的"文质之辨"，探讨的是文人禀性和文章创作的相关问题，实际上仍处于上述人格与品品关系

---

① 武之望《重订举业卮言》卷下，第24b—25a页。
② 武之望《重订举业卮言》卷上，第9b页。
③ 武之望《重订举业卮言》卷上，第10b—11a页。
④ 武之望《重订举业卮言》卷上，第9a—9b页。

论的大框架下。在武之望看来,作为创作主体天资的"质"与因之而生成的"文",是本与末、实与华的关系,而这种天资对文辞具有决定作用,因此"培质"是"培文"的基础。

武之望也指出时人作文往往因为性习不正而导致言辞诡巧不实,因而有所谓"夸人之诞文"、"鄙人之淫文"、"纤人之碎文"、"浅人之捷文"、"诡人之虚文"等格与文品皆不佳的例子。因此,他以先秦诸子的为人质性与文章审美品级为例,来进一步申说应"内厚其积"来求得"质性自然之文":

> 文犹可以袭取,而质不可以伪为,故青黄可饰于朽枯,而藻绘难施于金玉,此文质之辨也。然金玉本无文,而其烨然之光、燦然之色,更有不藻而丽、不绘而华者,此质性自然之文,而非青黄黻黼之文也。即以诸子论:老、庄质有道德,故其文渊泓而隽永;申、韩质有名法,故其文峭拔而矜严;仪、秦质有纵横,故其文驰骋而辨博。失口倾心,如挹水于源,取火于燧,无事矫强而精神各畅。盖内有其质者,外呈其采,内厚其积者,外焕其光,理固然也。①

由此可见,无论是武之望的"文质之辨",还是袁黄所谓的"人之文字,靡不由心生"以及陈龙正所说的"读其文而知其心",都是继承了"文如其人"及其相关的批评观念,强调创作主体的品格、学识、资质对创作行为的决定作用,并基于这种制约关系来阐发修养心性、增长识见之于文章写作的重要性。

三 "文章九命"与"文章遇合":士人出路及文章命运

在中国文论话语体系中,文章与文人命运可以说是一个贯穿古今、弥久不衰的命题,并且往往带有"悲剧情结",如王勃《秋

---

① 武之望《重订举业卮言》卷上,第9b—10a页。

日登洪府滕王阁饯别序》已感叹说"时运不齐,命途多舛"①,颜之推《颜氏家训·文章》也称"自古文人,多陷轻薄",并谓:"文章之体,标举兴会,发引性灵,使人矜伐,故忽于持操,果于进取。今世文士,此患弥切。"②宋濂《恭跋御制敕文下方》谈及士人遭遇也说:"臣濂闻之,君臣遇合,自古为难,非道之符契、情之感孚,鲜有善始而善终者。"③这种话语产生的思想文化和文学机制,很大程度上是文人基于当下的文学现实期望以及命运出路等问题来追思古人,如颜之推所论古人"多陷轻薄",最后仍落实到对"今世文士"的观照上,由古及今,形成一种所谓"共同的心理基础"④,或是"集体认同"⑤。文士和文章命运的话题,在明代得以继续扩展其论述空间的缘由,除了这种心理基础的历时延续外,从社会制度的角度来说,正是明代以科举取士的选拔机制,使得文章之"遇合"直接关系到文人的仕途命运,进而引发晚明士人围绕功名焦虑的思考和论说。

明人有关文人悲剧命运话题的申说,最具影响的是王世贞的"文章九命"。王世贞从宋人提出的"诗能穷人"一说出发,观览历代文士,少有善终,因而将古今文人的命运细分为贫困、嫌忌、玷缺、偃蹇、流窜、刑辱、夭折、无终、无后九种:

> 古人云:"诗能穷人。"究其质情,诚有合者。今夫贫老愁病,流窜滞留,人所不谓佳者也,然而入诗则佳。富贵荣显,人所谓佳者也,然而入诗则不佳。是一合也。泄造化之秘,则真宰默仇;擅人群之誉,则众心未厌。故呻占椎琢,几

① 蒋清翊《王子安集注》卷八,上海古籍出版社1995年版,第233页。
② 王利器《颜氏家训集解》卷四,上海古籍出版社1980年版,第221、222页。
③ 宋濂《宋学士文集》卷二十六,《四部丛刊》影印明正德刊本,第10b页。
④ 钱钟书《诗可以怨》,《文学评论》1981年第1期,第21页。
⑤ 吴承学《"诗能穷人"与"诗能达人":中国古代对于诗人的集体认同》,《中国社会科学》2010年第4期,第178页。

于伐性之斧;豪吟纵挥,自傅爱书之竹。茅刃起于兔锋,罗网布于雁池。是二合也。循览往匠,良少完终,为之怆然以慨,肃然以恐。囊与同人戏为文章九命:一曰贫困,二曰嫌忌,三曰玷缺,四曰偃蹇,五曰流窜,六曰刑辱,七曰夭折,八曰无终,九曰无后。①

王世贞认为历代文士"良少完终"的原因,其一是文人境遇之善恶与文章之工拙不对等,好的作品应该是遭际穷苦、命途多舛的表现,而非富贵荣显的言说。其二是文人通过文章写作以泄露天机、博取名声,因而招致天仇人妒。在列举历代文人遭遇上述九种厄运后,王世贞自言于嘉靖四十五年(1566)因疮疡卧床逾半年,因而复加第十命"恶疾"。又借回答蔡景明"古亦有贵而寿者乎"之问,举出历代仕途显达且年寿较长的文人,对于文人厄运论稍作矫正。

王世贞"文章九命"说在明清两代颇具影响。郭良翰辑《问奇类林》三十五卷,卷十七"文学中"即收录王氏"文章九命"的内容②。胡应麟《诗薮》也曾引述曰:

汉、魏间,夫妇俱有文词而最名显者:司马相如、卓文君,秦嘉、徐淑,魏文、甄后。然文君改醮,甄后不终,立身大节,并无足取。惟徐氏行谊高卓,然史称夫死不嫁,毁形伤生,则嘉亦非谐老可知。自余若陶婴、紫玉、班婕妤、曹大家、王明君、蔡文姬、苏若兰、刘令娴、上官昭容、薛涛、李冶、花蕊夫人、易安居士,古今女子能文,无出此数十辈,率皆寥落不偶,或夭折当年,或沉沦晚岁,或伉俪参商,或名检玷阙。信物造于才,无所不忌也。王长公作《文章九命》,每读

---

① 王世贞《弇州山人四部稿》卷一百五十一,第 11b—12a 页。
② 郭良翰《问奇类林》卷十七,《四库未收书辑刊》第 7 辑第 15 册,第 392—398 页。

《卮言》，辄掩卷太息，于戏，宁独丈夫然哉？①
指出古今能文的女子也遭受了"寥落不偶"、"夭折当年"、"沉沦晚岁"、"伉俪参商"及"名检玷阙"等厄运。

值得留意的是晚明尚有另一种"文章九命"，即明末华淑编纂的《文章九命》。华淑，字闻修，无锡（今属江苏）人，辑有《闲情小品》等。华淑《文章九命》即收于《闲情小品》，此本前有《题文章九命后》曰：

> 贫贱愁苦，天地之清气也，清与清合，故文士往往辄逢之。富贵荣显，天地之浊气也，浊与清别，故文士往往辄违之。余纂《文章九命》，中间遭时遇主，十仅一二，而又多流离贬窜，不得其终。展卷三覆，为怆焉以悲，凄焉而恐，天乎！人乎！何忌之深耶？解者曰：夫道甚平，予之以福泽者，勒之以文章，予之以文章者，勒之以福泽。少陵云："名岂文章著？"悲哉乎，其自解也。余尝上下千载，彼肥皮厚肉、坐拥富贵者，类皆声销气沉，寒烟衰草，其归灭没。独文人诗士，其流风余韵，尚与山川花月相映不已，天又未尝不厚偿之矣。闻道人题于癖书庵。②

《八千卷楼书目》著录"闻道人"有《癖史》一书，收于闵于忱辑《枕函小史》，题作"癖颠小史"，闵氏所辑《凡例》云："近华闻修集《癖史》行世。"③由此可知"闻道人"即为华淑。华淑自称"纂《文章九命》"，其"九命"为知遇、传诵、证仙、贫困、偃蹇、嫌忌、刑辱、夭折、无后，与王世贞"九命"颇有出入，当为华淑据王文窜改而来，如"知遇"一节据王世贞《艺苑卮言》（明万历五年刻《弇州

---

① 胡应麟《诗薮》外编卷一，中华书局 1958 年版，第 133 页。
② 华淑《文章九命》，《闲情小品》本，《丛书集成续编》第 156 册，上海书店出版社 1994 年版，第 11 页。
③ 闵于忱《枕函小史》卷首《凡例》，《四库全书存目丛书》子部第 149 册，第 252 页。

山人四部稿》本）八"自古文章与人主未必遇"条、"开元帝性既豪丽"条、"宋王岐公珪为学士"条删改合订而成；"传诵"一节据《艺苑卮言》八"唐时伶官伎女所歌"条、"梁使臣至吐谷浑"条改订；"证仙"一节则改自《宛委余编》十七"自古文章之士称以仙去者"条；此后"贫困"、"偃蹇"、"嫌忌"、"刑辱"、"夭折"、"无后"六节分别删改自王世贞"九命"之"一贫困"、"四偃蹇"、"二嫌忌"、"六刑辱"、"七夭折"、"九无后"。华淑所辑知遇、传诵、证仙三命，实与贫困、偃蹇等厄运不相类，清人涨潮在为王㫋《更定文章九命》所撰跋中即称：

> 余向读弇州《文章九命》，心窃疑之。……向欲作一文辨之，而因循未果。及阅华闻修《文章九命》，与弇州同者六、异者三。三通而六穷，三之数不足与敌六，仅稍增气色耳。今读丹麓此篇，觉古今荣幸，未有过于文章之士者，岂不代为吾侪吐气乎哉！①

王㫋撰《更定文章九命》，则与王世贞所论一一相对，提出了具有积极意义的"九命"，分别为：一通显、二荐引、三纯全、四宠遇、五安乐、六荣名、七寿考、八神仙、九昌后。王㫋自称："昔弇州创为《文章九命》，一曰贫困，二曰嫌忌，三曰玷缺，四曰偃蹇，五曰流贬，六曰刑辱，七曰夭折，八曰无终，九曰无后。天下后世尽泥斯言，岂不群视文章为不祥之莫大者，谁复更有力学好问者哉？予因反其意为《更定九命》，条列如左，庶令览者有所欣羡，而读书种子或不至于绝云。"②可见他撰《更定文章九命》，意在消除对文章的"不祥"印象，引导士子读书作文。

在王㫋《更定文章九命》之前，明人便已对王世贞"文章九命"说提出了反对的看法。如赵宧光曾称《文章九命》为"不祥之

---

① 王㫋《更定文章九命》卷末涨潮跋，《历代文话》第 4 册，第 3861 册。
② 王㫋《更定文章九命》，《历代文话》第 4 册，第 3852 页。

书"，其《弹雅》卷八"论文"曰："弇州引前人言'诗能穷人'，因历数文人之贫困者，分作《文章九命》。余戏题云：此《广贫士传》，何必乃尔？是谓不祥之书，抹杀可也。何不明著文人所以穷之故？盖诗文之乐，无可易之，自然无暇问家人生产耳。方知文人乐处，俗人不得而见，所见惟穷耳。穷恶得为文人累哉？"①另外如袁黄《举业彀率》，则有更为详细的论述说：

> 王元美作《文章九命》：一曰贫困，二曰嫌忌，三曰玷缺，四曰偃蹇，五曰流窜，六曰刑辱，七曰夭折，八曰无终，九曰无后。后又作恶疾为"十命"。渠谓："文人多穷，其质情诚有合者。贫老愁病，流窜滞留，人所不谓佳者也，然而入诗则佳；富贵荣显，人所谓佳者也，然而入诗则不佳：是一合也。泄造化之秘，则真宰默仇；擅人群之誉，则众心未厌：是二合也。"而历引古人以证之，余窃不敢谓然。夫善相马者，得其神，牝牡骊黄可略也；善论文者，其论其神而已矣。故文舒者，其神必泰；文温者，其神必和；文清者，其神必不俗；文冠冕者，其神必轩豁；文条达者，其神必通畅；文蕴藉者，其神必停蓄。若影之于形，修短曲直，未有不似之者也。人之贫富穷达、顺逆寿夭，皆神之所为。故晨得美食，宵有佳梦，神告之也；凶祸将至，其事未发，先惕惕弗宁，亦神启之也。今如所引古人，弗敢妄论，即如近世某辈，读其文，或浮而躁，或肆而狂，其佳者或促如急管，或凄若繁弦，其神固飑飑不附体矣。安得不穷，安得不缺，又安得不夭也哉？伊尹、周公，身为先觉，位居冢宰，既寿且昌，福及万国，文又安能穷之乎？《雅》、《颂》之篇，推骈臻之福，咏万年之寿，又何常不佳乎？吾愿文章之士，广其胸襟，平其意气，勿骋其所

---

① 赵宦光《弹雅》卷八，陈广宏、侯荣川编校《稀见明人诗话十六种》，上海古籍出版社2014年版，下册，第904页。

有余,而务养其所未至,一毫乖戾勿着于心,使词气所出,铿然如金,温然如玉,俨然如端人正士之立于朝端,此所谓台阁之文也。经纶在抱,到处坦途,遇之或顺或逆,如空中龙、梦中境,勿论可也。①

可以看出,袁黄持论与上文提到的"人之文字,靡不由心生"一说颇为接近,认为文章与"神"即心性修养是内外关联的,所谓"文舒者,其神必泰;文温者,其神必和;文清者,其神必不俗;文冠冕者,其神必轩豁;文条达者,其神必通畅;文蕴藉者,其神必停蓄",是将文人的心神与文章品格一一对应。袁黄也认为人之贫富穷达、顺逆寿夭,也与心性有关,因此强调文章之士,需要休养心性"广其胸襟,平其意气"。

袁黄也曾联系自己曾遭诬陷弹劾而罢职归家的经历,来谈论文人多遭"忌嫉谗毁"的厄运曰:

> 自古文章之士,多遭忌嫉谗毁。屈原见忌上官,韩非见忌李斯,毋论已。他如张九龄、萧颖士之见忌于李林甫,颜真卿之见忌于元载,韩愈之见忌于李逢吉,李商隐之见忌于令狐绹,韩偓之见忌于崔胤,杨亿之见忌于丁谓,苏轼之见忌于舒亶、李定。若近代之李献吉、薛君采辈,亦遭谗阻,坎坷终身。或以材高起妒,或以词藻惭工,百懿不录,一眚见疑,含沙射影,信耳吠声,无所不至,是则宜然矣。予孤寒下士,铅椠未工,身非蛾眉,浪窃文人之号。人或有言,甘之如饴,然立朝之日,宜遭摈斥。今养拙东皋,杜门诵古,又以著述之谬,挂名弹章,当自反自责,勤勤改过,而增修其德,庶不负哲人玉成之意耳。②

---

① 袁黄《举业彀率》,《稀见明人文话二十种》上册,第 152—153 页。
② 黄强、徐姗姗《〈游艺塾文规〉正续编》附录,武汉大学出版社 2009 年版,第 453 页。

这段有关历代文人遭到忌嫉谗毁的论述,实际上本自王世贞"九命"之"嫌忌":"屈原见忌上官,孙膑见忌庞涓,韩非见忌李斯,庄周见忌惠子,……李定石介见忌夏辣。或以材高畏逼,或以词藻惭工。大则斧质,小犹贝锦。近代如李献吉、薛君采辈,亦遭谗沮,不可悉征。"①袁黄于万历十四年(1586)进士,授宝坻知县,后调任兵部职方司主事,期间遭李如松诬陷,罢职归家,潜心著述。从这段经历来说,袁黄虽然不赞同王世贞"文章九命"有关文人与文章命运的观点,但对于王氏谈到的"嫌忌"一命当怀有认同感。不过袁黄最终还是将遭到"摈斥"的原因归结到自身,因为自己文章欠佳、德行未满,进而把文人命运的思考落实到对自省改过、增修德业的"功过格"的强调,即包筠雅指出的"为升迁而积累功德"②。

在这个功德论体系中,袁黄认为德业增修也关系到士子的功名追求,提出"科第全凭阴德"一说,将文人(尤其是中下层士子)的命运出路问题,放置于封建道德价值标准下加以考量。袁黄说:"《易》曰:'积善之家,必有余庆。'人家科第,大率皆有祖宗积德。今少年得意,辄嚣然自负,以为由我而致,不复念祖考累世缔造之艰,薄亦甚矣。"③并历数"闻见之所及者",如举明初"三杨"之一的杨荣,因其祖父济度救人有阴功而得以"弱冠登第,位至三公"等等。由此得出:"今之习学业者,未论攻文,先当积德。如吾祖宗有厚德,而吾独放僻,则一念为非,足以损百年厚福。祖宗在天之灵,不可恃也。如祖宗未必种德,而吾独勤勤恳恳,一味为善,则可以感格天心,可以增修祖德,而子孙之福,

---

① 王世贞《弇州山人四部稿》卷一百五十一,第 13b—14a 页。
② 有关袁黄及其功过格体系,可参见包筠雅《功过格:明清社会的道德秩序》,杜正贞、张林译,浙江人民出版社 1999 年版,第 63—113 页。
③ 袁黄《游艺塾文规》卷一,《续修四库全书》第 1718 册,第 16 页。

且当由我而培之矣。此举业之先务、登第之要枢也。"①袁黄关于功德积累有助功名的论说，也反映了晚明在士人群体中普遍存在的功名焦虑②。举人出身而从事图书编纂的汪时跃③，在他所编的《举业要语》中表达了在晚明科举竞争压力下无奈的境遇："不佞之事举业也，其犹鸡肋欤？时而晓窗，时而短檠，时而风檐，时而雪案，恒矻矻以穷念，盖遑遑无宁日也。肱已三折，技且五穷。"④

当然也须指出，袁黄主张的德业有助功名，更多是从"人"之道德修养或是精神信仰的层面来考察文人出路的问题。但对文士来说，想要场中得隽，踏上仕途，仍需要落实到"文"之搦管操觚、入闱试笔的实际层面上来，以求得"文章遇合"。陈龙正在《举业素语》中专论"遇合"，指出"文章遇合，真有神机"⑤。陈氏所谓场中"神机"者，其一是"活机"，认为"此日兴酣才满，外人訾议，不害遭逢；此日机涩兴沮，外人称赏，不免掩落"，强调通过专精于读书习文来保持文机常活。其二是"去套"，指出"异思、异局、异句，合乃成异彩，彩之异，非可易得也"⑥，时文写作若要有"异彩"，得到考官赏识，便须"去套"：

　　场中约五十人拔一，而所试士皆督学较过，荒背已少，

① 袁黄《游艺塾文规》卷一，《续修四库全书》第1718册，第19—20页。
② 周启荣认为晚明的官场腐败和科考竞争促使士子需要通过多种渠道来增加他们获取功名的机会，其中借助功过格来积累道德名声即属其一，参见周启荣《为功名写作：晚明的科举考试、出版印刷与思想变迁》，《当代西方汉学研究集萃·思想文化史卷》，上海古籍出版社2012年版，第225—226页。
③ 乾隆《江南通志》卷一百二十九"选举志·举人五"、康熙《徽州府志》卷九"选举志上"均载汪时跃为万历四年(1576)举人，汪氏另辑有《镂昭代名公四六类编》二十四卷、《补遗》一卷，有万历四十二年(1614)汪士晋刻本。
④ 汪时跃《举业要语》，《稀见明人文话二十种》上册，第383页。
⑤ 陈龙正《举业素语》，《历代文话》第3册，第2581页。
⑥ 陈龙正《举业素语》，《历代文话》第3册，第2582页。

人人相近,卷卷大同,若意不殊特,门径不超,调发不新爽,挺秀头角,于何见异? 而欲令观者舍四十九人而独吾拔也,其可得耶? 小试喜稳畅,大场忌庸套,使一人易地而观,反若苍素,而不自知,其势然也。故"去套"二字为铁门关,为玉钥匙。①

有关时文写作中"活机"、"去套"等问题,晚明诸多时文论著均有探讨,实际上反映了时人对于文章何以"遇合"这一命题的关注,毕竟这关乎读书人的命运前程。随着晚明求学应试人数的激增,科举体制所承载的负担日益加重,如何顺利通过科举考试这种选拔机制来安身立命、博取功名,成为广泛关注且深入研究的问题。这也使得诸多时文论著如《举业要语》、《从先文诀》、《新锲诸名家前后场肄业精诀》,作为写作"要诀"成为晚明颇为流行举业用书。

如果说王世贞的"文章九命"及其带来的影响,提供的是一种"精英"视角来考察历代文人命运的话,那么如袁黄、陈龙正所论以及晚明诸多探讨时文写作、场屋得隽的文话著作,则恰好为我们提供了观察中下层文人命运以及出路问题的窗口。

---

① 　陈龙正《举业素语》,《历代文话》第3册,第2582页。

第二章　寻章摘句：明文话的文本生成与制作

　　本章将主要探讨明代文话的写作、汇编等文本生成方式以及特定的表述策略。从总体上来看，宋元时期诸多文章学文献在明代的传播，以及明人有关文章写作、论评等新说的出现，构成了明文话可资取材并进行加工、编辑的"新"、"旧"两方面的资源。汇编体文话正是在这样一种背景下，于明代得到了长足的发展，尤其是在晚明，随着书坊商业运作的投入，运用现有资源快速生产、刊行，且主要面向广大识字和习文阶层用以指导文章写作的一类著作，成为此际颇为流行的书籍样式。分析这种依靠汇辑、拼接为主要手段的文本生成方式，有助于理解明文话注重文章写作实践的功能特征。

　　与"汇编"这种相对缺少原创度的方式不同，明人的文话中也存在这大量独立撰作且颇具匠心的作品。对于这类文话著述书写方式的考察，若以已为人们较熟悉的诗话为参照系进行考量，则可以加深我们对文话文体风格的认知。对此，清人孙万春曾指出："文话较诗话为难。诗话采之四方，易于成书。文话虽即夙所闻于师友者，因感触而发之，而究出于一人之见解，无朋友之互相投赠，无旁人之代为搜辑。且诗中多有可摘之句，遇佳句，摘出一联即成一段。文章可摘之句甚少，作法不过数条。故诗话可以盈篇累牍，文话意尽则止，不能强增也。"①林纾《春觉斋论文·述旨》也说："论文之言，犹诗话也。顾诗话采撷诸家名句，可以杂入交际谈诙；若古文，非庄论莫可。"②可见前人对诗话、文话之风格特征和写作方式的差异已有所抉示。这种差异，从本质上来说，源于文与诗这两类文体的不同风格。譬如摘句法的运用，历代诗话作者在评论诗人和诗歌时，往往会摘录名篇佳句作为材料用以成文，因而"采之四方，易于成书"。而文章因其篇幅较长和句式不一的特征，一定程度上限制了文话作者对摘句手法的使用。然而这种现象在八股文话自明中叶以来逐渐繁盛后便有所改观，一直延续至清代。梁章钜撰《制义丛话》，即在《例言》中明确指出"兹但就乾隆以来名篇俊语，以次采撷"③，所反映的正是摘引时文佳句在八股文话的普遍运用。诸如此类的问题，以往并未受到研究者的关注。本章即尝试对此稍作讨论。

第一节　"采掇前人"：裁剪旧籍与
明文话的文本生成

在传统的知识体系中，主要归属于"诗文评"的文话，按照以往被用作古代文学批评研究的取材标准，向来是不太获重视的。这当然与话体批评文献自身所具备诸如形态零散、辗转传抄等天然缺陷有关。以明代文话为例，尤其是明中叶以后，多数作品以讲说文章作法为主，内容重复蹈袭、形式琐碎繁冗，多被视为俗陋之书。对此，清人已有指斥，四库馆臣对为数不多收入《四

---

① 孙万春《缙山书院文话》，《历代文话》第 6 册，第 5873 页。
② 林纾《春觉斋论文》，《历代文话》第 7 册，第 6329 页。
③ 梁章钜《制义丛话》卷首《例言》，上海书店出版社 2001 年版，第 9 页。

库全书总目》的明人文话,均予以很低的评价。如指出徐骏《诗文轨范》"其书杂采古人论文之语,率皆习见。所载诏、诰、表、奏诸式,尤未免近俗"①、黄洪宪《玉堂日钞》"钞撮宋陈骙《文则》、李耆卿《文章精义》,明何良俊《论文》、王世贞《艺苑卮言》、吴讷《文章辨体》五家之言,共为一书","实则骙等之书具在,无庸此之复陈也"②、朱荃宰《文通》"取古今文章流别及诗文格律,一一为之条析","然大抵撼拾百家,矜示奥博,未能一一融贯也"③、唐之淳《文断》"皆采掇前人论文之语,抄录而成",指出该书虽足资考证,"然舛误冗杂,亦复不少","则其由贩鬻而来,不尽见本书可知矣"④。馆臣的说法,抓住了明文话传抄蹈袭、原创性低下等多为后人所诟病的文本特性。笔者无意为前人已揭示的明文话文本重复冗杂等缺陷作出辩护,但反过来说,简单重复前人的评判也毫无意义。毕竟这些作品在当时曾被刊刻、流通,并且产生过影响,无论是抄掇、重组、衍生,抑或是其他文本生成方式,都可视为一种超乎内容囿限之上的有意义的批评形式。在此形势下,我们要做的,是以系统的文献梳理为基础,深入文本,了解明文话文本生成的各个环节及其具体语境,并借此探索明代文话与文章学研究的若干路径。

从总体上看,四库馆臣所言"采掇前人"、"撼拾百家",确实是明人文话文本生成的重要方式。明代出现了为数不少利用宋元文章学文献加以改编及汇纂的作品,这些宋元"旧籍"在明代流布过程中,经由明人的裁剪与重组,衍化出了多种类型的文话文本。此类文话的制作,虽然原创性缺失的弊病不可避免,但作为文章学系统内文献传承与衍变的体现,仍不失为我们考察唐

①　永瑢等《四库全书总目》卷一百九十七,下册,第1799页。
②　永瑢等《四库全书总目》卷一百九十七,下册,第1802页。
③　永瑢等《四库全书总目》卷一百九十七,下册,第1803—1804页。
④　永瑢等《四库全书总目》卷一百九十七,下册,第1804页。

宋以来文章学系谱建构的重要环节之一。

　　这里所谓的"衍变"，强调的是材料从母体文献中剥离，进而重新编排和组合的动态过程。学术研究视野下的古代文章学文献主体，包括文话、文章总集与评点、单篇文论（论文书、序跋等）。此三类文献虽形制不同，但在文章学系统内既有横向的跨文体交集，又存在着纵向的历时性孳乳。明人文话的写作对宋元文章总集的取资，是把辑出的评语作为文话的条目，如唐之淳《文断》辑录《文章轨范》的部分题辞、评语，曾鼎《文式》抄录吕祖谦《古文关键》卷首《看古文要法》等；对宋元单篇文论的吸收方面，如武之望撰、陆翀之续补的《新刻官板举业卮言》卷五"先贤文旨"截取欧阳修、王安石、苏轼等论文书，单行四卷本的谭浚《言文》卷四同样节录韩愈《答李翊书》、柳宗元《答韦中立论师道书》及《与友人论文书》、李德裕《文章论》、牛希济《文章论》、柳冕《答衢州郑使君论文书》、苏洵《上欧阳内翰第一书》等论文书。笔者在所关注的，正是上述文献材料在纵向维度中传承与变更的过程，其中也包括了从总集、单篇文论到文话的横向交叉。立足于明文话编纂的整体状况，以作品的生产与传播为角度，考察明人如何裁剪和处理已有的材料，这也将成为我们梳理文章学由宋元入明发展演变脉络的指向之一。

一　文本的衍生：宋元文话在明代的传刻与改造

　　宋元是文话撰述逐步兴起的时代，虽数量远不及明清，但仍有不少作品在后世不断传播并产生影响。明初唐之淳在《文断》的凡例中提到：

> 是书之编，大概依仿《文话》及《文章精义》、《修辞鉴衡》、《金石例》、《文筌》、《文则》等书。但《文话》太繁，《精义》无次，《鉴衡》详于诗法，《金石例》详于金石之文，《文

则》、《文筌》本为作文而设,似难尽采。今门类视《文话》为
简,《鉴衡》、《精义》各归其类,《文则》、《文筌》间取之。①

除了今已亡佚的《文话》,此处所列均是在明清时期较为流行的
宋元文话。唐之淳对这些作品内容特征和《文断》编纂体例的解
说,恰好折射出明人在文话书写上意欲超越前人,但同时又依赖
前作的局面。明人对宋元文话的体系性改造,是这一局面的显
性表征之一。这里所谓的体系性,是指明人在改造宋元文话时
基本保持作品原有的框架。作为独立于文话自身系统的内部衍
生,这也是区别于利用总集与单篇文论的特有方式。

　　宋元文话进入明代,在一个由抄刻、阅读和收藏诸环节构成
的庞大体系中,其自身面临着被不断改造和适应的过程。此过
程主要通过两个层面展开:一是作品的收藏与传刻,二是文本
的抄纂与改造。前者重在文献的保存,其结果是不同版本的形
成;后者是对材料的再利用,其结果则是新作品的产出。就典籍
编纂的角度而言,第一个层面是第二个层面的基础,也就是说文
献的传刻和保存为编者的重制和再利用提供了更广阔的空间,
这也是明文话作品数量激增的一个侧面原因。明季藏书、刻书
之风盛行,从公私藏书目来看,宋元时期几部代表性的文话作品
在明代均有传刻。明正统六年(1441)官修《文渊阁书目》即著录
《丽泽文式》(或即宋吕祖谦《丽泽文说》)、《文则》、《修辞鉴衡》、
《文说》四种。明初诸蕃私藏书籍甚富,尤其重视对宋元旧籍的
搜藏,周定王朱橚六世孙朱睦㮮尝筑"万卷堂"购置秘籍,从所编
定的《万卷堂书目》来看,朱睦㮮就曾收藏《文章欧冶》、《修辞鉴
衡》、《文章精义》、《古文矜式》、《文说》等几种文话作品。明代中
后期,私家藏书盛行一时。高儒于嘉靖十九年(1540)编成《百川
书志》,著录《文录》、《文章精义》、《文则》、《文筌》、《修辞鉴衡》。

---

① 　唐之淳《文断》卷首《凡例》,《稀见明人文话二十种》上册,第31页。

徐𤊺于万历三十年（1602）编成《徐氏家藏书目》，亦著录《文章精义》、《文则》，其中宋陈骙《文则》下注"一关中赵瀛刻，一四明屠本畯刻"①，乃是明人重刊本。《文则》是明人的重刊宋元文话的典型代表。《文则》一卷，今知最早有元至正十一年（1351）刘贞金陵刊本。到了明代，除了上文提到的赵、屠二刻本外，早在成化间已有翻刻，翻刻本又于弘治二年（1489）重修；明中后期，又有焦竑刻本、毛氏汲古阁影元抄本等。另有《陈眉公订正文则》二卷，收入明万历绣水沈氏刻《宝颜堂秘笈》，此本实据赵瀛刻本析为二。

　　基于对明文话生成的考虑，明人对宋元文话的抄纂与改造是更值得关注的话题。抄纂与改造方面，就文话的编纂动机和社会功能而言，无论是通过典籍刊布来陈说立论，抑或是借商业出版来邀名射利，在很大程度上均受到来自教育、科举等制度层面的影响。由此，明人对材料的编选标准也被大致框定，以《文则》、《文说》为代表的宋元文法毫无疑问会进入编者的视野。元陈绎曾《文说》"乃因延祐复行科举，为程试之式而作"②，陈氏自叙撰写缘由曰："陈文靖公问为文之法，绎曾以所闻于先人者对曰：'一养气，二抱题，三明体，四分间，五立意，六用事，七造语，八下字。'"③《文说》的主要内容即包括了上述"为文八法"以及紧随其后的为学读书之法。围绕这"八法"的内容，《文说》在明代文话的抄纂中呈现出双重衍生的路径：

　　其一是直承原著，明正统间徐骏编《诗文轨范》二卷，其卷一《文范·文说》便是直接抄掇自陈绎曾《文说》。上引陈绎曾之自叙，《诗文轨范》此部分则作小引曰："作文之法有八：一曰养气，

①　徐𤊺《徐氏家藏书目》卷五，《明代书目题跋丛刊》下册，第1735页。
②　永瑢等《四库全书总目》卷一百九十六，下册，第1791页。
③　陈绎曾《文说》，《历代文话》第二册，第1338页。

二曰抱题,三曰明体,四曰分间,五曰立意,六曰用事,七曰造语,八曰下字。"①此后分别为"养气法第一"、"抱题法第二"至"下字法第八"。

其二是借由赵㧑谦《学范》对"八法"的补益,以一种间接的方式实现其衍变。《文说》收入《四库全书》,系从《永乐大典》辑出,其文本在《永乐大典》编成之前即已为明人加以利用。洪武二十二年(1389),赵㧑谦编成《学范》二卷,此书分"教范"、"读范"、"点范"、"作范"、"书范"、"杂范"六类,为家塾私课之本。"作范"分"作文"和"作诗",赵氏在"作文"中对这部分内容之取材作了说明:"陈氏曰:'作文之法,一曰养气,二曰抱题,三曰明体,四曰分间,五曰立意,六曰用事,七曰造语,八曰下字。'……已上并陈伯敷《文说》。"②赵㧑谦将陈绎曾《文说》的养气、抱题等八法编入"作范"的作文部分,其后又附以陈骙《文则》的"取谕法";又将为学读书法编入"读范"。

赵㧑谦对《文说》八法的剪裁、将《文则》内容的补入,对《文说》在明代流布与抄纂的格局产生了重要影响。在《学范》之后,《文说》的另一衍生品是曾鼎在宣德年间所编的《文式》。据《文式》旧抄本自序,曾鼎曾先后获《文场式要》、李涂《古今文章精义》、赵㧑谦《学范》三书,参订成《文式》二卷,上卷分二十一目,一至十论文,其后论诗。其中论文部分的第一至第九即上述《学范·作范》中抄录自《文说》的作文八法和《文则》的"取谕法",第十"总论文"则取自《学范·读范》的"读集"部分。可见曾鼎《文式》论文部分的主要文本,其源头虽是陈绎曾《文说》的作文八法,但直接取资则是《学范》。万历间,胡文焕刊《格致丛书》收有佚名《诗文要式》一卷,则是完全参照《文式》卷一抄纂而来。从

① 徐骏《诗文轨范》卷一,《四库全书存目丛书》集部第416册,第138页。
② 赵㧑谦《学范》卷一,《四库全书存目丛书》子部第121册,第328—333页。

《文说》到《学范》，再到《文式》、《诗文要式》，在这一阶梯式的衍生路径中，《学范》扮演了重要的中介角色。另如杜浚编撰《杜氏文谱》三卷，卷二专论作文之法，在培养、入境（此二法全取自陈绎曾另一部文话《古文矜式》）、抱题、立意、用事、造语、下字（此五法取自《文说》）七目之后，同样增加了《文则》的取谕法，也可以看到《学范》的文本调整在《杜氏文谱》中渗透的痕迹。

《文说》的改造显示了编者对受众需求的解读，而作为理学家文论的代表作，《朱子语类·论文》的衍生则反映出明人对官方意识形态定位的把握。明季科举以程朱之学为官学，永乐十三年（1415），《五经大全》、《四书大全》、《性理大全》修成，遂为士子举业之定本，被奉为圭臬。《性理大全》卷五十六"学十四"为论诗、论文，皆汇辑宋儒诗文论说而成，论文中的"朱子曰"，即基本采自《朱子语类·论文》。除了《性理大全》外，《朱子语类·论文》在明代形成的一部文话作品，是余祐于嘉靖三年（1524）编成的《朱文公游艺至论》。余祐师从胡居仁，潜心于程朱之学，于狱中著《性说》，又曾辑朱熹论著切于治道者为《经世大训》，论文章辞翰者为《游艺录》。《游艺至论》卷上辑朱熹论文之语七十五条，取自《朱子语类》卷一百三十九"论文上"；卷下辑其论诗之语五十九条、论赋六条、论字二十六条，除了摘录《答杨宋卿书》、《答谢成之书》、《答巩仲至书》等九篇书信、题跋外，其余均取自《朱子语类》卷一百四十"论文下"。余祐自序称：

> 世固知诸经所当尊尚而不可悖，乃于诗文则皆逐时好，徇俗态，非惟不求纯古之作，而近古之作亦不知求焉。呜呼！无所养者，吾何责其能有知乎？无所知者，吾何责其能有作乎？无知妄作，吾又何暇计其美恶也耶？然推厥所自，则于人才高下、世道升降，即影响而占形声，就枝叶而探根本，实不容于不思古而慨今矣。顾自惟念学未有成，徒怀感慨之心而乏推挽之力。乃采文公先生论说，次为此编，题曰

《游艺至论》。①

所谓"纯古之作"的论调,本自朱熹《答巩仲至书》,朱文曰:"又谓有意于平淡者,即非纯古;然则有意于今之不平淡者,得为纯古乎?"②余祐对朱熹文论的援引,显示了一种对于理学家平淡雅正的价值认同;对"追时好,徇俗态"的驳斥,则多少表达了他对传统文道论的阐扬,以期对时下的文法理论有所干预和修正。

随着实践文章学在明代的逐渐推演,纯粹探讨古文修辞法则的《文则》也经明人系统改造,成为多被明文话沿用的文本。据《文则》书前自序,陈骙曾详考《诗》、《书》、《周礼》、《仪礼》、《易》、《春秋》等著作③,将其中文字用例厘为十类,总结了一套以六经诸子为范本的文章法度。万历初年,王弘诲编《文字谈苑》四卷,其中卷一撰述古文文法,此卷即据《文则》裁割、编选而成,今以《文则》相比勘,可知此卷内容依次选取自《文则》"甲"九条中的第一、三、四、五、七、八、九条,"乙"六条中的第一、二、三、四条,"丙"四条中的第一、三、四条,"丁"八条中的第二、五、七,"庚"二条中的第一条,"己"七条中的第一、二、七条,"戊"十条中的第八条。再如徐耒在万历二十三年(1595)编成的《重校刻艺林古今文法碎玉集》二卷,"古文法"部分同样据《文则》辑成。徐耒的作法是将《文则》原本的条目打散重编,并把每一条的大意提炼成"凡例",以为全书纲目,如"文法有所自始者"、"文法有难于简当者"、"文法有雅健而不可增减一字者"等。具体如"文法有所自始者"条:

> 如文有"序",自孔子为《书》作序始;文有"说",自孔子为《易·说卦》始;文有"问",自《曾子问》、《哀公问》之类始;

① 余祐《朱文公游艺至论》卷首自序,明嘉靖刊本,第1a—1b页。
② 朱熹《晦庵先生朱文公文集》卷六十四,《四部丛刊》影印明嘉靖刻本,第6a页。
③ 陈骙《文则》卷首自序,《历代文话》第1册,第135页。

文有"记"，自《考工记》、《学记》之类始；文有"解"，自《经
解》、《王言解》之类始；文有"辩"，自《辩政》、《辩物》之类始；
文有"论"，自《乐论》、《礼论》之类始；文有"传"，自《大传》、
《间传》之类始。①

此条，陈骙《文则》则作：

> 大抵文士题命篇章，悉有所本。自孔子为《书》作序，文
> 遂有序；自孔子为《易》说卦，文遂有说；自有《曾子问》、《哀
> 公问》之类，文遂有问；自有《考工记》、《学记》之类，文遂有
> 记；自有《经解》、《王言解》之类，文遂有解；自有《辩政》、《辩
> 物》之类，文遂有辩；自有《乐论》、《礼论》之类，文遂有论；自
> 有《大传》、《间传》之类，文遂有传。②

由此可见，徐耒所编《重校刻艺林古今文法碎玉集》对《文则》具
体内容的采录和利用，仅作了简单的修改。为便于说明，现将二
书所对应的条目列出如下：

《重校刻艺林古今文法碎玉集》条目	对应的《文则》条目
"文法有所自始者"条	"甲"九"大抵文士题命篇章"
"文法有难于简当者"条	"甲"四"且事以简为上"
"文法有雅健而不可增减一字者"条	"己"四"雄健而雅"
"文法有含蓄其意者"条	"甲"五"文之作也"
"文法有词若重复而意实曲折者"条	"甲"六"《诗》、《书》之文"
"文法有对偶而意相属者"条	"甲"七"文有意相属而对偶者"
"文法有事相类而对偶恰好者"条	"甲"七"有事相类而对偶者"

---

① 徐耒《重校刻艺林古今文法碎玉集》卷上，《稀见明人文话二十种》下册，第
　 1191 页。
② 陈骙《文则》，《历代文话》第 1 册，第 140—141 页。

《重校刻艺林古今文法碎玉集》条目	对应的《文则》条目
"文法有用助语词而句有力者"条	"乙"一"文有助辞"
"文法有倒用语者"条	"乙"二"倒言而不失其言者"
"文法有辞之缓急轻重而皆生于意者"条	"乙"五"辞以意为主"
"文法有各种取喻者"条	"丙"一"《易》之有象"
"文法有援引古语者"条	"丙"二"凡伯剌厉之诗"
"文法有详列其人之名实者"条	"丁"八"文有目人之体"
"文法有详列其姓氏者"条	"丁"八"有列氏之体"
"文法有评《檀弓》、《左氏》优劣者"条	"己"一"观《檀弓》之载事"
"文法有句极长而不赘者"条	"己"二"长句法"
"文法有句极短而意尽者"条	"己"二"短句法"
"文法有助词用韵者"条	"己"六"诗人之用助辞"
"文法有数句用一类字者"条	"庚"一"文有数句用一类字"
"文法有各样体者"条	"辛"、"壬"、"癸"数条

　　以上通过文本比勘的方法,大致梳理了明人对《文则》、《文说》等书进行切割和重编的过程,实际情况应当会比这样平面化的展示更为复杂。就性质而言,《文字谈苑》和《重校刻古今文法碎玉集》均专为习文士子而设,王弘诲编《文字谈苑》也明确指出"俾诸生人持一编,时加览玩,以待面质"①。从这些情形来看,应该说,以《文则》、《文说》为代表作的宋元文法、文格类著作在晚明是占有市场的。事实上如祁承爍《澹生堂书目》细分"诗文

---

① 　王弘诲《文字谈苑》卷首自序,《稀见明人文话二十种》上册,第349页。

评"类为"文式"、"文评"、"诗式"、"诗评"及"诗话"五个小类，也体现出在诗文格法类著作颇具规模的形势下，晚明文人已有将文式、诗式独立出来的分类意识。祁氏又于文式类下著录了专论虚词用法的《助语词》和《茅坤语助》，至崇祯年间，署汤宾尹编的《汤睡庵太史论定一见能文》，即已将元人卢以纬的《助语辞》也收纳进来，题作"操觚字法"，另如题张溥纂辑、杨廷枢参校的《新刻张太史手授初学文式》，也对诸如"之"、"乎"、"也"、"者"、"耶"等助语词的用法作了专门收录，足见在当时市场需求扩大的背景下，明人文话的材源及其所对应的知识谱系也在不断扩容。

综上所述，宋元文话在明代的体系化衍生主要是通过文本改编的形式完成的。当然，明人对宋元文话的取材，并不仅限于这一方式。如《文断》间采《文章精义》、《修辞鉴衡》、《金石例》、《文筌》、《文则》等几种文话，同时还广泛搜罗了宋元文人别集和笔记杂著等材料加以汇辑。考察此类集腋成裘式的汇纂方法，可以了解明人对文话、文章总集和单篇文论的综合利用，不妨置于下文论述。

二　选与评分离：总集的评语辑录与文话的生产

宋代以来，文章总集的编纂日趋繁荣。作为具体文学观念的载体，文章总集的批评价值不仅体现在选文的择取与编排，还附着于评点的撰写和运用。尤其是在南宋，评点这一形式开始渗透入选本的结构，使得总集编选的示范意义更加凸显，影响逐渐扩大。关于评点，章学诚说："评点之书，其源亦始钟氏《诗品》、刘氏《文心》。然彼则有评无点，且自出心裁，发挥道妙，又且离诗与文，而别自为书，信哉其能成一家言矣。自学者因陋就简,即古人之诗文而漫为点识批评,庶几便于揣摩诵习。"①这里对评点起源的解说虽值得商榷,但恰好点到了评点与文话两种批评样式的形态差异。"离诗与文"是诗话、文话这一形式的特征,而评点则须"即古人之诗文",与选文结合。当然,我们换一种视角来看,"离诗与文,而别自为书"既是特征,也是方法。通过"选"与"评"的分离,将具备文学批评意味的评语(或是题辞、序题)辑出,是文话编纂的方式之一。

通过取消选本结构,删改总集为文话者,典型的例子是明初佚名所编的《迂斋文说》。此书收于梅纯于明正统二年(1437)所辑丛书《艺海汇函》,书目著录见清曹寅《楝亭书目》卷四"文类附",均不著姓名。《楝亭书目》著录诸书基本依朝代为序,《迂斋文说》录于明人之列,很可能出自明初人之手。《迂斋文说》的编法是将楼昉编的《崇古文诀》之选文滤去,辑录文前的评语,使之成为纯粹的批评样式。明人将单独一部宋元文章总集改编成文话虽仅此一例,但这种方法则多为沿用。如唐顺之将吴讷《文章辨体》之序题辑出,总题《文章辨体序题》,收入《荆川稗编》卷七十五;归有光七世孙归朝煦将《文章指南》之导语辑出,成《文章体则》一卷;今人所辑的《文章辨体序说》、《文体明辨序说》实际上也是这种纂辑方式的沿袭。

相对而言,明人对宋元文章总集的取资,更倾向于用汇纂的模式把辑出的评语作为文话的条目。除了选录方式外,还包括以下两个特征:一是选材强调作文法度,以满足攻习举业的需要;二是选录范围除上文提到的《崇古文诀》外,主要还有吕祖谦《古文关键》、真德秀《文章正宗》、谢枋得《文章轨范》等代表性的总集。例如谢枋得《文章轨范》,多选韩、柳、欧、苏等古文大家的作品,于每篇题下附有评语,部分选文篇末也带评说。此书所集

① 章学诚《校雠通义》卷一,《丛书集成初编》第71册,第6页。

虽为古文,但辑选的宗旨则是为了举业者攻习场屋作文。明骆问礼《并刻文章轨范序》指出:"《文章轨范》一书,固以待夫举业者,而实则作文之法总括略尽。"①王守仁《重刊〈文章轨范〉序》也提到:"谢枋得《文章轨范》独为举业者设,世之学者传习已久。"②此书在明代多有传刻,题辞和选文评语也多为明人采纳。吴讷《文章辨体·诸儒总论作文法》即撷取了《文章轨范》的评说:

> 凡学文,初要胆大,终要心小。由粗入细,由俗入雅,由繁入简,由豪宕入纯粹。(叠山)

> 圣人立言,与庸众人异。贬一人不必多言,只一字一句贬之,其辱不可当。褒一人不必多言,只一字一句褒之,其荣不可当。孔子褒管仲只四句:"一匡天下,民到于今受其赐。微管仲,吾其被发左衽矣。"孟子,学孔子者也,褒百里奚只三句:"相秦而显其君于天下,可传于后世,不贤而能之乎?"韩文公,学孔孟者也,褒孟子初只两句:"然赖其言,而今学者尚知宗孔氏,崇仁义、贵王贱霸而已。"终只两句:"向无孟氏,则皆服左衽而言侏离矣。"与孔子褒管仲之语同。欧阳公作《苏老泉墓志》云:"眉山在西南数千里外,公父子一日隐然名动京师,而苏氏之文章遂擅天下。"亦得此法。(同)

> 东坡作史评,必有一段万世不可磨灭之理。使吾身生其人之时,居其人之位,遇其人之事,当如何处置。凡议论好事,须要一段反说。凡议论一段不好事,须要一段好说。

---

① 骆问礼《万一楼集》卷三十五,《四库禁毁书丛刊》集部第174册,第455页。
② 王守仁《阳明先生要书》卷六,《四库全书存目丛书》集部第49册,第303页。

文势亦圆活,义理亦精微,意味亦悠长。(同)①

第一则为卷一"放胆文"题辞之节录,后两则分别是卷四韩愈《与孟简尚书书》、卷三东坡《秦始皇扶苏论》的选文评语。值得留意的是,早在《文章辨体》编成之前,《文断》已将《文章轨范》的部分题辞、评语加以辑录,其中即包括上引三则。《诸儒总论作文法》共四十二则,其中二十六则并见于《文断》,且《文断》也有"总论作文法"一目。吴讷对《诸儒总论作文法》的辑纂是否参自《文断》,是一个值得追究的问题。另外,唐顺之《荆川稗编·文章杂论下》同样选录了上述三则,征引文本与编排顺序与上引文字如出一辙,基本可以判断是直接抄录自《诸儒总论作文法》。由此也可再次说明,明人对宋元文献的利用很多时候并非取自原作,而是搬运自二手材料。

除了附于选文的评点外,总集的另一种批评形式是卷首总括式的评语。吕祖谦《古文关键》卷首列《看古文要法》首开此例,并为后世总集编者所承袭。吴讷编《文章辨体》,徐师曾编《文体明辨》,分别于卷首置《诸儒总论作文法》、《文章纲领》,即援用此例。归有光《文章指南》卷首"归震川先生总论看文字法"、"归震川先生论作文法"更是直接抄掇自《看古文要法》之"总论看文字法"、"论作文法",学界对此已有认识②。另如曾鼎《文式》卷二同样对这部分内容作了完整的吸收,总题为"吕祖谦东莱《古文关键》"。"论作文法"中"文字一篇之中,须有数行齐整处,须有数行不齐整处"③一语也多为后人援引。李涂《文章

---

① 吴讷《文章辨体·诸儒总论作文法》,《四库全书存目丛书》集部第291册,第5页。
② 参见吴承学《现存评点第一书——论〈古文关键〉的编选、评点及其影响》,《文学遗产》2003年第4期。
③ 吕祖谦《古文关键》卷首《看古文要法》,《历代文话》第1册,第236页。

精义》将其演为:"文字须有数行齐整处,须有数行不齐整处。"①
《文式》在"吕祖谦东莱《古文关键》"之前,同样抄录了《文章精
义》的该则,《荆川稗编·文章杂论下》《文体明辨·文章纲领·
论文》《文章一贯》所录均转引自《文章精义》。可见李涂的这条
关于行文整散相谐的法则,实际上是本自吕祖谦之说。

将文话与诗话作横向对比,就撰述方式而言,诗话更易于结
合具体的诗歌文本进行阐发,而文话则很难做到这一点。因受
限于话体批评的体式要求,文话的撰述不得不牺牲篇幅远大于
诗歌的文章文本。由此也可以了解,相比于文话,文章评点的优
势在于选与评的结合,使其文法指导和示范的意义更为突出。
作为一种逆反,将选与评分离则显示出明人对文话与评点不同
体制的基本认知,以及对文话写作的自觉追求。

三 碎片化处理:明文话对宋元单篇文论的吸收

雕版印刷的普及和商业化,对宋元文人别集在明代的刻印
和传布起到了积极的助推作用,也使得以论文书为代表的单篇
文论得以流播并产生影响。唐宋以来,论文书的撰写逐渐成为
文人表达文章学理论的主要方式之一,古文大家的论说更是成
为后世学者的治学根柢和作文门径。清人梁章钜《制义丛话》引
胡燮斋、程海沧语曰:"唐以前,无专以文为教者。至韩昌黎《答
李翊书》、柳柳州《答韦中立书》、老泉《上田枢密书》《上欧阳内
翰书》、苏颍滨《上韩太尉书》,乃定文章指南。……操觚之士,苟
好学深思,心知其意,制义之金针不即在是哉。"②唐宋古文家在
论文书中对文章写作的阐说,使得这些文章不仅成为初学作文

---

① 李涂《文章精义》,《历代文话》第 2 册,第 1175 页。
② 梁章钜《制义丛话》卷二,上海书店出版社 2001 年版,第 34 页。

者模仿的文章范本,也成为指导写作的文章指南。宋王正德《余师录》引吕居仁语曰:"韩退之《答李翊书》、老苏《上欧公书》,最见学文养气妙处。"①明孙鑛《与吕甥孙天成书牍》也说:"举业无他秘术,但在多作。作之多,诸妙自出。又不可太着意,又不可太率易,要持其中乃可耳。柳子厚《答韦中立书》中数语尽之矣。"②在这种历史语境中,古文家的文论以制义金针的性质开始进入文法、文格类作品编纂者的视野。

　　明文话对宋元古文家文论的选取,呈现出两个特征:一是对具体古文家作选择性的处理,列于"八大家"的宋六家成为重点对象;二是对具体文论作品作碎片化的处理,取消原本的书牍形态和篇目信息,截取示人文法的论说片段。就功能而言,前者紧扣典范意义以适应读者和市场的需求,后者旨在转换文体的形态以符合文话的体制要求。例如万历间成书的《举业卮言》,此书原为二卷,为武之望所撰的论文专著。陆翀之继而踵事增华,附上他汇辑的论文语,合订为《新刻官板举业卮言》五卷。陆翀之增加的内容兼顾了时文和古文的理论,卷二至卷四分别为"会元衣钵"、"太史真谛"、"名公谈艺",内容均是明人论说,而卷五"先贤文旨"则主要是唐宋古文大家的论断。陆氏对"先贤文旨"这部分内容的编选即采取了碎片化的方法,截取了原文的片段,隐去了篇名。比如韩愈"文论九则"(目录题"作文法九则"),其九项内容节录自《答尉迟生书》、《答李翊书》、《答刘正夫书》、《送陈秀才彤序》、《荆潭唱和诗序》、《进学解》等文;柳宗元"文以明道一章",节录自《答韦中立论师道书》。③ 陆翀之同样吸收了宋六家的文论,内容基本都来自书牍:

---

① 王正德《余师录》卷三,《历代文话》第 1 册,第 388 页。
② 孙鑛《月峰先生居业次编》卷三,《四库禁毁书丛刊》集部第 126 册,第 226 页。
③ 《新刻官板举业卮言》卷五,《稀见明人文话二十种》上册,第 535—537 页。

《新刻官板举业卮言》"先贤文旨"条目①		出　　处
欧阳修	作文之体二条	《与渑池徐宰书》、《黄校书论文章书》
	孙莘老问一条	《东坡志林》
王安石	辞理事一条	《上邵学士书》
苏　洵	少年不学一条	《上欧阳内翰第一书》
苏　轼	吾文如万斛泉一条	《文说》
	昔之为文一条	《南行前集叙》
	辞达而已一条	《答虔倅俞括奉议书》
	言止意不止一条	《策总叙》
	绚烂之极一条	《与侄书》
	意摄经子史一条	转引自《韵语阳秋》
	了然于心口与手一条	《答谢民师书》
苏　辙	文者气之所形一条	《上枢密韩太尉书》
曾　巩	与陈师道、王安石论文一条	《朱子语类》

　　陆翀之对材料的处理是寻章摘句式的抄录并在目录中加以概括,使其条目化。如摘录王安石《上邵学士书》中的论断曰:"近世之文,辞弗顾于理,理弗顾于事。以襞积故实为有学,以雕绘语句为精新。譬之撷奇花之英,积而玩之,虽光华馨采,鲜缛可爱,求其根柢济用,则蔑如也。"②此条在目录中题作"辞理事一条",是对文意的概说。

　　另外如谭浚《言文》,除了《谭氏集》所收三卷本外,尚有单行《言文》四卷本,其卷四同样节录韩愈《答李翊书》、柳宗元《答韦

---

① 《新刻官板举业卮言》目录,《稀见明人文话二十种》上册,第429—430页。
② 《新刻官板举业卮言》卷五,《稀见明人文话二十种》上册,第538页。

中立论师道书》及《与友人论文书》、李德裕《文章论》、牛希济《文章论》、柳冕《答衢州郑使君论文书》、苏洵《上欧阳内翰第一书》等论文书。此卷前有引曰:"论文之作,昉于曹氏兄弟。应、挚以来,六朝为盛。刘勰云:'或泛议文意。'钟嵘云:'或不显优劣。'实非一二家言有能悉也。故于就班者,既归诸条,列诸前矣;凡属总论者,复会其全也;间有所及者,或节其宜也。于今大家之言未及见者,尚俟续焉。"①即指出此卷节录前人论文语的编纂方式。

从编纂的角度来说,这种"碎片化"的汇辑方式类同于类书、笔记等杂著的编法。需要指出的是,将单篇文论收入文话在宋代已有先例。宋张镃《仕学规范·作文》即已收入欧阳修《与渑池徐宰书》,王安石《上邵学士书》,曾巩《与王介甫书》,苏洵《上田枢密书》,苏轼《与侄书》、《答李方叔书》、《答谢民师书》,黄庭坚《与洪驹父书》、《答王子飞书》、《与王观复书》等书牍之片段。宋王正德《余师录》、元王构《修辞鉴衡》继其踵。到了明代,唐之淳《文断》、吴讷《文章辨体·总论作文法》、徐师曾《文体明辨·文章纲领》援其例。这种现象在明代类书中也有所呈现,唐顺之《荆川稗编·文章杂论》即在此例。另王圻辑《稗史汇编》,卷九十七至卷一百十三为"文史门",卷一百十四至一百二十为"诗话门",可视为诗文评资料的汇编。其中卷九十九"文章类"录有王安石《祭欧阳文忠公文》、苏轼《与侄书》等论文语。

上述三种形式外,笔记、类书等杂著是文章学文献的重要补充。这些著作数量众多,内容繁杂,又与文话存有重叠。如朱熹《朱子语类·论文》、叶适《习学记言序目·皇朝文鉴》、张镃《仕学规范·作文》、王应麟《玉海·辞学指南》等成卷论文者便已收入王水照先生编的《历代文话》。除了这些少数较为系统的杂著

---

① 谭浚《言文》卷四,明刻本,第1a页。

外，其余多为零散的片段。这部分碎片的掇拾，也是明文话编纂
的主要形式之一。典型者如叶向高辑《说类》六十二卷，皆采摭
唐宋说部之文，其卷十八"文事部"之四专辑前人论文之语，分
"文体"、"文诀"、"文辞"、"文才"、"文为笔"、"文愈疾"、"文有神
功"、"破题"、"题跋"、"俳谐文"、"窜文凤憾"等十一题，分别采摭
自《清波杂志》、《老学庵笔记》、《西京杂记》、《唐摭言》、《云麓漫
抄》、《墨庄漫录》等笔记杂著。

　　以明文话编纂为视角，对宋元文章学文献衍化的动态过程
的研讨，是一个较为复杂的问题。这项工作的细致开展，将有助
于许多文学个案的研究和文献现象的考察。譬如在微观层面，
对材料的源流稽考，无疑是我们解读具体文话作品的重要途径。
宏观层面，在文章学近世性构建的框架中，宋元文献在明代的资
源公共化、明文话编述的市场化，以及其他社会史、文化史层面
的学术论题，或将得到更多的关注和讨论。

第二节　"摭拾百家"：汇辑新说与
晚明文话之汇编

　　利用现有资源进行编纂的汇编体文话，在明代有较大的发
展。尤其是明中叶以后，随着宋元文献的传刻积累和明人新说
的涌现，以及正、嘉时期八股文文学化变革后时文法式探讨的深
入并形成规模，晚明汇编类文话得以整合这几个方面所提供的
知识与经验，又借助空前繁荣的出版业在各个阶层间运转，成为
文章学在近世演进的重要资源。

　　相较于嘉靖前如唐之淳《文断》、高琦《文章一贯》等主要以
宋元文献为材源的作品，万历以后的汇编体文话呈现出辑选明
人新说为主的特征，更多地反映了明人在近世文章法脉演进中
所作的理论贡献。自万历初王弘海《文字谈苑》问世以来，汤宾

尹《读书谱》、刘元珍《从先文诀》、李叔元《新锲诸名家前后场肄业精诀》、汪应鼎《流翠山房辑选八大家论文要诀》等汇编类文话于万历二十三年(1595)至四十三年(1615)这二十年间相继编成刊行。正值方苞所谓明人有关以古文为时文之研讨进入"兼讲机法,务为灵变"的时期①,又恰逢雕版印刷迎来新一轮热潮,为适应普遍增长的习文需求,一批指导文章写作的汇编类指南用书应运而生。降至天启、崇祯间,又有汤宾尹《汤睡庵太史论定一见能文》、左培《书文式》诸作出版。这些作品的共同特征,是汇选明人文论新说,即本朝文人有关文章之学的论说开始取代前代文献占据主流。

一 晚明文话汇编的材源及其时代特征

明代的汇编体文话,据其选材范围和特点,大致呈现出从摘录前代旧籍到采摭明人新著,以及以论说为主到趋重于格式的双重演变趋势,均以隆、万之际为转折。在考察嘉靖前这些著作以及分析有关主张的过程中,可以看到它们的主要材料是宋元时期之诗文评、文人别集及笔记杂著中的文章论评之语,这在成书于洪武年间的《文断》中得到了极致的展现。编者唐之淳在卷首"援引诸书"中罗列前人著述百余种,博采众说五百余则,高儒《百川书志》称:"此集经子史诸家作文法度,该括殆尽。惜乎编述者之不得。分十五类,援引一百六家。"②书中所引如《文章精义》、《纬文琐语》、《文章正宗》、《习学记言序目》等书中论文语,同样见于稍晚出现的吴讷《文章辨体》卷首《诸儒总论作文

① 方苞《钦定四书文》卷首《凡例》,《景印文渊阁四库全书》第1451册,第3页。
② 高儒《百川书志》卷十八,《明代书目题跋丛刊》下册,第1338页。

法》以及刊于嘉靖六年(1527)的高琦《文章一贯》，如《诸儒总论作文法》四十二则，其中有二十五则亦为《文断》所收录。可见此时期编者对明前文话以宋元诸家论说为主体的认知和选材的趋同。

也正是基于这样一种认知，这些汇编的编刊宗旨大体上也遵循着宋代以降文章"关乎世教"的书写要求和价值标准。唐之淳编《文断》即指明此书"虽为作文而设，然文以理为主，今特于宋人文类中首陈周、程、张朱明理之言，以示作文者有所归宿云"[①]，《文章一贯》举起端、叙事、议论、引用、譬喻、含蓄、形容、过接、缴绪九法以为"文律"，但也强调"主乎律者存乎道"[②]，皆从一个侧面反映出此时期的文法理论强调道、术合一的写作要求，也即吴讷在编选《文体明辨》时所执守的"凡文辞必择辞理兼备、切于世用者取之"[③]。明中叶祝允明力斥宋儒之学，指出："近人选辑之缪者，如吕祖谦、真德秀、楼钥、谢枋得、李涂之属，悉是由其取舍主意，词必本枯钝，理须涉道学，不知大通之义，千情一律而已。论文如宋诸杂小说中皆然。迩日如唐之淳《文断》、宋景濂《文原》之类弥甚。"[④]在某种程度上，可视为祝氏对自宋代《古文关键》、《文章正宗》、《文章精义》及至明初《文断》诸书阐扬作文以理为主这一要旨的批判式总结。而其中所谓"宋诸杂小说"，实又点明了笔记、小说体是宋人文论重要载体的现象。事实上，《文断》、《文章一贯》也都大量采录了《宋子京笔记》、《墨客挥犀》、《蒲氏漫斋语录》、《步里客谈》等宋人笔记小说中的论文之语。这种采摭"语录体"作为条目加以汇编的方式，使得二书虽在编纂上已能做到分类编次，但其结构依然呈现零

① 唐之淳《文断》卷首《凡例》，《稀见明人文话二十种》上册，第32页。
② 高琦《文章一贯》卷首程默序，《历代文话》第2册，第2150页。
③ 吴讷《文章辨体》卷首《凡例》，《四库全书存目丛书》集部第291册，第6页。
④ 祝允明《祝子罪知录》卷八，《四库全书存目丛书》子部第83册，第732页。

散的状态。

晚明汇编体文话选材的重要变化，便是材料来源的时代转向，即本朝文人有关文章写作的论说开始取代前代文献占据主流。这应该不难理解，文话汇编的编纂当然有赖于存世文献的流通状况，至晚明，明人对于文章之学的探讨已颇具规模，并且积累了大量可供编者取材的文献。其中值得关注的是在时文写作层面，伴随着科举制度在百余年来的运行，尤其是正、嘉时期由唐顺之、归有光倡导的以古文为时文及其所带来的文体新变，随之而来的则是万历中叶后一系列围绕时文创作与理论的汇编作品相继问世，如《新刻官板举业卮言》、《读书谱》、《从先文诀》、《新锲诸名家前后场肄业精诀》、《流翠山房辑选八大家论文要诀》等均在万历二十三年(1595)至四十三年(1615)这二十年间编成刊行。这些著作的材料来源，以明人诗文评、制举类专书以及序文、论文书等单篇文论两类为大宗，以同样编于万历年间的《举业要语》的选录情况为例，前者如项乔《举业详说》、袁黄《举业心鹄》、王世贞《艺苑卮言》、董其昌《九字诀》，后者则有唐顺之《答茅鹿门知县》、陶望龄《王晋伯制义序》等。又以陶望龄所作序文为例，《举业要语》"文有意到有语到"一条，出自陶氏《汤君制义序》一文，见于万历三十九年(1611)刊《歇庵集》卷四。此文与同卷《门人稿序》一文又为《新刻官板举业卮言》卷二收录，题以陶望龄"论文二章"，而同卷中另两文《金孟章制义序》、《戴玄趾制义序》又为《从先文诀》内篇"贵识"选录。

至于选录标准，值得说明的是，由于科考评价标准以及写作技法的历次更新，编者也需要适应市场需求来把握其中的细微变化，以求推陈出新，由此显示出汇编体文话追求时效性的编刊要求。譬如刊于万历三十年(1602)的袁黄《游艺塾文规》，其题名侧注有：

　　了凡先生旧有《谈文录》、《举业彀率》及《心鹄》等书，刊布海内,久为艺林所传诵。近杜门教子,复将新科墨卷自破而承而小讲、大讲分类评订,如何而元,如何而魁,如何而中式,一览了然。凡前所评过者,一字不载。①

卷二又提到:"丁丑以前程墨,《心鹄》中已备论之。今自辛丑溯至庚辰,录其佳者与汝一阅。"②可知袁黄编订《游艺塾文规》是以万历八年(1580)至万历二十九年(1601)乡会试程墨作为评述例证,而已由《心鹄》评论的万历五年(1577)前程墨则不论。刘元珍于万历四十二年(1614)编成的《从先文诀》中也指出"袁了凡《举业彀率》,今日已为板局,而犹多引用,盖必先识此等法度,而后信心抒写,随时变化"③,为此书仍摘引早在万历五年已成书的《举业彀率》作出解释。上述两种"出版说明",一定意义上显示出在晚明出版业空前繁荣的背景下,出于营销策略等因素,编刊者大多秉持着一种"尚新"的现实考虑。另外如王衡于万历二十九年(1601)辛丑科榜眼及第,其专论制艺的《学艺初言》(附载于万历四十四年(1612)刊《缑山先生集》卷二十一)得以迅速传播,在文集刊行之前已被上文提及的《举业要语》、《新刻官板举业卮言》、《从先文诀》、《流翠山房辑选八大家论文要诀》诸书所摘录。由此也可窥见在当时围绕举业为核心并由书籍出版所构筑起的文化场域中,探讨时文的论说迅速进入公共领域,成为时人关注的重要话题。

　　除了选材的推陈出新外,晚明汇编体文话同样会在编法上拓宽思路,在搜辑名家论说的同时,也注重对具体技法的吸收,甚至包括对具体篇章字句的摘引以作为范例,由此形成一套论说和格式相配套的、从高阶到低阶均囊括的较为完整的体系。

---

① 袁黄《游艺塾文规》卷首引,《续修四库全书》第 1718 册,第 1 页。
② 袁黄《游艺塾文规》卷二,《续修四库全书》第 1718 册,第 30 页。
③ 刘元珍《从先文诀·外篇》,《稀见明人文话二十种》下册,第 1311 页。

如刘元珍编《从先文诀》,遍搜诸名家著论数十种,其编法又做到"隐括其章,纂举其要,为《从先文诀》十有二则,而篇以内、外分焉,内剖微旨而启灵心,外指通衢而便发轫"①。全书即依据这一高低相衔的思路分内、外二篇。内篇分"养心"、"贵识"、"认脉"、"活机"、"养气"、"布势"六目,多选录王鏊、唐顺之、瞿景淳、吴默、陶望龄诸家论说,涉及文士之学养、识见以及文章之文脉、文势等方面,属于较高阶的创作要求,也即刘元珍所说的"抉窍寻源,彻上彻下,法略具矣。此为升堂之士,商入室之途;若初入门者,须自外篇始"②。至于为"初入门者"而设置的外篇,则分为"总式"、"立格"、"锻炼"、"摹古"、"知新"、"利钝"六目,总式一目又细分为"破题"、"破承"、"起讲"、"提法"、"虚股"、"大股"、"过文"、"缴"、"小结"、"大结",主要援据袁黄、徐常吉、赵南星诸家有关时文作法的论说,依八股文体制分而述之,为初学者示以门径。

　　明末左培《书文式·文式》同样采用这一编撰思路,《文式》卷上"历科诸先生文语",选录王鏊、唐顺之、茅坤等六十家论说,卷下则为八股窾言、长短窾言、大题总论、小题总论、章法、篇法、股法、调法、句法、字法等,阐述时文的具体作法。左氏于卷首《凡例》中所谓"首列名公之论于前,而附诸法于后,欲学者一见,先知大意,然后入法不难耳"③,与《从先文诀》篇分内外的思路异曲同工,反映出晚明受众面逐渐扩大的趋势下,文法汇编类著作将论说、格式二类合编,为初学作文者提供一套相对完备的文法要诀的做法;此亦为文章法脉在晚明所呈现出的新动向。至清初唐彪《读书作文谱》之类,则堪称此类作品之集大成者。

① 刘元珍《从先文诀》卷首自序,《稀见明人文话二十种》下册,第 1279 页。
② 刘元珍《从先文诀·内篇》,《稀见明人文话二十种》下册,第 1281 页。
③ 左培《书文式》卷首《凡例》,《历代文话》第 3 册,第 3139 页。

二 "诸家谈艺"与时文论说之汇选

晚明汇编体文话选材的重心由前代旧籍向明人新说偏移，这一材源的新旧交替，实则与作为文章学分支之一的时文批评，在明代中后期迅速发展扩张的进程密切相关。明中叶以来，随着科举考试竞争逐渐加剧，服务于时文写作的应试书籍在坊间应运而生，主要包括程墨、房稿、社稿等文章选集和文章作法指南两大类。万历间，还出现了将选文和论文两种样式合编的著作，如钱时俊、钱文光合编的《皇明会元文选》末附《谈艺》一卷，为"冯吴二会元谈艺"和"摘录诸家谈艺"，先后收录冯梦祯、吴默以及茅坤、唐顺之、宗臣、沈位、袁黄等诸家论文语。这些"诸家谈艺"所论之内容，往往涉及时文写作技法，且多出自时文名家或是历科会元之手，因而成为士人心中的举业津梁、制义金针，一时颇具影响。

在《游艺塾文规》刊行之后，袁黄又紧接着对万历三十一年癸卯（1603）科乡试及三十二年甲辰（1604）科会试墨卷进行评析，以编纂续作《游艺塾续文规》。此续作另一部分的内容是明代中后期诸名家有关时文写作论说的汇选，即卷首所揭示的："旧日《文规》首列论文诸款，皆系唐宋诸名家论古作之说，今辑我朝前辈论举业者，汇而列之。"[①]所选三十六家论举业者，为历科进士者三十四人，依次为：王守仁、王鏊、唐顺之、瞿景淳、薛应旂、茅坤、沈位、徐常吉、郭子章、袁黄、顾宪成、吴默、董其昌、王衡、张位、邓以赞、孙鑛、冯梦祯、萧良有、李廷机、袁宗道、陶望龄、汤宾尹、顾起元、郭正域、周应宾、陈懿典、邵景尧、季道统、王肯堂、黄汝亨、刘尧卿、武之望。其科次分布为成化一人，弘治一

---

① 袁黄《游艺塾续文规》卷一，《续修四库全书》第 1718 册，第 159 页。

人,嘉靖五人,隆庆四人,万历二十三人为最夥,且贯穿万历二年甲戌(1574)科至二十九年辛丑(1601)科十科。

科举考试作为构成中国士人社会的核心制度,运行至明中叶后,在凝聚精英以及生产文化方面的作用日显。通过科举选拔机制而晋身仕途的士人也被这种制度赋予了文章话语权,这在时文写作领域尤显突出。就这一层面而言,《游艺塾续文规》选录诸家之文论及其科次分布的情形,大致符合明代时文批评自嘉靖以后所呈现的诸家并起与众法兼备的局面,也即清人在反思明人制义时所指出的隆、万两朝"能文之士相继而出,各自名家,其体无不具而其法无不备"①。对此,武之望《重订举业卮言》卷二"师范"同样有所交代:

> 人见名公文字,足以楷模一世,而不知其一生得力处,各有秘密诀,非浪作也。先辈如茅鹿门、沈虹台诸先生俱有论文要诀。后来袁了凡《举业彀率》、正续《文规》,更著其详。近日董玄宰《华严九字诀》、焦漪园《文家十九种》、王缑山《学艺初言》、葛屺瞻《文体八议》、顾仲恭《时义三十戒》,凿凿名言,各极要渺之致,而其余诸名家亦时有一二精微之论。总之缕指虽繁,要约则一,皆举业家标准也。学者能虚心抽绎,极力钻研,未有不恍然悟、油然得者矣。②

其中提到的诸种时文作法的指导用书如王衡《学艺初言》被用于晚明文法汇编的编选材料,已略述如前。另外像顾大韶《时义三十戒》,见收于《游艺塾续文规》卷九;董其昌《九字诀》自刊行以来,传布更广,为《游艺塾续文规》、《举业要语》、《新刻官板举业卮言》、《从先文诀》诸书所收录。这一所谓时文作法"秘密诀"的创作和编纂,固然只是科举与文学互动的一个层面,有其理论造

---

① 戴名世《戴名世集》卷四《庆历文读本序》,第106页。
② 武之望《重订举业卮言》卷下,第20a—20b页。

诣不足且内容重复甚多的欠缺。但作为客观存在的文学现象，相较于以往批评史书写中注重的理论性，这些时文要诀身上则更多地显示了晚明文章学在科举制度框架下所呈现的实践性特征，同样值得关注。除了《游艺塾续文规》之外，其余几种编刊于万历间的制举类文法汇编亦可为证，试列举如下：

《举业要语》选录三十六家论文语，其中历科进士三十五人，依次为：项德桢、汪镗、吴默、袁黄、黄志清、季道统、刘孔当、郝敬、陶望龄、邹德溥、李尧民、潘士藻、邓以赞、王锡爵、冯梦祯、李廷机、冯有经、王衡、王肯堂、高萃、顾宪成、茅坤、冯时可、项乔、唐顺之、陈子贞、冯叔吉、王世贞、章士雅、徐常吉、敖英、伍袁萃、李维桢、蔡复一、董其昌。科次分布为正德一人，嘉靖七人，隆庆三人，万历二十四人。

《新刻官板举业卮言》卷二"会元衣钵"依次收录吴默、邓以赞、孙鑛、冯梦祯、萧良有、李廷机、袁宗道、陶望龄、汤宾尹、顾起元，为隆庆五年辛未（1571）科至万历二十六年戊戌（1598）科十科会元；卷三"太史真谛"收录董其昌、沈位、张位、郭正域、周应宾、陈懿典、邵景尧、季道统、王肯堂，其中隆庆二人，万历七人；卷三"名公谭艺"收录黄汝亨、王衡、袁黄、董复亨、何景明，其中弘治一人，万历四人。

《新锲诸名家前后场肄业精诀》卷二"亨部"亦有收录所谓"前辈诸先生，其谈论表著，有大关切举业者"[1]，依次为：茅坤、沈位、杨起元、高萃、孙鑛、袁黄、郭子章、顾宪成。其中嘉靖、隆庆各二人，万历四人。

《从先文诀》收录王鏊、唐顺之、瞿景淳、袁黄、顾宪成、吴默、薛应旂、王衡、赵南星、茅坤、葛寅亮、张鼐、陶望龄、孙鑛、董其

---

[1] 李叔元《新锲诸名家前后场肄业精诀》卷二，明万历三十二年（1604）建邑书林陈氏存德堂刊本，第12b—13a页。

昌、王纳谏、张位、黄汝亨、汤宾尹、徐常吉、沈位、郭子章等二十二人，皆为进士，其科次分布为成化一人，嘉靖四人，隆庆三人，万历十四人。

《流翠山房辑选八大家论文要诀》，则选录赵南星、袁黄、董其昌、吴默、赵之翰、汤宾尹、黄汝亨、王衡八人，皆为万历进士。

《读书谱》，依次选录王鏊、王守仁、唐顺之、翟景淳、宗臣、薛应旂、茅坤、沈位、徐常吉、王锡爵、邓以赞、郭子章、孙鑛、冯梦祯、董复亨、顾宪成、张位、萧良有、李廷机、袁宗道、陶望龄、郭正域、周应宾、董其昌、吴默、陈懿典、顾起元、邵景尧、季道统、王肯堂、黄汝亨、刘尧卿、袁黄、王衡、葛寅亮、李栻、张鼐、武之望、汤宾尹，三十九人，其科次分布为成化一人，弘治一人，嘉靖八人，隆庆四人，万历二十五人。

今将上述文话汇编所选诸家情形列于下表*：

会试科次	姓　名	游	要	厄	肄	谈	从	八	读
成化十一年乙未(1475)科	王　鏊	√						√	√
弘治十二年己未(1499)科	王守仁	√							√

---

* 制表说明：带＊者为会元，√表示选入。书名栏简称情况如下：

"游"指《游艺塾续文规》，《续修四库全书》影印明刻本。

"要"指《举业要语》，汪时跃辑，首都师范大学图书馆藏明刻本。

"厄"指《新刻官板举业厄言》，武之望撰，陆翀之辑，上海图书馆藏明万历二十七年(1599)绣谷周氏万卷楼刻本。

"肄"指《新锲诸名家前后场肄业精诀》，李叔元辑，台湾"国家图书馆"藏明万历三十二年(1604)建邑书林陈氏存德堂刊本。

"谈"指《谈艺》，"从"指《从先文诀》，清华大学图书馆藏明万历四十二年(1614)序刻本。

"八"指《流翠山房辑选八大家论文要诀》，汪应鼎辑，南京图书馆藏明万历刻本。

"读"指《读书谱》，汤宾尹编，据周清原辑《借绿轩删订汤霍林先生读书谱》，首都图书馆藏清康熙二十八年(1689)借绿轩刻本。

续　表

会 试 科 次	姓 名	游	要	卮	肆	谈	从	八	读
弘治十五年壬戌(1502)科	何景明			✓					
正德十六年辛巳(1521)科	敖　英		✓						
嘉靖八年己丑(1529)科	唐顺之	✓	✓				✓		✓
	项　乔		✓						
嘉靖十四年乙未(1535)科	薛应旂	✓					✓		✓
嘉靖十七年戊戌(1538)科	茅　坤	✓	✓		✓	✓			✓
嘉靖二十三年甲辰(1544)科	瞿景淳						✓		✓
嘉靖二十六年丁未(1547)科	王世贞		✓						
	汪　镗		✓						
嘉靖二十九年庚戌(1550)科	宗　臣					✓			✓
嘉靖三十二年癸丑(1553)科	冯叔吉		✓						
嘉靖四十一年壬戌(1562)科	王锡爵*		✓						✓
嘉靖四十四年乙丑(1565)科	刘尧卿	✓							✓
	李　栻								✓
隆庆二年戊辰(1568)科	张　位	✓		✓			✓		✓
	沈　位	✓		✓	✓	✓	✓		✓
	李维桢		✓						
隆庆五年辛未(1571)科	邓以赞*	✓	✓	✓					✓
	郭子章	✓			✓		✓		✓
	冯时可		✓						
万历二年甲戌(1574)科	孙　鑛*	✓		✓					✓
	李尧民		✓						
	高　莘		✓		✓				
	赵南星						✓	✓	

会试科次	姓　名	游	要	厄	肆	谈	从	八	读
万历五年丁丑(1577)科	冯梦祯*	✓	✓	✓		✓			✓
	杨起元				✓				
万历八年庚辰(1580)科	萧良有*	✓		✓					✓
	顾宪成	✓	✓		✓		✓		✓
	陈子贞		✓						
	伍袁萃		✓						
万历十一年癸未(1583)科	李廷机*	✓	✓	✓					✓
	徐常吉	✓	✓				✓		✓
	周应宾			✓					✓
	郭正域	✓		✓					✓
	季道统	✓	✓	✓					✓
	邹德溥		✓						
	潘士藻		✓						
万历十四年丙戌(1586)科	袁宗道*	✓		✓					✓
	袁　黄	✓	✓	✓	✓	✓	✓	✓	✓
万历十七年己丑(1589)科	陶望龄*	✓	✓						✓
	董其昌	✓	✓	✓			✓	✓	✓
	王肯堂	✓	✓	✓					✓
	武之望	✓							✓
	郝　敬		✓						
	冯有经		✓						
	章士雅		✓						
万历二十年壬辰(1592)科	吴　默*	✓	✓	✓		✓	✓	✓	✓
	陈懿典	✓		✓					✓

会试科次	姓名	游	要	卮	肆	谈	从	八	读
万历二十年壬辰(1592)科	董复亨	✓		✓					✓
	刘孔当		✓						
	范应宾					✓			
	赵之翰							✓	
万历二十三年乙未(1595)科	汤宾尹*	✓		✓			✓	✓	✓
	黄志清		✓						
	蔡复一		✓						
万历二十六年戊戌(1598)科	顾起元*	✓		✓					✓
	邵景尧	✓		✓					✓
	黄汝亨	✓					✓	✓	✓
万历二十九年辛丑(1601)科	王衡	✓	✓	✓		✓	✓		
	项德桢		✓						
	葛寅亮						✓		✓
万历三十二年甲辰(1604)科	张鼐								✓
万历三十五年丁未(1607)科	王纳谏						✓		
人次		34	35	24	8	8	22	8	39

据上述统计可知，盖自成化间时文大家王鏊以来，尤其是嘉靖以后，一部分科举出身且颇有文名的士人，开始言说甚至刊布个人的制举经验及见解，如万历间袁黄撰《举业彀率》、《举业心镝》，武之望撰《举业卮言》，董其昌撰《九字诀》、王衡撰《学艺初言》，顾大韶撰《时义三十戒》等，这些时文论著的刊行，在赢得作者的社会声望和号召力的同时，也分割了以往时文评价主要由考官所掌控的官方文权，从而进一步拓宽了晚明围绕时文写作和批评的话语场。从上列诸选集也可看出，

此种由诸家谈艺所构成有关时文写作技法的汇编、刊行,至万历间,已可谓一时极盛。延续至明末,又有左培《书文式·文式》辑选"历科诸先生文语"六十家,自成化十一年(1475)乙未科至崇祯四年(1631)辛未科。是书凡例指出:"名家诸论,它刻多寡不伦,或一人累帙,或数人一意,浩瀚无归,例难摹画。今刻意参详,细加删正,固鲜雷同,亦无烦碎。"①恰可证实其时由"名家"所主导的时文批评之繁盛。

三 文话汇编的编纂体例与编排特色

就文本形态而言,汇编体文话在一定程度上兼具诗文评与总集这两类著作的某些体制特征。择取现有材料加以汇编的文话,在明代取得了长足的发展,无论是内容的推陈出新,抑或是编纂体例的渐趋精工,均有值得留意之处。从现存的文献来看,汇编体文话的编纂体例至明代尤其是晚明才趋于成熟,已有研究者对此作出揭示②。晚明文话汇编的编纂除了反映编纂者个人的文学旨趣与批评观念外,同样折射出当时的社会文化需求。从上文对晚明文话汇编所选诸家情形的分析来看,晚明文话汇编的编选内容是以名家论说为主,因此依人编次即以批评家为序进行排列的方式,是较为常见的编辑体例。

文话编纂者在采用依人编次这种方式时,也往往会再套用一种依时编次的方法,即依据论家的科第先后为序,把各条目统贯起来。如上文所引的袁黄《游艺塾续文规》,卷首小引已指出"辑我朝前辈论举业者,汇而列之",虽然并未指明具体的编排规

---

① 左培《书文式》卷首《凡例》,《历代文话》第3册,第3139页。

② 参见侯体健《资料汇编式文话的文献价值与理论意义——以〈文章一贯〉与〈文通〉为中心》,《复旦学报》(社会科学版)2009年第2期。

则,但从所选诸家的排列情形来看,此书大致以依人编次为原则,参考诸家的科第情况进行排列。《游艺塾续文规》卷一至卷二共收录王守仁、王鏊、唐顺之、瞿景淳、薛应旂、茅坤、沈位、徐常吉、杜伟、郭子章十人,自王守仁至徐常吉分别依其进士及第的时间排列。卷三至卷四皆为"了凡袁先生论文",收录袁黄论文语。卷六所收顾宪成、吴默、董其昌、王衡分别为万历八年庚辰(1580)科、二十年庚辰(1592)科、十七年己丑(1589)科、二十九年辛丑(1601)科进士。卷七共收录十九人,其中自张位、邓以赞、孙鑛、冯梦祯、萧良有、李廷机、袁宗道、陶望龄、汤宾尹、顾起元十人,完全是依据会试科次的时间先后排列,起自隆庆二年戊辰(1568)科,以至万历二十六年戊戌(1598)科,列出如下:

标　　题	文论家	会　试　科　次
洪阳张先生论文	张　位	隆庆二年戊辰(1568)科
定宇邓先生论文	邓以赞	隆庆五年辛未(1571)科
月峰孙先生论文	孙　鑛	万历二年甲戌(1574)科
具区冯先生论文	冯梦祯	万历五年丁丑(1577)科
汉冲萧先生论文	萧良有	万历八年庚辰(1580)科
九我李先生论文	李廷机	万历十一年癸未(1583)科
玉蟠袁先生论文	袁宗道	万历十四年丙戌(1586)科
石篑陶先生论文	陶望龄	万历十七年己丑(1589)科
霍林汤先生论文	汤宾尹	万历二十三年乙未(1595)科
邻初顾先生论文	顾起元	万历二十六年戊戌(1598)科

值得留意的是,这十人中,除了张位,其余九人皆为会元。《新刻官板举业卮言》中由陆翀之辑录的"会元衣钵",也收有如下十家:

标　题	会 试 科 次
吴　默（壬辰会元）看书要论一章、作文要论七章	万历二十年壬辰（1592）科
邓以赞（辛未会元）论文柬一通	隆庆五年辛未（1571）科
孙　鑛（甲戌会元）举业要言一章	万历二年甲戌（1574）科
冯梦祯（丁丑会元）评文体一章	万历五年丁丑（1577）科
萧良有（庚辰会元）论文一章	万历八年庚辰（1580）科
李廷机（癸未会元）论文书三通、正文体议一首	万历十一年癸未（1583）科
袁宗道（丙戌会元）文章妙悟一则	万历十四年丙戌（1586）科
陶望龄（己丑会元）论文二章	万历十七年己丑（1589）科
汤宾尹（乙未会元）论文五章	万历二十三年乙未（1595）科
顾起元（戊戌会元）论文二章	万历二十六年戊戌（1598）科

由此可见，陆翀之所辑十家，剔除了张位，而以万历二十年壬辰科会元吴默补入。吴默之文论亦见于《游艺塾续文规》卷六，且二书所收十家文论之具体文本基本雷同，于此可见此类文论作为一种公共资源在晚明传抄蹈袭之情形。

相比于《游艺塾续文规》与《新刻官板举业卮言》，汪应鼎《流翠山房辑选八大家论文要诀》、左培《书文式·文式》所选诸家文论，则严格按照科第的时间先后进行排列。如《八大家论文要诀》，收录赵南星、袁黄、董其昌、吴默、赵之翰、汤宾尹、黄汝亨、王衡八人，分别为万历二年甲戌（1574）科、十四年丙戌（1586）科、十七年己丑（1589）科、二十年壬辰（1582）科、二十三年乙未（1595）科、二十六年戊戌（1598）科、二十九年辛丑（1601）科进士。左培《书文式·文式》辑选"历科诸先生文语"六十家，分别自成化十一年（1475）乙未科至崇祯四年（1631）辛未科。此书凡例指出："名家诸论，它刻多寡不伦，或一人累帙，或数人一意，浩瀚无归，例难摹画。今刻意参详，细加删正，固鲜雷同，亦无烦碎。"[1]可看出编者是在总结前人编纂得失的基础上，有意识地运用一套相对整齐和完备的体例进行编排。这种依人编次的编纂方式，优点是便于读者掌握和辨析每一位论家的文章学观念，也有助于后世研究者通过对不同时期文章家论说的解读，来大致了解明代文章学思想演进以及时文理论发展的脉络。

除依人编次外，晚明文话作者采取的另一种编纂方式是依体制编次，主要针对八股文体制进行分段归类。刘元珍《从先文诀·外篇》"总式"即依据八股文之体段讲诸多论文语分列于"破题"、"破承"、"起讲"、"提法"、"虚股"、"大股"、"过文"、"缴"、"小结"、"大结"十目之下。"总式"这部分内容前有引言，摘录徐常吉、赵南星之论文语，来强调处理起承转合对于作文的重要性，如引徐常吉之语曰：

> 文者，言之有章也。自起至缴，一篇文字，如从头至尾，一番言语也。今对人说话，要讲一件事，必不突然就讲，先须缓缓的说将来，一程一节，渐说道恳切处，临了用几句话拴缚的话收成，把这件事说的玲玲珑珑，不渗漏、不缠绕、不打趷蹬，自然好听。作文亦然。说话全在开口、转移、收成处紧要。作文全在起讲、过文及束、结上紧要，且小讲不宜与承、破同意，束、结不宜与大讲同意。初学旨悟此言，其不长于文者鲜矣。[2]

便是强调作文须把握自破、承、起讲、过文至束、结等文章结构的不同特征，后引赵南星的论文语也表达了类似的观点："作文之始，起处、承处、转处、合处，要历历分明。久之手高心妙，出于常

---

① 左培《书文式》卷首《凡例》，《历代文话》第 3 册，第 3139 页。
② 刘元珍《从先文诀·外篇》，《稀见明人文话二十种》下册，第 1311 页。

情之外,浑然无迹,则至矣。"①在引言之后,刘元珍便将袁黄、王纳谏、徐常吉、沈位、赵南星、董其昌等人的论文语打散,依据时文体制重新编排。为便于说明,现将每一目收录文话条目的情形罗列如下:

破题:徐常吉一则、沈位一则、袁黄六则、赵南星一则;

破承:徐常吉一则、沈位一则、袁黄五则、赵南星一则;

起讲:沈位一则、徐常吉一则、袁黄五则;

提法:袁黄五则、徐常吉一则、董其昌一则、赵南星一则;

虚股:袁黄三则;

大股:袁黄五则、徐常吉二则;

过文:袁黄一则、徐常吉一则、沈位一则、王纳谏二则;

缴:袁黄五则;

小结:袁黄二则;

大结:袁黄一则。

从中可以看出,刘元珍对"总式"这部分内容的收录编排,很大部分取自袁黄所论。他在外篇卷首小引中便称《举业彀率》"今日已为板局,而犹多有引用"②。至于具体的条目编排,不妨以"过文"一目为例进行展示:

承前起后,全在过文,乃一篇紧要处,须拿住题中命脉,一箭中的,万人辟易乃佳。(了凡)

过文乃文章命脉所系,前半篇意,赖此收成,后半篇意,赖此提起。或散或对,最要存想精到,混成圆活,联络有情。若此处气脉不接,虽前后文如锦绣,只似平中剪断,不能成用者也。(儆弦)

---

① 刘元珍《从先文诀·外篇》,《稀见明人文话二十种》下册,第1311页。
② 刘元珍《从先文诀·外篇》,《稀见明人文话二十种》下册,第1311页。

要力量便捷，使人醒目，要识一篇筋骨字眼，勿以巧辞害意。（虹台）

邓定宇《先进》篇，妙在过接处大发二比，虚处著精神也。然人不悟虚处，何以当著精神？而欲效其体，坐见堕落矣。盖缘题虽两截，情本相通。相通之情，单发在上文不得，单发在下文不得，故于送往迎来之际，极力抽发。后来董玄宰《要汤》篇、吴因之《知及》篇，皆祖此体，而董稍疏散，吴最得力。又如黄葵阳《委吏》篇、杨复所《保赤子》篇、庚子《吾见亦罕》篇、丁未《一乡善士》篇，四程文皆于送往迎来有情。（观涛）

过文不外两法，有一语担千钧者，有两股成议论者。上数篇，两股议论之法备矣。至如《文莫》篇："顾诚不知何如，而要之君子弗贵也。"一落千丈，筋力绝伦。又《述而》篇："是道也，我思古人而获我心矣。"亦自浑朴老成。（观涛）[1]

所引袁黄（号了凡）、徐常吉（号儆弦）和沈位（号虹台）三则重在讲解过文的特征及写作要求，而所录王纳谏（号观涛）二则，则以名篇名句为过文写法的范例。另外如《新刻张太史手授初学文式》，卷首小引即指出，该书为学文者提供入门的要诀[2]，此后按照"破题式"、"承题式"、"起讲式"，至"作缴式"、"结题式"，依次选录文家的"论文要诀"。

相对而言，依体制编次的编纂方式更注重文话汇编的实用性，便于初学作文者把握八股文的体制特征。当然，无论是依人编次，还是依体制编次，均可反映晚明文话汇编之编纂与科举考试的关系，也表明时文理论的发展自明中叶以来日臻成熟，参与

---

① 刘元珍《从先文诀·外篇》，《稀见明人文话二十种》下册，第 1318 页。
② 张溥《新刻张太史手授初学文式》，《稀见明人文话二十种》下册，第 1365 页。

时文论评的文人群体不断扩大，对时文体制、技法的阐释也不断细化。如《从先文诀》讲解八股文体式时多有摘录的《举业彀率》，便是明中叶以来时文理论精细化的典型代表。此书已分"论格"、"破题"、"承题"、"起讲"、"提法"、"小股"、"大股"、"过文"、"缴"、"小束"和"大结"等目，专论八股文法，且多援引嘉靖、隆庆间程文作为例证。此种"摭拾百家"式的编纂方式，虽说不一定能反映编纂者个人的文学旨趣与批评观念，但却能很好地折射出当时的社会文化需求。

第三节　"荟萃成书"：明文话中的摘句法及其运用

　　上文讨论了明文话选录其他文话、文论等批评文献的生成方式，除此之外，摘录文句也是明人利用现有资源进行文话写作的重要方法，其中最值得关注的就是八股文话中的"摘句"现象。摘句是中国古代文学常用的批评手法，尤其作为诗话写作的重要方式，被广泛运用于诗歌之品评鉴赏，已引起海内外学者的关注。郭绍虞先生在两卷本《中国文学批评史》中曾专论"摘句选之著"，举唐人《古今诗人秀句》等句图一类的作品视为"摘句成书之始"，并指出"宋人论诗，此风尤盛"[1]。宋人摘句入诗话的例子，俯拾即是，如欧阳修《六一诗话》记《九僧诗》云：

　　　　国朝浮屠以诗名于世者九人，故时有集号《九僧诗》，今不复传矣。余少时，闻人多称之。其一曰惠崇，余八人者，忘其名字也。余亦略记其诗有云："马放降来地，雕盘战后云。"又云："春生桂岭外，人在海门西。"其佳句多类此。[2]

---

① 　郭绍虞《中国文学批评史》，商务印书馆 2010 年版，上册，第 309 页。
② 　欧阳修《六一诗话》，人民文学出版社 1962 年版，第 8 页。

唐人对近体格律诗在审美艺术方面的追求，继承发展了南朝沈约等讲求对偶、声律的诗歌形制特征，因而摘录"对偶句"成为历代诗话中最常见的摘句手法①。唐宋以后诗、文别为二体，诗学与文章学分为殊途，文话的书写方式也相应地表现出异于诗话的风格特征，摘句法的运用即有差异。如王鏊《震泽长语》曰："先秦文字无有不佳。余所尤爱者，乐毅《答燕惠王书》、李斯《上逐客书》、韩非子《说难》，可谓极文之变态也。"②仅出篇名，而其评诗则用摘句曰："摩诘以淳古淡泊之音写山林闲适之趣，如辋川诸诗，真一片水墨不着色画。及其铺张国家之盛，如'九天阊阖开宫殿，万国衣冠拜冕旒'、'云里帝城双凤阙，雨中春树万人家'，又何其伟丽也。"③关于诗话与文话在摘句上的显著差异，清人孙万春曾指出：

> 文话较诗话为难。诗话采之四方，易于成书。文话虽即夙所闻于师友者，因感触而发之，而究出于一人之见解，无朋友之互相投赠，无旁人之代为搜辑。且诗中多有可摘之句，遇佳句，摘出一联即成一段。文章可摘之句甚少，作法不过数条。故诗话可以盈篇累牍，文话意尽则止，不能强增也。④

历代诗话作者在论评诗人和作品时，往往会摘录名篇佳句作为材料，用以成文，因而"采之四方，易于成书"。而文章因其篇幅较长和句式不一的特征，一定程度上限制了文话作者对断章摘句手法的运用。但从实际情况来看，文话著作也不乏专用摘句

---

① 黄维梁《诗话词话中摘句为评的手法——兼论对偶句和安诺德的"试金石"》一文，指出诗话的摘句特征，"第一，是对偶句；第二，写的是景物"。载邝健行、吴淑钿编选《香港中国古典文学研究论文选粹（1950—2000）·文学评论篇》，江苏古籍出版社 2003 年版，第 204—206 页。
② 王鏊《震泽长语·文章》，《历代文话》第 2 册，第 1644 页。
③ 王鏊《震泽长语·文章》，《历代文话》第 2 册，第 1648 页。
④ 孙万春《缙山书院文话》，《历代文话》第 6 册，第 5873 页。

法成书者,本节即主要以明文话为考察对象,分析文话运用摘句法的情况及意义。

一 "取格法于圣籍"与摘句示法

文话不像诗话、词话那样可以用摘句来品鉴评骘的原因,除了古文少用对偶外,另一个重要因素是古人品评文章往往注重对章法、结构和布局的整体把握。如吕祖谦《古文关键》卷首《看古文要法》提出分析鉴赏古文的方法,首看"大概"、"主张",次看"文势"、"规模"和"纲目"、"关键",最后才是"警策"、"句法"①,从这个层面来说,与文本紧密结合,且包含标示精彩字句的"圈点"以及相关批语、评语的文章评点,实际上承担了品评文章的重要功能。而文话所摘引的句子,因其脱离了原文的内容框架,不适合作为一种独立的语料用以品评。从现存的文献来看,文话摘句的主要功能之一是摘句为例,以示文法。

现存第一部文话即南宋陈骙的《文则》,大量摘取古代典籍中的语句作为例证,阐说古文之法。陈骙考录"《诗》、《书》、二《礼》、《易》、《春秋》所载,丘明、高、赤所传,老、庄、孟、荀之徒所著"②,勾稽摘引,分门别类,归入甲、乙、丙、丁、戊、己、庚、辛、壬、癸十项,示人以文章之法。其做法,是从经史和诸子文章中归纳和总结"古人之文"的修辞法则,并摘引具体文句作为例证。如"甲"第六、七条:

> 《诗》、《书》之文,有若重复而意实曲折者。《诗》曰:"云谁之思,西方美人。彼美人兮,西方之人兮。"此思贤之意自曲折也。又曰:"自古在昔,先民有作。"此考古之意自曲折

---

① 吕祖谦《古文关键》卷首《看古文要法》,《历代文话》第1册,第234页。
② 陈骙《文则》卷首自序,《历代文话》第1册,第135页。

也。《书》曰："眇眇予末小予。"此谦托之意自曲折也。又曰："孺子其朋，孺子其朋其往。"告戒之意自曲折也。

> 文有意相属而对偶者，如"发彼小豝，殪此大兕"，"诲尔谆谆，听我藐藐"，"故谋用是作，而兵由此起"。有事相类而对偶者，如"威侮五行，怠弃三正"，"佑贤辅德，显忠遂良"。此皆浑然而成，初非有意媲配。凡文之对偶者，若此则工矣。①

此处引例是以《诗》、《书》、《礼》三部典籍中的句子为样本，提出"文有若重复而意实曲折"、"意相属而对偶"和"事相类而对偶"等修辞手法。再如论字法，陈骙认为"文有数句用一类字，所谓壮文势，广文义也；然皆有法"②。比如论数句皆用"者"字法，他举《考工记》、《庄子》等书的文句作为范例，指出"凡此用'者'字，其原出于《考工记》，因用《庄子》法也"③。

关于《文则》从诸家典籍中提炼修辞法则的方式，四库馆臣曾评价曰："骙此书所列文章体式，虽该括诸家，而大旨皆准经以立制。其不使人根据训典，镕精理以立言，而徒较量于文字之增减，未免逐末而遗本。又分门别类，颇嫌于太琐太拘，亦不免舍大而求细。然取格法于圣籍，终胜摹极调于后人。"④这种"取格法于圣籍"的手法也为明人所沿用。如谭浚《言文》卷上"立言"：

> 文有助语曰"顺"。《檀弓》曰："勿之有悔焉耳矣。"《孟子》曰："然而无有乎尔。"《礼记》、《语》、《孟》及今论、说、词、序之流。〇语实虚用曰"活"。《左传》曰"以三军军其前"、《公羊传》曰"入门前则无人门焉"者，则下"军"字，陈之意，下"门"字，守之意也。〇语简理具曰"约"。《公羊传》云：

① 陈骙《文则》，《历代文话》第1册，第139—140页。
② 陈骙《文则》，《历代文话》第1册，第169页。
③ 陈骙《文则》，《历代文话》第1册，第170页。
④ 永瑢等《四库全书总目》卷一百九十五，下册，第1787页。

"闻其磌然，视之则石，察之则五。"经曰"陨石于宋五。"词义具矣。又如《檀弓》载申生及智悼子事，比《左传》文而《檀弓》犹简。〇后减于前曰"省"。《舜典》云："至于南岳如初礼。"《仪礼》云："其他如皮弁之仪。"〇语委曲曰"婉"。《论语》曰："非敢为佞也。"又曰："诺，吾将仕矣。"①

便是摘引《檀弓》、《孟子》、《左传》等书的语句来阐发运用助语、实词虚用等修辞技巧。这种摘句方法也被运用于《言文》卷上"设喻"、"事类"、"烦简"、"易凡"、"偶词"、"谐协"及"句法"等目。

徐耒《重校刻艺林古今文法碎玉集》，可以说是一部效仿陈骙《文则》而编成的文话。除了上一节已提到的"文法有所自始者"、"文法有难于简当者"等二十目抄掇自《文则》外，其余几目如"文法有章法杂抄"、"文法有学古杂抄"及"文法有句法杂抄"等同样采用了摘句以示文法的方式。徐耒自序称："余不肖髫垂时，辱先君子授《檀弓》、《左》、《国》诸篇，日神酣之，不忍释手。暨长，益覃精古作者坛，凡其创构体裁，章法句法，诸所称奇崛艳郁、脍颊而熏心者，目注手披，茹英啜液，辄随所得而笔之，久则缃缃乎成帙矣。辟之发九帑之藏，游五都之市，其所悬圭璋球琬，虽未及尽收，而块琰片琅、寸琳颗玮，靡匪囊聚。因揭其编而命之曰'碎玉集'，用以备遗忘已矣。"②徐耒的措辞也颇类陈骙所谓"余窃有考焉，随而录之，遂盈简牍"，其所称"块琰片琅"、"寸琳颗玮"，即是指随所得而抄录的古人语句，如卷下"文有句法杂抄"所列"云"、"者"、"矣"三字法：

　　然皆身无兢兢于当世之禁云。（"云"字法）

　　以彼易此，孰得孰失，必有能辨之者。〇计无过于此

---

① 谭浚《言文》卷上，明万历刻《谭氏集》本，第 7a—7b 页。
② 徐耒《重校刻艺林古今文法碎玉集》卷首自序，《稀见明人文话二十种》下册，第 1181 页。

者。("者"字法)

夫子奔逸绝尘,而回瞠若乎后矣。〇是犹使蚊负山、商蚷驰河也,必不胜任矣。〇为亢而已矣。〇周与蝴蝶,则必有分矣。〇知尧、桀之自然而相非,则趣操睹矣。〇然而无为而贵智矣。〇恢恢乎其于游刃有余地矣。〇至矣,尽矣,不可以复加矣。……二三子怊不相睦,无患吴矣。〇非知之难也,处知则难矣。("矣"字法)①

"句法杂抄"共分"之"字法、"乎"字法、"也"字法、"云"字法、"者"字法、"矣"字法、"焉"字法、"哉"字法、"欤"字法、"夫"字法、"耶"字法、对联法及齐脚法十三项,每一项均采用摘句的方法,仅摘录古文语句作为写作楷式,对于具体的作法则不加阐发。

综上所述,从《文则》"取格法于圣籍",到《重校刻艺林古今文法碎玉集》所列"章法杂抄"、"学古杂抄"及"句法杂抄",编者所采用的方法都是摘取古代典籍中的一二文句,以作为文章句法和字法之例证,更多关注所摘语句的语义分析而非其审美特征。

二 "名篇俊语"与制义话的摘句法

如果说文格、文法类著作中的摘句,因其摘而不评,仅提供句法范例而显示出一种隐性的批评形态的话,那么万历以来诸多摘录八股文句的文话,则呈现出接近诗话、词话摘句批评的特征。袁黄所撰《游艺塾文规》便是其中运用摘句批评手法最为频繁的著作,此书卷二至卷十多摘录万历八年(1580)至万历二十九年(1601)乡试会试程文墨卷的文句,用以论述破题、承题、起

---

① 徐枅《重校刻艺林古今文法碎玉集》卷下,《稀见明人文话二十种》下册,第1261—1264 页。

讲等作法。如袁黄论破题云："场中触目处全在破题，往时惟元破为出色，近则由魁而下，凡中式者皆欲争奇矣。试观新科墨卷，同一题目，而其破皆留神锻炼，各自争奇，新新迭出，此亦须于窗下预先料理。前辈诸名公皆留意破题，故所传题意于主意之后，各作一破，盖书意明白，然后可以作破，此紧要工夫也。……今学文不可先学平淡，场中除元外，其余中式，破题皆极奇极新。旧刻《墨卷大观》，一题凡百余篇，遍览诸破，皆各出意见，可喜可愕。今集文散佚，不得尽录，止录其现在者为式。"①后列万历间历科试题，并摘引中式者的破题加以评析说明，如：

> 我不欲人　一节
> 道之忘人我者，圣人为贤者难也。（顾起元）
> 贤者志于仁，而自许非其分焉。（何庆元）
> 心所当公，而公之亦未易也。（崔师训）
> ……

> 以上诸破，会元平正典确矣。何说"贤者"而不说"圣人"，此场中所鲜者。崔、项二破并"圣人"、"贤者"俱不说，而虚论其理，甚为超脱。梅、陈、张皆曰"进之"，此题言未及者，圣人之词，欲进之者，圣人之意，故曰"抑之"者陋，曰"进之"者高。金云"正当自策"，又胜"进之"。龚云"深致意于自信者"，尤有含蓄。李破以"一"字立说，通篇文字借重"一"做，自是老手。不曰"贤者未及"，而曰"圣人独信其难"；不曰"未几"，而曰"惟无易视则几"，皆能刮垢见奇，工在象外。②

所列为万历二十六年戊戌（1598）科会试题《子贡曰我不欲人之

---

① 袁黄《游艺塾文规》卷二，《续修四库全书》第1718册，第24页。
② 袁黄《游艺塾文规》卷二，《续修四库全书》第1718册，第26页。

加诸我也　一节》，摘录顾起元、何庆元、崔师训等十二位中式者
之破题，并对所摘之句加以评析，如评会元顾起元的破题"平正
典确"，崔师训、项惟聪两人的破题不说"圣人"、"贤者"，自是与
众不同。袁黄另撰有《游艺塾续文规》，以万历三十一年癸卯
（1603）乡试与万历三十二年甲辰（1604）科会试程文墨卷为据，
也采用了摘句评析的手法，如举万历三十二年甲辰（1604）科会
试题《不知命　全》为例，摘引诸家破题曰：

> 破贵新，元破则不特新，而兼贵雅。破贵奇，元破则不
> 特奇，而兼贵厚。破贵透彻，元破则不特透彻，而兼贵浑融。
> 破贵精妍，元破则不特精妍，而兼贵正大。会试《不知命
> 全》，杨守勤破云："圣人以真知贵君子，而悉举其最切者。"
> 以"真知"立论，便得题髓，而语新气厚，自然大雅不群。鲁
> 史云："圣人所贵于知者三，皆自修之实功也。"说"自修之实
> 功"，亦非泛语。梅之焕云："圣人于学者，而责以全知焉。"
> 此题亦浑厚可元。四名潘澜云："人心有真知，废一不可者
> 也。"新可触目。……以上诸破，各立见，各务新奇，无一蹈
> 袭，愈出愈新。往时惟元魁之破出色，今则不论前后，皆卓
> 然不群矣。①

像袁黄这种摘录乡会试程墨的句子并加以评析的方式，也见于
庄元臣《行文须知》、武之望《重订举业卮言》等晚明专论制义的
文话作品。试举庄元臣《行文须知》"破题"：

> 有正破，如沈一中《如有王者》破："圣人化成天下，以久
> 道得之也。"以"久道"破"必世"，是正。有反破，如萧会元
> "圣人尚论夫王道，无近功者也"，不说他久，只说他"无近
> 功"，是反破。有倒破，如曹会元"大哉尧之为君，圣人赞帝
> 德配天而难名，而其大至矣"，把"大"字倒放在下句，是倒

---

① 袁黄《游艺塾续文规》卷十，《续修四库全书》第1718册，第299—301页。

破。有破意,如《文莫吾犹人》程文云:"圣人以文胜为已愧,勉人之尚行也。"题若"以文自任",而实意"以文自愧",不破词而破意,此破中之绝佳者。①

由上引例文不难看出,《游艺塾文规》、《续文规》、《行文须知》等八股文话采用的摘句手法,已呈现出接近诗话写作常用的摘句批评的特征,而与前举《言文》、《重校刻艺林古今文法碎玉集》等所谓"取格法于圣籍"的方式差异显著。

从文本生成机制的角度来说,摘句批评之所以适用于晚明八股文话的写作,与八股文的文体特征及明人的时文批评风气有关。

首先,八股文的结构体制决定了这一文体可以提供独立、完整的句子供文话作者摘引。关于八股文文体的规范化和程式化进程,后人多认为实现于成化、弘治年间。顾炎武《日知录》"试文格式"条指出:

> 经义之文,流俗谓之"八股",盖始于成化以后。股者,对偶之名也。天顺以前,经义之文不过敷演传注,或对或散,初无定式,其单句题亦甚少。成化二十三年,会试《乐天者保天下》文,起讲先提三句,即讲"乐天",四股,中间过接四句,复讲"保天下",四股,复收四句,再作大结。弘治九年,会试《责难于君谓之恭》文,起讲先提三句,即讲"责难于君",四股,中间过接二句,复讲"谓之恭",四股,复收二句,再作大结。每四股之中,一反一正,一虚一实,一浅一深。其两扇立格,则每扇之中各有四股,其次第之法亦复如之。故今人相传,谓之"八股"。②

顾炎武认为自成化以后,八股文的定式便已形成。商衍鎏《清代

---

① 庄元臣《行文须知》,《历代文话》第 3 册,第 2253 页。
② 黄汝成《日知录集释》卷十六,上海古籍出版社 2006 年版,中册,第 951 页。

科举考试述录》也指出：“文之发端为破题、承题，破承后为起讲，即入口气，起讲后排比对偶，接连而八，故曰‘八股’；定于明初，完备于成化，泛滥于有清。”①八股文的基本结构主要包含以下几个部分：破题、承题、小讲、大讲、过文、小结和大结几个部分，其中大讲一般包括起股、中股、后股、束股这八个对偶的句子，即所谓的“排比对偶，接连而八”。这样一种层次清晰的结构也为八股文话的展开论述预设了一个框架。譬如刘元珍《从先文诀》“总式”即依照“破题”、“破承”、“起讲”、“提掇”、“虚股”、“大股”、“过文”、“缴”、“小结”、“大结”分段论述，庄元臣《行文须知》也从“破题”、“承题”、“起讲”、“提头”、“虚股”、“中股”、“末二股”、“收”八个层次展开。每个部分作为独立的句群，承担着不同的功能，也包含了不同的写作要求和方法，武之望论八股文法即指出：“至于破承有法，起讲有法，提掇、过接，小讲、大讲，收缴、束结，俱各有法。”②张伯伟先生论诗歌摘句的特征是“形象完整，在全篇中有相对的独立性”③，从这个角度来说，八股文中各个部分实际上也具备可以被单独摘出、用以评析的特性。

其次是明中叶以来，包括八股文选本在内的制举用书的大量编刊，为八股文话摘句提供了客观条件。如上引袁黄交代所摘诸家破题，取自《墨卷大观》，并强调“旧刻《墨卷大观》，一题凡百余篇”④，数量甚巨。李诩《戒庵老人漫笔》卷八“时艺坊刻”条也曾记载：

> 余少时学举子业，并无刊本、窗稿。有书贾在利考，朋友家往来，抄得灯窗下课数十篇，每篇誊写二三十纸，到余家塾，拣其几篇，每篇酬钱或二文，或三文。忆荆川中会元，

① 商衍鎏《清代科举考试述录》，生活·读书·新知三联书店1958年版，第227页。
② 武之望《重订举业卮言》卷上，第37b页。
③ 张伯伟《中国古代文学批评方法研究》，中华书局2002年版，第328页。
④ 袁黄《游艺塾文规》卷二，《续修四库全书》第1718册，第24页。

其稿亦是无锡门人蔡瀛与一姻家同刻。方山中会魁，其三试卷，余为怂恿其常熟门人钱梦玉以东湖书院活字印行，未闻有坊间板。今满目皆坊刻矣，亦世风华实之一验也。①

据李诩回忆，在他年少习举子业时，也就是在嘉靖初年前后，一直到唐顺之嘉靖八年（1529）中会元，薛应旂嘉靖十四年（1535）中会魁，这期间八股文选本的传刻是较少的；而至万历间，坊刻时文已十分常见。清人阮葵生《茶余客话》卷十六"坊刻时文"条，也指出包括程墨、房稿、行卷和社稿在内的八股文选集的刊刻，在隆、万年间颇为流行：

> 坊刻时文，兴于隆、万间。房书始于李衷一。《日知录》载弘治六年会试，同考官靳文僖批，已有自板刻时文行，学者往往记诵解以讲究为事之语，则明初已有刻文，但不多耳。杨子常曰：十八房之刻，自万历壬辰《钧元录》始。旁有批点，自王房仲《选程墨》始。厥后坊刻乃有四种：曰程墨，则三场主司及士子之文。曰房稿，十八房进士平日之作。曰行卷，举人平日之作。曰社稿，诸生会课之作。亭林曰：八股盛而六经微，十八房兴而廿一史废。②

对此现象，沈俊平曾作详细考察，并也认为坊刻制举用书的刊刻自成化以来逐渐复苏，于嘉靖年间呈现出上升趋势，至万历年间到达高峰③。

第三便是明中叶以来八股文写作中章法、修辞等文学性因素的增加，进一步强化了人们对"隽句"或"佳句"的追求。武之望论作文尚"修词"曰："修辞有四善：曰删繁而就简也，敛华而就实也，化腐而为新也，变庸而为奇也。故裁剪之工、点化之妙，

---

① 李诩《戒庵老人漫笔》卷八，《续修四库全书》第 1173 册，第 824 页。
② 阮葵生《茶余客话》卷十六，中华书局 1959 年版，下册，第 468—469 页。
③ 参见沈俊平《举业津梁：明中叶以后坊刻制举用书的生产与流通》，台湾学生书局 2009 年版，第 7 页。

修词者尚之。"①便是从修辞审美的角度对用词造语提出简实、新奇的要求。《游艺塾续文规》引顾宪成"琢辞"论,强调对"佳句"的重视:"况意不甚出人,而又无佳句以达之,其为俚鄙可笑,可胜言乎?"②袁黄摘句自言"新科墨卷,同一题目,而其破皆留神锻炼,各自争奇,新新迭出"③,也是从审美批评的角度对所摘之句予以肯定。

摘句入文话的方式一直延续到清代。梁章钜撰《制义丛话》,称文话、诗话、词话、赋话,层见叠出,"惟制义独无话,非无话也,无好事者为之荟萃以成书也"④,因而汇名篇隽句、旧闻逸事为《丛话》二十四卷。对于摘引时文佳句,梁章钜在《例言》中也有所交代:"吾闽制义,自明前即有名家,如蔡介夫、周莱峰、田钟台、傅锦泉、李九我、许仲斗、吴青岳、苏紫溪诸家,久已旗鼓中原,余近辑《闽文复古编》,已详为甄录。我朝之李文贞公直接前徽,已录为此集名臣之冠,兹但就乾隆以来名篇俊语,以次采撷。时代愈近,气味愈亲,乡耆遗芳,师门旧制,尤钦钦在抱,寤寐不忘。凡录吾乡作者为第十六、第十七卷。"⑤如卷十六第一则:

> 吾乡近日论时文者,必首推孟瓶庵师。……其《事君敬其事而后其食》元墨,吾乡后辈几于家弦户诵。起比云:"王者懔天工人代之思,论定后官,位定后禄,每准劳逸大小之分,以为诏糈之典,故八柄必先驭富,原不惜天家升斗之奉,使贤才自奋于功名;君子矢受禄不诬之念,昼而考职,夕而计功,皆本严恭寅之意,以求寤寐之能安,故六法既知尚廉,亦不谓朝廷颁禄之恒,为凤昔一偿其愿望。"高华沉实,复能

---

① 武之望《重订举业卮言》卷上,第26a页。
② 袁黄《游艺塾续文规》卷六,《续修四库全书》第1718册,第231页。
③ 袁黄《游艺塾文规》卷二,《续修四库全书》第1718册,第24页。
④ 梁章钜《制义丛话》卷首《例言》,上海书店出版社2001年版,第7页。
⑤ 梁章钜《制义丛话》卷首《例言》,上海书店出版社2001年版,第9页。

含毫,邈然似度越吴、田、马、李而上。①

此处是摘引乾隆年间进士孟超然《事君敬其事而后其食》一文之起比。卷首杨文荪序称:"今大中丞梁茝邻先生辑《制义丛话》二十四卷,凡程式之一定、流派之互异,明宗旨,纪遇合,别体裁,考典制,参稽史传,旁及轶事,与夫诸家之名篇隽句,无不备载。"②从梁章钜所谓"就乾隆以来名篇俊语,以次采撷"的卷十六和卷十七来看,摘录的"俊语"及杨文荪所称的"隽句",往往是属于大讲部分的起股、中股、后股和束股。这是值得关注的现象。

三　"股法"研讨与股对句的摘录

明代八股文话的摘句,最为常见的即对股对之句的摘引。从文体形态上说,起讲后的"排比对偶,接连而八"是八股文的本质特征。顾炎武说:"股者,对偶之名也。"③吴宽抨击时文也说:"今之世号为时文者,拘之以格律,限之以对偶,率腐烂浅陋可厌之言。"④虽然是批判之语,但恰好说明讲求"对偶"正是八股文写作的特点。因此,如何写好对偶句,即对"股法"的研讨,成为习举士子苦心经营之所在。

"对偶"的因素,使得八股文在文体形态上拥有某些类似律诗的特性。明人对八股文"股法"的探讨,往往援引律诗或用律诗作类比,如《游艺塾续文规》引顾宪成"涉趣"说曰:"故予尝谓读书之暇,当观十四家唐诗与《蔡中郎传》、《北西厢记》。盖古之律诗,即今之排比,所以学诗者不惟得其严整,而其含蓄感慨之

---

①　梁章钜《制义丛话》卷十六,上海书店出版社 2001 年版,第 311 页。

②　梁章钜《制义丛话》卷首杨文荪序,上海书店出版社 2001 年版,第 4 页。

③　黄汝成《日知录集释》卷十六,上海古籍出版社 2006 年版,中册,第 951 页。

④　吴宽《家藏集》卷三十九《送周仲瞻应举诗序》,《景印文渊阁四库全书》第 1255 册,第 342 页。

趣,每每令人醉心。"①袁黄以四季更替为喻对股法的讨论颇具
代表性:

> 八股文字与天地造化相伴。首二比春也,次二比夏也,
> 次二比秋也,末二比冬也。首二比是春,则生而未成,虚而
> 未实,当冲冲融融,轻描淡抹,不可带一毫粗造。次二比是
> 夏,当承前二比渐渐说开来,邵子谓:"天地之大窍在夏。"文
> 之大窍实在腹也。至秋则生者成、虚者实矣,文可反复驰骋
> 矣。然亦须养后二比,不可说尽也。末二比是冬,一年好景
> 全在收拾处,回阳气于阴极之时,发生机于冻剥之内。篇章
> 将竭,而令人读之有不穷之趣,此文字之大机括也。从源而
> 流,由近而远,血脉条理,各得其序,然后成文。推之而八句
> 之诗亦然,八韵之赋亦然。②

袁黄在这里论述的八比之法,与他所谓"作大股当知起承转
合之法,几句起、几句承、几句转、几句合,此章法也,毫不可
紊"③的论调大致相近。武之望也认为:"大抵股法不出起承转
合四者,然起与承势不容疏,转与合机不容断,其要只在圆融
耳。"④两人均强调起股、中股、后股和束股之间应前后衔接,脉
络相贯,以做到起承转合的章法圆融。

至于对具体二股作法的阐说,明人多强调宜虚实相生、浅深
相贯,以错综成文,避免"合掌"之病。"合掌"之说,本就律诗中
间对偶二联而言,如胡应麟《诗薮》云:"作诗最忌合掌,近体尤
忌。而齐、梁人往往犯之。如以'朝'对'曙',将'远'属'遥'之
类。初唐诸子,尚袭此风。推原厉阶,实由康乐。沈、宋二君,始

① 袁黄《游艺塾续文规》卷六,《续修四库全书》第 1718 册,第 232 页。
② 袁黄《游艺塾续文规》卷四,《续修四库全书》第 1718 册,第 209 页。
③ 袁黄《游艺塾续文规》卷五,《续修四库全书》第 1718 册,第 219 页。
④ 武之望《重订举业卮言》卷下,第 36b 页。

加洗削，至于盛唐尽矣。"①至于如何避免合掌，《诗薮》引李梦阳之说解释："李梦阳云：'叠景者意必二，阔大者半必细。'此最律诗三昧。如杜'诏从三殿去，碑到百蛮开。野馆浓花发，春帆细雨来'，前半阔大，后半工细也。'浮云连海岱，平野入青徐。孤嶂秦碑在，荒城鲁殿余'，前景寓目，后景感怀也。唐法律甚严惟杜，变化莫测亦惟杜。"②八股文虽不写景，但在二股之中追求虚实、远近以及巨细的变化是与律诗相通的。如武之望论股法，即主张虚实、浅深相贯：

> 文字两比相对，易于合掌，语意须有虚实、浅深相贯如一股为佳。大抵前比虚、后比实，前比浅、后比深，由本生末，由源发流，此自然之次第也。如庚辰会试《如有王者必世而后仁》，谢会魁讲中前比云："期月布政，非不可以耸动其耳目。"后比云："三年考成，非不可以变易其志虑。"先"期月"，后"三年"，由近而久也；先"耳目"，后"志虑"，由外而内也。然"期月"只可以动"耳目"，"三年"始可以变"志虑"，亦是自然之理。顾泾阳中二比前云："就一地而言，必精神志虑，无一念不与王者洽，乃谓之仁。"后比云："就天下而言，必远近亲疏，无一民不与王者洽，乃谓之仁。"由"一地"而及"天下"，由"一念"而及"众民"，语意皆先浅后深。其末二比前云："其始虽不免有积累之劳。"后云："其始虽不见有纪之绩。"先"劳"后"绩"，是由功而效也，亦似一比。此类甚多，不能殚述。③

武之望在这里以万历八年（1580）庚辰科会试《如有王者必世而后仁》题为例，先后摘录谢文炳和顾宪成二文的中股作为阐说对

---

① 胡应麟《诗薮》内编卷四，中华书局 1958 年版，第 61 页。
② 胡应麟《诗薮》内编卷四，中华书局 1958 年版，第 62 页。
③ 武之望《重订举业卮言》卷下，第 34b—35a 页。

象,并对例句虚实、浅深相贯的特征予以分析。这种摘录大讲中的比对之句并作评析来阐说股法的方式,是晚明八股文话常用的写作手法。如庄元臣《行文须知》论"中股":

> 有明柱,如陈与郊《学如不及》:"以择天下之道,而勿明勿措焉,如有所不及知矣,心犹悚然曰道不易明,能保其择之无遗矣乎? 早夜以思,惟恐失其所为知也,而何敢以自逸也? 以守天下之道,而勿笃勿措焉,如有所不及行矣,心犹惕然曰道不易体,能保其守之勿背乎? 早夜以思,惟恐失其所为行也,而何敢以自诿也?"此明以知行作柱。

> 有暗柱,如冯会元《子贡问士》:"所任者纲常,而行不为苟合,盖凛乎以耻自防矣,而用于国家,则可以为使,一出而国体以重焉,此其蕴藉何伟也;所惜者名义,而名不为苟成,盖卓乎以耻自持矣,而至于他邦,则可以专对,一言而君命以伸焉,此其抱负何宏也。"先曰"任",后曰"惜",先曰"行",后曰"名",先曰"合",后曰"成",先曰"用于国家",后曰"使于他邦",先曰"可以为使",后曰"可以专对",俱有次第,移易不动,是为暗柱。①

从上举八股文话摘引对偶句的例子可以看出,作为八股文的核心部分,股对既是士子竭力展示文章才华之处,也是考官评核考校之重点。刘元珍《从先文诀·外篇》论"大股"引徐常吉语云:"中比须精确切题,敷敷畅畅,固不可小家数样。然亦当少带些含蓄,留些气焰,与后面作地步。若前面实语占尽,后面空谈无味,不惟主司见其单弱没气,作时亦自觉窘涩难成矣。"②又引袁黄论冯梦祯《行己有耻》"所任者纲常"二比,指出"曾阅本房批

---

① 庄元臣《行文须知》,《历代文话》第3册,第2259—2260页。
② 刘元珍《从先文诀·外篇》,《稀见明人文话二十种》下册,第1317页。

卷,极赞此二比擅场"①。两说均从考官批卷的角度来强调场中作文讲求股法的重要性。明人论八股多摘引股对,以及对其对偶手法的细致研讨,正是在此种时文批评风气中形成的。

四 "分类摘题偶联"与摘句为式

与明人论八股文多着墨于股对相匹配的是,晚明出现了专门摘编、荟萃对属句的工具书,为初学作文者提供句法范例,以资临文。如李叔元《新锲诸名家前后场肄业精诀》,卷三利部"分类摘题偶联",摘录各题"合用对偶",包括"天地"、"鬼神"、"昆虫"、"草木"、"君臣"等四十余目,罗列甚广,以资造语构句之参考。编者称:"陈如冈曰:'作文家有句法,有字法。句法欲精,字法欲稳。下句、下字须对仗,抵敌得过,如兵家对垒,阵法当整整而不乱,将与将角,兵与兵抗。不则抵敌不过,便不济事。'今将本题合用对偶依类条列于左。"②试举"义"一目如下:

义

周行　直方　刚大　天地正理　顺天理　有光明正大

大道　正路　中正　人心正理　协人情　无贪昧隐忍

不威扬　无为不为　为天下扶名义　计是非,不计利害

不利诱　无欲不欲　为天下培节义　较可否,不较荣辱

……

思虑臆见,融而不有　甘为拘挛,不欲尚通,焉以失其

---

① 刘元珍《从先文诀·外篇》,《稀见明人文话二十种》下册,第1317页。

② 李叔元《新锲诸名家前后场肄业精诀》卷三,《稀见明人文话二十种》下册,第671页。

尺寸

适莫信果,化而皆通　宁为曲谨,不欲毁方,焉以爽其毫发

此虽均发"义"字意,但"委曲图存"以上,则属"理义"之义,"心制"、"事宜"以下,则属权义之义,又不可无辨。[①]

这些"分类摘题偶联"实际上属于初学发蒙类的读物,类似内容也见于署许獬所编的《新刻许会元课儿四书贯珠达观》首卷,题作"新锲类集课儿贯珠文章活套句法"[②]。汤宾尹编《汤睡庵太史论定一见能文》卷二也专收此类对属摘语,总题为"初学字句文式",今列"存理"一目如下:

存理

浑涵　道德　事理　大本　万端　密存养　完本然须臾不离

依据　性命　物则　达道　四善　严省察　还固有顷刻弗违

以先天论,此理原于帝降,而惺惺者长存;以后天论,此理牿于旦昼,而炯炯者不磨。　时有久暂,理无操舍;势有常变,心无离合。不但争理欲之大介,而仅争纯驳之几微;不徒愧浅学于半途,而且闲高明于隐怪。[③]

《一见能文》在这部分"初学字句文式"之前,亦有解说曰:"昔人论诗云:'观之如明霞散锦,听之如玉振金声。'今时义亦须如此。然欲文如明霞散锦,当知炼字之法。……近日冯惕庵、苏紫溪辈,专炼句炼字,故精采烁烁射人。今分类摘其粹字粹句,为都

---

① 李叔元《新锲诸名家前后场肄业精诀》卷三,《稀见明人文话二十种》下册,第678—679页。
② 许獬《新刻许会元课儿四书贯珠达观》,明末书林叶天熹刻本,第1a页。
③ 汤宾尹《汤睡庵太史论定一见能文》卷二,《稀见明人文话二十种》下册,第916—917页。

人士式。"①这种"分类摘其粹字粹句"并加以编排,以作为八股文偶对楷式的摘句形式,也是在晚明八股文求精于股对写作的风气中发展而来的。

以上讨论了明人文话常见的几种文本生成方式,即"采掇前人"、"撷拾百家"与"寻章摘句",它们分别对应的抄录唐宋文章学文献、汇选明人文论和摘录文章文句,共同特点都是利用现有资源,或裁剪重组,或汇辑选评。事实上,若按以往的研究思路来考量,此类繁复蹈袭的批评文本,因其多采用杂纂汇抄的形式而存在着内容辗转相承,原创度低下,甚至文字错漏等诸多问题,似乎很难说得上有较大的研究意义。然而从书籍文化史的研究角度来看,上述文话的这种文本生成方式,所反映的,正是在明代(尤其是中晚明)整个社会习文需求不断扩张,以及书籍出版业空前繁荣的大背景下,重视写作实践和文学表现功能的文章技法理论开始向中下阶层渗透。这构成了文章学在近世发展演进的重要走向之一。明代文章学研究的开展,仍须以整理一系列包括文话在内的文章学文献为坚实基础。其中,如何评价上述多属文章格法一类的著作,当是建构明代文章学不可忽视的环节。在以往强调理论深度的批评史框架内,文话研究所能提供的,恐怕只是一些材料补充和知识增益。在这种模式下,其话体批评的独特意义就面临着被消解的危机。因此,我们强调从文话自身的文本生成出发,去探讨此类看似粗制滥造、随意拼接的作品,如何构成一种与理论精深之大家名作相互对应的、面向更广大阶层的知识层面的文本,进而去分析士大夫精英的文章学理论向底层渗透,抑或是一般的文章学知识在庞大阅读群体中的传播普及等现象,当不失为一种有意义的尝试。

---

① 汤宾尹《汤睡庵太史论定一见能文》卷二,《稀见明人文话二十种》下册,第909页。

第三章　引譬连类：明文话的表述策略及其意义

　　取喻是中国古代文学批评中常见的修辞方法之一，历代文论家不但频繁使用这种"引譬连类"的言说方式，来阐释一些文章学的理论，使之形象化和具体化，同时也会寻找一些成体系的譬喻话语来为其理论的系统阐说提供某种参照。陈骙《文则》"丙"第一条曰："《易》之有象，以尽其意；《诗》之有比，以达其情。文之作也，可无喻乎？博采经传，约而论之，取喻之法，大概有十。"①并归纳出直喻、隐喻、类喻、诘喻、对喻、博喻、简喻、详喻、引喻、虚喻等十类取喻之法，可见古人在运用这些手法的同时，对取喻的使用方法及其原理、机制已有研究。陈望道《修辞学发凡》指出修辞学上的譬喻须满足两个条件："第一，譬喻和被譬喻的两个事物必须有一点极其相类似；第二，譬喻和被譬喻的两个事物又必须在其整体上极其不相同。"②如古人论文章，往往援引兵法为喻，所看重的正是文法与兵法在布势与布阵、遣词与用兵等层面的相似性。当然，除了兵法之外，古人还多以山川地理、房屋和人体构造等作为类比对象。

---

① 　陈骙《文则》，《历代文话》第 1 册，第 146 页。
② 　陈望道《修辞学发凡》，复旦大学 2015 年版，第 69 页。

第一节 "条贯统绪"：追求整体性的 文章学隐喻体

古人论文注重文章的谋篇布局，要求在下笔为文之前，须先确定文章的结构纲要。刘勰《文心雕龙·镕裁》曰："是以草创鸿笔，先标三准：履端于始，则设情以位体；举正于中，则酌事以取类；归余于终，则撮辞以举要。然后舒华布实，献替节文，绳墨以外，美材既斫，故能首尾圆合，条贯统序。"①所谓"三准"，便是涵括了文章前、中、后三部分的大框架，框架既定，再以文辞修饰成文。在古人强调"条贯统绪"的思维中，这种先确定框架再作修饰填充的作文步骤，往往与"屋室"、"人体"这种具有整体性特征的喻体联系起来。本节主要讨论明文话中以屋室和人体比附文章的现象，进而对文话写作运用取喻法的表述策略作一番解说。

一 以构室喻作文：从"间架"说看文章结构论

嘉靖间高琦编《文章一贯》，其卷末程然所作跋便是一个以"构室"喻作文的典型：

> 晴溪子欲居室于岑山，求所谓工师者而经画焉。工师曰："吾之构室，犹子之构文也。基不实则圮，规模不宏则隘，宸宦榱桷不固则陋，经始不审则挠，布置、缔缮、结构不精密则敝。有一于此，非完室也。吾用戒焉。吾少时艺师是求，竭吾目力，守吾规矩，业虽弗精，亦弗庸矣。然吾闻之：文之立意，室之筑基也；文之气象，室之规模也；文之篇

①　王利器《文心雕龙校证》，第 209 页。

章句字，室之扆宦籑梋也；文之起端，室之经始也；文之缴
结，室之结构也；文之叙事、议论、引用、譬喻、含蓄、形容、过
接，室之布置、缔缮也。莫不有规矩存焉。规矩不善，要非
完文。子盍求所以完之乎？至于居室，吾任也，敢不劳耶！"
　　晴溪子作而叹曰："轮扁之说，艺事之谏，其信然哉！"①

宋元以来的论文、评文之作，往往使用"间架"一词来指代文章的
内部空间结构。如真德秀《文章正宗》评柳宗元《封建论》："此篇
间架宏阔，辩论雄俊，真可为作文之法。"②李涂《文章精义》第十
则："贾谊《政事书》，是论天下事有间架底；贾让《河渠书》，是论
一事有间架底。"此书第一百零一则又曰："古人文字，规模间架、
声音节奏，皆可学，惟妙处不可学。譬如幻师塑土木偶，耳目口
鼻，俨然似人，而其中无精神魂魄意，不能活泼泼地，岂人也哉？
此须是读书时，一心两眼，痛下工夫，务要得他好处。则一旦临
文，惟我操纵，惟我捭阖，一茎草可以化丈六金身。此自得之学，
难以笔舌传也。"③明人赵㧑谦《学范》卷上"读范第二"引前人所
论曰："读集义理，先观体制，次分间架，次看发意，次观造语。义
理或经或史或子，随题所宜，若有所取，能识破此四者，便能作文
矣。"④明初曾鼎《文式》卷下引苏伯衡《述文法》曰：

　　欲作文字，且未可下笔，先取古人文章，熟读详味，再三
讽咏，使心有所感触，思有所发动，方可运意。却又着题目，
与古人何篇相似，以为体式，依仿而作间架、措辞。如此日
久，自然驯熟。七擒七纵，皆可如意，不拘于准绳，而亦不越
于规矩矣。⑤

①　高琦《文章一贯》卷末程然跋，《历代文话》第 2 册，第 2185 页。
②　真德秀《文章正宗》卷十三，《景印文渊阁四库全书》第 1355 册，第 381 页。
③　李涂《文章精义》，《历代文话》第 2 册，第 1163、1187 页。
④　赵㧑谦《学范》卷上，《四库全书存目丛书》子部第 121 册，第 323 页。
⑤　曾鼎《文式》卷下，《历代文话》第 2 册，第 1578 页。

以上议论均强调作文须先阅读古人文章，了解其篇章架构并以此效仿为文。唐顺之《荆川稗编·文章杂论》下引《丽泽文说》曰："文字若缓，须多看杂文。杂文须看他节奏紧处，若意思杂、转处多，则自然不缓。善转者如短兵相接，盖谓不两行又转也。讲题若转多，恐碎了文字。须转虽多，只是一意方可。若使搅得碎，则不成文字。若铺叙处，间架令新不陈，多警策句，则亦不缓。"①可见"间架"也涉及文章的行文铺叙。

"间架"原指房屋梁柱的建筑结构，这一术语也被广泛用于文章、诗歌和书法等艺术门类。清人浦起龙《读杜心解》评价杜甫《寄岳州贾司马六丈巴州严八使君两阁老五十韵》"极有间架，长律正宗"②。关于文章学理论中的"间架"，前引陈绎曾《文说》"分间法"论之甚详，所谓"其间小段间架极要分明，而不欲使人见其间架之迹"③。陈氏所说的"分间法"，是划分文章结构层次并调配各部分内容体量的方法，追求文章结构的比例恰当、详略适度。所论"头"、"腹"、"腰"、"尾"四个部分，实际上便是文章起、承、过、结的分层结构。陈绎曾认为行文"间架"既要分明，又要不着痕迹，可见"间架"作为文章结构的理论概念，强调的是文章结构整体性和层次性的统一。

明人论时文也注重从八股文的体段层次入手，引盖房作室为喻，强调先立定间架然后修辞成文的行文顺序，如《游艺塾续文规》卷二引徐常吉论"大讲"曰：

> 凡大讲贵定间架，如木匠盖房，先选好料，定下孰为前柱，孰为后檐，孰为短柱。间架既定，装修不难矣。文中分股主意，譬则间架也；措辞填实，譬则装修也。先把题意认

---

① 唐顺之《荆川稗编·文章杂论》，《历代文话》第 2 册，第 1769 页。
② 浦起龙《读杜心解》卷五，中华书局 1961 年版，下册，第 725 页。
③ 陈绎曾《文说》，《历代文话》第 2 册，第 1342 页。

真，孰轻孰重，立定间架，然后组织成文，自不费力。然立柱
当前虚后实，一步进一步，方有层叠。若前面实语占尽，后
面空谈无味，不惟主司见其单弱没气，作时亦自觉窘涩难
成矣。①

徐常吉把大讲的作法以"木匠盖房"为喻加以阐说，并将分股立
意和措辞修饰分别比作间架和装修，浅俗易懂。同卷又引杜伟
论"立格"曰：

> 为文之有格式也，犹作室之有间架也。主司命题一，士
> 以为文，犹主人命材于匠以作室也。匠得所命之材，岂遽操
> 斧斤而作之室哉？必先定其间架于图焉，曰某处为堂，某处
> 为厅事，某处为门楼。其高也凡几，其广也凡几，其深也凡
> 几，某材可以为栋，某材可以为柱，某材可以为椽。盖虽斧
> 斤未操之先，而其间架之前后多寡，已了然定于图象矣。故
> 一举斧斤，克日而成室。士得所命之题，亦岂可以遽操笔札
> 而为之文哉？必先定其格式于心焉，曰此经题当为某格，其
> 分截何在，其纲领何在，其节目何在。其始也，当提掇乎，不
> 当提掇乎？其中也，当过接乎，不当过接乎？其终也，当缴
> 转乎，不当缴转乎？当咏叹乎，不当咏叹乎？某两股当略当
> 藏，某两股当详当显。题语虽多，或当轻而讲少；题语虽少，
> 或当重而讲多。盖虽笔札未操之先，而其格式之繁简断续，
> 已了然定于心胸矣。故一举笔札，克时而成文。②

杜静台把文章之格式喻为间架，认为于场中作文不可急切下笔，
而应该像搭屋造室一般，先绘其架构，即确定文章之分截、纲领
和节目，了然于心，再下笔成文。武之望在《重订举业卮言》中讨
论文章之"格"，也作过类似的表述，指出"格者，体格也。文之有

---

① 袁黄《游艺塾续文规》卷二，《续修四库全书》第1718册，第181页。
② 袁黄《游艺塾续文规》卷二，《续修四库全书》第1718册，第185—186页。

体格,犹屋之有间架也",并肯定了上引杜静台的论断说:"以是知立格,乃行文要务也。先辈杜静台论之极详。"①

万历间庄元臣《行文须知》同样以房屋构建为喻,建构起一套以"格"、"意"、"调"、"词"四要素所构成的行文法则:

> 大凡行文,有意、格、词、调。格者如屋之间架,间架定,然后可以作室。格定,然后可以成文。……文之有意,如屋之有材,间架既定,必须材备,乃可作室。格既定,必须意到,乃可成文。……文之有调,如室之有隔节段落。造室者,间架既定,然又须隔节段落,极其委曲,然后室不空旷直突,所谓复道曲房也。……文之有词,如室之彩绘,彩绘施,则满室绚烂,词藻工,则叠篇光彩。②

庄元臣将文章行文的四要素分别比作房屋之间架、材料、复道和彩绘,四者当然有先后之别,而间架则是其中重要的基础。分开来说,第一是"格",庄元臣认为"格者如屋之间架",这与上引杜伟和武之望的看法一致。庄氏认为:"格有翕张,有步骤,有奇正,有伸缩,有呼吸,有起伏。题板者可使之活,题繁者可使之简,题杂者可使之清,题紊者可使之整。详略断续,初无定局,曲折变化,任乎其人。……总之能不诡于题者,能各成个体段,则争奇斗巧,惟意所适。"③可见"定格"其实是对行文开阖翕张的把握,脉络步骤的安排,段落层次的设置,可以化解那些看似死板、复杂的题目,形成灵活自然、简洁齐整的行文。

第二是"意",从八股文写作的角度来看,这一环节即八股文程式中的"论头"部分,用来解释题目的含义,阐发题目所包含的

---

① 武之望《重订举业卮言》卷上,第28a页。
② 庄元臣《行文须知》,《历代文话》第3册,第2231—2250页。
③ 庄元臣《行文须知》,《历代文话》第3册,第2231页。

思想内容及作者的看法。在写作中，从拿到文题到确定文意，庄元臣提出了两种重要途径——"衍题"和"发题"。概言之，前者是根据已经明确的题意推衍成文，而后者则是阐发文题自身所包含的内容。现举庄氏所引的两个特殊例子：

> 然题亦有可衍而不可发者，如《论笃是与　节》是也。盖题已自为训诂，无复隐所以然之意于其中，吾将何以发之，则但可衍题之法而已。题亦有可发而不可衍者，如《物皆然心为甚》题是也。股股须发出心之所以甚于物意，乃爽人目，若只随题敷衍，有何意趣？①

第一例是《论笃是与　节》题，出自《论语·先进》，题意较为明确，不须再就题面做阐发解释，只能用"衍题法"围绕题意将议论展开，拓宽意旨。第二例是《物皆然　心为甚》题，出自《孟子·梁惠王上》，由于孟子的"心"、"物"之论本身即包含了丰富的思想，因此作者须"代圣人言"，将题意发挥清楚，方可成文。明代八股文题目繁多，需要根据不同的题目来采取不同的破题和承题方法。庄元臣对此也有清晰的认识，他说："故作文者于题目到手时，先把题相视，思其可衍乎，不可衍乎，可发乎，不可发乎，可衍发互用乎，不可衍发互用乎，则下笔自了然无碍矣。"②这对于时文的认题写作，具有一定的指导意义。

　　第三是"调"，按庄氏所论，即调遣、布置文句之法，使文章的结构合理，文势畅通，因此将"调"比作房中的通道和内室。他说："为文者，格式既定，意思既到，又须遣调有法，使一股之中，前后有伦，呼应有势，起伏有情，开阖有节，乃臻妙境。"③这与宋人方颐孙在《太学新编黼藻文章百段锦》中提出的"遣文格"相

①　庄元臣《行文须知》，《历代文话》第 3 册，第 2239 页。
②　庄元臣《行文须知》，《历代文话》第 3 册，第 2239 页。
③　庄元臣《行文须知》，《历代文话》第 3 册，第 2246 页。

似。方氏借唐宋名家之文探讨文章作法,提出四节交辩、五节问难等十一种方法,其目的也在于强调通过调度文句使行文合理。譬如"先名后实"条,举苏轼《春秋论》、张耒《进斋记》为例,来说明虚实布置的方法。方氏评《进斋记》一文曰:"文势布置,与苏子前作颇类。……于饮食、游观、疾病三事总作一句,夫是之谓先总其凡,而后条其目。"①这是先虚后实。与此类似,庄元成在"调"这一节中也谈到了虚实相生之法,以万历八年(1580)庚辰科榜眼萧良有的墨卷《如有王者》为例,中二比曰:"德教所敷,不崇朝而遍天下可矣。然可以遍天下,而不能深入乎天下,诚举一世而跻之荡平之域,是仁也,是必世而后致也。"《如有王者》题,出自《论语·子路》:"子曰:如有王者,必世后而仁。"萧良有这段衍题共七句,第一、二句作起,第三、四句作承,第五句作转,第六、七句则是合;前四句是虚,后三句是实,借虚入实,避免了顺题衍去的平淡无势。

第四是"词"。庄氏论文讲究词工,指出修词的六"贵"和六"忌":"大都修词之法,贵大雅,贵清空,贵华丽,贵爽剀,贵溜亮,贵洁掉。忌陈腐,忌堆垛,忌晦滞,忌软弱,忌纤巧,忌奇幻。"②随后,庄氏依次举元作、魁作及落选之卷的用词特征作对比分析,强调炼词的重要性:元作用词必平正大雅,晓畅明白;魁作则名言错出,古句层发;而那些落选的试卷,文词多庸俗、生僻。

以上引述徐常吉、杜伟、庄元臣等人所述,分析了明代文话以建屋构室来比附下笔作文的情形。可以看到,明人借构室来论文,主要着眼于以"间架"为代表的结构论,这与他们颇重视

---

① 方颐孙《太学新编离藻文章百段锦》,《四库全书存目丛书》集部第416册,第11页。
② 庄元臣《行文须知》,《历代文话》第3册,第2250页。

"绳墨布置"的文法观念密切相关。与这种重在外在形式的取喻方式类似，明人论文还常以人体结构作为类比。

二 以人体喻文体：外在形态与内在神韵的统一

古人使用譬喻手法来表述文论观念，除了上文讨论的建筑结构外，最常用的喻体便是人体。如《文心雕龙·附会》："夫才量学文，宜正体制，必以情志为神明，事义为骨髓，辞采为肌肤，宫商为声气；然后品藻元黄，摛振金玉，献可替否，以裁厥中。斯缀思之恒数也。"[1]颜之推《颜氏家训·文章》："文章当以理致为心肾，气调为筋骨，事义为皮肤，华丽为冠冕。"[2]将情志、骨髓、肌肤、声气以及心肾、筋骨等生命概念付诸于文学作品并进行类比的观念，暗含了人们对于人体和文体某种关联或是相似性的认知，也就是苏珊·朗格指出的"艺术结构"与"生命结构"的相似之处[3]。

基于对人体和文体在结构形式上相似性的认知，古人拟人论文最突出表现在对文章体制结构的分析。如陈绎曾《文筌·古文谱四》论文章"体段"："起：贵明切，如人之有眉目。承：贵疏通，如人之有咽喉。铺：贵详悉，如人之有心胸。叙：贵转折，如人之有腹脏。过：贵重实，如人之有腰膂。结：贵紧快，如人之有手足。"[4]从外在结构上将涉及人体的眉目、咽喉等构造与文章起、承、铺、叙、过结的结构层次进行类比。高琦《文章一贯》卷上"篇法第三"曾引陈绎曾的这段论述，并将文章体段与人体结构的关联用更为直观的对应图的形式表述出来：

---

① 王利器《文心雕龙校证》，第 262 页。
② 王利器《颜氏家训集解》卷四，第 249 页。
③ 参见苏珊·朗格《艺术问题》，中国社会科学出版社 1983 年版，第 55 页。
④ 陈绎曾《文章欧冶》，《历代文话》第 2 册，第 1243 页。

起　承　铺　叙　过　结

贵

明切　疏通　详悉　重实　转折　紧切

如人之有

眉目　咽喉　心胸　腹脏　腰膂　足①

当然，无论是人体还是文体，仅有外在的结构形式，尚无法构成其具备生命力的有机整体。因此，古人也会把心神、情志等内在的生命与文章的审美范畴作为类比，强调神情气韵之于文章运转的重要性，由此便形成一套外在与内在相统一的隐喻体系。武之望《重订举业卮言》、葛寅亮《文体八义》两种文话均以这一体系作为框架展开论述。

葛寅亮（1570—1646），字水鉴，号屺瞻，钱塘（今浙江杭州）人。万历二十九年（1601）进士，授南礼部仪制司主事，历官至南京尚宝司卿。有《四书湖南讲》、《葛司农遗集》等。传见康熙《钱塘县志》卷十九、《葛司农遗集》卷首《葛司农先生传》。葛寅亮《文体八义》见收于《汤霍林先生裒选大方家谈文》，葛氏认为“文体，就如人之有身体”，并以“神”、“气”、“精”、“骨”、“肉”、“色”以及“先天”、“后天”来类比文章，称为“文体八义”：

> 今文体之坏，已极其弊，在作者不知文体，而妄欲求奇，观者又不辨文体，而妄为奇炫。试为说破，真伪立见矣。夫文体之说，谁人不晓，然亦只谓以格局论耳，而不知文之有文体，就如人之有身体，又非谓其具四肢百骸便了。其微者曰神，曰气，曰精；其显者曰骨，曰肉，曰色。在人必完具此数者，而成其为身体，故在文亦必完具此数者，而后成其为文体。此非比喻之说，文乃心声，其人如是，其文亦如是也。数者有一不备，即如离未罔两，人道不真，而可言文哉？然

---

① 高琦《文章一贯》卷上，《历代文话》第 2 册，第 2158 页。

作文而求备其体，属之后天者也；文未作而先孕其体于无
形，则属之先天者也。无先天则无后天者矣。曰神，曰气，
曰精，曰骨，曰肉，曰色，曰先天，曰后天，是为文体八义。①

武之望《重订举业卮言》内篇亦有神、情、气、骨、质、品、才、
识等目，与葛氏《文体八义》之论文旨趣相近。如论"神"，葛寅亮
认为："文之有神无神，率本于心。心之浮游散乱者，其神必不
清；神不清者，其文必庞杂而无绪。心之依违迁就者，其神必不
王；神不王者，其文必郁滞而不扬。"②武之望也认为"夫人心各
有所营，则神各有所系，故心者，神之舍也"③，不过在他的论述
体系中，"神"处于主导地位：

> 即以身喻，四肢九窍以形用矣，而一恃神为主宰。无神
> 则耳目孰与视听，手足孰与持行，形悉委形耳矣。故神之在
> 文，虽无形也而能形形，血脉得之而流贯，筋骨得之而联属，
> 色泽得之而光润，以至气得之而运行，机得之而动荡，意得
> 之而融洽，词得之而畅达，皆是物也。文而无神，殆如枯槁
> 之木，枝干虽存，生意已散，沉痼之人，眉目虽具，精气不属。
> 即灿如云锦，皆卮词赘语焉耳，何足贵乎？④

所谓"虽无形也而能形形"，便是指神虽不可见，但可以维持
并调度血脉、筋骨以及色泽等可见的形态使之保持生命力。庄
元臣《文诀》也说："人而无神，谓之肉块，不可谓之人。"⑤关于
"骨"与"肉"的关系，二人均主张"藏骨"。葛寅亮将骨视为"间
架"，指出："人之有骨，乃是其身之间架。人若无骨作间架，则其

---

① 汤宾尹《汤霍林先生衷选大方家谈文》，《稀见明人文话二十种》下册，第
838—839 页。
② 汤宾尹《汤霍林先生衷选大方家谈文》，《稀见明人文话二十种》下册，第
839 页。
③ 武之望《重订举业卮言》卷上，第 2b 页。
④ 武之望《重订举业卮言》卷上，第 1a—1b 页。
⑤ 庄元臣《文诀》，《历代文话》第 3 册，第 2290 页。

身体亦竖立不起。"在此类比的基础上,他进一步指出:

> 然人之骨藏于肉内,文之骨亦藏于词内,若露出来,便
> 不免伤骨。今人每拈出两个字眼,认作骨子,不知骨子原是
> 露不出的。凡落字眼者,皆谓之肉骨,骨只隐隐寓于肉内。
> 总之一般句语内中含有意思,使人读去不见碍口,咀嚼来却
> 担斤两,这便是骨子。所以骨子不得拘定一处,逐句有逐句
> 骨子,通篇有通篇骨子,如人一身,自躯体以至百骸,无处无
> 骨,节节相生,支支相续,会成一个架子,是所谓骨之说也。①

葛寅亮认为人体之"骨"与"肉"的关系,与文章间架与文词的关
系相类,所谓"骨藏于肉内",便是要求文章间架立定,再以文词
修饰,这与上文提到陈绎曾《文说》"小段间架极要分明,而不欲
使人见其间架之迹"②所论相同。武之望也认为"文之有骨,亦
文之所以恃以为体者":"骨者,体也。人之有是体也,骨为之也,
肌肤之生,生于骨;皮毛之附,附于骨。内而五脏六腑系于骨,外
而四肢九窍寄于骨。骨具而体立,斯人之所以挺生也。骨之于
文也亦然。布置者,格也;举其格而使之立者,骨也。流衍者,词
也;充其词而使之健者,骨也。"③至于"骨"、"肉"关系,武之望也
指出:"骨要健,不要软;骨要藏,不要露。健则风骨稜稜,而无卑
弱之态;藏则气骨浑浑,而无怒张之形。即相人者亦然,不但文
字若此也。"④从这些表述中,当不难看出,"骨"、"肉"关系论,虽
然所强调的仍在前文已有讨论的文章之"间架"说,但正如武之
望所言"内而五脏六腑系于骨,外而四肢九窍寄于骨",实则也包
含了内、外相统一的意蕴。

① 汤宾尹《汤霍林先生衰选大方家谈文》,《稀见明人文话二十种》下册,第
  841页。
② 陈绎曾《文说》,《历代文话》第2册,第1342页。
③ 武之望《重订举业卮言》卷上,第7a—7b页。
④ 武之望《重订举业卮言》卷上,第8a—8b页。

第二节　"寻龙认脉"：文话写作中
堪舆知识的隐现
——兼论古代堪舆术与近世文学批评的发展

作为中国古代地理学知识谱系的一支，堪舆术在注重丧葬礼仪与习俗的传统社会产生了深远的影响。其中的一些概念、用语，不仅成为人们日用而不知的知识表述，甚至通过一种引譬连类的方式被运用于文学、绘画的理论阐说。如人们常用的"来龙去脉"，本是堪舆用语，用来形容地理从发脉到结穴的联络过程。明人吾丘瑞所撰传奇《运甓记》第三十出"牛眠指穴"，谓"来龙去脉，靠岭朝山，种种合格，乃大富贵之地"①，或是目前可见最早的一个用例。清初黄图珌谈论相地术，也说地理之妙在于"来龙去脉，远近相接，隐显合宜，根源不断，向背自如"②。在文学批评中，钱谦益评价杜甫绝句时曾有类似的表述，所谓"敦厚隽永，来龙远而结脉深之若是也"③，是以地理比附诗法。至于后来刘熙载论律诗认为"中二联必分宽紧远近，人皆知之；惟不省其来龙去脉，则宽紧远近为妄施矣"④，周广业论文指出认题须"虚实轻重，不爽锱铢，来龙去脉，审之又审，然后有落笔处"⑤。此二处所用，实可视为一种具备独立意涵指称的术语。由此提示我们，在文学艺术甚至日常生活中习以为常的一类用语，往往隐含着易被忽视的知识背景以及特定的思维逻辑。

---

① 吾丘瑞《运甓记》，《六十种曲》，中华书局1958年版，第6册，第48页。
② 黄图珌《看山阁集·闲笔》卷八，《清代诗文集汇编》，上海古籍出版社2010年版，第288册，第497页。
③ 钱谦益《读杜小笺下》，《牧斋初学集》卷一〇八，上海古籍出版社2009年版，下册，第2180页。
④ 刘熙载《艺概》卷二，上海古籍出版社1978年版，第74页。
⑤ 周广业《蓬庐文钞》卷八，《续修四库全书》第1449册，第605页。

以地理类比文体,是古代文学批评中常见的一种表述手法,但以堪舆术所代表的地理术数知识作为比照对象,则是元明以后才有的现象,且最早见于元明之际的文话《文章绪论》。正如晚近学者林纾论文章筋脉云:"鄙意不相连者,正其脉连也。水之沮洳,行于地者,其来也必有源。山之绵亘,初若断为平地,然其起伏若宾主之朝揖,正所谓不连之连。故堪舆之家,恒别山脉之所自来,正不能以山之断处,遽指为脉断也。行文之道,亦不能不重筋脉。"①批评家正是抓住地理规律与行文法则之间的相似性来展开论述。基于这种相似性的类比,不仅是古人认知世界的独特方式,也是古代文论的重要传统。堪舆学说正是以此为通道,在元明之际浸入明人的文话写作与文章学阐说,并在明清时期扩展至诗歌、戏曲与小说等众文体理论,同时促成诸如脱卸、急脉缓受、草蛇灰线等批评术语的定型。虽然已有学者对这种运用堪舆术语于文论的现象作了讨论,但集中于小说技法层面②,对于其中的知识流变及其与文学批评的诸多关联还未予以足够重视。本文希望在梳理近世堪舆术知识化进程的基础上,考察它如何作为一种边缘知识而成为明人借以创作文话的内在逻辑,并结合其他批评文献,更深入地去揭示与此相关的古典文学的重要原理。

一 堪舆术的知识化进程及其对文章学之浸入

堪舆属中国古代术数之一,是一项通过分析地理形势来择

---

① 林纾《春觉斋论文》,《历代文话》第 7 册,第 6373 页。
② 杨志平《论堪舆理论对古代小说技法论之影响》(《海南大学学报》2009 年第 6 期)一文,于此用力最多。谭帆《中国古代小说文体文法术语考释》(上海古籍出版社 2013 年版)亦有涉及。陈才训《文章学视野下的明清小说评点》(《求是学刊》2010 年第 2 期)虽指出"急脉缓受"、"草蛇灰线"等术语源自明清文章学,但所论仍侧重于小说技法。

定宅居和冢墓基址的选择术，因发展过程中引入祸福趋避、生克吉凶等因素，被附上了一层非理性的神秘主义色彩，而与历数、占候等共同构成古人处理天人与人地关系的认知系统。就古代文人的知识体系而言，若按传统四部分类，士人阶层的核心学识构成当以经史与辞章之学为主。尽管自宋代以来随着书籍文化的普及，文人能接触到的知识已相当广博，但子部的一些门类，如从属于术数的堪舆，仍是颇为边缘的一类学问。因此，针对堪舆术与文学批评二者的关联，至少有两个问题需要解答：一是堪舆术的寻龙点穴之说，为何会作为一种知识资源影响到文学批评的写作；二是这种影响从何时开始，又如何逐渐促成相关批评术语的定型。

目前所见最早明确以堪舆类比文章的，是元明之际的宋禧。但要说明的是，在宋禧之前，署元人范梈所撰诗法《木天禁语》，于"五言长古篇法"中就使用了"过脉"这样一个在明清诗文与小说评点中常见的用语。该词也被用于相地寻龙，如堪舆文献《管氏指蒙》第六十目专论"过脉散气"，《葬法倒杖》也有所谓"草蛇灰线，过脉分明"①的说法。只是《木天禁语》对过脉的解释，指出"过句名为血脉，引过此次段"②，尚不足以表明其直接受到堪舆术语的影响。而宋禧在撰于明洪武五年（1372）的《文章绪论》中，明确指出是以地理家之法来比附文章家之法：

> 文章变化之妙，固不易识，试以地理之法明之，则有吻合者。盖大地之结穴者，有发将，有来龙，有过峡，有脱卸，有到头，有护送，有朝乐，龙穴沙水，种种有情，然后为善地矣。文章家得此法者，方是作手。然地理家虽有法可言，而

---

① 旧题杨筠松《葬法倒杖》，《景印文渊阁四库全书》第 808 册，第 79 页。
② 旧题范梈《木天禁语》，张健《元代诗法校考》，北京大学出版社 2001 年版，第 156 页。

未尝有一定之法,是故其书有十二到头、三十六穴法之说。观其图书,甚有妙理存乎其间。作文者得此妙理,则千变万化,无不与之吻合也。再以地理言之,其中亦有起伏,有开阖,有转折,有照应,有聚精会神处,此即文章家之法。若以一定之法求之,不过宗庙家固滞鄙浅之术,夫人得而学之,何足取也?①

宋禧认为堪舆学说甚有妙理,可资作文,其中如结穴、脱卸、起伏、转折之类,既是地理家择取"善地"须考察的因素,也是文章家作文应留心的关捩。宋禧撰《文章绪论》是向门人讲授初学作文之门径,所论当然以明白晓畅为主。因此除援引地理外,他还以棋喻文,指出:"作文之妙,吾既以地理之法明之,其又有可明者,则莫若弈棋也。"②就譬喻机制而言,无论是地理还是弈棋,作为喻体通常是为人所熟知或习见的。因此其中暗含的背景,有必要深究的,一是堪舆术在近世的知识化及普及,二是文人对这类知识的理解,二者构成了以地理喻文体的现实基础;三是相似性,即宋禧所说地理与文法"有吻合者",这是触发批评家引譬连类的思维方式的根本原因。

首先看堪舆术的知识化进程。从历史上看,堪舆术的知识源流是由术到学,自中古以来渐趋理论化的同时,应用范围也从秦汉时期主要面向宫宅基址,演化为唐宋以后宅居和冢墓的选择并重。这种转变,顺应了古人墓葬荫泽后代的重要观念,也使相地术在近世社会的应用日益广泛,其中的一些理论、概念成为人们日常生活中容易接触到的一类与地理学相关的知识。

堪舆之源起最早可追溯到秦汉时期,《汉书·艺文志》"术数·形法"著录《宫宅地形》二十卷,宋濂《葬书新注序》据此指

---

① 宋禧《文章绪论》,《稀见明人文话二十种》上册,第6页。
② 宋禧《文章绪论》,《稀见明人文话二十种》上册,第6页。

出："堪舆家之术,古有之乎?《周礼》墓大夫之职,其法制甚详也,而无所谓堪舆家祸福之说。然则果起于何时乎? 盖秦汉之间也。"①认为秦汉之际已有堪舆术。最初的相土之术当仅应用于相阳宅,这与古人宫宅建造重视择地的观念密切相关,如《周礼·夏官》记载专门勘察地势的土方氏,其职责是"掌土圭之法,以致日景。以土地相宅,而建邦国都鄙。以辨土宜土化之法,而授任地者"②。针对相阴宅的葬法,一般认为流行于汉代以后。从书目著录来看,如《隋书·经籍志》"历数"著录《宅吉凶论》《相宅图》《五姓墓图》,《旧唐书·经籍》"五行类"著录《青乌子》《葬经》诸书,郑樵《通志》"艺文略·五行类"又有"宅经"与"葬书"两个小类,可见从汉代到隋唐,相墓渐已成为堪舆的重要内容。事实上,相墓之术在宋代以后得到了极大的发展。对此,元明之际的王祎曾有详论曰:

> 自近世大儒考亭朱子以及蔡氏,莫不尊信其术,以谓夺神功、回天命,致力于人力之所不及,莫此为验,是固有不可废者矣。后世之为其术者,分为二宗。一曰宗庙之法,始于关中,其源甚远,至宋王伋乃大行。其为说主于星卦,阳山阳向,阴山阴向,不相乖错。纯取五星八卦以定生克之理。其学浙间传之,而今用之者甚鲜。一曰江西之法,肇于赣人杨筠松、曾文辿及赖大有、谢世南辈,尤精其学。其为说主于形势,原其所起,即其所止,以定位向,专指龙、穴、沙、水之相配,而他拘忌,在所不论。其学盛行于今,大江以南,无不遵之者。③

---

① 宋濂《宋学士文集》卷二十七,《四部丛刊》影印明正德刊本,第7a页。
② 孙诒让《周礼正义》卷六十四,中华书局1987年版,第10册,第2694—2695页。
③ 王祎《王忠文公文集》卷二十,《北京图书馆古籍珍本丛刊》第98册,第366页。

王祎所称肇始于堪舆家杨筠松等人的以龙、穴、沙、水相配而主于形势的"江西之法",在明清时期影响甚大。清人蒋超伯谈论地理也作过类似表述:"地理之说凡二宗:一宗庙之法,宋时王汲传之,今世习之者甚少;一江西之法,肇于赣人杨筠松,其说主于形势,以龙、穴、沙、水为要,至今学者师之。"①四库馆臣归置子部术数类时,曾分数学、占候和五行,五行一类下细分为相宅相墓、占卜以及命书相书三个小类,并指出除数学外,"其余则皆百伪一真,递相煽动。必谓古无是说,亦无是理,固儒者之迂谈;必谓今之术士能得其传,亦世俗之惑志。徒以冀福畏祸,今古同情,趋避之念一萌,方技者流各乘其隙以中之,故悠谬之谈,弥变弥夥耳。然众志所趋,虽圣人有所弗能禁"②。这正是推动堪舆术在近世流衍不绝的社会文化因素。

所谓"众志所趋"及"大江以南,无不遵之",也表明堪舆之说得以盛行,是建立在普通大众所能接受甚至理解的基础之上。一般而言,尽管相地一类的书籍内容多涉及带有神秘色彩的论说,但其表述往往并不玄奥难懂,如《四库全书总目》指出《葬书》"词意简质,犹术士通文义者所作";《天玉经内传》的旧注"词意尚属明显";《灵城精义》"诸语于彼法之中颇为近理,注文亦发挥条畅,胜他书之舛鄙,犹解文义者之所为";《催官篇》所论"实能言之成理",注解"阐发颇为详尽"③。这些因素自然有助于堪舆术士的学习以及相关知识的传递,王祎所说的"其学盛行于今",与此不无关系。另一方面,从明代类书来看,堪舆术往往与舆地学连在一起,共同构成当时人们认识自然地理的一类基本知识。像万历间所刊《万用正宗不求人》第三十一卷"茔宅门",其下层

---

① 蒋超伯《南漘楛语》卷三,《续修四库全书》第 1161 册,第 301 页。
② 永瑢等《四库全书总目》卷一百〇八,上册,第 914 页。
③ 永瑢等《四库全书总目》卷一百〇九,上册,第 921—923 页。

· 190 ·

"华夷山脉全备"的内容就包括山脉总论、地理宗旨、山水本源以及水法、龙脉、龙穴、葬法等多个方面。另外如《群书摘要士民便用一事不求人》、《四民便览万书萃锦》、《天下四民便览三台万用正宗》等类书，除均设"地舆门"之外，分别列有"茔葬门"、"堪舆门"、"地理门"，内容包括对堪舆术的理论介绍与技术性描述。尽管这类书籍呈现的堪舆知识不一定具备权威性，但因其传播方式贴近日常生活，更易于人们了解和接受。

其次看文人士大夫对堪舆术的态度，这关乎精英阶层对这种边缘学说的理解与知识消化。这方面，四库馆臣撰写《葬书》提要时所说的"遗体受荫之说，使后世惑于祸福，或稽留而不葬，或迁徙而不恒，已深为通儒所辟，然如乘生气一言，其义颇精"①，或许可代表宋代以来的士人阶层对这种学说的一般看法。王袆提到大儒朱子也"尊信其术"，当指朱熹曾上《山陵议状》来讨论孝宗墓地的择址，认为"近世以来，卜筮之法虽废，而择地之说犹存。士庶稍有事力之家，欲葬其先者，无不广招术士，博访名山，参互比较，择其善之尤者，然后用之"②。宋代以降，文人士大夫在也多有深信堪舆术者，即如明人季本曾说"近世士大夫多为所惑，以为有至理存焉"③，屠隆《天台王氏墓记》也说"堪舆家言，起自晋郭景纯，后世士大夫，无论庸昏，即俊朗有识者，亦好之"④，而李开先则自称"余素喜堪舆之学"⑤。另外像《澹生堂藏书目》"子类·五行家·堪舆"著录有瞿佑《陈氏葬说》、徐常吉《风水辨论》、郭子章《堪舆庭训》等明代文人所撰堪

① 永瑢等《四库全书总目》卷一百〇八，上册，第921页。
② 朱熹《晦庵先生朱文公文集》卷十五，《朱子全书》，上海古籍出版社2002年版，第20册，第729—730页。
③ 季本《说理会编》卷十五，《续修四库全书》第939册，第63页。
④ 屠隆《栖真馆集》卷二十，《续修四库全书》第1360册，第586页。
⑤ 李开先《李中麓闲居集》卷五《〈莱芜县志〉序》，《四库全书存目丛书》集部第92册，第526页。

舆之书,以上皆表明士人阶层对形法堪舆已有了一定的接受及容纳。

尽管也有不少文人对此存有非议,认为儒士不应涉足正统学术体系之外的风水之学,像唐顺之《吴氏墓记》曾直言"支陇向背起伏、风气散聚,此堪舆家之事,儒生所不窥,故皆不书"①,汤宾尹《九里山汪氏新阡志铭》也指出"祸福之说,儒者所宜摈不道也","如所称堪舆家者,其说尤迂幻不经"②。但总体上看,如前引朱熹所言,中古时期用以预决吉凶的卜筮之法,在宋代以后势头减弱,但相土择地的学说则逐渐盛行,又与丧葬的社会习俗密切相关,文人士大夫对此所持的态度其实是较为宽容的。至少有像王樵那样,虽指出堪舆家论龙脉"缪悠荒诞而不足信",但也肯定地势之说"高下相因、脉络勾连,皆有自然之理"③。至于对这种"自然之理"的认知,他们往往会借助已掌握的既有知识进行类比。如黄佐针对堪舆术主于"凝生气"而以人体为喻,指出"水火土石,合而为地,犹血气肉骨,合而为人"④。阳明后学邹元标在《庐陵县学新建文塔记》则将儒学与堪舆术进行类比,对于我们了解古代文人如何看待这类知识,是颇具代表性的例子,他说:

> 邹子未习青乌家,然窥其术,于学有可取譬焉。曰龙,龙者隆也,若隐若约,或见或伏,突然而一脉贯通,始可议基。吾儒自千圣至今,一脉相传流衍者,何异是?曰堂,必蔓衍宽平,四山环抱,而后可言止。吾儒学聚、问辨、宽居、仁行,括以知止一言,何异是?⑤

① 唐顺之《重刊荆川先生文集》卷十二,《四部丛刊》影印明万历刊本,第37a页。
② 汤宾尹《睡庵稿》卷十八,《四库禁毁书丛刊》集部第63册,第260页。
③ 王樵《尚书日记》卷五,《景印文渊阁四库全书》第64册,第376页。
④ 黄佐《庸言》卷十,《四库全书存目丛书》子部第9册,第665页。
⑤ 邹元标《愿学集》卷五,《景印文渊阁四库全书》第1294册,第178—179页。

可以说，邹元标所说的"取譬"，正是那些未曾窥其门径的文人借以了解堪舆及其相关论说的绝佳途径。实现这种取譬的关键因素，比如概念、逻辑、术语的关联性，也为堪舆浸入明清文学批评的书写提供了某种通道。

理清了上述两点，我们讨论的重点便可以落实到堪舆术与诗文理论的关联性上。就古典文学的自身发展来说，唐、宋以降，无论是诗学还是文章学，它们所呈现的一大特征，便是在文体、文法学层面，探讨有关诗文体制、结构与技巧的格法类著作的不断涌现。以诸如起承转合、首尾间架、开阖关键等文法论的出现为标志之一，文学在顺应科举与教育需求的同时，使其自身逐渐成为一门可供教学授受的专门学问，而越发呈现出一种知识化的特征。在具体的知识授受或理论表述中，将抽象的文学原理具体化，以物喻文是古人常采用的方式。所谓"《易》之有象，以尽其意；《诗》之有比，以达其情"①，宋人在系统总结古代作文法则之时，已提出这种基于两个事物之间的相似性来进行表述的"取喻之法"。章学诚曾说古代塾师采用取譬手法来讲授时文法度，其中也提到了形法堪舆：

> 塾师讲授四书文义，谓之时文，必有法度以合程式。而法度难以空言，则往往取譬以示蒙学。拟于房室，则有所谓间架结构；拟于身体，则有所谓眉目筋节；拟于绘画，则有所谓点睛添毫；拟于形家，则有所谓来龙结穴。随时取譬，然为初学示法，亦自不得不然，无庸责也。②

堪舆学说之所以能够与文论形成这种关联，正是其中涉及地理空间结构的来龙结穴、地脉联络等说法，实与人们对于诗文技法的首尾贯通、起伏变化、语脉相连的要求互相吻合。如清人李绂

---

① 陈骙《文则》，《历代文话》第 1 册，第 146 页。
② 叶瑛《文史通义校注》卷五，上册，第 509 页。

《秋山论文》曰:"相冢书有云:'山,静物也,欲其动;水,动物也,欲其静。'此语妙得文家之秘。凡题中板实者,当运化得飞舞;题中散漫者,当排比得整齐。"①便是以山水的动静态势,来比照文章破题与行文的变化要求。

需要说明的是,借用山水自然之理来阐说诗文理论是古人常用的表述方式。如黄庭坚《答洪驹父书》曾以古代四渎的源流作为比喻来强调习文须有宗尚:"凡作一文,皆须有宗有趣,始终关键,有开有阖,如四渎虽纳百川,或汇而为广泽,汪洋千里,要自发源注海耳。"②事实上,如上引李绂提到的山水动静,本就是人们对地理的一般认识。宋人蔡元定《发微论》"动静篇"便是从自然常理出发来阐说堪舆术的动静理论:

> 动静者,言乎其变通也。夫概天下之理,欲向动中求静,静中求动;不欲静愈静,动愈动。古语云:"水本动,欲其静;山本静,欲其动。"此达理之言也。故山以静为常,是谓无动,动则成龙矣。水以动为常,是为无静,静则结地矣。故成龙之山,必踊跃翔舞;结地之水,必湾环悠扬。若其偃硬侧勒、冲激牵射,则动不离动、静不离静,山水之不融结者也。③

但其中所说"成龙""结地""融结",则是有别于一般地理常识的堪舆话语。作为一种特殊的现象,这类话语被运用于诗文理论,在堪舆知识普及到一定程度时才会发生。目前最早见于元明之际的宋禧,此后又经董其昌、金圣叹等明清批评家的推演,在扩大影响的同时,文论家也将这种手法由诗文推向小说、戏曲,并促成一类专用批评术语的定型。对此稍作梳理,有助于我们更

---

① 李绂《穆堂别稿》卷四十四,《续修四库全书》第 1422 册,第 615 页。
② 黄庭坚《黄庭坚全集·正集》卷十八,四川大学出版社 2001 年版,第 2 册,第 474 页。
③ 蔡元定《发微论》,《景印文渊阁四库全书》第 808 册,第 191 页。

真切地体会古人文学批评的思维与逻辑。

二　以"龙脉"喻"文脉"及对脉的另面解读

"脉"是古代文论体系中的一个重要范畴，又以中医学中描述生命体特征的"筋脉"、"血脉"等概念作为主要参照，被文论家用来形象地表达文学作品动态连续的内部特征①。与脉相关的一系列衍生范畴中，"龙脉"并未引起研究者足够的关注。在明清时期，源于堪舆理论而用来指涉地理联络的龙脉，不仅是地理陈述的常用语，还被引入绘画理论②，其至渗透到文学批评，是一个承载了丰富文化信息的特定概念。

如前所论，宋以来盛行的堪舆术，是主于形势的"江西之法"，认脉是这种辨形原势的相地法之关键。《管氏指蒙》"三径释微"一则即指出："世之寻龙，惟知辩形，不知原势。辩形则万端而不足，原势则三径而可殚。辩之则易，原之则难。矧三径以出乎三奇之原，有全躯之统，有分支之应，有隐伏气脉于连臂之间。"③至于"形"与"势"的差异，《管氏指蒙》"形势异相"一则概括为"远近行止之不同"，"形者势之积，势者形之崇；形者势之结，势者形之从"④。简言之，即势远形近，势行形止，势融结为形，形发源于势，而联结二者的则是隐伏于其中的"脉"。因此，所谓辨形、原势、认脉，可以理解为是对地理动态、静态及其连续

---

① 熊湘对文论范畴"脉"的探讨颇见成效，参见《古代文论范畴"脉"之衍生模式探析》，《海南大学学报》2014 年第 6 期；《"势""脉"关系多维阐释与文论内涵》，《文学遗产》2016 年第 4 期。
② 清代画家王原祁曾论述画论中的龙脉说，如指出："龙脉为画中气势，源头有斜有正，有浑有碎，有断有续，有隐有现，谓之体也。"（王原祁《雨窗漫笔》，《续修四库全书》第 1066 册，第 210 页）
③ 旧题管辂《管氏指蒙》卷上，《续修四库全书》第 1052 册，第 390 页。
④ 旧题管辂《管氏指蒙》卷上，《续修四库全书》第 1052 册，第 389 页。

性的认识。这种认识,同样被运用于艺术、文学等领域,又与明清文论的言说体系密切相关。其中最突出的例子,便是"龙脉"与"文脉"的对应关联。

首先须说明的是,上文提到的取譬,尤其是像黄佐那样以人体喻地理,将生命体作为喻体,其实是古人认识与言说地理的重要方式。如《管子》所说"地者,万物之本原,诸生之根菀也","水者,地之血气,如筋脉之通流者也"①,王充《论衡》亦云"山,犹人之有骨节;水,犹人之有血脉也"②。以"乘生气"为核心的堪舆术,同样注重对这种生命形态的表达,又以"指山为龙"为主要的陈述方式。比如集中以生命体来形容山势的敦煌文献 S.5645《司马头陀地脉诀》,以龙体喻山形曰:"凡山罡形势,高处为尾,傍枝长者,近为头,实者为角,曲外为背,内为腹胸,中出为脊背者,为乳足。"③《管氏指蒙》"象物"一则也有详论:"指山为龙兮,象形势之腾伏;犹《易》之'乾'兮,比刚健之阳德。虽潜见之有常,亦飞跃之可测。有脐有腹兮,以蟠以旋。有首有尾兮,以顺以逆。……神而隐迹兮,不易于露脉。"④在宋以来堪舆术的知识构成中,"指山为龙"是一种重要的概念,并派生出诸如干龙、支龙、来龙、去龙等术语,形成了一套以"寻龙"为核心的地理陈述体系。

在这一体系中,不易显露的、象征着生命体特征的龙脉,既是堪舆家寻龙点穴之要诀所在,如《撼龙经》云"龙神二字寻山脉,神是精神龙是质。莫道高山方有龙,却来平地失真踪。平地龙从高脉发,高起星峰低落穴"⑤,又作为一种有意义的范畴而

① 黎翔凤《管子校注》卷十四,中华书局 2004 年版,中册,第 813 页。
② 黄晖《论衡校释》,中华书局 1990 年版,第 4 册,第 1048 页。
③ 金身佳《敦煌写本宅经葬书校注》,民族出版社 2007 年版,第 323 页。
④ 旧题管辂《管氏指蒙》卷上,《续修四库全书》第 1052 册,第 384—385 页。
⑤ 旧题杨筠松《撼龙经》,《景印文渊阁四库全书》第 808 册,第 40 页。

成为明清文人用以表述"文脉"的主要取譬对象。就"脉"这个广大的文论范畴而言，它所派生的术语不同，具体的指向性也是有差异的。如果说以中医学知识体系中的血脉来比附文脉，侧重的是把文学作品内部结构的连贯性来对应生命体的完整性的话；那么以堪舆中的龙脉作为知识类比，基于它在地理形势中的特性，更多地被用来描述文脉的过程性和变动性。

具体来说，其一是在文学历史观层面，龙脉被明清文人用以比附更开阔的时间意义上的"文脉"，如前揭邹元标以儒学"一脉相承"来比作龙脉"一脉贯通"。这种取譬的焦点，在于厘清脉络的源流和发展。明人王文禄所撰文话《文脉》，也有类似表述："文之脉蕴于冲穆之密，行于法象之昭，根心之灵，宰气之机，先天无始，后天无终。譬山水焉，发源于昆仑也。"[①]最突出的例子是唐顺之与茅坤曾就历代文章的评价问题，数次互通书信。作为一种议论的技巧，茅坤在《复唐荆川司谏书》中借助堪舆家所谓"龙法"和"祖龙"来展开论述：

> 古来文章家气轴所结，各自不同。譬如堪舆家所指"龙法"，均之萦折起伏，左回右顾，前拱后绕，不致冲射尖斜，斯合龙法。然其来龙之祖，及其小大力量，当自有别。窃谓马迁譬之秦中也，韩愈譬之剑阁也，而欧、曾譬之金陵、吴会也。中间神授，迥自不同，有如古人所称百二十二之异。而至于六经，则昆仑也，所谓祖龙是已。故愚窃谓今之有志于为文者，当本之六经以求其祖龙。而至于马迁，则龙之出游，所谓太行、华阴而之秦中者也。故其气尚雄厚，其规制尚自宏远。若遽因欧、曾以为眼界，是犹入金陵而览吴会，得其江山逶迤之丽，浅风乐土之便，不复思履崤函，由以窥

---

① 王文禄《文脉》，《历代文话》第 2 册，第 1690 页。

秦中者已。①

茅坤在此信中以龙脉源流的空间性变化为比喻，设置了一条时间性的古文价值序列。把六经比作"祖龙"昆仑，司马迁之文为秦中，韩愈之文为剑阁，欧、曾之文为金陵、吴会。茅坤认为这其中区别在于"来龙之祖"与"小大力量"，即秦汉之文祖于六经，犹如龙势自昆仑至太行、华阴、秦中，脉络贯通，气格厚重；而仅得"江山逶迤之丽，浅风乐土之便"的欧、曾文章，其格局只是金陵、吴会，不可作为师法的对象，并以此来质疑唐顺之所持的"唐之韩愈，即汉之马迁；宋之欧、曾，即唐之韩愈"②的观点。对此，唐顺之同样以地理为喻作了回应，他在《答茅鹿门知县》（其一）指出茅坤"秦中、剑阁、金陵、吴会之论"，只是"以眉发相山川，而未以精神相山川"，他说："若以眉发相，则谓剑阁之不如秦中，而金陵、吴会之不如剑阁，可也。若以精神相，则宇宙间灵秀清淑环杰之气，固有秦中所不能尽而发之剑阁，剑阁所不能尽而发之金陵、吴会，金陵、吴会亦不能尽而发之遐陋僻绝之乡，至于举天下之形胜，亦不能尽而卒归之于造化者，有之矣。"③唐顺之认为茅坤的观点只是从山川形势上区分天下形胜，而没有从精神上去领略。

就上述茅、唐论争的知识背景而言，须指出的是，提出堪舆"龙法"的茅坤，对于相地之术是略有研究的。在《祭亡兄少溪暨两嫂文》中，他不仅表达了对民间堪舆家"大较甲乙可否，人各异指"的不满，还提示曾自卜冢墓："即如予所自卜为寿藏者，几三十年，数以卜筑，则又数以徙，今仅获武康一区，抑自谓佳山水。"④另外便是"祖龙"的说法，认为天下之大龙脉，以昆仑为

---

① 茅坤《茅鹿门先生文集》卷一，《续修四库全书》第1344册，第461—462页。
② 茅坤《茅鹿门先生文集》卷一，《续修四库全书》第1344册，第461页。
③ 唐顺之《重刊荆川先生文集》卷七，《四部丛刊》影印明万历刊本，第8b页。
④ 茅坤《茅鹿门先生文集》卷二十七，《续修四库全书》第1345册，第86页。

祖，这是当时舆地学的观点。如明人魏校"地理说"："大地之脉咸祖昆仑，而南、北二络最大。大河出昆仑东北墟，屈而东南至积石，始入中国。此天下大界水也。"①沈尧中《沈氏学弢》"地理·大五岳"："若论天下之大，则当以昆仑为中。"②"昆仑"条也说："堪舆家：海内山脉皆祖昆仑。"③因此，在文论家笔下，山脉源于昆仑的说法，也往往被比附为文脉之原始。清人王之绩亦云："昔人以赋为古诗之流，然其体不一，而必以古为归，犹之文必以散文为归也。顾均之为古赋，而正变分焉。大抵辞赋穷工，皆以诗之风雅颂、赋比兴之义为宗。此如山之祖昆仑，黄河之水天上来也。"④同样是以众山祖于昆仑来论诗文之源流宗尚。

　　从茅坤的表述来看，以龙脉喻文脉的取譬机制，是地理家讲求龙脉的导源之正，与文章家追求的取法乎上相对应。此后如董其昌《画禅室随笔·评文》也曾以地理之"正龙"来比作文章之"真血脉"，曰："吾尝谓成、弘大家与王、唐诸公辈，假令今日而在，必不为当日之文。第其一种真血脉，如堪舆家所为'正龙'，有不随时受变者，其奇取之于机，其正取之于理，其致取于情，其实取之于事，其藻取之于辞。"⑤并进一步指出文章之机、理、情、事、辞，本于六经、《文选》、《左传》、《史记》等典籍，以此表达了他对诗文复古而流于模拟剽窃之风的反对。钱谦益在评价宗法七子派的王象春（字季木）时，也用了类似的表述方式：

　　　　季木于诗文，傲睨辈流，无所推逊，独心折于文天瑞。两人学问皆以近代为宗。天瑞赠诗曰："元美吾兼爱，空同尔独师。"其大略也。岁庚申，以哭临集西阙门下，相与抵掌

① 魏校《庄渠遗书》卷五，《景印文渊阁四库全书》第 1267 册，第 802 页。
② 沈尧中《沈氏学弢》卷二，《四库全书存目丛书》子部第 131 册，第 430 页。
③ 沈尧中《沈氏学弢》卷二，《四库全书存目丛书》子部第 131 册，第 432 页。
④ 王之绩《铁立文起》卷九，《续修四库全书》第 1714 册，第 319 页。
⑤ 董其昌《画禅室随笔》卷三，清康熙长洲杨氏刊本，第 18a 页。

论文,余为极论近代诗文之流弊,因切规之曰:"二兄读古人之书,而学今人之学,胸中安身立命,毕竟以今人为本根,以古人为枝叶,窠臼一成,藏识日固,并所读古人之书胥化为今人之俗学而已矣。譬之堪舆家,寻龙捉穴,必有发脉处。二兄之论诗文,从古人何者发脉乎? 抑亦但从空同、元美发脉乎?"①

钱谦益在这里提到的"发脉",正是前引宋禧所称大地结穴之发将,即来龙之源。作为一种类比,堪舆术的发脉与诗文的宗尚,形成了某种可以契合的联系,这是龙脉之所以能够被用以比附文脉的因素之一。

其二是在文学结构论层面,龙脉被用以比作文学作品内部文本性的文脉。相对来说,这种取譬的类型较为常见。如钱谦益在《再答苍略书》就使用了"龙脉历然"来形容班、马文章的整体性和连贯性:"读班、马之书,辨论其同异,当知其大段落、大关键,来龙何处,结局何处,手中有手,眼中有眼,一字一句,龙脉历然。"②陈继儒《盛明小题选序》也曾以"地脉"喻文,曰:"夫文章如地脉,大势飞跃,沙交水织,然其融结之极,妙在到头一窍。譬如腹背虽大,而神明所尸,不敌心目,心与目仅寸许耳,此文之喻也。"③其中所说"沙交水织",本用以描述结穴之地,陈继儒在这里借以形容行文缴结之妙。前引宋禧所论,也是将千变万化的龙脉及其发将、来龙、过峡、脱卸等态势走向,比作文章行文之体势,认为行文须讲究起伏开阖、转折照应等变化,并最终达至结穴,也就是地理家所谓的善地。

<hr>

① 钱谦益《列朝诗集小传》,上海古籍出版社1983年版,下册,第653—654页。
② 钱谦益《牧斋有学集》卷三十八,上海古籍出版社1996年版,下册,第1310页。
③ 陈继儒《陈眉公集》卷七,《续修四库全书》第1380册,第98页。

与生命体的筋脉、血脉相比，龙脉更强调蕴于连贯性中的变动性，如茅坤所说的"萦折起伏，左回右顾，前拱后绕"①，这种山脉地势的形态也符合古人对行文流转的要求。

这方面，宋禧的《文章绪论》是很好的例子。宋禧在讨论古文叙事时，便强调这种"宛转活动之妙"，并极力称赏韩愈的文章："古人叙事之文，如韩子碑志，不可等闲看过。他虽是一事叙一事，中间却暗有体统伦序、宛转活动之妙。窃谓善叙事者，其文如活龙；不知叙事之法者，其文解散无收束、乱杂无主张，却如死蛇也。是故叙事之文为难。"②并进一步指出：

> 韩子《送廖道士序》极宜熟玩，其文不满三百字，而局量弘大，气脉深长。至其精神会聚处，又极周密、无阙漏。观此篇作法，正与地理家所说"大地"者相似。其起头一句，气势甚大，自此以往，节节有起伏，有开合，有脱卸，有统摄。及其龙尽结穴，其出面之地无多子。考其发端，则来历甚远。中间不知多少转折变化，然后至此极处会结，更无走作。然此序末后却有一二句转动打散，此又似地理所谓"余气"者是也。③

宋禧从局量、气脉的角度来评价韩愈的《送廖道士序》，认为该文自起头至结尾，犹如龙脉运行，气脉深长，其间又有转折变化。正因为韩文具备这些行文特征，宋禧认为"叙事之妙，超绝古今"④。这种行文的变化之妙，正是文章家主张为文须讲究布局之所在。万历间沈位讨论时文的写作，也强调文章须"常"中有"变"："文章最要相生次序，如先虚后实、先略后详，此其常也。亦有先实后虚、先详后略者，则其变也。知此布置，则文有起伏，

---

① 茅坤《茅鹿门先生文集》卷一，《续修四库全书》第 1344 册，第 461 页。
② 宋禧《文章绪论》，《稀见明人文话二十种》上册，第 6—7 页。
③ 宋禧《文章绪论》，《稀见明人文话二十种》上册，第 7 页。
④ 宋禧《文章绪论》，《稀见明人文话二十种》上册，第 7 页。

有首尾,轻重徐疾,各得其所,观者不厌。"①认为作文须做到虚实相生,详略结合。这些反映了古人辩证思维的概念,是古典文学结构论的重要内容。

三 "急脉缓受"的运用与古代文论的阴阳观

在文学结构论层面,正如上文所论,古人在注重脉络连贯的同时,特别讲求章法的变化之妙。另外如刘熙载《艺概·文概》云:"通其变,遂成天地之文。一阖一辟为之变,然则文法之变可知已矣。"②张秉直《文谈》也说:"文章变化之妙,虽无定式,而可以一言括之,曰成章而已。无变化不言成章,强变化而失纪律,亦非所谓成章也。譬如群山东行,高下、偃仰、疾徐、纡直、停奔,极参差不齐之致,顾徐察其条理、脉络,井然不乱,斐然而可观也。惟水亦然。"③所谓"井然不乱"与"参差不齐",也正是前引沈位所说文脉的"常"与"变"。至于章法之变,文论家多认为需要通过如刘熙载、张秉直二人提到的阖辟、高下、偃仰、疾徐、纡直等辩证对立的二元范畴来实现。

这种辩证观又与堪舆学中的阴阳观存在一种逻辑上的对应关系。堪舆术的兴起,本身就与阴阳五行关系密切,《四库全书总目》子部术数类小序称:"术数之兴,多在秦汉以后,要其旨不出乎阴阳五行、生克制化,实皆《易》之支派,傅以杂说耳。"④蔡元定《发微论》曾对堪舆术中的辩证之法多有发挥,即四库馆臣所说,此书"大旨主于地道一刚一柔,以明动静、观聚散、审向背、观雌雄、辨强弱、分顺逆、识生死、察微著、究分合、别浮沉、定浅

---

① 袁黄《游艺塾续文规》卷二,《续修四库全书》第 1718 册,第 177 页。
② 刘熙载《艺概》卷一,上海古籍出版社 1978 年版,第 40 页。
③ 张秉直《文谈》,《历代文话》第 5 册,第 5086 页。
④ 永瑢等《四库全书总目》卷一〇八,上册,第 914 页。

深、正饶减、详趋避”①。古人对山川地理的认知，往往通过一种朴素的辩证逻辑加以审察，正如蔡氏所言：“地理之要，莫尚于刚柔。刚柔者，言乎其体质也。”②清人李兆洛《赵地山地学源流序》也指出：“地据质而仪天，山川原隰，曲直起伏，有脉络条缕以绾贯于其中，如人之四肢百骸，浑然块然，而气之流行分布，自有径隧。即所见以求其理，而阴阳、向背、开阖、行止、动静、盛衰、生死之变效焉。故又曰脉，亦曰防。”③其中开阖、行止、动静等正反对立的概念，实则共同构成了堪舆学中的阴阳系统。

明清文论对这种辩证逻辑的重视，当然与文法理论自宋元以来的深入发展密切相关；另一个不可忽视的因素，就是在时文领域，人们对八股文股法的重视及细密研讨。对于股法，明人多强调虚实相生、浅深相贯来实现错综成文，以避免合掌之病。如晚明武之望论股法，即主张虚实、浅深相贯：“文字两比相对，易于合掌，语意须有虚实、浅深相贯如一股为佳。大抵前比虚、后比实，前比浅、后比深，由本生末，由源发流，此自然之次第也。”④由于这种辩证对立的逻辑与堪舆论说相合，因此作为一种表述的策略，明人已开始借用堪舆的理论来详加阐说。其中最值得关注的，是八股名家董其昌在其文话《论文宗旨》中所提出的“急脉缓受”之行文法。

董其昌《董思白论文宗旨》，又名《九字诀》，总结了时文写作技艺的“宾”、“转”、“反”、“斡”、“代”、“翻”、“脱”、“擒”、“离”九字法，以讲授行文机巧为主，在当时影响很大。武之望论及晚明时文论著曾指出：“近日董玄宰《华严九字诀》、焦漪园《文家十九种》、王缑山《学艺初言》、葛屺瞻《文体八议》、顾仲恭《时义三十

① 永瑢等《四库全书总目》卷一百〇九，上册，第923页。

② 蔡元定《发微论》，《景印文渊阁四库全书》第808册，第190页。

③ 李兆洛《养一斋文集》卷三，《续修四库全书》第1495册，第45页。

④ 武之望《重订举业卮言》卷下，第34b页。

戒》，凿凿名言，各极要渺之致。"①由陆翀之续补的《新刻官板举业卮言》，在卷三"太史真谛"下收录了董氏该书的全部内容。此外，像袁黄《游艺塾续文规》、汪时跃《举业要语》、刘元珍《从先文诀》、汪应鼎《流翠山房辑选八大家论文要诀》等晚明的时文论著也有所收录，可见"九字诀"的传播之广。

就内容来说，贯串《董思白论文宗旨》核心思路的正是一种阴阳辩证的文论观。如"宾"字诀即主张宾主互用："《诗》则赋为主，比、兴皆宾也；《易》则羲画为主，六爻皆宾也。以时文论，题目为主，文章为宾；实讲为主，虚讲为宾。两股中或一股宾，一股主；一股中或一句宾，一句主；一句中或一二字宾，一二字主。明暗相参，生杀互用，文之妙也。"②至于其余几种字诀，像转、反、翻、离，也都强调文势的错综变换。在"脱"字诀中，董其昌援引堪舆学说，提出了"急脉缓受"的文法论：

> 脱者，脱卸之意。凡山水融结，必于脱卸之后，谓分支擘脉，一起一伏，于散乱节脉中，直脱至平夷藏聚处，乃是绝佳风水。故青乌家专重脱卸，所谓急脉缓受，缓脉急受。文章亦然，势缓处须急做，不令扯长冷淡；势急处须缓做，务令迂徐曲折。勿得埋头，勿得直脚。③

所谓"青乌家"，即古代相地者的别称，而作为堪舆术语的"脱卸"，也与龙脉运行相关。对此，不妨引明代堪舆家徐善继与其弟善述所著《绘图地理人子须知》"论龙过峡"条来作解说：

> 相地之法，固妙于观龙。观龙之术，尤切于审峡。峡者，龙之真情发现处也。未有龙真而无美峡，未有峡美而不

---

① 武之望《重订举业卮言》卷下，第20b页。
② 董其昌《董思白论文宗旨》，清康熙二十年(1681)吴郡圣业堂书坊刻本，第1b—2a页。
③ 董其昌《董思白论文宗旨》，清康熙二十年(1681)吴郡圣业堂书坊刻本，第10b—11a页。

> 结吉地。审峡之美恶，则龙脉之吉凶、融结之真伪，皆可预
> 知也，真地理家不刊之秘诀也。盖龙兴延长，必须多有跌断
> 过峡，则气脉方真，脱卸方净，力量方全。……过峡之脉，欲
> 其逶迤嫩巧、活动悠扬，如梭带丝，如针引线，如蜘蛛过水，
> 如跃鱼上滩，如马迹过河，如藕断丝连，如草蛇灰线之类
> 为美。①

"峡"是指龙脉运行经过的地势交接处，古代堪舆家认为龙脉须
于此交接、跌断之处完成脱卸，方有融结，才可结得真穴，因此
"审峡"也就成了堪舆家观龙的重要手段。此文进一步补充说：
"又有一等凶龙，迢迢而来，更不跌断，全无过峡，直至穴场，虽极
屈曲奔走之势，然无峡则无脱卸，杀气未除。"②由此可知，"脱
卸"的要义之一便是要卸去来龙的凶杀之气。

回到董其昌的"脱卸"及其"急脉缓受"的论说，"急脉"正如
徐善继所说凶龙具备的"屈曲奔走之势"，需要通过脱卸来减缓
其气势，反过来对"缓脉"又须做好"迎送"和"夹护"，而不使其势
太长、太阔。就行文而言，文章过接处的脱卸，便是如果上文文
势急切，那么下文则须用缓慢的文势来承接，在卸去上文急势的
同时，实现行文的变换流转。反之亦然。刘元珍《从先文诀·内
篇》"活机"一目下也摘引上引董其昌"急脉缓受"之说，后附刘氏
按语，以"题势"与"语脉"解释曰：

> 此所谓"缓急"，以题势而言，如思白所引《使禹治之
> 节》、《述而不作　节》是也。若以口气论缓急，必须体贴本
> 题，急者还他急，缓者还他缓。苟缓急失宜，即题旨不差，而
> 语脉已失，不啻毫厘而千里矣。思白"受脉"二字可思，要知

---

① 徐善继、徐善述《绘图地理人子须知》卷二，《故宫藏本术数丛刊》，华龄出
　版社 2011 年版，上册，第 48 页。
② 徐善继、徐善述《绘图地理人子须知》卷二，《故宫藏本术数丛刊》，上册，第
　48 页。

受得脉来,方可论脱卸真假。①

可见时文家所追求的缓急合宜,旨在行文的语脉贯通。有关行文之缓急相接,晚明庄元臣《论学须知》也说:"何谓'缓急相合'?若前面文势来得缓散,则宜急截住之;前面文势来得猛急,则宜缓缓结果他。"②所论实是与董其昌并无二致,均强调文章行文过接处的接应和转换。晚明庄元臣也曾以山川地形为喻来谈论文章,指出行文须有变化,不可平铺直叙,曰:"凡作文字,当如山川地形,要使其有高深磊砢之势,方成大观。若使直叙事理,苟求通畅,则如陂陁平远,弥望遥遥绵亘千里,徒为荒郊瓯脱之地而已,何足寓览者之目哉?"③立论又与行文讲求"缓急相合"之变化有相通之处。另外如李腾芳《文字法三十五则》中的"抢"、"款"二法,也强调上下文字的急缓衔接,所谓"抢"法与"款"相对:"款者,缓法也,抢者,急法也。"④此后,刘熙载《艺概·经义概》在总结时文作法时,也主张运用缓急、曲直的技巧曰:"题有题缝。题缝中笔法有四,曰:急脉缓受,缓脉急受,直脉曲受,曲脉直受。"⑤可见董其昌的"急脉缓受"之说,实际上代表了晚明以来文论家对行文缓急合宜的技巧追求。

从譬喻机制来说,古文以地理喻文,是着眼于文脉、文势与山川运行态势的相似处。清人邓绎《藻川堂谭艺》说:"天下之山必曲于野,天下之阜必曲于原,天下之水必曲于陆,天下之溪必曲于泽。文章之得山势者,其曲也必峻;得阜势者,其曲也必纡;得水势者,其曲也必夷;得溪势者,其曲也必幽。"⑥这里提到的

---

① 刘元珍《从先文诀·内篇》,《稀见明人文话二十种》下册,第1306页。
② 庄元臣《论学须知》,《历代文话》第3册,第2222页。
③ 庄元臣《文诀》,《历代文话》第3册,第2289—2290页。
④ 李腾芳《文字法三十五则》,《历代文话》第3册,第2491页。
⑤ 刘熙载《艺概》卷六,第175页。
⑥ 邓绎《藻川堂谭艺》,《历代文话》第7册,第6114页。

"曲"，准确地点出了文章与地理的本质特征的相似处，即曲折变动的态势。武之望论"势"也指出："文而得势，则能操能纵，能翕能张，颠倒纵横，任意挥霍，无不如意。……行文不得势，则治理涣散，非上下不相连，即前后不相应，或能分而不能合，或能聚而不能散。"①正是强调文势具备连贯性的同时，也带有上下接应、分合聚散的变转之妙，这与堪舆理论中"龙脉"一贯而至于结穴，以及于过峡处脱卸交接的特征不谋而合。

　　从历史上看，有关行文"缓"、"急"的说法，在宋代已经出现。魏天应辑《论学绳尺》，卷首《论诀》辑录宋人论文之语，其中"林图南论行文法"即列有"急文""缓文"，此外还有"扬文""抑文"，"死文""生文"，所称"凡欲扬，必先抑"，"凡欲抑，必先扬"②，强调的也是行文的曲折变化。另外值得留意的就是吕祖谦《古文关键》，此书卷首"论作文法"也说："文字一篇之中，须有数行齐整处，须有数行不齐整处。或缓或急，或显或晦，缓急显晦相间，使人不知其为缓急显晦。常使经纬相通，有一脉过接乎其间然后可。盖有形者纲目，无形者血脉也。"③此后又附有行文"格制"三十一类，其中如上下、离合、聚散、前后、迟速、左右、彼我七格，同样是以一种辩证对立的逻辑来强调章法的"常中有变，正中有奇"④。明清的文法论述也承续着这种观点，除了上文已讨论的"急脉缓受"，另外如清代赵吉士认为文章之"机"，在于"势"，要求缓急、抑扬、整散的相辅相成，他说："机者，文之势也。如急来缓受，缓来急受，或欲抑而先扬，或欲扬而先抑。或前整

①　武之望《重订举业卮言》卷上，第32a页。
②　魏天应《论学绳尺》卷首《论诀》，《景印文渊阁四库全书》第1358册，第79—80页。
③　吕祖谦《古文关键》卷首《看古文要法》，《历代文话》第1册，第236—237页。
④　吕祖谦《古文关键》卷首《看古文要法》，《历代文话》第1册，第237页。

矣,惧其板重,作数散行以疏之;或前散矣,惧其慢衍,作数整语以束之。"①以此为创作要求,赵吉士认为阅读文章也须留意行文的"起承开阖、分总收放、虚实劫解、紧缓详略、凌驾脱卸、跌顿过渡、顺走倒追、来龙结穴之类"②。

由此我们可以看到,伴随着宋代以来人们对章法的讲求,特别是对科考应试文的技巧探索,传统文学批评领域逐渐形成了一种阴阳对立而又相辅相成的行文逻辑,并衍生出众多意涵相反的组合范畴。这种文学创作的思维方式,又与古代基于阴阳观的辩证逻辑联系密切。比如方以智认为"《易》之参两错综,全以反对颠推而藏其不测",借此可以领悟"文章之开阖、主宾、曲直、尽变,手眼之予夺、抑扬、敲唱双行"③。与此类似,刘大櫆也强调"文贵参差",认为"天之生物,无一无偶,而无一齐者",此后又罗列了诸如巧拙、利钝、柔硬、肥瘦、浓淡、艳朴、松坚、轻重、秀令与苍莽、偶俪与参差等组合,来说明"虽排比之文,亦以随势曲注为佳"④。曹宫《文法心传》也提出了"由反而正"的文论观,并举语默、动静、行止、进退、疏密、久暂、离合、浅深、大小、精粗等类,认为:"无反面则正面不醒,无反面则正面不灵。天以阴晴、寒暖为反正,地以高下、断连为反正,龙以升降为反正,虎以伏见为反正,草木以枯荣、开谢为反正。天下之物无物无反正者,何独于文不然? 凡文之开合、纵擒、离接、放收,皆由反而正者也。"⑤所谓"无物无反正",便是将文学中对立统一的规律与自然万物之理联系起来看待。系统考察这类组合范畴,当有助于我们更清楚地认识中国古典文学批评中的辩证传统。

---

① 赵吉士《万青阁文训》,《历代文话》第 4 册,第 3313 页。
② 赵吉士《万青阁文训》,《历代文话》第 4 册,第 3316 页。
③ 方以智《文章薪火》,《丛书集成续编》第 156 册,第 53—54 页。
④ 刘大櫆《论文偶记》,人民文学出版社 1998 年版,第 10 页。
⑤ 曹宫《文法心传》,《历代文话》第 6 册,第 5317 页。

四　堪舆固定术语的化用与诸文体的章法会通

明清时期，伴随着戏曲、小说新兴文体的崛起，以评点为主的戏曲、小说批评样式也渐成气候，其中存在着许多与堪舆相关的诸如脱卸、结穴、急脉缓受、草蛇灰线等术语。学界其实已经从技法、理论等层面，对这些术语在小说评点中的运用情况作出了有意义的探讨。但目前尚未予以足够关注的两点：一是从知识史的角度，考察堪舆用语从浸入文学批评到最终形成固定术语的过程；二是在跨文体的层面，揭示这类原本用于描述诗文文本结构过程性和变动性的堪舆用语，也适用于戏曲、小说等多种文体的批评。借此可以让我们重新审视古典文学的各类文体在创作层面的某些共性，并尝试去考察明清时期才开始发展起来的戏曲、小说之文法理论，如何与诗文法实现某些层面的融通。

具体而言，其一是与堪舆术相关的部分用语在清代已逐渐成为人们惯常使用的批评术语。这种化用，意味着术语具体批评指涉的定型及其原本所承担的堪舆学知识的隐去。比如在上文已作梳理的"脱卸"，与董其昌需要详细解说不同，清人在运用这一术语进行文章批评时，并不需要再交代其堪舆学的知识背景。康熙《古文评论》评曾巩《寄欧阳舍人书》曰："矜贵庄严而气自迂回不迫，读此等文，当细观其转折脱卸之法。"①《钦定四书文·隆万四书文》所收葛寅亮《饥者易为食　犹解倒悬也》墨卷，文末原评为："题凡三喻，首尾是易于见德之时，中间是德本易行。文以两头作主，运化中间，备极脱卸之妙。"②《启祯四书文》

────────

① 康熙《圣祖仁皇帝御制文集》第三集卷四十一，《景印文渊阁四库全书》第1299册，第314页。
② 方苞《钦定四书文·隆万四书文》卷五，《景印文渊阁四库全书》第1451册，第277页。

所收陈际泰《昔者禹抑洪水而天下平　一节》一文,原评曰:"一治一乱都已叙过,又一覆举,特为脱卸出'承三圣'句也。但知其豪放,不察其细心处,终无以与乎文章之观。"①以上三处评语均用脱卸来表述行文转接过换的重要性,这也反映出自晚明以来,随着诗文评点的勃兴,一类简要而精确表达的用语逐渐固定下来。

与脱卸类似的还有急脉缓受,如前引刘熙载《艺概·经义概》所说的题缝中的四种笔法,即急脉缓受,缓脉急受,直脉曲受,曲脉直受,便是一例。清末民初来裕恂《汉文典·文章典》讨论文法,在"承法"一章设有"正承""反承""顺承""逆承""急承""缓承"等十二节,其中急承、缓承就沿用了缓脉急受与急脉缓受的术语,所谓"急承者,有缓脉急受之意","缓承者,有急脉缓受之意"②。另外在诗论方面,如清人朱庭珍论律诗之法,指出:"起笔既得势,首联陡拔警策,则三四宜展宽一步,稍放和平,以舒其气而养其度,所谓急脉缓受也。不然,恐太促太紧矣。"③薛雪《一瓢诗话》比较温庭筠、李商隐二人诗歌:"李有收束法,凡长篇必作一小束,然后再收,如山川跌换之势;温则一束便住,难免有急龙急脉之嫌。"④朱、薛二人都是基于对"势"的考虑,援引急脉的说法,来强调律诗结构的张弛有度,避免促迫。尽管薛氏诗话言及山川跌换、急龙急脉,但基本上看不到堪舆知识。

其二就运用的范围而言,这些术语主要用于文学结构论。

---

① 方苞《钦定四书文·启祯四书文》卷七,《景印文渊阁四库全书》,第 1451 册,第 520 页。
② 来裕恂《汉文典·文章典》卷一,上海商务印书馆 1932 年版,下册,第 55—56 页。
③ 朱庭珍《筱园诗话》卷四,郭绍虞《清诗话续编》,上海古籍出版社 1993 版,第 4 册,第 2399 页。
④ 薛雪《一瓢诗话》,丁福保《清诗话》,上海古籍出版社 1963 年版,下册,第 713 页。

古人论文极重视文章的谋篇布局，对于文章的内部结构，元人陈绎曾《文说》"分间法"论之甚详：

> 头：起欲紧而重。大文五分腹，二分头额；小文三分腹，一分头额。
>
> 腹：中欲满而曲折多。
>
> 腰：欲健而块。
>
> 尾：结欲轻而意足，如骏马注坡，三分头，二分尾。
>
> 凡文如长篇古律、诗骚古辞、古赋碑碣之类，长者腹中间架或至二三十段，然其腰亦不过作三节而已。其间小段间架极要分明，而不欲使人见其间架之迹。盖意分而语串，意串而语分也。①

陈氏所谓的"分间法"，是划分文章结构层次并调配各部分内容含量的方法，追求文章结构的比例恰当、详略适度。所论"头""腹""腰""尾"四个部分，正是文章起、承、过、结的分层结构。陈绎曾认为行文"间架"既要分明又要不着痕迹，可见"间架"作为文章结构的理论概念，强调的是文章结构整体性和层次性的统一。从这一层面来说，讲究行文转接无痕的"脱卸"，注重文势前后承接的"急脉缓受"，均可纳入文章结构论的范畴。

另外如陈氏强调的"结"，又与堪舆术语"结穴"相对应。所谓"结穴"，指地势起伏行走，于某个地理位置停蓄并融结为穴，在文章学理论中被用来比作行文缴结之处，即如前引陈继儒所谓"其融结之极，妙在到头一窍"②。林纾《春觉斋论文》谈"用收笔"也说："为人重晚节，行文看结穴。文气文势，趋到结穴，往往敝懈。其敝也非有意，其懈也非无力，以为前路经营，费几许大力，区区收束，不过令人知其终局而已，或已有为敝懈之气所中

① 陈绎曾《文说》，《历代文话》第 2 册，第 1342 页。
② 陈继儒《陈眉公集》卷七，《续修四库全书》第 1380 册，第 98 页。

者。即读者亦不甚注意,大抵注意多在中坚,于精神团结处击节称赏,过后尚有余思,及看到末路,以为事已前提,此特言其究竟,因而不复留意。"①也是主张将这种文气、文势贯穿全文,且于文章结尾处仍蓄力不竭。

在表述文章结构性的术语中,"草蛇灰线"最为常见。堪舆术中的草蛇灰线,是指地理一脉贯通而又若隐若现、若断若续的态势。如上文摘引《葬法倒杖》所言"草蛇灰线,过脉分明"②,明人注《灵城精义》论"脉"也说"凡脉之行,必须敛而有脊,乃见草蛇灰线,形虽不甚露,而未尝无形也"③,"若有草蛇灰线,则脉络分明"④,清人吴元音注《葬经》"观支之法,隐隐隆隆,微妙玄通,吉在其中"四句曰:"言其起处,高低起伏而来,如草蛇灰线、蛛丝马迹、藕断丝连,种种诸式,亦有转接,亦有剥换。"⑤这种若断若续的形态,非常符合陈绎曾所说的"间架极要分明,而不欲使人见间架之迹"的行文要求。明末清初贺贻孙评解《国风·周南·汉广》,就用了类似的口吻说:"古诗妙境,如蛛丝马迹、草蛇灰线,若断若续,若离若合。"⑥另外如清人宋长白论汉魏乐府,也认为"强半近于歌谣,起伏断连,自有草蛇灰线之势"⑦,张谦宜评《战国策序》也说"中间说圣教起灭,若断若续,是草蛇灰线法"⑧。方东树在谈到杜诗、韩文之义法时,曾论及"气脉",并指出:"草蛇灰线,多即用之以为章法者。"⑨准确地点出了草蛇灰

① 林纾《春觉斋论文》,《历代文话》第 7 册,第 6424—6425 页。
② 旧题杨筠松《葬法倒杖》,《景印文渊阁四库全书》第 808 册,第 79 页。
③ 旧题何溥《灵城精义》,《景印文渊阁四库全书》第 808 册,第 132 页。
④ 旧题何溥《灵城精义》,《景印文渊阁四库全书》第 808 册,第 140 页。
⑤ 吴元音《葬经笺注》,《续修四库全书》第 1054 册,第 217 页。
⑥ 贺贻孙《诗触》卷一,《续修四库全书》第 61 册,第 496 页。
⑦ 宋长白《柳亭诗话》卷六,《清诗话三编》第 1 册,上海古籍出版社 2014 年版,第 255 页。
⑧ 张谦宜《茧斋论文》卷五,《续修四库全书》第 1714 册,第 454 页。
⑨ 方东树《昭昧詹言》卷八,人民文学出版社 1961 年版,第 213 页。

线这一术语的运用范围。

其三是这类本用于诗文技法和理论的术语，至明末清初开始被广泛运用于戏曲、小说等文类的批评。这提示我们，至明清才逐渐成熟的戏曲、小说理论，在某些方面不可避免地受到已成体系的诗文理论之影响，并非孤立发展。古典文学的众多文体之间存在着某些可以互相借鉴的共性，尤其是在文学作品的结构论层面，具有相似的法度可循。前引陈绎曾"分间法"指出长篇古律、诗骚、古辞、古碑等文类具备相似的体段和间架，已略可说明。

至于诗文与小说、戏曲的文法共性，如上文已作讨论的草蛇灰线，广泛运用于小说评点，早已为学界所认识。但事实上，在金圣叹评点《水浒传》之前，明代的八股文批评就已从堪舆理论中引入了这一说法。袁黄在撰于万历五年（1577）的《举业彀率》中，已运用类似的陈述来讲解"大股"技法："两扇既立柱，其遣词各宜联络照应，然须如灰中线路、草里蛇踪，默默相应可也。"[1]并举瞿景淳《事君敬其事》一文，评价其股中脉络"皆隐隐相承，移易不动"[2]。须指出的是，"灰中线路、草里蛇踪"之说本自相地术，见于旧题郭璞《葬书》内篇。袁黄也曾引堪"正龙正脉"的说法来强调八股文起讲入题的重要性：

> 堪舆家有寻龙提脉之说，圣贤立言之意，自有正龙正脉。起讲是文字入题处，所谓"若差一指，如隔万山"者也。[3]

可见袁黄所引草蛇灰线的表述，当以堪舆术作为其知识来源。明末题张溥纂辑的《新刻张太史手授初学文史》，曾援引袁氏之

---

① 袁黄《举业彀率》，《稀见明人文话二十种》上册，第186页。
② 袁黄《举业彀率》，《稀见明人文话二十种》上册，第186页。
③ 袁黄《举业彀率》，《稀见明人文话二十种》上册，第176页。

说来论述八股的"中比式"：

> 中比，当知起承转合之法。几句起，几句承，几句转，几句合，此章法也，毫不可紊。旧多立柱，今则不然。然不旧不俗，柱亦何伤，但遣词各宜联络照应，须如灰中线路、草里蛇踪，默默相应可也。①

至于沈长卿在崇祯初年撰《吾他日未尝学问好驰马试剑》，文后所附评语称"言言典则，其中脉理之妙，草蛇灰线，隐跃无穷"②，则是草蛇灰线一词在时文批评中的直接用例。此后，金圣叹始将其推演至小说文法，《读第五才子书法》云："有草蛇灰线法。如景阳冈勤叙许多'哨棒'字，紫石街连写若干'帘子'字等是也。骤看之，有如无物，及至细寻，其中便有一条线索，拽之通体俱动。"③草蛇灰线之所以适用于戏曲、小说批评，关键之处在于它所指涉的若断若续的章法特征，正符合古典叙事艺术对"线索"的追求。如清人梁廷枏评价《紫钗记》，认为其"最得手处，在'观灯'时即出黄衫客，下文'剑合'自不觉突，而中'借马'折避却不出，便有草蛇灰线之妙"④，也是在叙事的时间维度中，强调情节线索的似断实续。除了草蛇灰线外，金圣叹还运用脱卸、急脉缓受等文章学术语来评点《水浒传》。前者如第五十一回夹评曰："文章妙处，全在脱卸。脱卸之法，千变万化，而总以使人读之，如鬼神搬运，全无踪迹，为绝技也。"⑤后者则是在第三十回，宋江、戴宗谋逆待斩，正是情急之际，偏偏细写打扫法场、禀请监斩、呈犯由派等情节，指出"写急事，须用缓笔"。这些术语也被

---

① 张溥《新刻张太史手授初学文式》，《稀见明人文话二十种》下册，第1366页。
② 沈长卿《沈氏日旦》卷十，《续修四库全书》第1131册，第555页。
③ 金圣叹《贯华堂第五才子书水浒传》，《金圣叹全集》第1册，江苏古籍出版社1985年版，第22页。
④ 梁廷枏《曲话》卷三，《中国古典戏曲论著集成》，中国戏剧出版社1959年版，第8册，第276页。
⑤ 金圣叹《贯华堂第五才子书水浒传》，《金圣叹全集》第1册，第259页。

普遍运用于诸如《金瓶梅》、《三国志演义》、《红楼梦》等其他明清小说的评点,成为文人解读小说叙事艺术的重要准则。

综上所论,我们可以看到,自宋元以来已发展成熟的诗文技法,与肇始于明清之际的戏曲、小说的技巧理论,它们之间有共通的创作规则和法度可循。首先是在机械的结构论层面,无论是诗歌的起、承、转、合,还是文章的头、腹、腰、尾,强调的都是在作品文本结构的层次分明和调配妥当,如明人论八股文所说的"作大股当知起承转合之法,几句起、几句承、几句转、几句合,此章法也,毫不可紊"①。这种对章法的讲求,同样适用于以叙事为主的戏曲、小说,如王骥德《曲律》论曲之章法:

> 作曲者,亦必先分段数,以何意起,何意接,何意作中段數衍,何意作后段收煞,整整在目,而后可施结撰。此法,从古之为文、为辞赋、为诗歌者皆然。②

已明确指出戏曲与古文、辞赋、诗歌在创作上均须段数分明。其次,是在追求结构分明的同时,兼顾各个层次之间的转接。若以结构切割格外严格的八股文为例,便如武之望讨论股法时要求的"圆融":"大抵股法不出起承转合四者,然起与承势不容疏,转与合机不容断,其要只在圆融耳。尝观弄丸者,见其起伏应接之妙、转移收合之神,而因悟文之股法犹是也。不独股法,即篇法亦如此。是在善悟者得之。"③强调起股、中股、后股和束股之间的前后衔接,脉络相贯,做到起承转合的章法圆融,不露痕迹。沈德潜也指出长律的写作标准,是在"气局严整,属对工切,段落分明"的同时,做到"开合相生,不露铺叙转折过接之迹"④。若结合堪舆术语来说,前者有如龙脉,讲求文本的连贯性,后者则

---

① 袁黄《游艺塾续文规》卷五,《续修四库全书》第 1718 册,第 219 页。
② 王骥德《曲律》,《中国古典戏曲论著集成》第 4 册,第 123 页。
③ 武之望《重订举业卮言》卷下,第 36b 页。
④ 沈德潜《说诗晬语》卷上,《清诗话》下册,第 541 页。

有诸如脱卸、急脉缓受、草蛇灰线之类，注重统一于连贯性之中的变化、转换。二者共同构成了中国古典文学批评中有关文本结构的重要理论，也是近世以来人们创作和评价文学作品的基本准则。

堪舆术及其所代表的地理学知识，不仅是古代知识世界的组成部分，同时作为一种具有渗透力的文化因子，在人们日常生活、艺术活动中均发挥着一定的功用。在文学领域，从最初作为引譬连类的对象被运用于文论的形象表达，到后来相关用语在批评表述中的逐渐定型，均可看出，以地喻文实是明清时期一种普遍的批评现象，反映出古人认知世界和探讨文学的独特思维模式。比如从地理动静、行止的态势来强调文章参两错综的行文逻辑，若稍作引申，或可追溯到中古以来人们基于天文、地文与人文关系上对"文"的朴素认识，如刘勰《文心雕龙·原道》："夫玄黄色杂，方圆体分，日月叠璧，以垂丽天之象；山川焕绮，以铺理地之文。此盖道之文也。"①所体现的，正是以一种阴阳统一的观念也理解"文"的内涵。又如王世贞也曾引《易·系辞下》对"文"的解释来强调文章的辞采和条理："'物相杂，故曰文'。文须五色错综，乃成华采；须经纬就绪，乃成条理。"②直至清代，这种两色相杂、奇偶相生而成文的观念，甚至成为阮元在《文言说》中推尊骈文文体的理论资源。

近世文论家透过地理变化来认识文学的创作规律，同样可置于上述这种强大的思维传统中加以考量。在古代文学批评的譬喻体系中，相比于其他种类，如以兵为喻强调奇正变化，以房屋为喻阐述结构间架，以弈棋为喻讲求布局关键，以地喻文更注重前引林纾所说"不连之连"的行文特征，这正是急脉缓受、脱

---

① 王利器《文心雕龙校证》，第 1 页。
② 王世贞《弇州山人四部稿》卷一百四十四，第 15b—16a 页。

卸、草蛇灰线这些术语的批评要义所在。当然，由于堪舆术在近世不仅承载着地理知识，还附着了冢墓荫泽、祸福趋避的术数色彩，与今天我们所接受的现代科学理性大相径庭，某种程度上造成了当下的文学研究对此种现象抱有距离感。故有必要对其知识源流、背景以及对文学的影响作一番考察，或许有助于我们从古人的知识构成和思维逻辑出发，进一步理解古典文学的某些重要原理。

从另一方面来说，作为一种近似比兴的表述策略，至少从刘勰那个时代开始，人们就已将山川自然的要素引入文学批评。但以堪舆这类地理术数知识进行类比，却晚至元明之际始见其例，并且如上文所举茅坤、董其昌、陈继儒、钱谦益等事例，直到晚明才大量出现。这反映出在近世，尤其是明中叶以后，随着雕版印刷的广泛应用与书籍文化的大幅普及，文人的知识谱系呈现出更加开放的扩容状态。以此为思考前提，考察传统四部分类中集部以外各层次知识的内容、话语与概念，如何成为一种描述或表现文学的学术资源，或许可帮助我们观察到某些易被遮蔽的文学现象。这其中包含着今天被我们忽略、低估甚至否定的一些知识门类，在近世被视为可以"夺神功、回天命"的堪舆术，便是突出的例子。本文即试图回到古人的知识世界，努力阐述这类知识与文学批评之关联，并借此作一次将知识史作为方法来研究文学批评的尝试。

第四章　典范与正宗：文章批评 视野下的明文话

在明代文学批评的演进过程中，"复古"是推动相关理论发展的重要一环。在此背景下，围绕文章写作的"师法"与"拟古"，也成为明代文章学的一大特征。元、明之际，以唐宋八大家为主体的唐宋文传统逐步形成，至明中叶，经由归有光、唐顺之等人的倡导而张大，成为明代文章宗尚体系中的一大宗派。关于"唐宋派"的文章学理论，颇值得关注的是他们对古文与时文关系的讨论。这种讨论的背景，则是时文理论体系在明中叶以来被逐步打开的局面。被奉为古文经典的唐宋文章，也作为一种习文范本，成为用以指导科考写作的资源。在古文与时文这两种相互交织的体系之间，苏文是一个非常特殊的案例。明人对苏轼文章评价的转变，恰好折射出明代文章学演进之轨迹。就明文话所提供的线索而言，从明初对唐宋文章宗尚韩、欧，到晚明尤推苏轼，这种转变所反映的是明代前期由理学所主导的文章学统系，至晚明逐渐趋于多元和开放的格局。本章主要从文学批评的角度，围绕经典与范型两个关键词，以明文话为研究视角来考察古文经典与时文典范在明代得以确立的过程。

第一节 唐之淳《文断》与明初唐宋文统的形成

《文断》是一部成书于明初的文章学著作。此书辑而不述，广搜前人之文法、文式、文评等文献，汇编而成。高儒《百川书志》称："此集经书子史诸家作文法度，该括殆尽。惜乎编述者之不得。分十五类，援引一百六家。"①也正是由于该书博猎四部及杂取诸家的汇纂性质，其价值似乎未能引起研究者足够的注意。《文断》被收入《四库全书》"诗文评类存目"，四库馆臣对其史料学方面的特性作了正反两方面的揭示：

> 不著撰人名氏，皆采掇前人论文之语，钞录而成。所引如《纬文琐语》、《湖阴残语》之类，今皆不传，颇有足资考证者。然舛误冗杂，亦复不少。如所引杜牧一条，不知为《李贺集序》，所言皆譬贺之诗，而误以为泛论文章。②

馆臣在这里既指出此书取材不尽精审的缺点，也肯定了它在文献保存方面的价值。除提要所言李郛《纬文琐语》、佚名《湖阴残语》二书，《文断》还存录了佚名《蒲氏漫斋语录》、吕祖谦《丽泽文说》及元好问《诗文自警》等佚书③，同样颇为罕觏，可据辑考。在文献辑佚的框架外，《文断》的成书背景、文本构成以及在此基础上所展示的理论形态，值得进一步探讨。

---

① 高儒《百川书志》卷十八，《明代书目题跋丛刊》，下册，第 1338 页。
② 永瑢等《四库全书总目》卷一百九十七，下册，第 1804 页。
③ 孔凡礼先生即曾据《文断》和翟佑《归田诗话》辑录元好问《诗文自警》佚文十五则，附录于《元好问全集》(山西人民出版社 1990 年版)和《元好问资料汇编》(学苑出版社 2008 年版)。

一 唐之淳的理学文章观与《文断》的编纂

关于《文断》的编纂者和成书时间，此处略作说明。明清两代的公私藏书目著录《文断》卷数不一，或题作"唐之淳"，或曰"不著撰人姓氏"。如前引《百川书志》和《四库全书总目》所录《文断》均失记编者姓字，所录卷数分别作"三卷"和"无卷数"。另外如王闻远《孝慈堂书目》"诗文评"著录曰："《文断》一卷一册。"①陈揆《稽瑞楼书目》："《文断》一卷，旧刻，一册。"②二书同样未注明著者。《明史·艺文志》"文史类"则著录："唐之淳《文断》四卷。"③黄虞稷《千顷堂书目》卷三十二"文史类"："唐之淳《文断》四卷。一作十卷。"④祁承㸁《澹生堂藏书目》卷十四"诗文评·文式文评"："《文断》一册，四卷，唐之淳。"⑤从这些著录情况可知，《文断》一书在明代当多次刊行，其版本以四卷本和一卷本较为通行。此书现存明天顺黄瑜刻本、明成化十六年（1480）唐珣刻本，皆不分卷，不署编者，均藏国家图书馆。天顺本卷首有黄瑜题识云：

> 《文断》不知何人编传之，吴厚伯御史谓乃祖思庵先生所藏。郡斋新刊《书学汇编》已讫工，敬捐官俸并绣诸梓云。华亭黄瑜志。⑥

成化本卷首有唐珣序，也称"《文断》不知编于何人"⑦。另有清抄本，据天顺本抄录，与宋濂《文原》合为一册，藏南京图书

---

① 王闻远《孝慈堂书目》，上海书店《丛书集成续编》第 68 册，第 905 页。
② 陈揆《稽瑞楼书目》，《丛书集成初编》第 39 册，第 149 页。
③ 张廷玉等《明史》卷九十九，中华书局 1974 年版，第 8 册，第 2499 页。
④ 黄虞稷《千顷堂书目》卷三十二，第 777 页。
⑤ 祁承㸁《澹生堂藏书目》卷十四，《明代书目题跋丛刊》上册，第 1061 页。
⑥ 唐之淳《文断》卷首黄瑜题识，明天顺黄瑜刻本，第 3b 页。
⑦ 唐之淳《文断》卷首唐珣序，《稀见明人文话二十种》上册，第 23 页。

馆。以上各本均无原本序跋，可见至少在天顺间黄瑜重刊时即已失编者姓字。在现有的明人文献中，最早提及《文断》的是赵㧑谦《学范》，该书卷上"作范上"所举"作文"类书目中，列有"唐愚士《文断》"①。据书前序文，《学范》成书于洪武二十二年（1389），则此时《文断》当已刊行。另外，清人范邦甸《天一阁书目》卷四"诗文评类"亦著录："《文断》一卷，明洪武庚申唐之淳著。序曰：之淳自成童即嗜古今作者之论文，凡只言片语，意有所属，钜细不遗，详略具举，区分胪积以成编。"②由此可知，《文断》确为唐之淳所编，在洪武十三年（1380）应已编成。

唐之淳（1350—1401），字愚士，号萍居，以字行，山阴（今浙江绍兴）人。建文二年（1400），以方孝孺荐，授翰林侍读，与孝孺俱领修书事。之淳早有文名，为宋濂称赏，《侍读唐君墓志铭》载："父仕国初，应奉翰林文字，有名。君早出游诸公间，若翰林承旨宋公等，皆声望高一世，亟称许其文词，而勉其为学。君年二十余，已有声浙水东。"③之淳亦工诗，与蔡庸、毛铉、镏绩俱有诗名。王世贞《明诗评》载唐之淳著有《平居稿》、《文断》诸书，并评其诗曰："应奉和雅，侍讲清丽，足称奕世之美。"④钱谦益《列朝诗集小传》也称"其诗尤雄隽，而今多不传，可惜也"⑤。除《文断》外，唐之淳尚存《唐愚士诗》、《会稽怀古诗》。据《千顷堂书目》，另著有《息末集》、《寄我轩集》、《毂斋稿》等⑥，均已亡佚。

唐之淳早年修业以性理之学为主。其父唐肃为明初应奉翰林文字，之淳因此得以遍游公卿间，并向名贤硕儒讲求学问。唐

① 赵㧑谦《学范》卷一，《四库全书存目丛书》子部第 121 册，第 333 页。
② 范邦甸《天一阁书目》卷四，《续修四库全书》第 920 册，第 286 页。
③ 方孝孺《逊志斋集》卷二十二，《四部丛刊》影印明嘉靖四十年（1561）王可大台州刊本，第 32a 页。
④ 王世贞《明诗评》卷三，《丛书集成初编》第 2583 册，第 61 页。
⑤ 钱谦益《列朝诗集小传》，上册，第 153 页。
⑥ 黄虞稷《千顷堂书目》卷十八，第 478 页。

肃曾以"愨"命名之淳修业之室,杨维桢、钱宰、梁寅、朱右、贝琼等均为此书斋作记以勉励其学,如贝琼《愨斋记》以师古法古之说,来勖勉之淳"能以圣人所示之愨而进于学"①。其中须特别留意的是唐之淳曾于元末师事钱宰,究明理学。《列朝诗集小传》载钱宰"至正间,中甲科。亲老不赴公车,教授于乡。唐之淳、韩宜可,皆出其门"②。钱宰学有原本,元末即以宿儒著称,在为之淳书斋所写的记中,钱宰也教导他应博涉于经书子史,以期"可以进于圣人之道"③。上述经历,对唐之淳以理学为标准的文章学观念之形成颇有影响,这一观念也是他汇辑经史子集之作文法,并博采宋儒论说来编成《文断》的主要背景。

根据前引《天一阁书目》著录唐之淳原序所谓"自成童即嗜古今作者之论文"④,可知《文断》的编纂也与唐之淳早年的习文经历有关。之淳好古文辞之学,文章写作也表现出师法古人的趣尚,镏绩曾评其文曰:

> 唐愚士《稻颂》,是学晋傅玄《羽籥舞歌》文法。《魏野黄》一篇,是学柳柳州《铙歌》文法。《稽山采药图赋》,是学孔稚圭《北山移文》文法。此又是将古人文字步骤音节,画定样子做。⑤

唐之淳的文章拟古,应是促成他编纂《文断》的另一因素。该书既是作者的自我积累,同时也作为面向士子的习文用书,具有作文指南的实用性质。来裕恂《汉文典》序归纳历代"文章之书"时即指出:"况言文体,则有《文章流别》、《文心雕龙》、《文体明辨》;

---

① 贝琼《清江贝先生文集》卷十四,《四部丛刊》影印明初刊本,第 3b 页。
② 钱谦益《列朝诗集小传》,上册,第 104 页。
③ 钱宰《临安集》卷五《愨斋记》,《景印文渊阁四库全书》第 1229 册,第 550 页。
④ 范邦甸《天一阁书目》卷四,《续修四库全书》第 920 册,第 286 页。
⑤ 镏绩《霏雪录》卷下,《景印文渊阁四库全书》第 866 册,第 686 页。

言文法,则有《文则》、《文通》、《文说》、《文断》。"①这里已明确将《文断》视为"言文法"之书。唐珣在重刊序中也强调此书可助于操觚染翰："议者谓其与《文筌》、《文则》参看,则古文之能事尽矣。"②而赵㧑谦《学范》在罗列习文书目时,将《文断》与陈骙《文则》、李涂《文章精义》、潘昂霄《金石例》等宋元文法著作并列,也是出于对该书文法特征的认知。

唐之淳编纂《文断》一书,吸收了明以前诸多文法、文评类著作的成果,编排上也借鉴了王铚《文话》、潘昂霄《金石例》、王构《修辞鉴衡》等宋元时期的文章学专书。《文断》卷首有《凡例》十则,对此书的编纂体例作了详细阐述,其首则曰:

> 是书之编,大概依仿《文话》及《文章精义》、《修辞鉴衡》、《金石例》、《文筌》、《文则》等书。但《文话》太繁,《精义》无次,《鉴衡》详于诗法,《金石例》详于金石之文,《文则》、《文筌》本为作文而设,似难尽采。今门类视《文话》为简,《鉴衡》、《精义》各归其类,《文则》、《文筌》间取之,此三书当与是编并观,不可以此废彼。③

唐之淳在这里对宋元文法类专书作了简要评述,如指出《文章精义》编次无序,《修辞鉴衡》兼论诗文,《金石例》主论碑版文体等,其言外之意自然是强调《文断》在接踵前代同类著作的同时,在选材和编纂体例上则做到有所取舍,自成特色。《文断》共分十五目:总论作文法、杂评诸家文、评诸经、评诸子、评诸史、评唐文人文、评韩文、评柳文、评韩柳文、评宋文人文、评欧文、评曾文、评王文、评三苏文、评韩柳欧曾苏王六家文。全书之编纂即以此为纲目,将搜集到的材料按类编次,于同一类下往往荟萃诸

---

① 来裕恂《汉文典》自序,第1页。
② 唐之淳《文断》卷首唐珣序,《稀见明人文话二十种》上册,第23页。
③ 唐之淳《文断》卷首《凡例》,《稀见明人文话二十种》上册,第31页。

家、博采众说，以便于公听并观，即《凡例》中所谓"各类中或有议论不同，取予不一，今两存之，以俟观者自择焉"①。

在编法上特别值得一提的是，据唐之淳所述，《文断》的分门别类当效仿自《文话》而来。明以前，仅北宋末王铚在他所著的《四六话》序中提到自己另有《诗话》、《文话》和《赋话》。作为现有文献记载最早以"文话"命名的文评著作，王铚《文话》早已亡佚。但根据唐之淳在上引《凡例》中的评述可以推知，王铚《文话》也应包括作文法及历代文评等内容，并为《文断》所因袭。这表明，同属于诗文评类目下的两种批评样式，文话在它诞生之时就已表现出异于诗话"以资闲谈"的体式特征。除《文话》外，唐之淳还借鉴了《金石例》和《修辞鉴衡》的编法，并依据《文断》的编纂思路加以汰选和取舍，于《金石例》专取卷九论文法和文体的部分内容，而舍弃"详于金石之文"的其他章节，于《修辞鉴衡》则取其专论文之卷二，并依所分之门类将上述二书以及《文章精义》之诸条目打散重编，做到"各归其类"②。在此基础上，又择录刘勰《文心雕龙》、杜牧《樊川集》、洪迈《容斋随笔》、陈善《扪虱新话》、俞成《萤雪丛说》、彭乘《墨客挥犀》、王应麟《困学纪闻》、张表臣《珊瑚钩诗话》、陈师道《后山诗话》、黄庭坚《山谷集》等前人笔记、诗话、文话及文集中的论文语加以扩充。

具体而言，"总论作文法"一目主要参考《金石例》卷九之框架进行编排。《金石例》卷九之主体是"论作文法度"（三十一则文法）和"学文凡例"后所论的制、诏、诰、表、露布、檄、箴、铭、记、赞、颂、序、跋等十三类文体。从内容来看，《文断》"总论作文法"同样可分文法论和文体论前后两个部分，文法论即采录《金石例》卷九"论作文法度"中的十条，并保留了原有顺序，在此基础

---

① 唐之淳《文断》卷首《凡例》，《稀见明人文话二十种》上册，第32页。
② 唐之淳《文断》卷首《凡例》，《稀见明人文话二十种》上册，第31页。

上采录《修辞鉴衡》、《扪虱新话》、《纬文琐语》、《文章精义》等宋元论著中的文论进行充实。所引如以下《文章精义》几则：

《文章精义》云："文字须要数行整齐处，数行不整齐处。意对处，文却不必对；意不必对处，文着对。"

又云："做大文字，须放胸襟如太虚始得。太虚何心哉？清轻之气旋转乎外，而山川之流峙、草木之荣悴、禽兽昆虫之飞跃，游乎重浊查滓之中，而莫觉其所以然之故。人放得此心，廓然与太虚相似，则一旦把笔为文，凡世之治乱、人之善恶、事之是非，某事合如何书，某字合如何下，某段当先，某段当后，如妍媸在鉴，如低昂在衡，决不至颠倒错乱，虽进而至于圣经之文可也。今人作文，动辄先立主意，如经赋论策，不知私意偏见，不足以包尽天下之道理。主意有所不通，则又勉强迁就，求以自申其说。若是者，皆时文之陋习，可不戒哉！"

又云："学文切不可学怪句，且须明白正大，务要十句百句，只作一句贯串意脉。说得通处尽管说去，说得反覆竭处自然住。所谓'行乎其所当行，止乎其所不得不止'，真作文之大法也。"

又云："古人规模间架、声响节奏，皆可学，惟妙处不可学。辟如幻师塑土木偶，耳目口鼻，俨然似人，而其中无精神魂魄，不能活动，岂人也哉？此须是读书时，一心两眼，痛下工夫，务要得他好处。则一旦临文，惟我操纵，惟我开阖，一茎草可化丈六金身。此自得之学，难以笔舌传也。"

又云："文章不难于巧而难于拙，不难于曲而难于直，不难于细而难于粗，不难于华而难于质。"[①]

分别录自《文章精义》第 55 则（文字须有数行齐整处）、第 92 则

---

① 唐之淳《文断》，《稀见明人文话二十种》上册，第 34—35 页。

（做大文字）、第 100 则（学文切不可学怪句）、第 101 则（古人文字）、第 21 则（文章不难于巧）。另外摘录如《修辞鉴衡》卷二之"文章有三等"、"为文先识主客"、"为文不可蹈袭"、"文不可拘一体"、"文要纡徐有首尾"等则，大抵皆为论作文法度之语。

《文断》的文体论部分则基本取录自《金石例》"学文凡例"后所列的诸体示例，并补以《文心雕龙》、《文章正宗》等相关文本，缩并为"论制诏诰法"、"论表法"、"论露布法"、"论檄法"、"论箴铭法"、"论记法"、"论赞颂法"、"论序法"和"论诸跋尾法"九个子目。并注明"《金石例》所引诸格言论作诸体文字之法，并条于后"①。今录"论箴铭法"一目如下：

> 《例》云："箴者，谏诲之辞，若针之疗疾，故名箴。"○"铭者，名也，因其器名，书以为戒。"○其"铭式"序云："铭词须用韵语。"○"箴式"序云："箴辞用韵语，末云'敢告'云云。"
>
> 东莱云："凡作箴，须用'官箴王阙'之意，各以其官所掌而为箴辞。如司隶校尉箴，当说司隶箴人君振纪纲，非谓使司隶振纪纲也。如廷尉箴，当说人君谨刑罚，非谓廷尉谨刑罚也。箴尾须依《虞箴》'兽人司原，敢告仆夫'之类。（止是随题改用）。"
>
> 西山云："箴、铭、赞、颂虽均韵语，然体各不同。箴乃规讽之文，贵乎有儆戒切劘之意。"
>
> 《文心雕龙》云："箴贵确切，铭贵弘润。事必核以辩，文必简而深。"②

其中除跋以外，其余十二类实为宋代"博学宏词科"规定的十二科目，而这些文本实源出于王应麟的《辞学指南》，经潘昂霄采摭入《金石例》而为《文断》所辗转承袭。

---

① 唐之淳《文断》，《稀见明人文话二十种》上册，第 43 页。
② 唐之淳《文断》，《稀见明人文话二十种》上册，第 46—47 页。

"杂评诸家文"至"评韩柳欧曾王苏六家文"十四目，基本以历代文评作为主线进行编排，内容主要为经、史、子和唐宋文之论评。这一编纂思路应特别受到《修辞鉴衡》的影响，《修辞鉴衡》卷二自"六经之文易晓"、"《论语》之文"、"《孟子》之文"至"欧阳公文"、"东坡之文"诸条，同样论经、史、子及唐宋文人。《文断》这十四目的取材来源则以《文章精义》为大宗。《文章精义》凡一百零一则，内容同样以探讨作文法度、评析先秦两汉及唐宋诸家文为主。今将《文断》这十四目与《四库全书》本《文章精义》进行比勘，可略见唐之淳对《文章精义》诸条目进行归类重编的手法：

　　杂评诸家文：录《文章精义》十七则，依次为第 2、4、5、11、17、18、19、22、37、38、73、74、87、98、3、71、94 则；

　　评诸经：录七则，依次为第 1、28、34、41、52、85、90 则；

　　评诸子：录五则，依次为第 8、9、72、66、67 则；

　　评诸史：录九则，依次为第 10、31、50、51、54、60、61、62、83 则；

　　评唐文人文：录三则，依次为第 36、39、79 则；

　　评韩文：录八则，依次为第 12、24、25、27、42、44、45、88 则；

　　评柳文：录二则，依次为第 13、69 则；

　　评韩柳文：录四则，依次为第 42、59、58、81 则；

　　评宋文人文：录八则，依次为第 99、95、91、77、76、78、80、82 则；

　　评欧文：录四则，依次为第 14、26、70、75 则；

　　评曾文：录一则，第 16 则；

　　评王文：未录；

　　评苏文：录七则，依次为第 15、23、29、35、99、47、49 则；

评韩柳欧曾王苏六家文：录二则，依次为第 20、57 则。除了《文章精义》外，唐之淳同样从其他宋元文献中摘录相关论文语予以扩充，其中又以出于《朱子语类》者为最多，内容编排仍遵循"各归其类"的原则。

此类采用"辑而不述"形式的汇编体文评著作，在宋代即已出现，如张镃《仕学规范·作文》、王正德《余师录》，但其编纂体例及编排手法直到明代才逐渐完善。《文断》的编纂虽不像晚明刘元珍《从先文诀》、朱荃宰《文通》等书之精善，然相比于前代的同类汇编著作，《文断》的编纂仍有两点值得留意：一是搜罗宏富，唐之淳自序称共辑有五百三十二条。既及时吸收了后起的诸如《诗文自警》、《金石例》、《文筌》、《文章精义》等元代文献，同时也反映出诸多宋人文献在元明之际的保存及传播状况。二是此书虽条目繁多，但并非简单的排比罗列，而是将选取的材料分列于文法、文体和诸家文评三大类、十五目下，已初具体系。从现存的文献资料来看，《文断》是明代最早的汇编类文评著作，其取材的范围以宋元为主，不涉明代。后来像吴讷《文章辨体》卷首《诸儒总论作文法》、唐顺之《荆川稗编·文章杂论》、高琦《文章一贯》等明代前期的文评著述，亦多采摭宋元时有关文章论评之语，且各书所选多有重复，如《文章辨体·诸儒总论作文法》四十二则，其中有二十五则同样见于《文断》，这也表明明代前期的文章学文本之生成，其中一部分是建立在辑录、整理前代文献的基础之上的。到了明代后期，随着明人论著的逐渐积累，同时在科举制度和商业出版的推动下，明人选本朝文人论文语加以汇编的方式，便逐步取代了如《文断》、《文章辨体·诸儒总论作文法》等依赖前代资料进行类编的模式。从这个意义上来说，明初《文断》的编纂和刊行，对于我们了解宋元时期文章学文献的整体情况具有一定的参考价值。

二　"六先生"文评之标举与明初唐宋文统

《文断》在归类及保存古文批评资料方面的特征，已略述如前。除此之外，结合唐之淳的生平经历及元明之际的学术与文化语境，《文断》的理论形态与其所体现的文章学观念，值得进一步考察。

在前文提到的《天一阁书目》所收《文断》的原序中，唐之淳还简述了该书的编纂原则和分类依据：

> 窃惟太上贵德，其次立言，故总论作文法第一。经以载道，史以载事，故评诸经、评诸史次之。大道不明，诸家崛起，纯驳混淆，故评诸子次之。肇自先秦，下逮隋氏，作者靡一，故评诸家文次之。李唐之兴，文士彬彬，万目斯举，故评人文次之。障葺蒯之颓波，作有唐之盛典，莫逾韩、柳氏，故评韩文、评柳文次之。殊途同归，厥有深浅，故评□□□又次之。宋承五季，治教休明，道继孔孟，文几汉唐，故评宋人文次之。在宋百家，专门四氏，以绍先觉，以贻后来，故评欧文、曾文、王文、苏文又次之。由韩至苏，制作始备，旁通曲畅，各有攸归，故评韩、柳、欧、曾、王、苏六家文终焉。合而言之，为类十有五，为条五百三十有二，题之曰《文断》，非以断文也，若曰古文所尝决断者耳。[1]

在此，唐之淳对"文"的认知已拓展至一个涵盖经史子集的开放的知识体系，但在这个体系中，"道"仍处于重要位置。这种"文"、"道"关系的探讨，从前文所述唐之淳的习学经历和学养构成来说，自然可以纳入元末明初文章学及理学传承的背景中。元明之际，浙东地区理学发展极盛，如宋濂《文原》申说"载道之

---

[1]　范邦甸《天一阁书目》卷四，《续修四库全书》第 920 册，第 286—287 页。

文,舍六籍吾将焉从"①,王祎《文训》强调"载道之文,文之至者也"②,方孝孺《答王秀才》亦主张"文之为用,明道、立政二端而已"③,皆表明这一区域的士人群体持续关注文统与道统之间的关系,并努力接续唐宋古文运动所追求的文学与政治理想。同样为浙东文人的唐之淳,亦秉持着以理学标准来考量文章的观念,这突出表现在他对理学家文章观非常鲜明的《文章正宗》之推崇。他在《戀公辅文集序》中说到:

> 余读经史之暇,嗜观汉以来诸家文辞,怪其博而寡要。至得西山真氏《文章正宗》,则豁然似得其要领。何则?其所类者大略有四:一曰辞命,二曰议论,三曰叙事,四曰诗赋。四者之间,非持论纯正、有关于政治者弗取。盖辞命者,有国之先务,而代言者之所职也,故以是先之,而次之以议论之为重乎?苟叙事而已矣,诗赋而已矣,非吾真氏之所与者也。余恒取以自式,而且以求诸当世流辈之论文者。④

在《文断》的《凡例》中,唐之淳也指出:"是书之编,虽为作文而设,然文以理为主,今特于宋文人类中首陈周、程、张、朱明理之言,以示作文者有所归宿云。"⑤从《文断》开首便摘录张末"诲人作文以理为主"一则,到全书摘引朱熹之论文语八十余则,当可视为唐之淳上述文章观念在《文断》编纂中的具体实践。

与上述"以理为主"的文学观相匹配的,是唐之淳对唐宋古文传统的重视,尤其体现在对"唐宋八大家"的标举上。《文断》在收录唐宋文评时,将八大家之文评单独列类,以示与其他唐宋

---

① 宋濂《宋学士文集》卷五十五,《四部丛刊》影印明正德刊本,第6a页。
② 王祎《王忠文公集》卷十九,《北京图书馆古籍珍本丛刊》第98册,第339页。
③ 方孝孺《逊志斋集》卷十一,《四部丛刊》影印明嘉靖四十年(1561)王可大台州刊本,第29b页。
④ 唐之淳《唐愚士诗》卷四,《景印文渊阁四库全书》第1236册,第581页。
⑤ 唐之淳《文断》卷首《凡例》,《稀见明人文话二十种》上册,第32页。

文人之区分：

> 是书之编，凡言唐人文、宋人文者，专指唐、宋诸杂家，韩、柳、欧、曾、王、苏六先生不与焉，犹言唐诗而李、杜二家不列也。①

这一分类标准所反映的价值评判，与上引序文中"由韩至苏，制作始备，旁通曲畅，各有攸归，故评韩、柳、欧、曾、王、苏六家文终焉"的评价是相一致的。据《文断》所收的具体条目，这里所谓的"六先生"、"六家"，其实是八家，已合三苏为一家。有关"唐宋八大家"在明代的形成，研究者多举明初朱右的《六先生文集》（据《白云稿》卷五《新编六先生文集序》）为例加以阐说。《六先生文集》是最早的唐宋八大家古文选集，虽名为"六先生"，实际上与《文断》一样也包括韩、柳、欧、曾、王、三苏八家。据上文提到朱右为之淳书斋所撰的《彀斋记》（《白云稿》卷七），唐之淳也曾问学于朱右，他的这一"六先生"文评的编选理念，很可能受到了来自朱右的潜在影响，只不过朱右《六先生文集》选录文章，而《文断》则选录文评。

《文断》推崇唐宋文，并特别遴选出八大家之文评，固然与宋元以来八大家及其文章逐渐权威化、经典化的进程有关（当然也可能受朱右编选八大家文章选本的启发），但在明初"唐宋八大家"这一提法尚未引起广泛瞻瞩之际，《文断》已能明晰地梳理八大家之文评，至少反映出唐之淳对以八大家为核心的唐宋文统的独到见解。也正因此，在文章观念已逐步转变的明代中叶，摒排唐宋文统、力斥八家之文的祝允明，对《文断》及宋濂的《文原》均予以了激烈的批判："所称近人选辑之缪者，如吕祖谦、真德秀、楼钥、谢枋得、李涂之属，悉是由其取舍主意，词必本枯钝，理须涉道学，不知大通之义，千情一律而已。论文如宋诸杂小说中

---

① 唐之淳《文断》卷首《凡例》，《稀见明人文话二十种》上册，第32页。

亦皆然。迩日如唐之淳《文断》、宋景濂《文原》之类弥甚。"①从祝氏的针砭言论中,我们恰可看出《文断》在明初唐宋文统构建中产生的影响。

以上通过对唐之淳及其所编《文断》的考察,大致揭示了他的文学旨趣与文章学观念。就其选录唐宋诸家文评的情形而言,《文断》虽在传统目录学的集部属于"诗文评",但该书的汇编性质,又似乎赋予了它"总集"或"选本"的某些特质。从这个意义上来说,我们对包括《文断》在内的明代汇编体文评、文法著作的研究,在认识到它们原创性缺失的同时,也应了解这些著作的理论形态和批评价值不仅显露于序跋、凡例,还隐于设纲立目、材料取舍的编排过程中,更须从编纂者的历史语境和文学立场出发,在一系列看似辗转承袭的旧材料中去发掘他们的独具匠心之处。事实上,若在以往的研究模式考量下,此类繁复蹈袭的汇编体批评文献,无论是文本编排还是理论创见,似乎很难说得上有较大的研究意义。但从另一个角度来说,文本的重复性亦恰好反映出某一历史时段内的批评风气和文坛趣尚;正视这一点,对于我们开掘和研究这类文献无疑是有意义的。

第二节　文统、程式与技法：
明文话与苏文典范

综观有明一代的古文统绪,以韩、柳、欧、曾、三苏等为代表的唐宋文传统,构成了明人文章宗尚体系中的重要板块。唐宋诸家之中,苏轼是一个比较特殊的例子。明中叶以后,伴随着苏轼诗文选评本的大量刊行,苏文的文学价值与典范意义获得普

---

① 　祝允明《祝子罪知录》卷八,《四库全书存目丛书》子部第 83 册,第 732 页。

遍认可。如李贽编《坡仙集》，书前焦竑序称："古今之文，至东坡先生无余能矣。"①明末王守谦撰文话《古今文评》，论文章尤推崇苏轼，认为"古今文章大家以百数，若其人已往，而其神日新，其行日益远，则惟坡公独也"，又称述"坡公文如晴空鸟迹，水面风痕，有天地以来，一人而已"②。有关"苏学"自晚明以来取得的进展，学界近年来已做了多方面的抉示。在晚明相对开放和多元的思想文化背景中，苏轼在当时不仅成为一种契合士大夫精神追求和文学品位的文化资源，而获得精英阶层的肯定与褒扬③，其文章也被认为有资于科场得隽④，得到文人、书商的选辑与刊行，如钟惺《东坡文选序》即指出"今之选东坡文者多矣"⑤。这也表明焦竑所谓的"崇尚苏学"⑥，当是社会各阶层的共同趋向。事实上，诗文典范的确立，除了士大夫精英的积极鼓倡外，由中下层士人所主导的阅读、评价乃至模拟、取法等诸多环节，恰是不容忽视的重要因素。据此至少可以看到，这些因素为文学范型之建立提供了何种基底。另一方面，明人对苏文的论评，除了苏文选本、评点及序跋等材料外，作为近年来始获关注的批评样式，文话也有大量研讨苏文及分析其文法的内容，有助于我们从更多层次去了解苏文典范在明代的建构进程。

---

① 焦竑《刻坡仙集抄引》，李贽《坡仙集》卷首，明万历刻本，第 1a 页。
② 王守谦《古今文评》，《历代文话》第 3 册，第 3123 页。
③ 参见郑利华《苏轼诗文与晚明士人的精神归向及文学旨趣》，《文学遗产》2014 年第 4 期。
④ 关于苏文与科举，日本学者高津孝指出明代"苏学"侧重于文章，并且始终与科举密不可分。参见高津孝《明代苏学与科举》，载《科举与诗艺：宋代文学与士人社会》，上海古籍出版社 2013 年版。
⑤ 钟惺《隐秀轩集》卷十六，上海古籍出版社 1992 年版，第 240 页。
⑥ 焦竑《焦氏澹园续集》卷一《刻苏长公外集序》，《续修四库全书》第 1364 册，第 539 页。

一 从"羽翼韩、欧"到"突过昌黎、欧阳"

考察明人对苏文评价之演变，唐宋八家尤其是韩、欧文章仍然是重要的参照系。八大家之古文经典虽在明代正式确立，但其源实可追溯至宋元。南宋吕祖谦编《古文关键》，曾选韩、柳、欧、苏诸家之文，《四库全书总目》称此书"取韩愈、柳宗元、欧阳修、曾巩、苏洵、苏轼、张耒之文，凡六十余篇，各标举其命意布局之处，示学者以门径"①。元代陈绎曾《文章欧冶·古文谱五》"家法"罗列经、史、子书、总集、别集等数目，别集一目下列"韩文"、"柳文"、"宣公文"、"欧文"、"荆公文"、"三苏文"和"曾文"，于八家之外另列有陆贽。明初赵㧑谦《学范》卷上"读范·读集"同样列有《韩文》、《柳文》、《三苏文集》、《六一居士集》、《南丰类稿》、《临川集》，并有作者按语曰："老泉、叠山有批点《孟子》，极使人易知作文之法。又虞邵庵有韩、柳、欧、苏、曾、王六选，批点画截最为法度。"②据此可知元人虞集也选有韩、柳、欧、苏、曾、王六家之文，并进行批点。朱右编选《唐宋六家文衡》，据贝琼所撰序文，乃"损益东莱吕氏之选"③，《唐宋六家文衡》与吕氏《古文关键》的最大区别便是入选王安石以替代张耒，虽仍以"六家"为名，但已构成韩、柳、欧、曾、王、三苏的"八大家"之实。至于具体入选的篇目数量，朱右《新编六先生文集序》称："邹阳子右编《六先生文集》，总一十六卷。唐韩昌黎文三卷六十一篇，柳河东文二卷四十三篇，宋欧阳子文二卷五十五篇，见《五代史》者不与，曾南丰文三卷六十四篇，王荆公文三卷四十篇，三苏文三卷

---

① 永瑢等《四库全书总目》卷一百八十七，下册，第1698页。
② 赵㧑谦《学范》卷上，《四库全书存目丛书》子部第121册，第323页。
③ 贝琼《清江贝先生文集》卷二十八，《四部丛刊》影印明初刊本，第1b页。

五十七篇。"①可见朱右所选，仅从选文数目而言，曾巩居首，韩愈次之，合为一家的苏氏父子列第三。事实上若从唐宋文章的宗尚与评价而言，八家之中，朱右尤其推崇韩、欧，《文统》曰："唐韩愈上窥姚、姒，驰骋马、班，本经参史，制为文章，追配古作。宋欧阳修又起而继之，文统于是乎有在。其间柳宗元、王安石、曾巩、苏轼，亦皆远追秦、汉，羽翼韩、欧，然未免互有优劣。"②朱右于唐文推重韩愈，并认为宋人欧阳修继之而起，接续文统，而柳宗元、苏轼几家则为韩、欧之羽翼。

从元末明初唐宋文统的建构情形来看，朱右"羽翼韩、欧"之说实可代表此时期文人推崇韩、欧二家的文章宗尚趋向。如贝琼《潜溪先生宋公文集序》也指出："文章经国之要也，岂直一艺而已哉！而与时升降，其变不一。在唐，则宗昌黎韩子；在宋，则宗庐陵欧阳子。韩子之文，祖于孟子，而欧阳子又祖于韩子，皆所谓杰出于千百者也。"③标举孟子、韩愈和欧阳修为文章典范，并强调其古文统绪递相传承的渊源关系。至于唐宋诸家，贝琼《唐宋六家文衡序》又曰："昌黎韩子倡于唐，而河东刘氏次之。五季之败腐不论也。庐陵欧阳子倡于宋，而南丰曾氏、临川王氏及蜀苏氏父子次之。"④王祎《宣城贡公文集序》亦曰："呜呼！两汉远矣。考之唐、宋，论文章则韩文公、欧阳文忠公。"⑤均可看出，韩、欧之文在明初唐宋文章评价体系中占据着主导地位。

韩、欧之文之所以会在明初得到格外推崇，其重要原因之一，正是上引贝琼所说的"韩子之文，祖于孟子，而欧阳子又祖于

---

①　朱右《白云稿》卷五，《续修四库全书》第1326册，第268页。

②　朱右《白云稿》卷三，《续修四库全书》第1326册，第245页。

③　贝琼《清江贝先生文集》卷二十八，《四部丛刊》影印明初刊本，第2a页。

④　贝琼《清江贝先生文集》卷二十八，《四部丛刊》影印明初刊本，第1a页。

⑤　王祎《王忠文公文集》卷六，《北京图书馆古籍珍本丛刊》第98册，第116页。

韩子"这种相承的文章学脉络。关于这点,明前期文话的相关论述交代得更加清晰。如宋濂《文原》强调六经以下,当宗孟、韩、欧三家文:"六籍之外,当以孟子为宗,韩子次之,欧阳子又次之,此固国之通衢,无榛荆之塞,无蛇虎之祸,可以直趋圣贤之大道。"①而据清钞本《文原》,宋濂此文本是他所选《宋太史校选文章正原》书前序文,文末又云:"今选孟、韩、欧之文为一编,命二三子所学,日进于道,聊相与一言之。"②后附《文章正原》目录,其中选孟子文二卷三十篇,韩愈文六卷三十五篇,欧阳修文七卷五十四篇,以彰显宋濂对韩、欧二家文章承接孟子而可"直趋圣贤大道"的价值认同。王鏊则从文章师法的角度来论述孟、韩、欧三家之文脉相贯。在《震泽长语》中,王鏊于六经之外尤推崇韩文:"六经之外,昌黎公其不可及矣,后世有作,其无以加矣。《原道》等篇固为醇正,其《送浮屠文畅》一序,真与《孟子》同功,与'墨者夷之'篇当并观。其它若《曹成王》、《南海神庙》、《徐偃王庙》等碑,奇怪百出,何此老之多变化也?"③论及文章"师古",王鏊认为"为文必师古,使人读之,不知所师,善师古者也",并举孟、韩、欧三人为例曰:"韩师孟,今读韩文,不见其为孟也;欧学韩,不觉其为韩也。"④以此强调师法当"师其意,不师其词"的文论观。

对唐宋文统,尤其是对韩、欧文章的评价,至明中叶则显示出微妙的变化。如嘉靖间王文禄所撰《文脉》,虽同样沿孟、韩、欧这一脉络对韩文自唐以来独尊的历史地位作了梳理,但其意实在于先秦两汉文:

> 韩昌黎有志古学,但性坦率,不究心精邃,非柳匹也。

① 宋濂《文原》,《历代文话》第2册,第1530页。
② 宋濂《文原》,清钞本,南京图书馆藏,第3b页。
③ 王鏊《震泽长语·文章》,《历代文话》第2册,第1644页。
④ 王鏊《震泽长语·文章》,《历代文话》第2册,第1645页。

当时能忘势且延揽英才，籍、涅辈尊称之，文名遂盛。于是唐后欧阳六一好而尊之配孟，以己配韩。苏氏父子在欧门下，极推尊欧，不得不推尊韩，是韩又盛于宋。我明宋潜溪《原文》："六经外当读《孟子》与韩、欧文。"夫惟皆知宗韩，则不复知先秦两汉文，故何大复曰："文靡于隋，韩力振之，古文之法亡于韩；诗溺于陶，谢力振之，古诗之法亡于谢。"旨哉言乎！①

论及欧阳修，王文禄也指出其文愈变愈弱，不及苏轼："欧阳六一典文衡，变文体，自作原弱，欲变入于弱也。先儒亦曰：'过丰腴而乏清劲，不及孙明复、石徂徕之简健。'予曰：欧阳肉多而骨少，孙、石肉少而骨多，曾子固木笃而欠玲珑，王介甫骨骼而无丰采，皆不及苏子瞻之俊逸也。"②王文禄既指出韩"非柳匹"，也认为欧、曾、王等人的文章不如苏文之俊逸，这种对韩、欧文章略有微词以及对苏文的褒扬，虽说只是王氏的一家之言，但实际上正反映了由明初至明中叶，伴随着文学思潮之变迁与文坛力量之消长，明人对唐宋八家内部的差异也有了一定幅度的调整。这种转变在嘉靖、万历之际愈发明显，如嘉靖间石英中论及宋诸家文章，极力推崇三苏，不仅认为苏轼之文可与欧阳修相抗衡且时有过之，甚至推举苏洵为"一代文宗"。石氏《三苏文》评价苏轼曰：

> 宇宙大矣，以文章名者，代不数人。苏氏父子师友眉山，隐然名动京师，其所著书传播天下，汉、唐以来所未有也。三子复生，余愿为执鞭矣。当时有欧阳子，以古文自任，原述六经，采猎百氏，卓然名家。以较老泉，如元戎冢宰坐于堂上，尊严若神，缙绅之士鸣金珮玉，从容揖逊于前，虽

---

① 王文禄《文脉》卷二，《历代文话》第 2 册，第 1701—1702 页。
② 王文禄《文脉》卷二，《历代文话》第 2 册，第 1702 页。

其气不为之少慑,而威仪精采何可同语? 东坡天才逸迈,明
畅洞达,其文无意于古而自不作世人语。其自谓行吾所当
行,止吾所不得不止,乃与欧阳子颉颃而时过之。颖滨之温
雅平淡,简而切,拙而不俚,庶几欧阳子而未达者也。夫以
欧阳子之有声一代,仅能过子由,子瞻乃其所畏,老泉又非
其敌,则苏氏所得可知。夫老泉气壮而学深,识精而志果,
宏奥瑰伟,锋锷凛然,有秦、汉间风,唐自韩子外无及者,当
为一代文宗。①

石英中对欧文的评价是"仅能过子由,子瞻乃其所畏,老泉又非
其敌",并以此称赞苏氏父子之文乃"汉唐以来所未有"。

明中叶以来文人对苏文之评价,除了着眼于上引王文禄所
言"俊逸"与石英中所谓"天才逸迈"等审美趣尚外,另一个重要
标准则是文章法度——认为苏文得《史记》、《战国策》、《庄子》等
战国、秦汉文章之法。如娄坚《手书苏长公问养生后题》便认为
苏文兼具《庄子》和《战国策》二书之长,为后人所不能及,他说:

> 窃尝妄论,六经之外,文之谭理而达者,无如《庄子》;论
> 事而达者,无如《国策》;后之作者,能兼撮二书之胜,无如苏
> 长公。自韩昌黎振累代之衰,力去浮蔓,以为怪奇,然其句
> 琢字炼,犹在虚实之间。至欧学韩而益畅之,并去雕刻,而
> 务出于平易,又一变焉。长公后出,与欧同出于用虚,而笔
> 力豪横,倏忽变化。后有作者,无以复变,亦无复能逮矣。②

娄坚所言苏文与《战国策》、《庄子》的关联类似,武之望论文
章师法也指出:"古文中可以为举业师范者,无过《战国策》、《庄
子》及《苏长公集》三书。"③并强调苏文源出于《战国策》、《庄子》

---

① 石英中《石比部集》卷五,《四库全书存目丛书》集部第 83 册,第 459 页。
② 娄坚《学古绪言》卷二十三,《景印文渊阁四库全书》第 1295 册,第 270 页。
③ 武之望《重订举业卮言》卷下,第 21b—22a 页。

的特征曰：

> 至苏长公之文，实自《战国策》、《庄子》来，词虽浅易而气则流溢，其滂沛如长江大河之不可御，其猛锐如铁骑悍卒之不可当。读一篇只如一股，读一股只如一句，虽中间纵横离合，变态百出，而气却一口呵来，无丝毫间断。唐宋以来，良属第一手。三书气、机、调、法，大约相同，而于举业家均为便利。后学能读之，有不拔帜词坛，脱颖场屋，吾不信也。昔宗子相紬绎千古，于史迁、工部、李献吉三书终身服膺不置，至谓怒读之则喜，愁读之则欢，困读之则苏，悲读之则平。余于前三书亦云然。①

武之望论文人之"才"，也认为"读太史公及苏长公文，亦能助发人才"②，并褒扬二人文章云：

> 太史公蕴藉百家，包括万代，其文汪洋排荡，令人沉濡终身，莫能测其涯涘。看他一篇之中，常累数十件事，而铺叙摆脱，不见缠绕；常出许多头绪，而裁割整顿，不觉重复。即用一极俗事，引一极俚语，而从中点化淘洗，各极高雅。王允宁云："迁史之文，或因本以之末，或操末以续颠，或繁条而约言，或一传而数事，或从中变，或自傍入，意到笔随，思余语止。"呜呼！后有作者弗可及矣。至苏长公率意而出，若无意于为文者，然其驰骋变化，如神马游龙，不可笼络。有所长，即百千万言而不嫌冗；有所短，即只词片语而不嫌简。时遇难，则批郤导窾而不觉涩；时遇枯，则旁引曲喻而不觉寂。公尝自谓其文："如万斛泉源，不择地皆可出，在平地滔滔汩汩，虽一日千里无难，及其与山石曲折，随物赋形而不可知也。所可知者，常行于其所当行，止于其所不

---

①　武之望《重订举业卮言》卷下，第22a—22b页。

②　武之望《重订举业卮言》卷上，第14b页。

得不止,如是而已矣。"二公天授奇才,古今罕俪,读其文直
令人两腋翩翩,有冲举云霄之势。①

李腾芳《文字法三十五则》也极力称道苏文曰:"然他文字之妙,
实实是司马迁以后一人,世人谓之'坡仙',真是上八洞第一个领
班的仙长也。"②袁黄《游艺塾文规》也认为苏轼得司马迁之"波
澜":"作文固贵用意,而场中阅文,全要气好。古文惟太史公最
雄浑昌大,苏长公得其波澜,便能雄视一世。"③

从上文所述的苏文与秦汉文章的关联中,我们可以看到一
个富有意义的对比:如果说,明初文坛尊奉韩、欧,认为二子之
文接续《孟子》,具备文以明道的示范性,彰显的是一种由理学思
想所主导的文章学观念的话,那么明中叶以来文人多崇尚苏学,
强调苏文与《庄子》、《史记》、《战国策》等经典之关联,反映的正
是此际相对开放的思想文化氛围,以及文章学观念从明道宗经
的单一取向朝着子、史拓展的多元趋势。

苏文正是在上述文章学背景下逐渐得到明人的推崇,其地
位也从明代前期的次于韩、欧之下及合于三苏之内的唐宋诸家
中脱颖而出。晚明以来,明人品评历代文章,多有苏文超越唐宋
诸家的论调,如董其昌认为苏文因浸染禅学而具备奇诡的特征,
因而得以"突过昌黎、欧阳",其《画禅室随笔·评文》曰:"东坡水
月之喻,盖自《肇论》得之,所谓'不迁'义也。文人冥搜内典,往
往如凿空,不知乃沙门辈家常饭耳。大藏教若演之,有许大文
字。东坡突过昌黎、欧阳,以其多助,有此一奇也。"④甚至有了
"有天地以来,一人而已"的至高评价。明末王守谦撰《古今文

---

① 武之望《重订举业卮言》卷上,第15b页。
② 李腾芳《文字法三十五则》,《历代文话》第3册,第2489页。
③ 袁黄《游艺塾文规》卷六,《续修四库全书》第1718册,第80页。
④ 董其昌《画禅室随笔》卷三,清康熙五十九年(1720)长洲杨氏刊本,第
13a页。

评》,于宋代诸家中尤推举苏轼:

> 迨宋五星聚奎,已兆理学大明之象,倘论文章家,其欧、苏、曾、王乎? 四姓之中,以三苏为最;三苏之中,又以长公为最。……坡公生来有仙气,古今文章大家以百数,若其人已往,而其神日新,其行日益远,则惟坡公独也。故曰《兰亭》不入帖,李、杜不入选,无可选也。长公集亦然。又有云坡公文章如晴空鸟迹,水面风痕,有天地以来,一人而已。长组吴师每向余云:"案头只消司马子长《史记》、庄子《南华》、东坡全集,便堪一生受用。何者? 三子者,皆文中仙也。"知言哉!①

王守谦对苏轼的褒扬以及对苏轼、司马迁和庄子并列为"文中仙"的肯定,是出于他"本乎性灵"、反对模拟的文章观。王氏本人也将苏轼和左丘明、司马迁、庄子并而称之,说到:"文章之气格,因乎世代,不能不异者也;文章之精粹,本乎性灵,不能不同者也。如以气格,无论六经,无可着手,即千载之后,有能为盲史,为腐令,为庄叟、坡仙者乎? 假令今人文字,果有必不可磨灭之精光,即起盲史、腐令、庄叟、坡仙,而有不心服我者乎? 益信气格不足以绳文,而恃有性灵在也。"②在标榜苏文、《史记》具备千古"不可磨灭之精光"的同时,强调今人文字须本于性灵。

综上所述,从明初"羽翼韩、欧"到晚明"突过昌黎、欧阳",苏文在明人文章价值序列中的地位变更,所展现的不仅是明人对古文经典范型的重构,更重要的是这种重构背后隐含的由孟、韩、欧与"盲史、腐令、庄叟、坡仙"为各自代表的不同文章统绪与价值标准之间的较量。苏轼及其文章可以说正是在这两股力量的消长中逐渐凸显了出来。

---

① 王守谦《古今文评》,《历代文话》第 3 册,第 3123 页。
② 王守谦《古今文评》,《历代文话》第 3 册,第 3127 页。

二 苏文"当熟"及其"举业法程"的示范性

正如上文引述武之望所称苏文与《战国策》、《庄子》"可以为举业师范者",明人对苏文的表彰,另一个重要因素便是在实践创作层面肯定它具备指导士子作文的范本意义。王世贞在其晚年撰写的《苏长公外纪序》,即对苏轼之论、策得到习文士子揣摩学习的情状作了揭示:"今天下以四姓目文章大家,独苏公之作最为便爽,而其所撰论、策之类,于时为最近,故操觚之士鲜不习苏公文者。"①李贽于万历间编选《坡仙集》并由焦竑刊行,他在给焦竑的信中也谈到苏文有资于举业的性质:"憾不得再写一部呈去请教耳,倘印出令学生子置在案头,初场、二场、三场毕具矣。"②另如敖鲲于万历初年编刊《古文崇正》,所撰《刻古文崇正引》亦曰:"因出余先后所辑古文词,谬付诸梓,以畀多士。凡十有二卷,大指律之以正,取其足为举业法程尔。其有资于举业,即诸刻所无,亦博取之,少有所妨窒。虽脍炙人人者宁置,无敢侈同也。刻中惟苏文几四之一,以其于举业尤最为近。"③这些表述多少说明万历以来苏文作为"举业法程"而有资于场屋的价值,渐已得到普遍认可。从明人文话的相关表述来看,这种认可的形成,至少可从以下数端说起:

首先,苏轼文章被嵌入中晚明举业教育与文章教习之中,不可忽视的是唐宋派在其中起到的推介作用。如归有光编《文章指南》,选历代名家文章为例来讲解作文法式,从所收篇目来看,唐宋八家分别为:韩愈文二十六篇,柳宗元文十篇,欧阳修文七

① 王世贞《弇州山人续稿》卷四十二,明刻本,第13a页。
② 李贽《卓吾先生复焦秣陵书》,《坡仙集》卷首,明万历刻本,第1b页。
③ 敖鲲《古文崇正》卷首自序,明万历八年(1580)临江敖氏建州刊本,第2b—3a页。

篇，曾巩文一篇，王安石文一篇，苏洵文十篇，苏轼文二十一篇，苏辙文未入选。仅从篇目数量上来说，韩文与苏文均占较大比重。归有光在此书中论"文章体则"共六十六则，其中以苏文为范例的共十六则，分别为："仁集"之立论正大则、神思飘逸则；"义集"之譬喻则、尚论成败则、一反一正则；"礼集"之文势如破竹则、先虚后实则、先疑后决则；"智集"之下句截上句则、缴上生下则、叠上卷下则；"信集"之死中求活则、立意贯说则、缴应前语则、结束推广则、结束垂戒则。具体例子如"先虚后实则"，即以苏轼《伊尹论》、《晁错论》为范例："谢叠山云：'文章先立冒头，然后入事。'又是一格。如苏子瞻《伊尹论》是也。苏子瞻《晁错论》亦可参看。"[①]"死中求活则"则以《范增论》、《晁错论》为例并略作解说："凡文字议论已到至处，更出一段议论，不溺于题意之寻常，是谓'死中求活'，此文法之最妙者。如苏子瞻《范增论》方羽杀卿子冠军一说、《晁错论》'当此之时'一段是也。熟此二篇文字，自有佳思矣。"[②]诸如此类，均以苏文为示例来讲解文章格法。

相比于归氏所选，茅坤的《唐宋八大家文钞》对苏文在晚明的推广普及起到了更关键的作用。茅坤对苏轼文章的评价，是肯定其"天纵之才"，《苏文忠公文钞引》说："予少谓苏子瞻之于文，李白之于诗，韩信之于兵，天各纵之以神仙轶世之才，而非世之问学所及者。"[③]从编选情况来说，《文钞》共选入苏轼文章二百四十九篇，凡二十八卷，数量仅次于欧阳修而位居第二。至于入选的文类，茅坤选苏文尤重视其论、策一类的文章，并强调东坡此类文字颇有资于举业，如《刑赏忠厚之至》评语曰："东坡试

---

① 归有光《归震川先生论文章体则》，《历代文话》第 2 册，第 1727 页。
② 归有光《归震川先生论文章体则》，《历代文话》第 2 册，第 1734 页。
③ 茅坤《唐宋八大家文钞评文》，《历代文话》第 2 册，第 1961 页。

论文字,悠扬宛宕,于今场屋中极利者也。"①《孔子从先进》评语:"时论中妙手,其体格与今无相远。"②《物不可以苟合》评语:"时论之冠。中间君臣等四比填入格眼,本属时论,却能按经传事情,化腐为新。举子辈得此法,可以横四海矣。"③《王者不治夷狄》评语:"奔逸绝尘,是时论中一射雕手也。举子业到此,便是脱凡胎矣。"④此类评语,均着眼于科场作文而发。四库馆臣也指出《文钞》"大抵亦为举业而设","集中评语虽所见未深,而亦足为初学之门径,一二百年以来,家弦户诵,固亦有由矣"⑤。事实上《文钞》刊行之后,在晚明与清代被多次翻刻,影响颇大。明末沈暗章《苏文忠公文选序》指出:"子瞻尤以神仙轶世之才独建旗鼓,传称浑涵光芒,雄视百家,倘所谓转世而不世转、持世而不世趋者非欤? 明兴,操觚家递为评选,屈指未易更仆数。丰寰钱先生业加品骘,而鹿门先生又有《文抄》行海内,然览者不无浩夥之叹。"⑥从中可看出在重视科考的社会语境中,《文钞》之刊刻流行一定程度上也助推了苏文,尤其是其论、策类文章典范意义的确立。

其次,正如上文引述,王世贞指出苏轼"所撰论、策之类,于时为最近",茅坤评苏轼《孔子从先进》论"其体格与今无相远",苏文之所以能成为中晚明流行的举业读本,除了精英阶层的鼓倡推动外,另一个重要的客观因素正是论、策作为明代科举取士的考试文体,其体式基本沿用了南宋旧制。从历史上看,苏轼之文在南宋科场也曾风行一时,陆游曾记载南宋初年苏文取代《文

① 茅坤《唐宋八大家文钞评文》,《历代文话》第 2 册,第 1984 页。
② 茅坤《唐宋八大家文钞评文》,《历代文话》第 2 册,第 1984 页。
③ 茅坤《唐宋八大家文钞评文》,《历代文话》第 2 册,第 1985 页。
④ 茅坤《唐宋八大家文钞评文》,《历代文话》第 2 册,第 1985 页。
⑤ 永瑢等《四库全书总目》卷一百八十九,下册,第 1719 页。
⑥ 闵尔容《苏文》卷首沈暗章序,明末乌程闵尔容刊朱墨蓝三色套印本,第 1b—2b 页。

选》成为举业读本的现象："方其盛时，士子至为之语曰：'《文选》烂，秀才半。'建炎以来，尚苏氏文章，学者翕然从之，而蜀士尤盛。亦有语曰：'苏文熟，吃羊肉；苏文生，吃菜羹。'"①叶适也曾称扬苏轼之论，认为"独苏轼用一语，立一意，架虚行危，纵横倏忽，数千百言，读者皆如其所欲出，推者莫知其所自来，虽理有未精，而词之所至莫或过焉，盖古今论议之杰也"②，并分析苏文与当时科场文风之关联说："以文为论，自苏氏始，而科举希世之学，烂漫放逸，无复实理，不可收拾矣。"③苏轼的论体文在南宋科场的流行态势也延续到了明代。明初何乔新《论学绳尺序》云：

> 予少时从事举子业，先公尝训之曰："近时场屋论体卑弱，当以欧、苏诸论为法，乃可以脱凡近而追古雅。"予因取欧、苏诸论熟读之，间仿其体拟作一二，出示同舍生，莫不骇且笑之，虽予亦不能自信。盖当是时，科举之士未见此书故也。今游君惓惓于此，以嘉惠后学，其用心勤矣。是书一出，予知四方之士疾读而力追之，上下驰骋，不自逾于法度，如工之有绳尺焉，而场屋之陋习为之一变矣。凡世之学者，本之经史以培其根，参之贾、班、夏、刘以畅其支，廓之苏、韩以博其趣，旁求之欧、苏诸论以极其变，而其法度一本此书，庶乎华实相副，彬彬可观，岂直科举之文哉！④

自言以欧、苏诸论作为师法和效仿的对象。到了晚明，凌启康编《苏长公合作》，其《凡例》指出"昔之选坡者，策、论、上书、《赤壁赋》外不多录"⑤，钱士鳌序《苏长公集选》亦曰："往不佞习举子

---

① 陆游《老学庵笔记》卷八，中华书局 1979 年版，第 100 页。
② 叶适《习学记言序目》卷五十，中华书局 1977 年版，第 744 页。
③ 叶适《习学记言序目》卷五十，第 744 页。
④ 何乔新《椒邱文集》卷九，《景印文渊阁四库全书》第 1249 册，第 141 页。
⑤ 凌启康《苏长公合作》卷首《凡例》，明万历四十八年（1620）吴兴凌氏刊三色套印本，第 1a 页。

业,诸尝业举子者辄称苏长公。不佞取世所传论、策等十数篇读,洸洸漾漾,莫余逆已。"①可见明人刊刻苏文选本,也有意识地强调对策、论一类文体的选录。

最后,与上述苏文选本的文体收录情况相匹配,晚明文话对论体文的研讨也多以东坡文章为例。袁黄《游艺塾续文规》论及论体文之格制,首先强调必须阅读宋人旧论:"我朝试论有破题,有承题,有小讲,有入题,有原题,有大讲,有腰,有结,原系国初诸儒仿《论学绳尺》而制此式也,中式者中此而已。今作墨卷论,亦须将宋人旧论一一检阅。"②在此基础上,提出东坡诸论为论体文质典范的观点,并将《王者不治夷狄》、《贾谊论》二文视为"矜式":

> 苏子瞻《王者不治夷狄论》,乃是制科墨卷六论中之一,有冒有承,有讲有缴,规模极整。前面闲说甚长,后面正说甚短,及读之全不觉其长短,盖后面一句转一句故也。今之时论,皆有段落,殊不雅观,须融通而变化之。如干宝作《晋帝纪总论》,徐伯鲁谓:"贾谊《过秦论》后,仅见此篇。"然其中间实以安民立政、民风国势为眼目,惟其笔力圆劲,故全不见其比排之迹。又如苏子瞻《贾谊论》,"深交绛灌"与"默默待变"本是两柱,而文势融通,一意贯串,遂成高调,皆可矜式者也。③

袁黄认为苏轼之论极为工整,且贵在文势融通,一意贯串,而今人作时论,往往分以段落,缺乏圆融之态,因而他也强调:"论贵古,贾生《过秦》其最也;论贵圆,苏氏兄弟称绝调焉。故学论者,

---

① 钱士鳌《苏长公集选》卷首自序,明万历二十六年(1598)福宁府刊本,第1a—1b页。
② 袁黄《游艺塾续文规》卷五,《续修四库全书》第1718册,第223页。
③ 袁黄《游艺塾续文规》卷五,《续修四库全书》第1718册,第223页。

取材于古,而尤当畅之以苏文。"①除袁黄外,如汪正宗于万历元年(1573)撰成《作论秘诀心法》,在其所作序文中也认为在宋代诸家中,以论擅名者当属欧、苏:"有宋龙兴,周、程、张、朱为理学渊薮,接洙泗渊源,卓乎不可及矣。若乃以论擅名,欧、苏其选也,著述繁浩,星罗布列,《春秋论》、《朋党论》、《孔子从先进论》、《王者不治夷狄论》、《物不可以苟合论》,岂非无关于世教者哉?此犹古作也。"②庄元臣在《论学须知》中则承续了宋人"苏文熟,吃羊肉"的说法,提出"苏文当熟"。对于师法古人,庄元臣指出应重视"轨辙",所谓"体制有古今,轨辙无先后,善学者师其轨辙,不善学者师其体制。师其体制者,古而实今;师其轨辙者,今而实古"③,并借此肯定苏文得《孟子》轨辙,因而讲说行文法度,"动引苏文为证据",可见其对苏文之推崇。

因此就总体而言,苏文在中晚明作为一种文章程式之确立,实际上与明代的文章学演进关系密切。一方面,随着文体学的发展,对经义、论、策等科考文体之体制、格式的研讨亦日益细化,如上汪正宗《作论秘诀心法》曾详细讲解论体文之纲领、节目及具体作法。另一方面,正如袁黄指出须检阅"宋人旧论"、庄元臣强调应师法前人"轨辙",阅读并仿习唐宋文章是明人制举习文的重要手段。正是在这些情势下,体格"于时为最近"、文势融通又富有变化的苏文,其文学价值与社会功用获得极大认可,成为这一时期重要的文章范本和举业程式。

三 《论学须知》及其以苏文为范本的技法论

除了延续宋人"苏文熟"的说法外,庄元臣《论学须知》专以

---

① 袁黄《游艺塾续文规》卷五,《续修四库全书》第1718册,第224页。
② 汪正宗《作论秘诀心法》卷首自序,《稀见明人文话二十种》上册,第201页。
③ 庄元臣《论学须知》,《历代文话》第3册,第2211页。

苏文为范本来论述文章作法，这点尤其值得留意。其特别之处在于，苏文作为一种典范文本进入一个从立意、行文到造语、下字的完整文章学系统，这为我们深入了解明人作文如何取法于苏文提供了很好的样本。

关于庄元臣其人，此处略作交待。《历代文话》收录庄氏《论学须知》、《行文须知》和《文诀》三种，但所附提要对其生平、籍贯等情况均失考，盖沿《四库全书总目》之误。庄氏《三才考略》入《四库全书》子部类书类存目，其提要谓："元臣字忠原，归安人，隆庆戊辰进士。"①对此，刘咸炘《旧书别录》、杨武泉《四库全书总目辨误》实已提出异议。目前所知最早记载庄元臣的文献线索，是潘柽章的《松陵文献》，该书卷九《人物志·文学》载有庄元臣小传，现节录如下：

> 庄元臣，字忠甫，万历三十二年进士，授中书舍人。奉使封平原安丘二王，以母丧归。三十六年，吴中大水，元臣条议荒政，当事者采行之。寻，北上，卒于济宁舟中。……兄宪臣，字昆明，亦博雅士也。②

康熙《吴江县志》卷三十五"人物六·文苑"、乾隆《震泽县志》卷十九"人物七·文学"、道光《震泽镇志》卷九"文苑"均录有小传，内容雷同，应该都本自《松陵文献》而来。庄氏《三才略考》及《叔苴子》卷首所题，均字"忠甫"。字"忠原"者，据笔者所查，除《总目》外别无旁证，当是馆臣误记。关于庄元臣的科第与籍贯，据康熙《吴江县志》卷二十八"科第表"、乾隆《震泽县志》卷十三"人物一·科第"、光绪《归安县志》卷三十一"选举录一·进士"以及"明清进士题名碑录索引"所载，当为万历二十五年丁酉（1597）举人、三十二年甲辰（1604）进士，原籍吴江（今江苏吴江），寄籍

---

① 永瑢等《四库全书总目》卷一百三十八，下册，第 1170 页。
② 潘柽章《松陵文献》卷九，《四库禁毁书丛刊》史部第 7 册，第 91—92 页。

归安(今浙江湖州)。万历三十六年,吴中水灾,庄元臣以救荒条上陈当事。此后不久,北上至济宁(今属山东),卒于舟中。关于具体卒年,赵鸿谦《松轩书录》载:"己酉岁卒,年仅五十。"①据此可知他卒于万历三十七年己酉(1609),并可推知其生年为嘉靖三十九年庚申(1560)。

庄元臣喜谈经论文,著述颇丰,《庄忠甫杂著》存《昭代事始》、《朝纲变例》、《叔苴子》等二十八种,共七十卷,有清初永言斋抄本。另有《曼衍斋文集》不分卷,存清抄本。庄氏早年习举业,尝探讨古人作文法度,来作为科考作文的参考,上引《松陵文献》所载小传谓:

> 元臣学无所不窥,喜谈经济。每阅一书,必劈肌解族,扼要钩玄。尝言读旧书如遇新知,读新书如逢旧识。其为古文辞,经营极苦,会意所至,千言立就。自言少时习制举业,茫洋而思,信笔而书。如是者有年,乃伏而自思,以为先哲之文投机迎刃,意必有准绳尺度以运其间,而非得之偶然者。乃尽发洪、永以讫近代之文,俯而读,仰而求,如是者又有年。……乃以暇时尽出先秦两汉史氏百子之书,伏而读之。不厌,则取唐宋而下及我明诸名家文集读之。又不厌,取《楞严》、《法华》诸佛经读之。咸味其理,掇其词,深求其文章变化曲折之妙。长者,寻其波澜之所演迤;短者,究其根荄之所藏缩;华者,研其精神之所色泽;畅者,释其筋力之所发舒;深者,蹑其浚凿之途;奇者,考其神变之术。于是文章之情状,略已得其统纪条贯矣。因为文论十篇,以明古今作者之得失。所著有《叔苴子》、《觉参符》、《三才考略》、《金

---

① 赵鸿谦《松轩书录》,《江苏省立国学图书馆第四年刊》本,国学图书馆1931年版,第118页。

石撰》、《凤阁草》、《时务策》，凡数百卷。①

据小传可知庄氏尚有《四书觉参符》、《金石撰》、《凤阁草》、《时务策》等著作，另撰有文论十篇，惜皆失传。文中提到庄氏少时作文多信笔而书，从他后来所著的文论作品中可以看出，庄氏对这种"信笔"作文的习惯是持否定态度的，取而代之的是他对古文法度的强调。这种自我否定，来自庄元臣对唐宋以来名家文章的剖析。我们再来看小传所提及的几种著作。《三才考略》十二卷，今存明万历庄氏森桂堂刻本，又有清抄本（《四库全书存目丛书》据以影印）。《总目》谓："是书备科举答策之用，分十二门，皆摭《通典》、《通考》诸书为之。"②可知该书专为科举答策备考所编。《时务策》今佚，内容已无法考知，然而从书名来看，应该也是策试的参考用书。至于《四书觉参符》，道光《震泽镇志》卷十一"书目"题"二十卷"，曾刊行。庄氏同年进士张鼐撰有《觉参符叙》，谓："觉，本觉也，参于古圣贤之书意而符合焉。故名。"③知该书乃阐发四书义理之作，或为经义备考所用。可见庄元臣尝探求历代文章的法度，同时也关注科举时文的技法，多有心得。

梳理上述背景，有助于我们了解庄元臣的文章学倾向。小传已提到他在长期的创作实践中，认识到古人作文有迹可循、有法可依，并非出于偶然。在《论学须知引》中他也提到自己常读《孟子》和三苏的文章，探索其中的技法：

> 日取《孟子》、《韩子》与苏氏父子之文，俯而读，仰而维，日夜探索其方术之所在。久之，遂能悉了其解，毫无隐机。虽其雄辨之才、弘博之识，与人俱往，而至其构造绘饰之法，则刍狗犹可再陈，糟粕尚有余沥也。故辄取所得，笔之于

---

① 潘柽章《松陵文献》卷九，《四库禁毁书丛刊》史部第7册，第91—92页。
② 永瑢等《四库全书总目》卷一百三十八，下册，第1170—1171页。
③ 张鼐《宝日堂初集》卷十一，《四库禁毁书丛刊》集部第76册，第289页。

纸,号曰《论学须知》。①

于古今文家中,庄氏尤推苏轼父子,于是专引苏文为据,撰成"论文家四要诀",针对立意、章法、句法、字法四个方面展开论述。对于具体技法的解说,庄元臣几乎全部以苏轼文章为范本,可知这里的"苏文"主要是指苏轼文章。为便于说明,现将这些技法及征引的文章篇目录于下表②:

四要诀	具 体 技 法	援 引 篇 目
立意	拗题立意	《思堂记》、《宝绘堂记》
	拗俗立意	《晁错论》、《留侯论》、《代张方平谏用兵书》
	轻题立意	《庄子祠堂记》
	题外寻意	《既醉备五福论》
	就题立意	《刑赏忠厚之至论》
	借题寓意	《木假山记》(苏洵)
	设难以尽意	《春秋论》(苏洵)、《王者不治夷狄论》
	牵客以伴主	《放鹤记》
	抑扬以发意	《醉白堂记》
	深文以畅意	《荀卿论》
	借形以影意	《武王论》
	臆度以生意	《刑赏忠厚之至论》、《范增论》
	转折以透意	《韩非论》
	引事以证意	《谏上论》
	引喻以明意	《日喻》、《稼说》

①　庄元臣《论学须知》,《历代文话》第 3 册,第 2210 页。
②　庄元臣《论学须知》,《历代文话》第 3 册,第 2213—2225 页。

四要诀	具体技法		援　引　篇　目
章法	大开阖	欲言而不言之法	《管仲论》、《汉高帝论》(苏洵)、《伊尹论》、《范增论》
		影题法	未引具体篇目
		虚引法	未引具体篇目
		实引法	未引具体篇目
		譬喻法	未引具体篇目
		设难法	未引具体篇目
	小开阖	暗提法	《学士院试孔子从先进论》、《上曾丞相书》
		铺张法	《秦始皇论》
		总括法	《上富丞相书》
		断制法	《厉法禁》
		遮藏头面之法	《孙武论》
		参差布置之法	《伊尹论》、《留侯论》、《汉高帝论》(苏洵)、《易论》、《明论》(苏洵)、《上田枢密书》(苏洵)
	圆成之妙	直叙题起	《范增论》、《管仲论》
		影题作冒起	《晁错论》、《留侯论》
		譬喻起	《盖公堂记》、《日喻》、《稼说》
		发难起	《净臣论》(韩愈)
		援引起	《乐全先生文集叙》、《钱塘勤上人诗集叙》
		以譬喻作转词	《孙武论》
		以引语作转词	《伊尹论》
		以"虽然"作转词	《汉高帝论》(苏洵)

续　表

四要诀	具体技法		援引篇目
章法	圆成之妙	以"且夫"作转词	《策略四》
		以"或曰"作转词	《论始皇汉宣李斯》
		单以"且"字作转词	《留侯论》
		单以"夫"字作转词	《伊尹论》
句法	长短相间		《拟进士御试策》
	宫商相合		《潮州韩文公庙碑》
	散对相错		《策略五》
	轻重相承		《喜雨亭记》、《潮州韩文公庙碑》
	缓急相合		《刑赏忠厚之至论》、《潮州韩文公庙碑》
	伸缩相换		《物不可以苟合论》
	正反相发		《喜雨亭记》
	枝叶相生		《策断上》、《审势论》(苏洵)
	虚实相替		《厉法禁》、《无沮善》
字法			《大臣论下》、《厉法禁》、《上刘侍读书》、《留侯论》、《秦始皇论》、《上神宗书》

　　表中所引篇目若非苏轼文章，则括注。"四要诀"总计征引五十篇，苏轼四十三篇，苏洵六篇，韩愈一篇，不计重复。

　　至于具体的技法论述，不妨仍按"四要诀"依次论述。首先是"立意"，作为作文之要务，庄元臣自然也很重视，他说："意为一篇之纲纪，机局待之以布置，词章待之以发遣，如大将建旗鼓，而三军之士，臂挥颔招，奔走如意也，故曰意为大将。"①针对作

---

① 　庄元臣《论学须知》，《历代文话》第3册，第2212页。

文立意的原则,他提出应力避"庸"、"悖"、"迂"、"稚"、"浮"、"陋"六忌,追求"婉而高"。① 立意须"高"的观点,宋人已有论及:"凡论以立意为先,造语次之。如立意高妙,而遣辞不工,未害为佳论。"②相比之下,庄氏所论立意之"婉",似更值得留意。所谓"婉",即要求文章的内容婉转曲折,不直接道明。庄元臣在《文诀》中也提出过类似观点:"为文妙在立意曲折,架造峻嶒,如宴饮者,钩致众宾以娱主人。"③《论学须知》以苏文为例,提出了十五种立意法,譬如"深文以畅意"之法,即援引《荀卿论》,指出苏轼为道明荀子之罪,并不只在荀子身上做文章,而是另开一笔,转以李斯之乱归罪于荀子。清人对苏轼《荀卿论》也有类似的评价:"以李斯之罪罪荀卿,虽深文曲笔,自不可易。……文之曲折纵横,的是名手。"④这里提到的"深文曲笔",是一个值得关注的批评术语。"曲笔"本为史家笔法,与"直书"对立,均出自刘知幾《史通》。明清以来,曲笔的手法逐渐进入文学批评的视野,尤以金圣叹的《水浒传》评点为代表。所谓"深文曲笔",就文章写作而言,其实是讲究为文须曲折迂回地进行表达,以求得行文蕴藉,意旨深沉。庄元臣对这一笔法的理解,是与他强调文章立意应避免浅陋的大忌相符合的。也正是以此作为评判标准,他对苏文的评价颇高:"文章立意之妙,观所起,不能测所止,随看随解,至尽后知。此惟苏、韩文能得其解,余人莫及也。"⑤

其次是"章法",庄氏认为章法贵在"圆":"大抵章法之所贵者开阖,而开阖之所贵者圆融。"⑥此后又以"观者如入武陵桃

---

① 庄元臣《论学须知》,《历代文话》第 3 册,第 2212 页。
② 陈傅良《论诀》,《四库全书存目丛书》集部第 20 册,第 4 页。
③ 庄元臣《文诀》,《历代文话》第 3 册,第 2294 页。
④ 李扶九、黄仁黼《古文笔法百篇》,岳麓书社 1984 年版,第 108 页。
⑤ 庄元臣《文诀》,《历代文话》第 3 册,第 2293—2294 页。
⑥ 庄元臣《论学须知》,《历代文话》第 3 册,第 2215 页。

源"为喻，来强调行文须委婉曲折，圆转无痕。由此看来，追求章法圆融事实上正是为立意之婉转而服务。在《文诀》中，庄元臣也用"观者"视角，以"山川地形"为喻表达了类似的观点，他说："凡作文字，当如山川地形，要使其有高深磊砢之势，方成大观。若使直叙事理，苟求通畅，则如陂陁平远，弥望遥遥绵亘千里，徒为荒郊瓯脱之地而已，何足寓览者之目哉！"①也是强调章法须有变化，不可平铺直叙。至于具体作法，庄氏分大开阖、小开阖和圆成之妙三类目标，各有区别。试以大开阖一类略作说明。庄氏指出想达到大开阖的效果，应掌握"欲而不言之法"，认为凡是作文章，必须先有个主意，但不可信笔直书，并认为苏文最得此要诀：

> 故必迂其途路，多其款曲，由隐之显，由略之详。将欲吐之，又复吞之；将欲示之，又自秘之。直到水穷山尽处，然后曝然倾出本色，一发便收，才能鼓舞人心，竦动眼目。……苏家最秘此诀，篇篇用之。而《管仲》、《高帝》、《伊尹》、《范增》等篇，则尤其较著者也。②

具体操作又细分为"影题法"、"虚引法"、"实引法"、"譬喻法"、"设难法"五种。如"影题法"，《论学须知》举苏轼《晁错论》为例。为方便论述，不妨节录《晁错论》原文来对这几种方法作一番解说：

晁错论

> 天下之患，最不可为者，名为治平无事，而其实有不测之忧。坐观其变，而不为之所，则恐至於不可救。起而强为之，则天下狃于治平之安，而不吾信。唯仁人君子豪杰之士，为能出身为天下犯大难，以求成大功。此固非勉强期月

---

① 庄元臣《文诀》，《历代文话》第3册，第2289—2290页。
② 庄元臣《论学须知》，《历代文话》第3册，第2216页。

之间，而苟以求名者之所能也。天下治平，无故而发大难之端，吾发之，吾能收之，然后有以辞于天下。事至而循循焉欲去之，使他人任其责，则天下之祸，必集于我。

昔者晁错尽忠为汉，谋弱山东之诸侯。山东诸侯并起，以诛错为名。而天子不察，以错为说。天下悲错之以忠而受祸，不知错之有以取之也。

古之立大事者，不唯有超世之才，亦必有坚忍不拔之志。昔禹之治水，凿龙门，决大河而放之海。……

夫以七国之强而骤削之，其为变岂足怪哉！错不于此时捐其身，为天下当大难之冲，而制吴楚之命，乃为自全之计，欲使天子自将，而己居守。且夫发七国之难者，谁乎？己欲求其名，安所逃其患。……①

"影题法"的提出，最早见于元人陈绎曾的《文说》，列于"抱题法"条下，并有解释说："并不说正题事，或以故事，或以他事，或立议论，挨傍题目而不着迹，题中合说事皆影见之，此变态最多。"②上引《晁错论》第一段即运用"影题法"，以"天下之患"之论展开，并不直议晁错，却又暗含对晁错的评价。"虚引法"和"实引法"常常并用，前者多为抽象的概说，如苏文中常用的"古之君子"、"古之圣人"等，后者则是实人实事。引文第三段的开头三句即用"虚引法"，随后用"实引法"带出大禹治水凿龙门、决江河的事例，完成了由虚到实、由抽象概说到具体例证的过渡。"设难法"，即设疑，多为问答形式，引文第四段用此法引出问题以阐述晁错取祸的原因。随后庄元臣对这一程式化的写作流程作了总结："凡要用欲言不言之法者，必先影题一段，虚引一段，实引一段，譬喻一段，设难一段，然后说到主意上，便觉委婉纤

---

① 苏轼《苏轼文集》卷四，第1册，第107页。
② 陈绎曾《文说》，《历代文话》第2册，第1339页。

徐,烂然成文矣。"①

　　再次是"句法",庄氏提出了"长短相间"、"散对相错"等九类造句的方法,并指出"虚实相生"为最妙。所谓"虚实相生"之法,是以实字带出虚字,虚字代替实字,使得句义错综而不致重复。譬如苏轼的《厉法禁》,开篇就以一句"乐乎赏而畏乎刑"来为"赏"、"刑"二实字找到"乐"、"畏"两个虚字作为替代。下文只用"乐"、"畏",不再言"赏"、"刑",而"赏"、"刑"之意不言自明,这正是苏轼善于下字造句的体现。

　　最后是"字法",庄元臣认为三苏的文章,用字尤其精细工巧,并以苏文为代表,逐一论述了他所崇尚的下字法,即"贵亮,贵确,贵新,贵劲,贵平正,贵圆转,贵浓淡适匀,贵音律和谐"②。由此也不难看出,"句法"和"字法"密切相关,下字准确到位是造句合乎法度的前提,这也正如他在《文诀》提到的:"字不坚则句懒,字不新则句尘,字不确则句晦,字不厚则句长。故善炼句者,善炼字者也。"③

　　上文对"四要诀"的梳理,并结合苏轼《晁错论》、《厉法禁》等作为示例,以冀通过具体的文章文本,比较直观地展示苏文之技法所在,以力求贴近古人讲解文法的具体情境。综合以上论述,可以看到,庄元臣从技术性层面将文章作法的一整套体系作了剖析,从立意、行文到造句、下字,层次分明。虽然严格来说,庄氏所持之文章技法论,在某些方面并未能摆脱前人格套。譬如把作文比喻为行军而指出意为大将,这一说法,明初曾鼎《文式》便已提到说:"作文以主意为将军,转换开合如行军之法,必由将军号令。"④再如论章法"圆成",宋人陈傅良《论诀》便已论之;论

① 庄元臣《论学须知》,《历代文话》第 3 册,第 2216 页。
② 庄元臣《论学须知》,《历代文话》第 3 册,第 2224 页。
③ 庄元臣《文诀》,《历代文话》第 3 册,第 2286 页。
④ 曾鼎《文式》卷上,《历代文话》第 2 册,第 1550 页。

句法"长短相间"亦早见于宋人陈骙《文则》。但从明人文法理论的角度来说,《论学须知》的可贵之处,在于它把苏文作为范本,纳入一个较为完整的文章学框架中,并付之以独到的心得加以阐发。同时,若转换视角,我们不妨将其视为明代苏轼文法研究的专书,对于明代的苏文以及文章学研究来说,也具备一定的价值和贡献。据此至少可以想见,明人以苏轼等人的文章作为范本,通过阅读文本和揣摩技巧来学习文章写作的过程,也可以借此更直观地认识古代文章学重视创作实践的特征。

第三节　时文文体地位的提升
及其批评体系的开放

从上文对苏文自明中叶以来之盛行情况的分析中,已可大致看出文章批评风气之转变,选苏文者往往言其有裨于举业,足见时文论说在此际已成为一个公开的话题。王弘诲编国子监读本《文字谈苑》,卷二专论时文,并在《总言》指出:"文章之有时文,犹诗之有律。律诗而能陶发性情、敷扬人纪,虽于古诗并传可也;时文而能远撼圣衷、深窥奥理,虽与古文并传可也。恶可废哉?"[①]将时文提高到可与古文并传的地位。从晚明的文话著述来看,论及时文写作的著作占有相当大的比重。正如武之望所言:"人见名公文字,足以楷模一世,而不知其一生得力处,各有秘密诀,非浪作也。先辈如茅鹿门、沈虹台诸先生俱有论文要诀。后来袁了凡《举业彀率》、正续《文规》,更著其详。近日董玄宰《华严九字诀》、焦漪园《文家十九种》、王缑山《学艺初言》、葛屺瞻《文体八议》、顾仲恭《时义三十戒》,凿凿名言,各极要渺之致,而其余诸名家亦时有一二精微之论。总之缕之虽繁,要约则

---

① 王弘诲《新刻文字谈苑》卷二,明万历刻《格致丛书》本,第1a页。

一,皆举业家标准也。"①晚明士人好谈时艺,较之此前文人虽事举业以为功名之阶,实则视时文为卑陋之体而耻于论说的状况,如袁宏道《诸大家时文序》所谓"卑今之士,反以为文不类古,至摈斥之,不见齿于词林"②,已大有改观。武之望在这里提到的"秘密诀",其中如王衡《学艺初言》,见附载于明万历四十四年(1616)刊《缑山先生集》,茅坤所撰《文诀五条训缙儿辈》所论认题、步势、调格、炼辞、凝神,也被收入其文集《玉芝山房稿》,这与明初士人编文集鲜收论举业之文,甚至排除自己场屋之作的情形亦大相径庭。实际上,自万历以来,一直延续至清代,时文批评可为盛极一时,构成了近世文章批评的独有格局。

一　文体学视角:《文通》论"国家之不能不经义"

晚明时文批评体系开放的标志之一,是经义进入文论家的视野并确立其独立的文体地位。这里不得不提到的是万历末朱荃宰编撰的《文通》,此书共分文体一百五十八目,其中即专列经义一体。从文体学的角度来说,朱荃宰《文通》之于古代文体分类观的贡献,一是他主张"渊源经史",将文体谱系从以往"文本于经"的单一源流扩大至史部,对此第一章已作论述,二是他将经义纳入这一谱系并确立其独立的文体地位。《文通》卷九设"经义"一目,朱荃宰辨析其源流曰:

> 《说文》:"义,从我。"美省,人言之,我断之为美也。《礼记》有《冠义》诸篇,唐取士有明经一科,而无其义。宋因之,不过试以墨书帖义。至王安石撰《周礼》、《诗》、《书》三经义颁行试士,旧法始变。彼固欲以己说一天下士,高视一世。

① 武之望《重订举业卮言》卷下,第20a—20b页。
② 钱伯城《袁宏道集笺校》卷四,上册,第185页。

他如思退卖国之奸，止齐衰世之文，而至今仿之，为鼻祖焉。"经义"可见者，《文鉴》所载张庭坚二篇，及杨思退、陈傅良者，皆深沉博雅，绝无骈俪之习。自是正始，而考古者止于国初，犹张博望穷昆仑为河源。此丘文庄所以叹科举之弊也。①

明八股之源流始于宋代经义的观点在明清两代较为流行。如四库馆臣所撰《钦定四书文》提要说："盖经义始于宋，《宋文鉴》中所载张才叔《自靖人自献于先王》一篇，即当时程试之作也。元延祐中，兼以经义经疑试士。明洪武初，定科举法，亦兼用经疑，后乃专用经义。"②刘熙载《艺概·经义概》亦曰："经义取士，自宋神宗始行之。神宗用王安石及中书门下之言定科举法，使士各专治《易》、《诗》、《书》、《周礼》、《礼记》一经，兼《论语》、《孟子》，初试本经，次兼经大义，而经义遂为定制。其后元有四书疑，明有四书义，实则宋制已试《论》、《孟》、《礼记》，《礼记》已统《中庸》、《大学》矣。今之四书文，学者或并称经义。"③朱荃宰也将经义之源追溯至宋代，并称道宋人张庭坚、杨思退、陈傅良之作深沉博雅，号为"正始"。不过也须指出，朱荃宰的观点当承袭自徐师曾《文体明辨》，徐书也列有"义"这一文体，序题云：

> 按字书云："义者，理也。"本其理而疏之，亦谓之义，若《礼记》所载《冠义》、《祭义》、《射义》诸篇是已。后人依仿，遂有是作。而唐以前诸集，不少概见。至《宋文鉴》乃有之。而其体有二：一则如古《冠义》之类，一则如今明经之词（名曰经义），今皆录而辨之。夫自唐取士有明经一科，而宋兴因之，不过试以墨书帖义，徒取记诵而已。神宗时，王安石

---

① 朱荃宰《文通》卷九，《四库全书存目丛书》集部第418册，第478页。
② 永瑢等《四库全书总目》卷一百九十，下册，第1729页。
③ 刘熙载《艺概》卷六，第172页。

撰《周礼》、《诗》、《书》三经义颁行试士，旧法始变。彼其欲以己说一天下士，固无是理；然其所制义式，至今仿之，盖不得以人废法也。厥后安石之义，废格不用；而《文鉴》所载，尚有张庭坚经义二篇，岂其遗式欤？方今骈俪之词，日新月盛，与庭坚之式不合，毋乃异于当时立法之初意乎？噫，此丘文庄公（名濬）所以致叹于科举之弊也。①

朱荃宰《文通》谓"伯鲁广文恪之书，号称《明辨》，自述费年，而皆不本之经史"②，指出徐师曾《文体明辨》一书"不本之经史"的不足，因此朱氏编《文通》虽有承继《文体明辨》之处，但并非按原样照抄，而是据己意加以修正，这从上引二文的文字异同便可看出。徐师曾分义体为二，其一是古义，其二是经义，而朱荃宰则专列经义一体。除此之外，徐师曾的序题对于经义在明代的发展及其体制特征并未再作解说，而朱荃宰则在上引有关经义源流的文字之后，详细介绍了明代的科考制度：

> 国朝开科，自洪武三年始。定条例，自十七年始。先是试文尚仍元制。刻程文，自二十一年始。先是，止录姓名编贯。试录定式，又自二十四年始。

> 初试，经义二道，四书一道；二场，论一道；三场，策一道。后十日，复以骑、射、书、算、律五事试之。中式，准送会试。后定为第一场四书义三道，经义四道；第二场，论一道，表一道，诏、诰各一道，判五道；第三场，策五道。万历间，准奏俱照成、弘间文体，尽黜浮靡之弊。经义限五百字，多者不录。程式文字，即以士子纯正典实者，不许主司代作。其不甚妥当，稍为更饰，毋掩本文。卷则糊名易书回避。③

① 徐师曾《文体明辨序说》，人民文学出版社 1962 年版，第 139—140 页。
② 朱荃宰《文通》卷首，《四库全书存目丛书》集部第 418 册，第 335 页。
③ 朱荃宰《文通》卷九，《四库全书存目丛书》集部第 418 册，第 478—479 页。

此后又援引明中叶以来诸时文大家所论,如杜伟、冯叔吉、袁黄、邓以赞、陶望龄、冯梦祯、宗周、李廷机、吴默、汤宾尹、王锡爵等,来详细解说经义之体制、格式及其作法。如引冯叔吉论"举业之上式"云:

> 冯修吾曰:今士之举于乡、会者,录其文,咸曰"中式"。所谓式者,举业之体格,犹匠氏之规矩也。匠氏不废规矩而从木之曲直,文士不废体格而从体之难易。曰栋,曰梁,曰柱,曰楹,曰椽,曰桷,岂惟不可移易,即分寸不合,非良工也;曰破,曰承,曰起讲,曰泛讲,曰平讲,曰过文,曰束缴,曰大小结,岂惟不可错杂,即气骨稍不比,非作手也。故破欲含,或断或顺,须含蓄而不偏遗;承欲紧,或束或解,须脱悟而不训释;起讲欲新,或对或散,须见题而题不露;泛讲欲持,或承或挈,须露题而题不尽;平讲欲实,词出经典,(余按:举业文字,只应用六经语,不应用子史语,此自是王制,违者便非法门。)令纯正而股必纡长;过文欲融,意会上下,令脱化而体不间隔;缴束欲健,或照应题中,或推开题外,令自尽而语有余思;小结、大结欲古,或引据经传,或自发议论,令精洁而言非注脚。此举业之上式也。①

此处引冯叔吉之说,意在阐明经义的写作格式与相应的要求。如以匠氏之规矩来比附举业之体格,指出时文之破、承、起讲、泛讲、平讲,以至束缴、大小结等部分,各有分寸,不可错乱。又有对各个部分写作的具体要求和原则,比如破应"含蓄",起讲应"见题而题不露",泛讲应"露题而题不尽"等。除此之外,还有引邓以赞之论说来强调"文有奇正":"邓定宇云:文章家有正有奇。题应上下做,虚实做,轻重做,对做,串做,断做。认理典则,此便是正。若做得有把捉,有挑剔,有点缀,有起伏照应,有体认

---

① 朱荃宰《文通》卷九,《四库全书存目丛书》集部第418册,第480页。

发挥、舒精发蕴，此便是奇。"①又引冯梦祯之语曰："评文体者，极言平淡矣。平淡可易言哉？坡公云：'渐老渐熟，乃造平淡。'非平淡也，绚烂之极也。平淡必始于神奇，而伪平淡则反神奇。"②所谓的"奇正"、"平淡"，则是审美、风格等更高层面的写作要求。

在《文通》所列的一百五十八类文体中，朱荃宰于经义这一类文体所用篇幅最多，且大量收录明人论说。这与以往文体学专著如《文体明辨》、《文章辨体》解说文体多引用明以前文献的情况不同，在体现朱荃宰重视经义这一文体的同时，也说明随着明人对举业研讨的逐渐深入，经义至晚明，从体制、格式到作法皆形成了一套成熟的体系，其文体地位也有所提升。如朱荃宰在《文通》卷首《自叙》说到："惟经义盛于我明，破承腹结，可以橐籥六经，四股八比，用能舞骖鸟道。他文可以驰骋借资，而经义独难纤毫出入，何也？与庸人言易而与圣人言难也。"③

朱荃宰编《文通》凸显经义的文体价值，即所谓"惟经义盛于我明"，是与他"文因时变"的文体观念相关的。朱荃宰认为："文，时之为也，而变因焉。自羲仓以讫大明，时也；自图书以及经义，变也。"④在《自叙》中，朱荃宰提出了明代"不能不经义"的说法：

> 经义，国家用以隽士，以试穷理之学。次之论表，观其博古。次之策问，观其通今。是以圣贤望士也，亦何厚也。夫士诚穷理也，博古也，识时务也，尚何逊于三代哉？然士竟以帖括报之，何太薄也。高者剿一二语录，纵谈明理。其名甚尊而不敢以为非，其罪甚钜而莫不以为功。先圣之道

---

① 朱荃宰《文通》卷九，《四库全书存目丛书》集部第 418 册，第 480 页。
② 朱荃宰《文通》卷九，《四库全书存目丛书》集部第 418 册，第 481 页。
③ 朱荃宰《文通》卷首，《四库全书存目丛书》集部第 418 册，第 335 页。
④ 朱荃宰《文通》卷首，《四库全书存目丛书》集部第 418 册，第 334 页。

益晦，后生之腹益空，宋鏊坡所谓"臭腐塌茸，庆庆不振，如下俚衣装，不中程度"者也。知其然而然，而无如之何也。间有一二笃生之士，仰慕成、弘，必遭偃蹇，即擢科名，父以此戒其子，师以此戒其弟，曰：此马肝也，甚毋食之。夫安得正始之音复见于今，而无愧于穷理博古通今也哉？今以其时考之，三代不能不秦、汉也，汉、魏不能不六朝也，六朝不能不三唐也，唐不能不宋、元也，变止矣。六经不能不子史也，《三百篇》不能不汉、魏也，汉、魏不能不近体也，宋之不能不词，元之不能不曲也，国家之不能不经义也。①

朱荃宰所论"宋之不能不词，元之不能不曲，国家之不能不经义"，实则涉及"一代有一代之所胜"的文学发展观。清人焦循正是持这种观点来肯定明代八股文，其《易余籥录》曰："有明二百七十年，镂心刻骨于八股，如胡思泉、归熙父、金正希、章大力数十家，洵可继楚骚、汉赋、唐诗、宋词、元曲，以立一门户。而何、李，王、李之流，乃沾沾于诗，自命复古，殊可不必者矣。夫一代有一代之所胜，舍其所胜以就其所不胜，皆寄人篱下者耳。"②并称"尝欲自楚骚以下，至明八股，撰为一集"，而"明则专录其八股，一代还其一代之所胜"③。从焦循往前溯，在晚明时期，反对拟古的呼声逐渐高涨，时人在力反前后七子复古举措的同时，往往视八股文为"今代"之文加以肯定。如公安派代表人物袁宏道《诸大家时文序》："今代以文取士，谓之举业，士虽借以取世资，弗贵也，厌其时也。夫以后视今，今犹古也，以文取士，文犹诗也。后千百年，安知不瞿、唐而卢、骆之，顾奚必古文词而后不朽哉？且所谓古文者，至今日而敝极矣。何也？优于汉谓之文，不

---

① 朱荃宰《文通》卷首，《四库全书存目丛书》集部第 418 册，第 336 页。
② 焦循《易余籥录》卷十五，《丛书集成续编》第 91 册，第 463 页。
③ 焦循《易余籥录》卷十五，《丛书集成续编》第 91 册，第 463 页。

文矣；奴于唐谓之诗，不诗矣。取宋、元诸公之余沫而润色之，谓之词曲诸家，不词曲诸家矣。大约愈古愈近，愈似愈赝，天地间真文渐灭殆尽。"①李贽《童心说》也视八股为"至文"："诗何必古选，文何必先秦。降而为六朝，变而为近体；又变而为传奇，变而为院本，为杂剧，为《西厢曲》，为《水浒传》，为今之举子业，皆古今至文，不可得而时势先后论也。"②王思任《吴观察宦稿小题叙》也将八股置于与汉赋、唐诗、宋词同等的价值序列中："汉之赋、唐之诗、宋元之词、明之小题，皆精思所独到者，必传之技也。王、唐、瞿、薛，文章之法吏也。"③

　　综合以上论述来看，时文的文体地位及其价值在晚明时期的提升，呈现在如下两个方面：其一是在"文体代变"或"一代有一代之文学"的历史观层面，肯定时文也可以与诗、古文辞一样传世不朽，甚至评价为本朝之"至文"；其二是就文体内部而言，如《文通》所引诸家论说所呈现的，明人有关时文之体制、格式与写作技法的研讨以及相关的时文理论体系建设日趋成熟。

二　从中晚明的文话汇编看时文理论体系之开放

　　上文所述《文通》援引名家论说来阐释经义格式和作法，也是晚明诸多八股文话共同采用的编纂方式，如袁黄《游艺塾续文规》"辑我朝前辈论举业者，汇而列之"④，左培《书文式》"首列名公之论于前"⑤，这类八股文话汇编之流行，实则与作为文章学

① 　钱伯城《袁宏道集笺校》卷四，上册，第184—185页。
② 　李贽《焚书》卷三，中华书局1975年版，第99页。
③ 　王思任《时文叙》，《王季重杂著》本，伟文图书出版社有限公司1977年版，下册，第381页。
④ 　袁黄《游艺塾续文规》卷一，《续修四库全书》第1718册，第159页。
⑤ 　左培《书文式》卷首《凡例》，《历代文话》第3册，第3139页。

分支之一的时文批评,在明代中后期迅速发展扩张的进程密切相关。

从历史上看,明中叶以来时文写作与评价体系的演进,一定意义上可以说是文章学逐步渗入以经学为根基的科举框架中的过程。从成化年间起,时文写作在强调义理阐发的同时,也开始注重谋篇布局及修辞炼句,且此种对八股文写作技法和审美品质的追求得到了官方的认可①,进一步推动了义理与辞章的统合。在这种自上而下的观念递变过程中,嘉靖、万历间以历科进士尤其是会元为核心的士大夫阶层,对时文理论的扩张起到了重要的主导作用。对这一主导作用的考察,晚明汇编体文话通过选材、编刊而构建起的一套文化资本的运作框架,恰好提供了一个观察视角。

明中叶以来,随着科举考试竞争逐渐加剧,服务于时文写作的应试书籍在坊间应运而生,主要包括程墨、房稿、社稿等文章选集和文章作法指南两大类。万历间,出现了众多专论时文的文话,如《举业要语》、《从先文诀》、《流翠山房辑选八大家论文要诀》、《读书谱》等,这些文话编选诸时文名家的情况已在第二章有所论述。明末左培《书文式·文式》辑选"历科诸先生文语"六十家,自成化十一年(1475)乙未科至崇祯四年(1631)辛未科,《凡例》指出:"名家诸论,它刻多寡不伦,或一人累帙,或数人一意,浩瀚无归,例难摹画。"②已可说明晚明时文批评诸家并起、众声喧哗的盛况,而这种现象或可表明,随着时文评价体系自成化以来的逐渐松动,以及差不多同时强调法度的文章学之渗入并经由嘉靖间与古文的接轨,时文写作理论作为一个开放的体

---

① 参见王炜《明代乡会试录选评经义程文及其中的辞章观念》,《文学遗产》2015 年第 5 期。

② 左培《书文式》卷首《凡例》,《历代文话》第 3 册,第 3139 页。

系,成为晚明文章学演进的重要资源。这一开放体系,通过诸多晚明汇编体文话所展现的,至少有以下数端:

其一是原本以经学为核心的封闭体系逐渐瓦解,开始汲取文章学的养分,其表征之一即为对文章法度与技艺的重视。从选录的诸家论说来看,如果说嘉靖中以前如王鏊指出"举业须先打扫心地"、唐顺之论作文"只要真精神通透",瞿景淳所谓举业文字"只患心粗气扬"(三说均见收于《从先文诀·内篇》"养心",亦见于《游艺塾续文规》卷一),依然可视为围绕"义"而强调读书及学养层面的话,那么嘉靖后期及至隆、万以来诸家关注的视角则更多进入"场中",转而追求具体的"法"。此种技法要素被纳入时文写作与批评的体系,首先是在观念层面提升对修辞的重视程度,以实现"义"与"法"关系之统合。比如嘉、隆间时文名家杜伟在探讨"理"与"辞"的关系时,即指出"文以理为主也,达其理者存乎词",并拈出修词之"九贵"、"九忌","就其所以贵者,去其所以忌者,斯为修词之法":

> 理者,文之根也;辞者,文之华也。然则求修其辞者,求达其理而已矣。而辞不必于修矣乎?曰:浮辞不可以徒修也,达理之辞不可以不修也。或曰:修辞之法何如?曰:辞有所贵,辞有所忌。就其所以贵者,去其所以忌者,斯为修词之法矣。曰:辞之贵凡几?曰:辞有九贵,一贵成语,二贵通众,三贵雅秀,四贵清新,五贵对整,六贵句捷,七贵音调,八贵出奇,九贵易读。曰:词之忌凡几?曰:反其所贵者,皆在所忌也。一忌凿空,二忌群疑,三忌鄙俚,四忌陈腐,五忌散乱,六忌句坠,七忌音拗,八忌叠床,九忌聱牙。就九贵,去九忌,以达其理,修辞之法,亦庶几矣,其斯以为文乎?是故有斐君子,必以修辞之为贵。[①]

---

① 袁黄《游艺塾续文规》卷二,《续修四库全书》第 1718 册,第 186—187 页。

强调"修辞"对"达理"的重要性。《续文规》卷六引顾宪成论文语，同样谈到"铸意"与"琢辞"二者的关联，指出："意与辞相为联属者也，意铸矣而辞不琢，将并其意而失之。如以奇古之意，而发为腐烂冗杂之辞，则观者但觉其腐烂冗杂之可厌，而不觉其为奇古矣。况意不甚出人，而又无佳句以达之，其为俚鄙可笑，可胜言乎？故宁有辞无意，不可有意无辞，此辞之贵琢也。琢辞者何？短则欲掉，如欧阳公'环滁皆山也'一句，省出许多字面而意自尽者是也；长则欲逸，如昌黎公'若驷马驾轻车，就熟路，而王良、造父为之先后也'句，字虽多而风致则飘然动人也。"①武之望也提出"文字虽以意为主，然词亦不可不修，盖词以达意，词不修则意或不达"②，同样从"词以达意"角度出发来审视义理与词章的关系。从这些将词章技法之运用与义理阐说相提并论的论调中，可以看出法度已成为考量时文写作的重要标尺。其次则是在写作层面总结出诸多可供士子研习的具体作法。比如前文已提到《从先文诀·外篇》引徐常吉、赵南星、袁黄、沈位诸家所论，依八股文体制详加解说。此外，如董其昌《九字诀》总结出宾、转、反、斡、代、翻、脱、擒、离等作文九法，在晚明颇具影响，崇祯间刊《汤睡庵太史论定一见能文》则继之加以发挥，扩展出盼、绾、结、拖、贴、振、流等行文口诀，足见时人对于技法总结的不断推进。

其二是在明中叶古文家的助推下，时文开始与古文写作相互渗透，即后人所谓的"以古文为时文"。如果说上述词章地位的提升显示的时文批评体系由经部向集部伸展的话，那么时文写作取径古文，无论是价值标准的趋同还是绳墨法度的借鉴，均展现出这一体系向着涵盖经史子集的更为开放的面向进行拓

---

① 袁黄《游艺塾续文规》卷六，《续修四库全书》第 1718 册，第 231 页。
② 武之望《重订举业卮言》卷上，第 25a 页。

展。从所选诸家论说来看，由嘉靖间唐顺之、茅坤等古文家所倡导的以古文为时文的理念，至隆、万间，至少在理论上已得到了较为充分的贯彻。如《新刻官板举业卮言》卷二所收万历诸会元所论，孙鑛以为举子业"记诵宜精"，除选读经书及乡会程墨外，又须"选先秦两汉百余首，韩、柳、欧、苏参之"①；李廷机也指出近来作时文，均"缘饰以古文词"：

> 近来举业，固微与旧调不同，然不过就题发挥，务令精透，而间稍缘饰以古文词，毋入于稚庸浅薄而已。彼以怪僻为奇，以叫号为豪，以诘曲聱牙为古，何论时文，即古文亦岂若是？丈轨辙甚正，更不用过求，第时时拈弄，使文机圆熟。而尝观子、史诸书以佐之。盖古人极善发挥，善模写，善张皇，有章法，有句法，诚得其风味法度，启口容声，自然不同矣。②

顾起元与陆翀之谈艺，"具道古今文无二种，法不同而用法同，如诗家能以古诗法作律诗，书家能以大字法作细字"③。会元之作及其法式，对于士子习文起着重要的示范和指导作用，而其所论作为考察时文发展的重要线索，也反映出至万历间，构成时文写作的知识谱系已向经以外的史、子、集部开放。这也正如顾宪成所论之"博古"和"集成"二法：

> 三曰博古。文中词意必须根据，方见有本之学，所以行文贵读古书。如上自五经、《左》、《国》、《吕览》、诸史列传、六子九流之言，下自历代纲目性理、诸名家文集、策论，俱要

---

① 武之望、陆翀之《新刻官板举业卮言》卷二，《稀见明人文话二十种》上册，第489页。
② 武之望、陆翀之《新刻官板举业卮言》卷二，《稀见明人文话二十种》上册，第492页。
③ 武之望、陆翀之《新刻官板举业卮言》卷二，《稀见明人文话二十种》上册，第496页。

拣阅精粹者一一读记,不惟后场该博,而时义中自无杜撰疏脱之病。予观近来举子仅读《文章轨范》数篇,自以为胸中有物,此管窥蠡测之见,徒令识者掩口耳。

四曰集成。予观何仲默先生有言:"汉之文人,工于文而昧于道,故其言杂而不可据,疵而不可训;宋之大儒,知乎道而啬乎文,故长于循辙守训,而不能比事联类,开其未发。故尝病汉之文其道驳,宋之文其道拘。"噫!此确论也。所以今之学者博古之后,当集其成而用之,如《吕览》、《国策》则法其高古,如六子则法其玄博,如四大家则法其华裕,如程、朱则法其性学。罗百家精髓而时出不穷,令人莫可端倪,譬之富人之家,随取随足,斯其为善属文者矣。国朝惟荆川先生近之,故予尝曰:"乃所愿则学荆川也。"①
其中所谓"罗百家精髓而时出不穷",确实表现出对后人所谓正、嘉作者"融液经史"(《钦定四书文》凡例)的接续,且更有过之者,如有学者指出晚明制义出现"新学横行"和技法追求的新变②,正是在这种知识谱系开放的背景下得以不断滋长。

其三是有关时文写作的言说成为公共话题,并借助晚明出版业的勃兴不断扩大其论述空间,形成了某种文学公共领域的架构。这一架构的形成,首先便是上文已提到的古文与时文边界的消解,并伴随着在时文领域内文章学地位的提升及其知识谱系的开放,对时文法度的探讨在士大夫阶层中获得了某种言说的合法性。一个直观的历史对比是,在嘉靖以前的明人文集中,我们很难见到有关时文写作的论断,而在明人诗文评类著作中,最早探讨八股作法的专书《举业详说》,也晚至嘉靖二十三年(1544)才刊布于世。但至晚明,至少从文话汇编所展示的诸家

---

① 袁黄《游艺塾续文规》卷六,《续修四库全书》第 1718 册,第 231—232 页。
② 参见吴承学、李光摩《八股四题》,《文学评论》2004 年第 2 期。

谈艺之情形来看，已显现出文人论时文写作的局面至此发生了显著的变化。其次则是在商业出版的运作下，晚明诸家论说成为一种公共资源，为文法汇编的编纂者反复利用，如《新刻官板举业卮言》卷二"会元衣钵"所收隆、万间十科会元之文论，同样见于《游艺塾续文规》。在科举制度的推广下，诸家所论也成为一种文化资本，联结起士大夫官僚、习文士子以及书坊主、编辑等这些由科举制度所规制的不同阶层，而由士子和书商为主体的中下阶层的共同参与，又使得时文之学从官方走向民间，进而构成近世文章学的通俗化面向之一。

三 "文章之法吏"：时文楷式与举业正宗之确立

正如前引王思任所说"王、唐、瞿、薛，文章之法吏也"[1]，在时文批评自明中叶以来逐渐呈现出一个开放格局的同时，伴随着明人对八股文写作研讨的深入，八股名作与举业名家的典范意义也凸显出来。

有关八股文文体之形成，顾炎武的观点较为流行，《日知录》"试文格式"条指出："经义之文，流俗谓之'八股'，盖始于成化以后。股者，对偶之名也。天顺以前，经义之文不过敷演传注，或对或散，初无定式，其单句题亦甚少。成化二十三年，会试《乐天者保天下》文，起讲先提三句，即讲'乐天'，四股，中间过接四句，复讲'保天下'，四股，复收四句，再作大结。"[2]认为"八股"的定式形成于成化以后。但从实际情况来看，在成化以前，格式标准、裁对整齐的八股文当已出现。晚明时文名家武之望曾极力称许景泰四年(1453)癸酉科顺天乡试吕原程文《周有八士 一

---

① 王思任《时文叙》，《王季重杂著》本，下册，第381页。
② 黄汝成《日知录集释》卷十六，中册，第951页。

节》、隆庆五年（1571）辛未科会试张居正程文《先进于礼乐　一章》、万历四年（1576）丙子科陕西乡试李维桢程文《有布缕之征　四句》三篇，号为"可以示楷模而垂不朽者"："文字千言万语，要之成篇。篇者，章法也。如制锦者，经纬有端，错综有绪，从头至尾，一丝不乱，方谓之章。若割裂补凑，断续支离，即谓之成章，则未矣。经义始于我朝，作者炳炳烺烺，岂不各极藻丽？至于妙合绳墨，不爽尺寸，可以示楷模而垂不朽者，亦不可多得。惟程文中景泰四年顺天《周有八士　一节》、隆庆辛未会试《先进于礼乐　一章》、万历丙子陕西《有布缕之征　四句》三篇最为合作。"①武之望认为这三篇程文合乎绳墨，不逾尺寸，并引原文加以解说来为初学者"立则"。现举《周有八士　一节》：

> 惟一代之运为甚隆，故群贤之生为甚异。夫贤人之生不偶然也，而况一姓八士之皆贤，孰谓非关于周家气运之隆乎？（顺破逆承，顿挫有法，而句复精整可诵。）

> 想周盛时，有文武启之，丕显丕承于前；有成康继之，重熙累洽于后。（四句自"周"字原委，有根据。）

> 道化洋溢，而人文宣朗；光岳气完，而贞元会合。（此四句状昌隆光景，见才之所自生。）

> 于是清淑间气，钟为俊英。（二句承上生下，过有血脉。）

> 而当时一乳有二子之异，四乳有八子之多。（二句总括。）

> 其初乳所生者，伯达、伯适也，及再乳则仲突、仲忽生焉；其三乳所生者，叔夜、叔夏也，及四乳则季随、季骒生焉。（二比轻叙本题。）

> 夫一乳得二，固已异矣，而四乳皆二，岂不甚异乎；四乳

---

① 　武之望《重订举业卮言》卷下，第28b页。

各二,固甚异矣,而八子皆贤,岂不尤异乎?（上二比直叙题面,此二比就中挑剔以足其意,而"得二"、"皆二"、"各二"、"皆贤",与"已异"、"甚异"字皆玲珑有法。）

是八士也:其德,必足以辅世表俗,其才,必足以修政建功。（二比说"才"、"德"。较前广一步,正见八士之为贤。）

虽曰产于一姓,而实邦家之光也;虽曰萃于一门,而实天下之瑞也。（二比说"邦家"、"天下",较前又广一步,正见有关周家之盛。）

然生既有所自,而出必有所为。夫岂偶然哉?信乎,有关于气运之隆也。（有关锁。）[1]

武之望于文后总评此文为"国朝举业第一义"曰:"此等叙事题,作文易失之苦淡。此文奇思骏发,警句叠出,如登九仞层台,地势益高,心目益远,而光景益奇。至于法度严整,字句精工,欲从中增减一字不得。真国朝举业第一义也。"[2]从结构上来说,此文自"其初乳所生者"二比至"虽曰产于一姓"二比,已完整具备了"八股"的规模,属标准的八股文格式。武氏随后总评张居正程文《先进于礼乐 一章》则曰:"词旨精融,机局圆妙,嘉、隆以来,此为第一义。"[3]从"法度严整"到"机局圆妙",也大致符合清人方苞评价明人制义"体凡屡变"时,所指出的自明初"谨守绳墨,尺寸不逾"至中晚明"兼讲机法,务为灵变"之演化轨迹[4]。

在明代时文范本的几种类型中,除了由主考官所写的程文外,中式士子撰写的墨卷同样具备重要的典范意义。阮葵生《茶

---

① 武之望《重订举业厄言》卷下,第28b—29b页。
② 武之望《重订举业厄言》卷下,第29b页。
③ 武之望《重订举业厄言》卷下,第31a页。
④ 方苞《钦定四书文》卷首《凡例》,《景印文渊阁四库全书》第1451册,第3页。

余客话》卷十六"明会元得人"条曰：

> 有明墨牍，皆有成式，相传奉为元灯。……故每一科墨
> 卷出，视其所得之人，所录之文，考官之声名，由此而定。计
> 甫草谓明洪、永会元十五人，宣德迄天顺会元十三人，皆不
> 事雕饰之文。成、弘十四人，章枫山懋、吴匏庵宽为冠，稍见
> 法度，然未离乎朴也。正、嘉二十人，隆、万十八人，如唐应
> 德顺之、瞿昆湖景淳、邓文洁以赞、王文肃锡爵、冯具区梦
> 祯、李九我廷机，其文之矩矱神明，若有相传之符节，可以剖
> 合验视。其时天下承平，士之起家，非科目不贵，科目非元
> 不重，闭门造车，出而合辙，作者与识者，如针石之相投也。
> 或谓吴无障默以偏锋伤气，汤霍林宾尹以柔媚败度，明文运
> 至此而衰。然启、祯八元，若曹勋，若吴伟业，又何减前
> 人也。①

上文已提到，明代八股文的写作技法也是伴随着科举制度的推
行而日趋成熟的。如引文所说从明初开科到天顺年间"皆不事
雕饰"，而成化、弘治之际已"稍见法度"，到了中晚明如唐顺之、
瞿景淳、邓以赞、王锡爵、冯梦祯等时文大家所作文章，已是"矩
矱神明"。正是由于明代科举"科目非元不重"，因而历科会元之
作自然对时文评价与士子习文起着重要的引导作用。袁黄《游
艺塾文规》卷一"墨卷当看"条即指出：

> 前日之墨卷，后日之法程也。予幼颇不愚，自负深诣，
> 见墨卷初出，心颇不惬，一一拈出而诋排之。时从管南屏先
> 生游，告予曰："墨卷者，今之中式文字，汝以彼为非，则与彼
> 异趣矣。须要看得他好，方有入头处，方可利中。"予领其
> 教，重复细阅，乃知向来多少粗心浮气。盖风檐寸晷之文，

---

① 阮葵生《茶余客话》卷十六，上海古籍出版社 2012 年版，下册，第 377—
378 页。

诚有不必尽善者，然词或未修，而意独出群。意或未佳，而气独昌顺。气或未畅，而理独到家。其他或轻清，或俊逸，或自然，或平澹，有一可取，便足中式，不必专摘其疵，亦不必曲为之护，政使瑕瑜不掩，亦自成家。荆川先生批选程墨极精极细。昆湖先生将辛丑陆先生、戊戌袁炜、乙未许毂、壬辰林春、己丑唐先生五科会元墨卷，从头细批，阐其精微，破其关键。盖会前五人之精髓，以作甲辰之文字，所谓集大成者也。①

武之望也强调士子习文须看中式文字，学习其中修辞、达理、运气与尽意。他也指出程墨须熟读："时文不可专看，亦不可不看。盖文字骨气神理，虽不因时高下，而机局格调，亦必随时变更。如高髻窄袖，昔为美妆，今为陋饰，若不逐时改样，则骇然怪物矣。故时文者，时所尚也，乌得不措意乎？故每科程墨出，须一一熟读。"②其论时文"格法"，也认为会元墨卷具备其"元之所以为元"的示范意义："格有须炼而后成者，有不假炼而自成者。炼而后成者，人力结构之巧也；不炼而自成者，化工浑成之妙也。大抵会元卷，格法多是自然天成，即有炼者，而浑融纯雅，初无锻炼之迹；若魁卷便凿凿逞巧，咄咄露奇，虽见匠心，终乏天致。读邓定宇、李九我会试卷，便知元之所以为元矣。"③左培《书文式·文式》"元魁文品"条也有类似的表述：

> 元品，皆繇浅入深，繇宾及主，运局正大而不纤奇，议论浑成而无劈积，寓宽局于庄严，寄精味于淡漠，如众人争望高山而趋，我先登以览胜，彼喘而我定，如元气胚胎于亥，而四时生意浑然具备，识得此种法脉，便王、唐、汤、许，可与齐

① 袁黄《游艺塾文规》卷一，《续修四库全书》第 1718 册，第 8 页。
② 武之望《重订举业卮言》卷下，第 26b—27a 页。
③ 武之望《重订举业卮言》卷上，第 29b—30a 页。

驱方轨。①

武之望对邓以赞、李廷机会试卷的例举，以及左培对王鏊、唐顺之、汤宾尹、许獬四人的评价，一定程度上代表了明人对时文范本的认识，即在这种"非元不重"的科考制度与文化的背景下，历科会元往往成为士子眼中的举业正宗。

从另一方面来说，各时期时文大家及其八股文写作，亦构成我们考察明代时文发展演变的主要脉络。对此，上文引述《茶余客话》对明代历科元作呈现出的时文风貌，已略可视为例证。除此之外，袁黄也曾作过详论，认为国初时义，当以解缙为宗，正统间则有商辂，"挺然为一时之首"。至于成化以降，袁黄论曰：

> 成化场屋之文，王济之为宗，布帛菽粟，无施不可，所谓一代之宗匠，非与？当时正大则有罗一峰伦，透彻则有储柴墟罐，精炼则有程乐平楷，警策则有邹立斋智，皆后先相望，翕然称雄者也。弘、正间，当以钱履谦福、顾东江清为宗。东江脉正气清，如万里长空，纤云绝点，而意味差薄；鹤滩举业极细，开阖起伏，曲尽变态，而少轩昂弘远之气。其于济之，皆具体而微者也。王伯安守仁无意为文，而识见高迈，自是加人一等。一时并出：伦伯畴文叙如累土成台，愈竣愈绝；湛元明若水如长老谈禅，时露本色；陆子渊深如公孙大娘舞剑，空中打势争奇；吕仲木楠如纯棉布袍，自然成锦；邹谦之守益如山中宰相，不求荣达，而富贵有余；马伯循理如大海纳流，无所不有，而波澜涌然；崔子钟固如老骥长驱，善识人意；汪青湖应轸如刻玉镂金，良工心苦；王梦泽廷陈如老吏断狱，言简而意深。皆所谓盛明之文也。嘉靖中，当以唐应德先生为宗，瞿思道先生次之。唐文由精思而出，读之令人整襟肃虑，起敬不暇，足以压倒一时豪杰；瞿文由神

---

① 左培《书文式·文式》卷下，《历代文话》第3册，第3180页。

到而出，其精密处无迹可寻，不得以词胜而贬之也。薛公山先生如项籍入关，勇气百倍，终有武夫态；诸理斋燮如琴操学佛，刮垢入净，而轻浮风骨，时见于雅淡之中；张小越元如偏师入阵，直捣中军，而乏堂堂正正之气；归震川有光高古典雅，独步一时；孙百川楼直写胸臆，而圆劲苍健，词调时时逼古；邵北虞圭洁玲珑透彻，而措词构意出于路径之外；茅鹿门坤气势如长江大河，和平阔大，描写又复逼真；张虚庵祥鸢钩深见奇，沉着细腻，而精到处令人难解；杜道升伟会理切题，一字不可增减，而穿骨透体，遂凿混沌之窍。许敬庵孚远脱尽斥调，另出枢机，而句句根心，见者知其为正人君子。作者尚众，未易殚述。隆、庆以来，又当别论。①

袁黄在此处论及时文家颇多，自成化年间以至于嘉靖之际，所谓"作者尚众，未易殚述"，恰恰反映出成化以来诸家并起的格局。若加以梳理，也可看到各个时期有其各自宗尚的大家，如成化间的王鏊，号为"一代宗匠"，弘、正间以钱福和顾清为宗，嘉靖中则以唐顺之为首，所谓"足以压倒一时豪杰"，而文章"精密处无迹可寻"的瞿景淳位居次席。其余诸家则各有所长，各极其致。

　　事实上，被普遍认可的明中叶时文大家，正是王、唐、瞿、薛四会元，时人号为"正始"。朱荃宰《文通》卷九引陶望龄语曰："明兴，百家黜而六籍尊，诗赋停而明经重，笺疏废而传注专，其岐愈室，轨愈端，而途益加约，一道同风，于斯为盛。而博士家所祭酒者，为王、唐、瞿、薛。其文若爱书之传法律，而不可出入，若歌者节拍，不可促，斯为正始。"②武之望对举业名家也有评价曰：

　　　　举业之文，先辈王、唐、薛、瞿其至矣。庆、历以来名家

---

①　袁黄《游艺塾续文规》卷四，《续修四库全书》第 1718 册，第 213 页。
②　朱荃宰《文通》卷九，《四库全书存目丛书》集部第 418 册，第 480—481 页。

者,如田钟台之冲粹、沈蛟门之雄迈、邓定宇之苍雅、黄葵阳之精练、郭青螺之敏爽、冯具区之柔澹、顾泾阳之豪放、李九我之圆逸、叶台山之清古、袁了凡之沉细、项玄池之奇峭、郝楚望之高华、吴因之之矫健、陈如冈之富丽、汤霍林之俊亮、顾邻初之宏畅、王缑山之深秀、许钟斗之恳切,诸家品虽不同,要之各极其致,皆上乘之文也。学者随所近而习之,无有不肖者矣。①

王、唐、瞿、薛诸家之所以被明人视为"一代举业之宗",除了以其会元之身份在士子中间具有强大的号召力外,更为重要的因素在于他们的时文具备举业法程的典范意义。《制义丛话》卷四引俞长城评王鏊曰:"制义之有王守溪,犹史之有龙门、诗之有少陵、书法之有右军,更百世而莫并者也。前此风气未开,守溪无所不有;后此时流屡变,守溪无所不包。理至守溪而实,气至守溪而舒,神至守溪而完,法至守溪而备。"②陈龙正《举业素语》也指出时文法度起于王鏊,穷于唐顺之:"制义阐发孔孟修身治世大道,又独重独行,与一代知慧聪明之人聚精于斯,后世必存,其尤另作一种文字看,不至湮废,明矣。王、钱、唐、瞿、汤、许六人已占最胜。起阖辟之法者,王也;穷阖辟之法者,唐也。钱以摹神,瞿以雅度,汤以体贴,许以自在游行。"③武之望也称:"今学者欲得正法门,只取先辈王、唐、瞿、薛诸大家之文,仔细精研。盖诸老理造精深,命词高雅,为一代举业之宗。从此而入,的然不差也。"④同时指出:"初学欲穷变化,须从单题下手,盖单题有提有反,有小讲,有大讲,有缴有束,而其中操纵合辟、抑扬起伏与错综顿挫之法、挑剔转折之势,无不毕具,能尽单题之变,其余

① 武之望《重订举业卮言》卷上,第13a—13b页。
② 梁章钜《制义丛话》卷四,第56页。
③ 陈龙正《举业素语》,《历代文话》第3册,第2590页。
④ 武之望《重订举业卮言》卷下,第21b页。

则举而措之耳。……前辈唐、瞿诸名公，得其宗旨，厥后源流相承，益穷变态。"[1]肯定了王、唐诸家文章作为举业"正法门"的典范意义。

---

① 武之望《重订举业卮言》卷上，第28b—29a页。

第五章　刊布与阅读：社会文化语境中的明文话

有关明文话的文本形态以及批评价值，已略述于前。本章重点讨论的是其文化形态，希望将考察视角进一步扩大到明代的社会、学术与文化，进而去呈现明文话的写作、传播所反映的特定时代风貌。众所周知，宋代以后，文章的文体地位及其文学与政治功能不断提升。与此相应，文话的写作与编纂，往往不是一种"内向"的情志寄托或人事记载，而更多的是"外向"的、注重实用的文章学陈述，表现出有别于"以资闲谈"的话体批评特征。就古代文化发展而言，作为转型期的近世社会，其文化更趋开放和多元。尤其是在科举制度和书籍文化的推广下，在传统学术中处于重要地位的文章学，以及其载体之一的文话，自然也与社会文化的发展联系紧密。因此，对文话的研究，除了关注它们在文学经验层面的表达外，也应该从社会语境中去考察凝结在其文本中的文化因子。

第一节　明文话与心学：中晚明文章学的"养心"论

阳明心学与中晚明文学演进之关系，是明代思想文化与文学研究的一大课题。作为"宋明理学"整体结构中的一种重要形态，阳明心学为明代中叶以后思想文化的发展开拓了广阔的空间。从思想渊源上来说，阳明学说与程朱理学有着复杂的离合关系。王阳明曾视程朱之学为认真研修的对象，如黄宗羲与王畿之说，指出"先生之学，始泛滥于词章，继而遍读考亭之书，循序格物，顾物理吾心终判为二，无所得入"①，但后来又对程朱之学持批判和对立的态度，并对其核心思想提出挑战。在这场对话中，王阳所明针对的程朱学说，作为明代官方确立的正统之学，又被援以为科举考试的取士标准。因此，有学者指出，阳明心学自明中叶以来的逐渐兴盛，除了在思想内涵方面与被奉为圭臬的程朱学展开对话外，在社会与制度层面，教育与科举考试以及与此相关的社会现象也成为其重要的学术背景②。从本质上说，阳明心学虽然对程朱学说提出质疑，但对科举制度本身并未形成根本性的挑战。恰恰相反，阳明之学及其对儒学传统思想与价值认知方式的重新定义，仍迫切需要依赖科举这种联结明代社会各阶层的核心制度来扩大其影响，并努力落实其"圣学"的正统性及合法性。这些因素，构成了我们认识和把握中晚明心学与文章学(尤其是时文之学)关系的重要背景。本节即以此为切入点，来讨论中晚明文话与阳明心学的关系及其意义。

一　王阳明"圣学无妨于举业"论与"临场"说

关于王学与举业，首先需要指出的是，阳明学说真正渗入时文写作与批评体系，当是在他身后五十年的隆、万之际。梁章钜《制义丛话》曾引俞长城语曰：

新建之学，衍于正、嘉而盛于隆、万。季彭山(本)师承

---

① 黄宗羲《明儒学案》卷十，中华书局 1985 年版，上册，第 181 页。
② 参见吕妙芬《阳明学士人社群：历史、思想与实践》，新星出版社 2006 年版，第 29—36 页。

阳明,著书数百万言,皆行于世。夫宗阳明者,其说不能无弊,而大旨归于心得,是以可传。然终不以入时文,时文必宗考亭,考亭正宗也,象山旁支也。彭山制义恪守传注,谨严法度,阳儒阴释之语,无能涉其笔端,与口谈考亭而文词浮诞者相去远矣。孝友性生,文武兼备,逆拒宸濠,与阳明相应,人生在三,事之如一,其文行岂有遗议哉!①

俞长城在这里指出季本虽师承阳明,但其时文写作仍"恪守传注,谨严法度",不敢以心学入制义。事实上,王阳明的时文也同样谨遵考亭,方苞《钦定四书文》选录其《志士仁人 一节》,评曰:"有豪杰气象,亦少具儒者规模,高言不止于众人之心。谅哉!气盛辞坚,已开嘉靖间作者门径。"②又选《诗云鸢飞戾天一节》,评曰:"清醇简脱,理境上乘。阳明制义,谨遵朱注如此。"③阳明学说真正影响到科举考试,则是在隆、万时期。顾炎武《日知录》卷十八"举业"引艾南英《皇明今文待序》说:

制举业中始为禅之说者,谁与原其始?盖由一二聪明才辩之徒,厌先儒敬义诚明、穷理格物之说,乐简便而畏绳束,其端肇于宋南渡之季,而慈湖杨氏之书为最著。国初,功令严密,匪程、朱之言弗遵也,盖至摘取良知之说,而士稍异学矣。然予观其书,不过师友讲论、立教明宗而已,未尝以入制举业也。其徒龙溪、绪山,阐明其师之说,而又过焉,亦未尝以入制举业也。龙溪之举业不传阳明、绪山,班班可考矣。④

① 梁章钜《制义丛话》卷四,第62页。
② 方苞《钦定四书文·化治四书文》卷三,《景印文渊阁四库全书》第1451册,第31页。
③ 方苞《钦定四书文·化治四书文》卷四,《景印文渊阁四库全书》第1451册,第39页。
④ 黄汝成《日知录集释》卷十八,中册,第1054页。

指出心学渐盛之际，士人之学风虽与以往稍有不同，但所作举业文字则未受到所谓"良知之说"的浸染。至于王学后人王畿、钱德洪，对心学多有阐论，但也不曾以阳明学说入举业。

不过这种举业"匪程、朱之言弗遵"的格局，至隆庆间开始松动。《皇明今文待序》又曰："嘉靖中，姚江之书虽盛行于世，而士子举业尚谨守程、朱，无敢以禅窜圣者。自兴化、华亭两执政尊王氏学，于是隆庆戊辰《论语程义》首开宗门，此后浸淫，无所底止。科试文字大半剽窃王氏门人之言，阴诋程、朱。"①指出嘉、隆间相继任内阁首辅的华亭人徐阶和兴化人李春芳，均尊崇王学，对于指引科举文风之变起到了重要的导向作用。

当然，艾南英"科试文字大半剽窃王氏门人之言，阴诋程、朱"的说法，只是笼统地描述了心学对嘉、隆以来时文写作的影响。对于这样一种影响过程，我们仍然需要通过更为具体的细部处理来加以认知，晚明文话恰好提供了这样一种视角。

关于心学思想入文话，第一章已论及王文禄论文，指出："自一向宗朱子而斥陆子，阳明起而扶陆子。一向宗韩欧而斥六朝，五岳出而尚六朝。扶陆子，则若杨慈湖、张无垢、王著作、李乐庵，凡用心于静功者皆显矣。尚六朝，则若王、杨、卢、骆、沈、宋、张道济、李太白，凡用心于华词者皆显矣。"②他在《文脉》中有关"用心于静功者"及"明心也，学至而言"的阐说已反映出其文论中的心学成分。但通过文话来阐扬阳明心学最不遗余力者，当属王艮弟子袁黄。袁黄在《游艺塾续文规》曾辑三十六家论文，所谓"今辑我朝前辈论举业者，汇而列之"，首列"阳明王先生论文"，选录《示徐曰仁应试》、《书中天阁勉诸生》、《书正宪壁》、《论圣学无妨于举业》四篇论举业的文章。其中《论圣学无妨于举

---

① 黄汝成《日知录集释》卷十八，中册，第 1055 页。
② 王文禄《文脉》卷一，《历代文话》第 2 册，第 1696 页。

业》实出自阳明弟子钱德洪所编《年谱》"嘉靖三年八月",题即云"论圣学无妨于举业",兹录如下:

> 德洪携二弟德周、仲实读书城南。洪父心渔翁往视之。魏良政、魏良器辈与游禹穴诸胜,十日忘返。问曰:"承诸君相携日久,得无妨课业乎?"答曰:"吾举子业无时不习。"家君曰:"固知心学可以触类而通,然朱说亦须理会否?"二子曰:"以吾良知求晦翁之说,譬之打蛇得七寸矣,又何忧不得耶?"家君疑未释,进问先生。先生曰:"岂特无妨,乃大益耳!学圣贤者,譬之治家,其产业、第宅、服食、器物皆所自置,欲请客,出其所有以享之;客去,其物具在,还以自享,终生用之无穷也。今之为举业者,譬之治家,不务居积,专以假贷为功,欲请客,自厅事以至供具,百物莫不遍借,客幸而来,则诸贷之物一时丰裕可观;客去,则尽以还人,一物非所有也;若请客不至,则时过气衰,借贷亦不备;终身奔劳,作一窭人而已。是求无益于得,求在外也。"明年乙酉大比,稽山书院钱楩与魏良政并发解江、浙。家君闻之笑曰:"打蛇得七寸矣。"①

据引文所述,王阳明认为心学不会妨碍习举业,甚至大有裨益。王阳明以"治家"为喻,认为通过圣学所得者,"皆所自置",是自心所见,"终生用之无穷";而修举业者,即习朱子之学只是"以假贷为功"、"求在外"的工夫。这与他注重主体精神,强调"不假外求"之内心体验的观点是一致的。但他在这里并不主张因此去动摇程朱理学在科举中的地位,而是认为致良知恰恰是理解朱子之学的关键,即所谓"以吾良知求晦翁之说,譬之打蛇得七寸矣",换言之,如果习得"良知之学",则可以返求"晦翁之说"。在

---

① 吴光等《王阳明全集》卷三十五,上海古籍出版社 1992 年版,下册,第 1292 页。

《答顾东桥书》中，他也说到："若鄙人所谓致知格物者，致吾心之良知于事事物物也。吾心之良知，即所谓天理也。致吾心良知之天理于事事物物，则事事物物皆得其理矣。致吾心之良知者，致知也。事事物物皆得其理者，格物也。是合心与理而为一者也。"①因此王阳明指出心学与举业之学不相矛盾，反而具有极大的助益作用。

就心学的理论体系而言，王阳明在主张以致良知来提高主体的精神境界的同时，也强调通过内在修养消除私欲蔽障，来保持"吾心良知"的纯粹专精的状态。晚明文话普遍论及的"养心"、"去欲"等问题，即从内在修养的角度来讨论士子的精神品格，同样与心学在晚明的盛行有关。

万历年间，文话编撰中的心学因素愈加彰显，最直观的表现是王阳明有关临场作文须调养心性的《示徐曰仁应试》篇，为万历间多种汇编体文话所摘引。除了袁黄《游艺塾续文规》外，汤宾尹《读书谱》也将此篇文字列于全书开首，而刘元珍《从先文诀·内篇》"养心"也摘录此文，题作"王阳明先生临场说"。现将原文略录如下：

> 入场之日，切勿以得失横在胸中，令人气馁志分，非徒无益，而又害之。场中作文，先须大开心目，见得题意大概了了，即放胆下笔，纵昧出处，词气亦条畅。今人入场，有志气局促不舒展者，是得失之念为之病也。夫心无二用，一念在得，一念在失，一念在文字，是三用矣，所事宁有成耶？只此便是执事不敬，便是人事有未尽处，虽或幸成，君子有所不贵也。将进场十日前，便须练习调养。盖寻常不曾起早得惯，忽然当之，其日必精神恍惚，作文岂有佳思？须每日鸡初鸣即起，盥栉整衣端坐，抖擞精神，勿使昏惰。日日习

---

① 吴光等《王阳明全集》卷二，上册，第45页。

之，临期不自觉辛苦矣。今之调养者，多是厚食浓味，剧酣谑浪，或竟日偃卧。如此，是挠气昏神，长傲而召疾也，岂摄养精神之谓哉！务须绝饮食，薄滋味，则气自清；寡思虑，屏嗜欲，则精自明；定心气，少眠睡，则神自澄。君子未有不如此而能致力于学问者，兹特以科场一事而言之耳。每日或倦甚思休，少偃即起，勿使昏睡。既晚即睡，勿使久坐。进场前两日，即不得翻阅书史，杂乱心目，每日止可看文字一篇以自娱。若心劳气耗，莫如勿看，务在怡神适趣。忽充然滚滚，若有所得，勿便气轻意满，益加含蓄酝酿，若江河之浸，泓衍泛滥，骤然决之，一泻千里矣。每日闲坐时，众方嚣然，我独渊默，中心融融，自有真乐，盖出乎尘垢之外而与造物者游。①

王阳明此文主要针对科考应试而言，首先强调临场作文应"大开心目"及"放胆下笔"，心中不可有得失之念。其次指出进场作文前十日，须"摄养精神"。这种养心工夫，具体来说便是"绝饮食，薄滋味，则气自清；寡思虑，屏嗜欲，则精自明；定心气，少眠睡，则神自澄"，其中所论也与他主张消除私欲蔽障以求"吾心良知"的心学思想一致。此文主要是以"科场一事"来谈论治学，其中涉及进场十日前练习调养，进场前两日不可翻阅书史，止看一篇文字等临场备考之指南，因此被收入上述几种旨在指导士子习举业的文话。

有关明中叶以来文论的心学印迹，也可以从《示徐曰仁应试》所涉及的平日养心与临场下笔的话题说起。刘元珍《从先文诀·内篇》首列"养心"，除收入上引王文外，另有王鏊、唐顺之、瞿景淳、袁黄、顾宪成、吴默等人的论文语。其中如瞿景淳也有所谓放胆作文的说法：

① 吴光等《王阳明全集》卷二十四，上册，第911页。

　　　　作文之法，只有小心、放胆二端。小心非矜持把捉之谓
也，若以为矜持把捉，则便与鸢飞鱼跃意思相妨矣；放胆非
任情恣肆之谓也，若以为任情恣肆，则逾闲荡检，无所不至
矣。盖人之心体，愈检束则愈脱洒，何也？事事无失，而后
脱然无碍也。愈舒展则愈精微，何也？所见广大，而后能入
细也。小心只从放胆处收拾，放胆只从小心处扩充，非有二
事，亦非有二时也。①

瞿景淳的"小心"与"放胆"，专就人之心体而言，二者相辅相成，
即所谓"所见广大，而后能入细"，与王阳明言说的先须大开心目
然后放胆下笔，也颇有相似之处。至于平日的养心工夫，如选录
的袁黄之语曰："作文之法，在涵泳性灵，使心苗常活，不在躁急
心热，欲速求工；在打透机括，使词源沛然，不在饾饤掇拾，疲精
役气。不论作文不作文，常要凝定心神，屏除杂念。"②引顾宪成
语曰："文义乃是理学生活，最忌心粗，若功夫间断，则精神意气
便觉收摄不来。构思则枯而无味，泛而不切；遣辞则俚而不文，
晦而不达。"③引唐顺之《答茅鹿门知县二》曰"文章家绳墨布置，
奇正转折，自有专门师法，至于中一段精神命脉骨髓，则非洗涤
心源，独立物表，具古今只眼者，不足以与此。"④可看出，袁黄的
"涵泳性灵"，顾宪成的收摄"精神意气"，以及唐顺之的"洗涤心
源"，强调的都是平日"摄养精神"对治学作文的重要性。其中
唐顺之关于"精神命脉骨髓"的论说，更是在当时产生了不小
的影响，也成为我们观察心学背景下中晚明文章学发展的重
要窗口。

---

① 　刘元珍《从先文诀·内篇》，《稀见明人文话二十种》下册，第 1283 页。
② 　刘元珍《从先文诀·内篇》，《稀见明人文话二十种》下册，第 1284 页。
③ 　刘元珍《从先文诀·内篇》，《稀见明人文话二十种》下册，第 1284 页。
④ 　刘元珍《从先文诀·内篇》，《稀见明人文话二十种》下册，第 1281 页。

二 唐顺之"今有两人"命题及其影响的再检讨

从上引材料中,我们已可看到,阳明心学在时文理论中的渗透,也得益于深受心学影响的唐顺之、袁黄等人的助推。在具体讨论袁黄及其所著文话在万历间传扬阳明心学之前,不可忽视的正是"唐宋派"尤其是唐顺之的观点在晚明文话中的彰显与响应。

关于归、唐、王、茅四子在正、嘉文坛的崛起与活跃及其所带来的影响,在第一章已略有提及。就文章学层面来说,则有如下几点值得留意:其一是在文章复古层面上,主张学习唐宋古文,并借此寻求通往认知秦汉文法的阶梯。其二是以古文之法为时文,即清人所谓的"以韩欧之气,达程朱之理"①,"以古文为时文"风气的开创对嘉靖、万历时期的时文理论格局产生了持续影响。如武之望指出:"今学者欲得正法门,只取先辈王、唐、瞿、薛诸大家之文,仔细精研。盖诸老造理精深,命词高雅,为一代举业之宗。从此而入,的然不差也。"②《游艺塾续文规》引顾大韶《时义三十戒》之"效"条也称:"今人所短者,因于文章法度多置焉不讲,故其体日至败坏,昔人则纵不得其妙,亦不失其体耳。至王辰玉《学艺初言》,必欲极贬今人而盛称昔人,其词非不烂然可听,然亦尝细细评论,惟王、唐诸大家,或足当之耳。其他名家而外多犯今时之弊,而今之名家反多得古人之妙者,未可以一概论也。"③正是在中晚明越发重视法度的文章学背景下,王、唐诸家多被明人推举为举业正宗。其三便是文章法度之外的学养与

---

① 方苞《钦定四书文·正嘉四书文》卷二,《景印文渊阁四库全书》第 1451 册,第 88 页。
② 武之望《重订举业卮言》卷下,第 21b 页。
③ 袁黄《游艺塾续文规》卷九,《续修四库全书》第 1718 册,第 296 页。

精神层面的主张，尤其是唐顺之文学思想与阳明心学的关系，循此则可考察中晚明文论中的心学因素。

有关唐顺之接触心学与其文学思想之形成，学界已有论述，常为人所引证的便是他在《答茅鹿门知县二》标举的"精神命脉骨髓"和"真精神与千古不可磨灭之见"①。在这篇书札中，唐顺之举出了"今有两人"的对比例子，说：

> 文莫犹人，躬行未得，此一段公案，姑不敢论，只就文章家论之。虽其绳墨布置，奇正转折，自有专门师法，至于中一段精神命脉骨髓，则非洗涤心源，独立物表，具今古只眼者，不足以与此。今有两人，其一人心地超然，所谓具千古只眼人也，即使未尝操纸笔呻吟，学为文章，但直据胸臆，信手写出，如写家书，虽或疏卤，然绝无烟火酸馅习气，便是宇宙间一样绝好文字。其一人犹然尘中人也，虽其专专学为文章，其于所谓绳墨布置，则尽是矣，然番来覆去，不过是这几句婆子舌头语，索其所谓真精神与千古不可磨灭之见，绝无有也，则文虽工而不免为下格。此文章本色也。②

唐顺之的这段话可以从两个层面来作理解：其一是"本色"，即强调为文要表现"真精神与千古不可磨灭之见"；其二是"心源"，认为文章所要表现的"精神命脉骨髓"以及"真精神"，需要通过"洗涤心源"来维持。在《与洪方洲书》中，唐顺之重申了他的"心源"说，谈到"向曾作一书与鹿门，论文字工拙在'心源'之说"，并表达了通过心性涵养来展露"自己真见"的相同观点："且将理要文字，权且放下，以待完养神明，将向来闻见一切扫抹，胸中不留一字，以待自己真见露出，则横说竖说，更

---

① 唐顺之《重刊荆川先生文集》卷七，《四部丛刊》影印明万历刊本，第9b—10a页。
② 唐顺之《重刊荆川先生文集》卷七，《四部丛刊》影印明万历刊本，第9b—10a页。

无依傍,亦更无走作也。"①

从研究的角度来说,对唐顺之文论思想的分析讨论,目前尚缺乏关注的是他的论说给晚明文坛带来切实影响的情况。尤其是被视为"一代举业之宗",唐顺之主张的为文展现"真精神与千古不可磨灭之见"的观念及其中包涵的心学因素,如何通过科举与时文的管道向更深广的空间渗透,这需要作进一步分析和论证。

若以晚明文话的编刊为观察视角,我们可以看到,首先是唐顺之有关"精神命脉骨髓"和"真精神与千古不可磨灭之见"的论说,通过文话尤其是面向习文士子、汇编诸家论说的文话著作得以拓展其传播和影响的空间。比如上引《答茅鹿门知县二》这篇书札多为万历间汇编体文话所摘引,刘元珍《从先文诀·内篇》"养心"一目,即选录唐顺之此文,并《答俞教谕》、《答姪孙一麐》两篇书信。另外如袁黄《游艺塾续文规》、汪时跃《举业要语》、汤宾尹《读书谱》等时文论著同样收录此文,以作为主要面向应举士子的八股名家的谈艺之语。可见在刘元珍、武之望看来,唐顺之有关"文章本色"、"洗涤心源"的论说同样可资于制举之学。究其原因,除了唐顺之作为嘉靖八年(1529)会元而文名颇著,甚至被武之望视为"一代举业之宗",以致其有关文章的论说自然被奉为举业津梁的因素外,更重要的则是唐顺之在这篇书札中强调的"洗涤心源"的内在修养工夫,如在《答俞教谕》中同样指出的习举子业当"鼓舞凝聚其精神,坚忍操炼其筋骨,沉潜缜密其心思,以类万物而通神明"②,《答侄孙一麐》也强调"就从观书学技中将此心苦炼一番,使观书而燥火不生,学技而妄念不

---

① 唐顺之《重刊荆川先生文集》卷七,《四部丛刊》影印明万历刊本,第11b—12a页。

② 唐顺之《重刊荆川先生文集》卷五,《四部丛刊》影印明万历刊本,第17a页。

起"①,确实被看作是士子习文的重要环节,因而被晚明文人反复论及。比如刘元珍在选录唐顺之三篇书札之后,附有按语曰:

> 此荆川先生《答俟孙一麐》书也。大旨谓养心工夫,不
> 出读书作文之外。其不善读书作文者,政其不善养心也;其
> 不善养心者,政为妄根盘据,真神漏泄,头头是妄耳。诚能
> 洗心藏密以读书作文,还就读书作文以锻炼本体,尚何溺美
> 之为累耶? 此书开示深切,凡为学者,俱宜佩服。②

指出唐顺之所论之"养心工夫"与读书作文二者相辅相成:读书作文是锻炼心体的手段,而反过来,善于养心也有助于治学为文。

其次是唐顺之的论说在万历间得到的认同及回应,构成了我们梳理晚明时文理论之发展受到阳明心学浸染的重要脉络。例如,从王衡所撰文话《学艺初言》(附刊于《缑山先生集》)可知,对于唐顺之所论"须有一段千古不可磨灭之见"以及"真精神",他是持肯定态度的。前引顾大韶《时义三十戒》称王衡《学艺初言》一书厚古薄今,他所极口称赞的古人当为王、唐二人。在《学艺初言》中,王衡曾多次提到王、唐二子,如指出"鹿门所云炼格,格者,品也",并曰:"至于炼格,则难言之,守溪之后,惟荆川最清最贵。其旁出而迥然绝尘者,惟震川耳。鹿门、昆湖、方山尚有拟议,自兹而外,邈乎远矣。"③又云:"鹿门云文之不宜于今者,皆得古皮肉眉发耳。若会其精神,无不合者。近世学术肤陋,或剽古人皮肉眉发,尚有少分相应,否则,杜撰一种似古非古之语,以冀诡遇,而默会其精神法度者,必共厌弃矣。岂惟时艺? 今之

---

① 唐顺之《重刊荆川先生文集》卷六,《四部丛刊》影印明万历刊本,第23a页。
② 刘元珍《从先文诀·内篇》,《稀见明人文话二十种》下册,第1282页。
③ 王衡《缑山先生集》卷二十一,《四库全书存目丛书》集部第179册,第188页。

论人品文章皆然。"①在论及时文的"奇正"和"真伪"时,王衡也明确谈到"真精神"对于为文的重要性,认为"文无奇正,总之有一段真精神识见,则善矣","欲正文体者,但亟宜去伪以辩真,且不必以奇正分低昂也"②。关于"正文体"的问题,王衡进一步论到:

> 今世有欧阳公,文体可即正乎? 曰:甚难。彼刘几等辈,皆胸中实有文章,不过故为怪,以投时好,一拨转即正矣。若今人粗知章句,已为近日时文恶套蟠据胸中,譬人生不识菽粟,菽粟何由而进? 临场之时,一班后生,苟非迟钝不能变化者,类皆摇唇鼓掌,慕为新奇,其平日苦心积学之士,即欲仓皇改步,而常苦意跨两岐,反不如少年墨浓笔饱,粗豪动人。则有司之所好反所令,势也;士子之从好而不从令,亦势也。文体何由而正? 故厘正文体,不在口说,亦不在临时,非以真精神实倡而徐导之,虽三令五申,只为戏矣。③

在这则论述中,王衡举了一个类似唐顺之《答茅鹿门知县二》所论"今有两人"的例子,指出"苦心积学之士"因其慕为新奇,反不如少年下笔粗豪动人,进而说明科场若要厘正文体,必须倡导所谓的"真精神",流露出他认可和接受唐顺之言说的痕迹。需要指出的是,王衡于万历二十九年(1601)辛丑科榜眼及第,其《学艺初言》专论制艺,也得以迅速传播,为晚明诸多汇编体文话如《举业要语》、《新刻官板举业卮言》、《从先文诀》、《流翠山房辑选

① 王衡《缑山先生集》卷二十一,《四库全书存目丛书》集部第 179 册,第 188 页。
② 王衡《缑山先生集》卷二十一,《四库全书存目丛书》集部第 179 册,第 188 页。
③ 王衡《缑山先生集》卷二十一,《四库全书存目丛书》集部第 179 册,第 190—191 页。

八大家论文要诀》等所摘录，武之望曾评是书为"举业家标准"，所谓"近日董玄宰《华严九字诀》、焦漪园《文家十九种》、王缑山《学艺初言》、葛屺瞻《文体八议》、顾仲恭《时义三十戒》，凿凿名言，各极要渺之致"①，清人姚莹《识小录》卷六"王缑山"条也称："缑山诗沿七子，文颇明白平正，要非作者。独《学艺初言》中，有数条论当时文章风气颇当。"②可见王衡《学艺初言》及其论说在当时之影响。

除王衡外，另外如李腾芳《文字法三十五则》："立意须当如何？唐荆川曰'须有一段千古不可磨灭之见'是也。胸中有此一段不可磨灭之见，然后能剿绝古今，独立物表。"③这里直接援引唐顺之"千古不可磨灭之见"的说法，来强调文章立意的重要性。武之望《重订举业卮言》："文章虽小技，亦精神心术之所寄也。故观其文，可以知其人，即贵贱寿夭，皆可悬断。盖作者吐露本色，则观者直烛底里。若镜之鉴物，好丑无有能逃者也。虽然亦惟深造自得，质有其文者为可观耳。若掇拾剿袭，不从精神命脉中出者，非其本色，斯亦不足观也已。"④其中所论"精神命脉"和"吐露本色"，也近乎唐顺之"精神命脉骨髓"和"文章本色"之论。在讨论文章要有"天然之致"时，武之望详细阐述了他对"至文"的理解：

> 文字要有天然之致。夫风行水上，无心于文而文自生。试观天地鼓铸万物，形形色色，莫不各极其巧，而造化者，初非有心雕琢之。物各付物，而天下之巧莫加焉，此至文也。即以《诗》喻，《诗》三百篇，大都出于里巷歌谣，不假雕琢，而情景宛笃，义意切至，何等天然。后世按法度，较声律，思索

① 武之望《重订举业卮言》卷下，第20b页。
② 姚莹《识小录》卷六，黄山书社1991年版，第183页。
③ 李腾芳《文字法三十五则》，《历代文话》第3册，第2488页。
④ 武之望《重订举业卮言》卷下，第24b—25a页。

愈苦,推敲愈工,而情景愈远,义意愈离。始知文字推敲非工,不推敲而工者,乃天下之极工者也;镂刻非巧,不镂刻而巧者,乃天下之极巧者也;藻绘非丽,不藻绘而丽者,乃天下之最丽者也。袁了凡云:"文字过而无过,行而无行,伏而忽起,断而若续。"苏东坡云:"行乎其所不得不行,止乎其所不得不止。"文而至是,即晴云卷舒于空中,落花荡漾于水面,不能喻其天然矣。荆川先生谓:"非但做之为高,而所不做亦为高。"夫做之高,则工夫推琢之致也;而不做之高,则神化自然之致也。①

从这段论述中,可以看出武之望是以神化自然、不假雕琢视作"至文"的标准,追求"不推敲而工"与"不镂刻而巧",以此强调文章应有天然之致。

与这种"非有心雕琢"的文章创作观念一致,针对时文写作,武之望也主张须有纯净的心思,不受物染,甚至认为学力越富越难在科场得第。《新刻官板举业卮言》论"涵养",重复唐顺之"今有两人"的命题曰:

学问之道,不过外借资于闻见,内取足于涵养,二者功不容偏废,而涵养尤急焉。盖闻见虽多,不得涵养以酝酿之,则蓄之不深,而出之不纯。故世有积学之士,闻见甚博,才力甚富,往往堕落,终身不得一第;又有初学之士,闻见未广,才力未充,而一试场屋,辄脱颖而出。此无他,以心地有纯杂,而涵养有至有不至也。试看世间科第,发之少年者十常七八,发之长年者十才二三,岂长年学力不及于少年哉?只缘少年家事未及于身,物累不撄其念,斫丧未深,心思尚湛,故其文即或疏浅,而气却清纯,意却醒透,所以见者辄收之。及长年,身缠绵于妻子,心系累于家事,物染既深,心思

---

① 武之望《重订举业卮言》卷上,第41b—42a页。

自杂，纵学问充足，而气不能秀逸，辞不能清楚，所以多落寞不振耳。①

武之望在这里举出"积学之士"与"初学之士"并加以对比，实际上仍然是以唐顺之的模板展开论述的。他指出长年者虽然学力厚、闻见广，但举业文字却不及少年者，正因为他们心思不纯，意气未清。因此摈除"物染"，涵养心地，使其保持纯净的状态，就成了"学问之道"的关键，即武氏最后总结的"可见涵养乃学者先务，有志之士，不可不慎所以养之也"②。由此，"养心"的问题便自然凸显了出来："所谓涵养者，养心而已，而养心莫善于寡欲，此圣贤明训也。人生日用间不过理、欲二途，而心无二用，不用之于理，则用之于欲，固未有两分而各自用者，亦未有两用而俱得专者。"③其中所论显然接近于阳明心学所阐扬的"心即理"及摒除私欲的基本理念。

从晚明文话来看时文理论受到阳明心学之渗入，不妨再举些例子，其一是董复亨的"千古不可磨灭之灵"，其二是董其昌的"洗心"。在《新刻官板举业卮言》卷四，选有董复亨"论文一章"，阐说所谓的"千古不可磨灭之灵"。复亨，字太初，元城（今河北大名）人。万历二十年（1592）进士，知章丘县，后任吏部郎中，擢山东右参政。有《繁露园集》。传见康熙《元城县志》卷五。董复亨在这篇文论中对唐顺之的"文章本色"一说颇为推崇：

　　人，灵物也；文，灵气也。造化举一切种种之灵授之人，人又举一切种种之灵授之文。倘非此中真有一段千古不可

---

① 武之望、陆翀之《新刻官板举业卮言》卷一，《稀见明人文话二十种》上册，第463页。
② 武之望、陆翀之《新刻官板举业卮言》卷一，《稀见明人文话二十种》上册，第463页。
③ 武之望、陆翀之《新刻官板举业卮言》卷一，《稀见明人文话二十种》上册，第463页。

磨灭之灵，而第借耳佣目，拾渖履遗，此夫陈人载腐肉朽骨以行，纵其时贵洛阳之纸，终不免覆成都之瓿耳。故夫千古而上之文，能开千古而下之朴；千古而下之文，能见千古而上之心。臭味生韵，若造化生成，不假雕刻，乃可以称大业而托不朽。举业即小技，然要以写圣贤之神，通今昔之变，则非胸中别具一机窍，笔下别觅一生活，未易妙得其解。夫所云"机窍""生活"者，政千古不可磨灭之灵，而李文饶所谓"自然灵气，惚恍而来"，或如千兵万马，风恬雨霁，寂然无声；或如日月，终古常见，光景常新者也。余独喜唐应德言"古来文章家，各自有本色"，因悟举业政耳。尼父有尼父本色，颜、曾有颜、曾本色，思、孟有思、孟本色。以至《易》奇而法，《诗》正而葩，《尚书》之奥衍，《麟经》之谨严，无不各自有本色。先辈为文，非有他奇巧，政各如其本色而止。而时辈则直吊诡经奇，为不可究诘之语，非不怵心骇目，然于本色离矣。故肖其本色，即臭腐皆神奇；离其本色，即神奇亦臭腐。①

董复亨自称对于唐顺之文章家有本色的说法尤为认可，他所言说的"千古不可磨灭之灵"，盖亦由唐顺之"千古不可磨灭之见"化出，并进一步联系到举业，认为当下的时文写作好奇趋异，与本色相离。

三　袁黄编撰八股文话对心学思想的吸收与宣扬

作为王学后人的袁黄，在其所撰《举业彀率》、《举业心鹄》、《游艺塾文规》以及《游艺塾续文规》等文话中，也围绕"存心"、

---

① 武之望、陆翀之《新刻官板举业厄言》卷四，《稀见明人文话二十种》上册，第530—531页。

"去欲"等问题作了诸多阐论。

首先需要说明的是袁黄曾师事唐顺之，而他有关举业之为学、为文的论述也受到唐顺之的影响。在《游艺塾文规》卷一"文须请教前修"一则中，袁黄记载："忆予十八岁见荆川唐先生于嘉兴天宁寺之禅堂，即礼之为师，相随至杭，往返几两月。先生之学大率以理为宗，每作一文，必要一段千古不可磨灭之意见。其阐发题意，往往皆逼真入微。"①已流露出对唐顺之所论为文"须有一段千古不可磨灭之意见"的推崇。袁黄本人所论，亦有所谓"作文全要理题目，有一段千古不可磨灭之见，方可破的"②，"凡受题下笔，必有一段出人之意见，发之为千古不可磨灭之议论，方为入彀"③，"凡作论，须要有一段千古不可磨灭之见，然后可传"④，诸如此类，可见唐顺之所论在他时文理论中留下的印痕。在《游艺塾文规》卷一"国家令甲"一节中，袁黄也极力称道唐顺之、薛应旂、瞿景淳三人，号为"举业正宗"：

> 国初，《大全》新颁，士皆遵用，故董中峰所批成、弘间程墨，其立说皆远胜朱传。即唐、薛、瞿三师之文，皆洞见本源，发挥透彻，此举业正宗也。近来当道贵游，不加详察，专欲依注，拘定一家之言，不许纷毫走动，上不能遵二圣之谟训，下不能闯大方之藩篱。从此以后，士子之识见当愈卑，而文风当扫地矣。李石麓戊辰主试《由诲女知之乎　一节》，语众试官曰："知不论多寡，只论真妄，举知与不知而皆无自欺，只此便是真知。此知之外，更无知矣。若依注'况由此而求之，又有可知之理'，则此知之外更别有知，而夫子

---

① 袁黄《游艺塾文规》卷一，《续修四库全书》第 1718 册，第 5 页。
② 袁黄《游艺塾文规》卷七，《续修四库全书》第 1718 册，第 96 页。
③ 袁黄《游艺塾续文规》卷五，《续修四库全书》第 1718 册，第 222 页。
④ 袁黄《游艺塾续文规》卷五，《续修四库全书》第 1718 册，第 224 页。

所言反为不完之语矣。"故所作程文,全不依注,可称千古
绝唱。①

袁黄在这里除了赞赏唐、薛、瞿三家时文外,另外值得留意的,就
是他对科考中朱注绝对权威的地位提出了质疑。袁黄指出弘、
正间时文大家董玘所批墨卷,立说"远胜朱传",并对近来时文谨
依传注,拘泥于"宋儒一人之见"②,而使士子识见卑下、科举文
风扫地的现象予以批判。后来所举的例子,正是上文引顾炎武
所言"自兴化、华亭两执政尊王氏学,于是隆庆戊辰《论语程义》
首开宗门"③。据袁黄所载,时任隆庆二年(1568)壬辰科会试主
考官的李春芳,对《由海女知之乎 一节》之朱注"况由此而求
之,又有可知之理"提出了不同的看法,认为"知不论多寡,只论
真妄"。顾炎武《日知录集释》卷十八"破题用《庄子》"条也称"隆
庆二年会试,为主考者厌《五经》而喜《老》、《庄》,黜旧闻而崇新
学"④,并记李春芳所撰《由海女知之乎 一节》程文破云:"圣人
教贤者以真知,在不昧其心而已。"顾炎武认为该程文"始明以
《庄子》之言入之文字,自此五十年间,举业所用,无非释老之
书"⑤。而袁黄则极力称赏李春芳的程文不依朱注,"可称千古
绝唱",表现出他对时文阐理专尊朱注的背离倾向。

袁黄于万历十四年(1586)考中进士后不久,知宝坻县,任职
期间撰有《宝坻政书》十二卷(收入《了凡杂著》),在专为指导县
中士子举业、以振文风而作的《训士书》中,袁黄便已表达并传扬
了读书当借传以明经、阐理毋信程朱而疑孔孟的观念。在论述
"前辈文字"一段中,袁黄同样引李春芳程文之例,肯定其说不依

① 袁黄《游艺塾文规》卷一,《续修四库全书》第 1718 册,第 7 页。
② 袁黄《游艺塾文规》卷一,《续修四库全书》第 1718 册,第 7 页。
③ 黄汝成《日知录集释》卷十八,中册,第 1055 页。
④ 黄汝成《日知录集释》卷十八,中册,第 1057 页。
⑤ 黄汝成《日知录集释》卷十八,中册,第 1057 页。

朱注，并强调"其程文见在，当细观之"①。至于读书之法，他反对"拘牵讲说以合注，又拘牵训诂以合经"，认为这样反而离"圣贤之意远矣"②，指出："读书之法，将本文朗诵精思，先会通章大意，识其指归，次一句一字求其下落，皆须体之于心身，验之于日用，灼见其句句可行、字字不妄。然后将大注一体贴之，再将《大全》诸贤之说一考索之，有所不合，不妨再思。不可轻悖前贤，自是己说。极之而果有所不通，则当尊经以略传，不可信传以疑经，当借传以明经，不可驱经以从传。"③

就袁黄的时文理论层次而言，如果说对于恪遵传注的背离情绪，仅仅是他文论思想受染心学的一个侧面反映的话，那么他在万历间先后编撰的如《举业彀率》、《举业心鹄》等时文论著中明确谈到"治心"、"去欲"等问题，则可看出其对阳明心学接受的深刻痕迹。在《训士书》中，袁黄也谈到了习举子业"以存心明理为本领"："经义最细，人品高下，一阅可知。国家设此以磨砻一世之豪杰，而豪杰之士，童而习之，覃精毕虑而工之，遂亦能以心之精微形之副墨，凡习是者，率以存心明理为本领。文字曲折具《心鹄》中，不复赘，兹特揭其有关于心理者数端，约而守之，匪独为举业也。"④在上引《游艺塾文规》卷一"国家令甲"一则后，袁黄论述"文有根本"曰："文者，枝叶也，其根本在心。故心无秽念则文清，心无杂想则文纯；心不暴厉则文和，心不崎岖则文平；心能空廓则文高，心能入微则文精。如印之沙，如模出物，靡不相肖。故欲工文，先当治心。"⑤将文章之根本落实到"心"，进而引出"治心"的问题。

---

① 袁黄《了凡杂著》卷十五，《北京图书馆古籍珍本丛刊》第80册，第798页。
② 袁黄《了凡杂著》卷十五，《北京图书馆古籍珍本丛刊》第80册，第798页。
③ 袁黄《了凡杂著》卷十五，《北京图书馆古籍珍本丛刊》第80册，第798页。
④ 袁黄《了凡杂著》卷十五，《北京图书馆古籍珍本丛刊》第80册，第797页。
⑤ 袁黄《游艺塾文规》卷一，《续修四库全书》第1718册，第10页。

　　袁黄本人有关"治心"、"存心"的详细阐说,见于《举业心鹄》,是书现已亡佚,刊于万历三十年(1602)的《游艺塾文规》,其题名侧注记载作者还有《谈文录》、《举业彀率》及《举业心鹄》等书。① 李叔元辑《新锲诸名家前后场肆业精诀》卷二亨部收有《心鹄》佚文十九则,其首则曰:

> 作文之法,大概有五:一曰存心,二曰养气,三曰穷理,四曰稽古,五曰透悟。夫文出于心,心粗则文粗,心细则文细。其心郁者,其文塞;其心浅者,其文浮;其心诡者,其文虚;其心荡者,其文不检。历历验之,若著龟然。学者须扫除外好,归并一路,收摄此心,绵绵密密,无丝毫间断。使腔子内,精神常聚,生意常活。②

袁氏所论"存心"的观点,基于"文"与"心"对应关系的认知,其中所指"扫除外好,归并一路,收摄此心",注重涵养心性,摈除他年,保持专精,已可见出其心学思想的印记。第六则又曰:

> 文无古今,精神至于不可磨灭,断然传矣。茅鹿门谓举子业,浅言之,则掇拾饾饤,可以得一第;深言之,谓之传圣贤之神可也。予谓诗赋不过流连光景,苟神到而词彻,亦足以传后,况以道德性命之言,发圣贤之心髓,岂有不传者哉?故作文者,须想其光景,会其精神,问处如自家问,答处如自家答,言言有用,句句中的,方为入彀。其工夫全在平日涵养,胸中带一毫世情俗味,则污此文趣矣。后生小子文多玲珑可玩,以其染世浅而心常清也;至三四十岁,文多窒塞者,尘累多而心杂也。此皆目前可验者,试思之。③

---

① 袁黄《游艺塾文规》卷首引,《续修四库全书》第 1718 册,第 1 页。
② 李叔元《新锲诸名家前后场肆业精诀》卷二,《稀见明人文话二十种》下册,第 656 页。
③ 李叔元《新锲诸名家前后场肆业精诀》卷二,《稀见明人文话二十种》下册,第 657—658 页。

　　袁黄在此处又申说了不可磨灭之精神对于文章写作的重要性,其中"染世浅而心常清"和"尘累多而心杂"的对比,实际上也是围绕着上文唐顺之"今有两人"的命题展开讨论。在《举业毂率》中,袁黄也指出:"文章,小技也。然精神不聚则不工,识见不高则不工,理路不熟则不工,涵养不到则不工,有一毫俗事入其肺腑则不工。故习之者必远尘冗,屏嗜欲,绵绵焉束心一路,精神全注于文,而不复知其有他。既而束心渐熟,妄念渐消,并文字之得失,亦不复置之胸中。……以此习文章,亦以此养性命,又何间焉?性命、文章合而为一。"①不仅在表述上的"远尘冗,屏嗜欲"、"文字之得失,亦不复置之胸中",接近于上引王阳明《示徐曰仁应试》所言"寡思虑,屏嗜欲"、"切勿以得失横在胸中",而且所阐说的通过内在涵养远离尘嚣,去除嗜欲,收摄心性的过程,实际上也近乎阳明心学主张去除私欲蔽障的重视内在修养之论。

　　从晚明文话的编刊情况来看,袁黄编撰的上述几种文话在万历间是具备一定影响的。正如《游艺塾文规》题名侧注所记,"久为艺林所传诵"②。李叔元辑《新锲诸名家前后场肄业精诀》卷二亨部在收录袁黄《举业心鹄》前,也有引言曰:

　　　　大都作文无定墨,亦有成法。天才聪颖之士,自是不必拘拘定墨。次焉者,尽须效法前修,遵其法的。乃者尝见袁了凡先生,为文章宗匠、举业宗师。近时则著有《游艺塾文规》,而囊日则著有《举业心鹄》。今合此两者玩之,彼《心鹄》中所载文训,计十九段,言言中窾,句句合诀。③

刘元珍于万历四十二年(1614)编成的《从先文诀》中也评价《举

---

① 袁黄《举业毂率》,《稀见明人文话二十种》上册,第 151 页。
② 袁黄《游艺塾文规》卷首引,《续修四库全书》第 1718 册,第 1 页。
③ 李叔元《新锲诸名家前后场肄业精诀》卷二,《稀见明人文话二十种》下册,第 655—656 页。

业觳率》："盖必先识此等法度,而后信心抒写,随时变化。"①武之望《重订举业卮言》卷二"师范"也说:"人见名公文字,足以楷模一世,而不知其一生得力处,各有秘密诀,非浪作也。先辈如茅鹿门、沈虹台诸先生俱有论文要诀。后来袁了凡《举业觳率》、正续《文规》,更著其详。"②"释股"中提到:"破承是文字冠冕,最不宜草草……至承题起头一句,尤系题目命脉,更不可不用心。袁了凡《觳率》中论之极备,当详之。"③如果说《游艺塾文规》题识所谓"刊布海内,久为艺林所传诵"仅仅是一种书坊的营销策略,尚不能提供客观依据的话,那么如上列《重订举业卮言》、《从先文诀》等几种文话也反复提及袁黄及其作品,当足以说明《举业觳率》、《举业心镝》以及正续《文规》在万历间的广泛影响。由此也可以想象,阳明心学通过科举制度的管道,并借助于像袁黄、武之望等受王学影响的时文名家之助推,在晚明已向着广大的知识阶层尤其是低级功名士人群体渗透。

第二节　明文话与出版业:文章学的社会文化功能与资源共享

在上一节有关阳明心学与文话,尤其是晚明诸多八股文话关系的讨论中,已对明人文话通过印刷出版将其中的思想、观念传播到社会文化领域并获得影响和回应的现象略作分析。本节将继续以印刷出版业与文话的传刻、阅读为研究视角,来检视蓬勃发展的出版文化如何影响文话作品之生成、传播及其社会功能之实现。

---

① 刘元珍《从先文诀·外篇》,《稀见明人文话二十种》下册,第 1311 页。
② 武之望《重订举业卮言》卷下,第 20a—20b 页。
③ 武之望《重订举业卮言》卷下,第 32b—33a 页。

一　明初官刻背景下的文话编刊及其"以示后学"的特征

从书籍印刷史的角度来说，明代是近世出版文化转型的重要时期，尤其是晚明的图书出版业，伴随着社会、文化以及学术自嘉靖、万历以来的联动发展而呈现出深刻的变化。据大木康教授统计，嘉靖至崇祯这百年间的书籍出版，实际上承担了由宋至明近七百年总量的三分之二①，这一对比数据直观地反映出晚明书籍出版井喷式增长的状况。明代文话的出版，总体上也顺应着这样一种变动的趋势，比如现存三十种独立成书的文话著作，出版于嘉靖以前者仅四例，而嘉靖、万历、崇祯则各占六、十七和三例，三者之和约占总量之九成。明人文话在嘉靖、万历间刊刻数量的激增，除了高度发达的雕版印刷在这个时期普遍应用外，科举考试、文章教育等社会文化因素也起到了重要的助推作用。其中着眼于商业利益的书坊主及其编刊团队的参与，更广泛地接触各个阶层并掌握他们的知识需求，客观上有利于晚明文话著作的刊刻与传播。

在讨论晚明坊刻文话之前，首先来看明代前期的文话刊刻。一般认为，中国古代的刻书系统分为官刻、家刻和坊刻三种类型。在明代图书的传刻和收藏系统中，尤其是在坊刻书籍尚未繁盛的明代前期，官刻扮演着重要的角色。在官署刻书中，藩府是其中的重要一环。明代诸藩藏书丰富，刻书活动频繁，正如钱

---

① 大木康《明末江南的出版文化》以杨绳信所编《中国版刻综录》为依据，指出："在从宋至明末的这3 094种书籍中，可以确认有2 019种出版于嘉靖、万历至崇祯这大约一百年间，实际上占65％。"（参大木康《明末江南的出版文化》，上海古籍出版社2014年版，第7页）

谦益所称,"海内藏书之富,莫先于诸藩"①,叶德辉在肯定明代藩府刻书时也指出:"惟诸藩时有佳刻,以其时被赐之书,多有宋元善本,可以翻雕,藩邸王孙又颇好学故也。"②在明代诸藩王中,宁献王朱权是其中尤以刻书而闻名者。朱权(1378—1448),号臞仙,又号涵虚子、丹丘先生等,明太祖第十七子。编有《西江诗法》一卷、《诗谱》一卷、《文谱》八卷等。崇信道教,所撰《天皇至道太清玉册》八卷,收入《续道藏》。寄情声乐戏曲,作有杂剧十二种(现存《大罗天》《私奔相如》两种),编有北曲谱《太和正音谱》及古琴曲集《神奇秘谱》等。《明史》称:"权日与文学士相往还,托志翀举,自号臞仙。尝奉敕辑《通鉴博论》二卷,又作《家训》六篇,《宁国仪范》七十四章,《汉唐秘史》二卷,《史断》一卷,《文谱》八卷,《诗谱》一卷,其他注纂数十种。"③《明史》卷九十九"艺文四·集类·文史类"亦著录:"宁献王《臞仙文谱》八卷、《诗谱》一卷、《诗格》一卷、《西江诗法》一卷。宁靖王奠培《诗评》一卷。"④周弘祖《古今书刻》上编"江西·弋阳王府"也著录《臞仙文谱》《臞仙诗谱》二种,另著录有《文章欧冶》一种⑤。晁瑮《晁氏宝文堂书目》卷中"子杂"也著录有《文章欧冶》一书⑥。以上书目著录涉及与朱权相关的两种文话,即《臞仙文谱》与《文章欧冶》。

《文章欧冶》本为元人陈绎曾所撰,原名《文筌》,经朱权重版更名为《文章欧冶》,此本现藏山东省图书馆,二册,不分卷。朱权自序陈说其更名的目的是"以奇益奇":"与夫《文章精义》校而

---

① 钱谦益《牧斋有学集》卷二十六,中册,第 995 页。
② 叶德辉《书林清话》卷五,中华书局 1957 年版,第 116 页。
③ 张廷玉等《明史》卷一百十七,第 12 册,第 3592—3593 页。
④ 张廷玉等《明史》卷九十九,第 8 册,第 2499 页。
⑤ 周弘祖《古今书刻》上编,《明代书目题跋丛刊》下册,第 1116 页。
⑥ 晁瑮《晁氏宝文堂书目》卷中,《明代书目题跋丛刊》上册,第 750 页。

论之，彼以宏辩而简，此则矜式太隆。但绎曾所评诸贤，皆出于一己之见，故不足以公天下。若评太白之才，变化不及子美之类是也，予以为不然，乃重判二贤之体而正之。然其书有可法者，故取之，乃命寿诸梓以示后学，使知夫文章体制有如此法度，庶不失其规矩也。更其名曰《文章欧冶》，以奇益奇，不亦奇乎？"①陈绎曾《文筌》，《四库全书总目》卷一百九十七"集部·诗文评类存目"著录为"八卷，附《诗小谱》二卷"，《提要》曰：

> 此编凡分"古文小谱"、"四六附说"、"楚赋小谱"、"汉赋小谱"、"唐赋附说"五类，体例繁碎，大抵妄生分别，强立名目，殊无精理。《诗小谱》二卷，据至顺壬申绎曾自序，称为亡友石桓彦威所撰，因以附后。是此编本与《诗谱》合刻，元时麻沙坊本，乃移冠《策学统宗》之首，颇为不伦。今仍析之，各著于录。绎曾，处州人，侨居湖州，而序末自称"汶阳左客"，岂又尝流寓齐鲁间，偶以自号欤？②

据四库馆臣所撰提要可知，陈绎曾《文筌》八卷应包含"古文小谱"、"四六附说"、"楚赋小谱"、"汉赋小谱"、"唐赋附说"，朱权在刻《文章欧冶》时，调整了这几类名目，分别作"古文谱一"至"古文谱七"、"四六附说"、"楚赋谱"、"汉赋谱"、"唐赋附说"。至于《臞仙文谱》，除了上述几种书目著录外，另外如高儒《百川书志》卷十八"集志七·文史"也有著录曰：

> 《文筌》八卷，此处原空撰人，各钞本同。《诗谱》二卷，汝阳右客陈绎曾撰。《臞仙文谱》八卷，国朝涵虚子臞仙著，共九十九体。《臞仙诗谱》一卷、《诗格》一卷，国朝臞仙制，

---

① 陈绎曾《文章欧冶》卷首朱权序，《历代文话》第 2 册，第 1223 页。《历代文话》所收《文章欧冶》为日本元禄元年（1688）京都刻本，据王宜瑗撰《文章欧冶》解题，和刻本据朝鲜光州刊本（明嘉靖二十九年刊）重刊。

② 永瑢等《四库全书总目》卷一百九十七，下册，第 1799 页。

十三格,古今一百二十八体。①

黄虞稷《千顷堂书目》卷三十二"文史类"也著录:"宁献王《臞仙文谱》八卷、宁靖王奠培《文章大模式》。"②朱权《臞仙文谱》八卷今已不传,但从其书名与卷数来看,所谓"臞仙文谱"、"臞仙诗谱"或为朱权割裂陈氏《文筌》八卷附《诗小谱》二卷而来,今已不可考其详。范邦甸《天一阁书目》卷四"集部四·诗文评类"著录曰:

> 《文谱》八卷,刊本。明宣德辛亥涵虚子臞仙著,不自署名。序曰:余以狂惑之资,不能以宏至道。乃大启群典,自为检阅,其制作之可法者取之,不合于矜式者易之。皆出于一己之公,不经于儒臣之目。乃令童子二三人,日与誊录。越五日,是谱告成。后之学者,如欲作文,不待奉束脩以丐师之授受,观谱中之文,则知体矣。凡为儒者,不可缺焉。③

据此可知,《文谱》一书当刊于宣德六年(1431),朱权刊此书意在为后之学作文者示以文章矜式。另据上引《千顷堂书目》,朱权《文谱》外,藩府所刻文话另有朱奠培《文章大模式》。朱奠培(1418—1491),号竹林懒仙。朱权嫡长孙。正统十四年(1439)袭封宁王。赐谥曰靖。善文辞,正统间撰有《松石轩诗评》一卷。朱奠培《文章大模式》也已亡佚,据书名推知盖亦为文谱、文式一类的著作。

在明代前期的官刻本中,除了藩府刻本这种独具特色的刻书形态外,另一个值得留意的现象便是书帕本的流行。有关"书帕本",叶德辉《书林清话》卷七"明时书帕本之谬"条曰:

> 明时官吏奉使出差,回京必刻一书,以一书一帕相馈

---

① 高儒《百川书志》卷十八,《明代书目题跋丛刊》下册,第 1338 页。
② 黄虞稷《千顷堂书目》卷三十二,第 777 页。
③ 范邦甸《天一阁书目》卷四,《续修四库全书》第 920 册,第 287 页。

赠,世即谓之书帕本。语详顾炎武《日知录》。王士禛《居易录》云:"明时翰林官初上或奉使回,例以书籍送署中书库,后无复此制矣。又如御史、巡盐茶、学政、部郎、权关等差,率出俸钱刊书,今亦罕见。宋王琪守苏州,假库钱数千缗,大修设厅。既成,漕司不肯破除。琪家有杜集善本,即俾公使库镂板印万本。每部值千钱,士人争买之。既偿省库,羡余以给公厨。此又大裨帑费,不但文雅也。"按明时官出俸钱刻书,本缘宋漕司郡斋好事之习,然校勘不善,讹谬滋多,至今藏书家,均视当时书帕本比之经厂坊肆,名低价贱,殆有过之。然则昔人所谓刻一书而书亡者,明人固不得辞其咎矣。①

这些由地方官员出俸钱所刻之书,因被作为馈赠礼品,往往刊刻不精,校订粗糙。对此,明中叶藏书家陆深也曾指出书帕本之"不工反出坊本下",其《金台纪闻》曰:"胜国时郡县俱有学田,其所入谓之学粮,以供师生廪饩,余则刻书,以足一方之用。工大者则纠数处为之,以互易成帙,故雠校刻画颇有精者,初非图鬻也。国朝下江南郡县,悉收上国学,今南监《十七史》诸书,地里岁月,勘校工役并存可识也。今学既无田,不复刻书,而有司间或刻之,然以充馈赆之用,其不工反出坊本下,工者不数见也。"②书帕本虽因"校勘不善,讹谬滋多"而多遭贬斥,但对明前期藏书与刻书事业的发展也起到了一定的积极作用。

　　明人文话即有赖书帕本而存世者,如唐之淳《文断》一书,根据前引范邦甸《天一阁书目》和赵㧑谦《学范》的著录,已知其大致成书时间。唐之淳《文断》原刊本今已亡佚,现存明天顺黄瑜刻本、明成化十六年(1480)唐珣刻本,皆不分卷,不署编者,均藏

---

① 　叶德辉《书林清话》卷七,第180页。
② 　陆深《金台纪闻》,《丛书集成初编》第2906册,第8页。

国家图书馆。黄瑜所刻本在书前有黄氏题识曰：

> 《文断》不知何人编传之，吴厚伯御史谓乃祖思庵先生
> 所藏。郡斋新刊《书学汇编》已讫工，敬捐官俸并绣诸梓云。
> 华亭黄瑜志。①

黄瑜，字廷美，华亭（今上海松江）人。景泰举人，天顺初任肇庆
知府，任上另编刊有《书学会编》。四库馆臣曾明确指出《书学会
编》一书即为书帕本，其所撰《提要》曰：

> 明黄瑜编，瑜字廷美，华亭人。案明有两黄瑜，皆字廷
> 美，皆景泰、天顺间人。其一为黄佐之祖，有《双槐岁钞》，别
> 著录。此黄瑜则天顺六年官肇庆府知府，此书即其在肇庆
> 所刻也。凡四种，一为刘次庄《法帖释文》，一为米芾《书
> 史》，一为黄伯思《法帖刊误》，一为曹士冕《法帖谱系》。无
> 一字之考证，而讹脱至不可读，盖书帕本耳。②

黄瑜刻《文断》是在《书学会编》刊印之后，且同样带有校刻不精、
著者不明的书帕本特征。此后，成化间唐珣也在任福州知府期
间刻印过《文断》。唐珣，字廷贵，华亭（今上海松江）人。天顺元
年（1457）进士，成化间福州知府。唐珣于成化十六年（1480）刻
印《文断》，此本书前有《题文断后》，曰：

> 《文断》不知编于何人，中皆援引诸儒言论有关于经史
> 子集及作文之法者，类叙成帙。议者谓其与《文筌》、《文则》
> 参看，则古文之能事尽矣。予于《文则》，近尝订正讹谬而镌
> 布士林，继得是编，虽有旧本，顾舛错尤多，乃雠校捐俸镂
> 梓，以与好古君子共之，俾为操觚染翰之一助云。成化庚子
> 正月吉旦，赐进士出身中宪大夫、福州府知府云间唐珣识。③

---

① 唐之淳《文断》卷首黄瑜题识，明天顺黄瑜刻本，第3b页。
② 永瑢等《四库全书总目》卷一百十四，上册，第974页。
③ 唐之淳《文断》卷首唐珣序，《稀见明人文话二十种》上册，第23页。

唐珣自称校雠旧本，"捐俸锓梓"，所刻《文断》盖亦为书帕本之例。清人蒋超伯《南滑楛语》卷二"书伴苞苴"条谈明代的书帕本说："明世苞苴盛行，但其馈遗必以书为副，尤以新刊之本为贵。一时剞劂纷如，豕鱼罔校。如陈埴《木钟集》，弘治中温州知府邓淮重刊；都穆《南濠诗话》，乃和州知州黄桓所刻。其序云：捐俸绣梓，用广厥传。似此不一而足。"①黄瑜、唐珣所刻《文断》在刊行后，流传甚广而为诸藏书目所著录。前及高儒《百川书志》著录《文断》并称："此集经书子史诸家作文法度，该括殆尽。"②《四库全书总目》卷一百九十七"集部·诗文评类存目"亦著录《明人文断》，无卷数，不著撰人名氏。另有清钞本《文断》，与宋濂《文原》合为一册，现藏南京图书馆，此本实据黄瑜刻本钞录。

明初官刻本文话另有曾鼎《文式》二卷。曾鼎，字复铉，号雪航，永丰（今属江西）人，曾棨从弟。永乐十年（1412）进士，宣德六年（1431）官广东按察使佥事，《文式》即编于任上，其自序曰：

> 予未弱冠时，游邑庠，从先辈得《文场式要》一帙，其后予以《古今文章精义》尝予自录之，然未知其为何说。既冠，于举子业之暇，时一读之，则见其序次作文之法，井然有条，窃谓规矩绳墨之器欲为方圆曲直者，必由是而入焉。既官岭表，得余姚赵氏㧑谦所编《学范》，内备载其说，遂取以相参订，间有详于予向所得者。《文章精义》则不及载，因合之为《文式》二卷，期与好古君子共之。③

曾鼎自序称曾抄录《古今文章精义》，后来在任官广东时又得到赵㧑谦《学范》一书，遂合订为《文式》二卷。实际上全书乃采录赵㧑谦《学范》、陈绎曾《文说》、陈骙《文则》、李涂《文章精义》、吕

---

① 蒋超伯《南滑楛语》卷二，《续修四库全书》第 1161 册，第 286 页。
② 高儒《百川书志》卷十八，《明代书目题跋丛刊》下册，第 1338 页。
③ 曾鼎《文式》卷首自序，《历代文话》第 2 册，第 1535 页。

祖谦《古文关键》、苏伯衡《述文法》等著作合并而成。

综观明前期由官署刊刻的文话,可以看到,无论是朱权等藩王刻《文章欧冶》、《文谱》,还是黄瑜、唐珣等地方官"捐俸锓梓"的《文断》诸书,他们所看重的,均是文话有助于操觚染翰、指导写作的社会功能。如朱权刻《文章欧冶》便是"以示后学,使知夫文章体制有如此法度,庶不失其规矩",唐珣刻《文断》也强调"俾为操觚染翰之一助"。万历初,王弘诲编《文字谈苑》,并由南京国子监刻印,该书同样是以授诸生"文字之法"为目的:"俾诸生人持一编,时加览玩,以待面质而未之就。"①这种重视文章写作的实践性,正是明代文话的特有品格。

二 不同阶层文人的共同参与:晚明商业出版与文话刊刻

书籍在明代前期主要通过官署印制,而自明中叶始,书坊刻印开始兴盛,并逐渐取代官刻成为明季刻书的重心。藏书家陆容(1436—1494)《菽园杂记》卷十记载曰:"古人书籍,多无印本,皆自钞录。闻《五经》印版,自冯道始。今学者蒙其泽多矣。国初书版,惟国子监有之,外郡县疑未有。观宋潜溪《送东阳马生序》可知矣。宣德、正统间,书籍印版尚未广。今所在书版,日增月益,天下古文之象,愈隆于前已。但今士习浮靡,能刻正大古书以惠后学者少,所刻皆无益,令人可厌。"②陆容指出明初书籍刻印主要由国子监等官署承担,书籍的印版在宣德、正统年间依然较少,这样的局面到了他所处的成化、弘治年间有所改观。与陆容同时代的叶盛(1420—1474)则指出明中叶书坊开始出版小

---

① 王弘诲《文字谈苑》卷首自序,《稀见明人文话二十种》上册,第349页。
② 陆容《菽园杂记》卷十,中华书局1985年版,第128—129页。

说、戏曲一类的书籍用以盈利，在《水东日记》卷二十一"小说戏文"条曰："今书坊相传射利之徒伪为小说杂书，南人喜谈如汉小王(光武)、蔡伯喈(邕)、杨六使(文广)，北人喜谈如继母大贤等事甚多。农工商贩，钞写绘画，家畜而人有之；痴骏女妇，尤所酷好，好事者因目为女通鉴，有以也。"①坊刻与官刻的重要区别之一，便是书坊刻书以盈利为主要目的，往往带有一整套包含选题、刊刻和售卖的运用模式。因此，面向民间广大受众的小说、戏曲、类书等成为坊刻图书的主要类型。当然，除了戏曲、小说外，随着科举制度的稳步推行，应试人数的逐年增加，指导士子习举子业的制举类用书，包括程墨、房稿、社稿等文章选集和文章作法指南在内，自然也成为中晚明书坊刊刻的主要对象。

　　从现存的文献来看，中晚明出版业发达的几个地区均有书坊参与到文话的刊刻中来。杭州如前文提到的胡文焕文会堂刊印《文字谈苑》，将国子监读本推而广之。南京则有周曰校万卷楼刊武之望《重订举业卮言》二卷，并由陆翀之进行续补而成《新刻官板举业卮言》五卷。陆翀之，字希有，南京人，其身份当为职业编辑，供职于周氏万卷楼。除《新刻官板举业卮言》外，陆翀之又辑有署王锡续补的《皇明馆课经世宏辞续集》十五卷，另删订署顾起元汇纂的《新刻顾会元注释古今捷学举业天衢》十卷，校阅署黄升光编辑的《昭代典则》二十八卷，分别于万历二十一年(1593)、二十七年(1599)、二十八年(1600)由周曰校万卷楼刊刻。陆翀之对《新刻官板举业卮言》所作的续补工作，是在武之望所撰之卷一基础上又合辑诸家所论文法篇章。卷二为"会元衣钵"，收录吴默、邓以赞、孙鑛等历科会元论文语；卷三为"太史真谛"，收录董其昌、沈位、郭正域等当朝文臣论文语；卷四为"名公谈艺"，收录黄汝亨、王衡、袁黄等文坛名家论文语；卷五辑选

---

① 　叶盛《水东日记》卷二十一，中华书局1980年版，第213—214页。

韩愈、柳宗元、欧阳修等前人论文语,题作"先贤文旨",后附"集古文旨"十三条、"古今名言"三十余条,概论作文法则。福建则有建阳著名书坊双峰堂翻刻袁黄《游艺塾文规》。此书扉页题名曰"新刻袁了凡先生游艺塾文规",而题名侧注小字载明《游艺塾文规》是以万历八年(1580)至万历二十九年(1601)乡会试程墨作为评述例证。卷末有上荷叶、下莲花的龛式牌记,署"万历壬寅孟冬月,双峰堂余文台梓",则此本由双峰堂刊刻于万历三十年(1602),乃翻刻自叶仰山原板。

从《游艺塾文规》由叶仰山刻印到双峰堂余文台翻刻,可以看出与制举相关的文话在晚明颇具市场,这是晚明坊刻文话的特征之一。除了袁黄的《游艺塾文规》以及武之望撰、陆翀之辑补的《新刻官板举业卮言》,晚明尚有多种与举业相关的文话刊行,略举如下:

1. 袁黄《举业彀率》《举业心镜》《游艺塾续文规》

据上引《游艺塾文规》题识所谓"了凡先生旧有《谈文录》《举业彀率》及《心镜》等书,刊布海内,久为艺林所传诵",在《文规》刻印之前,已刊行《谈文录》《举业彀率》《举业心镜》三书。其中《举业心镜》一书,据《游艺塾文规》卷二"破题"曰:"丁丑以前程墨,《心镜》中已备论之。今自辛丑溯至庚辰,录其佳者与汝一阅。"[①]卷八"正讲五":"丁丑以前具载《心镜》诸书者俱不论,论近刻乡卷。"[②]知《举业心镜》所论,主要以万历五年(1577)前乡会试程文墨卷为评述例证。《心镜》一书,未见著录,其单行本盖已亡佚。汪时跃《举业要语》辑有该书条目,李叔元辑《新锲诸名家前后场肄业精诀》卷二亨部则收有《心镜》佚文十九则,前有按语称袁黄曩日著有《举业心镜》,"彼《心镜》中所载文训,计十

① 袁黄《游艺塾文规》卷二,《续修四库全书》第1718册,第30页。
② 袁黄《游艺塾文规》卷八,《续修四库全书》第1718册,第104页。

九段，言言中窾，句句合诀"①。《举业彀率》一书，袁黄《游艺塾续文规》卷四"了凡先生论文"曰："丁丑岁予著《举业彀率》，备论炼格之法，传之四方，颇于时艺有益。"②可知《举业彀率》撰成于万历五年（1577）。此书原有刻本，今存清钞本据以抄录，题下署："东吴袁黄著，门人方时化阅，后学鲍能安校，门人吴学启重梓。"③在《游艺塾文规》刊行之后，袁黄又紧接着对万历三十一年（1603）癸卯科乡试及三十二年（1604）甲辰科会试墨卷进行评析，以此作为续作《游艺塾续文规》的部分编纂工作。此续作另一部分内容是明代中后期诸名家有关时文写作论说的汇选，即卷首所揭示的："旧日《文规》首列论文诸款，皆系唐宋诸名家论古作之说，今辑我朝前辈论举业者，汇而列之。"④《游艺塾续文规》今存明刻本。

2. 李叔元《新锲诸名家前后场肄业精诀》

此书现藏于台湾"国家图书馆"，分元、亨、利、贞四部，元部卷首署"晋邑赞宇李叔元缉，温陵同邑钟斗许獬校，建邑书林耀吾陈德宗绣梓行"，亨部、利部及贞部改"建邑书林耀吾陈德宗绣梓行"为"建闽书林耀吾陈德宗梓"。⑤ 前后无序跋，书末也有上荷叶、下莲花的龛式牌记，题"万历甲辰岁桂月，存德堂陈耀吾梓"，则此书为建阳著名书坊存德堂刻印于万历三十二年（1604）。

3. 汤宾尹《读书谱》、《汤睡庵太史论定一见能文》

《澹生堂藏书目》卷十四"诗文评·文式文评"著录汤宾尹

---

① 李叔元《新锲诸名家前后场肄业精诀》卷二，《稀见明人文话二十种》下册，第 656 页。
② 袁黄《游艺塾续文规》卷四，《续修四库全书》第 1718 册，第 212 页。
③ 袁黄《举业彀率》，《稀见明人文话二十种》上册，第 151 页。
④ 袁黄《游艺塾续文规》卷一，《续修四库全书》第 1718 册，第 159 页。
⑤ 李叔元《新锲诸名家前后场肄业精诀》卷一，《稀见明人文话二十种》下册，第 601、634、671、732 页。

《读书谱》五卷,今存周清原辑《借绿轩删订汤霍林先生读书谱》四卷。周清原删订本前有康熙二十八年(1689)周氏序,谓:"因霍林旧本芟繁就约,间增采先辈格言,别为四卷。付之剞劂,使学者共观之先辈读书如此且详且慎,用心如此其坚且密也。"①后录陶望龄所撰《陶石篑先生原序》。另据明万历尺波山房钞《汤霍林先生哀选大方家谈文》,前有明万历三十四年(1606)陶望龄序,即《借绿轩删订汤霍林先生读书谱》卷首《陶石篑先生原序》。正文录明人论文语凡五十余则,与《读书谱》重出,盖系抄录《读书谱》而成。据此可知,汤宾尹《读书谱》当刊于万历三十四年。另有《汤睡庵太史论定一见能文》四卷,前有汤氏自序,署"崇祯戊辰秋巧夕,嘉宾老人题于睡庵"②。

4. 刘元珍《从先文诀》

此书前有刘元珍自序曰:"遍搜诸名家著论,无虑数十种,词波浩瀚,义府纵横。善观者,饮一勺而识昆仑;不善观者,眩瞀洸瀁,莫知适从。余乃檃栝其章,纂举其要,为《从先文诀》十有二则,而篇以内外分焉。内剖微旨而启灵心,外指通衢而便发轫。"③并署"万历甲寅季秋,梁溪东林居士刘元珍题于三畏堂"④,可知《从先文诀》编成于万历四十二年(1614)。

从上述罗列的几种著作也可看出,中晚明由书坊所主导的文话出版,第二个特征是在文话生产一端往往利用现有资源进行加工汇编。如袁黄编撰《游艺塾续文规》,其中一项工作是"今辑我朝前辈论举业者,汇而列之";刘元珍辑《从先文诀》也称"遍

① 汤宾尹《借绿轩删订汤霍林先生读书谱》卷首周清原序,清康熙二十八年(1689)借绿轩刻本,第7a—8a页。
② 汤宾尹《汤睡庵太史论定一见能文》卷首自序,《稀见明人文话二十种》下册,第862页。
③ 刘元珍《从先文诀》卷首自序,《稀见明人文话二十种》下册,第1279页。
④ 刘元珍《从先文诀》卷首自序,《稀见明人文话二十种》下册,第1280页。

搜诸名家著论"并"纂举其要"。另外如万历间衢州书坊主舒用中，就曾辑录前贤文论汇为《雅林指玄》一书，民国《衢县志》卷十五"艺文志下·集部·诗文评选"著录曰：

> 尚有存本，前有万历甲申了凡袁表序，后有浙衢少轩舒用中跋，略谓余近购归茅太史所著论文诸篇，如董贾与国朝名公未载已。自班马以至唐宋，其间根柢理道，有切于论文者，悉取而录之，名曰《指玄》。篇篇大雅，字字玄邃，似又为艺林之绳尺矣。集成乃鸠工梓之云云。按：用中前志未见，书为明刊本，刻工甚精，亦近时罕见物也。[1]

舒用中，字舜卿，号少轩，衢州（今属浙江）人。万历间在世，以刊书为业，有天香书屋。除了《雅林指玄》外，他还于万历十六年（1588）刻印了顾充撰《校刻历朝捷录百家评林》八卷，于万历二十年（1592）刊顾充撰、顾宪成音释《重刻增改标题音注历朝捷录大成》四卷，另刊有《风教云笺》前后集等。从著录信息可知，舒用中编《雅林指玄》，取材自他购买的所谓茅太史所著论文诸篇，属于典型的利用现有资源在短时间内刊行书籍的经营模式。

坊刻文话的第三个特征是不同阶层的文人共同参与到文话编撰与刊行的出版活动中来，上文提到的《雅林指玄》便是由书坊主舒用中亲自编刊。随着晚明求学应试人数的激增，科举体制所承载的负担日益加重，这导致了未能通过科考跻身官僚阶层的士人群体的扩大。对于这些本身具备一定文学素养的底层功名文人来说，从事出版编辑事业是他们重要的谋生途径，前述作为书坊主的胡文焕以及进行职业编辑工作的陆翀之即属此

---

[1]　民国《衢县志》卷十五，《中国地方志集成》浙江府县志辑第 56 册，第 73 页。

例。另外如举人出身而从事图书编纂的汪时跃①,在他所编的《举业要语》中也表达了在晚明科举竞争压力下无奈的境遇:"不佞之事举业也,其犹鸡肋欤? 时而晓窗,时而短檠,时而风檐,时而雪案,恒矻矻以穷念,盖遑遑无宁日也,肱已三折,技且五穷。"②《举业要语》选录诸家论作文之语,在部分条目又附汪氏所撰按语以略叙其志,这得益于汪氏本身受过系统的举业训练,积累了一定的时文知识和经验。在晚明,此类知识与经验作为文化资本,一旦与出版业结合,则成为商业资本得以运作,这对于未能继续通过更高一级科举考试的士人来说,是一条更具世俗化特征的生存路径。

就晚明坊刻文话的出版质量来说,经由职业编辑陆翀之整理的《新刻官板举业卮言》,在内容选取和体例编排上均属上乘。相较之下,出自建阳书肆的《新锲诸名家前后场肆业精诀》则略显粗糙。所署辑者李叔元,字端和,一字赞宇,号鹿巢,晋江(今属福建)人,万历二十年(1592)进士,著有《四书说》、《春秋传稿》等。校者许獬,同安(今属福建)人,万历二十九年(1601)会元。此书编校不精,舛误颇多,虽署李叔元辑,或最终经由书贾操刀。其卷三利部之"王凤洲纂《古今文章精义》",实出于李涂《文章精义》,卷四贞部之"王凤洲先生诗教",则出自前已提到的赵㧑谦编《学范·作范》,并为曾鼎《文式》、胡文焕刊佚名《诗文要式》相承袭,两处均托名王世贞,当属借其声价用以牟利的手段。关于建阳书肆刻书之陋习,如周亮工《因树屋书影》卷一曾说到:"予

---

① 乾隆《江南通志》卷一百二十九"选举志·举人五"、康熙《徽州府志》卷九"选举志上"均载汪时跃为万历四年(1576)举人,汪氏另辑有《镌昭代名公四六类编》二十四卷、《补遗》一卷,有万历四十二年(1614)汪士晋刻本。有关汪时跃家世生平及编书活动之考论,参见张剑《汪时跃及其所编文选、文话》,《铜仁学院学报》2018年第5期。

② 汪时跃《举业要语》,《稀见明人文话二十种》上册,第383页。

见建阳书坊中所刻诸书，节缩纸板，求其易售，诸书多被刊落。此书亦建阳书坊翻刻时删落者。六十年前，白下、吴门、虎林三地书未盛行，世所传者独建阳本耳。即今童子所习经书，亦尚是彼地本子，其中错讹颇多。近己亥闱中麟经题讹，至形之白简。宋时场屋中，亦因题目字讹，致士子喧争。皆为建阳书本所误，古今事相同如此。故予谓建阳诸书，尽可焚也。"①胡应麟《少室山房笔丛》卷四"经籍会通四"引宋人叶梦得语曰"天下印书以杭为上，蜀次之，闽最下"，并指出："余所见当今刻本，苏、常为上，金陵次之，杭又次之。近湖刻、歙刻骤精，遂与苏、常争价。蜀本行世甚寡，闽本最下，诸方与宋世同。"②

三　文章学资源的推广与共享：明文话的"副文本"分析

就明代的书籍出版业而言，尽管坊刻存在着前人所谓节缩纸板、刻字错讹甚至冒名伪托等突出现象，但也应认识到，坊刻在新技术应用与新元素引入方面对于古代刻书业的发展具有积极的推动作用。晚明的图书出版竞争激烈，出于书籍行销的考虑，书坊一方面需要在套印、版画、装帧等印刷的工艺技术层面不断改进，另一方面也会在书籍之题名、序跋、凡例等图书的"副文本"上做文章，向读者提供书籍信息，用以引导阅读，促进销售。基于晚明的商业出版背景，对明文话"副文本"的分析，除了置于传统出版史研究中的书业广告这一视角来考察它们如何吸引读者外，更为重要的是，借此亦可观测到晚明文化发展透过商业出版所展现的新动向。

---

① 周亮工《因树屋书影》卷一，《续修四库全书》第 1134 册，第 285 页。
② 胡应麟《少室山房笔丛》卷四，中华书局 1958 年版，上册，第 59 页。

在论述之前，有必要介绍一下"副文本"的概念和理论。"副文本"（paratext）一词最初由法国叙事学家热拉尔·热奈特（Gérard Genette）提出，在 1982 年出版的《隐迹稿本》（*Palimpsests*）一书中，他认为副文本是"作品影响读者方面的优越区域之一"，并指出："副文本如标题、副标题、互联型标题；前言、跋、告读者、前边的话等；插图；请予刊登类插页、磁带、护封以及其他许多附属标志，包括作者亲笔留下的还是他人留下的标志，它们为文本提供了一种（变化的）氛围，有时甚至提供了一种官方或半官方的评论。"①热奈特在 1987 年出版法文专著《副文本》（Seuils）一书中，详细阐释了他的副文本理论。此后，经由迈凯琳（Marie Maclean）对原著导论的译介②，以及勒温（Jane E. Lewin）英译全本《副文本：阐释的门槛》（*Paratexts: Thresholds of Interpretation*）的出版，副文本理论得以在欧美的文学研究领域引起广泛关注。在《副文本：阐释的门槛》一书的序言中，热奈特强调"副文本"使得文本成为书籍，并以书的形式引导读者和公众的阅读，他认为："文艺作品完全或基本上由文本所构成，换句话说，（最低限度的定义）是由具备一定长度、包含一定意义的叙述话语排列而成。不过这种文本几乎不以朴素的、不假修饰的状态呈现，不被一定数量的作品或其他言语形式强化和装饰，比如作者姓名、标题、前言和插图。"③并指出这些作者姓名、标题、前言等被称为"副文本"的内容，其功能在于呈现（present），使文本以书籍的形式呈现于外界并得到接受和消费。热奈特阐释的书籍"副文本"及其包含的诸多元素，实际

---

① 热拉尔·热奈特《热奈特论文集》，百花文艺出版社 2000 年版，第 71 页。
② Gérard Genette, Marie Maclean. "Introduction to Paratext." *New Literary History* 22. 2(1991)：261–272.
③ Gérard Genette. Translated by Jane E. Lewin. *Paratexts: Thresholds of Interpretation*. Cambridge：Cambridge University Press，1997. 1.

上在中国近世社会，尤其是晚明以来的书籍出版中也得到了广泛的运用，而他所强调的这些元素的"呈现"以及引导阅读和消费的功能，对于我们了解晚明书籍出版如何反映甚至影响学术和文化具有启发意义。

分析晚明文话的副文本性，不妨根据书籍的基本形态从以下三个层面来展开：其一是书籍的题名。从题名来看，晚明确实出现了几种颇具商业出版特色的文话，如《重校刻艺林古今文法碎玉集》、《新锲诸名家前后场肄业精诀》、《新刻官板举业卮言》、《流翠山房辑选八大家论文要诀》、《汤睡庵太史论定一见能文》、《新刻张太史手授初学文式》等，这些书名中，具备副文本性的"新锲"、"新刻"、"重校刻"，用以标示刻书时间和刊印质量，而所谓"太史"、"名家"、"大家"则用来展示书稿内容的权威性。当然，这些元素也被运用于文章评点、时文选本、戏曲小说、日用类书等主要面向社会中下阶层、带有实用性和娱乐性的书籍。从这一层面上来说，出版者在上述文法、文论类书籍题名中冠以"新刻"、"名家"等前缀，反映出他们希望通过此类包装策略来吸引更广大的中下阶层读者，也即热奈特所说的副文本推动了书籍的接受和消费，这可以帮助我们了解上述文话作品主要面向的阅读群体以及他们的文化与知识需求。当然，相比于"新刻"、"名家"等附加成分，文话题名的主体，如上引诸书题名中的"肄业精诀"、"论文要诀"、"一见能文"、"初学文式"等，可以更为直观地反映出这些书籍的受众主体是习举子业和初学作文者。另外根据晚明坊刻时文颇为繁盛的情况，正如李诩《戒庵老人漫笔》卷八"时艺坊刻"所言万历间"满目皆坊刻"①，已可了解到参加各阶段科举考试的士子实际上构成了明中叶以来坊刻书籍的重要读者群体。与时文选本提供文章范型的功能不同，上述《新

---

① 李诩《戒庵老人漫笔》卷八，《续修四库全书》第 1173 册，第 824 页。

锲诸名家前后场肄业精诀》、《新刻官板举业卮言》等文话则主要
用来传输文章写作的经验与技巧，因此编刊者对这些书籍的命
名往往注重体现出它们具备指导文章写作的实际功能，李叔元
《新锲诸名家前后场肄业精诀》、汤宾尹《汤睡庵太史论定一见能
文》便是其中最明显的例证。另外如汪应鼎《流翠山房辑选八大
家论文要诀》、刘元珍《从先文诀》、董其昌《九字诀》等文话题名
均冠以"诀"字，暗示出书籍主要讲解文章写作机窍的内容性质，
便于招徕读者。明人对文话注重实用写作功能的认知，与明代
中后期整个社会习文及应试需求的增加不无关联。武之望即曾
指出文章名家作文有各自的"秘密诀"曰："人见名公文字，足以
楷模一世，而不知其一生得力处，各有秘密诀，非浪作也。先辈
如茅鹿门、沈虹台诸先生俱有论文要诀。后来袁了凡《举业彀
率》、正续《文规》，更著其详。近日董玄宰《华严九字诀》、焦漪园
《文家十九种》、王缑山《学艺初言》、葛屺瞻《文体八议》、顾仲恭
《时义三十戒》，凿凿名言，各极要渺之致，而其余诸名家亦时有
一二精微之论。"①武之望在这里所说的"秘密诀"、"论文要诀"，
如袁黄《举业彀率》、王缑山《学艺初言》，多为讲授时文写作的文
法之书。明末另有王耕玄《文诀》一书，张溥《王耕玄文诀序》便
对该书的"教文以法"的性质作了揭示，序文曰：

> 时文之说密矣，复以法苦之，不几申、商乎？虽然，苟无
> 法焉，文益不治，是重困也。耕玄心恻焉，乃设数则以教人，
> 曰："如是焉，斯可矣。"予不敏，读焉心动，亦曰："如是焉，斯
> 可矣。"于是耕玄遂梓以行也。文之出于人也，有长短、多
> 寡、疏密，自今思之，一法而已。有法之文，千言可也，百言
> 可也。耕玄不教人以千言、百言，而教人以法，是简胜之术
> 也。不然，观古人之书而缀墨焉，夫童子而能之，其去时也

---

① 武之望《重订举业卮言》卷下，第20a—20b页。

几何？柳先生传梓人，不贵斤斫刀削而贵持引者，为其能教人也。今之能为文者，斫削者也；教文者以法者，持引者也。且也耕玄颣是而达，亦既功成而书名于栋矣。凡人无不乐成而恶毁，畏拙败而喜速完。耕玄之说，又乌可不念哉？[1]

从张溥的序文中可以看出，王耕玄所撰《文诀》数则，也是授人以时文作法，而其中所写"耕玄颣是而达，亦既功成而书名于栋"，则涉及序跋这一层级的副文本如何推介书籍的话题。

其二便是文话的序跋、凡例以及引文等副文本。一般来说，作者自撰的序跋、凡例多用来向读者解说成书缘由和内容框架。如《新刻官板举业卮言》，武之望所撰前部之卷末有跋曰：

> 阳纡子曰：余之为是言也，掇之前辈者什一，出之肤见者什九，要皆历之身心而经之体验者，验之弗真，弗敢言也。先是，半属之草，半藏之胸，因循数年，未能成帙。兹者苦雨经旬，兀作环堵，因取旧稿删润，始克成之。篇分内外：内二十篇，则根委与极致之说，文之所以为文也；外八篇，则从入与效用之方，人之所以有事也。词俚而不修，意粗而不备，不敢示诸作者。但分条必显，取证必明，初学者览之，或了然心目而少有裨益云耳。丁酉八月二十五日识。[2]

便是对其所撰《举业卮言》内外篇不同特征的介绍，并指明此书对初学作文者多有裨益。另外如前文所说《新刻张太史手授初学文式》，卷首亦有引曰："然求蒙之初，入门宜正，爰采先正论文要诀，汇成一篇，以为学文者式。"[3]左培《书文式》卷首《凡例》亦

---

① 张溥《七录斋诗文合集·近稿》卷四，《续修四库全书》第 1387 册，第 340 页。
② 武之望、陆翀之《新刻官板举业卮言》卷一，《稀见明人文话二十种》上册，第 483 页。
③ 张溥《新刻张太史手授初学文式》，《稀见明人文话二十种》下册，第 1365 页。

曰:"是编乃应试先资,故《书式》止论小楷,《文式》止论时艺,急当务也。而篆、隶、行、草,诗、赋、序、记,俱属后来余技,概不具论。然功有后先,理无二致,领悟得到,迎刃而解矣。《书式》、《文式》首列名公之论于前,而附诸法于后,欲学者一见,先知大意,然后入法不难耳。"① 汤宾尹《汤睡庵太史论定一见能文》卷一"初学论文正印"前有引曰:

> 今士握铅椠称不朽艺者,累累数百家。第习沿波流,竞于奇诡,不遵今而师古,厌薄章句,希心要渺,摭裂二氏、诸子踌驳之言,自诧神奇,匪是者弗贵,而要难与初学道也。夫为圜者其朴必方,不方而圜非真圜。故花萼蕃郁,木之华也,其溉灌先于根;榱桷巍峨,室之华也,其巩奠先于基。刅操觚家无法式以为根基,遽嚚嚚号于人曰:"吾务破规逾矩,庶不局于拘挛。"是适越而燕其轨,终必不能至,况初学士哉!今乃总集诸名家论文真诀,择其至易明白者,汇为一册,执此以诏蒙学。譬木之有根,室之有基;又如大匠把得绳墨,而千门万户自在。乃若得心应手,神超规外,则在乎学者之自得而已,孰非此为之阶哉?②

三书均在开首说明书中文本之来源,即所谓"先正论文要诀"、"名公之论"以及"诸名家论文真诀",同时指出书籍主要面向应试士子的举业指南性质。

除自序外,书籍的作者和出版者也会邀请知名文士甚或文坛大家为书作序,以借其号召力扩大书籍刊行的影响。比如上引王耕玄《文诀》,作序者为复社领袖张溥。汤宾尹编《读书谱》,作序者则是其座师陶望龄。《读书谱》一书,《澹生堂藏书目》卷

---

① 左培《书式》卷首《凡例》,《历代文话》第 3 册,第 3139 页。
② 汤宾尹《汤睡庵太史论定一见能文》卷一,《稀见明人文话二十种》下册,第 867 页。

十四"诗文评·文式文评"著录作五卷,今存周清原辑《借绿轩删订汤霍林先生读书谱》四卷本,书前周清原序曰:"余髫龀受书,得汤霍林先生《读书谱》一编,所论举业之法甚备。要其大旨,总学者收拾身心,涵养气质,深穷理奥,博涉经史,而复敛才于法,浑浑穆穆,以成一家之言。"①已明确指出此书备论举业之法的性质。周清原序后另有《陶石篑先生原序》,序曰:

　　曩乙未之役,不佞从闱中得嘉宾也,喜而不寐云。盖嘉宾饶于才而能束于法,闳于学而能入于机,至其变幻出没,且凝于纯而诣于化也。当今作者虽多,莫不能低首嘉宾,有以哉! 然嘉宾年甚韶,而神化若是,或疑其从至人得真谱。嘉宾作而言曰:"宾尹亦何谱之与有? 宾尹幼也,欵启剡心此道,荒荒未有树也。蚤服淬厉,慨然有法程先民之思焉,遍取国朝诸大方先生之旨而绎之。有会心者,手录成帙,时时寓目,期年而涉其藩篱,三年而登其堂陛,五年而望其闑域。当甲乙之间,横目之所睹,横口之所出,觉无非文也者,乃是以有钟期之遇,则此一编,其嚆矢矣。"不佞取而阅之,言精金而字良玉,喟然叹曰:嗟乎! 是嘉宾之所度越凡品而无数者也。夫释规矩而妄意度,奚仲不成一轮;废彀率而轻纵送,后羿不发一步。是编也,其嘉宾之规矩、彀率乎? 巧成而奇中,又何异焉? 抑不佞尤有进于此者。运斤而成风,非绳墨之谓也,射远而中微,非弓矢之谓也,有妙用存于其间耳。然则嘉宾之游于法与机者,是编也;其游于神与化者,非是编也。得心手而融巧力,诸大方不能与之嘉宾;而嘉宾不能得之于诸大方,则必有化而裁之、神而明之者在。

---

① 汤宾尹《借绿轩删订汤霍林先生读书谱》卷首周清原序,清康熙二十八年(1689)借绿轩刻本,第5b—7a页。

如徒执文诀以求真嘉宾，则剑去久矣。①

陶望龄在这篇序文中开首即提到汤宾尹万历二十三年（1595）乙未科会试第一之事，并以"疑其从至人得真谱"引入对汤氏《读书谱》一书的推介。陶望龄不仅转引了汤宾尹所言"时时寓目，期年而涉其藩篱，三年而登其堂陛，五年而望其阃域"，同时指出此书"言精金而字良玉"，是汤氏作文之规矩与彀率，这些介绍对于《读书谱》一书有资于场屋作文的"文诀"性质确实起到了很好的展示效果。需要指出的是，正如沈德符《万历野获编》卷十六"己丑词林"条所说："御史暗纠疏，后复明指其人，云座主复推座主者，谓甲辰之杨守勤，将推座主顾起元，而顾复推座主方从哲，并再起沈一贯也；云门生复及门生者，谓新阁臣李廷机，将及门生陶望龄，而陶复及门生汤宾尹，汤又及门生邵景尧辈也。"②陶望龄与汤宾尹是座主门生的关系，在晚明，士人往往依托这样一种由科举裙带关系所构筑的社会关系网，来谋取权力地位和社会影响力。从现存资料来看，汤宾尹可以说是晚明科举出身的士人与商业出版相结合这一现象中最为典型的个例。金文京教授《汤宾尹与晚明商业出版》一文曾据国家图书馆及日本内阁文库、尊经阁文库等藏书机构，初步调查出与汤氏相关的出版物逾四十种③，其中如万历二十四年（1596）自新斋余良木刊本《新锓汤会元遴辑百家评林左传艺型》，题林世选编次，李廷机校阅，亦有陶望龄序，万历二十五年（1597）序刊本《新镌翰林评选历科四书传世辉珍程文墨卷》六卷，题汤宾尹、陶望龄等阅，万历四十七

① 汤宾尹《借绿轩删订汤霍林先生读书谱》卷首陶望龄序，清康熙二十八年（1689）借绿轩刻本，第1a—1b页。
② 沈德符《万历野获编》卷十六，中华书局1959年版，中册，第421页。
③ 参见金文京《汤宾尹与晚明商业出版》，胡晓真主编《世变与维新——晚明与晚清的文学艺术》，台湾"中研院"中国文哲研究所筹备处2001年版，第79—102页。

年(1619)余应虬序刊本《鼎镌徐笔洞增补睡庵太史四书脉讲意》，题汤宾尹著，陶望龄校等，均与陶望龄牵扯上关系。当然，在这些署汤宾尹辑撰及评阅的书籍中，不排除部分书坊伪托的可能，如余象斗所刊题汤宾尹编的《新锲百大家评注再广历子品粹》，四库馆臣即因此书"卷端称'再广历子'，中缝又称'续广历子'，已参错无绪，而所列二十四家子书，又多杜撰名目"，因而判断"疑或托名"①。但不管是否出于伪托，可以看出署汤宾尹辑撰或评阅的书籍在晚明颇为畅销。

　　署名汤宾尹的书籍尤其是举业用书的畅销，当与汤氏"会元"的身份标识有很大关系。由此可以联系到晚明文话之编目和编排体例对"会元"、"名公"的突出呈示，这涉及副文本分析的第三个层面。晚明专论时文的几种文话，其共同特征便是汇选嘉、隆以来诸名家有关时文写作的论说，如《游艺塾续文规》专列唐顺之、瞿景淳、薛应旂、茅坤等三十六家论举业之说，与此前《游艺塾文规》收录唐宋诸名家论古作之说的情况全然不同。左培《书文式·文式》辑选"历科诸先生文语"六十家，其凡例亦曰："名家诸论，它刻多寡不伦，或一人累帙，或数人一意，浩瀚无归，例难摹画。"②《续文规》、《书文式》二书之外，像《举业要语》、《新刻官板举业卮言》、《新锲诸名家前后场肄业精诀》、《从先文诀》、《流翠山房辑选八大家论文要诀》、《读书谱》等书，其成书形态也是诸家文论之选辑。关于这点，第二章第二节已作专论。为了格外凸显"名家诸论"的权威性，编刊者除了在题名处缀以"太史"、"名家"之外，也会在书籍编排中再做强调。比如上文已提及的陆翀之编《新刻官板举业卮言》，其卷二至卷五分别题作"会元衣钵"、"太史真谛"、"名公谈艺"、"先贤文旨"，其中卷二"会元

---

①　永瑢等《四库全书总目》卷一百三十二，上册，第1124页。
②　左培《书文式》卷首《凡例》，《历代文话》第3册，第3139页。

衣钵"则依次收录吴默、邓以赞、孙鑛、冯梦祯、萧良有、李廷机、袁宗道、陶望龄、汤宾尹、顾起元,为隆庆五年(1571)辛未科至万历二十六年(1598)戊戌科十科会元。此卷即是以依人编次的方式进行编排,分作十目,每一目首题选家姓名及科第,其下题写文论题名。现统录十目如下:

吴　默	壬辰会元	看书要论一章	作文要论七章
邓以赞	辛未会元	论文柬一通	
孙　鑛	甲戌会元	举业要言一章	
冯梦祯	丁丑会元	评文体一章	
萧良有	庚辰会元	论文一章	
李廷机	癸未会元	论文书三通	正文体议一首
袁宗道	丙戌会元	文章妙悟一则	
陶望龄	己丑会元	论文二章	
汤宾尹	乙未会元	论文五章	
顾起元	戊戌会元	论文二章	

在明代的时文评价体系中,会元文章一直对习文者起着重要的示范作用,庄元臣《行文须知》论"元魁之文"曰:"看历科会元之文,其家数各异,然总之造意皆正大冠冕,论事处皆庙廊老成之议,论理处皆宋儒根据之言,不规规绘事琢句以为奇者。其造格皆详赡坦夷,新而不诡,正而不庸,组织中有疏淡,缜密中有旷荡,令读者视之有余光,咀之有余味。"①在明代的科考中,前引阮葵生《茶余客话》卷十六"明会元得人"条就指出"非科目不贵,科目非重",因此每科会元之作往往会成为时文写作与评价体系演变的风向标,会元有关时文写作的论说成为士子心目中的制义金针,自然也是书坊可用作刊书射利的素材之一。

当然,正如陆翀之另设有"太史真谛"与"名公谈艺"二卷,文

_____

① 庄元臣《行文须知》,《历代文话》第3册,第2267—2268页。

话编刊者对时文论说的选材并不局限于历科会元，也会扩大至科举出身且颇有文名的士大夫群体。左培《书文式·文式》选"历科诸先生文语"，也是依人编次，于每家之下排有小字注明籍贯和科第情况，如：

王守溪（名鏊，南直吴县人，成化乙未会元）

钱鹤滩（名福，南直华亭人，弘治庚戌会元）

左弼之（名辅，南直泾县人，弘治丙辰进士）

唐荆川（名顺之，南直武进人，嘉靖己丑会元）

左东井（名镒，南直泾县人，嘉靖壬辰第二名）

薛方山（名应旂，南直武进人，嘉靖乙未会魁）

汪时跃《举业要语》收录诸家论文之语，于每条后以小字注明文论出处、各家姓名、籍贯、科第及官职等信息，如首条项玄池论文后，附曰："见《文纪例》。公名德桢，嘉兴人，万历丙戌进士。"[1]第二条汪远峰论文后，附曰："见《甲子应天录序》。公名镗，鄞县人，嘉靖丁未翰林，时典试应天。"[2]从这些作为附注的文本被嵌入文话汇编的情况可以看出，在科举制度的推动下，晚明诸家论说不仅是被编纂者、书坊主反复利用的公共资源，更是联结起士大夫官僚、习文士子以及书坊主、编辑等不同阶层的文化资本。

第三节　明文话与教育：明代的文章学读本与文章教学

明文话重视文章创作实践的特征，意味着文章教育是其赖以实现社会功能的外部环境。由于明代教育制度和科举制度的

---

① 　汪时跃《举业要语》，《稀见明人文话二十种》上册，第 383 页。

② 　汪时跃《举业要语》，《稀见明人文话二十种》上册，第 383—384 页。

一体化实施,为各阶段科考做准备的举业教育成为这一教学链的核心,大量的科考应试者则是包括文话在内的一系列文章教学用书的阅读主体。另一方面,伴随着出版业在明中叶以后的高度繁荣,由坊间操作、刊刻并用以适应不同阶层所需的授学读本,开始部分承担传统学校教育中由师生关系所搭建的教学功能,在这个过程中,科举士子、书商和编辑等不同社会阶层也参与到文话的编刊行列,因此其受众面也进一步扩大。

一　文章学读本的价值:从师生授受到"代师友提命"

文话被运用于文章教育,其主要功能体现为一般的文章学知识与技法向阅读群体的传播与普及,而这样一种功能往往依托于师生关系得以实现。明中叶以前的几种文话,如宋禧《文章绪论》、宗周《宗氏文训》、项乔《举业详说》便属于此类情形。宋禧撰《文章绪论》,自称尝授门人玄极古文之学,后将所述修订为十一条:

> 玄极始来自天台时,齿甚稚,资甚敏,而于古人之学信之甚笃。余衰弛无所蓄,以玄极叩之之勤,不免强有所应。凡区区与之说者,玄极辄录而藏之。后余始知其然,则既愧且惧,以玄极终不以为不可,因索观其录,而修为十有一条,如前所笔者以授之。玄极古文之学,固益进于笃信。然余所以为愧惧者,则益无以自释也。①

项乔《举业详说序》谓其尝概论举业,以示诸生:"予曩守渤海,尝概论举业以示诸生,于经义犹略也。去岁转官适楚,公余课焕、蔚诸儿,乃复论经义之则,凡数十条,而选取程文以证之。自觉有裨于初学良切,不独吾儿所当知也,因捐俸附锓于旧论之后,

---

① 宋禧《文章绪论》,《稀见明人文话二十种》上册,第7—8页。

总名为《举业详说》云。"①而《宗氏文训》一书，据宗臣所撰《刻文训叙》称："当是时，最爱读司马迁、庄周所为文词，往往发之篇章，空疏莽荡。家君大患之，于是作《文训》。《文训》成，日讽夕维，渐悟浮华，博窥精奥矣。……臣以己、庚两岁薄售有司，役役风尘，时检旧笥，得《文训》而读焉，辄独立裴回，喟然长叹。夫家君仅以文博一令，即臣又复不大售于有司，何言文哉？顾独有感于家君之教子者深也。抱疴南还，夏子辈从游，日以文请，不得已则以《文训》授之，既而请梓以公其传。"②可知《宗氏文训》原为宗周所撰，以授其子宗臣为文之法则，矫正他"空疏莽荡"的文风。

明中叶以后随着科举应试人数的日增，地方上除了府州县儒学之外，书院、私学以及士子会课结社也日渐兴盛，承担起文章教育尤其是举业教育的部分职能。与此同时，服务于文章写作的各类资料应运而生，包括程墨、房稿、社稿等文章选集和文章作法指南等在内，这些习文用书为求简洁有效、便于流通，多根据现有的资源加以汇纂，一定程度上降低了对编者学识素养和身份阶层的要求。如成书于万历二十三年（1595）的《重校刻艺林古今文法碎玉集》，其编者徐耒，字凤仪，号钟陵子，豫章（今江西南昌）人。除字号、籍贯可确知外，并无科第、仕官的记载。此书卷首张兆元跋亦云："兹读钟陵先生所编辑，因信博古者之阶筏具在斯也夫，具在斯也夫！盖先生撷艺圃之英而啜其液，固宜津津乎有味哉而赏之心，辄洒之瀚以成编已。余初来视渠阳篆，得了凡先生《心鹄》编读之，窃大为邑子弟习□□家言者庆，讵意今复觏兹集也欤哉！夫袁先生嘉惠后学在制义，而徐先生且令渠阳士悉掉臂而晋之古作者林，均之大有造于渠阳者也，渠

---

① 　项乔《项乔集》卷二，上册，第106页。
② 　宗臣《宗子相集》，《明代论著丛刊》本，上册，第536—538页。

阳士抑亦厚幸矣。"①据此可知，徐袤或司地方教官之职，而此书之编刊则是面向当地的习文士子。另如成书于万历四十三年（1615）的《流翠山房辑选八大家论文要诀》，编者汪应鼎，字汝新，号紫云居士，新安（今属安徽）人。此书选明人赵南星、袁黄、董其昌、吴默、赵之翰、汤宾尹、黄汝亨、王衡八家之论文要语，以士初学者作文门径。书末附《流翠山房课程小引》称：

> 古人云："文史足三冬用。"又云："日就月将，逊志时敏。"明乎业荒于惰而成于勤也。夫人生在世，此日一过，不可复得，必须打叠起精神，整顿起意气，分阴是惜，日复日，岁复岁。如此工夫，三年不断，将何书不可读，何事不可成？且久读则道机自转，慧路自开，可以立言，可以立功，可以立德，何况区区一科名也？兹依国家试士之典，自今年九月起计至第三年六月，盖已满三十月矣。每月界为三十日，进修功程，随日记之，以自考定。有一旦豁然贯通之妙，然而向上一着，不得苟且。万缘俱要放下，一尘不染胸中，作文之时，行亦文，坐亦文，卧亦文。②

可知汪氏职司当为塾师，或授业于流翠山房，辑选此书以为习文课本。其后又附三年逐月逐日课程图说：

> 辰起记文五篇。（无论大小长短题，想其结构如何，照应如何，点缀如何，反覆诵味始得。）

> 上午看经书四叶。（必要讨圣贤当日口气，溯流穷源。怪僻之说，不得妄参。）

> 中时读古书数张。（《左》、《国》则想其有骨力，《史》、《汉》则想其有情致，六朝则想其有华藻，下至唐宋诸家，则

---

① 徐袤《重校刻艺林古今文法碎玉集》卷首张兆元跋，《稀见明人文话二十种》下册，第1185页。

② 汪应鼎《流翠山房辑选八大家论文要诀》卷末，《稀见明人文话二十种》下册，第1358页。

想其有家数。）

午后临帖数行。（字亦六艺之一，或真或草，不可不究心，亦收放心之一助也。）

晚间温程墨并二三场，间或温经书数叶。（经书不温，久必遗忘。读别种书，以之随读程墨，无问历科、新科，俱温记潜味，二三场选读，自然充畅，有资场屋。）

以上课程，每日照数，务要做完。如缺一件，譬之一餐不食；如缺三件，譬之一日不食。世无一日不食之人，读书者绝无一日虚度之理。①

汪应鼎在这本授课读本中对举业教育的规划，即体现于上引"逐月逐日课程图说"，而对具体读书、作文法则的解说则完全依赖于所选的赵南星、袁黄、董其昌等八家论文语。如引赵南星论读书法曰："读书而不明理，病在以讲章为理，而不求之传注；以传注为理，而不求之圣贤之言；以言语文字为理，而不求之吾心。不知理不明则心不开，心不开则不知是非邪正，与其真似之间，亦必不知文之佳恶，有目而半盲矣。"②引吴默论作文曰："文字不论奇正何如，先以说题透莹为主。说题既透，然后观其运用之活与不活，神气之厚与不厚。若先自支吾两可，则虽有聪明才思，不过点缀眉目以为工，抹涂影响以藏拙，岂能逃识者肺肝之见哉？"③汪氏辑选"八大家"这些传统士大夫精英之话语传递给初学作文者的典型意义，不仅在于它体现了中下层文人通过掌握部分编选权来共同参与文章学实践的一种方式，更为重要的

---

① 汪应鼎《流翠山房辑选八大家论文要诀》卷末，《稀见明人文话二十种》下册，第 1358—1359 页。

② 汪应鼎《流翠山房辑选八大家论文要诀》，《稀见明人文话二十种》下册，第 1335 页。

③ 汪应鼎《流翠山房辑选八大家论文要诀》，《稀见明人文话二十种》下册，第 1345 页。

是,通过对这种参与的探讨可以让我们认识到,位于民间最基层的士子如何通过接触这些书籍来了解精英阶层的世界,由中下层文人共同参与所提供的力量实则起到了重要的联结作用。而从这种联结作用我们也可以想见,晚明蓬勃发展的出版业,为此际的文章教育注入了新的因素,甚至深刻地影响了传统师生授受的教育模式。

在出版业的助推下,时文名家有关文章技法的论说得以广泛传播而为习文士子所学习,这从晚明多种汇编体文话的编刊中即可看出,如汤宾尹《读书谱》、刘元珍《从先文诀》、李叔元《新锲诸名家前后场肄业精诀》均选录名家论说来吸引读者。左培编撰《书文式》,于《文式》首列"历科诸先生文语",即指出"名人硕论"具备"代师友提命,开学士聋聩"的功能,其题下小引曰:"及见名人硕论,剔髓抽精,未尝不梦之回而醉之醒,故可以代师友提命,开学士聋聩,莫此道神也。逞昔名贤人标一说,固足抉文奥而引后进,第博而寡要,靡而亡当,近于窠臼者有之。兹删其繁辞,以归性命,庶使观者不曰老生谈耳。"①包括八股文话在内的科举参考用书之编刊,一定程度上了取代了原本由师生关系所构筑的教习功能,也部分削减了教师在文章教育中的学术权威,使得文章教习更加依赖读本。

二 从国子监课本《文字谈苑》看中晚明的文章教习

从教育层面来说,晚明文话作为教习用书被应用于文章教育的各个阶段,从现有的文献资料来看,万历以前,如上引明初宋禧撰《文章绪论》授门人古文之学,嘉靖间项乔撰《举业详说》示诸生时文之法,这些用于文章教学的文法著作多出于文人自

---

① 左培《书文式·文式》卷上,《历代文话》第3册,第3143页。

撰。自万历始，汇编体文话作为授读文本便开始被广泛地运用到教育领域。其中王弘诲所编《文字谈苑》具有一定的代表意义。王弘诲编此书用以授诸生"文字之法"：

> 盖闻断木为棋，梡革为鞠，莫不有法，文字亦然。故夫操觚之士不得其法，而欲以自附于作者之林，岂不诚难矣哉？是编为予往岁贰北雍时所辑，萃古今诸作家所论文字之法，凡四卷，题曰"文字谈苑"。谋锓诸梓，俾诸生人持一编，时加览玩，以待面质而未之就。乃者叨长南雍，既数月间，简俊髦，定文会，程其讲诵，试拟积分，一时章缝，亦既骎骎然知所向方矣。惟是蚤夜图维，罔俾愤悱，抗颜之际，恧焉如饥，偶于箧中检出是编，爰付梓人，用毕前志。嗟乎！文字小艺也，乃其至者可通于道，故曰：言，心声也；书，心画也。声画形，君子、小人之情见矣。学者因是以得古人之用心，其于文字殆庶几乎？不然，雕虫之技，壮夫不为，乌乎取？[1]

王弘诲（1542—1615），字绍传，一字忠铭，安定（今属海南）人。嘉靖四十四年（1565）进士，选庶吉士，预修《穆宗实录》，书成授编修，官至南京礼部尚书。以病乞休致仕，卒于乡。著有《尚友堂稿》、《天池草》等。传见黄佐《南雍志》第五"职官年表上"、道光《广东通志》卷三百二"列传三十五"。王弘诲于万历七年（1579）由编修任北京国子监司业，十年升右谕德，掌南京翰林院，十一年又任南京国子监祭酒。据上引卷首自序可知，《文字谈苑》辑成于王氏任北监司业期间，本欲刊印以作为诸生习文读本，此后才由南京国子监刻印，《南雍志·经籍考》下篇"梓刻本

---

① 王弘诲《新刻文字谈苑》卷首自序，《稀见明人文话二十种》上册，第349页。

末"即著录此书曰:"计六十五面,祭酒王弘诲校刻。"①

就教育内容而言,《文字谈苑》所讲授的"文字之法"实分为文法与书法两类。文法部分又细分为古文与时文。所论古文之卷一,基本上抄录自陈骙《文则》,以讲授古文章法、句法与字法为主。谈时文之卷二又分"总言"、"析言"和"征言"三目,内容依次为时文作法总论、八股程式分论及前贤文章论评。"总言"一目,首先肯定时文的文体价值曰:"文章之有时文,犹诗之有律。律诗而能陶发性灵、敷扬人纪,虽与古诗并传可也;时文而能远摅圣衷、深窥理奥,虽与古文并传可也。恶可废哉?"②此后则讲述场屋文字的写作准则和总体要求,如论八股文格式,指出:"文格虽有破承、起讲、大讲、束结许多节目,却只是一篇文字。破承中意,小讲不可再用;大讲中意,束结不可再用。"③"析言"一目,依据时文体制,分"训破"、"训承"、"训原题"、"训小讲"、"训讲"、"训接文"、"训束"以及"训结"八项内容,讲解时文各个体段的写作技法。"征言"一目则摘引朱熹、欧阳修、苏轼、李涂等前人有关文章作法的论说。王氏这一编纂思路,自然是与国子监教育在重视公文写作的同时,也要求生员加强举业与书法训练的学规相符。明初规定的学规主要以读书、作文、习字为主:

一、三日一次背书,每次须读《大诰》一百字,本经一百字,四书一百字,不但熟记文词,务要通晓义理。若背诵讲解全不通者,痛决十下。

一、每月务要作课六道:本经义二道,四书义二道,诏、诰、表、章、策、论、判语内科二道。不许不及道数。仍要逐月作完送改,以凭类进。违者痛决。

---

① 黄佐《南雍志》卷十八,《续修四库全书》第749册,第440页。
② 王弘诲《新刻文字谈苑》卷二,《稀见明人文话二十种》上册,第364页。
③ 王弘诲《新刻文字谈苑》卷二,《稀见明人文话二十种》上册,第366页。

一、每日写仿一幅，每幅务要十六行，行十六字。不拘家格，或羲、献、智永、欧、虞、颜、柳，点画撇捺，必须端楷有体，合于书法。本日写完，就于本班先生处呈改，以圈改字少为最。逐月通考，违者痛决。[①]

《文字谈苑》后来又为胡文焕重刊并收入《格致丛书》，此本卷端题名下署曰"诚心生钱塘胡文焕校"，盖因胡氏曾作为南京国子监诚心堂监生而获阅此书。由于在明代的学校教育体制中，国子监属于中央一级的教育机构，因此相较于被应用在地方儒学、私学等场所的读本，主要面向监生的《文字谈苑》在印行之初受众面较为有限。而胡文焕带有商业性质的重刊，在保存《文字谈苑》的同时也将这部官学读本投放到了更广阔的流通渠道。这实际上也是晚明书坊刻书和商业出版兴盛的一个缩影。

以上通过对明代文话被运用于教育领域的考察，分析了这些作品如何折射出明代社会文化的演进历程。按照以往被用作古代文章学研究的文献标准来说，如《文字谈苑》、《重校刻艺林古今文法碎玉集》一类的文法之书，由于内容多为陈说文章的具体作法，形式又琐碎繁冗，多被后人视作俗陋之书而受到鄙弃。尤其是资料汇编一类的作品，如《新锲诸名家前后场肄业精诀》、《流翠山房辑选八大家论文要诀》等，因其采用杂纂汇抄的形式而存在着内容辗转蹈袭、原创性缺失，甚至文字舛错等突出问题，向来被视为较为低级的研究类型。然而从书籍史的角度来说，编者的选材、编排等属于技术层面的内容，同样可被视为一个批评化的过程，因为尽管汇编体文话的选录标准和编纂原则，一定程度上取决于编者个人的阅读经验和文学素养，但总体上又离不开某个特定时期内以书籍为中心，由编纂、传播、阅读等诸环节构成的公共知识体系和社会文化需求。晚明诸多汇编体

---

① 申时行等《大明会典》卷二百二十，《续修四库全书》第792册，第606页。

文话所反映的，正是在整个社会习文需求不断扩大的背景下，基于日益发达的书籍出版业，属于文学表现功能的文法理论向中下阶层渗透，由此构成了文章学在近世发展演进的走向之一。

有关明代尤其是明中叶以来随着社会、经济及文化等多方面的变革，文学的民间化、世俗化已成为学界关注的话题。作为近世文学与学术领域的重要环节，文章之学——因其所关注的主要对象无论是古文还是时文，自唐宋以来均不同程度地参与到政治体制的运作中来，故而承担着较高的社会、学术等方面的重要职能。相比于戏曲、小说等本身已具备近世文学特质的新兴样式，考量文章与文章学的演进，对于我们把握元明清文学的近世性转型更具历史参照的意义。从这个层面来说，上述汇编类文话通过编纂和刊行所体现的，无论是士大夫精英的文章学理论与经验向底层渗透，抑或是一般的文章学知识与技法在庞大阅读群体中传播普及以实现其文章教育的社会功能，均为我们提供了更加立体的考察维度。

明代文话总目

凡　　例

　　一、本编所收，为明人编撰之文评、文式或文论著作，属专书及单独成卷者，循王水照先生编《历代文话》例，其元明、明清之际著作之时代判定，以成书时间为据。

　　二、是编搜辑范围，以明清公私藏书目集部"文史"或"诗文评"类著录为主，兼及集部别集、总集类，子部杂家、类书、小说类等。

　　三、鉴于明代文章之特点，是编除收录古文论著外，兼收时文论著，亦酌收骈文论著。又古人所著，不乏诗古文辞合论者，凡此文话抑或诗话之归属，据其论诗文比例斟定。

　　四、文章总集类著述，亦有辨章文体并以为文式者，是编所收，即以明清公私藏书目集部"文史"或"诗文评"类著录为据。若吴讷《文章辨体》、崔铣《文苑春秋》之类，明人即已将其集中题辞、凡例、总论等辑录成编，以为论著，后人颇有循其例者，凡此亦酌予采纳。

　　五、所收条目，大抵包含正题，编撰者生平简历，文本概貌与旨要，版本、存佚及馆藏等项内容。以著作编撰者之生卒年为序编排。生卒年不可考者，则参照成书时间、科第仕履或交游等相关线索斟定。

1. 文原一卷 宋濂撰

宋濂(1310—1381),字景濂,号潜溪,又号玄真子,浦江(今属浙江)人。元时尝受业于吴莱、柳贯、黄溍等,修道著书。入明,与王袆领修《元史》,累官至翰林学士承旨、知制诰。洪武十年(1377),以年老辞官还乡。有《宋学士全集》、《龙门子凝道记》、《浦阳人物记》等。传见《明史》卷一百二十八。

《文原》正文分上、下两篇。上篇考文章本原,由"天地自然之文"推及"经天纬地之文",主张"必有其实,而后文随之"。下篇论作文之法,首重"养气",又指出"四瑕"、"八冥"、"九蠹"等害文诸病,于明初文坛颇有矫时救弊之意。

原文收录于正德刊本《宋学士文集》卷五十五《芝园后集》之五,又有《学海类编》本。丁丙《善本书室藏书志》卷三十九"诗文评类"著录清抄本《文原》一卷,藏南京图书馆,前有丁丙跋,后有景泰四年(1453)赵同鲁题识,谓:"右《文章正原》,乃潜溪宋太史之所校选。"宋濂自跋亦曰:"吾道既明,今选孟、韩、欧之文为一编,命二三子所学,日进于道,聊相与一言之。"文后列所选《文章正原》目录,凡十五卷,为它本所无。知《文原》当为《文章正原》之序。《历代文话》据《学海类编》本整理。

2. 文章绪论一卷 宋禧撰

宋禧(1312—1373 后),初名玄禧(清人讳改为"元禧"),字无逸,号庸庵,余姚(今属浙江)人。元至正十年(1350)举人。少颖悟好学,母为资之负笈从师,迄明经史古文之学。入明,召修《元史》。著有《庸庵文集》、《庸庵诗集》。传见钱谦益《列朝诗集》甲集前编卷七下。

《文章绪论》卷末有洪武五年（1372）宋禧跋，自称尝授门人古文之学，后修其所录为十一条。其中所涉，及于文章立意、修辞、叙事等诸多方面，以为初学作文者门径。宋禧论作文注重叙事之法，于古文中尤推韩愈碑志，认为"韩文叙事之妙超绝古今"。

该著焦竑《国史经籍志》卷五"诗文评附"、黄虞稷《千顷堂书目》卷三十二"文史类"均著录。今仅见收于明正德抄本《艺海汇函》卷六"论文类"，藏南京图书馆。

3. 六一居士集正讹（佚）　曾鲁撰

曾鲁（1319—1372），字得之，新淦（今江西新干县）人。以博极群书称于时，年十九为虞集所称，益潜心濂洛关闽之学。洪武二年（1369），预修《元史》，与宋濂相知最深。俄迁入仪曹为祠部主事，官至礼部侍郎。著有《守约斋集》、《大明礼集》、《六一居士集正讹》、《南丰类稿辨误》等。传见《明史》卷一百三十六、过庭训《本朝分省人物考》卷六十二。

《六一居士集正讹》，《明史·艺文志》、《千顷堂书目》卷三十二"文史类"著录。宋濂《曾公鲁神道碑》谓："公属文不喜留稿，其徒虽有所辑录，犹未成书。其自著书有《六一居士集正讹》、《南丰类稿辨误》，藏于家，他咸未脱稿。"（见《宋学士文集》卷十七）曾鲁尝据写本《欧阳文忠公集》作《考异》，蔡玘刊刻于永丰县学，危素撰《后记》曰："曾氏孙鲁避乱新淦山中，始能取他本详加较勘，而以写本为据，篇次卷第，则一以吉本为定。其异同详略，颇仿朱氏《韩文考异》。"

4. 南丰类稿辨误（佚）　曾鲁撰

曾鲁有《六一居士集正讹》，已著录。

《南丰类稿辨误》亦见《明史·艺文志》、《千顷堂书目》卷三十二"文史类"。《南丰类稿》当即曾巩《南丰先生元丰类稿》。清何焯《义门读书记》卷四十四尝记曰："明初,曾得之尝著《南丰类稿辨误》,则此集自南渡以后,善本难得久矣。得之书惜乎不传,吾将安所取正哉?"

5. 文训一卷　王祎撰

王祎(1322—1374),字子充,义乌(今属浙江)人。师从柳贯、黄溍,以文章名世。洪武初,诏与宋濂为总裁,共修元史。书成,擢翰林待制。以招谕云南,死于节,谥忠文。有《王忠文公集》等。传见《明史》卷一百二十八。

王祎于《文训》中借与师黄溍问答之形式展开论述,以"文以载道"为指归,所谓"载道之文,文之至者也"。其论文宗旨颇近宋濂《文原》。

该著钱谦益《绛云楼书目》卷三"文说类"著录,当已单行。王祎另撰有《文评》、《文原》,与《文训》并见于《王忠文公集》"杂著"类。明张榘编《艺林》,收录王祎《文训》一卷,存明嘉靖二十五年(1546)刻本,藏安徽省博物馆,《稀见明人文话二十种》据以整理。

6. 文说一卷　苏伯衡撰

苏伯衡(1330—?),字平仲,号空同子,金华(今属浙江)人。博览群籍,长于古文而见称于世。元末贡于乡,朱元璋用为国子学录,迁学正。后擢翰林编修,力辞归。洪武十年(1377),宋濂致仕,举苏伯衡自代,称其"学博行修,文词蔚瞻有法"。即召入京,复以疾辞。后任处州路教授,以表笺有误,下狱死。有《苏平仲集》。传见《国朝献征录》卷七十三黄佐《国子监学正苏伯衡传》、《明史·文苑传》。

《文说》未见著录,今仅见收于清末钞本《群书备钞》,藏国家图书馆。此卷当为后人录自苏氏《空同子瞽说》之"尉迟楚好为文"篇,上有眉批,后有江望尼评语。苏伯衡论文强调宗经师古,指出文章无体无法,不分难易、繁简,而在于辞达,又言行文须有统摄、布置、条理及文气、脉络。《空同子瞽说》见于《苏平仲文集》。

7. 述文法（佚） 苏伯衡撰

苏伯衡有《文说》,已著录。

《述文法》一书今佚。清陆漻《佳趣堂书目》曾将李涂(原作李淦)《文章精义》、吕祖谦《古文关键》、苏伯衡《述文法》三书并列于"陈绎曾《古文矜式》"条下。按此条著录当为曾鼎《文式》之误。《文式》卷下即辑录《文章精义》等三种,其中采《述文法》一书六则,涉及文章布置、修辞、风格等行文诸端,可知《述文法》为指导古文作法之著。

8. 通意宜资 十卷（佚） 王行撰

王行(1331—1395),字止仲,号淡如居士,又号半轩、楮园,长洲(今江苏苏州)人。少授徒于城北齐门,为"北郭十友"之一。洪武初,郡学延为训导。郡守魏观、王观先后荐于朝,不报。晚岁馆于贵臣蓝氏。蓝得罪,行亦坐死。所著有《楮园集》、《半轩集》、《学言稿》、《通意宜资》、《墓铭举例》、《唐律诗选》等。传见《国朝献征录》卷八十三"南直隶"、卷一百零六"隐佚"。

该著已佚,《国朝献征录》卷一百十六"隐佚"所录《王半轩行传》载此书,题作十卷。《千顷堂书目》卷三十二"文史类"、《绛云楼书目》卷三"文说类"均著录,题作《适意宜资》。

9. 墓铭举例四卷　王行撰

王行有《通意宜资》十卷,已著录。

《墓铭举例》取唐宋诸家所作碑志、墓铭,详列其目,叙说义例,以补元潘昂霄《金石例》之遗。卷一、卷二选韩愈、李翱等唐宋九家金石作品,"录其目而举其例于各题之下";卷三、卷四复选宋六十家作品,以广九家之例。王行将墓志铭要例归纳为讳、字、姓氏、乡邑、族出、行治、履历、卒日、寿年、妻、子、葬日、葬地十三事,以确立金石义例。

该著《千顷堂书目》卷三十二"文史类"著录,有明抄本,藏上海图书馆。又有清李瑶辑《校补金石例四种》本、卢见曾辑《金石三例》本等。另有《四库全书》本。

10. 游艺录(佚)　瞿佑撰

瞿佑(1347—1433),字宗吉,号存斋,钱塘(今浙江杭州)人。入明,以明经荐,历仁和、宜阳、临安训导,升国子助教,官至周王府右长史。永乐间以辅导失职,谪戍保安(今陕西西安附近)。太师英国公张辅起以教读家塾,晚回钱塘,以疾卒。郎瑛《七修类稿》卷三十三其小传录:"所著有《通鉴集览镌误》、《香台集》、《剪灯新话》、《乐府遗音》、《归田诗话》、《兴观诗》、《顺承稿》、《存斋遗稿》、《咏物诗》、《屏山佳趣》、《乐全稿》、《余清曲谱》,皆见存者。闻尚有《天机云锦》、《游艺录》、《大藏搜奇》、《学海遗珠》,不可复得也。"传又见《列朝诗集》乙集。

该著《千顷堂书目》卷三十二"文史类"著录,今佚。

11. 文断 不分卷 唐之淳编

唐之淳(1350—1401),字愚士,山阴(今浙江绍兴)人。建文二年(1400),以方孝孺荐,召为翰林侍读,与孝孺俱领修书事。父肃,仕国初应奉翰林文字,以故愚士得遍游公卿间,宋濂称其文。著有《唐愚士诗》、《寄我轩集》、《觳斋集》、《萍居集》、《文断》等。传见《本朝分省人物考》卷四十九、《国朝献征录》卷二十。

《文断》乃辑录前人论文语,唐之淳自序谓共辑得五百三十二条。凡例云:"是书之编,大概依仿《文话》及《文章精义》、《修辞鉴衡》、《金石例》、《文筌》、《文则》等书。……今门类视《文话》为简,《鉴衡》、《精义》各归其类,《文则》、《文筌》间取之。"全书分总论作文法、杂评诸家文、评诸经、评诸子、评诸史、评唐文人文、评韩文、评柳文、评韩柳文、评宋文人文、评欧文、评曾文、评王文、评苏文、评韩柳欧曾王苏六家文十五类。于总论作文法一类下,又分论制诏诰法、论表法、论露布法、论檄法、论箴铭法、论记法、论赞颂法、论序法、论诸跋尾法。

该著高儒《百川书志》卷十八"文史"著录为"三卷",谓:"此集经书子史诸家作文法度,该括殆尽,惜乎编述者之不得。分十五类,援引一百六家。"范邦甸《天一阁书目》卷四"诗文评类"著录为一卷,题"明洪武庚申唐之淳著",录有序文。《明史·艺文志》、《千顷堂书目》卷三十二"文史类"均著录为"四卷,一作十卷"。今存《文断》不分卷,有明天顺黄瑜刻本、明成化十六年(1480)唐珣刻本,均藏国家图书馆。天顺本凡例后附有黄瑜题识,成化本前有唐珣《题文断后》;又有清钞本,本自天顺本,与《文原》合为一册,藏南京图书馆。《稀见明人文话二十种》据唐珣刻本整理。

12. 性理大全·论文一卷　　胡广等纂修

胡广(1370—1418)，字光大，号晃庵，吉水(今属江西)人。建文二年(1400)进士，授翰林修撰，累官至文渊阁大学士。奉诏预修《五经四书大全》《性理大全》。著有《胡文穆集》。传见《明史》一百四十七。

《性理大全》，又称《性理大全书》，凡七十卷，于明永乐十三年(1415)修成。此书辑录宋儒著作及论说，分理气、鬼神、性理、道统、圣贤、诸儒、学、朱子、历代、君道、治道、诗、文十三目。其中卷五十六"学十四"为论诗、论文，汇辑宋儒相关论说而成。

有明永乐十三年(1415)内府刻本、明积秀堂刻本、清康熙十二年(1673)内府刻本，又有《四库全书》本等。

13. 文章辨体序题不分卷　　吴讷撰

吴讷(1372—1457)，字敏德，号思庵，常熟(今属江苏)人。历仕永乐至正统四朝。官至南京左副都御史。传见《明史》卷一百五十八。

吴讷编有《文章辨体》五十五卷，主张"文辞以体制为先"，列五十九类文体，每类各著"序题"，阐述各体之体制规范及源流正变。此后徐师曾、贺复征踵武吴氏，分别作《文体明辨》《文章辨体汇选》。程敏政将诸序题收入其所编《明文衡》卷五十六"杂著"，题作《文章辨体序题》。唐顺之《荆川稗编》卷七十五亦录《文章辨体序题》。司马泰《三续百川学海》卷十六曾收吴讷《文字辨体题辞》一书(见《千顷堂书目》卷十五)，或为《文章辨体题辞》之误，盖亦收序题成编。

《文章辨体》有明天顺八年(1464)刊本、明嘉靖三十四年

（1555）刊本等。今人于北山抽录序题并收入《凡例》、《诸儒总论作文法》，别为《文章辨体序说》一书。《历代文话》亦收。今从吴讷《凡例》及明人题名，命以《文章辨体序题》。

14. 文法至论（佚）　吴讷撰

吴讷有《文章辨体序题》，已著录。

司马泰《三续百川学海》己集尝收吴讷《文字（章）辨体题辞》、《文法至论》（见《千顷堂书目》卷十五）。此《文法至论》或即《文章辨体》卷首之《诸儒总论作文法》。光绪《常昭合志稿》卷四十四"艺文志"亦著录。《诸儒总论作文法》共计四十二则，乃吴讷裒选前贤论文之语，以为文章作法之纲要。

15. 文谱八卷（佚）　朱权撰

朱权（1378—1448），号臞仙，又号涵虚子、丹丘先生等，明太祖第十七子（《宁王圹志》作"十六子"），封为宁王。赐谥曰献。编有《西江诗法》一卷、《诗谱》一卷、《文谱》八卷等。崇信道教，所撰《天皇至道太清玉册》八卷，收入《续道藏》。寄情声乐戏曲，作有杂剧十二种（现存《大罗天》、《私奔相如》两种），编有北曲谱《太和正音谱》及古琴曲集《神奇秘谱》等。传见《明史》卷一百十七。

该著《百川书志》卷十八"文史"著录，题署"国朝涵虚子臞仙著，共九十九体"。范邦甸《天一阁书目》卷四"集部四·诗文评类"著录曰："《文谱》八卷，刊本。明宣德辛亥涵虚子臞仙著，不自署名。序曰：余以狂惑之资，不能以弘至道。乃大启群典，自为检阅，其制作之可法者取之，不合于矜式者易之。皆出于一己之公，不经于儒臣之目。乃令童子二三人，日与誊录。越五日，是谱告成。后之学者，如欲作文，不待奉束修以丐师之授受，观谱中之文，则知体矣。凡为儒者，不可缺焉。"据此可知，《文谱》一书当刊于宣德六年（1431），朱权刊此书意在为后之学作文者示以文章矜式。周弘祖《古今书刻》有"宁藩弋阳王六种"，不录撰人及卷数，其中有《诗谱》、《文谱》；另著录所刻《文章欧冶》（又见《晁氏宝文堂书目》），此本现藏山东图书馆，不分卷，包括"古文谱"一至七，"四六附说"、"楚赋谱"、"汉赋谱"、"唐赋附说"、"古文矜式"及"诗谱"。《文谱》八卷单行本虽已不传，然其与《文章欧冶》之分合关系值得探究。《文章欧冶》"古文谱"一至七，加"四六附说"，恰可成八卷。当然，若"古文谱"一至七加"古文矜式"，亦未尝不可。"诗谱"则单独成卷。"古文矜式"与"诗谱"，曾单行别出，而为公私书目著录。

16. 文式二卷　曾鼎编撰

曾鼎，字复铉，号雪航，永丰（今属江西）人，曾棨从弟。永乐十年（1412）进士，宣德六年（1431）官广东按察使佥事。据旧钞本作者自序云"既官岭表，得余姚赵氏㧑谦所编《学范》，内备载其说，遂取以相参订"，知《文式》即编于任上。传见张弘道《明三元考》卷二。

据旧钞本自序，作者获《文场要式》、李淦《古今文章精义》及赵㧑谦《学范》，参订成《文式》二卷，以明"作文之法"。上卷兼论诗文，采录《学范·作范》、陈绎曾《文说》、陈骙《文则》等语。下卷则采李淦《文章精义》、吕祖谦《古文关键》、苏伯衡《述文法》三著。

该著有明嘉靖八年（1529）刻本，藏中共中央党校图书馆。《续修四库全书》收入国家图书馆藏明刻残本，误署作"陈绎曾撰"。日本内阁文库藏有旧钞本，《历代文话》据以整理。

17. 文论（佚） 薛瑄撰

薛瑄（1389—1464），字德温，号敬轩，河津（今属山西）人。永乐十八年（1420）乡试解元，次年中进士。任广东道监察御史、大理寺少卿，历官至礼部左侍郎兼翰林院学士。晚年致仕，居家讲学、著述不辍。著有《文集》二十四卷、《读书录》十一卷及《理学粹言》、《从政名言》、《策问》、《读书二录》等。传见《明史》卷二百八十二。

《文论》见收于司马泰《三续百川学海》己集，或亦后人从文集中抄出，今未见。

18. 文章大模式（佚） 朱奠培撰

朱奠培（1418—1491），号竹林懒仙。朱权嫡长孙。正统十四年（1439）袭封宁王。赐谥曰靖。善文辞，正统间撰有《松石轩诗评》一卷。传见《明史》卷一百十七。

《文章大模式》，《千顷堂书目》卷三十二"文史类"著录，今佚。

19. 文则（佚） 李居义撰

李居义，余姚（今属浙江）人。景泰七年（1456）举人，授四川学正。祖父李贵昌，字用光，永乐中进士。居义廉介自持，尝主云南乡试，有持金贿赂者，命左右逐之。长于古文，著有《文则》、《文断》、《五伦赞》、《矮庵集》等。传附见《李贵昌传》（《两浙名贤录》卷二十八"吏治"）。

《文则》一书，雍正《浙江通志》卷二百五十二"经籍·诗文评类"著录为李贵昌撰,误。乾隆《绍兴府志》卷七十八"经籍志·诗文评类"著录为李居义撰,并按曰:"《浙江通志》误作李贵昌,详见《矮庵集》。"同卷"别集类"著录李居义《矮庵集》,谓:"《浙江通志》误作李贵昌撰,盖未及阅附传耳。"

20. 文断（佚）　李居义撰

李居义有《文则》,已著录。

《文断》,乾隆《绍兴府志》卷七十八"经籍志·诗文评类"著录。雍正《浙江通志》亦误作李贵昌撰。

21. 文诀类编（佚）　周瑛编撰

周瑛(1430—1518),字梁石,号翠渠,莆田(今属福建)人。成化五年(1469)进士,知广德州。后任四川参政、右布政使。在任清廉,颇有善绩。卒于家。有《翠渠摘稿》行世,另著有《书纂》。传见《明史》卷二百八十二。

《文诀类编》未见著录,周瑛《文诀类编序》称:"予少习文艺,苦不得其门路。尝博采诸家论说而类编之,以自轨范。……书此冠于篇首。"(见《翠渠摘稿》卷一)今未见。

22. 震泽长语·文章一卷　王鏊撰

王鏊(1450—1524),字济之,吴县(今江苏苏州)人。成化十一年(1475)进士,授编修。弘治初,迁侍讲学士。正德间,进户部尚书兼文渊阁大学士。以刘瑾专权,请致仕。博学有识鉴,以古文名世。有《震泽集》、《震泽长语》等。传见《明史》卷一百八十一。

全文共计二十五则，以品评前人文章为主。王鏊论文重"为文必师古"，主张"师其意，不师其词"，尤推尚韩愈之文。

原文见于《震泽长语》卷下，有《宝颜堂秘笈》本，《丛书集成初编》据以排印。《历代文话》据《震泽先生别集》整理。

23. 学文管见(佚)　汪思敬撰

汪思敬，名敬，以字行，祁门（今属安徽）人。成化间在世。幼孤，长从进士周昌游。平居潜心问学，无意仕进。诗文超于时辈，论议政事必师古。巡抚江西刑部右侍郎杨宁尝以学行荐于朝，下有司，屡征不起。晚年闭户著书，率遵族曾祖克宽之说。卒年七十。著有《易学象数举隅》、《周易传通释》、《学文管见》、《养浩斋集》等。传见弘治《徽州府志》卷九。

该著《千顷堂书目》卷三十二"文史类"著录，亦见嘉靖《徽州府志》卷二十一"书籍"，弘治《徽州府志》著录作"三卷"。光绪《重修安徽通志》卷三百四十二"艺文志·子部"则误作《学文广见》。

24. 诗文轨范·文范一卷　徐骏编撰

徐骏，字叔大，号积庵，常熟（今属江苏）人。《四库全书总目》集部诗文评类存目著录该著，署为元人，误；其经部礼类存目著录明徐骏撰《五服集证》（内述"是书成于正统戊午"），当同一人。光绪《常昭合志稿》卷四十四"艺文志"即著录徐氏《诗文轨范》、《对类总龟》及《五服集证》六卷。李诩《戒庵老人漫笔》卷四有小传，记其为"成化、弘治时人"。

《诗文轨范》共二卷，卷一为《文范》，卷二为《诗范》。《文范》采撷前人成说而成，四库馆臣所谓"其书杂取古人论文之语，率皆习见"(《四库全书总目》卷一百五十七集部五十)。分文章源流、古文体制、文章缘起、学文体式、评文、文说、文则、骈俪变格、散文句格等目。首"文章源流",论各类文体之体制源流,多有出吴讷《文章辨体序题》者;自"文说"后则为文法论。

有清钞本,藏北京大学图书馆,《四库全书存目丛书》据以影印。

25. 祝子罪知录·论文一卷　祝允明撰

祝允明(1460—1527),字希哲,号枝山,又号枝指生,长洲(今江苏苏州)人。弘治五年(1492)举人,正德间授兴宁知县,迁应天府通判,谢病归。工书法,文章有奇气。有《怀星堂集》、《祝氏集略》、《猥谈》、《志怪录》等。传见《明史》卷二百八十六、《国朝献征录》卷十五。

祝氏论文反宋儒之说,指斥"词必本枯钝,理须涉道学"之文,以为时称韩、柳、欧、苏、曾、王六家者"甚谬误人",亦颇有针砭宋濂《文原》诸论者。拈出"文即言"以对抗"文即道",标举六朝之文,以唐前文论若《文赋》、《文心雕龙》等"往往与吾意合",主张"文极乎六经而底乎唐,学文者应自唐而求至乎经"。

《祝子罪知录》十卷,其中卷八论文,卷九论诗,有明万历刻本,《四库全书存目丛书》据以影印。

26. 朱文公游艺至论·文一卷　余祐辑

余祐(1465—1528),字子积,鄱阳(今属江西)人。弘治十二年(1499)进士,为南京刑部员外郎,历官至吏部右侍郎。师从胡居仁,尝于狱中著《性说》三卷。又辑朱子书中切治道者为《经世大训》,而论及文章辞翰者为《游艺录》。传见《明史》卷二百八十

二、《本朝分省人物考》卷五十九。

《游艺至论》前有嘉靖三年(1524)余祐自序,谓其时诗文皆"追时好,徇俗态","不求纯古之作",故采朱熹论说,次为此编,以矫时弊。卷上辑朱熹论文之语七十五条,卷下辑其论诗之语五十九条、论赋六条、论字二十六条。详考其源,可知余祐所辑,多本自《朱子语类》,卷上辑录《朱子语类》卷一百三十九"论文上",卷下除录《答杨宋卿书》、《答谢成之书》、《答巩仲至书》等书信、题跋外,余均取自《朱子语类》卷一百四十"论文下"。

该著《千顷堂书目》卷三十二"文史类"著录为一卷,今存为二卷本。有明嘉靖刊本,藏国家图书馆;清康熙五十年(1711)张潜光刻本,藏北京大学图书馆、湖南省图书馆;另有清雍正间师善堂精刊本,藏中国科学院图书馆。《稀见明人文话二十种》据明嘉靖刊本整理。

27. 台中文议(佚) 顾英撰

顾英,字顺中,号发斋,慈溪(今属浙江)人。弘治十五年(1502)进士,知江西万载县,后任四川建昌兵备副使。有《四书正议》、《南台奏稿》、《台中文议》、《通义节要》、《论学新稿》、《发斋集》等。传见嘉靖《宁波府志》卷三十六。

该著《百川书志》卷十八"文史"著录,曰:"皇明御史顾□撰,发斋其号也。凡四十八条。"又见嘉靖《宁波府志》卷二十一"艺文",署顾英。司马泰编《古今汇说》尝收录,今未见。

28. 文苑春秋叙录一卷 崔铣撰

崔铣(1478—1541),字子钟,一字仲凫,号后渠、少石,又号洹野,安阳(今属河南)人。弘治十八年(1505)进士,选授编修。

正德初,预修《孝宗实录》,书成,为南京吏部主事。引疾归,讲学于后渠书屋。嘉靖间,擢南京国子监祭酒,历官至南京礼部右侍郎。致仕卒,谥文敏。有《洹词》《读易余言》《崔氏小尔雅》等。传见《明史》卷二百八十二、郭朴《郭文简公文集》卷一《崔文敏公传》。

崔铣辑有《文苑春秋》四卷,录自汉高帝《入关告谕》迄明太祖《谕中原檄》,凡一百篇,仿《毛诗小序》,篇首缀以数言。《文苑春秋叙录》一卷,《四库全书总目》史部目录类存目、《续通志》"艺文略"、《续文献通考》"经籍考"均著录。《总目》谓:"为《叙录》一卷,略表作者之志。自汉文以下凡十一目,今已散入《文苑春秋》,各冠本篇之首。此则其单行别本也。"

明张榘编《艺林》收此《叙录》一卷,有明嘉靖二十五年(1546)刻本,藏安徽省博物馆。《文苑春秋》有明嘉靖十七年(1538)刻本,藏北京大学图书馆,《四库全书存目丛书》据以影印。《稀见明人文话二十种》据《艺林》本整理。

29. 文说(佚)　林应龙撰

林应龙,字翔之,号九溪,永嘉(今属温州)人。弘治、正德间人,尝充礼部儒士。精篆隶、擅文学,为印局大使。纂有围棋名谱《适情录》,《明史·艺文志》《四库全书》子部艺术类存目皆著录。另有《雅辞补义》《文说》《字海》《棋史》等。

该著雍正《浙江通志》卷二百五十二"经籍十二·集部五·诗文评"著录,今佚。

30. 西汉笔评(佚)　霍韬撰

霍韬(1487—1540),字渭先,号兀崖,更号渭崖,南海(今属广东)人。正德九年(1514)进士,读书西樵山,学贯经史。世宗即位,任职方主事,累官至礼部尚书。著述颇富,有《诗经注解》、《象山学辨》、《程周训释》等。传见《本朝分省人物考》卷一百十一。

《西汉笔评》,宣统《海南府志》卷十一"艺文略·集部·诗文评类"著录,亦见光绪《广州府志》卷九十六"艺文略七·集部四·诗文评类",今佚。

31. 杨升庵文论一卷　杨慎撰

杨慎(1488—1559),字用修,号升庵,新都(今属四川)人。正德六年(1511)廷试第一,赐进士及第,授翰林修撰。嘉靖三年(1524),以"大礼议"受廷杖,谪戍终老于云南永昌卫。传见《明史》卷一百九十二、《国朝献征录》卷二十一。

此编为文章杂论,体近随笔,自文章总论至具体作家、作品评述均有涉及。又有古文文法、修辞之探讨,如"古人多譬况"、"古文引用"、"古文倒语"、"古文之用字"等则。

《杨升庵文论》一卷,祁承爜《澹生堂藏书目》卷十四"诗文评·文式文评"著录,知已单行,原文见收于明万历十年(1582)刊《升庵集》卷五十二,《历代文话》已收。

32. 丹铅续录·评文一卷　杨慎撰

杨慎有《杨升庵文论》,已著录。

杨慎尝撰《丹铅余录》十七卷、《续录》十二卷、《闰录》九卷等,又删定为《摘录》十三卷,后门人梁佐裒合诸录,删除重复,编为《丹铅总录》二十七卷。《续录》十二卷,据杨慎自序,作于嘉靖十六年(1537)。是书卷五专论文章,共二十二则,总题为"评文"。其中所论亦多涉古文修辞,如以"辞达"奉"孔子特笔"之《易传》、《春秋》为天下至文,又指出论文应以辨其美恶为主,不当以繁简、难易为准。另亦有品论具体篇目者,如评白居易《三游洞记》造语颇妙,慧远《庐山记》文多奇语等。

《丹铅续录》有明嘉靖刻本,藏国家图书馆等,又有《宝颜堂秘笈》本,《丛书集成初编》据之排印,另有《四库全书》本。

33. 总纂升庵合集·论文四卷　杨慎撰

杨慎有《杨升庵文论》,已著录。

《总纂升庵合集》二百四十卷,清郑宝琛纂辑,光绪八年(1882)新都鸿文堂刊行。是集卷帙浩繁,乃汇杨慎《全集》、《外集》、《遗集》及《函海》所收杂著而成,又各赋卷名,以便编目查阅,然失于编校不精。其中卷一百二十四至卷一百二十七为"论文",删订自《丹铅杂录》之卷五至卷十,间有增补。

《丹铅杂录》见收于李调元编《函海》,《总纂升庵合集》有清光绪八年(1882)新都鸿文堂刊本。

34. 艺赞三卷　邝灏编,任庆云刻

邝灏,字子元,号台冈,正德十二年(1517)进士,授翰林编修,升侍讲。仕至河南提学副使。生平略见嘉靖《河间府志》卷二十三"人物志"、《翰林记》卷三"庶吉士铨法"。

任庆云,商州(今属陕西)人。正德八年(1513)举人,任陕州知州。《千顷堂书目》卷一著录:"任经《易学归趣》二卷。商州人,成化癸卯举人,兖州府同知。任庆云《易略》二卷。经子,正德癸酉举人,陕州知州。"《内阁藏书目录》卷六"《商略》六册"录:"商州志也。嘉靖癸卯,郡人任庆云修。"

《艺赞》三卷,《千顷堂书目》卷三十二"文史类"著录:"任庆云《艺赞》三卷。"《万卷堂书目》、《天一阁书目》皆作"邝灏编辑"。有明嘉靖二十年(1541)序刻本,藏重庆图书馆。

35. 六艺流别二十卷　黄佐编

黄佐(1490—1566),字才伯,学者称泰泉先生,香山(今广东中山)人。正德十五年(1520)进士,选庶吉士,授编修。出为江西佥事,后掌南京翰林院,擢南京国子祭酒。其学以程朱为宗,渊博精深,著述宏富。有《泰泉集》、《泰泉乡礼》、《乐典》、《六艺流别》等。传见《明史》卷二百八十七。

黄佐编纂《六艺流别》二十卷,据其子黄在素题记,书成于嘉靖十年(1531),其所编受挚虞《文章流别》影响,亦有矫正挚书"琐屑文词而不统诸经"之意。黄佐以文章"统诸六经"为旨,将古代文体分系于《诗》、《书》、《礼》、《乐》、《春秋》、《易》六类之下,于所选各体作品之前又撰有序题,略述文体之体制特征。

是著《浙江采集遗书总录》庚集"说家类二·文格诗话"著录,有明嘉靖四十一年(1562)欧大任刻本,藏中山大学图书馆,《四库全书存目丛书》据以影印。

36. 文章一贯二卷　高琦编

高琦,号格庵,山东武城人。嘉靖五年(1526)进士,授歙县知县。后忤触当要,谢病家居。传见嘉靖《武城县志》卷六。

《文章一贯》为汇编类文话,辑录前人论文之语而成。卷上概述文章之体势,分立意、气象、篇法、章法、句法、字法六目。卷下分说文章作法,分起端、叙事、议论、引用、譬喻、含蓄、形容、过接、缴绪九目,"九法举而后文体具",颇有系统。

该著初刊于嘉靖六年(1527),国内未见传本,日本有宽永二十一年(1644)京都风月宗智刊本,《历代文话》据以整理。

37. 举业详说—卷　项乔撰

项乔(1493—1552),字迁之,号瓯东,又号九曲山人,永嘉(今属温州)人。嘉靖八年(1529)进士,授南京工部主事,守抚州。嘉靖二十一年(1542)守河间,二十二年(1543)升湖广副使,官至广东左参知政事。曾从张璁、张激学,与唐顺之、罗洪先交。有《瓯东文录》、《私录》、《政录》等。传见万历《温州府志》卷十一、《两浙名贤录》卷四。

项乔《举业详说序》谓其尝概论举业,以示诸生:"予曩守渤海,尝概论举业以示诸生,于经义犹略也。去岁转官适楚,公余课焕、蔚诸儿,乃复论经义之则,凡数十条,而选取程文以证之。自觉有裨于初学良切,不独吾儿所当知也,因捐俸附锓于旧论之后,总名为《举业详说》云。"(《瓯东私录》卷二)项乔《杂著》外篇:"予刻《举业赘论》于渤海。"邹守益《题举业详说》:"吾友瓯东项子迁之,刻《举业论》于渤海,拳拳以求放心为根本,而举诸子忘己逐物、贪外虚内为眩瞑之药。甚矣,瓯东子之志似甘泉也!比执臬事于楚,复以体则加详说焉。茶陵守曾才汉氏欲广其传,走伻以士山中,因述所传,以质诸项子,且与举业有志于圣学者共趣避之。"可知项乔曾于嘉靖二十一年撰成《举业赘论》,二十二年升湖广副使后在《赘论》的基础上又论经义体则数十条,并配以程文详加阐说而成《举业详说》,于嘉靖二十三年由茶陵州守曾才汉刻印。此书为指导士子时文写作而作,首论举业根本,共八条,以劝士子存心养性为主;次论举业体则,共七十七条,详论时文作法技巧。

该著《温州经籍志》卷三十三"诗文评类"著录,原别本单行,

今附刊于《瓯东私录》卷三。《瓯东私录》有明嘉靖三十年(1551)
刻本、清钞本等,均藏温州图书馆。

38. 滥竽录(佚)　陈建撰

陈建(1497—1567),字廷肇,号清澜,东莞(今属广东)人。
嘉靖七年(1528)举人,嘉靖八年、十一年两中会试副榜,任福建
侯官县学教谕,升江西临江府学教授。嘉靖二十三年(1544)以
母老告归,潜心学问,锐意著述。著有《皇明通纪》,另有《学蔀通
辨》、《治安要议》、《皇明启运录》、《皇明历朝资治通鉴》等。传见
光绪《广州府志》卷一百二十三。

《滥竽录》,光绪《广州府志》卷九十六"艺文略七·集部四·
诗文评类"著录,并引《东莞乡贤录》云:"建论文谓九善九弊,因
作《滥竽录》以为式。"今未见。

39. 文脉三卷　王文禄撰

王文禄(1503—约1591),字世廉,海盐(今属浙江)人。嘉靖
十年(1531)举人。喜读书,曾辑《百陵学山》百种一百二十卷。
著有《廉矩》、《竹下寤言》、《诗的》等。传见《本朝分省人物考》卷
四十四。

该著杂论古今文章。王氏重文统,以为历来文章一脉相衍,
故曰"文脉"。卷一为"总论",论文章之源流。卷二为"杂论",评
历代之文及文选。卷三为"新论",品明人之文,中于明文厘为
四"格"。

有《百陵学山》本,《丛书集成初编》据以影印,又有《学海类
编》本。《历代文话》据《百陵学山》本整理。

40. 兰庄文话一卷（佚）　闵文振撰

闵文振，字道充，浮梁（今江西景德镇）人。嘉靖十二年（1533），由选贡任宁德训导，嘉靖十九年任安仁教谕，升严州府教授。在宁德任上，纂修《福宁州志》《宁德县志》，又整理刊刻韩同信《韩氏遗书》、陈著《石堂先生遗集》等。传见乾隆《福建通志》卷三十二"名宦"、曾燠《江西诗征》卷五十九。

《兰庄文话》，《千顷堂书目》卷三十二"文史类"、《明史·艺文志》"文史类"皆著录作"一卷"，同治《饶州府志》卷二十六著录"《兰庄诗话》《文话》五十卷"，当承《江西诗征》闵氏小传"有《诗话》《文话》等书五十余种"而误。清李元度《古文话序》曰："《明史·艺文志》有闵文振《兰庄文话》，《绛云楼书目》有《李云文话》，则皆轶不传。"汪时跃《举业卮言》引闵文振论文曰："闵兰庄曰：古人好文字中，有思虑所不能及、见识所不能到而议论所不能发者。如夏云之峰，尖圆秀峭，曲直森耸，神采迥别，非巧画所能拟；如秋月之华，五彩绚烂，百色具备，晶英流动，非明目所能辨。盖其资禀之粹、积学之深、析义之精、见道之卓，万物皆具乎心，充然自得。所谓胸襟如太虚，轻清之气旋转乎外，而山川之流峙、草木之生长、禽兽虫鱼之飞走游跃，各有至妙，莫觉其所以然之故也。"

41. 宗氏文训（佚）　宗周撰

宗周，字维翰，号理庵，兴化（今属江苏）人。嘉靖十年（1531）举人，选授金乡知县，历官至马湖知府。传见万历《兴化县志》卷六。子即宗臣（1525—1560），有《刻文训叙》，曰："当是时，最爱读司马迁、庄周所为文词，往往发之篇章，空疏莽荡。家君大患之,于是作《文训》。《文训》成,日讽夕维,渐悟浮华,转窥精奥矣。癸、丙相继罢归,家君太息曰:'嗟乎! 毋论汝苦,即余安所用训哉?'明年丁未,家君已五上春官,竟不第,愈益厌怒其文,遂谒选,分符东土而去。臣以己、庚两岁薄售有司,役役风尘,时检旧笥,得《文训》而读焉,辄独立裴回,喟然长叹。夫家君仅以文博一令,即臣又复不大售于有司,何言文哉? 顾独有感于家君之教子者深也。抱疴南还,夏子辈从游,日以文请,不得已则以《文训》授之,既而请梓以公其传。"(见《宗子相集》卷十二)知此书成于嘉靖二十二年(1543)前,为习文授学之本。

《澹生堂藏书目》卷十四"诗文评·文式文评"著录,今佚。

42. 文章源委 三卷(佚)　张大猷撰

张大猷,字元敬,顺德(今属广东)人。嘉靖三十一年(1552)解首,三十五年(1556)进士,工部主事。治徐州河有功。后谪判外郡,复疏漕河利病甚悉。尝谓文大成于司马,靡于班而坏于韩,遂作《文章委源》三篇,何镗序而传之。终云南督学佥事。传见道光《广东通志》卷二百八十一。

该著《千顷堂书目》卷三十二"文史类"著录,为"三卷",《明史·艺文志》作"一卷"。

43. 归震川先生论文章体则 一卷　归有光撰

归有光(1506—1571),字熙甫,号震川,又号项脊生,昆山(今属江苏)人。嘉靖四十四年(1565)进士,授长兴知县。隆庆四年(1570),任南京太仆寺丞,卒于官。著有《震川文集》。传见《明史》卷二百八十七。

归有光尝编《文章指南》,其七世孙归朝煦从中辑出六十六则导语成《文章体则》一卷,附刻于《震川大全集》末。该卷所论,包含作文相题立意、修辞造语、章句字法以及缴结法等诸多技法要求。

《文章指南》有清乾隆三宿斋抄本,藏上海图书馆;又有清光绪二年(1876)刻本,藏湖北省图书馆,《四库全书存目丛书》据以影印。又《新刊批释举业切要古今文则》五卷,卷首有《刻古今文则序》,题许国作,自言僭题归氏之作名为《古今文则》,实亦《文章指南》一书,今存明隆庆六年(1572)书林郑子明刻本,藏北京大学图书馆。《历代文话》据嘉庆本《震川大全集》整理。

44. 四友斋丛说·论文一卷　何良俊撰

何良俊(1506—1573),字元朗,号柘湖,华亭(今上海松江)人。嘉靖中以岁贡生入国学,授南京翰林院孔目。著有《何氏语林》、《四友斋丛说》、《何翰林集》等。传见《明史》卷二百八十七。

何氏作《四友斋丛说》三十八卷,其中卷二十三专论文,凡四十九条。此卷既有摘引前人论文之语者,又有一己评析古今文章之论,皆随笔杂纂而成。

《四友斋丛说》有明隆庆三年(1569)刻本,藏华东师范大学图书馆;又有万历七年(1579)刻本,藏北京大学图书馆,中华书局1959年据以排印。《历代文话》亦据万历本整理。

45. 荆川稗编·文章杂论二卷　唐顺之撰

唐顺之(1507—1560),字应德,号荆川,武进(今属江苏)人。嘉靖八年(1529)会试第一,授庶吉士,调兵部主事。嘉靖十二年(1533),改编修。后抗御倭寇,拜右佥都御史,卒于官。崇祯间追谥文襄。学识广博,著述颇丰,有《荆川先生文集》等。传见

《明史》卷二百零五。

唐顺之编有《荆川稗编》一百二十卷,《文章杂论》见于卷七十六、七十七。此二卷乃采录前人论文之语而成,凡五十九条。选录标准以文法论为主,强调文章之体、志、气、韵,又兼及造语、下字等行文技法。

《荆川稗编》今存明万历九年(1581)茅一相文霞阁刊本,藏国家图书馆,《历代文话》据以整理。

46. 唐宋八大家文钞评文一卷 茅坤撰

茅坤(1512—1601),字顺甫,号鹿门,归安(今浙江湖州)人。嘉靖十七年(1538)进士,知青阳县。屡迁广西兵备佥事,改大名兵备副使,为忌者中伤落职,卒于家。有《茅鹿门集》等。传见《明史》卷二百八十七。

茅坤编选《唐宋八大家文钞》一百六十四卷,收录韩、柳、欧、曾、王及三苏八家古文,每家前各有小引,要言其文旨,简评其优劣。

《文钞》今存明万历七年(1579)刊本,藏上海图书馆;清张伯行辑《正谊堂全书》本,《丛书集成初编》据以排印;另有《四库全书》本。《历代文话》据明刊本整理,于选文外辑录引说并总叙、凡例等,成《唐宋八大家文钞评文》一卷。

47. 诗文原始一卷(佚) 旧题李攀龙撰

李攀龙(1514—1570),字于鳞,号沧溟,历城(今山东济南)人。嘉靖二十三年(1544)进士,历官刑部郎中、浙江参政、河南按察使。与王世贞并为"后七子"领袖,倡言复古。有《沧溟集》、《古今诗删》。传见《明史》卷二百八十七。

《诗文原始》一卷,《续通志》卷一百六十三"艺文略·文类·文史"著录,《四库全书总目》集部诗文评类存目谓:"此书则自明以来,不闻为攀龙所作,其持论亦不类攀龙语。疑亦曹溶掇拾割裂之书,伪题攀龙名也。"今佚。

48. 篷底浮谈·谈文一卷　张元谕撰

张元谕(?—1572后),字伯启,自号月泉生,人称白眉公。浦江(今属浙江)人,嘉靖二十六年(1547)进士,授工部主事。嘉靖三十八年(1559)知吉安府,累官至云南按察副使,以劳疾卒。有《詹詹集》、《篷底浮谈》等。传见《本朝分省人物考》卷五十三、万历《吉安府志》卷十七、光绪《浦江县志》卷八。

张氏撰有《篷底浮谈》十五卷,杂谈道、理、经、史等计九门类,卷五专谈文,兼论诗、赋,凡十五则。其论文主复古,尤推汉文,以为文弊始于六朝骈俪之风,明人讲学之文粗鄙浅俚,病于谈理。

《篷底浮谈》有明隆庆四年(1570)董原道刻本,藏国家图书馆,《续修四库全书》据以影印。

49. 文体明辨序说不分卷　徐师曾撰

徐师曾(1517—1580),字伯鲁,号鲁庵,吴江(今属江苏)人,嘉靖三十二年(1553)进士,选庶吉士,官至吏科给事中。严嵩用事,世宗杀戮谏臣,遂乞休告归,潜心著述。有《周易演义》、《礼记集注》等。传见《国朝献征录》卷八十王世懋《徐鲁庵先生师曾墓表》。

徐师曾编有《文体明辨》八十四卷(包括《文章纲领》一卷,诗文六十一卷,目录六卷,附录十四卷,附录目录二卷),自序谓"大抵以同郡常熟吴文恪公讷所纂《文章辨体》为主而损益之"。其依仿《文章辨体》之编选宗旨与凡例,主张"假文以辨体";序称扩吴书五十五类为一百二十七类,实则有一百三十六类,分类编录,各加序说,其为详赡。

《文体明辨》有万历八年(1580)刊本、万历十九年(1591)刊本、日本宽文三年(1663)刊本等。今人罗根泽抽录各类之序说及《文章纲领》等,别为《文体明辨序说》一书,《历代文话》亦收。日本小野长愿曾将《文章纲领》单行刊出,有明治十年(1877)刻本,日本国会图书馆等藏。

50. 文评一卷　王世贞撰

王世贞(1526—1590),字元美,号凤洲、弇州山人,太仓(今属江苏)人,嘉靖二十六年(1547)进士,授刑部主事,历官至南京刑部尚书。初与李攀龙同主文盟,后独操文柄二十年。著述宏富,有《弇州山人四部稿》、《弇州山人续稿》、《弇山堂别集》等。传见《明史》卷二百八十七。

《文评》系从王世贞《艺苑卮言》卷五中别出单行,专评明代之文,自宋濂至李攀龙凡六十三人,语多形象警策。

有《学海类编》本,《丛书集成初编》据以排印。《历代文话》据以整理。

51. 文章九命一卷　王世贞撰

王世贞有《文评》,已著录。

《文章九命》见于《艺苑卮言》卷八,作者以己推人,分述古今文人贫困、嫌忌、玷缺、偃蹇、流窜、刑辱、夭折、无终、无后等九种命运。世贞自言"老夫贫老愁病,流窜滞留,人所谓不佳者也",

又"循览往匠,良少完终,为之怆然以慨,肃然以恐",于是作《文章九命》。又因疮疡卧床,复加第十命"恶疾"。文末借答蔡景明"古亦有贵而寿者乎"之问,对于"九命"之文人厄运论稍作矫正。清人王晫撰《更定文章九命》力反其说。

　　明郭良翰辑《问奇类林》卷十七"文学中"、清顾有孝辑《明文英华》卷八、清吴曾祺编《涵芬楼古今文钞》卷二十三"序跋类·附录"等均收录该文。明华淑辑《闲情小品》、陶珽编《说郛续》所收《文章九命》,述知遇、传诵、证仙、贫困、偃蹇、嫌忌、刑辱、夭折、无后九类,与《艺苑卮言》本颇有出入,且无第十命及答苏景熙之语。《闲情小品》本前有《题文章九命后》,谓"余纂《文章九命》,中间遭时遇主,十仅一二",末署"闻道人题于癖书庵"。《八千卷楼书目》著录"闻道人"有《癖史》一书,收于闵于忱辑《枕函小史》,题作"癖颠小史",闵氏所辑《凡例》云"近华闻修集《癖史》行世",由此可知"闻道人"即为华淑。华淑,字闻修,无锡(今属江苏)人,辑有《闲情小品》等。则此本或为华淑将王文篡改,先入《闲情小品》,后《说郛续》亦收,且径署为王世贞所撰。《历代文话》整理所据之日本元文二年(1737)文林堂刊本,亦从《说郛续》辑出单行。

52. 文章正论二十卷(正论十五卷、绪论五卷)　刘祐编撰

　　刘祐(1526—1598),字淑修,号拙斋,东莱掖县(今属山东)人。嘉靖三十二年(1553)进士,授中山司理,累擢都察院右佥都御史,巡抚大同。守御云中,从严治军,边政大举。年四十三,乞归。卒年七十三。传见乾隆《掖县志》卷七载明赵焕《都察院右佥都御史刘公神道碑》、《本朝分省人物考》卷九十八。

　　《文章正论》为文章选集,选录历代古文,自《左》、《国》以讫唐宋。刘祐自序称拟诸宋真德秀《文章正宗》、明崔铣《文苑春

秋》,取材诸说而损益之。足垂法戒者为正论,以"附于《易》之养正、《诗》之无邪、《春秋》之居大正";理有未纯、于世教无补者置于附录,则为绪论。是书每篇选文均附有刘祐按语、题辞,间引前人批语,以叙述大意,阐发义理,解说文法。

《千顷堂书目》卷三十二"文史类"著录,有明万历十九年(1591)徐图扬州官署刻本,藏首都图书馆,《四库全书存目丛书》据以影印。

53. 言文四卷　谭浚撰

谭浚,字允原,号勺泉,南丰(今属江西)人。隐居著述,世无所知,唯新城邓元锡相与友善。按元锡(1529—1593),字汝极,号潜谷,南城(今属江西)人,嘉靖三十四年(1555)举人。因知谭氏于嘉靖、万历间在世。浚少长于诗,后博综周览,著有《南丰备录》、《医宗》等凡二百二十四卷,皆已亡佚。传见同治《建昌府志》卷八。

谭浚有《谭氏集》二种,即《说诗》三卷、《言文》三卷,另有单行本《言文》四卷。《言文》卷一为该著宗会三十四章,首章"原流"为全书纲要,其后备述理、意、气、情等文章体用诸端及句字、设喻等创作诸法。卷二为世代经史子集四十八章,分章阐释历代典籍。卷三以"五经"归类一百十九种文体,分宗《易》之流二十二章,宗《书》之流二十七章,宗《诗》之流二十章,宗《礼》之流二十五章,宗《春秋》之流二十五章。此三卷《谭氏集》本与单行本相同,单行本之第四卷辑选曹丕、挚虞、陆机及至明人李梦阳、王世贞之论文著述。卷首万历七年(1579)自序谓"言文者必宗乎道,言道者必宗乎圣",标明其旨。

《言文》四卷单行本今存明刻本,藏清华大学图书馆。《谭氏集》有明万历刊本,藏北京大学图书馆,《历代文话》据以整理。

54. 古今名儒论学选粹·论体式一卷　赵睿辑

赵睿，字若思，号湛泉，泾县（今属安徽）人。嘉靖四十一年（1562）进士，知萧山县，后擢四川道御史，累迁四川左布政使。卒于家。传见嘉庆《泾县志》卷十七。

《金陵新刊古今名儒论学选粹》前集二卷后集三卷，卷端题名下署赵睿精选，赵世卿批点，郭良材绣梓。书前刊记题"嘉靖乙丑季夏　金陵南冈绣梓"。此书前附《论体式》，分为"论体总式"、"破题式"、"承题式"、"原题式"、"讲题式"、"缴题式"、"结题式"，阐说论体之体格、法度。如"论体总式"首言："论有纲领，学者不可不精察要妙，体究渊源，然其间法度，初不外于先儒诸大家之论也。"论破题曰："破题为论之首，一篇之意皆涵蓄于此，尤当立意详明，句法严整，有浑厚气象。"论结题曰："节题谓之论尾，正论关锁之地，尤要造语精密，遣文顺快。"论述论体文章各体段之格法，多出于宋元程式。

《金陵新刊古今名儒论学选粹》一书现存明嘉靖四十四年（1565）金陵南冈郭良材刊本，藏美国哈佛燕京图书馆。

55. 稗史汇编·论文五卷　王圻辑

王圻（1530—1615），字元翰，号洪州公，上海人。嘉靖四十四年（1565）进士，授清江知县，调任万安知县。隆庆二年（1568），迁云南道监察御史，后忤时相，谪邛州判官。历官至陕西布政司参议，乞养归。著述宏富，有《续文献通考》、《三才图会》、《稗史汇编》、《王侍御类稿》等。传见《明史》卷二百八十六。

《稗史汇编》为王圻所编纂之类书，分二十八门，三百二十类，内容浩繁。其卷九十七至卷一百十三为"文史门"，卷一百十四至卷一百二十为"诗话门"。"文史门"共十七卷,视其内容可分经、史、子、文评、考释、辨讹及书法、金石等类。其中卷九十九"文章类"汇集文论、文法之语,卷一百至卷一百三则为文体论。

《稗史汇编》有明万历刻本,藏辽宁省图书馆,《四库全书存目丛书》据以影印。

56. 艺学渊源 四卷(佚) 温景明撰

温景明,字永叔,顺德(今属广东)人。隆庆元年(1567)举人,万历八年(1580)任教谕,二十六年(1598)任南宁知府。酷嗜司马迁之文,尝撮其精要以示诸生。传见光绪《四会县志》编五。

该著《明史·艺文志》"文史类"著录,今佚。

57. 谈文录(佚) 袁黄撰

袁黄(1533—1606),初名表,更名黄,字坤仪,号了凡,嘉善(今属浙江)人,一作吴江(今江苏苏州)人。隆庆四年(1570)举人,万历十四年(1586)进士,授宝坻知县,调任兵部职方司主事。后遭诬陷,罢职归家。著述丰富,有《历法新书》、《群书备考》、《皇都水利考》、《两行斋集》等。传见朱鹤龄《愚庵小集》卷十五《赠尚宝少卿袁公传》、同治《苏州府志》卷一百五"人物"等。

袁黄《游艺塾文规》扉页题识谓:"了凡先生旧有《谈文录》、《举业彀率》及《心鹄》等书,刊布海内,旧为艺林所传诵。"《谈文录》今未见。

58. 举业心鹄(佚) 袁黄撰

袁黄有《谈文录》,已著录。

袁黄《游艺塾文规》卷二"破题":"丁丑以前程墨,《心鹄》中已备论之。今自辛丑溯至庚辰,录其佳者与汝一阅。"卷八"正讲五":"丁丑以前具载《心鹄》诸书者俱不论,论近刻乡卷。"知《心鹄》所论,主要以万历五年(1577)前乡会试程文墨卷为评述例证。《心鹄》一书,未见著录,其单行本盖已亡佚。汪时跃《举业要语》辑有该书条目,李叔元辑《新锲诸名家前后场肆业精诀》卷二亨部则收有《心鹄》佚文十九则。李氏按语称袁黄曩日著有《举业心鹄》,"彼《心鹄》中所载文训,计十九段,言言中骤,句句合诀"。此十九条所论涉及养气、读书、师古、炼格等习文诸端。《肆业精诀》今存明万历三十二年(1604)建邑书林陈氏存德堂刊本。

59. 举业彀率 一卷 袁黄撰

袁黄有《谈文录》,已著录。

袁黄《游艺塾续文规》卷四"了凡先生论文"曰:"丁丑岁予著《举业彀率》,备论炼格之法,传之四方,颇于时艺有益。"可知《举业彀率》撰成于万历五年(1577)。刘元珍《从先文诀》卷下小引亦曰:"袁了凡《举业彀率》,今日已为板局,而犹多引用。"此书专论制举文法,所援引之程文多出自嘉、隆间,故至万历时已有旧说之憾。首为文章概说,强调精神、识见、理路、涵养诸端。其次为"论格",详论炼格之法。后依八股之体,分述破题、承题、起讲、提法、小股、大股、过文、缴、小束、大结等作法。

有明末刊本,今存清钞本据以抄录,藏中国科学院图书馆,《稀见明人文话二十种》据以整理。

60. 游艺塾文规 十卷 袁黄撰

袁黄有《谈文录》,已著录。

《游艺塾文规》又名《举业定衡》,卷一为如何工于时文之综论,凡十八则,举"墨卷当看"、"文贵自得"、"文贵说理"、"文贵养气"诸说,明读书修养之窾要;卷二至卷十则分论破题、承题、起讲等作法,所评以万历八年(1580)至万历二十九年(1601)乡会试程文墨卷为据,论证结合,指点津梁。

存万历三十年(1602)余文台刻本,藏清华大学图书馆,《续修四库全书》据以影印,此本又藏于国家图书馆和安徽省博物馆。另武汉大学出版社已出版《〈游艺塾文规〉正续编》整理本。

61. 游艺塾续文规十八卷　袁黄撰

袁黄有《谈文录》,已著录。

《续文规》最终或为袁氏弟子所编成,卷一至卷九所录为三十六家论文,多为明中叶古文及时文名家之论说(包括袁黄自己),颇具文章学文献价值;卷十至卷十八论破题、承题、小讲、正讲等作法,评万历三十一年(1603)癸卯乡试与万历三十二年(1604)甲辰会试程文墨卷,以接续《文规》之论。

存明刻本,藏国家图书馆,《续修四库全书》据以影印;又日本内阁文库藏别一明刊本。

62. 宝坻政书·训士书一卷　袁黄撰

袁黄有《谈文录》,已著录。

《宝坻政书》十二卷,为袁黄知宝坻县时所撰,门人刘邦谟、王好善辑。其中《训士书》则专为指导县中士子举业、以振文风而设。据书前小序,袁黄尝著《会约》,乃约诸生为课,"就时文中悬断其心,术之邪正,若烛照数计",为艺林之指南,因辑以成《训士书》。《会约》共八则,包括经义体现人品高下、时义尚温顺典雅、读书当借传以明经、阐理毋信程朱而疑孔孟、为文务以明白浅易之词发渊永精微之理等。下列作论法六则,作表法四则,作策法二则。汪时跃《举业要语》即尝选辑袁氏《训士书》相关内容。

《宝坻政书》今存明万历三十三年(1605)建阳余氏刻《了凡杂著九种》本,藏国家图书馆。

63. 作论秘诀心法 不分卷　汪正宗撰

汪正宗(约1536—?),浙江人,生平未详。该著自序称"髫年习举子业,颇笃志于文,而尤专心于论,已三十于兹矣",时万历元年(1573),作者已近不惑,仍为庠生,于五马精舍设学馆,诸友问求论诀心法,遂撰成此书。

作者于自序中称赏宋人陈傅良"作始之功",所撰亦颇受陈氏《止斋论祖》之影响。全书共分四部分:第一论贵知纲领,分述"格局严整、规矩俊伟"、"构思精微、造语雅健"、"识见超群、笔力警策"、"学问该博、蕴藉渊源"四端;第二论贵知节目,依论之体制程式,分述破题、承题、原题、起讲、接题、正讲、小结、大结等技法;第三为作论要诀,其谓"凡作论,立意为先,遣辞为次"等即袭《止斋论祖》而来;第四为"论诀目录",引例文三十三篇,间附评语、眉批,亦仿《止斋论祖》之体例。

有明钞本,藏国家图书馆,《稀见明人文话二十种》据以整理。

64. 文字谈苑·谈文 二卷　王弘诲辑

王弘诲(1542—1615),字绍传,一字忠铭,安定(今属海南)人。嘉靖四十四年(1565)进士,选庶吉士,预修《穆宗实录》,书成授编修,官至南京礼部尚书。以病乞休致仕,卒于乡。著有《尚友堂稿》、《天池草》等。传见黄佐《南雍志》第五"职官年表"上、道光《广东通志》卷三百二"列传三十五"。

《文字谈苑》共四卷,乃辑录古今各家论作文与书法之文而成,其中卷一、卷二论文法,卷三、卷四论字法。论文二卷,古文第一,抄掇自陈骙《文则》而来;时文第二,分总言、析言、征言三目,综论时文作法。王弘诲《文字谈苑题辞》自述"是编为予往岁贰北雍时所辑,萃古今诸作家所论文字之法,凡四卷,题曰'文字谈苑',谋锓诸梓,俾诸生人持一编,时加览玩",据雷礼《国朝列卿纪》卷一百六十二"国子监司业年表"所载,王氏万历七年(1579)由编修任国子监司业,十年(1582)升右谕德,掌南京翰林院,知该著当辑于此三年间。

《千顷堂书目》卷三十二"文史类"著录,今存明胡文焕编《格致丛书》本,《稀见明人文话二十种》据以整理。

65. 困学纂言·论文二卷　李栻撰

李栻,字梦敬,丰城(今属江西)人。嘉靖四十四年(1565)进士,授魏县知县。万历初,升任湖广监察御史,迁浙江按察副使。后忤时宰,上疏致仕,归隐西山,究心理学。著有《论语外编》、《中庸庸言》、《孟子道性善》、《困学纂言》、《历代小史》等。传见光绪《江西通志》卷一百三十七。

李栻有《困学纂言》六卷,专于游艺讲学,分类次叙,其卷五分"读书"、"作文"二目,卷六为"举业",皆采掇前人论说而成。

有明万历二年(1574)马文炜刻本,藏中国科学院图书馆,《四库全书存目丛书》据以影印。

66. 山堂肆考·文章一卷　彭大翼编

　　彭大翼,字云举,又字一鹤,扬州(今属江苏)人。嘉靖四十四年(1565)以岁贡荐梧州通判,后任云南沾益州知州。博览群书,积四十年编撰《山堂肆考》。生平略见乾隆《江南通志》卷一百六十六。

　　《山堂肆考》为彭大翼所编大型类书,成于万历二十三年(1595);后浸淫散佚,万历四十七年(1619)大翼孙婿张幼学踵事增定,遂成完帙。全书分宫、商、角、征、羽五集,四十五门,门又分子目。是书“文学”门分“经术”、“著书”、“藏书”、“博学”、“文章”、“诗”、“赋”、“志”、“论”、“颂”、“箴”、“书问”、“露布”、“檄”等十四目,其中“文章”一卷为古今文章论评、文人轶事、作文法度之资料汇辑。

　　《山堂肆考》有明万历刻本,又有《四库全书》本。

67. 鸿苞文论一卷　屠隆撰

　　屠隆(1542—1605),字长卿,一字纬真,号赤水、鸿苞居士等,鄞县(今属浙江)人。万历五年(1577)进士,除颖上知县,历官青浦知县、礼部主事、郎中。罢归,益纵情诗酒。著有《白榆集》、《由拳集》、《鸿苞集》等。传见《明史》卷二百八十八。

　　屠隆文中所论,取径秦汉,同七子一派,以六经、诸子之文为尚,标举风骨格力,欲矫唐宋古文之弊;同时亦已省察李、何诸公“模辞拟法,拘而不化”,“独有周汉之句法耳”。故又强调“自得”,主张“取材于经史,而镕意于心神;借声于周汉,而命辞于今日”。

　　《澹生堂藏书目》卷十四“诗文评·文式文评”著录作“《鸿苞

文论》一卷"，当明人自《由拳集》卷二十三"杂著"辑出单行。《由拳集》存明万历八年（1580）冯梦祯刊本，藏中央民族大学图书馆，《续修四库全书》据以影印。《历代文话》即据此整理，题作《由拳集·文论》。

68. 鸿苞·论文一卷　屠隆撰

屠隆有《鸿苞文论》，已著录。

屠氏有《鸿苞》四十八卷，为其晚年所著，多为杂文、案牍，《四库全书总目》称"其言放诞而驳杂"。是著之卷十七论文，卷十八论诗。卷十七有《六经》、《道德阴符》、《文章》、《文行》、《求名》、《古今钜文》、《三长》、《论诗文》诸篇。首二篇评"六经"及《道德》、《阴符》二著，《文章》至《三长》五篇论评古今文章及文人，末篇兼论诗文。

《鸿苞》有明万历三十八年（1610）茅元仪刻本，藏天津图书馆，《四库全书存目丛书》据以影印。《历代文话》选录《文章》、《文行》、《求名》、《古今钜文》四篇，题作"文章四题"。

69. 谈艺录一卷　冯时可撰

冯时可（1551—1619 或 1620），字元成，一字元敏，号敏卿、文所、天池山人，华亭（今上海松江）人。隆庆五年（1571）进士，任兵部主事，官至湖广布政使参政。以文名，有《易说》、《诗臆》、《左氏讨》、《冯元成选集》等。传见《明史》卷二百九"冯恩传"附、何三畏《云间志略》卷二十《冯宪使文所公传》。

该著原见收于《冯元成选集》，以论诗文为主。冯氏论文持"以文维世"之文道合一观，指出"文章之业，上者经天纬地以抒其性灵"。其于历代文章尤崇秦汉，然于时人学秦汉"剽词摹字"

及制艺"求惊人而不求服人,求媚世而不求维世"之弊颇多指摘。

《澹生堂藏书目》卷十四"诗文评·文式文评"著录《谈艺录》一卷,知时已有单行。《冯元成选集》存明万历刻本,藏国家图书馆,《四库禁毁书丛刊补编》据以影印。

70. 雨航杂录·评文一卷　冯时可撰

冯时可有《谈艺录》,已著录。

《雨航杂录》共二卷,为杂说笔记,上卷论诗文为主,品评历代文章,亦载文人轶事;下卷则多记物产、杂事。冯氏持论直承韩柳,强调"以文维世",反对浮靡文风,称赏史迁之文与杜诗皆"深厚高远",指斥宋人文章"去古甚远,而不能经天下"。

有《宝颜堂秘笈》本,《丛书集成初编》据以排印,又有《四库全书》本等。

71. 玉堂日钞三卷(佚)　黄洪宪辑

黄洪宪,字懋忠,号葵阳。秀水(今属浙江)人。隆庆五年(1571)进士,授翰林院编修。参修《大明会典》,书成,升右春坊右庶子兼侍读。官至少詹事。著有《朝鲜国纪》等。传见崇祯《嘉兴县志》卷十四。

《玉堂日钞》,《四库全书总目》集部诗文评类存目著录,曰:"是编钞撮宋陈骙《文则》、李耆卿《文章精义》,明何良俊《论文》、王世贞《艺苑卮言》、吴讷《文章辨体》五家之言,共为一书。"今佚。

72. 举业要语不分卷　汪时跃辑

汪时跃(1547—1613?),字起潜,号震沧,休宁(今属安徽)

人。乾隆《江南通志》卷一百二十九"选举志"载其为万历四年（1576）举人。汪氏尝为詹淮辑《新刻重校性理集要》八卷（明末日新斋刻本）作补订。传见《休宁西门汪氏宗谱》。

书前有汪时跃序，自称常年事举子之业，以至"肱已三折，技且五穷"，然犹钻研揣摩，著是书以为举业之金针。书中选录诸如吴默、袁黄、陶望龄、邓以赞、冯梦祯、李廷机、茅坤等明代时文家之文论，于每则之下均附选文出处及所选各家之姓名、乡里、科第和职官等，体例颇善。其间又时录汪氏按语，略叙其论文志趣。据汪时跃按语所称，此书概分前后两部分，前部专论时文，后部则概述为文技艺，所谓"前集统论举业，此卷参以艺文"。

此书未见著录，今存明刻本，藏首都师范大学图书馆，《稀见明人文话二十种》据以整理。

73. 重订举业卮言二卷　武之望撰

武之望（1553—1629），字叔卿，号阳纡山人，临潼（今属陕西）人。万历十六年（1588）举乡试第一，次年中进士，授霍邱知县，调江都，擢吏部。寻主文选司，忤当路，改兵曹。归里，闭门讲学，远近争师事之。后仕至都察院右都御史兼兵部侍郎，总督陕西三边，卒于官。著有《举业卮言》、《济阴纲目》、《济阳纲目》等。传见乾隆《西安府志》卷三十四。

该著前有文翔凤《举业卮言序》、万历二十七年（1599）孟冬徐时进《刻武叔卿举业卮言引》。正文分内、外二篇，内篇分神、情、气、骨、质、品、才、识、理、意、词、格、机、势、调、法、趣、致、景、采二十章；外篇分读书、看书、涵养、造诣、法古、师范、铨次、释篇、释股、要语十章。内篇主文章理论，而外篇重写作实践，条分缕析，虽专为时文而设，实又通于古文。

《澹生堂藏书目》卷十四"诗文评·文式文评"著录，有明万历二十七年(1599)刻本,藏吉林大学图书馆、美国普林斯顿大学东亚图书馆,又有李元春辑《青照堂丛书》本。

74. 新刻官板举业卮言五卷　武之望撰,陆翀之辑

武之望有《重订举业卮言》,已著录。

陆翀之,字希有,生平事迹不详,尝删定《新刻顾会元注释古今捷学举业天衢》(万历二十七年万卷楼周曰校刻本),又辑《皇明馆课经世宏辞续集》(万历二十一年周曰校刻本)。

该著由两部分组成,卷一为武之望所撰,卷二至卷五为陆翀之所辑前人论文语,当陆氏合辑而成。前部所收,与已著录武氏《重订举业卮言》二卷略有出入,其内篇二十章条目同,外篇十章条目改订作涵养、造诣、师法、拟古、读书、统论、支论、泛论八目。后部所辑,卷二为"会元衣钵",收录吴默、邓以赞、孙鑛等历科会元论文语;卷三为"太史真谛",收录董其昌、沈位、郭正域等当朝文臣论文语;卷四为"名公谈艺",收录黄汝亨、王衡、袁黄等文坛名家论文语;卷五为"先贤文旨",收录韩愈、柳宗元、欧阳修等前人论文语,并集古文旨十三条、古今名言三十余条。

有明万历二十七年(1599)绣谷周氏万卷楼刻本,国家图书馆、上海图书馆等藏,《稀见明人文话二十种》据以整理。

75. 墨卿谈乘·文诗一卷　张懋修撰

张懋修(1555—1634),字子枢,一字斗枢,江陵(今属湖北)人,张居正第三子。万历八年(1580)状元及第,授修撰。张居正去世,懋修遭削籍戍边。昭雪后,搜集编纂《张文忠公全集》,另有《墨卿谈乘》、《太史诗略》。传见光绪《荆州府志》卷五十四。

《墨卿谈乘》为张懋修所撰笔记,分天地、经书、史集、人物、

议论、禅玄、文诗、杂俎、字画、器物、草木、虫鱼等目,多抄辑而成。卷七"文诗"则记述诗、文杂论,凡五十八则,多引前人论说。

《墨卿谈乘》有明刻本,《四库未收书辑刊》据以影印。

76. 董思白论文宗旨一卷　董其昌撰,赵维烈辑评

董其昌(1556—1637),字玄宰,号思白,华亭(今上海松江)人。万历十七年(1589)进士,授编修。出为湖广副使,累迁南京礼部尚书。致仕卒,谥文敏。书画冠绝一时。著有《容台集》、《画禅室随笔》等。传见《明史》卷二百八十八。

赵维烈,字承哉,上海人。清康熙间在世,有《兰舫词》一卷。传见王昶《国朝词综》卷十二。

该著与《举业蓓蕾》一卷,原并被录置赵维烈辑《重订董思白先生传稿》之首,作为董氏制艺论著,今《传稿》已不传。《论文宗旨》又名《九字诀》,即将时文技艺归结为宾、转、反、斡、代、翻、脱、擒、离九字法,如卷首董氏题引自述"余准华严字母,一字为一势,稍证从前窗稿及程式墨卷",所论多从禅理化出,又引程墨为据,以授行文之巧要。

该著与《举业蓓蕾》合刊单行者,有清康熙二十年(1681)吴郡圣业堂书坊刻本,藏上海图书馆。按此本脱第八页,致使"代"字一诀缺失。明陆翀之辑《新刻官板举业卮言》卷三"太史真谛"、清李延昰《南吴旧话录》卷四"才笔"尽收此文,得以保留全貌。

77. 举业蓓蕾一卷　董其昌撰,赵维烈辑评

董其昌有《论文宗旨》,已著录。

《举业蓓蕾》为初学者讲授作文之学养进阶,凡"洗心是无上

丹头"、"看书是大半功夫"、"记诵是写小过渡"、"作笔是自己受用"四章,阐发存性养心、涵咏经史之要诀。

该著与《论文宗旨》合刊,有清康熙二十年(1681)吴郡圣业堂书坊刻本,藏上海图书馆。

78. 画禅室随笔·评文一卷　董其昌撰

董其昌有《论文宗旨》,已著录。

本文内容原见于《画禅室随笔》卷三"评文",共十五则,论述时文作法。《画禅室随笔》四卷为清初杨补所辑,是卷《评文》即多据《论文宗旨》、《举业蓓蕾》二书删改而成。

《画禅室随笔》有清康熙十七年(1678)汪汝禄刊本、康熙五十九年(1720)长洲杨氏刊本、乾隆三十三年(1768)董氏五孙绍敏校刊本,又有《四库全书》本等。《历代文话》据乾隆本整理。

79. 艺圃伧谈·谈文一卷　郝敬撰

郝敬(1558—1639),字仲舆,号楚望,京山(今属湖北)人。万历十七(1589)进士,历知缙云、永嘉二县,累迁至户科给事中。后谪知江阴县。著有《小山草》、《谈经》、《艺圃伧谈》等。传见《明史》卷二百八十八。

郝氏著有《艺圃伧谈》四卷,卷一为"古诗",卷二为"辞赋"、"乐府",卷三为"唐体诗",此三卷皆谈诗,卷四为"杂文"、"闲燕语",则专谈文。论文主于平易,指出六经文字,妇孺可晓,故能垂世。论古文辞则谓六经以降,"韩、苏二子生千载后,起而鼎新",力反"尊秦汉而薄唐宋"之见。

《艺圃伧谈》有明末郝洪范刊《山草堂集》本,藏国家图书馆,周维德《全明诗话》已收。

80. 弹雅·论文—卷 赵宧光撰

赵宧光(1559—1625),字凡夫,太仓(今属江苏)人。隐居寒山,潜心著述,尤精于书法、字学。著有《寒山蔓草》、《说文长笺》等。传见明朱谋垔《书史会要续编》、康熙《吴县志》卷六十。

赵氏著有诗话著作《弹雅》,有十六卷本,其卷八"论文六"则专论古文及其修辞,赵氏自言:"论文者,诗法之余,诗亦文也,偶一及之。"

《弹雅》有明天启二年(1622)刻本,藏山东大学图书馆、首都图书馆。

81. 说类·论文—卷 叶向高辑

叶向高(1559—1627),字进卿,号台山,福清(今属福建)人。万历十一年(1583)进士,选庶吉士,授编修。万历三十五年(1607),拜礼部尚书兼东阁大学士。历神宗、光宗、熹宗三朝,两入中枢,累官至内阁首辅。著述甚富,有《玉堂纲鉴》、《四夷考》、《纶扉奏草》、《苍霞草》、《苍霞续草》等,又编有《说类》(林茂槐增删之)。传见《明史》卷二百四十。

《说类》六十二卷,皆采摭唐宋说部之文,其卷十八"文事部"之四专辑前人论文之语。该卷分文体、文诀、文辞、文才、文为笔、文愈疾、文有神功、破题、题跋、俳谐文、窜文夙憾十一题,分别辑自《清波杂志》、《老学庵笔记》、《西京杂记》、《唐摭言》、《归田录》、《渑水燕谈录》、《独异志》、《云麓漫抄》、《墨庄漫录》、《避暑录话》、《云溪友议》等著。

有明刻本,藏中国科学院图书馆等,《四库全书存目丛书》据以影印。

82. 问奇类林·文学二卷　郭良翰辑

　　郭良翰,字道宪,莆田(今属福建)人。父应聘,字君宾,嘉靖二十九年(1550)进士,历官至兵部右侍郎兼右佥都御史。万历中,良翰以荫官太仆寺寺丞。有《孙武子会解》、《周礼古本订注》等。

　　良翰辑有类书《问奇类林》三十五卷,搜集古今轶事,自序称"事各分门,门各比类,类各为节"。卷十六至十八为"文学"门,其中卷十六"文学上"、卷十七"文学中"多评古今文人、文章,亦兼及诗、赋。此二卷搜罗广泛,兼采古今,如"文学中"即收录王世贞《文章九命》。卷十八"文学下"则专论诗歌。

　　有明万历三十七年(1609)黄吉士等刻增修本,《四库未收书辑刊》据以影印。

83. 雅林指玄(佚)　舒用中编

　　舒用中,字舜卿,号少轩,衢州(今属浙江)人。万历间在世,以刊书为业,有天香书屋。尝刊《重刻增改标题音注历朝捷录大成》(万历十二年)、《风教云笺》前后卷(万历十三年)、《校刻历朝捷录百家评林》(万历十六年)等。

　　《雅林指玄》,民国《衢县志》卷十五"艺文志下"著录,列于"文评选"类。据著录,此书前有袁黄万历十二年(1584)序,后有舒用中跋,称购得茅坤论文数篇,"自班马以至唐宋,期间根柢理道,有切于论文者,悉取而录之,名曰《指玄》。篇篇大雅,字字玄邃,似又为艺林之绳尺矣。"

84. 新刻诗文要式一卷　胡文焕校刊

胡文焕，字德甫，号全庵、抱琴居士等，仁和（今浙江杭州）人。监生。万历间构文会堂藏书，又设书肆，以刊书为事。著有《文会堂琴谱》、《古器具名》、《胡氏粹编》、《诗学汇选》、《文会堂诗韵》、《文会堂词韵》等。

是著丁申《武林藏书录》卷中"文会堂"条、《四库全书总目》子部艺术类存目"《文会堂琴谱》六卷"条均著录。收入《格致丛书》，未署撰者，卷首题下署"钱塘胡文焕德甫校"，其内容与曾鼎《文式》卷一相同，后者系抄录赵㧑谦《学范》而来，二书均保留赵氏按语。

今存明万历胡文焕刻《格致丛书》本，《稀见明人文话二十种》据以整理。

85. 新锲诸名家前后场肄业精诀四卷　李叔元辑

李叔元，字端和，一字赞宇，号鹿巢，晋江（今属福建）人。万历二十年（1592）进士，授刑部主事，擢礼部仪制员外郎，历官至湖广左布政司。后因力争冤案，罢归。崇祯初，起光禄寺卿兼太仆衔，旋归卒，享年七十四。著有《四书说》、《春秋传稿》等。传见李清馥《闽中理学渊源考》卷六十八、道光《晋江县志》卷三十八。

是书凡四卷，各标以元、亨、利、贞，书后有"万历甲辰岁桂月，存德堂陈耀吾梓"牌记。元、亨二部述作文要法，元部首以文章总论、文有三造、文有五得等概述文章体要，次依文章体式，由首至尾，分述破题、承题、起讲及至小束、大结之作法大要；亨部论各题作法，悉举长题式、搭截题式、首尾相应题式等各样题式，援以范文,详加阐析,后录茅鹿门《举业要语》、沈虹台《论文要语》、袁了凡《心鹄》等明人论文语。利部首为"分类摘题偶联",罗列甚广,以资造语构句之参考,次举养神、炼格、自得之行文三要,又列王阳明、茅鹿门等诸家之举业评语。贞部分述作论、诏、诰、表、判等诸体要诀,末附"王凤洲先生诗教"。

有明万历三十二年(1604)建邑书林陈氏存德堂刊本,藏台湾"国家图书馆",《稀见明人文话二十种》据以整理。

86. 论学须知一卷　庄元臣撰

庄元臣(1560—1609),字忠甫,吴江(今属江苏)人,万历三十二年(1604)进士,授中书舍人。三十六年(1608)吴中水灾,以救荒条上陈当事。后北上,卒济宁舟中。喜谈经济,究心文章,尝为《文论》十篇。著有《叔苴子》、《四书参觉符》、《三才考略》、《凤阁草》等。传见潘柽章《松陵文献》卷九。

该著见收于《庄忠甫杂著》,以"论文家四要诀"为主体,分述作文立意、章法、句法、字法四方面精义。庄氏持论,文求"独至","皆本乎自然而发乎不得已",故推尚眉山父子之文,"论苏文当熟"誉苏氏之法渊源《孟子》而能不袭其体制。

《庄忠甫杂著》,存清初永言斋钞本,藏国家图书馆,《历代文话》据以整理。

87. 行文须知一卷　庄元臣撰

庄元臣有《论学须知》,已著录。

《行文须知》亦见收于《庄忠甫杂著》,乃以明代程文墨卷为例证,专论时文技法。庄氏以房屋架构为喻,举述作文"格、意、调、词"四要素及其相互关系;又以近科程墨为据,分论破题、承题、起讲、提头、虚股、中股、末二股等节目,并总结程文所具"平淡、精神、圆融"三妙,以为模式。

《庄忠甫杂著》,存清初永言斋抄本,藏国家图书馆,《历代文话》据以整理。

88. 文诀一卷　庄元臣撰

庄元臣有《论学须知》,已著录。

《文诀》亦见收于《庄忠甫杂著》,属漫笔杂记,共计五十六则,虽不成系统,然不乏见解。如谓作文当身处文章习气之外,得之无心自妙;所重在涵养,贵于"积其识"、"养其气","须其含意怀情,郁积而发",反对刻板模拟,刻意成文。

《庄忠甫杂著》,存清初永言斋抄本,藏国家图书馆,《历代文话》据以整理。

89. 谈艺一卷　钱时俊、钱文光辑

钱时俊,字用章,号仍峰,常熟(今属江苏)人。万历三十二年(1604)进士,官湖广按察副使。著有《春秋胡传翼》三十卷。

钱文光(?—1626后),字纯中,常熟(今属江苏)人。少与缪昌期(1562—1626)同砚席,博闻强记,长于作文,为诸生垂五十余年,数奇不售。后昌期死于阉祸,文光闻讯悲愤,病风而卒。传见康熙《常熟县志》卷二十"文苑"。

《谈艺》一卷,附刊于钱时俊、钱文光编《皇明会元文选》。首为"冯吴二会元谈艺",摘录冯梦祯、吴默之论制艺之语,后为"摘录诸家谈艺",汇辑茅坤、宗臣、沈位、袁黄、范应宾、王衡等人论说。

《皇明会元文选》有明万历刻本,藏北京大学图书馆,《稀见

明人文话二十种》据以整理。

90. 古今文评一卷　王守谦撰

王守谦(1562前—?),字道光,号凤竹,灵璧(今属安徽)人。以岁贡授和州训导,升清河教谕。崇祯十四年(1641),流寇攻城,守谦年逾八十,犹率子孙登城瞭守,并随笔纪事。著有《小隐窝爽言》、《唤世编》等。传见乾隆《灵璧县志》卷三。

《文评》原见收于王氏《小隐窝爽言》。《古今文评》一卷,为和刻本,据该本附日本平君舒所作跋,盖《爽言》传入日本,《文评》则被辑出单行。此为述评历代文章之文字,起先秦,迄于明代,尤详本朝。其持论推崇韩愈、苏轼之文,力反七子一派“文必秦汉”说,以为“文章之气格,因乎世代,不能不异者也;文章之精粹,本乎性灵,不能不同者也”。

《小隐窝爽言》二卷,有明崇祯刻本,藏南京图书馆、安徽省图书馆。《古今文评》有日本享保十三年(1728)京都奎文馆刻本,《历代文话》据和刻本整理。

91. 学艺初言一卷　王衡撰

王衡(1562—1609)字辰玉,号缑山,太仓(今属江苏)人,万历十六年(1588)举乡试第一,二十九年(1601)进士,授编修。传见《明史》卷二百十八。

《学艺初言》未见著录,武之望《重订举业卮言》卷下谓:“先辈如茅鹿门、沈虹台诸先生俱有论文要诀。后来袁了凡《举业彀率》、正续《文规》,更著其详。近日董玄宰《华严九字诀》、焦漪园《文家十九种》、王缑山《学艺初言》、葛屺瞻《文体八议》、顾仲恭《时义三十戒》,凿凿名言,各极要渺之致,而其余诸名家亦时有一二精微之论。"今见附刊于《缑山先生集》卷二十一,凡十五条。王衡论时文,注重炼格,并称王鏊之后唯唐顺之最为清贵。至于"正文体"之说,王衡强调须以真精神实唱而徐导之意,所谓"文无奇正,总之有一段真精神识见则善矣",可概见其文章学之主张。

《缑山先生集》有明万历刻本,《四库全书存目丛书》据以影印。

92. 文字法_{三十五则}　李腾芳撰

李腾芳(1564—1632),字子实,号湘洲,湘潭(今属湖南)人。万历二十年(1592)进士,改庶吉士,授检讨知制诰,累官礼部尚书。崇祯五年(1632)卒于官,赠太子少保,谥文庄。有《李湘洲集》等。传见《明史》卷二百十六。

《文字法三十五则》见收于李腾芳《李文庄公全集》卷九《山居杂著》,分条历述意、格、句、字、抢、进住、贴等三十五种作文法,从立意、格局之大至具体笔法之细,靡不阑入,语多精简,间以例证。

《李文庄公全集》,有清光绪二年(1876)湘潭李氏刻本。《历代文话》据以整理。

93. 读书谱_{四卷}　汤宾尹编撰,周清原辑

汤宾尹(1567—1628后)字嘉宾,号霍林,宣城(今属安徽)人。万历二十三年(1595)进士第二,授翰林院编修。历中允、谕德,迁南京国子监祭酒。以党争罢归。崇祯初年,朝臣荐之起复,未及而卒。著有《睡庵集》等。传见朱彝尊《静志居诗话》卷十六。

周清原,字浣初,一字雅楫,号且朴、蝶周,武进(今属江苏)人。康熙十八年(1679)举博学鸿词,授翰林院检讨,历官浙江提学使、工部侍郎。有《浣初词》。传见清秦瀛《己未词科录》卷二。

《澹生堂藏书目》卷十四"诗文评·文式文评"著录汤宾尹《读书谱》五卷,今存周清原辑《借绿轩删订汤霍林先生读书谱》四卷。前有康熙二十八年(1689)周氏序,谓"因霍林旧本芟繁就约,间增采先辈格言,别为四卷",后录《陶石篑先生原序》。是编"论举业之法甚备",卷一录王鏊、王阳明、唐顺之等十六家文论二十三篇,卷二录顾宪成、萧良有、李九我等十八家文论三十五篇,卷三录王衡、李鼎、武之望等六家文论十四篇,卷四录顾大韶、汤宾尹、茅坤等四家文论六篇并附诸名家文论。

有清康熙二十八年(1689)借绿轩刻本,藏首都图书馆。

94. 汤霍林先生袞选大方家谈文一卷　题汤宾尹编撰

汤宾尹有《读书谱》,已著录。

该著前有万历三十四年(1606)陶望龄序,即《借绿轩删订汤霍林先生读书谱》卷首《陶石篑先生原序》。正文录明人论文语凡五十余则,与《读书谱》重出,盖系抄录《读书谱》而成。

该著又名《谈文袞选》,今存明万历三十四年(1606)尺波山房钞本,藏浙江大学图书馆,《稀见明人文话二十种》据以整理。

95. 汤睡庵太史论定一见能文四卷　汤宾尹编撰

汤宾尹有《读书谱》,已著录。

是著前有崇祯元年(1628)汤宾尹序。书凡四卷,卷一首为"初学论文正印",乃"总集诸名家论文真诀"以示作文绳尺;次为"操觚字法",分述"之、乎、者、也、矣、焉、哉"等语助词之用法;复次为"文忌",则为时文烂俗用语之汇摘。卷二为"初学字句文式",萃集时辈之精工字句,类同李叔元《新锲诸名家前后场肄业精诀》卷三之"分类摘题偶联"。卷三、卷四为"初学作文式"、"各题入门文式",备论时文法度。

有明崇祯刊本,藏日本前田尊经阁文库。又有清节抄本一卷,题"汤睡庵太史论定一见能文",仅抄录四卷本卷一之"初学论文正印"部分,藏上海图书馆。另有江户写本一卷,据崇祯刊本抄录其卷一,藏日本内阁文库。《稀见明人文话二十种》据明崇祯刊本整理。

96. 尧山堂偶隽七卷　蒋一葵编

蒋一葵,字仲舒,号石原,武进(今属江苏)人。万历二十二年(1594)举人,历任灵川知县、京师西城指挥使,官至南京刑部主事。著有《尧山堂外纪》、《尧山堂偶隽》、《长安客话》等。

是著《四库全书总目》诗文评类存目著录,谓"盖王铚《四六话》之类"。书凡七卷,辑录前人制诰、笺表、赋序、启札中之比偶佳句及应对俳语,卷一为"六朝",卷二、卷三为"唐"(五代附载),卷四至卷七为"宋"(元附载)。

有明刻本,藏国家图书馆,《四库全书存目丛书补编》据以影印,又有《碧琳琅馆丛书》本、《芋园丛书》本。另有明木石居刻本,题"木石居精校八朝偶隽",下署"吴兴茅元铭鼎叔父重订",藏国家图书馆,《续修四库全书》据以影印。

97. 小技臆谈一卷(佚)　胡来朝撰

胡来朝,字光陆,真定(今河北正定)人。万历二十六年(1598)进士。万历四十六年(1618)升右佥都御史,巡抚大同。

传见明吕维祺《四译馆增订馆则》卷六"提督少卿"。

该著《澹生堂藏书目》卷十四"诗文评·文式文评"著录，今佚。

98. 文字药一卷　叶秉敬撰

叶秉敬，字敬君，号寅阳，衢州（今属浙江）人。万历二十九年（1601）进士，历官至荆西道布政使参议。寻移南瑞，未行而卒。著述宏富，凡四十余种，有《字变》、《荆关丛语》、《书肆说铃》、《庄子膏肓》、《赋集》、《诗言志》等。传见雍正《浙江通志》卷一百七十七。

该著前有万历三十八年（1610）叶秉敬自序，谓："文字之为药也的矣，一部十三经、二十一史、《道德》五千言、大藏五千四百八十卷，何非文字，何非药耶？"欲以文字为药疗世人诸病，如治"骨董病"则斥时人"尤可异者，文必秦汉，诗必盛唐"，"自己心口置之不用，自己手笔遣之他方"，而以禅语"丈夫自有冲霄志，不向如来行处行"为药；治读书作文之"浑仑吞枣病"，则以夫子"三月不知肉味"为药。所论多寓太史公"谈言微中"之意。

该著《澹生堂藏书目》卷十四"诗文评·文式文评"、雍正《浙江通志》卷二百五十二"经籍·诗文评类"著录，收于明闵元衢编《闵刻》本，今存明万历间吴兴闵元衢刻本，藏宁波天一阁，《稀见明人文话二十种》据以整理。

99. 文评一卷（佚）　叶秉敬撰

叶秉敬有《文字药》一卷，已著录。

该著雍正《浙江通志》卷二百五十二"经籍·诗文评类"著录，亦见天启《衢州府志》卷十二"艺文志"，今佚。

100. 重校刻艺林古今文法碎玉集二卷　徐耒撰

徐耒,字凤仪,号钟陵子,豫章(今江西南昌)人,明万历间在世。

该著卷前有万历二十三年(1595)作者自序,上海顾成宪序,宝坻同知张兆元跋,知徐氏尝授学于宝坻县育英堂,乃编撰此书。卷首有"古今文法凡例",分二十三目,为全书纲要,自"文法有所自始者"至"文法有各体样者"皆抄录自陈骙《文则》,略作调整删改。"文法有章法杂抄"和"文法有学古杂抄"则分别摘录《檀弓》以下诸大家及洪、永、成、正以后诸名家之字句篇章,以为作文示范。张兆元跋将此书与袁黄《心鹄》并称,然《心鹄》重在制义,而该著则通举古今文法。

有明万历二十三年(1595)刻本,藏上海图书馆,《稀见明人文话二十种》据以整理。

101. 文坛列俎评文一卷　汪廷讷撰

汪廷讷(约 1569—1628 后),字昌朝,号无如,别署坐隐先生,新都(今属安徽)人。应乡试不中,捐资谒选,官至宁波府同知。工诗赋,喜度曲,著有《坐隐先生全集》等。传见顾起元《坐隐先生传》(《坐隐先生精订捷径奕谱》卷首)、董其昌《汪廷讷传》(《曲海总目提要》卷十《天函记》)等。

汪氏编有《文坛列俎》十卷,所录文章上自周秦,下迄明代,自"经翼"以逮"诗概"凡十类,每卷均冠以序说,略述编选旨趣及文体流变。

该著有明万历三十三年(1605)环翠堂刊本,藏北京大学图书馆,《历代文话》辑录每卷序说别为一卷。

102. 从先文诀内篇一卷外篇一卷　　刘元珍辑

　　刘元珍(1571—1621),字伯先,号东林居士,无锡(今属江苏)人。万历三十二年(1595)进士。授南京礼部主事,升郎中。后以论劾大学士沈一贯罢官归乡,与高攀龙讲学东林。光宗即位,起光禄寺少卿,未几卒。有《东林志》、《依庸絮语》、《湖畔逸农遗稿》等。传见《明史》卷二百三十一。

　　该著卷前有万历四十二年(1614)刘氏自序,称遍搜名家诸论,"纂举其要,为《从先文诀》十有二则,而篇以内外分焉。内剖微旨而启灵心,外指通衢而便发轫"。内篇分养心、贵识、认脉、活机、养气、布势六类,"抉窍寻源",主于说理;外篇分总式、立格、锻炼、摹古、知新、利钝六类,"据墨引绳",主于谈法。全书共辑录王鏊、唐顺之、袁黄、茅坤等二十余位名家论文语,间附作者按语。

　　有明万历四十二年(1614)序刻本,藏清华大学图书馆,《稀见明人文话二十种》据以整理。

103. 如面谭二集·文学门一卷　　题钟惺辑

　　钟惺(1574—1625),字敬伯,号退谷,竟陵(今湖北天门)人。万历三十八年(1610)进士,授行人,历官至福建提学佥事。以诗名,另立深幽孤峭之宗,与同里谭元春评选《古唐诗归》,派益盛行,时谓之"竟陵体"。著有《史怀》、《隐秀轩集》等。传见《明史》卷二百八十八。

　　《如面谭二集》十八卷,为应用尺牍选集,署钟惺纂辑,当明末书坊伪托。其编纂体例为"识其门类而分别之",共分十八门。此卷"文学门",所辑以论文为主,兼收论诗、论学语。

《如面谭二集》有明刻本,藏中山大学图书馆、南开大学图书馆,《四库禁毁书丛刊补编》据以影印。

104. 杨升庵先生批点文心雕龙十卷　刘勰撰,梅庆生音注

刘勰(约 465—约 532),字彦和,东莞莒县(今属山东)人。世居京口(今江苏镇江)。起家奉朝请,历任临川王宏引兼记室,车骑仓曹参军等职。著有《文心雕龙》。传见《梁书》卷五十。

梅庆生,字子庚,江西建昌人。太学生。从曹学佺游。谢兆申自徐𤊙处得刘勰该著之杨慎批点本,取他刻数种校正。庆生复汇集诸家校本,"乃肆为订补音注"(谢兆申《刻批点〈文心雕龙〉跋》),初刊于万历三十七年(1609)。初刊本前有顾起元序、《梁书》刘勰本传、凡例八则及校雠姓氏。梅氏后又校勘增补,于天启二年(1622)刊第六次校定本,此本书末有谢兆申跋,后附梅庆生识略曰:"此谢耳伯己酉年初刻……距今一十四载,予复改补七百余字。"

《澹生堂藏书目》卷十四"诗文评·文式文评"著录《文心雕龙》八卷,杨慎批点","《文心雕龙注释》十卷,梅庆生注"。《千顷堂书目》卷三十二"文史类"著录"梅庆生《注释文心雕龙》十卷(南城人,太学生)"。

今有万历三十七年(1609)初刊本,藏复旦大学图书馆、上海图书馆等。又有天启二年(1622)第六次校定重修本,藏复旦大学图书馆。

105. 时义三十戒一卷　顾大韶撰

顾大韶(1576—?),字仲恭,常熟(今属江苏)人,老于诸生。

与其兄顾大章为孪生子,大章(1576—1625),字伯钦,万历三十五年(1607)进士。大韶通经史百家及内典,于《诗》、《礼》、《仪礼》、《周官》多所发明。有《炳烛斋随笔》。生平事迹见《明史》卷二百四十四《顾大章传》附、钱谦益《牧斋初学集》卷七十二《顾仲恭传》。

《时义三十戒》未见书目著录,武之望《重订举业卮言》卷下谓:"先辈如茅鹿门、沈虹台诸先生俱有论文要诀。后来袁了凡《举业毂率》、正续《文规》,更著其详。近日董玄宰《华严九字诀》、焦漪园《文家十九种》、王缑山《学艺初言》、葛屺瞻《文体八议》、顾仲恭《时义三十戒》,凿凿名言,各极要渺之致,而其余诸名家亦时有一二精微之论。"今见收于袁黄《游艺塾续文规》卷九"顾仲恭论文"。前有引,略曰:"余潜心斯业约有数载,遍阅诸名公之作,非不妙析奇致,异锦同工,其能一臻正度,粹然无瑕者,盖亦鲜矣。揆厥所蔽,源流实繁,或滥觞于先哲,或创见于流辈,乃至充塞,惜莫之惩。遂令承学之士,濡染成风,沉沦恶道,不能自脱。予是用悯焉,观览之暇,辄复论辨,先其易者,后其□□,即目为'时艺三十戒',置之作隅,用以自儆。"后又有顾大韶识语:"或问时义雅俗之辨者,率尔草此以答之,其言不文,复不逊,观者当自谅之意也。癸卯季春顾大韶识。"则此书当成于万历三十一年(1603)。所谓"三十戒"者,分别为"悖"、"死"、"误"、"野"、"排"、"复"、"杂"、"混"、"掇"、"肥"、"叠"、"肤"、"饰"、"影"、"套"、"帮"、"乱"、"纽"、"弄"、"缪"、"禅"、"借"、"丑"、"俚"、"痴"、"效"、"衍"、"枯"、"促"、"易",为时文写作当戒之者。如"悖"者,即指作时义有悖于经典之旨,所谓不悖,则"傍理而说,据意而书"。

《游艺塾续文规》有明刻本,藏国家图书馆,《续修四库全书》据以影印。安徽省图书馆藏有残本,日本内阁文库藏别一明刊本。

106. 王季重时文叙一卷　王思任撰

　　王思任(1576—1646),字季重,号遂东、会稽外史,山阴(今浙江绍兴)人。万历二十三年(1595)进士,授兴平知县。崇祯间官江西按察司佥事。南明鲁王时,官至礼部右侍郎,进尚书。入清,绝食而死。有《王季重集》等。传见邵廷采《思复堂文集》卷二《明侍郎遂东王公传》。

　　该著汇辑王氏叙时文文字,凡五十八篇,精于评议,多涉作法技巧,亦有兼及古文论者。

　　《王季重时文叙》一卷,有明末刻本,藏中国科学院图书馆。亦见收于《王季重先生集》九种,存明末清辉阁刊本,藏国家图书馆等。又见收于《王季重先生文集》十三种,有明崇祯间刻本,藏上海图书馆等。另有台湾伟文图书出版社有限公司影印《王季重杂著》本。

107. 流翠山房辑选八大家论文要诀八卷　汪应鼎辑

　　汪应鼎,字汝新,号紫云居士,新安(今属安徽)人。生平不详。汪氏另尝刊汪元英辑《百梅一韵》四卷。

　　是书辑选明人赵南星、袁黄、董其昌、吴默、赵之翰、汤宾尹、黄汝亨、王衡八家之论文要语,后附三年逐月逐日课程图说,书后又有万历四十三年(1615)汪应鼎识,盖其时汪氏授学于流翠山房,乃辑是编以习文士子。

　　该著存明万历刻本,藏南京图书馆,《稀见明人文话二十种》据以整理。

108. 文章缘起注一卷　题(梁)任昉撰,陈懋仁注

　　任昉(460—508),字彦升,乐安博昌(今山东寿光北)人。仕宋、齐、梁三代,梁天监中自秘书监出任新安太守。雅善属文,尤长载笔;时沈约擅诗,有"沈诗任笔"之称。明张溥辑有《任彦升集》。传见《梁书》卷十四。

　　陈懋仁,字无功,嘉兴(今属浙江)人。明万历至崇祯间在世,万历中任泉州府经历。著述颇富,凡二十余种,如《泉南杂志》、《年号韵编》等。其最见称于时者,即《文章缘起注》与《续文章缘起》。传见清盛枫辑《嘉禾征献录》卷四十六。

　　《文章缘起》一卷,旧题梁任昉撰。考《隋书·经籍志》载任昉《文章始》一卷,注曰"亡"。《旧唐书·经籍志》、《新唐书·艺文志》并载任昉《文章始》一卷,注曰"张绩补"。宋以来称为《文章缘起》,见收于章如愚编《山堂考索》前集卷二十一"文章缘起类"、陈元靓编《事林广记》后集卷七"辞章类"。该著为文体论专书,著录秦汉以来循六经文体所创变八十五类文体(今本少一"艺"类),录其始篇,辨其源流。然语焉不详,又不免疏漏,故陈懋仁为之作注,征引相关论说、史料予以补证。后清人方熊继之作补注。

　　是书见收于《陈懋仁杂著》,存明崇祯间刻本,藏南京图书馆;另有《学海类编》本,《丛书集成初编》据以排印,《历代文话》据以整理。

109. 续文章缘起一卷　陈懋仁撰

　　陈懋仁有《文章缘起注》,已著录。

　　此书继《文章缘起注》而出,陈氏以所传《文章缘起》略而未

备,于该著已有八十四类文体外,更搜得六十五类,予以续补,体例亦仍之。

是书亦见收于明崇祯间刻《陈懋仁杂著》,藏南京图书馆;又有《学海类编》本,《丛书集成初编》据以排印,《历代文话》据以整理。

110. 文通三十卷闰一卷　朱荃宰撰

朱荃宰(?—1643),字咸一,号白石山人,黄冈人。崇祯十二年(1639)乡试中式,任武康知县,卒于官。著有《周易内外图说》、《礼记会通》、《毛诗类考》、《文通》、《诗通》、《乐通》、《词通》、《曲通》等。传见乾隆《黄州府志》卷十一。

据该著卷前焦竑《引》,《文通》大抵作成于万历四十七年(1619)间。朱荃宰自序称编有文、诗、乐、词、曲五通,"文则经史子集,篇章字句,假取援喻,条分缕析,而殿以统说"。全书即撺拾《文心雕龙》、《史通》及明人论文成说汇而成编,其所谓"殿以统说"者,乃末附闰一卷《诠梦》,仿刘勰《文心雕龙·序志》,述"起始究变,砭病会通"之旨。

该著《千顷堂书目》卷三十二"文史类"著录,作"二十卷",今存《文通》三十卷闰一卷,有明天启六年(1626)黄冈朱氏金陵刊本,藏国家图书馆、上海图书馆等。《历代文话》据以整理。

111. 举业素语一卷　陈龙正撰

陈龙正(1585—1645),字惕龙,号几亭,嘉善(今属浙江)人。崇祯七年(1634)进士,授中书舍人。十五年(1642),思宗下罪己诏,龙正呈生财、垦荒诸疏,被以"伪学"诋之,辞官归。明亡,杜门著书,未几卒。著有《朱子经说》、《政书》、《几亭集》、《几亭再集》等。传见《明史》卷二百五十八。

该著见收于陈氏《几亭外书》卷七,分四目计六十三条,分别为"用功"二十一条、"为文"二十三条、"遇合"六条、"观文"十三条,以授弟子场屋得隽之法。末附会元评例三条。

《几亭外书》有明崇祯间刻本。清孙福清曾校刻《几亭外书》二卷,收于《檇李遗书》,有清光绪四年(1878)孙氏望云仙馆刻本;《举业素语》见于此本卷一,然无明崇祯本所附"会元评例"。又陈氏《几亭全书》卷六十一《因述·举业述》,乃增删《举业素语》而成,有清康熙三年(1664)刻本。《历代文话》据《檇李遗书》本整理。

112. 澜堂夕话 一卷　张次仲撰

张次仲(1589—1676),字元岵,待轩其号,海宁(今属浙江)人。天启元年(1621)乡试中式。明亡,隐居著述,以经学名世。著有《周易玩辞困学记》、《待轩诗记》。传见黄宗羲《南雷文定前集》卷七《张元岵先生墓志铭》。

该著辑录张氏论诗文语,《昭代丛书》本杨复吉跋推测"盖先生少作"。论文为主,多有独得之见。如针对模拟,强调创意师时;文以"臭味"为贵,修辞、说理俱属第二事;文章未论妍媸,先辨真伪等。何伟然《夕话序》以"攖心语"相标榜。

见收于明何伟然编《广快书》,存明崇祯刻本;又有杨复吉辑《昭代丛书》庚集埤编本。《历代文话》据《广快书》本整理。

113. 艺活甲编 五卷(佚)　茅元仪撰

茅元仪(1594—1640),字止生,归安(今浙江吴兴)人。茅坤孙。有大志,好谈兵。崇祯初,以荐授翰林院待诏。寻参孙承宗军务,改授副总兵官,著有《西崦》、《又岘》诸集。传见《列朝诗集小传》丁集下。

是著《四库全书总目》诗文评类存目著录,谓:"此编皆评诗论文之语。当嘉靖中,元仪祖坤,与王世贞争明相轧。……元仪修先世之憾,故此书大旨主于排斥世贞。然世贞模拟之弊,虽可议者多。而元仪评论故人,又往往大言无当,所见实粗。"是书原有天启间刻本,入清奏毁,今未见。

114. 三元秘授六卷　　题张溥撰,张廷济续补

张溥(1602—1641),字天如,太仓(今属江苏)人。崇祯四年(1631)进士,选庶吉士。早年与同乡张采齐名,称"娄东二张"。后与郡中名士倡为复社,主张尊经复古,又以嗣东林自许。著有《春秋三书》、《历代史论》、《七录斋集》等。传见《明史》卷二百八十八。

张廷济,字叔未,嘉兴(今属浙江)人,张溥嗣孙。嘉庆三年(1798)解元,屡试礼闱不第,遂结庐隐居,以图书金石自娱。有《桂馨堂集》等。传见光绪《嘉兴府志》卷五十。

该著原为四卷,刊于明崇祯十五年(1642),卷首有题名张溥所作序文。后张廷济续补《鸳鸯绣谱》二卷,重刊于清嘉庆四年(1799)。全书备述读书作文之诀窍心法,盖专为士子事举业而作。

今存清光绪十五年(1889)善成堂重锓朱墨套印本、光绪二十五年(1899)新镌本。

115. 新刻张太史手授初学文式一卷　　题张溥撰,杨廷枢校

张溥有《三元秘授》,已著录。

杨廷枢(? —1647),字维斗,号复庵,吴县(今江苏苏州)人。崇祯三年(1630)乡试第一。复社巨子。明亡,隐居邓尉山中。清顺治四年(1647),为清兵所俘,不屈赴死。传见《明史》卷二百六十七。

此书为初学士子而作,其卷首曰:"取士首以八股,经生家父教子承,不啻家尸户祝矣。然求蒙之初,入门宜正,爰采先正论文要诀,汇成一篇以为学文者式。"其版式分上、下两层,下层计四十六则,先以破题式、承题式、起讲式等十一则述八股行文之法,次以单句题式、名理题式、实典题式等三十四则论各式题目写法,最后为看书式一则。上层首叙破题之法,次论语助词之用法,皆辅以实例。

该著未见著录,初附刊于《镌张太史家传四书印》,有明刻本,藏内阁文库。和刻本《新刻张太史手授初学文式》盖自《四书印》别出单行,有日本享保十六年(1731)刻本,藏内阁文库。《稀见明人文话二十种》据明刻本整理。

116. 王耕玄文诀(佚) 王耕玄撰

王耕玄,名未详。据张溥《七录斋诗文合集》诗稿卷一《送王耕玄谳狱江南》、马世奇《澹宁居诗集》卷中《送王比部耕玄谳狱江南》二首,则尝任刑部职。又《明诗平论二集》卷十六录有周之玙《贺王耕玄自西曹改除侍御》,知又由刑部改御史。

《文诀》,未见著录,张溥《七录斋诗文合集·近稿》卷四有《王耕玄文诀序》,谓:"时文之说密矣,复以法苦之,不几申、商乎? 虽然,苟无法焉,文益不治,是重困也。耕玄心侧焉,乃涉数则以教人,曰:'如是焉,斯可矣。'…… 于是耕玄遂梓以行也。……耕玄不教人以千言、百言,而教人以法,是简胜之术也。"据此可知该著为指导时文作法之书。

117. 艺苑闲评·评文一卷　支允坚撰

支允坚,字子固,号梅坡居士,嘉善(今属浙江)人。性笃孝。明季民解白粮繁重,允坚上书陈"北解十弊",当事用其言,为乡人所称颂。子孔愿,字功禹,康熙十四年(1675)恩贡生,官桐庐教谕。著有《异林》等。传见光绪《重修嘉善县志》卷二十一。

该著二卷,上卷评文、下卷评诗,见收于支氏《梅花渡异林》卷九、卷十。光绪《嘉兴府志》卷八十一"经籍二·集部·诗文评"著录"《艺苑闲评》二卷",则原为单行。评文一卷共六十则,汇集前人论说,品评诸家得失,皆随笔辑合而成。

《梅花渡异林》十卷,有明崇祯刻本,藏北京大学图书馆,《四库全书存目丛书》据以影印。

118. 翰海·文部一卷　沈佳胤辑

沈佳胤,号锡侯,自署漱芳居主人,陈继儒门人。

《翰海》共十二卷,卷前有崇祯三年(1630)陈继儒序。该著为分类纂辑之尺牍选集,其卷十"文部",以论文为主,兼论读书、书画。"论文"部分首列曹丕《典论》,后辑历代论文书,明人之作占其大半。

《翰海》有明末徐含灵刻本,藏北京师范大学图书馆,《四库禁毁书丛刊》据以影印。

119. 杜氏文谱三卷　杜浚撰

杜浚,字深伯,号逸休生,晋陵(今江苏常州)人。著有《杜氏四谱》等。

该著见收于《杜氏四谱》(凡十二卷,诗、文、书、画各三卷),各谱均多辑录古人成说。《文谱》卷一总论文体,首录陆机《文赋》,续以"文法"、"诗文体制",备述诗文各体之源流、特征。卷二"文式",专论作文技法,列培养、入境、抱题、立意、用事、造语、下字、取谕八目。卷三为古文评,首论"文有十妙十病";次述"文则",分别为看大概主张、文势规模、纲目关键、警策句法四则;以下"文评"则品评历代文章之优劣得失。

《澹生堂藏书目》卷十四"诗文评·文式文评"著录"《杜氏文谱》三卷",今存明刊补修《杜氏四谱》本,藏中国科学院图书馆。《历代文话》据以整理。

120. 书文式·文式二卷　左培撰

左培,字因生,宛陵(今安徽宣城)人。崇祯间在世。

该著见收于《书文式》(《书式》、《文式》各二卷),有章世纯、詹应鹏二序(《书式》有蒋莱序)。据《凡例》,两式之体例均"首列名公之论于前,而附诸法于后"。《文式》上卷"历科诸先生文语",辑录成化乙未科王鏊迄崇祯辛未科吴伟业、张溥、马世奇、陈泰来、钟震阳诸家论文语,凡六十七人语七十八则。下卷分八股窾言、长短窾言、大题总论、章法、篇法、股法、调法、句法、字法、元魁文品诸目,示左氏论时艺作法之大凡。

有日本享保三年(1718)京都刊本,《历代文话》据以整理。

121. 文话(佚)　李云辑

李云,生平不详。

《绛云楼书目》卷三"文说类"著录,今佚。

122. 修辞备用一卷(佚)　未题撰者

《千顷堂书目》卷三十二"文史类"著录。

123. 古文法则四卷(佚)　未题撰者

《千顷堂书目》卷三十二"文史类"著录，题无名氏作，明晁瑮《晁氏宝文堂书目》、明王道行《笠泽堂书目》亦著录。

124. 古文心诀一卷(佚)　未题撰者

《千顷堂书目》卷三十二"文史类"著录，题无名氏作，明王道行《笠泽堂书目》亦著录。

125. 论文心印一卷(佚)　未题撰者

《澹生堂藏书目》卷十四"诗文评·文式文评"著录。

126. 茅坤语助一卷(佚)　未题撰者

《澹生堂藏书目》卷十四"诗文评·文式文评"著录。

127. 文式录一卷(佚)　未题撰者

《澹生堂藏书目》卷十四"诗文评·文式文评"著录。见收于司马泰《广说郛》第二十卷，《千顷堂书目》卷十五著录。

128. 学文凡例(佚)　未题撰者

见收于司马泰《三续百川学海》己集,《千顷堂书目》卷十五著录。

129. 文法奥论(佚)　未题撰者

见收于司马泰《三续百川学海》己集,《千顷堂书目》卷十五著录。

主要参考文献

古人论著

孙诒让撰，陈玉霞点校《周礼正义》，中华书局 1987 年版。

王樵《尚书日记》，《景印文渊阁四库全书》第 64 册，台湾商务印书馆 1986 年版。

贺贻孙《诗触》，《续修四库全书》第 61 册，影印清咸丰敕书楼刻《水田居全集》本，上海古籍出版社 2002 年版。

宋濂等《元史》，中华书局 1976 年版。

张廷玉等《明史》，中华书局 1974 年版。

黄佐《翰林记》，《景印文渊阁四库全书》第 596 册，台湾商务印书馆 1986 年版。

申时行等修，赵用贤等纂《大明会典》，《续修四库全书》第 789—792 册，影印明万历内府刻本，上海古籍出版社 2002 年版。

雷礼辑《国朝列卿纪》，《续修四库全书》第 522—523 册，影印明万历徐鉴刻本，上海古籍出版社 2002 年版。

焦竑辑《国朝献征录》，《续修四库全书》第 525—531 册，影印明万历四十年（1612）徐象橒曼山馆刻本，上海古籍出版社 2002 年版。

钱谦益《列朝诗集小传》，上海古籍出版社 1983 年版。

黄宗羲著，沈芝盈点校《明儒学案》，中华书局 1985 年版。

潘柽章《松陵文献》，《四库禁毁书丛刊》史部第 7 册，清康熙三十二年(1693)潘耒刻本,北京出版社 2000 年版。

章学诚著,叶瑛校注《文史通义校注》,中华书局 1985 年版。

郑永禧纂《(民国)衢县志》,《中国地方志集成》浙江府县志辑第
　　56 册,影印民国铅印本,上海书店出版社 1993 年版。

戴肇辰、苏佩训修,史澄、李光廷纂《(光绪)广州府志》,《中国地
　　方志集成》广东府县志辑第 1—3 册,影印清光绪五年
　　(1879)刻本,上海书店出版社 2003 年版。

黄佐《南雍志》,《续修四库全书》第 749 册,影印民国二十年
　　(1931)江苏省立国学图书馆影印原本,上海古籍出版社
　　2002 年版。

章学诚《校雠通义》,《丛书集成初编》第 71 册,排印《粤雅堂丛
　　书》本。

晁公武《衢本郡斋读书志》,《宛委别藏》第 55 册,江苏古籍出版
　　社 1988 年版。

焦竑《国史经籍志》,《续修四库全书》第 916 册,影印明徐象橒刻
　　本,上海古籍出版社 2002 年版。

高儒《百川书志》,《明代书目题跋丛刊》下册,书目文献出版社
　　1994 年版。

周弘祖《古今书刻》,《明代书目题跋丛刊》下册,书目文献出版社
　　1994 年版。

晁瑮《晁氏宝文堂书目》,《明代书目题跋丛刊》上册,书目文献出
　　版社 1994 年版。

祁承爜《澹生堂藏书目》,《明代书目题跋丛刊》上册,书目文献出
　　版社 1994 年版。

徐𤊟《徐氏家藏书目》,《明代书目题跋丛刊》下册,书目文献出版
　　社 1994 年版。

王闻远《孝慈堂书目》,《丛书集成续编》第 68 册,排印《郋园全
　　书》本,上海书店出版社 1994 年版。

黄虞稷撰，瞿凤起、潘景郑整理《千顷堂书目》，上海古籍出版社2001年版。

陈揆《稽瑞楼书目》，《丛书集成初编》第39册，排印《滂喜斋丛书》本。

范邦甸《天一阁书目》，《续修四库全书》第920册，影印清嘉庆十三年(1808)扬州阮氏文选楼刻本，上海古籍出版社2002年版。

孙诒让《温州经籍志》，《续修四库全书》第918册，影印民国十年(1921)浙江公立图书馆刻本，上海古籍出版社2002年版。

丁丙《善本书室藏书志》，《续修四库全书》第927册，影印清光绪二十七年(1901)丁氏刻本，上海古籍出版社2002年版。

永瑢等《四库全书总目》，中华书局1965年版。

汪宝荣撰，陈仲夫点校《法言义疏》，中华书局1987年版。

季本《说理会编》，《续修四库全书》第939册，影印明刻本，上海古籍出版社2002年版。

黄佐《庸言》，《四库全书存目丛书》子部第9册，影印明嘉靖三十一年(1552)刻本，齐鲁书社1995年版。

黎翔凤撰，梁运华整理《管子校注》，中华书局2004年版。

旧题管辂撰，王伋等注，汪尚赟补注《管氏指蒙》，《续修四库全书》第1052册，影印明刻本，上海古籍出版社2002年版。

旧题杨筠松《撼龙经》，《景印文渊阁四库全书》第808册，台湾商务印书馆1986年版。

旧题杨筠松《葬法倒杖》，《景印文渊阁四库全书》第808册，台湾商务印书馆1986年版。

旧题何溥《灵城精义》，《景印文渊阁四库全书》第808册，台湾商务印书馆1986年版。

蔡元定《发微论》，《景印文渊阁四库全书》第808册，台湾商务印书馆 1986 年版。

吴元音《葬经笺注》,《续修四库全书》第 1054 册,影印清嘉庆十
　　一年(1806)刻《借月山房汇钞》本,上海古籍出版社 2002
　　年版。

金身佳《敦煌写本宅经葬书校注》,民族出版社 2007 年版。

徐善继、徐善述著,郑同编校《绘图地理人子须知》,《故宫藏本术
　　数丛刊》,华龄出版社 2011 年版。

李国木《地理大全》,《四库全书存目丛书》子部第 63 册,影印明
　　崇祯三多斋刻本,齐鲁书社 1997 年版。

王原祁《雨窗漫笔》,《续修四库全书》第 1066 册,影印清光绪刻
　　翠《琅玕馆丛书》本,上海古籍出版社 2002 年版。

黄晖《论衡校释》,中华书局 1990 年版。

颜之推撰,王利器集解《颜氏家训集解》,上海古籍出版社 1980
　　年版。

叶适《习学记言序目》,中华书局 1977 年版。

陆游撰,李剑雄、刘德权点校《老学庵笔记》,中华书局 1979
　　年版。

刘埙《隐居通议》,《景印文渊阁四库全书》第 866 册,台湾商务印
　　书馆 1986 年版。

镏绩《霏雪录》,《景印文渊阁四库全书》第 866 册,台湾商务印书
　　馆 1986 年版。

王鏊《震泽长语》,《丛书集成初编》第 222 册,排印《宝颜堂秘
　　笈》本。

何良俊《四友斋丛说》,《续修四库全书》第 1125 册,影印明万历
　　七年(1579)张仲颐刻本,上海古籍出版社 2002 年版。

祝允明《祝子罪知录》,《四库全书存目丛书》子部第 83 册,影印
　　明万历刻本,齐鲁书社 1995 年版。

赵㧑谦《学范》,《四库全书存目丛书》子部第 121 册,影印明嘉靖

二十五年(1546)陈垲重刻本,齐鲁书社 1995 年版。

叶盛撰,魏中平点校《水东日记》,中华书局 1980 年版。

陆容撰,佚名点校《菽园杂记》,中华书局 1985 年版。

陆深《金台纪闻》,《丛书集成初编》第 2906 册,排印《宝颜堂秘
　　笈》本。

杨慎《丹铅续录》,《丛书集成初编》第 336 册,排印《宝颜堂秘
　　笈》本。

李诩《戒庵老人漫笔》,《续修四库全书》第 1173 册,影印明万历
　　刻本,上海古籍出版社 2002 年版。

张元谕《篷底浮谈》,《续修四库全书》第 1126 册,影印明隆庆四
　　年(1570)董原道刻本,上海古籍出版社 2002 年版。

沈尧中《沈氏学弢》,《四库全书存目丛书》子部第 131 册,影印明
　　万历刻本,齐鲁书社 1995 年版。

王圻《稗史汇编》,《四库全书存目丛书》子部第 139 册,影印明万
　　历刻本,齐鲁书社 1995 年版。

袁黄《了凡杂著》,《北京图书馆古籍珍本丛刊》第 80 册,影印明
　　万历三十三年(1605)建阳余氏刻本,书目文献出版社 1989
　　年版。

李栻《困学纂言》,《四库全书存目丛书》子部第 127 册,影印明万
　　历二年(1574)马文炜刻本,齐鲁书社 1995 年版。

冯时可《雨航杂录》,《丛书集成初编》第 2935 册,排印《宝颜堂秘
　　笈》本。

胡应麟《少室山房笔丛》,中华书局 1958 年版。

张懋修《墨卿谈乘》,《四库未收书辑刊》第 3 辑第 28 册,影印明
　　刻本,北京出版社 2000 年版。

董其昌《画禅室随笔》,清康熙五十九年(1720)长洲杨氏刊本,美
　　国国会图书馆藏。

叶向高《说类》,《四库全书存目丛书》子部第 132 册,影印明刻

本,齐鲁书社 1995 年版。

郭良翰《问奇类林》,《四库未收书辑刊》第 7 辑第 15 册,影印明
　　万历三十七年(1609)黄吉士等刻增修本,北京出版社 2000
　　年版。

沈德符《万历野获编》,中华书局 1959 年版。

支允坚《梅花渡异林》,《四库全书存目丛书》子部第 105 册,影印
　　明崇祯刻本,齐鲁书社 1995 年版。

闵于忱《枕函小史》,《四库全书存目丛书》子部第 149 册,影印明
　　松筠馆刻朱墨套印本,齐鲁书社 1995 年版。

沈长卿《沈氏日旦》,《续修四库全书》第 1131 册,影印明崇祯七
　　年(1634)刻本,上海古籍出版社 2002 年版。

陈龙正《几亭外书》,《续修四库全书》第 1133 册,影印明崇祯刻
　　本,上海古籍出版社 2002 年版。

周亮工《因树屋书影》,《续修四库全书》第 1134 册,影印清康熙
　　六年(1667)刻本,上海古籍出版社 2002 年版。

顾炎武著,黄汝成集释,栾保群、吕宗力校点《日知录集释》,上海
　　古籍出版社 2006 年版。

姚范《援鹑堂笔记》,《续修四库全书》第 1148—1149 册,影印清
　　道光姚莹刻本,上海古籍出版社 2002 年版。

阮葵生《茶余客话》,中华书局 1959 年版。

焦循《易余籥录》,《丛书集成续编》第 91 册,排印《木犀轩丛书》
　　本,上海书店出版社 1994 年版。

蒋超伯《南漘楛语》,《续修四库全书》第 1161 册,影印清同治十
　　年(1871)两鬶山房刻本,上海古籍出版社 2002 年版。

唐顺之《荆川稗编》,《景印文渊阁四库全书》第 953—955 册,台
　　湾商务印书馆 1986 年版。

萧纲《梁简文帝集》,清光绪五年(1875)彭懋谦信述堂刊《汉魏六

朝百三家集》本。

王勃著，蒋清翊注《王子安集注》，上海古籍出版社 1995 年版。

浦起龙《读杜心解》，中华书局 1961 年版。

韩愈撰，马其昶校注，马茂元整理《韩昌黎文集校注》，上海古籍出版社 1986 年版。

刘禹锡著，瞿蜕园笺证《刘禹锡集笺证》，上海古籍出版社 1989 年版。

柳宗元《柳河东集》，上海人民出版社 1974 年版。

欧阳修著，李逸安点校《欧阳修全集》，中华书局 2001 年版。

苏轼撰，孔凡礼点校《苏轼文集》，中华书局 1986 年版。

苏轼撰，李贽辑评《坡仙集》，明万历刻本，上海图书馆藏。

苏轼撰，钱士鳌编《苏长公集选》，明万历二十六年(1598)福宁府刊本，台湾"国家图书馆"藏。

苏轼撰，凌启康编《苏长公合作》，明万历四十八年(1620)吴兴凌氏刊三色套印本，台湾"国家图书馆"藏。

苏轼撰，闵尔容辑评《苏文》，明末乌程闵尔容刊朱墨蓝三色套印本，国家图书馆藏。

苏辙撰，曾枣庄、马德富点校《栾城集》，上海古籍出版社 1987 年版。

黄庭坚撰，刘琳、李勇先、王蓉贵校点《黄庭坚全集》，四川大学出版社 2001 年版。

朱熹《晦庵先生朱文公文集》，《四部丛刊》影印明嘉靖刻本。

王柏《鲁斋集》，《景印文渊阁四库全书》第 1186 册，台湾商务印书馆 1986 年版。

元好问《元好问全集》，山西人民出版社 1990 年版。

郝经《郝文忠公陵川文集》，《北京图书馆古籍珍本丛刊》第 91 册，影印明正德二年(1507)李瀚刻本，书目文献出版社 1989 年版。

戴表元《剡源戴先生文集》，《四部丛刊》影印明万历刊本。

朱右《白云稿》，《续修四库全书》第 1326 册，影印明初刻本，上海
　　古籍出版社 2002 年版。

贝琼《清江贝先生文集》，《四部丛刊》影印明初刊本。

宋禧《庸庵集》，《景印文渊阁四库全书》第 1229 册，台湾商务印
　　书馆 1986 年版。

钱宰《临安集》，《景印文渊阁四库全书》第 1229 册，台湾商务印
　　书馆 1986 年版。

宋濂《宋学士文集》，《四部丛刊》影印明正德刊本。

王祎《王忠文公文集》，《北京图书馆古籍珍本丛刊》第 98 册，影
　　印明嘉靖元年（1522）张齐刻本，书目文献出版社 1989
　　年版。

王祎《王忠文集》，《景印文渊阁四库全书》第 1226 册，台湾商务
　　印书馆 1986 年版。

苏伯衡《苏平仲集》，《四部丛刊》影印明正统七年（1442）刊本。

唐之淳《唐愚士诗》，《景印文渊阁四库全书》第 1236 册，台湾商
　　务印书馆 1986 年版。

方孝孺《逊志斋集》，《四部丛刊》影印明嘉靖四十年（1561）王可
　　大台州刊本。

何乔新《椒邱文集》，《景印文渊阁四库全书》第 1249 册，台湾商
　　务印书馆 1986 年版。

周瑛《翠渠摘稿》，《景印文渊阁四库全书》第 1254 册，台湾商务
　　印书馆 1986 年版。

吴宽《家藏集》，《景印文渊阁四库全书》第 1255 册，台湾商务印
　　书馆 1986 年版。

王守仁《阳明先生要书》，《四库全书存目丛书》集部第 49 册，影
　　印明崇祯八年（1635）陈龙正刻本，齐鲁书社 1997 年版。

王守仁撰，吴光、钱明、董平、姚延福编校《王阳明全集》，上海古

籍出版社 1992 年版。

李梦阳《空同先生集》,明嘉靖刊本,美国加利福尼亚大学伯克利
　　分校图书馆藏。

魏校《庄渠遗书》,《景印文渊阁四库全书》第 1267 册,台湾商务
　　印书馆 1986 年版。

邹守益撰,董平编校整理《邹守益集》,凤凰出版社 2007 年版。

石英中《石比部集》,《四库全书存目丛书》集部第 83 册,影印明
　　万历刻本,齐鲁书社 1997 年版。

项乔《瓯东私录》,明嘉靖三十年(1551)刻本,温州图书馆藏。

项乔撰,方长山、魏得良点校《项乔集》,上海社会科学院出版社
　　2006 年版。

李开先《李中麓闲居集》,《四库全书存目丛书》集部第 92 册,影
　　印明嘉靖至隆庆刻本,齐鲁书社 1997 年版。

唐顺之《重刊荆川先生文集》,《四部丛刊》影印明万历刊本。

茅坤《茅鹿门先生文集》,《续修四库全书》第 1344 册,影印明万
　　历刊本,上海古籍出版社 2002 年版。

茅坤《玉芝山房稿》,《四库全书存目丛书》集部第 106 册,影印明
　　万历十六年(1588)刻本,齐鲁书社 1997 年版。

宗臣《宗子相集》,《明代论著丛刊》影印明嘉靖三十九年(1560)
　　序刊本,台湾伟文图书出版社有限公司 1976 年版。

王世贞《弇州山人四部稿》,明万历五年(1577)刻本,上海图书
　　馆藏。

王世贞《弇州山人续稿》,明刻本,上海图书馆藏。

李贽《焚书》,中华书局 1975 年版。

骆问礼《万一楼集》,《四库禁毁书丛刊》集部第 174 册,影印清嘉
　　庆活字本,北京出版社 2000 年版。

焦竑《焦氏澹园续集》,《续修四库全书》第 1364 册,影印明万历
　　三十九年(1611)刻本,上海古籍出版社 2002 年版。

孙鑛《月峰先生居业次编》,《四库禁毁书丛刊》集部第 126 册,影印明万历四十年（1612）吕胤筠刻本,北京出版社 2000年版。

屠隆《由拳集》,《续修四库全书》第 1360 册,影印明万历八年（1580）冯梦祯刊本,上海古籍出版社 2002 年版。

屠隆《栖真馆集》,《续修四库全书》第 1360 册,影印明万历十八年（1590）吕氏栖真馆刻本,上海古籍出版社 2002 年版。

冯时可《冯元成选集》,《四库禁毁书丛刊补编》集部第 63 册,影印明万历刻本,北京出版社 2005 年版。

邹元标《愿学集》,《景印文渊阁四库全书》第 1294 册,台湾商务印书馆 1986 年版。

汤宾尹《睡庵稿》,《四库禁毁书丛刊》集部第 63 册,影印明万历刻本,北京出版社 2000 年版。

陈继儒《陈眉公集》,《续修四库全书》第 1380 册,影印明万历四十三年（1615）史兆斗刻本,上海古籍出版社 2002 年版。

陶望龄《歇庵集》,《续修四库全书》第 1365 册,影印明万历乔时敏等刻本,上海古籍出版社 2002 年版。

王衡《缑山先生集》,《四库全书存目丛书》集部第 179 册,影印明万历刻本,齐鲁书社 1997 年版。

娄坚《学古绪言》,《景印文渊阁四库全书》第 1295 册,台湾商务印书馆 1986 年版。

袁宏道著,钱伯城笺校《袁宏道集笺校》,上海古籍出版社 1981年版。

张鼐《宝日堂初集》,《四库禁毁书丛刊》集部第 76 册,影印明崇祯二年（1629）刻本,北京出版社 2000 年版。

钟惺著,李先耕、崔重庆标校《隐秀轩集》,上海古籍出版社 1992年版。

张溥《七录斋诗文合集》,《续修四库全书》第 1387 册,影印明崇祯九年（1636）刻本，上海古籍出版社 2002 年版。

钱谦益著，钱曾笺注，钱仲联标校《牧斋初学集》，上海古籍出版社 2009 年版。

钱谦益著，钱曾笺注，钱仲联标校《牧斋有学集》，上海古籍出版社 1996 年版。

顾炎武撰，华忱之点校《顾亭林诗文集》，中华书局 1983 年版。

魏禧著，胡守仁、姚品文、王能宪校点《魏叔子文集》，中华书局 2003 年版。

戴名世著，王树民编校《戴名世集》，中华书局 1986 年版。

康熙《圣祖仁皇帝御制文集》，《景印文渊阁四库全书》第 1298—1299 册，台湾商务印书馆 1986 年版。

李绂《穆堂别稿》，《续修四库全书》第 1422 册，影印清道光十一年（1831）奉国堂刻本，上海古籍出版社 2002 年版。

黄图珌《看山阁集》，《清代诗文集汇编》第 288 册，上海古籍出版社 2010 年版。

周广业《蓬庐文钞》，《续修四库全书》第 1449 册，影印燕京大学图书馆民国二十九年（1940）铅印本，上海古籍出版社 2002 年版。

阮元《揅经室续集》，《丛书集成初编》第 2209—2211 册，排印《文选楼丛书》本。

李兆洛《养一斋文集》，《续修四库全书》第 1495 册，影印清道光二十三年（1843）活字印二十四年（1844）增修本，上海古籍出版社 2002 年版。

李元度《天岳山馆文钞》，《续修四库全书》第 1549 册，影印清光绪六年（1880）刻本，上海古籍出版社 2002 年版。

郑观应著，夏东元编《郑观应集》，上海人民出版社 1988 年版。

吕祖谦辑，蔡文子注《增注东莱吕成公古文关键》，《续修四库全书》第 1602 册，影印宋刻本，上海古籍出版社 2002 年版。

楼昉《新刊迂斋先生标注崇古文诀》，明嘉靖刊本，复旦大学图书馆藏。

真德秀《文章正宗》，《景印文渊阁四库全书》第 1355 册，台湾商务印书馆 1986 年版。

谢枋得《文章轨范》，明刻本，复旦大学图书馆藏。

陈傅良撰，方逢辰批点《蛟峰批点止斋论祖》，《四库全书存目丛书》集部第 20 册，影印明成化六年(1470)朱暟严陵郡斋刻本，齐鲁书社 1997 年版。

魏天应编选、林子长笺解《论学绳尺》，《景印文渊阁四库全书》第 1358 册，台湾商务印书馆 1986 年版。

吴讷《文章辨体》，《四库全书存目丛书》集部第 291 册，影印明天顺八年(1464)刻本，齐鲁书社 1997 年版。

崔铣《文苑春秋》，《四库全书存目丛书》集部第 298 册，影印明嘉靖十七年(1538)刻本，齐鲁书社 1997 年版。

黄佐《六艺流别》，《四库全书存目丛书》集部第 300 册，影印明嘉靖四十一年(1562)欧大任刻本，齐鲁书社 1997 年版。

赵睿《金陵新刊古今名儒论学选粹》，明嘉靖四十四年(1565)金陵南冈郭良材刊本，美国哈佛燕京图书馆藏。

归有光《文章指南》，《四库全书存目丛书》集部第 315 册，影印清光绪二年(1876)刻本，齐鲁书社 1997 年版。

茅坤《唐宋八大家文抄》，明万历七年(1579)茅一桂刻本，国家图书馆藏。

敖鲲《古文崇正》，明万历八年(1580)临江敖氏建州刊本，台湾"国家图书馆"藏。

刘祐《文章正论》，《四库全书存目丛书》集部第 309 册，影印明万历十九年(1591)徐图扬州官署刻本，齐鲁书社 1997 年版。

许獬《新刻许会元课儿四书贯珠达观》，明末书林叶天熹刻本，复旦大学图书馆藏。

蒋一葵《尧山堂偶隽》,《四库全书存目丛书补编》第 45 册,影印明刊本,齐鲁书社 2001 年版。

沈佳胤《翰海》,《四库禁毁书丛刊》集部第 20 册,影印明末徐含灵刻本,北京出版社 2000 年版。

方苞《钦定四书文》,《景印文渊阁四库全书》第 1451 册,台湾商务印书馆 1986 年版。

李扶九选编,黄仁黼纂定《古文笔法百篇》,岳麓书社 1984 年版。

刘勰撰,梅庆生音注《杨升庵先生批点文心雕龙》,明万历三十七年(1609)初刊本,复旦大学图书馆藏。

刘勰撰,王利器校笺《文心雕龙校证》,上海古籍出版社 1980 年版。

欧阳修《六一诗话》,人民文学出版社 1962 年版。

王铚《四六话》,《历代文话》本。

吴子良《荆溪林下偶谈》,《历代文话》本。

陈骙《文则》,元至正十一年(1351)刘贞金陵刊本,台湾"国家图书馆"藏。

陈骙《文则》,《历代文话》本。

王正德《余师录》,《历代文话》本。

方颐孙《太学新编黼藻文章百段锦》,《四库全书存目丛书》集部第 416 册,影印明弘治刻本,齐鲁书社 1997 年版。

王构《修辞鉴衡》,元至顺四年(1333)集庆路儒学刊本,台湾"国家图书馆"藏。

潘昂霄《金石例》,《文渊阁四库全书》第 1482 册,台湾商务印书馆 1986 年版。

陈绎曾《新刊增入文筌诸儒奥论策学统宗》,元刊本,台湾"国家图书馆"藏。

陈绎曾《文筌》,《四库全书存目丛书》集部第 416 册,影印清李士
　　棻家钞本,齐鲁书社 1997 年版。

陈绎曾《文章欧冶》,《历代文话》本。

陈绎曾《古文矜式》,《历代文话》本。

陈绎曾《文说》,《历代文话》本。

李涂《文章精义》,《历代文话》本。

宋濂《文原》,清钞本,南京图书馆藏。

宋濂《文原》,《学海类编》本。

宋濂《文原》,《历代文话》本。

宋禧《文章绪论》,明正德钞《艺海汇函》本,南京图书馆藏。

宋禧《文章绪论》,《稀见明人文话二十种》本。

王祎《文训》,明嘉靖二十五年(1546)刻《艺林》本,安徽省博物
　　馆藏。

王祎《文训》,《稀见明人文话二十种》本。

苏伯衡《文说》,清末钞《群书备钞》本,国家图书馆藏。

王行《墓铭举例》,《景印文渊阁四库全书》第 1482 册,台湾商务
　　印书馆 1986 年版。

唐之淳《文断》,明天顺黄瑜刻本,国家图书馆藏。

唐之淳《文断》,明成化十六年(1480)唐珣刻本,国家图书馆藏。

唐之淳《文断》,清钞本,南京图书馆藏。

唐之淳《文断》,《稀见明人文话二十种》本。

曾鼎《文式》,《历代文话》本。

徐骏《诗文轨范》,《四库全书存目丛书》集部第 416 册,影印清初
　　钞本,齐鲁书社 1997 年版。

余祐《朱文公游艺至论》,明嘉靖刊本,国家图书馆藏。

余祐《朱文公游艺至论》,清康熙五十年(1711)张潜光刻本,北京
　　大学图书馆藏。

余祐《朱文公游艺至论·文》,《稀见明人文话二十种》本。

崔铣《文苑春秋叙录》，明嘉靖二十五年（1546）刻《艺林》本，安徽省博物馆藏。

崔铣《文苑春秋叙录》，《稀见明人文话二十种》本。

高琦《文章一贯》，《历代文话》本。

谢榛著，宛平校点《四溟诗话》，人民文学出版社1961年版。

王文禄《文脉》，《历代文话》本。

归有光《归震川先生论文章体则》，《历代文话》本。

茅坤《唐宋八大家文钞评文》，《历代文话》本。

王世贞《明诗评》，《丛书集成初编》第2583册，排印《纪录汇编》本。

谭浚《言文》，明万历刻《谭氏集》本，中国科学院图书馆藏。

谭浚《言文》，明刻本，清华大学图书馆藏。

谭浚《说诗》，明万历刻《谭氏集》本，中国科学院图书馆藏。

袁黄《举业彀率》，清钞本，中国科学院图书馆藏。

袁黄《举业彀率》，《稀见明人文话二十种》本。

袁黄《游艺塾文规》，《续修四库全书》第1718册，影印万历三十年（1602）刻本，上海古籍出版社2002年版。

袁黄《游艺塾续文规》，《续修四库全书》第1718册，影印明刻本，上海古籍出版社2002年版。

袁黄撰，黄强、徐姗姗校订《〈游艺塾文规〉正续编》，武汉大学出版社2009年版。

汪正宗《作论秘诀心法》，明钞本，国家图书馆藏。

汪正宗《作论秘诀心法》，《稀见明人文话二十种》本。

王弘诲《文字谈苑》，明万历刻《格致丛书》本，日本国立国会图书馆藏。

王弘诲《文字谈苑·谈文》，《稀见明人文话二十种》本。

胡应麟《诗薮》，中华书局1958年版。

汪时跃《举业要语》，明刻本，首都师范大学图书馆藏。

汪时跃《举业要语》，《稀见明人文话二十种》本。

武之望《重订举业卮言》，明万历二十七年（1599）刻本，美国普林斯顿大学东亚图书馆藏。

武之望撰，陆翀之辑《新刻官板举业卮言》，明万历二十七年（1599）绣谷周氏万卷楼刻本，上海图书馆藏。

武之望撰，陆翀之辑《新刻官板举业卮言》，《稀见明人文话二十种》本。

武之望《举业卮言》，清道光十五年（1835）朝邑刘氏刊《清照堂丛书》本，浙江图书馆藏。

董其昌撰，赵维烈辑评《董思白论文宗旨》，清康熙二十年（1681）吴郡圣业堂书坊刻本，上海图书馆藏。

董其昌撰，赵维烈辑评《举业蓓蕾》，清康熙二十年（1681）吴郡圣业堂书坊刻本，上海图书馆藏。

郝敬《艺圃伧谈》，《历代诗话》本。

赵宧光《弹雅》，《稀见明人诗话十六种》本。

不著撰人，胡文焕刊《新刻诗文要式》，明刻《格致丛书》本，浙江图书馆藏。

李叔元《新锲诸名家前后场肄业精诀》，明万历三十二年（1604）建邑书林陈氏存德堂刊本，台湾"国家图书馆"藏。

李叔元《新锲诸名家前后场肄业精诀》，《稀见明人文话二十种》本。

刘元珍《从先文诀》，明万历四十二年（1614）序刻本，清华大学图书馆藏。

刘元珍《从先文诀》，《稀见明人文话二十种》本。

庄元臣《论学须知》，清初永言斋钞《庄忠甫杂著》本，国家图书馆藏。

庄元臣《论学须知》，《历代文话》本。

庄元臣《行文须知》，清初永言斋钞《庄忠甫杂著》本，国家图书馆藏。

庄元臣《行文须知》,《历代文话》本。

庄元臣《文诀》,清初永言斋钞《庄忠甫杂著》本,国家图书馆藏。

庄元臣《文诀》,《历代文话》本。

钱时俊、钱文光《谈艺》,明万历刻《皇明会元文选》附,北京大学
  图书馆藏。

钱时俊、钱文光《谈艺》,《稀见明人文话二十种》本。

王守谦《古今文评》,《历代文话》本。

李腾芳《文字法三十五则》,《历代文话》本。

汤宾尹《汤霍林先生衷选大方家谈文》,明万历三十四年(1606)
  尺波山房钞本,浙江大学图书馆藏。

汤宾尹《汤霍林先生衷选大方家谈文》,《稀见明人文话二十
  种》本。

汤宾尹编撰,周清原辑《借绿轩删订汤霍林先生读书谱》,清康熙
  二十八年(1689)借绿轩刻本,首都图书馆藏。

汤宾尹《汤睡庵太史论定一见能文》,明崇祯刊本,日本前田尊经
  阁文库藏。

汤宾尹《汤睡庵太史论定一见能文》,清钞本,上海图书馆藏。

汤宾尹《汤睡庵太史论定一见能文》,日本江户写本,日本内阁文
  库藏。

汤宾尹《汤睡庵太史论定一见能文》,《稀见明人文话二十种》本。

蒋一葵《木石居精校八朝偶隽》,《续修四库全书》第1714册,影
  印明木石居刻本。

叶秉敬《文字药》,明万历间吴兴闵元衢刻《闵刻》本,天一阁藏。

叶秉敬《文字药》,《稀见明人文话二十种》本。

徐耒《重校刻艺林古今文法碎玉集》,明万历二十三年(1595)刻
  本,上海图书馆藏。

徐耒《重校刻艺林古今文法碎玉集》,《稀见明人文话二十种》本。

汪应鼎《流翠山房辑选八大家论文要诀》，明万历刻本，南京图书馆藏。

汪应鼎《流翠山房辑选八大家论文要诀》，《稀见明人文话二十种》本。

朱荃宰《文通》，《四库全书存目丛书》集部第 418 册，影印明天启六年（1626）刻本，齐鲁书社 1997 年版。

陈龙正《举业素语》，《历代文话》本。

张仲次《澜堂夕话》，明崇祯刻《广快书》本，复旦大学图书馆藏。

张仲次《澜堂夕话》，《历代文话》本。

张溥《初学文式》，明刻《镌张太史家传四书印》附，日本内阁文库藏。

张溥撰，杨廷枢校《新刻张太史手授初学文式》，日本享保十六年（1731）书林梅村玉池堂刻本，日本内阁文库藏。

张溥撰，杨廷枢校《新刻张太史手授初学文式》，《稀见明人文话二十种》本。

杜浚《杜氏文谱》，《历代文话》本。

左培《书文式·文式》，《历代文话》本。

方以智《文章薪火》，《丛书集成续编》第 156 册，排印《昭代丛书》本，上海书店出版社 1994 年版。

宋长白《柳亭诗话》，《清诗话三编》本。

赵吉士《万青阁文训》，《历代文话》本。

薛雪《一瓢诗话》，《清诗话》本。

王之绩《铁立文起》，《续修四库全书》第 1714 册，影印清康熙刻本，上海古籍出版社 2002 年版。

王晫《更定文章九命》，《历代文话》本。

张谦宜《茧斋论文》，《续修四库全书》第 1714 册，影印清乾隆二十三年（1758）法辉祖刻《家学堂遗书二种》本。

沈德潜《说诗晬语》，《清诗话》本。

刘大櫆《论文偶记》，人民文学出版社 1998 年版。

张秉直《文谈》，《历代文话》本。

方东树《昭昧詹言》，人民文学出版社 1961 年版。

梁章钜著，陈居渊校点《制义丛话》，上海书店出版社 2001 年版。

曹宫《文法心传》，《历代文话》本。

叶元垲《睿吾楼文话》，《历代文话》本。

刘熙载《艺概》，上海古籍出版社 1978 年版。

朱庭珍《筱园诗话》，《清诗话续编》本。

孙万春《缙山书院文话》，《历代文话》本。

张星鉴《仰萧楼文话》，清咸丰十一年（1861）稿本，上海图书
　　馆藏。

邓绎《藻川堂谭艺》，《历代文话》本。

林纾《春觉斋论文》，《历代文话》本。

吾丘瑞《运甓记》，《六十种曲》第 6 册，中华书局 1958 年版。

王骥德《曲律》，《中国古典戏曲论著集成》本。

梁廷枏《曲话》，《中国古典戏曲论著集成》本。

（日）斋藤正谦《拙堂文话》，《历代文话》本。

近人著述

陈钟凡《中国文学批评史》，上海中华书局 1927 年版。

来裕恂《汉文典》，上海商务印书馆 1932 年版。

方孝岳《中国文学批评》，世界书局 1934 年版。

商衍鎏《清代科举考试述录》，生活·读书·新知三联书店 1958
　　年版。

中国戏曲研究院编《中国古典戏曲论著集成》，中国戏剧出版社
　　1959 年版。

丁福保辑《清诗话》，上海古籍出版社 1963 年版。

郭绍虞《元好问论诗三十首小笺》，人民文学出版社 1978 年版。

郭绍虞编选,富寿荪校点《清诗话续编》,上海古籍出版社 1983
　　年版。

王水照、吴鸿春编选,吴鸿春译,高克勤校点《日本学者中国文章
　　学论著选》,上海古籍出版社 1994 年版。

汪涌豪《范畴论》,复旦大学出版社 1999 年版。

郭绍虞《中国文学批评史》,商务印书馆 2010 年版。

左东岭《王学与中晚明士人心态》,人民文学出版社 2000 年版。

钱钟书《谈艺录》,生活·读书·新知三联书店 2001 年版。

张健《元代诗法校考》,北京大学出版社 2001 年版。

张伯伟《全唐五代诗格汇考》,凤凰出版社 2002 年版。

张伯伟《中国古代文学批评方法研究》,中华书局 2002 年版。

吕妙芬《阳明学士人社群:历史、思想与实践》,新星出版社 2006
　　年版。

王水照编《历代文话》,复旦大学出版社 2007 年版。

沈俊平《举业津梁:明中叶以后坊刻制举用书的生产与流通》,
　　台湾学生书局 2009 年版。

仇小屏《吕祖谦〈古文关键〉文章论研究》,台北万卷楼图书股份
　　有限公司 2010 年版。

谭帆《中国古代小说文体文法术语考释》,上海古籍出版社 2013
　　年版。

祝尚书《宋元文章学》,中华书局 2013 年版。

余来明《元代科举与文学》,武汉大学出版社 2013 年版。

陈广宏、侯荣川编校《稀见明人诗话十六种》,上海古籍出版社
　　2014 年版。

张寅彭选辑,吴忱、杨焄点校《清诗话三编》,上海古籍出版社
　　2014 年版。

陈望道《修辞学发凡》,复旦大学出版社 2015 年版。

郑利华《前后七子研究》,上海古籍出版社 2015 年版。

马茂军《宋代文章学》,社会科学文献出版社 2016 年版。

陈广宏、龚宗杰编校《稀见明人文话二十种》,上海古籍出版社 2016 年版。

张海鸥《宋代文章学与文体形态研究》,中山大学出版社 2018 年版。

(日)佐藤一郎《中国文章论》,研文出版 1988 年版。

(美)苏珊·朗格著,滕守尧、朱疆源译《艺术问题》,中国社会科学出版社 1983 年版。

(美)包筠雅著,杜正贞、张林译《功过格:明清社会的道德秩序》,浙江人民出版社 1999 年版。

Gérard Genette. Translated by Jane E. Lewin. *Paratexts: Thresholds of Interpretation*. Cambridge:Cambridge University Press:1997.

(法)热拉尔·热奈特著,史忠义译《热奈特论文集》,百花文艺出版社 2000 年版。

(美)宇文所安著,王柏华、陶庆梅译《中国文论:英译与评论》,上海社会科学院出版社 2003 年版。

(日)小野泽精一、(日)福永光司、(日)山井涌编,李庆译《气的思想:中国自然观与人的观念的发展》,上海人民出版社 2007 年版。

(日)高津孝著,潘世圣等译《科举与诗艺:宋代文学与士人社会》,上海古籍出版社 2013 年版。

(日)大木康著,周保雄译《明末江南的出版文化》,上海古籍出版社 2014 年版。

郑振铎《研究中国文学的新途径》,《中国文学论集》,开明书店 1934 年版。

张煦《校读〈文章一贯〉后记》,《清华学报》1930 年第 1 期。

钱钟书《诗可以怨》,《文学评论》1981 年第 1 期。

王更生《开拓中国古代文学理论的新局:从整理"文话"谈起》,《文艺理论研究》1994 年第 1 期。

黄维梁《诗话词话中摘句为评的手法——兼论对偶句和安诺德的"试金石"》,邝健行、吴淑钿编选《香港中国古典文学研究论文选粹(1950—2000)·文学评论篇》,江苏古籍出版社2003 年版。

吴承学《现存评点第一书——论〈古文关键〉的编选、评点及其影响》,《文学遗产》2003 年第 4 期。

吴承学、李光摩《八股四题》,《文学评论》2004 年第 2 期。

杜泽逊《明宁献王朱权刻本〈文章欧冶〉及其他》,《文献》2006 年第 3 期。

孙小力《明代诗学书目汇考》,《中国诗学》第 9 辑,人民文学出版社 2006 年版。

杨峰《归有光主要撰著述略》,《中国文学研究(辑刊)》2007 年第 2 期。

侯体健《资料汇编式文话的文献价值与理论意义——以〈文章一贯〉与〈文通〉为中心》,《复旦学报》(社会科学版)2009 年第 2 期。

杨志平《论堪舆理论对古代小说技法论之影响》,《海南大学学报》2009 年第 6 期。

陈才训《文章学视野下的明清小说评点》,《求是学刊》2010 年第 2 期。

蔡德龙《文话的辨体与溯源》,《文学评论丛刊》第 12 卷第 2 期。

王水照、朱刚《三个遮蔽:中国古代文章学遭遇"五四"》,《文学评论》2010 年第 4 期。

吴承学《"诗能穷人"与"诗能达人":中国古代对于诗人的集体认同》,《中国社会科学》2010 年第 4 期。

周明初《走出冷落的明清诗文研究：近十年来明清诗文研究述评》，《文学遗产》2011 年第 6 期。

陈广宏《"古文辞"沿革的文化形态考察——以明嘉靖前唐宋文传统的建构及解构为中心》，《文学遗产》2012 年第 4 期。

卞东波《日本汉籍视域下的文话研究》，《中国古代文章学的衍化与异形——中国古代文章学二集》，复旦大学出版社 2014 年版。

袁茹《〈文章精义〉作者、编者补考》，《安徽师范大学学报》2014 年第 3 期。

郑利华《苏轼诗文与晚明士人的精神归向及文学旨趣》，《文学遗产》2014 年第 4 期。

熊湘《古代文论范畴"脉"之衍生模式探析》，《海南大学学报》2014 年第 6 期。

王炜《明代乡会试录选评经义程文及其中的辞章观念》，《文学遗产》2015 年第 5 期。

熊湘《"势""脉"关系多维阐释与文论内涵》，《文学遗产》2016 年第 4 期。

陈广宏、龚宗杰《明文话叙录》，《复旦学报》（社会科学版）2016 年第 5 期。

张剑《汪时跃及其所编文选、文话》，《铜仁学院学报》2018 年第 5 期。

（日）金文京《汤宾尹与晚明商业出版》，胡晓真主编《世变与维新——晚明与晚清的文学艺术》，台湾"中研院"中国文哲研究所筹备处 2001 年版。

（美）周启荣《为功名写作：晚明的科举考试、出版印刷与思想变迁》，伊沛霞、姚平、张聪主编《当代西方汉学研究集萃·思想文化史卷》，上海古籍出版社 2012 年版。

后　记

　　写这篇后记时,正好在翻译一篇关于晚明小品的论文。为核对其中涉及张岱的部分材料,我重读了《陶庵梦忆》。读到全书最后那篇《琅嬛福地》,突然深有感触。张岱写到:"陶庵梦有宿因,常梦至一石厂,坎宕岩覆,前有急湍回溪,水落如雪,松石奇古,杂以名花。梦坐其中,童子进茗果,积书满架,开卷视之,多蝌蚪、鸟迹、霹雳篆文,梦中读之,似能通其棘涩。"在梦境中读奇书,对于古人来说定是一种特别奇妙的体验。对我而言,正是类似这样梦中得书的模糊片段,唤起了那段难忘的求学回忆。

　　我那场梦的缘起,是在六年前的秋天。那时刚考入复旦大学古籍所,跟随陈广宏先生攻读博士学位。在广宏师的指导下,开始以明代文话为题开展研究工作。其中,对明文话文献的全面调查与搜辑,是前期工作中极为重要的一部分。因此,2014年的大部分时间,都投入这项工作中,从系统翻检明清藏书目、方志著录及各类丛书,到奔走各地图书馆,长期望能发掘更多被尘封已久而无人问津的文献,进而整理出一份相对完备的明文话目录。如今回想起来,那段时光虽然辛苦,但也非常快乐和难忘。想起上图旁边淮海中路的夏日林荫,想起北京冬天结冰的湖面,想到伏案达旦时透入窗户的第一缕晨光,想到顺利访书后"满载而归"的喜悦。不过最令我感到悸动的还是那几番往复的梦境。或许是因为这种访书不易和求书心切的感受太强烈,那年冬天竟几次梦见自己来到一座古旧的藏书楼,于书堆翻得一秘本明人文话，大喜过望，手披目视。但是醒来后已记不起书名为何，作者是谁，那种似醒非醒、兴奋与失望相杂的朦胧感也渐渐消散。张岱后来说他"闲居无事，夜辄梦之，醒后仁思，欲得一胜地仿佛为之"，想凭借梦境和回忆为自己营造一座"琅嬛福地"。但对我来说，既做不到"夜辄梦之"，更不能依据梦中秘本"仿佛为之"，唯一能做的就是更加郑重地对待现实中真实可触的文本，尽力还原它们曾所处的历史语境。

在复旦的四年里，常听广宏师提到的正是"还原"一词。在他构设的近世文学研究图景中，这个词所包含的要求及意义，在于穷尽性地搜集材料，按其自身的逻辑和特征理解文本，据其所处的历史背景评判文献。这种学术研究的路径和方法，深深地影响了我。2014 年底，老师带领我开始系统整理已搜集到的明人文话，着手撰写《明文话叙录》，并择取其中的稀见文话进行校点。通过这一系列学术训练，我真正进入了明人文话的世界，进一步认识了它们特有的性质和品格，并逐渐能够从书籍史、文化史及知识史等多个视角重新思考问题；这也是我在撰写博士论文时，尝试从文献、文本与文化三重形态来开展研究的一个思想来源。博士论文的最终框架及其所呈现的内容，可以说是我实践上述思路的一次尝试，也希望它能成为老师那幅图景中一颗富有生机的小种子。

本书即在博士论文的基础上增订而成，书中的部分章节及蓝本曾以论文的形式公开发表，此处略作说明。"绪论"是我对明文话研究思路和方法的几点思考，第二至第四节的大部分内容，曾以《近世视野下的明文话研究与文章学建构》为题发表在《文艺理论研究》2017 年第 6 期。去年年初，我开始改写博士论文中探讨明文话文本生成的第二章，此章第一节与第三节的相关讨论，先以会议论文的形式发表于"第四届中国古代文章学学术研讨会"（2018 年 4 月），后修订成《"寻章摘句"：明代文话的文本生成与文章学阐释》，刊发在《中国文学学报》第 9 期（2018

年12月)。此章第二节与第五章第二节,是关于"汇编"这种特殊的文本生成模式及其社会文化意义的研讨,原以《晚明文法汇编的编刊与文章学演进》为题发表在《文学遗产》2018年第2期。第三章第二节围绕文人知识与批评写作之关系来探讨明文话的表述策略,借参加"第二次明代文学研究青年学者论坛"(2018年7月)的机会,以《古代堪舆术与明清文学批评》为题对博士论文中的相应内容作了大篇幅重写,同题论文刊发在《文学遗产》2019年第6期。第四章第一节是对明初文话《文断》的个案研究,原以《唐之淳〈文断〉考论》为题发表在《古籍研究》第65卷(2017年6月)。书末所附"明代文话总目",对《明文话叙录》作了一定增补,《叙录》一文刊登在《复旦学报》(社会科学版)2016年第5期。上述修订工作大部分在博士毕业后的两年间完成。

　　2017年秋,我告别复旦,来到香港浸会大学。在狮子山下的这两年,是沉下心来读书写作的两年。多数时间,我都在邵逸夫大楼九楼角落的办公室里,查资料,做笔记,改文章。在这段远离家乡的时间里,一直得到张宏生先生的照顾。他非常关心我的成长,从不干涉我的研究内容和方向,为我创造了良好的学术研究环境。到了周末,宏生师偶尔会带着我和几位同门一起登山远足。在石澳龙脊遥望南海,在狮子山顶俯瞰九龙,在元荃古道游访村落,这些都成为我在香港生活的美好点缀。更令我难忘的是每一次远足途中与老师的交谈,治学如登山,他总是激励我不断提升自己,建议我在已有研究理路的基础上,进一步加强与文学作品相结合的研究,从具体作品中绎出文学规律和艺术原则。这一点,也是硕导周明初先生对我提出的要求。在今年夏天的一次交谈中,明初师同样希望我能在批评史研究之外,尝试做一些针对具体作家作品的精细化研究。进入作品,重视文学本位,两位老师的默契,也是我今后努力的一个方向。

　　本书的修订出版是对过去的一次总结,也是构想未来的一个起点。我不会忘记,在这条学习和研究的道路上,曾得到许多帮助。首先感谢陈广宏先生在这些年里对我的关心与栽培,博士研究生复试答辩时对我鼓励的微笑,论文写作过程中对我悉心的指导,至今难忘。也感谢周明初、张宏生二位先生对我的关怀和包容。在这八年时间里,三位老师先后指引了我的研究方向,树立起我的学术信念,让我懂得一个古代文学研究者应该具备的素养,让我拥有许许多多提升和突破自我的机会。在香港工作期间,香港教育大学陈国球教授、香港中文大学张健教授为我的研究提供了许多鼓励和启发,在此并致谢意。书稿的完成,得益于众多师友的关心与帮助。上海交通大学许建平教授,上海大学张寅彭教授、孙小力教授,复旦大学郑利华教授、黄仁生教授、徐艳教授在博士论文答辩时曾对拙稿提出宝贵意见。文献资料的搜集与复制得到侯荣川、郑妙苗、王英达等诸位同门的倾力帮助。书中部分章节作为单篇论文承蒙几种学刊惠允发表,幸获多位专家赐教。书稿的顺利出版有赖于中华书局的鼎力支持,责编郭时羽老师、宋丽军女史细心校审,订正了许多疏误。在此一并致以诚挚的谢意。还要特别感谢陪我走过八年的妻子胡媚媚,她不仅为我分担本书的校对工作,也给予我诸多改善的建议。八年前,我们相识在浙大,六年前我们一起怀揣学术理想考入复旦,两年前我们开始为各自的研究工作而分隔沪、港两地。从想做学术研究,到真正从事这项工作,在这条不太容易的路上,有幸相知,有幸同行。最后,感谢我的家人,是他们一直默默支持着我做一个逐梦人。

写完这篇后记,已是深夜,万籁俱寂,又想起那年冬夜的梦,想到那份梦醒后内心的悸动,那让我真切地感受到自己对所从事的这份事业的热爱。唯有热爱,能让梦想的种子在未来破土盛开。

龚宗杰

2019 年 11 月于香港浸会大学